Hélène Gestern

DER DUFT
DES
WALDES

ROMAN

*Aus dem Französischen
von Brigitte Große
und Patricia Klobusiczky*

FISCHER Taschenbuch

Beide Übersetzerinnen danken dem Deutschen Übersetzerfonds
für die großzügige Förderung ihrer Arbeit.

Die Sonette auf den Seiten 217, 436–437 und 700
übersetzten Juliette Aubert und Mirko Bonné.

Aus Verantwortung für die Umwelt hat sich der S. Fischer Verlag zu einer nachhaltigen Buchproduktion verpflichtet. Der bewusste Umgang mit unseren Ressourcen, der Schutz unseres Klimas und der Natur gehören zu unseren obersten Unternehmenszielen.

Gemeinsam mit unseren Partnern und Lieferanten setzen wir uns für eine klimaneutrale Buchproduktion ein, die den Erwerb von Klimazertifikaten zur Kompensation des CO_2-Ausstoßes einschließt.
Weitere Informationen finden Sie unter: www.klimaneutralerverlag.de

Erschienen bei FISCHER Taschenbuch
Frankfurt am Main, Februar 2021

Die Originalausgabe erschien unter dem Titel
›L'odeur de la forêt‹ bei Arléa, Paris
© Arléa, Paris 2016

© 2018 S. Fischer Verlag GmbH, Hedderichstr. 114, D-60596 Frankfurt am Main

Umschlagfoto: ›Le front et les premières lignes près du saillant de Saint-Michel, début mars 1916‹, SPA-13-X-464 © Jacques Agié / ECPAD / Défense

Satz: Dörlemann Satz, Lemförde
Druck und Bindung: CPI books GmbH, Leck
Printed in Germany
ISBN 978-3-596-70161-2

»Und seit diesem Tag weiche ich meinen Schatten.«

JULES SUPERVIELLE, Les Amis inconnus

Familie Ducreux

Charles Nicolaï ∞ Henriette
- Rose
- Diane ∞ Etienne Ducreux ∞ Hortense Stiegler (2. Ehefrau)
  - Victor
  - Sibylle
  - Basile
  - Judith
    - Violeta ∞ Adelino Mahler
    - Veronica Natanson ∞ Ari Zilberg ∞ Tamara Zilberg ∞ Paul Lipchitz
      - Laura
      - Beatriz
      - Samuel
      - Suzanne

Familie de Willecot

Alban de Willecot
- Blanche de Willecot ∞ Maximilien de Barges
  - Sophie
  - Alix ∞ Louis de Chalendar
    - Jane ∞ Valentin Arapoff
      - Alexandre

Familie Massis

Anatole Massis ∞ Jeanne de Royère
- Frédéric
- Eugénie ∞ Léon Gerstenberg
  - Céleste
  - Jacques
  - Marie-Claude O'Leary

I

Silberlicht

1

Ich werde von schrillen Stimmen geweckt, einem viel zu lauten Lachen über eine Anekdote, die ein Mann lallend erzählt. Dieser Lärm, der um drei Uhr morgens von der Straße dringt, durchbricht die Nachtruhe, Fragmente der Gegenwart mischen sich mit Fetzen meines Traums, so dass der gespenstische Alban in meinem Innenhof erscheint, wo er nichts zu suchen hat. Das Gelächter, die knallenden Fensterläden von unsanft geweckten Nachbarn verscheuchen endgültig den Schlaf, in den ich ein paar Stunden zuvor gesunken bin, von Medikamenten betäubt. Wie fast jede Nacht wälze ich meine Schlaflosigkeit hin und her und denke an dich. Wärst du hier gewesen, hätte ich mich an deinen Körper geschmiegt, mein Wachsein nach und nach vom Rhythmus deines Atems einlullen lassen, in der warmen Geborgenheit unseres gemeinsamen Bettes. Heute teile ich mir das Bett nur noch mit der nächtlichen Kälte, die mir in die Schultern beißt, die Beine, den Bauch, eigentlich alles, obwohl ich mich unter so vielen Decken verkrieche und auf den Anbruch eines neuen Tages warte, eines neuen Tages ohne dich.

2

Joigny, 22. August 1914

Mein lieber Anatole,

hoffentlich erreicht Dich mein erster Feldpostbrief ungehindert. Ich hätte Dir gern früher geschrieben, aber wir werden hier ständig auf Trab gehalten. Wir ziehen von Dorf zu Dorf, dabei marschieren wir nachts (gestern vierzehn Kilometer!), ehe wir biwakieren, um nicht angegriffen zu werden. So werden wir eben im Morgengrauen beschossen.

Die deutschen Truppen sind wendig und schnell. Vorgestern haben sie uns rücklings angegriffen und Fahrradsoldaten auf uns losgelassen, bei diesem Gefecht ist der Oberleutnant der Reserve ums Leben gekommen. Wir haben zwölf Mann verloren. Die Burschen in meiner Truppe sind tapfere Leute, fast alle Bauern, die harte Landarbeit gewohnt sind – und daher deutlich kräftiger als ich.

Es gibt auch ein paar Dickköpfe, aber der Krieg wird sie schon zur Vernunft bringen. Tatsächlich wissen wir alle nicht, was uns erwartet. Die Erschöpfung, die uns nach diesen rastlosen Tagen befällt, hat immerhin den Vorteil, uns an allzu vielen Grübeleien zu hindern.

Ich wüsste gern, wie es Dir geht, mein Lieber, und erwarte Deine Antwort voller Ungeduld.

Mit den herzlichsten Grüßen

Willecot

3

»Und?«, fragte meine Gastgeberin. Mit ihren fleckigen Händen goss sie goldenen Tee in die Tasse aus Sèvres-Porzellan. Das Alter hatte sich ihnen bis in die kleinste Falte eingegraben, aber sie zitterten nicht. Behutsam faltete ich den Brief entlang des brüchigen Falzes zusammen und steckte ihn in das Album zurück, in dem er sonst ruhte. Das Papier war gefährlich dünn, obwohl es zum ersten Mal seit hundert Jahren wieder dem Licht ausgesetzt wurde. Ich zog die Handschuhe aus und fing den Blick von Alix de Chalendar auf.

»Und?«

Ich rieb mir den Nacken. Ich war es gewohnt, Fotoarchive unter die Lupe zu nehmen, bei meinem Beruf gehörte das zur Routine. Wenn ich Privatgutachten erstellte, geschah das häufig im Auftrag naiver oder geldgieriger Familien, die überzeugt waren, eine wahre Kostbarkeit zu besitzen; meistens entpuppte sie sich aber als eine Ansammlung von wertlosen Aufnahmen, ganz banalen Bildern, die höchstens in den Bestand eines Regionalarchivs Eingang finden würden. Das war hier nicht der Fall. Mir lag das Album eines *poilu* vor, eines Frontsoldaten, der während des Ersten Weltkriegs zweieinhalb Jahre lang Postkarten und selbstaufgenommene Fotos vom Alltag in den Schützengräben verschickt hatte. Außerdem hatte er fast jede Woche seiner Schwester geschrieben und dem berühmten postsymbolistischen Dichter Anatole Massis, der offenbar sein bester Freund gewesen war. Der Fundus war von unschätzbarem historischem Wert, ein solcher Schatz war mir im Lauf meines Berufslebens nur zwei- oder dreimal untergekommen. Das Institut musste diese Gelegenheit unbedingt beim Schopf ergreifen.

In solchen Fällen äußerte ich höfliches Interesse, ohne mich wirklich festzulegen, als würde ich jenen, die mich zurate zogen, einen Gefallen tun, wenn ich anbot, den Fundus in unser Depot aufzunehmen. War die Begehrlichkeit geweckt, wurde es Zeit – und zwar erst dann –, das Ansehen des Instituts für Fotogeschichtsschreibung des 20. Jahrhunderts hervorzuheben, seine hochmodernen Methoden der Konservierung, seine erstklassigen Wissenschaftler. Früher hatte mir dieses Spiel mit Unterstützung des Institutsleiters Eric Chavassieux viel Spaß gemacht. Alix de Chalendar hatte aber ein Alter erreicht, in dem zum Spielen keine Zeit bleibt, und ich steckte damals in einer Lebensphase, in der mir dazu jede Lust abhandengekommen war.

»Dieses Archiv ist einmalig«, sagte ich. »Es zeigt den Krieg ganz unmittelbar. Es ist aber auch eine Fundgrube für alle, die an Leben und Werk von Massis interessiert sind. Wissen Sie, wo die Antwortbriefe des Dichters abgeblieben sind?«

Porzellanklirren.

»Ich bin zu dem Schluss gekommen, dass sie 1933 vernichtet wurden, als das Gutshaus von Othiermont brannte. Das Haus wurde danach wieder aufgebaut, aber meine Mutter sagte gern, dass das Feuer uns bis auf die Grundmauern alles geraubt hatte. Das war sicher ein bisschen übertrieben. Ich werde in einem anderen Haus nachsehen, das unserer Familie gehört, es liegt im Allier. Ich fahre sowieso nächsten Monat dorthin.«

Ich fragte mich, wie Alix de Chalendar, die so gebrechlich war, dass sie sich allem Anschein nach kaum auf den Beinen hielt, es überhaupt wagen konnte, ihre überheizte Wohnung in der Rue Pierre-Ier-de-Serbie zu verlassen.

»Und wie ist dieser Teil der Korrespondenz in Ihren Besitz gelangt?«

»Durch meine Mutter. Blanche. Nach dem Tod von Massis hat sie seine Kinder dazu gedrängt, ihr sämtliche Briefe von Alban zu übergeben. Und auch alle anderen, denen er geschrieben hatte. Sie erklärte, das sei das Einzige, das ihr von ihrem Bruder bleibe, seine Fotos und seine Briefe.«

Alix hob erneut die Teekanne und blickte mich fragend an. Ich nickte. Als sich ihre Hand um den Henkel schloss, trat ein bläuliches Geflecht von Adern hervor und ließ das bisschen Fleisch verschwinden, das noch die Knochen bedeckte.

Die alte Dame nahm den Faden wieder auf:»Madame Bathori, ich bin neunundachtzig Jahre alt und weiß nicht, ob ich den nächsten Sommer noch erleben werde. Machen Sie mir einen Vorschlag.« Ich überlegte. Viermal hatte ich Alix aufsuchen müssen, bevor sie sich bereit erklärte, mir die Bilder und die Korrespondenz ihres Onkels zu zeigen. Nun wollte sie offensichtlich ein Geschäft abschließen. »Das Institut kann Ihnen die bestmögliche Konservierung garantieren. Unser Archivarenteam würde ein Inventar erstellen und jedes Dokument verschlagworten. Die Briefe würden digitalisiert werden, um eine möglichst sparsame und schonende Handhabung zu gewährleisten.«

Eine Vorführung schien nun angebracht. Alix sah zu, während ich mit dem Finger über mein Tablet wischte und Fotos von Manuskripten aufrief, die ich auf dem Touchscreen vergrößerte oder durchblätterte. Das Schauspiel langweilte sie schon nach wenigen Sekunden.

»Wer bekommt diese Briefe zu sehen?«

Eine erstaunliche Frage. An diesem Punkt hätte ich eher damit gerechnet, dass wir über Geld reden.

»Der Konservator, der das Inventar erstellt. Anschließend können interessierte Forscher von Fall zu Fall Einsicht beantragen, die Anträge legen wir Ihnen zur Genehmigung vor. Sie können auch für bestimmte Dokumente eine Sperrfrist verhängen und deren Dauer frei bestimmen.«

»Und nach meinem Tod?«

»Da empfiehlt es sich, einen Testamentsvollstrecker zu benennen, der auf die Einhaltung Ihrer Bestimmungen achtet.«

Die alte Dame schwieg nachdenklich.

Ich fühlte mich verpflichtet, ihr noch diesen Hinweis zu geben: »Massis ist einer der bedeutendsten französischen Dichter des 20. Jahrhunderts. Sobald Sie den Verkauf von Briefen, die an ihn gerichtet sind, bekanntgeben, wird es Angebote hageln. Es gibt da amerikanische Bibliotheken, die bereit wären, Ihnen ein hübsches Sümmchen zu zahlen.«

Die alte Dame deutete ein Lächeln an.

»Sehr nett von Ihnen, aber ich denke nicht daran, die Briefe meines Onkels nach Amerika wegzugeben. In meinem Alter kommt es aufs Geld nicht mehr an.«

Normalerweise hätte ich diese Bemerkung höflich übergangen, aber seit du weg bist, denke ich manchmal laut. »Worauf kommt es denn an?«

Alix nahm offenbar keinen Anstoß an dieser unpassenden Frage. Sie fuhr fort, als hätte sie mich nicht gehört: »Schließen wir die Sache ab. Ich stifte diesen Fundus Ihrem Institut. Maître Terrasson, mein Notar, wird sich bei Ihnen melden. Aber nur unter zwei Bedingungen: Ich möchte eine verbindliche Zusage, dass das Inventar von Ihnen erstellt wird. Und Sie müssen bereit sein, als meine Testamentsvollstreckerin zu fungieren.«

Vor Verblüffung blieb mir der Mund offen stehen. Ich hätte mit allem gerechnet, nur nicht damit.

»Warum ich?«

»Ich habe nur noch einen Enkel, und der taugt nichts. Er hat seiner Mutter so viel Kummer bereitet, dass sie daran gestorben ist. So, wie ich ihn kenne, würde er die Fotos und Briefe meines Onkels verkaufen, um seine Spielschulden zu begleichen. Es ist mir nicht gelungen, meine Tochter vor ihm zu schützen. Aber ich werde nicht zulassen, dass dieser Nichtsnutz unser historisches Erbe verscherbelt.«

Sie hielt kurz inne und sagte dann: »Außerdem möchte ich, dass sich jemand an Alban und an meine Lieben erinnert. Das werden Sie viel besser machen als Alexandre.«

Als hätte ich nicht schon genug mit meinen eigenen Erinnerungen zu tun. Erinnerungen, die meine Nächte belasten, meine Tage auffressen, jede einzelne Stunde zersetzen. Erinnerungen, die ich manchmal am liebsten mit Hilfe von Tabletten auslöschen und dem Vergessen anheimgeben würde. Die Stimme von Alix de Chalendar drang zu mir durch. Seltsamerweise war sie deutlich sanfter geworden.

»Madame Bathori, in meinem Alter geht es darum, den Abschied vorzubereiten. Es ist nur folgerichtig, vom Leben nichts mehr zu erwarten. In Ihrem Alter ist das allerdings eine unverzeihliche Sünde. Sie sollten es sich gut überlegen, ehe Sie mir eine Absage erteilen.«

4

Jean-Raphaël Terrasson, Alix' Notar im Allier, rief mich an einem Dienstagabend an, um mich über ihren Tod in Kenntnis zu setzen. Sie war im Juli gestorben, in ihrem Haus in Jaligny, in der Nähe der Besbre und der Bäume, die von ihrer Mutter gepflanzt worden waren. Das entsprach genau ihrem Wunsch, wie sie mir anvertraut hatte. Hoffentlich war sie friedlich entschlafen. Während ich das Inventar erstellte – sie hatte darauf bestanden, dass ich es in ihrem Beisein in der Rue Pierre-Ier-de-Serbie tat –, war mir diese Frau ans Herz gewachsen. Ihre stoische Haltung, die vielleicht mit dem hohen Alter zu tun hatte, die Ironie, mit der sie ihre Einsamkeit überspielte, ohne sich je zu beklagen, rührten mich. Darum stand ich an diesem Donnerstag im Morgengrauen auf und holte mein Auto aus der Tiefgarage. Ich war schon seit Monaten nicht mehr damit gefahren, und das Armaturenbrett war mit grauem Staub überzogen. Mir fielen die Kilometer ein, die wir gemeinsam zurückgelegt hatten, deine Hand, die eine CD in den Player schob und dann zärtlich mein Knie berührte. Die Erinnerungen, allgegenwärtig, unberechenbar, brachen sich mit verstörender Wucht Bahn, auch jetzt noch. Es war sechs Uhr morgens, über der noch leeren Stadtautobahn ging die Sonne auf, und ich fuhr in die Mitte Frankreichs, um eine uralte Dame zu begraben, mit der ich nur ein paar Monate lang Kontakt gehabt hatte. Doch um nichts in der Welt hätte ich mir diese Gelegenheit entgehen lassen, von ihr Abschied zu nehmen.

Ich fuhr bis Vichy. Die Landschaft des Bourbonnais tanzte im Licht, ein grünes Feuerwerk zu Ehren des Sommers. Ich folgte den Anweisungen meines Navis und fand auf Anhieb den Weg ins Dorf Jaligny. Am Eingang des Friedhofs wartete ein Küster, insgesamt waren wir etwa fünfzehn Trauergäste. Die meisten Freunde von Alix waren bestimmt schon tot, dachte ich. Da waren ein uraltes Ehepaar, einige Leute unterschiedlichen Alters, die vermutlich im Dorf wohnten, und ein schlecht rasierter Fünfzigjähriger mit unstetem Blick, dessen Anzug sich über den fülligen Leib spannte. Wahrscheinlich der ehrlose Enkel. Der Pfarrer, der die Familie offenbar gut gekannt hatte, hielt eine kurze Ansprache und brachte mit einfachen Worten zum Ausdruck, dass Alix eine aufrechte und mutige Frau gewesen war und dass sie die schweren Prüfungen, die ihr Leben prägten, mit Würde bewältigt hatte. Er erwähnte ihren Mann Louis und Jane, ihre innig geliebte Tochter, der sie nun ins Jenseits folgte. Bevor der Sarg in der Erde verschwand, warf jeder von uns eine weiße Rose darauf. Die Blumen hatten sich in der Morgensonne erwärmt und verströmten bereits einen penetranten Duft.

Als ich mit meiner Rose am Rande des Grabs stand und einer Frau, die ich kaum kannte, die letzte Ehre erwies, die ich dem Mann, den ich so gut kannte, nicht hatte erweisen dürfen, empfand ich sowohl Zerrissenheit als auch eine gewisse Ruhe.

Nach der Bestattung kam ein recht junger, hochgewachsener Mann auf mich zu, der sich vorhin noch ein Jackett über das cremefarbene Hemd geworfen und einen Schlips umgebunden hatte. Er trug einen blonden Dreitagebart und hätte ohne seine auffallend elegante, geradezu englische Haltung schlaksig gewirkt. Er stellte sich vor: Jean-Raphaël Terrasson, Notar. Obwohl ich seine Stimme von unserem Telefonat her wiedererkannte, konnte er mir die Verblüffung wohl an den Augen ablesen.

»Ich weiß, ich entspreche nicht dem Bild, das man sich von unserem Berufsstand macht.«

Ich hätte sein Lächeln gern erwidert, aber es gibt Tage, an denen es mir noch schwerer fällt als sonst, den passenden Gesichtsausdruck aufzulegen. Ich reichte ihm einfach die Hand.

»Elisabeth Bathori. Ich habe für Madame de Chalendar gearbeitet.«

Der Notar lächelte abermals.

»In den letzten Monaten hat Alix oft von Ihnen gesprochen.«

Seine Worte wärmten mir das Herz. Denn trotz der Sonne und der inzwischen schon drückenden Hitze hatte ich allmählich eine Art innere Kälte verspürt. Terrasson bat mich, ihn zu entschuldigen, und wandte sich ab, um sich vom Pfarrer zu verabschieden, der im Aufbruch begriffen war; dieser gab mir im Vorbeigehen die Hand, ohne einen Anflug von Neugier zu verhehlen. Der ungepflegte Fünfzigjährige wartete in einer Ecke, offensichtlich wollte er mit dem Notar reden, sobald dieser mit mir fertig wäre. Als der Pfarrer weg war, wandte sich Terrasson wieder mir zu.

»Sie fahren doch nicht gleich nach Paris zurück?«

Eigentlich wusste ich noch gar nicht, was ich tun würde. Ohne meine Antwort abzuwarten, fuhr er fort: »Ich biete Ihnen an, das Testament heute Nachmittag um 14 Uhr zu verlesen.«

»Aber was habe ich damit zu tun?«

Terrassons Augen schienen zu funkeln.

»Wenn Sie kommen, werden Sie es schon erfahren.«

Für einen Notar war er tatsächlich alles andere als konventionell. Ein paar Schritte von uns entfernt zeigte der Enkel deutliche Anzeichen von Ungeduld.

»Hören Sie«, sagte der junge Mann, »ich rede jetzt kurz mit Monsieur Arapoff, und dann lade ich Sie zum Mittagessen ein, wenn Sie mögen. Einverstanden?«

Darauf war ich nicht gefasst. Das letzte Mal, dass ich mit einem Unbekannten gespeist hatte, war schon lange her. Angesichts meines Zögerns entschied er für mich.

»Rühren Sie sich nicht von der Stelle, ich bin gleich wieder da.«

Ich sah ihn mit großen Schritten auf den Enkel zugehen, mit dem er ein paar Worte wechselte. Unterdessen betrachtete ich die Gräberreihen mit ihren marmornen Kanten, die im Sonnenlicht glänzten. Die Stille wurde ab und an von Vogelgezwitscher unterbrochen, während der Duft des angrenzenden Waldes sich mit dem Geruch von Schnittblumen und Erde vermengte. Die Betrachtung der Toten, die in ihren Gräbern ruhten, ließ mich wieder an dich denken. Was hatte sie mit dir gemacht? Ruhtest du auch an einem so hübschen und friedlichen Ort? Oder hatte man dich im Gegenteil in alle Winde verstreut, und wenn ja, wo? Ich empfand nichts, weder Hass noch Schmerz, nur eine innere Stille, gepaart mit einem Gefühl, das ich nicht sofort benennen konnte, einer Spur von Linderung, so widersinnig es auch anmutete, mitten im Juli, unter der sengenden Sonne, die bis in meine leere Seele vordrang.

5

R..., 26. September 1914

Mein lieber Anatole,

nun sind wir in R... angekommen, nachdem wir bei der Durchquerung der Ardennen schwere Verluste erlitten haben. So ist auch unser Hauptmann bei der Offensive von ████████ gefallen. Wir halten die Linien durch unermüdlichen Einsatz, den uns manche Saxonen erschweren, weil sie unserer Sprache mächtig sind. Sie versuchen uns durch trügerische Rufe zu übertölpeln, was an den Nerven der Truppe zehrt. Gestern Nacht tauchte aus dem Nichts eine feindliche Angriffslinie auf und bewarf uns unter tierischem Geheul mit irgendwelchen Leuchtkugeln. Das Spektakel verfehlte seine Wirkung nicht.

Die Männer erweisen sich als sehr tapfer. Ihre meist jungen Gesichter zeugen von so viel Kampfgeist und Entschlossenheit, dass ich mir doch wieder ein rasches Ende dieses Krieges erhoffe. Darf ich Dir überhaupt gestehen, lieber Anatole, wie lange er mir schon zu währen scheint?

Und wie geht es Dir, teurer Freund? Lassen Dir Deine neuen Aufgaben genug Zeit, um das Werk fortzusetzen, das Du mir vor meiner Einberufung gezeigt hast? Und hast Du Nachrichten aus Othiermont? Dem Postmeister zufolge hakt es derzeit bei der Beförderung von Sendungen. Blanche und Diane, die junge Freundin, von der ich Dir erzählte, haben mir vielleicht geschrieben, ohne dass ich es weiß.

Ich sehe Deiner Antwort mit Ungeduld entgegen.

Mit brüderlichem Gruß

Willecot

6

Terrasson führte mich zu einem kleinen Hotel-Restaurant, dem einzigen im Dorf, allem Anschein nach war er dort Stammgast. Der Glutsommer, den uns die Meteorologen versprochen hatten, war tatsächlich eingetreten, und die Gäste waren auf der Suche nach Kühlung ins Innere geflüchtet. Neben der Tür ließ ein Kind sein Spielzeugauto rollen und ahmte dabei einen brummenden Motor nach, weiter hinten unterhielt sich ein älteres Paar auf Englisch. Wir setzten uns in die Ecke, die uns am kühlsten erschien, besser gesagt am wenigsten stickig. Kaum hatten wir den Friedhof verlassen, hatte der junge Notar sein Jackett ausgezogen. Er bestellte einen Martini auf Eis, ich ein alkoholfreies Bier. Bei dieser Gelegenheit fragte ich die Wirtin nach einem freien Zimmer. Ich hatte mich dagegen entschieden, abends nach Paris zurückzukehren, denn ich war zu müde, um bei dieser Hitze zu fahren.

»Weise Entscheidung«, sagte Terrasson. »So können Sie sich die Gegend ansehen, sie ist wunderschön.«

Ich war es nicht mehr gewohnt, Konversation zu machen. Ich gab mir einen Ruck und fragte aus reiner Höflichkeit: »Stammen Sie von hier?«

Der junge Mann streckte seine langen Beine unter dem Tisch aus.

»Durch meinen Vater. Meine Mutter kommt aus Dover. Meine Eltern ließen sich scheiden, als ich zehn war, und ich habe einen Teil meiner Jugend in England verbracht. Nach meinem Jurastudium in Clermont-Ferrand habe ich das Amt meines Vaters übernommen.«

Wir tranken ohne Hast. Auf einmal schläfrig geworden, drehte ich eine Olive an ihrem Holzspieß hin und her. Diese Anfälle von Schlaflust, die mich seit Monaten unvermittelt überkamen, waren auch eine Art, den Tag um ein paar Stunden zu verkürzen. Terrasson hatte mein ersticktes Gähnen bemerkt.

»War wohl eine lange Fahrt.«

Wir hatten noch gar nicht bestellt, als die Wirtin uns zwei Teller brachte. Die Portionen waren gewaltig. Ich dachte an diese Kindermärchen, in denen üppige Speisen von allein auf den Tischen erscheinen. Terrasson lächelte die Wirtin an – zweifelsohne ein Stammgast.

»Du meinst es gut mit uns, Antoinette.«

Dann sagte er zu mir: »Essen Sie; Antoinette hat den besten Gemüsegarten weit und breit.«

Ich hatte überhaupt keinen Hunger, aber ich zwang mich, eine Tomate auf die Gabelspitze zu nehmen. Sie schmeckte wunderbar, in der Tat, mit einer Spur von fruchtigem Essig angemacht. Unter knackigem Gemüse verbargen sich confierte Entenbrustfilets, gekrönt von einer Handvoll Trüffelspänen. Solche ausgeklügelte Aromen war ich auch nicht mehr gewohnt. Wann hatte ich das letzte Mal eine Mahlzeit zubereitet, die diesen Namen verdiente? Mein Tischgenosse hingegen schien sich überhaupt keine kulinarischen Gedanken zu machen, sondern aß mit gesundem Appetit. Dann ergriff er wieder das Wort.

»Alix war eine Freundin meines Großvaters Louis Terrasson. Böse Dorfzungen behaupten sogar, sie sei mehr als eine Freundin gewesen. Was durchaus nachvollziehbar wäre, denn als junge Frau sah sie wohl umwerfend aus. Wussten Sie, dass sie gegen Kriegsende in London einen Schönheitswettbewerb gewonnen hat?«

Verblüfft fragte ich: »Sie war Engländerin?«

»Nein, aber sie hatte sich 1942 dem weiblichen Freiwilligencorps angeschlossen. Als aufgeklärte Protestantin hielt ihre Mutter Blanche Hitler schon lange vor dem Krieg für einen gefährlichen Irren. Louis de Chalendar, ein enger Freund der Familie, war einer der Ersten, die sich in London einfanden, ein paar Tage vor dem Aufruf vom 18. Juni. Alix war offenbar in ihn verliebt, sie wollte zu ihm, mit siebzehn, mitten im Krieg. Blanche war dagegen, und so ist Alix praktisch von zu Hause ausgerissen und hat sich irgendwie nach England durchgeschlagen. Chalendar war älter als sie, hatte in Frankreich bereits eine Ehefrau, aber es war wohl für beide wahre Leidenschaft. Er ließ sich ihretwegen scheiden und heiratete Alix. In den sechziger Jahren ist er gestorben, an einer Gehirnhautentzündung. Ihrer Tochter zufolge ist Alix nie über seinen Tod hinweggekommen. Sie hat nicht wieder geheiratet.«

Das erklärte, wieso die alte Dame mich so gut durchschauen konnte, obwohl ich ihr nichts Persönliches anvertraut hatte. Die unsichtbaren Spuren der Trauer kannte sie in- und auswendig.

»Jane war ihre einzige Tochter«, fuhr Jean-Raphaël fort. »Leider ging sie eine schlechte Ehe ein, mit Valentin Arapoff, einem Betrüger, der sich als Nachfahre von Weißrussen ausgab. Ihr gemeinsamer Sohn erweist sich nun als unwürdiger oder vielmehr würdiger Erbe seines Vaters.«

»Das war also er, vorhin beim Begräbnis?«

»Richtig. Alexandre Arapoff. Hat Alix über ihn gesprochen?«

»Kaum. Und sie war auch nicht gut auf ihn zu sprechen.«

»Verständlicherweise. Wäre mein Vater nicht eingeschritten, hätte Jane seinetwegen buchstäblich auf der Straße gesessen. Arapoff ist ein erfolgloser Schauspieler und dazu noch spielsüchtig. Außerdem ist er jähzornig. Es könnte nachher durchaus unangenehm werden.«

Während der junge Notar redete, stocherte ich weiter in meinem Teller herum. Beim Essen hatte ich aber doch ein bisschen Appetit bekommen und genoss Trüffel und Entenbrust, die diesem sommerlichen Mahl einen völlig unerwarteten festlichen Beigeschmack verliehen.

»Laden Sie die Bekannten Ihrer Klienten immer zum Essen ein?«

Noch während ich diese Frage stellte, wurde mir bewusst, wie taktlos sie wirken mochte. Terrasson stieß sich jedoch nicht daran.

»Keineswegs. In unserem Dörfchen bekommt man aber selten ein neues Gesicht zu sehen. Und ich muss gestehen, dass ich auf Sie neugierig war. Alix hat Sie sehr geschätzt.«

»Das beruhte auf Gegenseitigkeit. Wie gut kannten Sie Alix?«

»Bevor meine Mutter sich scheiden ließ, war sie eng mit ihr befreundet. Eine junge Engländerin, die sich ins Bourbonnais verirrt hatte – das hat Alix bestimmt an ihre ruhmreiche Londoner Zeit erinnert.«

Er warf einen Blick auf seine Uhr.

»Sie müssen unbedingt Antoinettes Birnentarte probieren, sonst ist sie beleidigt. Und einen Kaffee?«

Ich nickte. Normalerweise kann ich Leute nicht leiden, die für mich bestellen, doch diesmal fand ich es angenehm, mich um nichts kümmern zu müssen. Obwohl ich gar keinen Hunger mehr hatte, naschte ich ein bisschen von der Tarte, die köstlich war, und ließ mir den bitteren Kaffeegeschmack auf der Zunge zergehen. Ich dachte an Alix, die bestimmt hin und wieder in diesem Restaurant gegessen und mich auf ihre eigentümliche Weise hierhin gelotst hatte. Diese leicht entrückte Mahlzeit mit einem Unbekannten, weit weg von Paris, frei von zeitlichen und anderen Zwängen, wäre sicher Anlass zur Freude gewesen, hätte ich mich in meiner Existenz nicht so haltlos gefühlt wie in zu großen Kleidern.

Ein paar Wochen später sollte ich mich an diesen Moment erinnern. Und ich erkannte, dass ich da zum ersten Mal aus dieser entsetzlichen, nicht enden wollenden Benommenheit herausgerissen worden war, die mich seit der Nachricht von deinem Tod erfasst hatte.

7

Im Gegensatz zu seinem Besitzer entsprach das Büro von Jean-Raphaël in jeder Hinsicht dem gängigen Bild einer Notarskanzlei in der Provinz. Schwere Regale aus gewachstem Holz enthielten meterweise Akten mit sonnenvergilbten Rücken. In den Bücherschränken standen reihenweise juristische Nachschlagewerke, von denen die meisten sicher längst veraltet waren, während eine Serie verblasster Stiche die Wände zierte. Von einigen Dalloz-Gesetzessammlungen mit knallrotem Plastikeinband und einer Architektenlampe auf dem Schreibtisch aus Eichenholz abgesehen, schien der junge Mann den Raum in dem Zustand übernommen zu haben, in dem sein Vater ihn hinterlassen hatte.

Wir befanden uns zu dritt dort: Alix' Enkel, Terrasson und ich. Alexandre Arapoff wartete bereits vor der Tür der Kanzlei, als wir angekommen waren, und obwohl wir auf die Minute pünktlich eintrafen, schimpfte er wegen unserer vermeintlichen Verspätung. Von nahem betrachtet, war der Mann ein richtiges Wrack. Ich begriff, warum Alix so wenig von ihm hielt. Sein Gesicht war vom Verzehr fettiger Speisen aufgedunsen, die blutunterlaufenen Augen zeugten von starker Trunksucht, und seine Rasur war so schlampig wie sein Hemdkragen speckig. Er nahm sofort und demonstrativ im rechten Sessel Platz und musterte mich feindselig. Nur seine zitternden Händen verrieten, wie nervös er war. Terrasson schlug in aller Seelenruhe eine Akte auf und erklärte mit einem feierlichen Ernst, den man einem so jungen Mann nicht unbedingt zugetraut hätte:

»Ich habe Sie beide hierher gebeten, um Ihnen das Testament von Alix Marie Bénédicte Laizan de Barges, verheiratete Chalendar, zu verlesen.«

Der Enkel tupfte sich die Stirn mit einem Taschentuch ab, obwohl

25

die Kanzlei zum Teil durch geschlossene Jalousien gegen die Hitze abgeschirmt war. Als Terrasson den handgeschriebenen Text vorlas, hörte ich sehr bald Alix' Ton heraus, ihren so makellosen wie altmodischen Stil, den die steife Kanzleiprosa nicht ganz hatte ausmerzen können. Sie hatte verfügt, dass ihre Wohnung in der Rue Pierre-Ier-de-Serbie an die medizinische Stiftung gehen sollte, die ihr dafür eine Leibrente gezahlt hatte; die Gesamtheit der Archive, die wir gemeinsam sortiert hatten, war bereits als Schenkung an das Institut gegangen. Wie einige Monate zuvor besprochen, sollte ich darüber befinden, wer Einsicht erhalten durfte. Der Enkel erbte ein Haus namens »Les Fougères« in Othiermont im Departement Ain. »Dieses Vermächtnis dürfte ihm selbst im Notfall ein Dach über dem Kopf garantieren«, hatte Alix angemerkt. Gerade als ich mich wieder fragte, warum ich eigentlich hier war, hörte ich zum zweiten Mal meinen Namen. »Elisabeth Bathori hinterlasse ich mein Haus in Jaligny-sur-Besbre samt Inventar. Ich hoffe, dass sie gern dort verweilen wird, und bitte sie, an jedem 23. Juni auf das Grab meiner Tochter Jane Rosen aus meinem Garten zu legen.« Alix hatte mir außerdem eine beträchtliche Geldsumme hinterlassen, um das Haus instand zu halten. Tatsächlich reichte diese Summe auch noch für die Erbschaftssteuer.

Jean-Raphaël hatte das Testament kaum auf die lederne Schreibunterlage zurückgelegt, als Arapoffs zornige Stimme ertönte.

»Was soll das? Othiermont ist unbewohnbar, das Haus muss von Grund auf renoviert werden! Diese Ruine ist keinen Pfifferling wert!«

»Kommen Sie, es handelt sich immerhin um ein voll möbliertes Gutshaus mit sechzehn Zimmern«, sagte Terrasson, ohne sich aus der Fassung bringen zu lassen.

»Die Pariser Wohnung steht mir zu! Sie hatte kein Recht, sie dieser Stiftung zu überlassen!«

»Ihre Großmutter war offenkundig anderer Ansicht, Monsieur Arapoff.«

Arapoff zeigte mit dem Finger auf mich.

»Und was ist mit der da? Warum bekommt ausgerechnet sie Jaligny? Sehen Sie denn nicht, dass meine Großmutter einer Erbschleicherin auf den Leim gegangen ist?«

Sein Gesicht war puterrot angelaufen, und er deutete immer noch mit seinem wütenden Zeigefinger auf mich. Terrasson bewahrte Ruhe.

»Bevor sie dieses Testament aufsetzte, ließ sich Madame de Chalendar vorsorglich von zwei Ärzten untersuchen. Wir haben uns lange über ihren Letzten Willen ausgetauscht, und ich habe nicht den geringsten Grund zur Annahme, dass die Erblasserin von wem auch immer manipuliert wurde.«

»Ich werde hier regelrecht um meine Erbschaft gebracht. Und Sie haben das Ganze ausgeheckt! Ich warne Sie, ich werde dieses Testament anfechten!«, bellte Arapoff.

Der Notar änderte seinen Ton nicht. Er wurde allenfalls eine winzige Spur schärfer.

»Es ist sicher nicht ratsam, einen Juristen zu verunglimpfen, Monsieur Arapoff. Aber nichts hindert Sie daran, ein Verfahren einzuleiten, wenn Sie es denn wünschen. Madame de Chalendar hat übrigens mit dieser Reaktion gerechnet und mich beauftragt, Ihnen das hier zu überreichen.«

Der Notar schob Arapoff mit den Fingerspitzen ein Dokument zu, das der Enkel sogleich ergriff. Die roten Äderchen, die seine Wangen überzogen, wurden dunkler, und er stieß einen Pfiff hervor.

»Die alte Schlampe.«

Offenbar hatte Alix posthum einen perfekten Racheakt vollbracht. Arapoff setzte sich mit einem lauten Schnauben wieder hin. Er atmete schwer, und sein Gesicht war nun scharlachrot. Wenn er so weitermachte, würde er bestimmt nicht alt werden. Aber das Dokument, das er in Händen hielt, würde ihn vorerst davon abbringen, das Testament anzufechten. Jean-Raphaël betrachtete ihn mit zusammengekniffenen Augen. Auch wenn er sich nichts anmerken ließ, war ich mir sicher, dass ihm diese Wendung ziemlich gut gefiel.

Und ich besaß nun ein Haus in diesem Dorf, von dessen Existenz ich bis vor wenigen Wochen nichts geahnt hatte. Ich dachte an das Mittagessen von eben zurück, an dieses schwebende Gefühl weit weg von Paris, an den Rosenduft und an die Auflage, das Grab einer geliebten und verlorenen Tochter zu schmücken. Alix hatte alles genauestens geplant, um ihren Enkel von hier zu vertreiben und mich dort anzusiedeln. Dieses Vermächtnis und die damit verknüpfte alljährliche Verabredung waren für mich auch eine Botschaft, die mich zum Weitermachen anhielt.

8

20. Oktober 1914

Mein lieber Anatole,

ich hoffe, dass Du Dir wegen meines Schweigens nicht allzu viele Sorgen gemacht hast, dass Du wohlauf bist und die Härten des Krieges im Hinterland weniger zu spüren sind. An der Front werden die Kämpfe immer schwieriger: Beide Armeen graben Löcher und verkriechen sich in Schützengräben, die einander direkt gegenüberliegen, mit höchstens ein paar hundert Metern Abstand. Irgendwann müssen wir schließlich angreifen und aus den Gräben klettern, während von allen Seiten Geschütze abgefeuert werden und die Granaten mit ohrenbetäubendem Lärm explodieren. Beim ersten Mal hatte ich solche Angst, dass mir die Knie weich wurden, ich dachte, gleich sterbe ich.

Und weißt Du, was das Schlimmste ist, Anatole? Man gewöhnt sich daran. Man gewöhnt sich an diese Routine, die daraus besteht, dem Tod entgegenzugehen oder den Tod zu bringen. Nach den ersten paar Tagen springen wir nun alle mit Geschrei aus unseren Löchern, als hätten wir ein Leben lang nichts anderes gemacht.

Im Quartier lese ich nachts, wenn die anderen schlafen, immer wieder die Verse von Laforgue, die wir uns so gern gegenseitig vorgetragen haben. Könntest Du mir ein Exemplar der Illuminationen schicken und einen Band von Mallarmé? Ich wage nicht, nach Deinen noch unveröffentlichten Gedichten zu fragen, aber wenn Du einige beifügen könntest, würde mich das sehr freuen.

In brüderlicher Freundschaft

Willecot

9

Ich besichtigte das Haus noch am selben Nachmittag, nach einem kleinen Muntermacher, wie Jean-Raphaël den Whisky nannte, den wir in seinem Büro tranken. Arapoff war türenknallend gegangen, nachdem er uns beiden juristische Schritte angedroht und einige saftige Beleidigungen an den Kopf geworfen hatte.

»Wird er das Testament nun doch anfechten?«

»Seien Sie unbesorgt, Alix hat alles einwandfrei geregelt. Sämtliche Bestimmungen sind legal, auch wenn ihr Enkel gegenteiliger Ansicht ist. Und wenn man alle Spielschulden addierte, die sie beglichen hat, um dieser jämmerlichen Figur Ärger zu ersparen, würde der Vorempfang den Erbteil bei weitem überschreiten … Im Vergleich zu Othiermont ist Jaligny ohnehin nur eine kleine Hütte. Blanche de Barges, Alix' Mutter, hat das Haus nach dem Ersten Weltkrieg gekauft, als sie in Vichy eine Kur gemacht hatte. Wollen Sie es mal sehen?«

Ich nickte, ohne recht glauben zu können, was da geschah. Wir gingen die Hauptstraße entlang, die gerade erst aus dem Dämmerschlaf eines drückenden Nachmittags zu erwachen schien. Nach achthundert Metern ließen wir die Häuser hinter uns und bogen in eine Allee mit dichtem Baumbestand ein, unter deren Blätterdach es herrlich frisch war. Aus dem Gehölz stieg ein starker Geruch nach Pflanzen auf, eine Mischung aus Humus, Baumsäften und Geißblatt. Am Ende wurde die Allee breiter und gab hinter einer Linde den Blick auf einen rechteckigen Kasten von bescheidener Größe frei, an dessen Wänden wilder Wein und Blauregen wucherten. Die Eingangstür und die hölzernen Fensterläden erinnerten mit ihrem Farbanstrich an die Fassaden von Hafenstädten oder bretonischen Dörfern.

Terrasson suchte eine Weile nach dem richtigen Schlüssel und betrat das Haus dann wie jemand, der sich dort auskannte. Es fühlte sich noch bewohnt an, als könnte die Hausherrin jeden Moment von einem Spaziergang zurückkehren. Als ich die sparsame, aber komfortable Einrichtung sah, erkannte ich die makellose Ordnung wieder, die in der Rue Pierre-Ier-de-Serbie herrschte. Der Salon war ziemlich weitläufig und offensichtlich der Lieblingsraum. Das Tageslicht fiel durch niedrige, aber breite Sprossenfenster. Auf der anderen Seite führte der Flur in eine kleine Küche und einen Raum mit geschlossenen Fensterläden, der wohl als Esszimmer gedient hatte. Dort lehnten eine Staffelei und Gemälde an den Wänden, die mit weißen Tüchern verhüllt waren. Überall roch es nach einer Mischung aus Stein, Bohnerwachs, Feuerholz, das über Jahrzehnte im Kamin verheizt worden war, und noch etwas anderem, das ich nicht einordnen konnte, es war jene einzigartige Duftmarke, die ein Haus von jedem anderen unterscheidet.

Wir kehrten in den Salon zurück, wo jeder Gegenstand von Alix' Gegenwart zeugte. An einer Stuhllehne hing eine blassblaue Strickjacke. Ich sah mir den Titel des Buches an, das noch aufgeschlagen dalag: *Albertine*. Hinter einer Glastür war der Garten zu sehen, wo alte Rosensträucher ihre sommerliche Farbenpracht entfalteten: weiß, cremefarben, gelb mit rosarotem Rand. Mit der Fingerspitze berührte ich die Teekanne aus Sèvres-Porzellan, die auf dem Beistelltisch stand. Beim Gedanken, dass Alix und ich nie wieder zusammen Darjeeling trinken würden, schnürte mir Trauer die Kehle zu.

Jean-Raphaël führte mich in das obere Stockwerk und öffnete die Fensterläden. Der schmale Flur wurde schlagartig in Licht getaucht. Von ihm gingen auf einer Seite zwei Schlafzimmer ab, auf der anderen ein Arbeitszimmer mit Bibliothek. Ganz am Ende gab es noch einen schmalen Raum, offenbar ein altes Spielzimmer, das zum begehbaren Kleiderschrank umgewandelt worden war. Das größere der beiden Schlafzimmer war tatsächlich protestantisch karg möbliert, von zwei Porträts an der Wand abgesehen, um die sich ein paar kleinere gruppierten. Ich nahm mir die Zeit, diese zwei eingehender zu betrachten: Das eine zeigte einen Mann, das andere eine Frau, beide waren vermutlich um 1910 herum entstanden. Zwei stattliche Erscheinungen, die den Betrachter durch die Maske einer hundertjährigen Reglosigkeit ansahen.

Mein Blick blieb an den Augen der Frau hängen, so blau wie Delfter Porzellan, ihren runden Wangen, den vollen Lippen; sie war höchstens dreißig Jahre alt und trug ein türkisblaues Kleid, das zu ihren Augen passte und die helle Haut ihres Dekolletés und ihrer rundlichen Arme zur Geltung brachte. Der Mann trug eine Offiziersuniform. In der schmalen Hand, die auf seinem Knie ruhte, hielt er ein Paar gelbweißer Handschuhe. Mit seinen braunen, stark glänzenden Augen, dem schönen, fast weiblichen und ganz und gar bartlosen Gesicht wirkte er eher wie ein Dichter oder Schöngeist als wie ein Soldat. Obwohl er deutlich schlanker war als sie, hatte ich den Eindruck, dass sie sich vom Gesicht her ähnelten. Vielleicht lag es an der auffallend hellen Haut, der schmalen Nase oder aber an der Lippenlinie.

»Darf ich vorstellen? Blanche und Alban de Willecot«, ertönte hinter mir die Stimme des Notars.

Ich hatte mich in Bezug auf die Familienähnlichkeit also nicht getäuscht. Die Porträts zeigten Alix' Mutter und ihren Onkel, den Verfasser der Briefe. Ich ließ meinen Blick über die Fotos schweifen, die ebenfalls an der Wand hingen. Eins war neueren Datums und zeigte einen rund vierzig Jahre alten Mann, groß, distinguiert, mit Schnurrbart, auch er in Offiziersuniform, vermutlich Alix' Mann. Und noch ein Offizier in der Uniform des Ersten Weltkriegs, vielleicht ihr Vater? Dann ein kleines Mädchen, sechs oder sieben Jahre alt, mit Spitzenkleid, Söckchen und Lackschuhen. Das vergrößerte Foto einer jungen Frau (das kleine Mädchen von einst?), in einer Pose, die an das Porträt von Blanche erinnerte: die erwachsene Jane, wie ich sofort erriet. Sie war hübsch, mit ebenmäßigen Zügen, die Augen so blau wie die ihrer Großmutter. Ihren Mundwinkeln war aber eine versteckte Bitterkeit anzusehen, eine Traurigkeit, die das Studioporträt trotz gekünstelten Lächelns nicht verbergen konnte.

Hier hatte Alix also ihr persönliches Mausoleum eingerichtet, hier hielt sie allnächtlich Zwiesprache mit ihren Toten. Sie musste sich sehr einsam gefühlt haben, und ich fragte mich, ob ich mich selbst auch noch Jahre später mit meinen Erinnerungen und meiner Trauer einigeln würde. Der Notar und ich verließen das Zimmer, ohne ein Wort zu sagen.

»Sie mochten Madame de Chalendar«, stellte er fest, als wir die Treppe hinuntergingen.

»Wir hatten einiges gemeinsam.«

Zum Schluss drehten wir noch eine Runde im Garten. Ich staunte über die üppige Blütenpracht. Alix mochte einen Teil ihrer Zeit mit den Toten verbracht haben, aber sie hatte auch viel Lebendiges hervorgebracht. Ich roch gerade an einer Rose mit feinem Duft, als ich es im Gesträuch rascheln hörte. Ein weißes Kätzchen mit langem Fell sprang heraus und blieb am Rand des Rasens stehen. Es beobachtete uns neugierig.

»Na du«, sagte ich und ging in die Hocke.

Das Tierchen musterte mich einige Sekunden lang, in denen wir beide vollkommen regungslos verharrten, dann kam es Schritt für Schritt auf mich zu und sah mich dabei unverwandt an, immer noch darauf bedacht, einen Sicherheitsabstand zu wahren. Es war höchstens ein Jahr alt und hübsch, wenn auch ein bisschen dürr, wie es bei streunenden Katzen oft der Fall ist. Eine feine, längliche Schnauze, goldbraune Augen, weißes Fell, an Pfoten und Schwanz grau unterlegt. Am Ende dieser Beobachtungsphase, in der ich den Atem angehalten hatte, kam die kleine Katze vorsichtig näher, um meine ausgestreckte Hand zu beschnuppern. Dann miaute sie kurz und lief in den Wald zurück.

Vier Wände, Blumen, eine Katze. Da dachte ich, dass es zwar gar nicht so ungewöhnlich ist, ein Haus zu erben, man aber nur selten einen Ort geschenkt bekommt, und das auch noch schlüsselfertig, an dem es sich leben lässt.

10

Bald würde ich nach Jaligny zurückkehren. Paris hatte sich während dieses Jahrhundertsommers in einen Glutofen verwandelt, der all jene Städter stumpf vor sich hin schwitzen ließ, die nicht rechtzeitig in die Ferien aufgebrochen waren. So kurz mein Juliaufenthalt im Bourbonnais gewesen war, hatte die Hausbesichtigung, an die ich häufig denken musste – eines Nachts hatte ich sogar davon geträumt –, genügt, um mir vor Augen zu führen, wie unerträglich es war, in der Hauptstadt auszuharren.

Kurz nach deiner Verlegung in eine weit entfernte Stätte für Patienten im Endstadium war ich aus unserer gemeinsamen Wohnung in der Rue P. im zehnten Arrondissement geflohen. Ich hatte mir ein Hotelzimmer genommen und war schließlich wieder in die kleine Wohnung in der Rue Gabriel-Lamé gezogen, die ich gekauft hatte, bevor wir uns kennenlernten, und zunächst nur ein Jahr lang bewohnen sollte. Dort blieb ich und konnte mich nicht aufraffen, all die Habseligkeiten zu holen, die ich zurückgelassen hatte. Meine ganze Garderobe bestand aus zwei Jeans, einer Handvoll T-Shirts und ein paar Pullis. Eine Pappschachtel diente mir als Nachttisch, und ich schlief auf einem Futon, den ich im Internet bestellt hatte. Die Vorstellung, ein neues Bett zu kaufen, kam mir immer noch abwegig vor. Die nackten Wände, die Gesichtslosigkeit der austauschbaren Möbel, die ich hastig in einem dieser gleichförmigen schwedischen Einrichtungshäuser erstanden hatte, linderten meinen Kummer. Mehr hätte ich wohl nicht ausgehalten.

Nach meiner Rückkehr von Alix' Beerdigung fand ich auf meinem Anrufbeantworter eine Nachricht von Liliane vor. In Gedanken nenne ich sie »die Hexe«. Es gibt auf der Erde praktisch niemanden, den ich hasse, mit Ausnahme deiner Exehefrau. Allein wenn ich ihre Stimme höre, wird mir übel. In einem süßlichen Ton sprach Liliane deinen »Nachlass« an, um den sie mir eine regelrechte Schlacht lieferte, es fing damit an, dass sie die Schenkung anfocht, die du mir unmittelbar nach Erhalt deiner Diagnose gemacht hattest. Ich war die Sache leid und hatte meine Anwältin zu Beginn des Sommers angewiesen, die Segel zu streichen und meinen Anteil an unserer gemeinsamen Wohnung zu verkaufen. Lilianes Nachricht endete mit der Aufforderung, die Wohnung schleunigst zu räumen, damit dein Sohn sie zum Verkauf anbieten könne. Für mich stand fest, dass besagter Sohn sich viel eifriger darum bemühen würde, die Früchte dieser Transaktion zu ernten, als er sich bemüht hatte, dich zu besuchen, als die Welt dir langsam, aber sicher abhandenkam.

Obwohl die Hexe mich schon seit Wochen bestürmte, war ich bisher auf keine ihrer Forderungen, die allmählich zu Mahnungen wurden, eingegangen. Es schien mir unerträglich, unsere Wohnung wieder zu betreten, durch die Zimmer zu gehen, in denen du und ich gelebt, geredet, geschlafen und uns geliebt hatten. Und ich wollte mir erst recht nicht das Ende in Erinnerung rufen, den Moment, in dem alles gekippt war.

In Jaligny hatte sich allerdings etwas verändert. Eine winzige Verschiebung auf der Ebene der Wahrnehmung, ein unmerklicher Energieschub, die Möglichkeit, wieder irgendwo anzudocken, mich aus diesem Zeitsumpf herauszuziehen, in dem ich seit Monaten versank. Zum ersten Mal brachte ich den Mut auf, die Hexe zurückzurufen, und hinterließ ihr meinerseits eine Nachricht auf dem Anrufbeantworter. Gleich danach nahm ich Kontakt zu einer Umzugsspedition auf und gab einen Kostenvoranschlag in Auftrag.

Zwei Wochen später klingelte ich in der Rue P., mit den Schlüsseln in der Hand. Die beiden Möbelpacker, die vor dem Haus eine Zigarette geraucht hatten, während sie auf mich warteten, gingen mit mir hinein. Liliane war da, elegant wie immer, und schon die dominante Note ihres Parfüms löste bei mir Brechreiz aus. Diese Frau nahm bereits mit ihrem Duft alles in Beschlag. Sie sah schlecht aus, ihr Gesicht war noch hagerer, ihre Miene noch mürrischer als bei unserer letzten Begegnung. Auch dein Sohn war da, den ich im Lauf von sieben Jahren nur dreimal getroffen hatte. Das war aber nur zu verständlich, denn er arbeitete im Londoner Finanzsektor und hatte keine Zeit zu verlieren, schließlich musste er unbedingt aus Geld noch mehr Geld machen. Mit fünfundzwanzig hatte er schon Fett angesetzt und gab trotz kostspieliger Uhr und maßgeschneiderten Anzugs keine gute Figur ab. Mit zwanzig Jahren mehr auf dem Buckel und ein paar tausend Euro weniger in der Tasche hätte man ihn leicht für einen Doppelgänger von Alexandre Arapoff halten können. Was beide in unterschiedlicher Ausprägung gemein hatten, war die Vulgarität derjenigen, die ihr Erbe gar nicht schnell genug antreten konnten.

»Nimm dir, was du willst«, sagte Liliane grußlos. »Wir mussten dein Zeug einsammeln, weil du es ja nicht abgeholt hast.«

In einer Ecke lag ein Haufen Kleider, wahllos aus den Schränken gerissen und auf den Boden geworfen. Dazu noch ein paar Plastikkisten, von denen eine absurderweise einen Wust alter Computerkabel enthielt. Lilianes großzügige Geste kostete sie in Wahrheit nichts: Der Großteil der Möbel war verschwunden, sämtliche Wertsachen waren längst eingesackt. Mir wurde das Herz schwer beim Anblick der weißen Wände und der Kordeln, die von den Bilderleisten baumelten, sie hatten die Gemäldesammlung gehalten, die du über zwanzig Jahre so sorgfältig zusammengetragen hattest, genau wie die kostbaren Keramiken, die deine Leidenschaft waren, davon blieben nur noch verwaiste Regale. Ich ging wie in Zeitlupe durch die Wohnung, ein Gefühl, das man aus Albträumen kennt, und erkannte sie kaum wieder, denn man hatte ihr alles geraubt, was sie mit Leben erfüllte. Als ich unsere Bibliothek erreichte, stellte ich fest, dass sie dem Beutezug zum Teil entgangen war, vermutlich wegen ihres geringen Marktwertes. Die Bücher und Aktenordner hatte man umgeschichtet und einige Stapel auf die Stühle verteilt. Dafür waren fast alle Bände der teuren Pléiade-Sammlung weg, genau wie die Nachschlagewerke, die Kunstbände und sämtliche Erstausgaben.

Die Möbelpacker, die mir auf Schritt und Tritt folgten, fragten: »Was sollen wir mitnehmen?«

»Alles, was sich hier befindet«, antwortete ich und zeigte auf das Arbeitszimmer.

Ich warf einen letzten Blick auf deinen Ledersessel, auf diesen Raum, in dem du mich das erste Mal geküsst hattest, ein zarter Kuss auf den Nacken. Da war noch dieser scheußliche ausgestopfte Antilopenkopf, den du aus dem Senegal mitgebracht hattest, die Pistole deines Großvaters, die ich zu deiner Belustigung nur widerwillig berührte, der Fötus eines zweiköpfigen Hundes in Formalin. Unser erster Ausflug als Verliebte fand im Musée Dupuytren statt, diesem kleinen Institut für tierische Teratologie. Wer, wenn nicht du, konnte auf eine so alberne Idee kommen? Während ich von einer Flut von Erinnerungen heimgesucht wurde, hatten sich die Möbelpacker an die Arbeit gemacht, schätzten das Volumen eines jeden Gegenstands, entfalteten die Umzugskartons. Ich hatte hier nichts mehr zu tun, stellte ich fest, was immer von uns beiden noch geblieben sein mochte, war tot, tot wie alles andere.

Ich wartete zwei Stunden im Café gegenüber, mit einer Zeitung, die zu lesen mir nicht gelang. Nour sagte kein Wort und stellte mir ab und zu einen koffeinfreien Kaffee oder ein Glas Wasser hin. Er mochte dich und hatte dir bis zum Schluss einen Teller mit Essen hochgebracht, wenn ich zur Arbeit musste. Der Himmel war weiß vor Hitze, und ich bin zwischendurch wohl eingeschlafen, auf dieser Caféterrasse, inmitten des Stimmengewirrs, das gelegentlich von Lachen oder arabischen Kehllauten durchbrochen wurde. Als die Möbelpacker wieder auftauchten, stand ich auf und nahm Abschied von Nour, der hinter dem Tresen hervorkam, um mir die Hand zu geben. Uns beiden war klar, dass wir uns so bald nicht wiedersehen würden. Ich verzichtete allerdings darauf, mich von Liliane und ihrem Spross zu verabschieden. Ich fühlte mich kaum in der Lage, ihr zu vergeben, was sie mir angetan hatte.

Abgesehen von einem heftigen Gewitter, das uns erwischte, als wir durch Vichy fuhren, verlief die Reise reibungslos. Ich folgte dem

37

Möbelwagen im selben gemächlichen Tempo. Bei unserer Ankunft erkannte ich die Hauptstraße wieder und fand den Weg auf Anhieb, obwohl mein Orientierungssinn sonst nicht so gut funktioniert. Die Möbelpacker schafften es, am Ende der Allee zu parken. Beide waren Profis, sie arbeiteten schnell und brauchten nicht mal eine Stunde, um den Sessel und rund dreißig Bücherkartons ins Obergeschoss zu bringen. Während sie dort zugange waren, zündete ich mir eine Zigarette an, was ich in letzter Zeit viel zu oft tat. Ich öffnete die Glastür und atmete den Geruch nach Regen und Staub ein, der vom Boden aufstieg, diesen Geruch, der das Ende einer langen Dürreperiode anzeigt.

Die Möbelpacker schienen über die Höhe erstaunt, als ich ihnen ihr Trinkgeld gab. Ohne sie hätte ich das Ganze nicht so eisern durchführen können. Erst als die Wagentüren zugeschlagen waren und der Motorlärm in der Ferne verhallte, ließ ich dem Kummer freien Lauf, der sich seit dem Morgen in mir angesammelt hatte, erst dann beweinte ich dich, bis ich nicht mehr konnte, dich, dessen irdisches Dasein fortan nur noch aus dreißig Kisten voller Bücher und Notizen bestehen würde, aufgestapelt im ehemaligen Arbeitszimmer eines abgelegenen Hauses, das den Bäumen und dem Vergessen anheimgegeben war.

11

2. November 1914

Mein lieber Anatole,

Danke für Deinen langen Brief, der mir das Herz erwärmt hat. Während die Kälte hier immer unerträglicher wird, denke ich oft an Dich und danke Gott, weil Du zwar mit dieser Behinderung geschlagen bist, die Dir aber immerhin das Feuer an der Front erspart, sosehr Du auch bedauerst, ins Hinterland verbannt zu sein.

Der Alltag hier ist eintönig. Mein Bataillon pausiert gerade, nachdem es schwere Verluste erlitten hat: Ein Drittel der Soldaten ist bereits gefallen oder als vermisst gemeldet. Das Geschützgewitter der Deutschen richtet Verheerungen an. Unser Major wurde am Oberschenkel getroffen, und mein Adjutant ist tot, er wurde vor meinen Augen von Maschinengewehren umgemäht. Der neue heißt Gallouët. Er stammt aus Saint-Malo und ist Teil des bretonischen Kontingents, weil unsere Reihen (jetzt schon!) wieder aufgefüllt werden mussten.

Nun ist es so, dass sich dieser treu ergebene, aber ziemlich wortkarge Bursche für Fotografie begeistert. Das habe ich als Zeichen des Schicksals aufgefasst und für uns beide die entsprechende Erlaubnis beantragt. Wenn wir sie bekommen, wird mich mein Adjutant in den Gebrauch der Kamera einweisen, das hat er mir versprochen. Wenn ich daran denke, dass ich diese teuflische Erfindung partout nicht anfassen wollte, als Du und ich in Othiermont waren, weil mir mein Teleskop lieber war!

Derweil trage ich stets die Verse bei mir, die Du mir geschickt hast. Ich spreche sie mir in diesen endlos langen Nächten vor, in denen wir darauf warten, dass es über unseren Unterständen Tag wird, tief im Graben verkrochen, während wir vor lauter Kälte nicht schlafen können. Diese Verse sind mir eine große Hilfe.

In tiefer Freundschaft

Willecot

12

Ich blieb bis Anfang September in Jaligny. Die Hitze hatte in Europa zum Teil verheerende Folgen gehabt, zahlreiche Menschen waren ihr zum Opfer gefallen. Dieser Erstickungstod war Alix wenigstens erspart geblieben. Die vier Wände, die sie mir überlassen hatte, bewahrten mich halbwegs vor der Hitze, während das dichte Laubdach die Natur zumindest ein bisschen vor dem Ausdorren schützte. Die meiste Zeit brachte ich lesend zu, bei geschlossenen Fensterläden im geräumigen Salon ausgestreckt. Manchmal ging ich morgens, wenn die Temperaturen noch erträglich waren, zu Antoinette und trank einen Kaffee auf ihrer Terrasse. Einmal traf ich mich dort sogar zum Mittagessen mit Jean-Raphaël Terrasson.

Der junge Notar begegnete mir mit der gewohnten Herzlichkeit und fragte besorgt nach, ob es mir hier nicht zu einsam wäre, in diesem entlegenen Dörfchen fern der Hauptstadt. Ich konnte ihn beruhigen. Die Einsamkeit habe schon seit langem von mir Besitz ergriffen, inzwischen seien sie und ich miteinander verschmolzen. In der Bäckerei hätten einige Dorfbewohner durchaus versucht, sich mit mir zu unterhalten, das hätte ich aber ganz höflich abgewehrt, auch wenn mir bewusst sei, dass meine Anwesenheit für Gesprächsstoff sorgte. Nur meiner Nachbarin Marie-Hélène sei es gelungen, die Festung zu stürmen, sie habe mir mehrmals Marmelade und Obst aus ihrem Garten vorbeigebracht, der an meinen Garten angrenzte. Sie sei ein bisschen zudringlich und sehne sich offenbar sehr nach Gesellschaft, und so sei mir nichts anderes übriggeblieben, als ihre Freundlichkeit zu erwidern.

Eines Abends hatte sie mich mit ihren beiden Kindern besucht, einem Mädchen und einem Jungen. Der Vater hatte sie nach der Geburt ihres Sohns verlassen. Marie-Hélène arbeitete im Postamt des

Nachbardorfs. Mit diesem Haus und dem Garten war sie bestens vertraut, weil sie als Kind ständig dort gespielt hatte. Wie sie mir erzählte, war ihr Großvater der Gärtner von Blanche de Barges und ihr Vater dann der Gärtner von Alix de Chalendar gewesen. Zu Blanches Lebzeiten war der heute verwilderte Teil des Anwesens ein baumreicher Park gewesen, voller seltener Arten und Blumenbeete. Ich hatte Marie-Hélène gesagt, ihre Kinder könnten gern im Garten spielen, und dieses leichtsinnige Angebot sogleich bereut, auch wenn die beiden einen liebenswerten Eindruck machten. Ich wollte nicht in dieser Einsiedelei gestört werden, die mich in gewisser Weise über das hinwegtröstete, was aus meinem Leben geworden war.

Auch wenn ich nichts Besonderes damit anstellte, hatte mich das Geschenk von Alix aus der Haltlosigkeit gerissen, die mich seit deinem Verschwinden zunehmend von meinem Pariser Leben entfremdete. Nach und nach hatten sich alle Bindungen gelöst, und für mich gab es in dieser Stadt kaum mehr Bezugspunkte, von ein paar guten Freunden abgesehen. Nach deinem Tod hatte ich ja versucht, an die Uni zurückzugehen, aber ich konnte die Gesichter der Studenten nicht mehr auseinanderhalten und mir auf das, was die Kollegen sagten, keinen Reim machen. Ich hatte das Gefühl, Fischen in einem Aquarium zuzusehen. Eines Tages stand ich in einem vollen Hörsaal und war nicht in der Lage, meinen Vortrag auch nur abzulesen. Nachdem man mich für kurze Zeit krankgeschrieben hatte, ließ ich mich beurlauben. Die Dekanin wollte mich davon abbringen, eine solche Unterbrechung würde meiner Karriere schaden. Vermutlich ging es ihr vor allem um die Publikationsquote ihres Fachbereichs. Als ihr die Argumente ausgingen, sagte sie schließlich: »Das hätte Ihr Mann sicher nicht gewollt.« Das widerte mich an. Diese Frau maßte sich an, deinen posthumen Willen zu kennen, dabei hatte sie dich höchstens zweimal gesehen.

Danach hatte ich mich sechs Monate lang in meine Wohnung verkrochen und nur dann gegessen oder das Bett verlassen, wenn es unumgänglich war. Meine Migräneanfälle waren unterdessen chronisch geworden, aber dafür war ich sogar dankbar. Der körperliche Schmerz war wenigstens greifbar und setzte der allgemeinen Auflösung etwas entgegen. Irgendwann gab ich dem Drängen meiner besten Freundin Emmanuelle nach und ging ins Krankenhaus, um mich durchleuchten zu lassen. Man stellte eine schwere Depression fest und drückte mir die Adresse einer Psychotherapeutin in die Hand, die im Papierkorb landete, kaum dass ich zu Hause war. Ich scherte mich einen Dreck um deren Meinung. Natürlich hätte ich meinen Freunden lieber die makellose Fassade des Ich-komm-darüber-schon-hinweg präsentiert. Weil es mir aber nicht gelang, deinen Tod überhaupt als Tatsache zu begreifen, war ich erst recht nicht in der Lage, ihn zu verarbeiten. Und als mein Bruder, zu dem ich so gut wie kein Verhältnis habe, auch noch anrief, um mich zu belehren – ich solle endlich »damit abschließen« –, schaltete ich das Telefon ein für alle Mal aus.

Ich weiß noch, wie ich am Ostersonntag auf meinem Balkon saß und im Viertel die typische Ruhe eines verlängerten Wochenendes bei strahlendem Wetter eingekehrt war. Paris war verwaist, die Sonne brannte weiß auf die Fassaden herab, ein Weiß wie von Knochen, und die Stille – die Stille kroch mir unter die Haut und erfasste meinen ganzen Körper. Ich saß auf dem Balkon, das Licht strömte nur so in mich hinein, ich spürte nichts mehr, war nicht mehr vorhanden, war durchscheinend und der Welt enthoben, da war nur noch dieses Sonnenauge, das mich durchbohrte und jede einzelne Zelle zur Explosion brachte, ein weißer Taumel, mitreißend, magisch.

Ein Moment, den ich niemals vergessen würde, ein Moment der Fülle, wie ich ihn selten erlebt hatte. Aber auch ein Moment der Klarheit, der mir zeigte, was ich nicht hatte sehen wollen: Ich drohte in den Wahnsinn abzugleiten. Und es war niemand mehr da, der mich zurückhalten würde.

13

Ein guter Freund, der Vize-Konsul, wie ich ihn nenne, besuchte mich just, als ich Tag und Nacht schon kaum mehr unterscheiden konnte. Eines Abends hatte er an meiner Tür geklingelt, ausgerechnet er, der mich in den neun Jahren unserer Freundschaft bisher noch nie zu Hause aufgesucht hatte, und lange mit mir geredet. Ich weiß nicht mehr genau, was er sagte, aber ich weiß noch, mit welcher Ruhe er mich angesehen hatte, mit welcher Entschlossenheit er mich dazu brachte, im Badezimmer die Schublade mit den Medikamenten zu öffnen, und schließlich einen Teil dieser Medikamente mitnahm. Mit seiner brutalen Offenheit musste er aber irgendetwas in mir bewegt haben. Ein paar Tage später erhielt ich eine Nachricht von Eric Chavassieux, dem Leiter des IFZJ, des Instituts für Fotogeschichtsschreibung des 20. Jahrhunderts. Er wusste nichts von deinem Tod und wollte mir einen Auftrag erteilen, eins dieser Gutachten, die ich seit Jahren für ihn erstellte.

Aus einem Überlebensinstinkt heraus sagte ich zu. Dann nahm ich weitere Aufträge an. Am Ende heuerte ich beim Institut an, als die Stelle einer technischen Mitarbeiterin frei wurde. Eric war zunächst bestürzt. Er könne mir doch nicht diese undankbaren Aufgaben übertragen, die höchstens als Brotjob taugten und die er selbst Studenten auf der Suche nach einem kleinen Nebenverdienst kaum anzubieten wagte. Ich hingegen war mit dieser Stelle vollauf zufrieden. Der Institutsleiter ließ sich schließlich überzeugen. In den ersten Monaten verbrachte ich viel Zeit mit Sortieren, Ablegen, Zuschneiden, Kopieren und Kleben. Der Mindestlohn genügte, um meine nicht vorhandenen Bedürfnisse zu decken. Akademische Ehren, Tagungen, Kolloquien, Radiosendungen, Buchvorstellungen – all das war vorbei. Die historische Erforschung der Ansichtskarte würde sehr gut ohne mich auskommen, auch wenn ich auf diesem Gebiet als eine der besten Spezialistinnen Europas galt. Die Forschung würde generell ohne mich auskommen.

Bisher hatte ich auch am Institut einige Gutachten erstellt, aber es handelte sich um einfache und banale Fälle, die in wenigen Tagen abgehandelt werden konnten. Einzige Ausnahme: der Willecot-Fundus. Wir hatten einen Anruf erhalten, der uns auf einen Bestand von Postkarten aus dem Ersten Weltkrieg hinwies. Sie wurden als Teil einer privaten Korrespondenz entdeckt, die an Anatole Massis adressiert war. »Das übernimmst du«, hatte Eric verfügt.

Ansonsten erstellte ich freiwillig sämtliche Bestandsaufnahmen, Abschriften und Inventare, selbst die langweiligsten, solange sie mich in die Provinz führten oder besser noch ins Ausland. Ich konnte mit aller gebotenen Geduld hundert Archivkästen durchgehen oder dreißig Jahrbücher, um ein einziges Foto, eine Bescheinigung, ein Zertifikat ausfindig zu machen, konnte das unleserlichste Gekritzel transkribieren, solange ich nicht selbst reden oder denken musste. Diese stumpfsinnigen Arbeitstage, in denen ich Namenslisten anlegte, Dokumentenmaße oder Jahreszahlen in Tabellen eintrug, schirmten mich mit ihrer betäubenden Wirkung gegen die Verzweiflung ab. Lullten sie ein.

Über ein Jahr lang hatte ich mich an der Anonymität von Archiven, Bahnhöfen und billigen Hotelzimmern in der Provinz berauscht. Mir gefiel die Rolle der stummen Passantin, die sich nur noch an den weißen Himmel richtet, mir gefiel diese Aufhebung von Raum und Zeit. Und dann wurde mir die Anstrengung und Langeweile dieses Nomadenlebens zu viel. Auch die Einsamkeit. Eric Chavassieux regte an, dass ich mich um das Forschungsstipendium bewerben sollte, das die Gedenkkommission zum hundertjährigen Jubiläum des Ersten Weltkriegs ausgeschrieben hatte. Das Geld hatte ich eigentlich nicht nötig, ich hatte nicht einmal Lust, mich wieder auf diesem Feld zu betätigen, aber das Projekt erschien mir wie eine neue Möglichkeit, die Zeit zu überlisten, meine Erzfeindin, diese unteilbare graue Masse, die selbst durch eine endlose Abfolge von Arbeitsstunden, Namenslisten, Zügen und Flugzeugen nicht weniger wurde.

Das Haus in Jaligny kam wie gerufen, um mich von diesem unaufhaltsamen Umherirren zu erlösen. Ich lebte mich langsam ein, wagte noch nicht, mich ganz und gar darin einzurichten, obwohl ich spürte, dass dieser Ort mich allmählich aufnahm. Die kleine Katze, die den Garten unsicher machte, war wieder aufgetaucht. Seit unserer Begegnung im Juli hatte sie etwas zugenommen. Wie beim ersten Mal verharrte sie am Rand des Rasens und beobachtete mich eine Weile, bevor sie auf mich zukam. Jeden Abend stellte ich etwas Futter raus, und die Katze, die ich Löwelinchen getauft hatte, machte bei Einbruch der Dämmerung immer häufiger vor dem Haus halt. Manchmal erlaubte sie mir, sie ein paar Sekunden lang zu streicheln. Ich mochte diese flüchtige Präsenz, diesen weichen, weißen Blitz, der sich gern eine Liebkosung abholte, bevor er wieder in den Wald sauste.

Ein Anruf von Eric läutete das Ende meines Rückzugs ein. Zunächst dachte ich, dass er sich wegen des Stipendiums meldete, aber nach den üblichen Begrüßungsfloskeln kam er gleich zur Sache: »Wir haben zwei Notfälle, Elisabeth. Ohne deine Hilfe wird es wohl nicht gehen.«

14

Die Fernstraße war noch leer, als ich sie gegen sechs Uhr früh nahm; in nur dreieinhalb Stunden erreichte ich die Hauptstadt. Erst im Stau, der die Pariser Stadtautobahn verstopfte, ließ ich mir das Gespräch mit Eric wieder durch den Kopf gehen. Ende August hatte Alexandre Arapoff ihn im Institut besucht: Alix' Enkel war einfach zur Mittagszeit in Erics Büro aufgekreuzt, ohne Termin, und hatte lautstark mit einem Prozess gedroht, um die Herausgabe des Willecot-Fundus zu erzwingen. Dank Jean-Raphaël hatte ich jedoch den Eindruck gewonnen, dass die Drohungen, die von diesem Individuum ausgingen, uns nicht weiter beunruhigen sollten.

Das zweite Problem hingegen war deutlich heikler und trug den Namen Joyce Bennington. Sie war die amerikanische Biographin von Massis. Vor einigen Jahren hatte sie uns bereits bestürmt, um an einzigartige Dokumente aus dem fotografischen Nachlass des Dichters heranzukommen. Er zählte zu diesen Ästheten, die von der gerade aufblühenden Technik fasziniert waren und im späten 19. Jahrhundert heliographische Zirkel bildeten, wo sich Gelehrte und kunstsinnige Großbürger trafen. Mit seinen Freunden hatte Massis raffinierte Aufnahmen gemacht, auf eine Weise mit Licht und Schatten, Hell und Dunkel experimentiert, die noch stark von der Malerei inspiriert war. Das Institut besaß rund hundert Kalotypen von Massis und zwei Hefte mit technischen Anmerkungen, die seine Enkelin Marie-Claude O'Leary uns sechs Jahre zuvor zu einem Spottpreis überlassen hatte. Darin hatte der Dichter die Abzüge aufgelistet, die er gemacht hatte, außerdem Entwickler, Formate, Papierarten, Fachhändler und die Namen von Orten, die er noch zu fotografieren gedachte.

Von diesen Heften war Bennington besessen. Ihrer Überzeugung nach enthielten sie den Schlüssel zu irgendeinem Rätsel, das sie unbedingt lösen wollte, und so hatte sie unsere Räume belagert, um sich Einsicht zu verschaffen. Unsere Bearbeitungsfrist für die Anträge war ihr zu lang, da fälschte sie kurzerhand Erics Unterschrift auf einem Formular und konnte damit tatsächlich die Aufseherin des Archivsaals täuschen. Als Eric von diesem Manöver erfuhr, wurde er sehr wütend und erteilte der amerikanischen Wissenschaftlerin ein für alle Mal Hausverbot. Keiner von uns hatte die peinliche Szene vergessen, als unser Wachmann sie vor die Tür setzen musste, während sie Zeter und Mordio schrie. Danach zerrte uns Bennington vor Gericht und zwang uns anderthalb Jahre lang einen Rechtsstreit nach amerikanischem Vorbild auf, mit einem Schädigungspotential, das ihre steinreiche Universität noch vervielfachte. Zwar hatten wir am Ende den Sieg davongetragen, aber die Prozesskosten hatten unser Jahresbudget vorerst quasi erschöpft. Seitdem nannte ich diese Kalifornierin mit der sonnenverbrannten Haut und dem gelifteten Gesicht eines abgehalfterten Fernsehstars nur noch »die Viper«. Unter diesem Spitznamen war sie bis heute im Institut bekannt.

Nun hatte die Viper, die über gute Quellen verfügte, gehört, dass die Chalendar-Schenkung bei uns gelandet war. Sie erkannte sofort die Verbindung zwischen Massis und Alban de Willecot, dem der Dichter seinen 1912 veröffentlichten Band *Lossprechung der Kleinode* gewidmet hatte. Und sie drohte mit einer erneuten Belagerung des Instituts, wenn man ihr keinen Zugang zum gesamten Fundus ermöglichte. Eric hatte ihr einen Gesprächstermin genannt, dachte aber noch über die beste Vorgehensweise nach: Sollte er sie gleich wieder hinauskomplimentieren und sich erneut auf einen Prozess einlassen, der uns ein Defizit bescheren würde, oder sollte er ihr wenigstens ein paar Briefe von Alban de Willecot zeigen, in der Hoffnung, sie damit loszuwerden? Daher sein Hilferuf.

Als ich endlich mein Wohnhaus betrat, erkannte ich den Eingangsbereich nicht sofort wieder, als hätten diese paar Wochen in Jaligny genügt, um mir Paris noch fremder erscheinen zu lassen. Die Concierge kam aus ihrer Loge und übergab mir ein Bündel Briefe, von einem

Gummiband zusammengehalten, die ich im Aufzug flüchtig durchsah. In meiner Wohnung fielen mir als Erstes der Geruch nach Plastik und die muffige Luft auf, das genaue Gegenteil von Rosen und Brennholz in Jaligny. Ich legte die Post auf dem Küchentresen ab, packte meine Reisetasche aus und legte mich hin, um mich von der Fahrt zu erholen. Als ich zwei Stunden später aufwachte, war der Nachmittag schon zu weit fortgeschritten, um ins Institut zu fahren, das sich am anderen Ende der Stadt befindet. Für Ende August war es noch außergewöhnlich heiß, und trotz einer kalten Dusche wurde ich diesen Feuchtigkeitsfilm nicht ganz los, der an mir klebte.

Am nächsten Morgen stand ich bei Tagesanbruch auf. Nach diesen Wochen in Alix' Haus kam mir meine Wohnung erst recht seelenlos vor. Obwohl in der Hauptstadt noch ein Rest Sommerträgheit herrschte, wurde ich, kaum war ich auf die Straße getreten, von der Menschenmenge erfasst, die durch die Cour-Saint-Émilion eilte. Die ländliche Ruhe hatte mich das Pulsieren der Stadt vergessen lassen, ihr Getöse, die im Vorbeigehen aufgeschnappten Gesprächsfetzen, die Metro mit ihrem Geruch nach Eisen. Ich sah mir die Gesichter an, die Farben von Augen und Haut, von Kleidung und Schuhen, die unendliche Vielfalt des Menschenteigs; der Anblick machte mich schwindlig, nachdem ich in den letzten Wochen nur Bäume und gelegentlich eine Katze zu Gesicht bekommen hatte.

Im Institut stieß ich sogleich auf Eric, der wie ich Frühaufsteher ist. Er begrüßte mich so liebenswürdig wie immer und bat mich, ihm in sein Büro zu folgen. Während ich Platz nahm, setzte er seine kleine Kaffeemaschine in Gang und reichte mir eine Tasse.

»Du bist also aufs Land gezogen?«

Ich hatte ihm kurz von der Erbschaft erzählt, dem Haus, dem Sommer, den ich im Schatten von Alix' Linden verbracht hatte.

»Nur vorübergehend.«

»Und diesen Enkel hast du dort kennengelernt?«

Ich berichtete ihm von unserer Auseinandersetzung in Terrassons Kanzlei und riet meinem Vorgesetzten, sich nicht allzu viele Sorgen zu machen. Alix hatte die Schenkung ja bereits zu Lebzeiten vorgenommen, so dass die juristischen Drohgebärden von Alexandre Arapoff ihm nur als Ventil für seine Frustration dienten.

»Dein Wort in Gottes Ohr«, antwortete Eric. »Davon abgesehen habe ich eine gute und eine schlechte Nachricht. Mit welcher soll ich anfangen?«

»Mit der guten.«

»Du bekommst das Stipendium. Wurde heute morgen bekanntgegeben.«

Ich lächelte und hob die Tasse in seine Richtung. Ich wusste, dass der Institutsleiter meine Bewerbung mit aller Macht bei der Auswahlkommission befürwortet hatte. Nun durfte ich die nächsten zwölf Monate ganz offiziell mit der Erforschung fotografischer Korrespondenz in Kriegszeiten zubringen. Die Chalendar-Schenkung kam wie gerufen, um diesem schemenhaften Projekt Glaubwürdigkeit zu verleihen, das zum Zeitpunkt meiner Bewerbung noch stark zwischen Wissenschaft und Fiktion schwankte. Doch nun hatte ich tatsächlich das Bedürfnis, mich in eine wissenschaftliche Arbeit zu vertiefen, die mir ermöglichen würde, mich in emsiger Einsamkeit auf dem Land zurückzuziehen. Jedenfalls stellte ich mir das in diesem Augenblick so vor.

»Vielen, vielen Dank.«

»Gern geschehen. Und nicht ohne Eigennutz. So bleibst du mir wenigstens noch ein Jahr erhalten.«

Ich lächelte.

»Und die schlechte Nachricht? Die Viper hat sich angekündigt, *I presume*?«

»Erraten … Sie behauptet, dass wir im Chalendar-Fundus bislang unveröffentlichte Briefe von Massis verbergen.«

Ich seufzte.

»Diese Frau ist ein Albtraum … Hätte Alix sie besessen, hätte sie diese Briefe bestimmt nicht für sich behalten. Sie wollte doch um jeden Preis vermeiden, dass sie Alexandre in die Hände fallen.«

»Du kennst den Fundus besser als ich. Wie gehen wir mit der Viper um?«

»Ich weiß nicht. Wenn wir ihr die Briefe von Willecot zeigen, wird sie damit sicher ihre aberwitzigen Theorien unterfüttern. Das hätte Alix nicht gewollt.«

Bennington gehörte zu diesem Heer von Akademikern, die ein Thema ruinierten, sobald sie es anpackten. In der Biographie, die sie ein paar Jahre zuvor veröffentlicht hatte, widmete sie ein ganzes Kapitel der vermeintlichen Homosexualität von Massis. Ihre Behauptung, die auf keinerlei greifbaren Belegen fußte, war mit höchster Vorsicht zu genießen, in Anbetracht der großen Liebe, die der Dichter stets für seine Gemahlin Jeanne hegte. Zwar gab es diesen eigentümlichen Lyrikband, den er 1917 herausgebracht hatte, *Leiberglühen*, Gedichte von lodernder Sinnlichkeit, in einem Werk, das sich ansonsten durch Zurückhaltung und Rätselhaftigkeit auszeichnete. Doch obwohl man diesen Gedichten nirgendwo entnehmen konnte, an wen sie gerichtet waren, hatte Bennington jeden einzelnen Vers und jede einzelne Metapher zerlegt, um ihre abwegige These zu untermauern. Das wäre an sich bedeutungslos, hätte sie das Ganze als eingefleischte Puritanerin nicht wie ein dreckiges kleines Geheimnis präsentiert, das den hermetischen Charakter von Massis' Gesamtwerk erklärte.

Diese These hatte in der angloamerikanischen Welt für Furore gesorgt und eine dieser Mini-Polemiken entfacht, die in akademischen Kreisen so beliebt sind. Dass der Dichter ein Doppelleben geführt haben sollte, fand einen gewissen Anklang. Bennington hatte die Gelegenheit genutzt und uns öffentlich vorgeworfen, wir hätten ihr den Zugang zu ausgerechnet jenem Archiv verwehrt, das den Beweis für Massis' verbotene Leidenschaft enthielt. Darauf reagierten Eric und ich mit einem Aufsatz über die fotografischen Hefte, deren Inhalt wir beschrieben hatten und die von nichts anderem handelten als von Abzügen und Bildmotiven. Nebenbei wiesen wir darauf hin, dass die Biographin darauf verzichtet hatte, die Korrespondenz von Massis mit seiner Ehefrau auszuwerten, die sich über einen Zeitraum von fünfzehn Jahre erstreckte, zwar nur punktuell, aber voller Inbrunst, während sie nicht einmal ansatzweise einen Beleg für die Identität derjenigen oder desjenigen anführte, dem besagter Lyrikband galt, wenn es denn überhaupt einen bestimmten Adressaten gab. Gravierende methodologische Fehler, die nur durch mangelnde Kompetenz oder böswillige Absicht zu erklären waren.

Daraufhin hatte uns Bennington öffentlich der Homophobie bezichtigt. Diese Anschuldigung hatte Eric sehr verletzt, und sie ging ihm immer noch nach. Ich für meinen Teil hatte die Amerikanerin im Verdacht, dieses Kapitel nur verfasst zu haben, um sich ins Gespräch zu bringen, unter Missachtung sämtlicher Regeln der Geschichtswissenschaft. Karrieristen wie ihr war jedes Mittel recht, um sich einen Namen zu machen.

Nun stöhnte Eric.

»Ich weiß nicht, ob wir sie wirklich loswerden, wenn wir ihr den Willecot-Fundus zeigen. Sie ist ja völlig übergeschnappt.«

Ich dachte eine Weile nach.

»Zeig ihr ein paar Briefe und sag ihr, die anderen würden gerade digitalisiert. Wenn sie darauf besteht, zeigen wir ihr dann auch den Rest. Aber so gewinnen wir immerhin sechs Monate. Vielleicht sucht sie sich in der Zwischenzeit ja ein neues Opfer.«

»Ich wünschte, ich wäre auch so gelassen.«

Tatsächlich machte ich mir keine ernsthaften Sorgen, weder in Bezug auf Bennington noch auf andere Themen. Manchmal habe ich das unangenehme Gefühl, dass ich nur noch Gleichgültigkeit aufbringe, als wären alle Empfindungen und alltäglichen Sorgen irgendwo zwischen meinem Herzen und meinem Verstand erstarrt.

Eric war aufgestanden und machte wieder Kaffee.

»Es wäre aber trotzdem ganz lustig, wenn wir Massis' Briefe finden, bevor sie es tut. Glaubst du, dass sie noch irgendwo vorhanden sind?«

Diese Frage hatte ich mir schon mehrmals gestellt. Inzwischen waren hundert Jahre vergangen. Ein Jahrhundert voller Umzüge, Brände, Kriege, Toter, Staub, hundert Jahre Wasser, Feuer, Dürre, eisige Winter, glutheiße Sommer, hundert Jahre, in denen unzählige Gegenstände vermodert, verrottet, zerfallen und zernagt worden waren; wie viele Koffer hatte man auf irgendwelche Dachböden verbannt, was war nicht alles im Müll gelandet, wie viele Kisten hatte man aufgebrochen, wie viele Briefe und Fotos waren verlorengegangen, die niemand mehr lesen und betrachten würde, wie viele Erinnerungen waren erloschen, wie viele Liebesgeschichten, was wurde nicht alles vernachlässigt und vergessen? Wie gut standen da die Chancen, dass uns ein Bündel uralter Briefe noch erreichte, vorausgesetzt, diese Briefe wären damals schon unversehrt bei ihrem Adressaten angelangt, dem Geschützfeuer zum Trotz?

Andererseits war Massis 1914 bereits ein berühmter Dichter, der in Paris Salon hielt und sich in den erlesensten Kreisen der Hauptstadt bewegte. Schon wenige Jahre nach Erscheinen seiner beiden ersten Lyrikbände *Phönixspuren* und *Grüne Bernsteinsonnen* riss man sich um die Büchlein mit seinem bahnbrechenden Frühwerk. Falls jemand, der sich auch nur ein wenig auskannte, Autographe dieses Dichters besaß, hatte er bestimmt darauf geachtet, die Briefe sicher zu verwahren, schon allein wegen ihres Marktwerts. Aber warum waren sie dann nie wieder aufgetaucht?

Als ich mit der Metro nach Hause fuhr, nahm ich mir fest vor, diesen Fall von Anfang an zu ergründen, indem ich die Genealogie der Familie de Willecot zurückverfolgte und die Suche fortsetzte, die Alix vor ihrem Tod begonnen hatte. Das Haus in Jaligny, von dem ich ahnte, dass es mehr enthielt, als es bisher preisgeben wollte, würde den Ausgangspunkt bilden.

15

28. November 1914

Mein lieber Anatole,

hier hast Du meine erste fotografische Meisterleistung. Bitte sieh mir die dürftige Qualität nach. Sie zeigt eine »cagna«, einen Unterstand, in dessen Schutz wir essen oder schlafen. Der Junge im Vordergrund heißt Richard und stammt aus Lens. Er hat ein falsches Alter angegeben, um sich der Armee anschließen zu können. Der andere, der steht, ist Gallouët, mein Adjutant. Wie Du siehst, starren wir dermaßen vor Schmutz, dass man uns striegeln müsste wie Pferde.

Bitte richte Jeanne meine herzlichsten Grüße aus.

Alban

16

Am nächsten Morgen wurde ich schon um sechs Uhr wach, trotzdem klebte ich wegen der Hitze am Laken. Anstatt wieder einzuschlafen, kochte ich mir Tee und trank ihn auf meinem winzigen Balkon. Langsam nur löste sich der Tag von der Nacht, und die hartnäckige Dunkelheit zeigte an, dass der Sommer bald enden würde. Ich schaltete meinen Computer ein und erledigte eine Reihe von Aufgaben, so effizient wie schon lange nicht mehr: eine Mail an das Rathaus von Othiermont, Wiege der Familie de Willecot, außerdem diverse Formalitäten im Hinblick auf einen temporären Wechsel des Wohnsitzes. Ich wollte so bald wie möglich wieder nach Jaligny. Auch wenn ich es Eric nicht so deutlich gesagt hatte, wurde mein Bedürfnis, Paris zu verlassen, immer dringlicher, etwas, was ich zuvor nie in Betracht gezogen hatte, wenn man von gelegentlichen Klagen und utopischen Vorstellungen absieht, die fast alle Bewohner der Hauptstadt äußern. Das lag an dieser Wohnung, die fast so unpersönlich war wie ein Hotelzimmer, aber auch und vor allem daran, dass das Dorf, der Duft des Waldes, der rundherum mit Rosen bepflanzte Garten, der Frieden in jenen vier Wänden und das weiße Kätzchen mich lockten wie die Verheißung eines Ortes, wo nicht jede Straßenecke mich zwangsläufig an dich erinnerte.

Nachdem ich in einem fast leeren Bistro neben dem Institut schnell einen Café crème und ein Croissant vertilgt hatte, ging ich in mein Büro. Im Flur traf ich Eric ohne Jackett an, er schimpfte über die Temperaturen. Im Archivsaal war es dank Klimaanlage kühler. Ich nahm mir den Willecot-Fundus vor und wählte einige Briefe aus, um Bennington damit abzuspeisen. Bei dieser Gelegenheit ging ich wieder den ganzen Fundus durch: insgesamt zweihundertdreiundvierzig Dokumente, in Mappen abgelegt, die nun in acht breiten Kästen aus grauer

Pappe ruhten. Die Briefe – weit über hundert – waren chronologisch
sortiert. Die Postkarten waren in einem eigenen Ordner versammelt
und mit Transparentpapier geschützt. Bei Erstellung des Inventars
hatte ich mir alles flüchtig angesehen, ohne etwas Bestimmtes zu
suchen. Diesmal war ich auf einen Hinweis erpicht, der mir helfen
würde, den anderen Teil der Korrespondenz ausfindig zu machen.

Alix zufolge war Alban de Willecot am 17. Januar 1917 an der Front
gefallen. In einem seiner ersten Briefe hatte er Massis geschrieben,
er trage die Gedichte des Freundes »an seinem Busen«. Im Lauf der
folgenden zwei Jahre musste er aber Heimaturlaub bekommen haben,
außerdem hatte Alban vermutlich wie viele andere Soldaten Dinge,
die ihm wichtig waren, gelegentlich nach Hause geschickt. Oder hatte
er die Briefe seines Freundes als eine Art Talisman behalten? Was
passierte mit den Habseligkeiten von gefallenen Soldaten, wurden sie
ihren Familien übergeben? Oder ließ man sie, wenn das Gemetzel gerade in vollem Gang war, einfach in den Fächern des Marschgepäcks,
in den Taschen der schlammverkrusteten Kapuzenmäntel vermodern?

Vielleicht waren die dünnen, mit Massis' Schrift bedeckten Blätter
in der blutgetränkten Erde zerfallen, nachdem Regen die Haar- und
Schattenstriche allmählich verwischt, die Kurzverse und herzlichen
Zeilen ertränkt hatte, diese letzten Reste von Zivilisation und Menschlichkeit, denen es allen erdenklichen Widrigkeiten zum Trotz gelungen
war, die Haufen von Erde, Granaten und Kadaver zu überwinden und
dort anzukommen, wo nichts als die blanke Hölle herrschte; Briefe,
die Alban de Willecot wahrscheinlich auf herzzerreißende Weise an
die sinnliche Fülle des verlorenen Paradieses erinnert hatten, an die
Straßen von Paris und die duftenden Kleider der Damen, Briefe, die
ihm vielleicht den Jour fixe bei Massis wieder vor Augen führten, wo
man sich donnerstags traf, um über Literatur und Politik zu diskutieren, und nebenbei die Adressen der besten Schuhmacher der Stadt
austauschte.

Je länger ich die Zeilen dieses jungen Mannes entzifferte, der mit
neunundzwanzig Jahren seinem Tod entgegenging und dessen ele-

gante Schrift den entsetzlichen Bedingungen zu trotzen schien, in denen er sich beim Schreiben befand, desto mehr Zuneigung empfand ich für ihn, der sich weiterhin an Gedichtversen festhielt, weiterhin seine Kameraden fotografierte, während die Welt Tag und Nacht Feuer und Stahl über ihn ergoss. Mich bewegte vor allem, wie unermüdlich er nach dem Wohlergehen seiner Lieben fragte und wie beharrlich er sich nach einer gewissen Diane erkundigte (seine Verlobte?). Vielleicht, weil ich, genau wie Alban de Willecot, wenn auch in einem ganz anderen Kontext, dieses quälende Schweigen erlebt hatte, das alles Mögliche bedeuten konnte, Vergessen, Verschwinden oder Tod. Ich wollte unbedingt herausfinden, wer diese Diane gewesen war, und mehr über sie erfahren.

Es war schon nach sieben, als ich das Institut verließ. Die Mittagspause hatte ich ausgelassen, um die hundertsiebzehn Briefe auszudrucken, die wir bereits eingescannt hatten, und bestimmte Details unter die Lupe zu nehmen, Passagen, die in den Originaldokumenten Änderungen aufwiesen. Ich war jedes Mal wieder gerührt, wenn der Drucker losbrummte und den Ausdruck ausspuckte, als wohnte ich der Neugeburt jedes einzelnen Briefs bei. Dieses Gefühl hatte ich schon lange nicht mehr empfunden, dabei ist das gewissermaßen die Droge, die sämtliche Archivare der Welt bei der Stange hält. Ein Blick auf die Uhr – genauer gesagt, auf deine Uhr, die ich immer noch am Handgelenk trage – sagte mir, dass ich gerade noch Zeit hatte, zum Duschen und Umziehen nach Hause zu fahren. Ich war zwar erst seit zwei Tagen wieder in Paris, aber der Vize-Konsul hatte mich prompt zum Abendessen eingeladen.

17

Wir trafen fast gleichzeitig im Restaurant ein. Als der Vize-Konsul mich küsste, spürte ich deutlich den Bartschatten an seiner Haut. Schnell die Erinnerung an eine andere Haut verdrängen, die Tränen, das ungehörige Verlangen nach den Armen eines Mannes. Mein Freund war braungebrannt, er kam mir ein bisschen gealtert vor. Tatsächlich hatten wir uns seit Monaten nicht gesehen.

Der Vize-Konsul und ich kennen uns schon lange. Er ist keineswegs Diplomat, sondern Meteorologe. Genauer gesagt, stellt er in einem Präventionszentrum für Naturkatastrophen Berechnungen an. Den Spitznamen hat er einem Roman von Duras zu verdanken; seine Erscheinung ist genauso elegant und eine Spur altmodisch wie die des Protagonisten, auch wenn er Jeans und Hemd trägt. Wir hatten uns zehn Jahre zuvor rein zufällig in Montpellier kennengelernt, in einem Tagungszentrum, wo wir zwei verschiedene Kolloquien besuchten, die zeitgleich stattfanden. Beim Cocktailempfang in der Lobby mischten sich beide Gruppen, und ich weiß zwar nicht mehr, wie es dazu kam, dass wir uns plötzlich gegenüberstanden, aber ich weiß noch genau, dass er mir freundlicherweise ein Glas reichte und dann halblaut gestand, wie sehr er solche Empfänge hasste.

Diesen Hass teilte ich. Wie unartige Gymnasiasten waren wir zum Rauchen auf die Terrasse geflohen, den allgegenwärtigen Verbotsschildern zum Trotz, was die Zigarette umso köstlicher machte. Irgendwie kamen wir dann auf Musik zu sprechen, jedenfalls diskutierten wir lebhaft über die besten Einspielungen des Werks von Domenico Scarlatti. Er bevorzugte die mit Klavier, ich die mit Cembalo (und zwar aus gutem Grund). Dieses Streitgespräch führten wir bis zum Abendessen, das wir nicht gemeinsam einnehmen konnten, weil die Tischordnung die Elite der Klimaforscher vom Pöbel der Fotohistoriker trennte.

Ich weiß bis heute nicht, wie er mich danach aufgestöbert und meine Adresse herausgefunden hat. Fest steht, dass er mir ein Jahr später zu meiner großen Überraschung ein paar Zeilen schickte, um mir zu gratulieren. Ich hatte gerade einen Aufsatz zur Entstehung der Postkarte veröffentlicht, der mir einen Auftritt in einer Radiokultursendung bescherte.

Von da an hatten wir uns von Zeit zu Zeit in Paris getroffen und eine Beziehung geknüpft, die genauer zu definieren uns sicher schwerfallen würde. Damals war der Vize-Konsul noch verheiratet, und ich hatte dich eben erst kennengelernt. Beruflich hatten er und ich nichts miteinander zu tun, wir verkehrten nicht in denselben Kreisen, hatten nicht dieselben Hobbys, gehörten nicht einmal derselben Konfession an. Dennoch hatten wir von der ersten Sekunde an eine Art Seelenverwandtschaft gespürt. Unabhängig voneinander haben sowohl er als auch ich beschlossen, sie in wahre Freundschaft umzuwandeln. Zwei Jahre nach unserer ersten Begegnung gab mir mein Freund seine Gedichte zu lesen, herausragende, aufwühlende Texte, die er partout nicht veröffentlichen wollte. Das war für unser Verhältnis ein Wendepunkt.

Obwohl er oft nicht zu greifen war und manchmal monatelang nichts von sich hören ließ, hatte sich unsere Freundschaft in den letzten Jahren intensiviert – seine Scheidung, deine Krankheit. In meinen dunkelsten Stunden stand mir der Vize-Konsul bei, als Freund, oft abwesend, aber treu, und ich versuchte, für ihn da zu sein, in den schlimmsten Momenten des juristischen Kampfes, den er um das Sorgerecht für seinen Sohn führte und am Ende verlor. Inzwischen lebte der Junge mit seiner Mutter in Taiwan. Da hatte es Telefonate zu nachtschlafener Zeit gegeben, eine Traurigkeit, die mal seine, mal meine Stimme trübte, und einen Mailaustausch, der möglichst ein bisschen Milde in unser beider Leben bringen sollte, das so rau geworden war wie Schmirgelpapier.

Seit unserem letzten Gespräch, an dem Abend, als er mich zu Hause aufgesucht hatte, war ich ihm ausgewichen. Das schien mir der Vize-Konsul aber nicht übelzunehmen. Als unsere Blicke sich kreuzten, konnte ich in seinen blauen Augen allenfalls einen Hauch von Ironie ausmachen.

»Geschwätzig warst du nicht gerade. Was treibst du so?«

Aus dem Mund eines so wortkargen Mannes war das eine ziemlich amüsante Bemerkung. Ich erzählte ihm die ganze Geschichte, die er bisher nur in Bruchstücken aus meinen Mails kannte: die Begegnung mit Alix, das Begräbnis, Alexandre Arapoff, das Haus und der Auszug aus der Rue P. Ich berichtete ihm auch, dass ich die Suche nach den Briefen von Massis aufnehmen wollte und dass sich die Viper angekündigt hatte. Mein Freund hörte aufmerksam zu und konnte sich einen Pfiff nicht verkneifen.

»Anatole Massis, das ist ja ein ganz dicker Fisch. Wenn du seine Briefe findest, wirst du berühmt.«

Der Vize-Konsul träumt schon immer davon, dass ich berühmt werde. Er bewundert meinen Beruf als Historikerin so sehr, dass ich bei ihm eine verkappte Berufung vermute. Dabei erscheint mir sein Beruf noch viel anspruchsvoller, beispielsweise, wenn er ins nächste Flugzeug springen muss, um sich dorthin zu begeben, wo ein Tornado alles zu verwüsten droht.

Zwar war es keineswegs meine Absicht, berühmt zu werden, aber ich räumte ein, dass diese Korrespondenz tatsächlich meine Neugier angestachelt hatte.

»Es geht mir aber nicht nur um Massis. Da gibt es diesen Leutnant, Willecot. Der Krieg bringt ihn zur Verzweiflung. Trotzdem verfasst er selbst noch Verse und wartet auf die Briefe einer Frau, die niemals eintreffen.«

Der Vize-Konsul lächelte nur. Dann sagte er: »Und dein Haus? Wie ist es da?«

Ich beschrieb ihm sowohl das Haus als auch das Dorf, die Rosen und die Katze. Offenbar legte ich dabei eine ungewöhnliche Begeisterung an den Tag, denn er fragte: »Ziehst du weg aus Paris?«

Er hatte die Hand auf meine gelegt. Es war früher schon vorgekommen, dass wir uns flüchtig berührten, aber diesmal brachte mich das aus unerfindlichen Gründen völlig aus der Fassung. Ich sagte: »Vorübergehend.«

Mechanisch strich er mir über das Handgelenk. Dann zog er die Hand zurück, als sei ihm bewusstgeworden, dass diese vertraute Geste sich nicht mit unserer üblichen Distanz vertrug. Ich wechselte lieber das Thema: »Und was treibst du so?«

Er erzählte mit einiger Verve von seiner Zusammenarbeit mit einem japanischen Team und seinen Fortschritten bei Vorhersagemodellen für Tsunamis. Ich wollte nach seinem Sohn fragen, ließ es aber schließlich bleiben. Wenn er nicht von selbst auf ihn zu sprechen kam, bedeutete das sicher, dass der Junge den Sommer wieder einmal mit seiner Mutter in Asien verbracht hatte. Ohnehin ärgerte ich mich darüber, die Stimmung getrübt zu haben, als ich von meinem Umzug nach Jaligny erzählte.

Es war schon spät, als wir das Restaurant verließen, wir waren die letzten Gäste. Der Vize-Konsul schien es beim Abschied wie immer eilig zu haben. So ist er nun mal, erst voll und ganz da und dann plötzlich abwesend, als sei er in Gedanken schon auf dem Weg, der ihn davontragen würde. Wie fast jedes Mal, wenn wir uns trennen, nahm er mein Gesicht in beide Hände, küsste mich zärtlich und flüsterte mir ganz leise ins Ohr: »Bis bald.« Und dann entfernte er sich wie jedes Mal mit großen Schritten. Ich blieb auf dem Bürgersteig stehen, verwirrt, weil er mir zuvor die Hand gestreichelt hatte, und gleichzeitig zutiefst überzeugt, dass er die Geste schon am nächsten Tag vergessen hätte, denn so ist er, der Vize-Konsul, er denkt an mich, und dann vergisst er mich.

18

Frontabschnitt P., 16. Dezember 1914

Mein lieber Anatole,

endlich ein paar freie Stunden, um Dir zu schreiben. Wie lang mir dieser Krieg erscheint. Dabei sind es erst vier Monate … Gott sei Dank hat der Regen aufgehört, und wir wurden seit drei Tagen nicht angegriffen. Wir fragen uns alle, was die Boches im Schilde führen.

Während dieses tagelangen Wartens sind Langeweile und Trübsinn unsere schlimmsten Feinde, abgesehen von der Kälte und den Läusen. Ich habe Pfarrer Brémont gebeten, uns nach dem Abendessen täglich aus der Bibel vorzulesen. Lagache, der im Zivilleben Lehrer ist, bringt jenen, die es gern wollen, das Alphabet bei. Einige Burschen können kaum lesen und schreiben … Sonst spielen wir zwischen zwei Attacken Manille, lesen Briefe, rauchen Pfeife, wenn es Tabak gibt, oder versuchen ein wenig zu schlafen.

Ich habe endlich eine Nachricht von Diane Nicolaï erhalten, sie schreibt mir, dass sie in Othiermont eingesperrt ist. Wenn Du hinfährst, solltest Du Blanche bitten, sie zum Tee einzuladen. Diane ist eine bemerkenswerte junge Frau. Sie möchte Mathematik studieren, aber ihr Vater unterstützt sie da ganz und gar nicht.

Ich umarme Dich brüderlich.

Willecot

19

Seit unserer letzten Begegnung hatte sich Joyce Bennington kaum verändert, bis auf die Haarfarbe: Diesmal protzte sie mit einem Aschblond, das sie bestimmt ein Vermögen gekostet hatte. Sie trug gewachste Jeans und ein Designer-T-Shirt, dazu eine italienische Jacke und balancierte auf Plateausohlen, mit denen sie größer erscheinen wollte. Eine Fünfzigjährige, die sich als Teenager verkleidete – dieses Bild entsprach ihrem Wesen. Eric und ich verzichteten beide darauf, ihr die Hand zu geben, und führten sie gleich ins Besprechungszimmer. Die Viper betrat es entschlossenen Schrittes, als hätte man sie hier nie mit einem Hausverbot belegt. Wir wiesen ihr einen Platz zu. Die Stimmung war auf beiden Seiten angespannt.

»Was führt Sie hierher, Madame Bennington?«, fragte Eric.

»Ich weiß, dass man Ihnen die Briefe von Alban de Willecot an Massis überlassen hat.«

Sie sprach den Namen wie im Englischen aus, *Willcott*. Bei allen akademischen Titeln, mit denen sie sich schmückte, waren ihre Französischkenntnisse dürftig, und es war eine Genugtuung, sie zum Gebrauch dieser Sprache zu nötigen und damit in Verlegenheit zu bringen.

»Wir haben tatsächlich eine Schenkung erhalten«, antwortete Eric. »Madame Bathori ist die Testamentsvollstreckerin.«

Bennington seufzte, als wäre diese Neuigkeit an sich völlig absurd. Ich ging darüber hinweg und schlug die Akte auf, obwohl ich den Inhalt in- und auswendig kannte. Dann ergriff ich das Wort.

»Der Fundus enthält keinen einzigen Brief von Massis«, sagte ich zur Eröffnung. »Offenbar wurden die Briefe beim Brand des Guthauses in Othiermont vernichtet, das der Schwester von Alban de Willecot gehörte. Wir verfügen nur über die passive Korrespondenz.«

Fragender Blick.

»Die Briefe, die Massis von Alban erhalten hat«, erklärte Eric mit einem Stöhnen.

»Dann will ich diese Briefe sehen.«

Ich dachte an die mahnenden Worte meiner Tante, als ich noch ein Kind war. *Wollen darf nur der König.*

»Das geht leider nicht, Madame Bennington. Sie werden gerade digitalisiert.«

»Und wann kann ich sie dann sehen?«, fragte die Viper gereizt.

»Der Prozess wird noch Monate dauern.«

»Keine Sorge, wir geben Ihnen Bescheid, wenn die Digitalisierung abgeschlossen ist«, fügte Eric in einem süßlichen Ton hinzu.

Bennington war schlau genug, die Ironie zu erkennen, zumal diese auf ihre eigene Person gemünzt war. Nun zog sie eine Aktenmappe aus ihrer Tasche hervor.

»Ich habe mit dem Justitiar unserer Universität gesprochen. *Willcott* ist 1917 gestorben. Die Briefe sind *public domain*. Sie haben nicht das Recht, sie zu verstecken …«

»Niemand versteckt hier irgendetwas«, fiel ich ihr sanft ins Wort. »Sie brauchen nur das Ende der Digitalisierung abzuwarten. Danach können Sie diese Briefe lesen wie jeder andere auch.«

»Ich bin nur für drei Wochen in Frankreich. Ich kann nicht so lange warten.«

Seufzend sagte ich: »Ich kann mich nur wiederholen: Zurzeit geht das nicht. Und ich wiederhole auch, dass der Fundus keine Briefe von Massis enthält.«

»Das sagen Sie.«

Wir schwiegen. Bennington sah uns prüfend an, und ich hielt ihrem Blick stand, wie bei einer Partie Würfelpoker. Als sie mit ihrer sonnengegerbten Hand erneut in ihrer Tasche herumwühlte, fragte ich mich, womit sie uns nun wieder drohen wollte. Aber sie holte lediglich eine Tube Lippenbalsam hervor.

»Ich schlage Ihnen einen *Deal* vor.«

Eric wollte sofort antworten, mit der Miene eines Menschen, der sich weigerte, mit Terroristen zu verhandeln. Ich konnte ihn gerade noch mit einem Blick stoppen.

»Was für einen Deal, Madame Bennington?«

»Ich habe nämlich auch Briefe von *Willcott* an Massis.«

Das erschien mir so unlogisch wie wenig wahrscheinlich. Wie und warum hätte Blanche einen Teil der Korrespondenz ihres Bruders aus der Hand gegeben, nachdem sie sich so sehr darum bemüht hatte, sämtlicher Briefe habhaft zu werden?

»In Ihrem Buch ist davon keine Rede«, bemerkte ich.

»Ich habe sie letztes Jahr gefunden.«

»Von wann datieren sie?«

»1916.«

»Wie viele?«

»Mehrere.«

»Und die möchten Sie uns natürlich nicht zeigen?«

»Nein.«

War das wieder einer ihrer Tricks? Ein ungeheurer Bluff?

»Ich bin da etwas skeptisch, wie ich zugeben muss. Könnten Sie mir wenigstens sagen, wo Sie die Briefe gefunden haben?«

Ein falsches Lächeln erstrahlte im Gesicht der Amerikanerin.

»Zeigen Sie mir Ihren Fundus, und ich sage Ihnen, wo.«

Erics Unmut wuchs zusehends. Ich warf ihm wieder einen beschwichtigenden Blick zu. In solchen Situationen kann ich oft eine unerklärliche Ruhe bewahren.

»Frau Professor Bennington, lassen Sie mich Ihr Ansinnen rekapitulieren: Sie wollen also, dass wir die Digitalisierungsarbeiten unterbrechen, um Ihnen äußerst empfindliche Dokumente zu zeigen, die das Magazin auf keinen Fall verlassen dürfen. Und das so schnell wie möglich, weil Sie glauben, dass wir unveröffentlichte Briefe von Massis besitzen, obwohl wir Ihnen das Gegenteil versichern. Richtig?«

Sie blickte mich argwöhnisch an und sagte: »Vielleicht haben Sie ja etwas übersehen.«

Ich ignorierte diese Bemerkung und fuhr fort: »Und wir sollen für Sie eine Ausnahme machen, weil Sie selbst unveröffentlichte Briefe von Alban de Willecot besitzen. Briefe, die Sie uns nicht zeigen wollen und deren Provenienz Sie uns verschweigen. Immer noch richtig?«

Nun warf sie mir einen mörderischen Blick zu.

»Glauben Sie mir etwa nicht?«

»Nach allem, was Sie sich hier geleistet haben, ist das nur zu verständlich«, entfuhr es Eric.

»O.K. Aber wenn ich Ihnen verrate, woher die Briefe stammen, zeigen Sie mir den *Willcott*-Fundus?«

Eric und ich blickten uns an. Ich gab vor, das Für und Wider abzuwägen.

»Unter Umständen … Aber wir können Ihnen nur die bereits digitalisierten Briefe zeigen, und das sind noch nicht viele. Zum Magazin erhalten Sie keinen Zugang.«

»*No*. Ich will alles sehen. Der Justitiar sagt, das ist mein gutes Recht.«

»Das ist unmöglich«, entgegnete Eric, dessen Geduld erschöpft war. Er stand auf. »Erpressung ist mir zuwider.«

Bennington hob entrüstet die Augenbrauen, beziehungsweise die tätowierten Kajalstriche, die ihr als solche dienten. Auch das war nur Getue, denn sie wusste genau, dass Eric ins Schwarze getroffen hatte. Ich klappte den Ordner zu und stand ebenfalls auf. Ich konnte tatsächlich kaum glauben, dass es diese Briefe gab, und erst recht nicht, dass sie schnurstracks bei Joyce Bennington gelandet waren. Die Viper wollte sich nur dringend Einsicht in den Fundus verschaffen, den Alix uns geschenkt hatte, und ging vermutlich davon aus, dass es mit einer List schneller funktionieren würde als mit einem Gerichtsverfahren.

Andererseits fiel mir ein, dass der Austausch zwischen beiden Freunden eine Zeitlang abgerissen war, und das über mehrere Wochen. Hatte Bennington vielleicht doch nicht gelogen, befand sich dieser Teil der Korrespondenz in ihrem Besitz? Eric und ich waren schon an der Tür, die Amerikanerin blieb aber sitzen. Das Einzige, was sie davon abhielt, ihrem Ärger Luft zu machen, war die Angst, uns dann gar nicht mehr erweichen zu können. Ihr linkes Oberlid zuckte nervös; wieder einmal fiel mir auf, was für ein hartes Gesicht diese Frau hatte, dabei war sie keineswegs hässlich.

Endlich geruhte sie aufzustehen. Wir geleiteten sie beide zum Ausgang, um sicherzugehen, dass sie sich nirgendwo einschleichen würde. Für mein Empfinden hatte Eric sie etwas zu harsch abgewiesen. Ich konnte aber auch verstehen, warum er nicht den Eindruck vorschneller Nachgiebigkeit erwecken wollte. Wir mussten uns diese überspannte Person unbedingt vom Leib halten, damit ich das Archiv mit der gebotenen Zeit und Ruhe erforschen konnte.

Beim Abschied forderte ich Bennington auf, ihre Haltung noch einmal zu überdenken. Falls sie ihre Meinung ändere, könne sie mich gern kontaktieren. Beim Hinausgehen drehte sie sich zu uns um und sagte: »Jean-Didier Fraenkel, Antiquar in Brüssel. Er hat mir die Briefe verkauft. Sie brauchen ihn nur zu fragen.«

20

Ich hatte eine Mail vom Standesamt in Othiermont erhalten, man lud mich ein, das Register vor Ort einzusehen, und so machte ich mich auf die Reise zur Wiege der Familie Willecot im Ain. Es war Mitte September, sehr regnerisch, und ich brauchte fast drei Stunden, um das Städtchen zu erreichen, nach vielen eintönigen Kilometern auf dem glänzenden Asphalt der Autobahn. Binnen vierundzwanzig Stunden waren die Temperaturen um zehn Grad gefallen, und der Himmel war nördlich grau mit Schäfchenwolken. Kurz vor meiner Ankunft hörte es auf zu regnen, und als ich nach Othiermont hineinfuhr, brachen ein paar fahle Sonnenstrahlen durch.

Ich stellte mein Auto vor dem Rathaus ab und gönnte mir einen kurzen Stadtbummel, um mir die Beine zu vertreten. Das »Dorf« war tatsächlich ein stattlicher Marktflecken, eher wohlhabend, der auf mich wirkte wie ein nobler Vorort von Bourg-en-Bresse. Die Straßen waren sauber und adrett, frisch gepflastert, von niedrigen Häusern aus Quaderstein mit grauem Verputz gesäumt, dazwischen leuchtete ab und zu die hellere Fassade eines Cafés oder eines Geschäfts. Mein Spaziergang führte mich zu einer breiteren Straße mit großbürgerlichen Häusern. Auf einer Seite fiel ein Eckhaus aus der geschlossenen Reihe, ein dreistöckiges Stadtpalais mit Erker. Im obersten Stock wurde eine Reihe Rundfenster mit Buntglaseinsatz von Wasserspeiern überragt, die sich an der Dachrinne entlangzogen. Die Fassade aus graugelbem Stein wurde durch bunte Kacheln aufgelockert, die fast zur Gänze hinter dem emporwuchernden wilden Wein verschwanden.

Dieses hochherrschaftliche Haus zeichnete sich durch eine ganz eigentümliche Architektur aus. Vielleicht handelte es sich um das Herrenhaus, das Alix ihrem Enkel hinterlassen hatte. Wenn ja, konnte von Ruine jedenfalls keine Rede sein. Ich warf einen neugierigen Blick auf das Klingelschild, aber dort stand ein Name, der mir nichts sagte, Sarrazin.

Auf dem Rückweg passierte ich das Gefallenendenkmal des Ortes. Ich blieb stehen, um die Namen der Männer zu lesen, die der Krieg hinweggerafft hatte, oft in der Blüte ihres Lebens. Léopold Mancip, Abel Devaux, Albert Maneint, Victor Crozat, Louis Arsac, Elie Tournillon. Es gab wiederkehrende Nachnamen, Familien von Webereiarbeitern oder Bauern, die sich keinen Posten im Hinterland hatten sichern können und den berüchtigten »Blutzoll« entrichten mussten. Ich überflog den stummen Threnos der Väter, Söhne, Brüder und hatte das Gefühl, ganze Generationen von Kriegsopfern zögen im Zeitraffer an mir vorbei.

Beim Lesen der letzten Kolonne tat mein Herz einen Satz: Ich hatte gerade den Namen Alban de Willecot entdeckt. Das war nur logisch, trotzdem rührte mich diese unvermittelte Begegnung über die Zeiten hinweg. Vielleicht, weil der tägliche Umgang mit den ergreifenden Briefen dieses Mannes mich hatte vergessen lassen, dass er seit fast einem Jahrhundert tot und sein Leichnam irgendwo im Schlamm der Somme oder der Meuse versunken war. Ich fuhr mit den Fingern über die Vertiefung seines Namens, in Marmor eingemeißelt, der noch feucht vom Regen war.

Im Rathaus empfing mich die Sekretärin, die auf meine Mail geantwortet hatte. Meine Anfrage hatte bei ihr eine gewisse Neugier geweckt.

»Welches Jahresregister wollen Sie?«

Das Denkmal hatte mir verraten, dass Alban de Willecot 1887 geboren war. Und ich wusste, dass seine Schwester Blanche, die Mutter von Alix, älter war als er. Ich begann meine Durchsicht der Zehnjahresregister beim Jahr 1870 und brachte die genauen Lebensdaten in Erfahrung: Blanche war am 12. August 1880 geboren, Alban am 25. März 1887, für Frankreich gefallen am 17. Januar 1917. Aus Blanches Ehe mit Maximilien de Barges waren zwei Kinder hervorgegangen, Sophie, die 1918 gestorben war, und Nachzüglerin Alix, die 1924 geboren wurde. Auf gut Glück suchte ich in den Registern auch nach Hinweisen auf irgendeine Diane, wurde aber nicht fündig. Gegen eins kam die Sekretärin und sagte, sie müsse nun gehen. Aber ich hatte ohnehin alles erfahren, was ich wissen wollte.

Als ich das Rathaus verließ, sagte mir ein Ziehen in der Magengrube, dass es Zeit fürs Mittagessen war. Ich betrat das Café-Restaurant auf der gegenüberliegenden Seite des Platzes. Dort herrschte diese ganz eigene Ruhe, die auf Stoßzeiten folgt, wenn die hektisch zurückgeschobenen Stühle und leeren Zuckertütchen auf dem Boden an den Trubel der Mittagszeit erinnern. Ich erspähte einen Einzeltisch in der Ecke, nahm Platz und bestellte Kaffee und ein Sandwich.

»Wollen Sie nicht lieber das Tagesgericht nehmen? Wir haben noch was da«, bot mir die Kellnerin an.

Angesichts des grauen Himmels und der feuchten Witterung war die Aussicht auf eine warme Mahlzeit ziemlich verlockend. Ich nahm das Angebot an und wurde von der Kellnerin eifrig umsorgt. Sie hatte Lust auf ein Schwätzchen und wollte gern mehr über mich wissen. Ob ich aus Lyon sei? Nein. Aus der Gegend? Nein. Also aus Paris?

»Ich habe Sie vorhin beim Denkmal gesehen«, erklärte sie und lächelte zerknirscht. »Haben Sie hier Angehörige?«

Anstatt »nein« zu antworten, hörte ich mich sagen: »Freunde.«

Die Kellnerin wartete sichtlich darauf, dass ich einen Namen sagte. Dann besann sie sich.

»Verzeihen Sie, ich bin einfach zu neugierig. Mein Mann wirft mir das ständig vor.«

Ein neuer Gast war gekommen, und sie ging hin, um die Bestellung aufzunehmen. Danach brachte sie mir eine Karaffe Wasser, und ich nutzte die Gelegenheit, um sie nach dem Palais zu fragen.

»Sagen Sie mal, ich bin vorhin an einem großen Haus vorbeigekommen ...«

»Ach ja, das Stephens-Haus. Unsere lokale Sehenswürdigkeit.«

»Wem gehört dieses Haus?«

»Einem Anwaltsehepaar aus Lyon. Der Name stammt von den Engländern, die das Haus in den sechziger Jahren gekauft haben. Davor war es das Sommerhaus einer Fabrikantenfamilie. Sie besaßen Webereien in Lyon.«

»Sommerhaus?«

»Heute ist das hier fast schon ein Vorort von Bourg. Aber damals war es noch richtig ländlich. Mein Urgroßvater hat am Stephens-Haus mitgebaut. Die hatten Strom, einen Wintergarten, einen Teich … Sie hätten sogar einen Pferdestall anbauen lassen, wenn der Platz gereicht hätte. Angeblich hat man sich über diesen Größenwahn das Maul zerrissen.«

»Gibt es hier noch andere Häuser dieser Art? Herrenhäuser?«

Die Kellnerin runzelte die Stirn.

»Ich glaube nicht. Obwohl, da gibt es noch Les Fougères, das Schlösschen an der Straße nach Ythiers. Aber das ist völlig heruntergekommen, da wohnt schon lange keiner mehr.«

»Wissen Sie, wem das Schloss früher gehörte?«

»Nein, aber Xavier weiß es bestimmt«, sagte sie und deutete auf einen alten Mann, der am Tresen einen Kaffee trank.

Ich ging gleich, nachdem ich aufgegessen hatte, auf ihn zu. Der Rentner schien sich sehr über die unverhoffte Besucherin zu freuen, die mit ihm ins Gespräch kommen wollte. Der selbsternannte Stadthistoriker erklärte mir in aller Ausführlichkeit und mit etlichen Abschweifungen, dass Les Fougères im späten 19. Jahrhundert von einer Familie von Grundbesitzern erworben wurde, den Laizan de Barges. Als Maximilien, der einzige Sohn, heiratete, kauften seine Eltern als Hochzeitsgeschenk mehrere schöne Weinberge im Bugey. Ein paar Jahre später, 1875, wurde die Gegend von Rebläusen verheert, die Barges hatten jedoch unerhörtes Glück, ihre Weinberge zählten zu den wenigen, die verschont geblieben waren, und die wundersam geretteten Rebstöcke sollten noch über Jahrzehnte den Wohlstand ihrer Besitzer sichern. Einmal in Fahrt gekommen, war Xavier nicht mehr zu bremsen und hielt mir einen Vortrag über große und kleine Weine und Anbaugebiete, so erfuhr ich nebenbei, dass es bis 1940 einen sehr anständigen Château-Willecot gegeben hatte, danach stellte die Winzerin aufgrund der deutschen Besatzung die Produktion ein. Er erzählte mir außerdem von einem Brand, der in den dreißiger Jahren im Pferdestall ausgebrochen war und auch das Gutshaus schwer beschädigt hatte. Ich nutzte eine Pause in seinem Redefluss, um ihn nach dem Weg zum Anwesen zu fragen. Und so fuhr ich, als es mir schließlich gelungen war, mich von dem alten Mann loszueisen, nicht direkt nach Paris zurück, sondern machte einen Umweg über Les Fougères.

Das Gutshaus war nicht schwer zu finden. Der Regen hatte wieder eingesetzt und ließ diesen Bau mit den geschlossenen Fensterläden, der mittlerweile an einer Landstraße lag, düster erscheinen. Nur das rostige, aber imposante Eisentor zeugte von einstiger Pracht. Das Anwesen war völlig verwildert, und das Haus wies sämtliche Anzeichen von Verfall auf, seien es die klaffenden Löcher dort, wo Dachziegel fehlten, oder ein ausgehängter Fensterladen, der lose an der Fassade baumelte. Der Park war eine Brache. Neu wirkte nur das Schild mit der Aufschrift »Zu verkaufen« und den Kontaktdaten eines Maklerbüros. Das war also der Familiensitz der Willecot oder besser gesagt dessen kläglicher Rest. Alexandre Arapoff hatte keineswegs übertrieben, als er Othiermont als Ruine bezeichnete, und ich konnte verstehen, warum er sie so schnell wie möglich loswerden wollte. Das Gut war nicht nur heruntergekommen, es wirkte so verloren, dass man den Drang verspürte zu fliehen.

In diesem Moment wurde mir klar, dass Alix sich mit ihrem Vermächtnis nicht nur an ihrem Enkel rächen oder mir etwas Gutes tun wollte. Es ging ihr darum, das Haus in Jaligny vor dem Schicksal zu bewahren, das das Gut von Othiermont ereilt hatte. Man sollte sich an die Menschen erinnern, die dort ihr Leben verbracht hatten. Ich wusste aber noch nicht, welchen Weg ich beschreiten sollte, um mich diesen Menschen zu nähern, diesen Schatten, diesen Abwesenden.

21

16. Januar 1915

Mein lieber Anatole,

ein großes Dankeschön für Dein Paket und Deine beiden letzten Briefe, die auf einen Schlag angekommen sind. Jeannes Gaben haben großen Anklang gefunden: Richte ihr bitte aus, dass Gallouët, Richard und Lagache sich ebenfalls herzlich bei ihr bedanken. Ich habe Honig, Marzipan und Früchtekonfekt mit ihnen geteilt.

Und was die Bücher angeht … Ich bin Dir zutiefst verbunden, dass Du diese Bände ausgesucht hast. Du weißt, was Worte mir bedeuten, in dieser niederdrückenden Finsternis, die uns zum Alltag geworden ist. Es heißt, dass Apollinaire immer noch Gedichte schreibt. Er wurde der Artillerie zugeteilt. Mit etwas Glück wird er diesen Krieg überleben.

Wie vereinbart, füge ich ein paar Fotoplatten von Gallouët bei und gebe sie beim Postamt hier im Dorf auf. Lass es mich wissen, wenn Du damit etwas anfangen konntest.

Mit herzlichsten Grüßen

Willecot

22

Nach meiner Rückkehr aus Othiermont blieb ich bis zum Wochenende in Paris, bevor ich wieder nach Jaligny fuhr. Mein Zwischenhalt in der Hauptstadt gab mir Gelegenheit, mehr über Jean-Didier Fraenkel herauszufinden, der Bennington angeblich Briefe von Willecot verkauft hatte. Ich kannte eine ganze Reihe von einschlägigen Händlern in Europa, mit diesem hatte ich aber noch nie zu tun gehabt. Auf seiner Website präsentierte sich Fraenkel als Makler für Manuskripte und Autographen. Ich schickte ihm eine dienstliche Mail mit der Frage, ob diese Korrespondenz von Willecot an Massis tatsächlich durch seine Hände gegangen sei, und machte keinen Hehl daraus, dass ich Joyce Bennington im Verdacht hatte, das Ganze frei erfunden zu haben. Falls Fraenkel wirklich ein Profi war, würde er sich wohl die Mühe machen, uns zu antworten und den Vorgang zu bestätigen oder zu widerlegen.

Ich nahm zwei dicke Ordner mit nach Jaligny, sämtliche Briefe von Alban, die sich bisher reproduzieren ließen, denn ich wollte sie mir noch einmal genauer ansehen. Außerdem hatte ich mir den Briefwechsel von Massis besorgt, der als Veröffentlichung vorlag, ein umfangreicher Band der Pléiade-Reihe. Auch wenn ich bisher nur eine vage Vermutung hegte, hoffte ich, in den Briefen des Dichters irgendeinen Hinweis auf seinen Freund an der Front zu finden. Ich wollte auch sehen, ob sich nicht etwas über die geheimnisvolle Diane finden ließe. Möglicherweise könnte mir die Spur ihrer Briefe den Weg zu jenen von Massis weisen.

Im Bourbonnais verharrte noch ein Rest Sommer, als wollte die Hitze, die uns wochenlang erdrückt hatte, einfach nicht weichen. Kaum war ich aus dem Auto gestiegen, sprang Löwelinchen aus dem Dickicht hervor und rieb ihre Schnauze an meinem Knöchel. Sie folgte mir bis zur Tür. Dort klebte eine Nachricht meiner Nachbarin Marie-

Hélène: Sie wollte mich zum Abendessen einladen. Es war zwar nur ein weißer, vom Wind leicht zerknitterter Zettel, aber er schenkte mir das angenehme Gefühl, erwartet zu werden. In Paris sah ich praktisch niemanden mehr, bis auf die Leute vom Institut, den Vize-Konsul und meine beste Freundin Emmanuelle. Aus einem einfachen Grund: Ich hatte nicht immer die Kraft, so zu tun als ob. Nicht, dass ich einen verzweifelten Eindruck gemacht hätte, im Gegenteil, es war meine Gleichgültigkeit, diese schreckliche Teilnahmslosigkeit, die mich jedes Mal befiel, wenn Pläne geschmiedet wurden, um auszugehen, ein Restaurant oder eine Ausstellung zu besuchen, die meinen Zustand preisgab.

Den Nachmittag verbrachte ich damit, das Arbeitszimmer von Alix zu durchsuchen. Falls die Comtesse de Chalendar Unterlagen zur Geschichte ihrer Familie aufbewahrt hatte, wären sie am ehesten in diesem Raum zu finden. Ich fing mit den Schubladen ihres Schreibtisches an, eines antiken Möbelstücks aus Kirschbaumholz. Als ich die oberste Schublade aufzog, wehte mir der Duft von Armenischem Papier entgegen und versetzte mich in meine Kindheit zurück, als meine Tante Streifen dieses Papiers im Kinderzimmer verglimmen ließ. Ich fand zwei Lackfüllfederhalter, die durch langen Gebrauch ihren Glanz eingebüßt hatten, cremefarbene Briefkärtchen, die mir vertraut waren, weil Alix auch mir welche geschickt hatte, Umschläge aus geripptem Papier, nagelneue Briefmarkenheftchen und andere Schreibwaren. Die Hausherrin war offenbar eine eifrige Briefeschreiberin gewesen.

Die zweite Schublade enthielt Fahrkarten, Quittungen, ausländische Stadtpläne. Bis auf einen Netzplan der Londoner U-Bahn waren alle zwanzig oder dreißig Jahre alt. Die dritte Schublade war abgeschlossen. Ich überlegte schon, ob ich das Schloss mit einem Haken öffnen sollte, als ich in einem der Schreibtischfächer einen flachen Schlüssel entdeckte, der mir diese Mühe ersparte. Zu meiner Überraschung fand ich eine Pistole vor, ein altes deutsches Modell der Marke Luger. Sie lag auf einer Pappschachtel mit metallenen Kanten. Es kostete mich einige Überwindung, die Waffe anzufassen, um an die Schachtel zu kommen, die trotz ihrer verstärkten Ecken ziemlich mitgenommen aussah. Sie war mit Briefen in chronologischer Reihenfolge gefüllt. Einige kamen aus Portugal und wiesen leuchtend bunte Briefmarken auf; sie waren an Alix' Pariser Adresse gegangen. Ich öffnete den neuesten, mit schwarzer Tinte und in einer schönen, geraden und regelmäßigen Handschrift verfasst.

Madame,

ich fürchte, dass mein letzter Brief Sie nicht erreicht hat. Wie ich Ihnen bereits mitteilte, habe ich das Dokument, das Sie suchen und das laut meinem Mann seiner Ahnfrau gehört haben soll. Dieses Heft ist auf so eigentümliche Weise verfasst, dass es mir nie gelungen ist, es zu entziffern. Ich würde es Ihnen aber mit Vergnügen zur Lektüre überlassen, wenn Sie der Meinung sind, dass darin vielleicht von Ihrem Onkel die Rede ist.

Allerdings würde ich das Heft vorsichtshalber nicht mit der Post verschicken, sondern es Ihnen lieber persönlich überbringen.

In Ihrem letzten Brief haben Sie mir bestätigt, dass Ihre Mutter, Madame de Barges, Victor kannte. Und ich habe Grund zu der Annahme, dass er während des Krieges Leuten begegnet ist, die vielleicht etwas über meine Mutter wissen. Mir wäre sehr daran gelegen, das mit Ihnen zu besprechen.

Im Herbst reise ich nach Frankreich. Das wäre eine gute Gelegenheit für ein Treffen. Rufen Sie mich gern an, damit wir uns verabreden können.

Mit freundlichen Grüßen

Suzanne Ducreux

Der Brief war von 2001 und gab die Adresse der Absenderin an: 4 rua Bartolomeu de Gusmão, Lissabon, Portugal. Neugierig geworden, las ich ihre früheren Briefe. Die Korrespondenz hatte im April 2000 begonnen. Die Dame stellte sich als Ehefrau eines gewissen Basile Ducreux vor, der sich in Portugal niedergelassen hatte. Sie antwortete auf eine Anfrage von Alix, die sie offenbar nicht persönlich kannte. Es ging um einen Notar (den Vater von Jean-Raphaël?) und Nachforschungen zur Familie de Willecot. In ihrem zweiten Brief erwähnte Suzanne Ducreux ein Heft, das Diane beschrieben hatte (schon wieder diese Diane!), und bot Alix an, es ihr zu zeigen.

Auf ebenjenen Brief vom Mai 2000 hatte Suzanne Ducreux keine Antwort erhalten. Dabei bewies der Inhalt dieser Schachtel nicht nur, dass Alix ihn sehr wohl bekommen hatte, sondern ihm auch einige Bedeutung beimaß, denn sonst hätte sie ihn nicht aufbewahrt. Warum war sie nicht auf das Angebot eingegangen? Eine Säumigkeit dieser Art schien nicht zu ihr zu passen.

Ich wählte die Nummer, die im Brief angegeben war, und bekam nur eine automatische Nachricht auf Portugiesisch zu hören, die ich kaum verstand. Vermutlich hieß das, dass die Nummer nicht mehr gültig war. Eine schnelle Internetsuche nach Suzanne Ducreux brachte mich auch nicht weiter: die Todesanzeige einer Rentnerin aus Lozère, die Website einer freiberuflichen Krankenschwester im Valais. In der Onlineversion des Lissabonner Telefonbuchs war keine Suzanne Ducreux verzeichnet. Als ich die Suche auf den Familiennamen einschränkte und auf das ganze Land erstreckte, fand ich einen Henrique und dann einen Samuel Ducreux, *advogado,* mit Sitz in Porto. Obwohl ich nicht gern telefoniere, versuchte ich es zunächst bei Henrique, es ging aber niemand ran. Bei der zweiten Nummer hörte ich über den Anrufbeantworter eine Nachricht, die ich nicht verstand. Nach dem Piepton legte ich auf, weil ich nicht wusste, was ich in welcher Sprache sagen sollte. Blieb nur die Hoffnung, dass wenigstens die Postanschrift noch aktuell war. Ich schrieb ein paar Zeilen, stellte mich als Historikerin und Erbin von Alix de Chalendar vor und teilte Suzanne Ducreux mit, dass auch ich an allem interessiert war, was Alban de Willecot betraf.

Und plötzlich hatte ich das Gefühl, mir dabei zuzusehen, wie ich mit Alix' Füller schrieb, auf ihrem Briefpapier, dort, wo sie selbst immer ihre Briefe verfasst hatte, und denselben Erinnerungen hinterherjagte wie sie selbst fünfzehn Jahre zuvor.

Ich hielt inne. Da machte ich mir das Leben einer anderen zu eigen, trat in ihre Fußstapfen, übernahm ihre Geschichte. War das ungesund, krankhaft, verwerflich? Ich wusste es nicht und nahm davon Abstand, mir diese Frage zu stellen, ich ließ mich von einer Familiengeschichte leiten, die zwar nicht die meine war, deren Verwicklungen ich aber spontan folgte. Weil sich im Schatten dieser Recherchen über die hundertjährigen Briefe eines Soldaten, von dessen Existenz ich bis vor wenigen Monaten nichts ahnte, tief in mir etwas zu regen begonnen hatte, etwas, das bisher form- und namenlos war, aber unendlich langsam die Kerkerwände des Kummers sprengte und nach Licht verlangte.

23

Am nächsten Morgen trieb mich der leere Kühlschrank direkt zu Antoinette. Im fast verwaisten Restaurant machte sich bereits die Nebensaison bemerkbar, auf der Terrasse genossen ein paar Einheimische aber noch den milden Altweibersommer. Ich bestellte einen Kaffee und ein Stück Obsttarte, das ich achtlos verschlang – eine Beleidigung für diejenige, die diese Köstlichkeit zubereitet hatte. Ich dachte an die feinen Speisen, die du so gern für uns gekocht hattest, bis dir irgendwann die Lust verging und du das Essen regelmäßig im Feinkostgeschäft holtest. Du hattest Müdigkeit vorgeschützt, unseren Umzug, die Hightech-Küchenausstattung der neuen Wohnung. Und dann diese plötzlichen Übelkeitsattacken, die dir schon den Anblick von Essen unerträglich machten. Ich hätte die Zeichen früher erkennen müssen. Am Ende warst du nicht einmal mehr in der Lage, dir ein Glas Wasser einzuschenken, du wärst neben einem vollen Krug verdurstet. Eine Stimme riss mich aus diesen trüben Gedanken.

»Dürfen wir uns zu Ihnen setzen?«

Es war Jean-Raphaël in Begleitung einer jungen Frau, die er mir als seine Gattin vorstellte. Sie trug den wohlklingenden Vornamen Minh Ha, »Mina« ausgesprochen, wie sie mir erklärte. Auf unauffällige Weise schön, trug sie ein gemustertes Kleid aus schwarzer Seide, das ihre fortgeschrittene Schwangerschaft nicht verdeckte. Nicht nur der Vorname, auch die Augen und ihre Pfirsichhaut deuteten auf eine asiatische Herkunft hin. Obwohl sie noch sehr jung war, strahlte sie die sanfte Zurückhaltung eines Menschen aus, der zu früh harten Prüfungen ausgesetzt war. Wir redeten über meine Niederlassung in Jaligny und kamen dann bald auf die nahende Geburt zu sprechen.

»Ich hätte gern ein Mädchen«, sagte die junge Frau mit einem Lächeln und warf ihrem Mann einen verschmitzten Blick zu.

»Hoffentlich ist sie dann artiger als ihre Mutter«, seufzte er. »Wobei …«

Er strich seiner Frau über den Nacken. Der große Engländer und die kleine Vietnamesin gaben ein ungewöhnliches, aber reizendes Paar ab, und das Schauspiel ihres vertrauten Miteinanders ließ mich auf etwas grausame Weise spüren, wie einsam ich war. Ich erzählte dem Notar, den ich im Stillen J.R. nannte, von Arapoffs jüngstem Streich und von meinem Ausflug nach Othiermont.

»Ich glaube kaum, dass Alexandre seine Drohung wahrmacht, aber halten Sie mich bitte auf dem Laufenden. Was hat Sie eigentlich bewogen, nach Othiermont zu fahren?«

»Ich wollte herausfinden, wer die Frau ist, über die Alban schreibt, diese Diane. Ich glaube, er war in sie verliebt. Und Massis scheint sie auch gekannt zu haben.«

Minh Ha fragte: »Massis war doch ein Schriftsteller?«

Der Name des Dichters weckte in ihr nur ein paar vage Erinnerungen an die Schule. »Mathe lag mir mehr«, erklärte sie und lächelte reumütig. Das Wetter war schön, die Stimmung entspannt, wir schienen es alle nicht eilig zu haben. Also erzählte ich der jungen Frau vom Werdegang dieses Dichters, der mit seinem kühnen, ungeheuer modernen Werk die französische Verskunst revolutioniert hatte und selbst hundert Jahre später noch Schulstoff war.

24

Anatole Massis, Schreinerssohn aus der Orne, hatte mit drei Jahren
seine Mutter verloren und verlebte eine einsame Kindheit. Der Mann
seiner Tante, ein Lehrer aus der Nachbarstadt, hatte sich dafür eingesetzt, dass der Junge die Gemeindeschule besuchte, weil ihm dessen
herausragende Intelligenz aufgefallen war. Mit Hilfe von Stipendien
und seines aufopferungsvollen Vaters brachte es Massis bis zur höhe-
ren Schule in Alençon, ein unerhörter Vorgang in dieser Familie, die
zwei Generationen zuvor noch auf dem Feld ackerte. In einem seiner
berühmtesten Gedichte, *Hohlbeitel*, beschwört er den Duft der Bücher
herauf, die er in einem Winkel der Werkstatt verstohlen gelesen hatte,
vom Geruch der Hobelspäne und des Haselnussholzes umgeben. Mit
fünfzehn Jahren erlitt der Junge aber eine schwere Verletzung, als er
seinem Vater half, einen Balken zu tragen. Der Balken drückte ihm die
Schulter ein und zerriss die Sehnen am linken Arm, der teilweise ge-
lähmt blieb. Selbst nach einer ungeheuer schmerzvollen Behandlung
konnte der Junge mit seiner Hand höchstens die Gabel zum Mund
führen. Sein Vater, der bis zum letzten Heller alles ausgegeben hatte,
um die Chirurgen und orthopädischen Vorrichtungen zu bezahlen,
musste zu seinem großen Kummer darauf verzichten, seinen Sohn
zum Schreiner auszubilden.

Der junge Anatole haderte sehr mit dieser Behinderung, die seine
Eitelkeit ebenso verletzte wie sie seinen Körper versehrte. Trotz dieses
Schicksalsschlags wollte er seiner Familie nicht auf der Tasche liegen.
An die Hochschulreife war also nicht mehr zu denken, obwohl er für
seine Latein- und Griechischkenntnisse mehrfach ausgezeichnet worden war. Massis hatte bei einem Samenhändler Arbeit als Buchhalter
gefunden. Doch der Verschlag, in dem er seiner Tätigkeit nachging,
wurde ihm wegen der Hänseleien und Schikanen, mit denen man den

»Einarmigen« bedachte, wie er dort hieß, zu einem verhassten Ort, dem er unbedingt entkommen wollte. Mit siebzehn machte er sich in die Hauptstadt auf, vorgeblich, um eine Stelle in einer Bankfiliale anzutreten, in Wahrheit jedoch, um seinen verehrten Vorbildern Verlaine und Laforgue nachzueifern. Sein Vater und sein Onkel ließen ihn schweren Herzens ziehen, mit zwanzig Franc in der Tasche und einem Empfehlungsschreiben für seinen Cousin, nachdem sie ihm das Versprechen abgenommen hatten, weder mit leichten Mädchen zu verkehren noch Absinth zu trinken, dieses grüne Gift, an dem angeblich die Dichter starben.

Die ersten Wochen verbrachte Massis in bitterster Armut, er ernährte sich von schlechtem Milchkaffee und an guten Tagen von der lauwarmen Kost seiner Vermieterin. Es kam für ihn aber nicht in Frage, nach Sées zurückzukehren, in die väterliche Werkstatt, denn das hätte für seine Berufung das Aus bedeutet. Sein Cousin hatte ihn nicht wirklich unterstützt, die Stelle, die man Anatole zugesagt hatte, war inzwischen vergeben, aber er wurde immerhin weiterempfohlen. Doch leider hatten die Banken, in denen der junge Mann vorstellig wurde, voller Verachtung auf diesen schlecht gekleideten, schmächtigen Behinderten frisch aus der Provinz herabgesehen. Und so musste er sich trotz seiner Beeinträchtigung mit vielen Arten von Hilfsarbeit über Wasser halten, bis er in einer Druckerei eine Lehrstelle fand. Die körperliche Schwäche machte er durch seine schnelle Auffassungsgabe und beeindruckende Geschicklichkeit wett. Außerdem liebte er den Geruch frischer Druckerschwärze und den Anblick der bedruckten Seiten, die vor seinen Augen entstanden.

Als einer der Schriftsetzer die Druckerei verließ, brachte ein alter Faktor Massis das Setzen bei. Der entpuppte sich als wahres Talent: Nach wenigen Monaten arbeitete er trotz seines verkümmerten Arms schon fast so schnell wie sein Mentor. Seine Tage verbrachte er teils damit, die Lettern mit der rechten Hand zu setzen, und teils damit, Zeitungspacken und Bücher zu liefern; diese transportierte er in einer Tasche, die sich über die gesunde Schulter hängte, und träumte von einem Tag, an dem seine eigenen Werke in den Schaufenstern der Buchhandlungen ausliegen würden. In den Briefen an seinen Onkel und seinen Vater berichtete Anatole, er sei glücklich, Paris mache ihn froh. In Wirklichkeit kehrte er abends erschöpft von der vielen Lauferei in seine feuchte Besenkammer zurück und bekämpfte mehr schlecht als recht die Wanzen. Dort verfasste er im spärlichen Licht einer Straßenlaterne, das in seine Kammer drang, die Anfänge eines Werks, das ihn berühmt machen sollte.

Kurz nach seinem Eintritt in die Druckerei hatte er einen Freund gewonnen, einen einzigen, namens Théodore Ermogène. Ein echtes Pariser Kerlchen, gewieft und gutgelaunt, der die Papierkartons pfeifend ein- und auslud. Als Ermogène dem jungen Dichter gleich in der ersten Woche anbot, ihn in den Puff mitzunehmen, war Anatole rot geworden. Er kannte weder das Wort noch die Sache an sich.

Allmählich hatte der diskrete junge Mann mit dem unersättlichen Lesehunger auch die Sympathie der Buchhändler gewonnen, die Woche für Woche seine Lieferungen entgegennahmen. Der eine oder andere überließ ihm ein paar unverkaufte Exemplare, als er dessen Leidenschaft für zeitgenössische Lyrik bemerkte, und fügte gelegentlich die Neuerscheinung eines Symbolisten hinzu, der gerade für Furore sorgte. Sobald Massis seine Vermieterin bezahlt hatte, gab er sein letztes Geld für Werke von Laforgue und Mallarmé aus. Er war aber viel zu schüchtern, um auch nur den Versuch zu unternehmen, sich unter die literarische Boheme zu mischen, die in den Kneipen vom Montmartre verkehrte; er hatte die Warnung seines Vaters im Kopf behalten, in der sich die Angst vor Alkohol auf diffuse Weise mit der Angst vor Geschlechtskrankheiten mischte. Ohnehin stießen ihn die Pariserinnen mit ihrer Unverfrorenheit und ihrem losen Mundwerk eher ab, und er war niemals an den Ort zurückgekehrt, an den Ermogène ihn eines Tages geschleift hatte, allein der Gedanke daran trieb ihm schon die Röte ins Gesicht. Und so begnügte er sich damit, von Zeit zu Zeit einige seiner Gedichte in einen Umschlag zu stecken und an jene zu schicken, die er für seine Lehrmeister hielt, als Hommage und Zeichen seiner Hochachtung, während er das Werk vollendete, das er seiner festen Überzeugung nach in sich trug. Es handelte sich um einen ganzen Gedichtband, für den Massis bereits einen Titel gefunden hatte: *Aus Schalen Dunkel.*

25

Langlois, der Druckereileiter, dem dieser schüchterne und fleißige
Junge ans Herz gewachsen war, vertraute ihm hin und wieder die Lieferung von Druckfahnen an, eine Ehre, die den zuverlässigsten Mitarbeitern vorbehalten war. Als Langlois ihm eines Morgens einen dicken
Umschlag aushändigte, der für Louis Limoges bestimmt war, mit der
Anweisung, die Fahnen unverzüglich zu überbringen und »persönlich
auszuhändigen«, erkannte Massis darin die Chance seines Lebens. Er
wurde im Haus des Dichters vorstellig, wartete im Vorzimmer, und als
der alte Mann auf ihn zukam, wagte er, ihn mit »Meister« anzureden,
bevor er seinen Namen nannte und ihm auch einen zweiten Umschlag
überreichte, der *Aus Schalen Dunkel* enthielt. Dieses eine Exemplar
hatte er selbst gesetzt, Abend für Abend an der großen Druckpresse,
mit Hilfe von Ermogène.

Limoges, der diese Begegnung später in seinen Memoiren schildern sollte, hatte die erste Sendung Massis' keineswegs vergessen,
mehrere Sonette, die er zwei Monate zuvor erhalten hatte. Er fand
es bemerkenswert, dass der Absender keine Adresse angegeben hatte,
obwohl die allermeisten aufstrebenden Nachwuchsdichter sich darum
geprügelt hätten, auch nur ein paar Worte mit ihm zu wechseln. Die
Lektüre des dünnen Bändchens, das einige Druckfehler umso ergreifender machten, bestärkte Limoges in seiner Meinung, dass er es mit
einem Naturtalent zu tun hatte, urwüchsig und frei von jeder Affek-
tiertheit. Obwohl (oder gerade weil) dieser erstaunliche junge Dichter kein Studium hatte aufnehmen können, war es ihm gelungen, die
Früchte seiner eklektischen Lektüre zusammenzufügen und zu etwas
ganz Eigenem zu machen. Die Gedichte waren zwar in Alexandrinern
verfasst, aber die Verse schienen kurz davor, sich aufzulösen, waren bis
zum Äußersten gespannt und gedehnt vom Wirken einer ungeheu-

ren Ausdruckskraft. Und die Empfindungen, die in diesen rätselhaften Gebilden beschrieben wurden, Brand und Asche, Lust und Qual, zeugten von einer Sinnesschärfe, die bei einem so jungen Mann mit so wenig Lebenserfahrung kaum vorstellbar schien. Bereits bei der ersten Lektüre hatte der alte Dichter, Mitglied der Académie, gewusst, dass Massis ihn künftig überstrahlen würde.

Limoges erkannte aber auch, wie sehr dieses vom Himmel gefallene Wunderkind seinem bereits schwindenden Ansehen vorerst nutzen konnte. Er schickte einen Brief an die Druckerei und bat den jungen Mann inständig darum, ihn wieder zu besuchen; diesmal zögerte Massis keine Sekunde, den zuvor eine Mischung aus Scheu und Stolz davon abgehalten hatte, Limoges aufzusuchen, ehe seine erste Gedichtsammlung abgeschlossen war. Sechs Monate später war aus dem kleinen Lehrling der Druckerei Lachaussée der in ganz Paris bekannte Anatole Massis geworden, Privatsekretär von Louis Limoges, vor allem aber vielversprechender junger Dichter, um den sich die literarischen Salons rissen. Sein Aufstieg war beispiellos. Binnen weniger Jahre hatte Massis das Fundament zu einem einzigartigen und ambitionierten Werk gelegt. Jeder neue Band entfachte leidenschaftliche Debatten in den Pariser Kreisen. Von den einen vergöttert, von den anderen als abseitig verdammt, war der Schreinerssohn aus der Orne, ohne es recht zu wollen, zur Symbolfigur einer neuen französischen Poesie geworden.

Zur selben Zeit war er für die Fotografie entflammt, eine Kunst, mit der er sich seit 1905 intensiv befasste, kurz vor seinem Eintritt in die Heliographische Gesellschaft von Paris. Er hatte nicht nur ein lyrisches Werk hinterlassen, sondern auch eine Sammlung künstlerisch wertvoller Bilder, die man zwar erst im späten 20. Jahrhundert wiederentdeckt hatte, die inzwischen aber immer mehr Anhänger fand. Massis hatte sich auf Kalotypen von verwaisten Häusern und Ruinen spezialisiert, deren Umrisse er durch den Einsatz von Schatten und eigentümlichen Blickwinkeln verfremdete; piktorialistische Bilder, die letzten Endes so rätselhaft waren wie die Gedichte ihres Schöpfers.

Mit fünfundzwanzig hatte der Dichter Jeanne de Royère geheiratet, die Enkelin von Louis Limoges. Ihre Schönheit hatte Massis auf Anhieb bezaubert, und so machte er ihr auf scheue und feinfühlige Weise den Hof. Für sie verfasste er das legendäre *Opaltränen*. Offenbar war diese Hommage so eindrucksvoll, dass die Familie des jungen Mädchens sich bereit zeigte, über die Behinderung ihres Verehrers und vor allem über dessen niedere Herkunft hinwegzusehen. Jeanne und Anatole führten eine glückliche Ehe und bekamen drei Kinder, Frédéric, Eugénie und Céleste, Letztere wurde während des Ersten Weltkriegs geboren. Dieses Glück fand aber ein jähes Ende, als Jeanne Ende 1918 an der Spanischen Grippe starb. Es dauerte zwei Jahre, bis Massis wieder zur Feder griff und schließlich *Grabmal für Jeanne de Royère* veröffentlichte, seinen letzten Gedichtband, von dem jedes Schulkind mindestens einen Vierzeiler auswendig kann. 1920 starb der Dichter im Alter von zweiundvierzig Jahren.

Auf einmal hielt ich inne, mit dem Gefühl, viel zu lange gesprochen zu haben. Minh Ha sah mich bewundernd an.

»Sie scheinen ja wirklich alles über ihn zu wissen.«

»Bei weitem nicht. Aber es gehört zu meinem Beruf, mir ein solches Hintergrundwissen anzueignen.«

Um meine Antwort weniger überheblich wirken zu lassen, erzählte ich ihnen, wie ich fünf Jahre zuvor ein Inventar von Massis' Fotos erstellt hatte, nachdem das Institut sie erworben hatte. Aus dieser Zeit stammte mein Interesse für ihn, seine poetischen und bizarren Aufnahmen, die vom nahenden Surrealismus zu künden schienen, hatten mich fasziniert. Und als ich mit Eric Chavassieux den Aufsatz schrieb, der Joyce Benningtons Vorwürfe entkräften sollte, hatte ich oft eine umfangreiche Biographie des Dichters gewälzt, die über jeden Verdacht der Unwissenschaftlichkeit erhaben war und aus der Feder von Françoise Alazarine stammte, Literaturprofessorin an der Sorbonne.

»Wie konnte Massis sich dem Krieg entziehen?«, fragte J.R. »War es seine Berühmtheit, die ihm erlaubt hat, sich zu drücken?«

»Ganz und gar nicht. Er wollte sich freiwillig melden, trotz seines Alters und der Verantwortung für seine Familie. Aber die Armee hat ihn nicht genommen, wegen seiner Behinderung. Man hat ihn in der Zensurbehörde eingesetzt, und zwar zur Postkontrolle. In dieser Zeit hat er seinen berühmtesten Band verfasst, *Leiberglühen*. Ein langes, sehr schönes Liebesgedicht. Natürlich will heutzutage alle Welt wissen, wer ihn dazu inspiriert hat.«

»Das kann doch nur Jeanne gewesen sein«, sagte Minh Ha.

»Tja, er könnte auch eine andere Muse gehabt haben.«

Jean-Raphaël fragte: »Wissen Sie, wie Massis und Willecot sich kennengelernt haben?«

»Nein, das weiß niemand. Massis war neun Jahre älter, und sie wohnten nicht am selben Ort. Ich glaube, sie hatten gemeinsame Bekannte. Diane, diese junge Frau, in die Willecot anscheinend so verliebt war, hat Massis besucht. Er kannte sie sicher persönlich. Apropos – ich habe einen Hinweis auf ihr Heft bekommen. Ein Heft, das Diane beschrieben hat, meine ich.«

»Wo ist das Heft?«

»In Portugal.«

»Wie haben Sie das herausgefunden?«

Ich erzählte ihnen von den Briefen, die ich in Alix' Schreibtisch entdeckt hatte. Der Name Suzanne Ducreux sagte J. R. nichts, genauso wenig wie der Vorname Basile. Victor kam ihm hingegen vertraut vor.

»Hören Sie«, sagte er zu mir, »in der Kanzlei befinden sich noch sämtliche Akten meines Vaters. Soll ich ein paar genealogische Recherchen für Sie anstellen?«

»Wäre das möglich?«

»Es gehört doch zu meinem Beruf, solche Recherchen anzustellen.«

Wir lächelten alle drei.

»Tatsächlich hat er immer davon geträumt, Sherlock Holmes zu sein«, sagte Minh Ha. »Sie würden also ihm einen Gefallen tun, nicht umgekehrt.«

Mir gefiel das Lächeln dieser jungen Frau sehr. Beim Abschied luden sie mich ein, sie in der folgenden Woche zum Abendessen zu besuchen, und ich dachte, während ich ihnen nachblickte, dass das Leben wirklich alles daransetzt, einen wieder einzuholen, egal, wo man ist. Eine Art Quecke.

26

Als ich heimkam, widerstand ich der Versuchung, mich hinzulegen, wie ich es in Paris fast täglich gemacht hatte. Die zwei Tassen Kaffee von Antoinette würden mir eines dieser von Albträumen durchzogenen Mittagsschläfchen ersparen, die mich noch lange nach dem Aufwachen benommen und niedergeschlagen zurückließen. Die Kisten fielen mir ins Auge, unangetastet, seit die Möbelpacker sie hier abgestellt hatten. Wie gern hätte ich den Mut aufgebracht, sie zu öffnen, den Inhalt zu sortieren, mich von einem Teil deiner Habseligkeiten zu trennen. Diese reglose Masse kam mir aber vor wie ein Sprengkörper, als wartete der Schmerz, der in ihnen schlummerte, nur darauf, beim ersten Lichtstrahl zu explodieren. Weil ich in der Bibliothek dennoch etwas Platz freiräumen wollte, suchte ich einen Ort, um einen Teil der Kisten zwischenzulagern.

Der begehbare Schrank am Ende des Flurs war voller Kleidung. Ein Teil hatte sicher Alix gehört, das meiste stammte aber von ihrer verstorbenen Tochter Jane, wie mir bald klarwurde. Die Kleider waren in tadellosem Zustand, als hätte man sie regelmäßig gereinigt. Vermutlich hatte es Alix nicht übers Herz gebracht, die Sachen ihrer Tochter wegzugeben. Unwillkürlich strich ich über die Pullover aus Kaschmir und Mohair, die Strickjacken aus Alpaka. Raffinierte Stoffe in gedeckten Farben – Flaschengrün, warme Brauntöne, Anthrazit –, die durch ihren eleganten Schnitt zur Geltung kamen. Nur ein paar buntgemusterte Schals und Seidentücher fielen aus dem vergleichsweise unauffälligen Farbrahmen. Ich hätte das alles am besten spenden sollen, aber die Vorstellung, eine so geschmackvoll zusammengestellte Garderobe fremden Händen zu überlassen, stimmte mich traurig.

An der Wand gegenüber gab es Regale mit zerlesenen Kriminalromanen, Langspielplatten, kleineren Werkzeugen und einer mit blauem Rochenleder bezogenen Schatulle, wobei das Blau längst verblichen war. Die Schatulle war voll, ihrem Gewicht nach zu schließen, als ich sie herunternahm, und ihr Verschluss wies Rostspuren auf. Der Inhalt bestand aus Briefen, Postkarten, knittrigen Theater- und Opernprogrammheften aus den dreißiger Jahren, Fotos von Unbekannten. Das würde ich alles später sortieren.

Aber was konnte ich gleich opfern, um Platz zu schaffen? Ich stöberte in den Romanen, alten Ausgaben von Gaston Leroux, Maurice Dekobra und Maxence Van der Meersch, neben Übersetzungen von englischen Krimis aus den dreißiger Jahren. Nicht unbedingt die Art von Lektüre, die ich mit Alix in Verbindung gebracht hätte. Vielleicht eher mit ihrer Mutter Blanche? In einem Buch stand am Rand geschrieben: »Victor D., August 41.« Ob es sich um denselben Victor handelte, den Suzanne Ducreux in ihren Briefen erwähnt hatte?

Blieben noch die Platten in ihren Papphüllen. Alix, die in ihrer Wohnung in der Rue Pierre-Ier-de-Serbie bereits über einen ganzen Raum voller Schallplatten und CDs verfügte, hatte in Jaligny Einspielungen aus den siebziger Jahren aufbewahrt, die gleichen, die meine Kindheit begleitet hatten: Lili Kraus, Jeanne-Marie Darré, Dinu Lipatti, Irène Bathori.

Es versetzte mir einen kleinen Schock, diesen Namen auf einer der Plattenhüllen zu sehen, auch wenn damit zu rechnen war. Auf der Rückseite gab es ein Foto der Interpretin, Lächeln, üppiges schwarzes Haar, Augen, die offensichtlich hell waren, und hohe Wangenknochen, die auf eine slawische Herkunft hindeuteten. Ihre winzigen Hände ruhten brav auf den Knien, dabei konnten sie durchaus einen Sturm entfachen, sobald sie sich den Tasten näherten.

Alix de Chalendar hatte ihrer Neugier eines Tages freien Lauf gelassen, als wir während der Inventarisierung Tee tranken.

»Sind Sie mit der Pianistin verwandt?«

Diese Frage hatte man mir schon eine Weile nicht mehr gestellt. Nur sehr alte oder sehr musikbegeisterte Menschen erinnerten sich noch an die kometenhafte Karriere von Irène Bathori.

»Sie war meine Mutter«, hatte ich geantwortet.

Alix konnte ihre Überraschung nicht verhehlen.

»Ich habe sie in der Salle Pleyel spielen sehen, wissen Sie. 1979 war das, ich weiß es noch genau. Rachmaninows zweites Klavierkonzert, dirigiert von Roberto Balducci. Unvergesslich. Ein anderes Mal war es ein Chopin-Klavierabend, die *Nocturnes*. Sie war eine unglaublich brillante Interpretin. Und Sie sind also ihre Tochter?«

Sie sah mich neugierig an. Offensichtlich erwartete sie, dass ich darauf einging.

»Tatsächlich habe ich sie kaum gekannt. Wegen ihrer Karriere hatte sie nur wenig Zeit für ihre Familie.«

Das hatte ich ohne jegliche Bitterkeit gesagt, denn ich empfand keine. Meine Mutter hatte uns verlassen, als ich sieben und mein Bruder fünf Jahre alt waren. In Wahrheit hatte ich davon kaum etwas bemerkt, weil sie ohnehin ständig unterwegs gewesen war. Ich nehme an, dass sie ihre beiden Schwangerschaften als Katastrophe empfunden hatte, weil ihre ganze Leidenschaft dem Klavierspielen galt. Nach Auseinandersetzungen, die mir nur vage in Erinnerung geblieben sind, war sie schließlich für immer gegangen. Sie ließ sich mit einem Dirigenten in Rom nieder, ebenjenem Roberto Balducci, der sie vergötterte. Die letzten Jahre ihres Lebens brachte sie damit zu, wie besessen mit ihm unzählige bedeutende Werke einzuspielen, als hätte sie geahnt, was ihr bevorstand.

Mein Bruder und ich wurden weiterhin größtenteils von der Schwester meines Vaters aufgezogen, Tante Marie-Reine, genannt »Marraine«, Patentante. Wir bekamen jedes Jahr ein paar Postkarten von Irène und eine Einladung zu einem ihrer Konzerte in Paris. Auf der Bühne verwandelte sie sich auf fast erschreckende Weise in eine andere: Ich hatte das Gefühl, eine Fremde zu sehen. Nach ihrem Auftritt besuchten wir sie in der Garderobe, wo sie uns mit demonstrativer Zärtlichkeit in den Arm nahm, obwohl ihr die Erschöpfung ins Gesicht geschrieben stand. Danach führte sie meinen Bruder und mich zum Abendessen ins La Coupole aus. Marraine wies jedes Mal mit missbilligender Miene darauf hin, dass wir am nächsten Morgen Schule hätten; meine Mutter lachte und versprach, uns nicht allzu spät nach Hause zu bringen. Im Restaurant stellte sie uns einige Fragen, bewertete, ob wir munter wirkten oder nicht, kommentierte unsere Schulnoten und schwor, sie denke oft an uns und werde uns in den Ferien nach Italien holen, sobald ihre Tournee beendet sei. Mein Bruder und ich fielen in der Regel schon vor dem Nachtisch um vor Müdigkeit. Ich erinnere mich vor allem an das Parfüm meiner Mutter, wenn ich im Taxi den Kopf auf ihre Knie legte und sie mir übers Haar strich. Was die Ferien anging, hatte Irène kein einziges Mal Wort gehalten. Als sie mit sechsunddreißig Jahren bei einem Autounfall starb, meinen Vater fassungslos und ihren zweiten Mann untröstlich zurückließ, hatten mein Bruder und ich immer noch keinen Fuß in ihr römisches Zuhause gesetzt. Trotzdem bin ich mir sicher, dass ihre Versprechungen aufrichtig gemeint waren und sie gern die Zeit gehabt hätte, uns besser kennenzulernen. Es gab bei meiner Mutter keinen Funken Bosheit oder Herzlosigkeit. Nur den Egoismus großer Künstler und eine ausschließliche Hingabe an die Musik. Wir, ihre Kinder, waren nun mal keine Musik.

27

Frontabschnitt P., 31. Januar 1915

Mein lieber Anatole,

Danke für Deine Ratschläge und Deine Anmerkungen zu meinen letzten Aufnahmen. Du hast recht, ich neige dazu, nicht lange genug zu belichten, und sollte mich um mehr Schärfe bemühen. Könntest Du Dich nach dem Preis für ein Objektiv von Zeiss erkundigen? Gallouët hat mir davon erzählt, und ich habe im Petit Parisien eine sehr interessante Anzeige gesehen.

Ich kann es gar nicht erwarten, die Autochromplatten auszuprobieren, die Du mir geschickt hast. Wir werden es tun, sobald das Wetter ein bisschen besser wird und unser kleiner Kuraufenthalt hier beendet ist (noch zwei Tage). Momentan warten die Platten im Reservegraben auf mich. Aufgrund einer neuen Anordnung des Oberkommandos gelangen Päckchen nicht mehr bis zum Frontgraben.

Ich muss gestehen, dass die Stimmung hier nicht immer die beste ist. Darum haben Gallouët und ich uns zu einer Serie entschieden, die wir Szenen aus dem Muschkotenleben nennen wollen. Damit werden wir die Langeweile bekämpfen. Wir steuern die Fotografien bei und Lagache, der Lehrer, wird die Texte verfassen. Ich lasse Dir dann alles nach und nach zukommen.

Ich hoffe, dass es Dir in Paris gut ergeht. Deine jüngsten Gedichte, die ich mit großer Begeisterung gelesen habe, sind durch und durch gelungen. Darf ich Dich noch um ein paar weitere bitten?

Es grüßt Dich sehr herzlich

Alban

28

Dieser Nachmittag, an dem ich so gut wie nichts zustande gebracht hatte, versetzte mich in einen Zustand von nervlicher Erschöpfung, ausgelöst durch die Einsicht in meine Unfähigkeit, mit diesen Gegenständen umzugehen. Am Ende hatte ich keine einzige von deinen Kisten umgeräumt, als wäre ich auf die ungeheure Widerstandskraft der Vergangenheit gestoßen, die hartnäckig Spuren hinterließ und sich dem Vergessen beständig entzog. In solchen Momenten hatte ich das Gefühl, in meiner eigenen Geschichte gefangen zu sein, einer Geschichte, deren Ausgang ich mir nicht ausgesucht hatte. Manchmal wünschte ich, ich würde mich nicht mehr an die Zeit erinnern, die wir gemeinsam verlebt haben, weil ich so erschöpft bin von diesem Schmerz, der mir ein Rätsel ist, warum bist du nicht mehr da, warum wirst du nie mehr da sein, warum bleibt von dir nichts, obwohl deine Sachen bleiben? Die Migräne, die sich angebahnt hatte, brach gegen sechs aus, und ich schleppte mich den ganzen Abend dahin, versuchte halbherzig, ein paar Briefe von Willecot mit Anmerkungen zu versehen, während mir schwarze Punkte vor den müden Augen tanzten.

Am nächsten Morgen weckte mich das Telefon. Es zeigte 9.35 Uhr an, eine ungewöhnliche Zeit für mich Frühaufsteherin. Aber ich hatte am Vorabend zu viele Schmerzmittel eingenommen, und wie nach jedem Migräneanfall kam es mir nun so vor, als bestände mein Kopf aus Pappmaché.

»Hallo, Elisabeth, ich bin's, Marie-Hélène.«

Es dauerte ein paar Sekunden, bis ich diesen Vornamen mit dem Gesicht meiner jungen Nachbarin in Zusammenhang brachte.

»Störe ich?«

Ich sagte Nein, aber möglicherweise war meiner Stimme das Gegenteil anzuhören.

»Jean-Raphaël hat mir Ihre Nummer gegeben. Ich wollte Sie fragen, ob Sie heute Abend Zeit hätten, bei mir zu essen. Wenn Sie mögen, können Sie gern gegen sieben vorbeikommen.«

Ein Abendessen … Momentan war mir nicht danach, die Einladung anzunehmen. Aber wie sollte ich eine Ablehnung begründen? Da fiel mir plötzlich die Garderobe von Alix ein – mit Hilfe von Marie-Hélène würde sich eine gute Lösung finden.

»Wie wär's, wenn Sie zu mir kämen? Ich möchte Sie um einen kleinen Gefallen bitten.«

»Gern, aber da sind meine Kinder …«

»Bringen Sie Ihre Kinder mit, sie können dann im Garten spielen. Und kommen Sie am besten mit dem Auto, falls es etwas zu transportieren gibt.«

Meine Nachbarin schien angenehm überrascht und fragte, was sie mitbringen solle. Nichts, nur sich selbst, antwortete ich. Was war nur in mich gefahren, fragte ich mich beim Auflegen. Ich hatte nichts zu essen im Haus und ich wusste nicht, ob ich überhaupt noch in der Lage war, auch nur ein Ei zu kochen. Noch halb im Dämmerzustand nahm ich mir fest vor, mit diesen Tabletten aufzuhören, die nichts brachten, und ging unter die Dusche. Damit vertrieb ich wenigstens einen Teil des pharmazeutischen Nebels.

In Moulins betrat ich zunächst ein Café und bestellte einen doppelten Espresso, dem ich zwei Aspirin hinterher warf. Ich hatte wieder die Pariser Cafés vor Augen. Den kleinen, starken Schwarzen, den wir manchmal am Tresen stehend tranken, bevor wir uns an die Arbeit machten. Meine Hand stets ein paar Sekunden von deiner Hand umschlossen, ehe wir uns trennten und ich zur Uni ging.

Nimmt es mit diesen Bildern denn nie ein Ende?

Im Supermarkt kaufte ich ein stattliches Huhn, Kartoffeln, Käse und frisches Obst. Zu Hause machte ich mich gleich daran, das Essen zuzubereiten. Ich war ziemlich aufgeregt, doch zu meiner großen Überraschung fand ich mich sofort wieder zurecht und hatte wie gewohnt Spaß am Kochen, an den liebgewonnenen Handgriffen und

Abläufen. Nachdem ich im Kühlschrank ein Töpfchen Gänseschmalz aufgestöbert hatte, steckte ich das Huhn auf den Bratspieß und bereitete die Kartoffeln nach Sarladaiser Art zu, in der Hoffnung, dass es den Kindern schmecken würde. Als ich den Ofen zumachte, fiel mir viel zu spät auf, dass ich den Wein vergessen hatte. In einem solchen Haus musste es aber einen Keller geben. Und es war anzunehmen, dass eine so kultivierte Frau wie Alix stets ein paar gute Flaschen für ihre Gäste bereithielt.

Ich musste eine Weile suchen, bevor ich die Tür hinter dem ehemaligen Esszimmer fand. Dahinter gab es eine Steintreppe ohne Geländer, steil wie eine Dachbodenleiter. Wie das restliche Haus war der Keller tadellos aufgeräumt, auch wenn er nur Gebrauchsgegenstände enthielt: einen Vorrat an Streichhölzern, Kerzen und Glühbirnen – offenbar fiel der Strom häufiger mal aus –, zwei Paar Gummistiefel, Werkzeuge. An der Wand standen zusammengeklappte Staffeleien und Metallregale voller Konservendosen und anderer Lebensmittel. Ganz hinten waren Weinregale aufgereiht, in denen Flaschen mit staubigen Hälsen steckten, von ihrer jeweiligen Zeitschicht bedeckt. Ich blies ein paar Etiketten frei:»Clos-Willecot 1937«. Wahre Antiquitäten. Mir fiel ein alter Freund ein, der ein großer Weinliebhaber war. Hätte ich den Kontakt aufrechterhalten, hätte ich ihn fragen können, welche Flaschen unter Umständen noch trinkbar waren.

Auf dem Boden stand eine Kiste Saint-Émilion, die neueren Datums zu sein schien. Genau das Richtige. Als ich mich bückte, um eine Flasche herauszunehmen, blieb mein Blick an einer Unebenheit in der Wand hängen, einer Art dunkleren Vertiefung. Aus der Nähe besehen, entpuppte sie sich als Rahmen einer Tür, die höchstens einen Meter hoch war. Die ausgeblichenen Holzlatten hatten inzwischen die Farbe der Wand angenommen und verschwammen mit ihr. Ich schob ein paar alte Kohlensäcke beiseite, die den Weg verstellten. Das Türschloss war völlig verrostet, und es bedurfte nur ein paar kräftiger Stöße, bis das vor Feuchtigkeit aufgequollene Holz krachend nachgab. Dahinter kam ein Gang zum Vorschein, in dem es nach Gruft roch wie auf einer

Abrissbaustelle, wenn die Grube ausgehoben ist. Am Ende war es so dunkel, dass ich von der Tür aus nur eine schwarze Öffnung erkennen konnte. Unmöglich zu schätzen, wie tief sie war. Da ich keine Taschenlampe und vor allem keine Lust hatte, mich schmutzig zu machen, brach ich meine Erkundung an dieser Stelle ab und nahm mir vor, die geheimnisvolle Höhle bald mit der richtigen Ausrüstung zu begehen.

Als ich nach oben kam, war ich froh, wieder Tageslicht zu erblicken. Nun musste ich nur noch den Tisch decken. Mit demselben Gefühl von Indiskretion, das ich zwei Tage zuvor beim Öffnen der Schreibtischschubladen empfunden hatte, entnahm ich den Schränken nach einigem Suchen eine Tischdecke aus bestickter Baumwolle und Teller. Es geschah aber auch mit derselben Überzeugung, in Alix' Sinne zu handeln und ihrem Andenken treu zu sein, wenn ich die Gesten wiederholte, die so viele Generationen vor mir vollführt hatten, dass ich behutsam das Geschirr mit Goldrand handhabe, ein Service aus feinstem Porzellan mit Monogramm, das vielleicht schon die Tische von Othiermont geziert hatte. Und ich ertappte mich dabei, von Alban, Blanche und Massis zu träumen, die gemeinsam dort speisten und hinter den Gläsern aus geschliffenem Kristall über Politik oder Poesie redeten.

Danach war es noch lächerlich früh, als hätte ich befürchtet, dass selbst ein ganzer Nachmittag nicht reichen würde, um ein Brathuhn und eine Apfeltarte zuzubereiten. Und so hatte ich noch drei volle Stunden Zeit, bevor Marie-Hélène eintreffen sollte. Mein eigenes Mittagessen hatte ich übersprungen, ich machte mir einen starken Kaffee und ging damit ins Arbeitszimmer, um mich wieder in die Briefe von Willecot zu vertiefen. Da fiel mir die Schatulle aus Rochenleder ein, die ich im begehbaren Kleiderschrank gefunden hatte – damit könnte ich meine Recherchen doch beginnen?

29

Paris, 25. November 1917

Meine teure Blanche,

verzeihen Sie bitte, dass ich so spät auf Ihren Beileidsbrief antworte. Seit unserer Rückkehr nach Paris ist mein Gatte unpässlich.

Ja, meine Tochter war ein wundervoller Mensch, auch wenn sie uns mit ihrem aufbrausenden Wesen oft zugesetzt hat. Sie ist zu früh auf eine Welt gekommen, die noch nicht bereit war, sie zu empfangen. Vielleicht gilt das auch für uns? Diese Frage, die ich mir unablässig stelle, raubt mir den Schlaf.

Ich muss Ihnen auch gestehen, teure Freundin, wie sehr mich meine Schuldgefühle belasten. Charles und ich haben unsere Tochter zu dieser übereilten Ehe gedrängt. Und ich befürchte, dass Ihr seliger Bruder ebenfalls unter dieser Entscheidung zu leiden gehabt hat. Vielleicht hätten wir ihm mehr Zeit geben sollen.

Pater Saudubray versicherte mir gestern, Gott vergebe uns unsere Fehler. Aber wie soll man sich selbst vergeben, wenn man seine Tochter ins Unglück gestürzt hat? Nur der kleine Junge, den Diane zur Welt brachte und der nun keine Mutter mehr hat, hält mich am Leben und lässt mich meinen Pflichten nachkommen. Sein Vater hat uns verlassen, mit der Begründung, er könne den Anblick des Jungen momentan nicht ertragen.

Danke, dass Sie uns allen stets so viel Güte erwiesen haben.

Sehr herzlich
Ihre

Henriette Nicolaï

30

Ich wendete das schwere, cremefarbene, an den Rändern vergilbte Blatt hin und her, dessen Textur noch ganz durchtränkt schien von uraltem Leid. Der Brief stammte vom 25. November 1917, Diane war also davor gestorben. Plötzlich fiel mir ein, dass sowohl Alix als auch Xavier, der Rentner, den ich in der Brasserie befragt hatte, den Brand von Othiermont auf Mitte der dreißiger Jahre datiert hatten. Das hieß also, dass nicht alle Unterlagen vernichtet worden waren, manche Dokumente waren unversehrt geblieben, wie der Brief bewies, den ich in Händen hielt. Vielleicht galt das auch für Massis' Briefe? Jedenfalls enthüllte mir der Brief einen weiteren Teil der Geschichte. Demnach hatte Diane, die junge Frau, in die Willecot verliebt war, einen anderen Mann geheiratet und war etwa zur selben Zeit gestorben wie Alban. Ich fragte mich, was genau mit dem Satz »Vielleicht hätten wir ihm mehr Zeit geben sollen« gemeint war. Eine verhinderte Verlobung? Hatte ihr Scheitern mit der Lücke zu tun, die in Willecots Briefwechsel mit Massis klaffte?

Der Brief von Henriette Nicolaï ließ auf furchtbare Gewissensbisse schließen und darauf, dass die Ehe ihrer Tochter von den Eltern arrangiert worden war. Schade, dass ich ihren Andeutungen nicht entnehmen konnte, woran Diane gestorben war. Vielleicht an Kindbettfieber, das Wöchnerinnen damals binnen Tagen dahinraffte. Das würde erklären, warum der Vater dem Baby nicht gewogen war. Es sei denn – aber das war nun reine Spekulation –, dass die junge Frau aus Verzweiflung über ihre Zwangsehe und von der Niederkunft erschöpft kurz nach der Geburt ihres Sohnes Selbstmord begangen hatte. Das würde wiederum die quälenden Gewissensbisse ihrer Mutter erklären.

Um diesen Brief zu entdecken, hatte ich viele andere sichten müssen, die völlig unsortiert in der Schatulle steckten, elegante Schrift in lila

Tinte, unbekannte Signaturen, Gekritzel auf Postkarten aus Bayonne oder Biarritz, die elegante Damen beim nonchalanten Bummel über sonnige Promenaden zeigten, das Gesicht vom Sonnenschirm verdeckt, oder Wasserfälle, Statuen, Ansichten steiniger Gebirgsbäche, die von einem privilegierten Leben zeugten, an luxuriösen Urlaubsorten der Vorkriegszeit, wenn zwischen Nizza und Saint-Jean-de-Luz Grüße gewechselt wurden, während des Sommers, den man in Hotels entlang der Côte d'Azur verbrachte. Darunter ein Kärtchen mit anderem Format, auf dem ein dunkler Backsteinbau namens »Cedar Mansions« abgebildet war. Es war an Rose Nicolaï adressiert und 1934 in Rochester aufgegeben worden. Auf der Rückseite standen ein paar Zeilen in schnörkeliger Schrift mit auffällig ausgeprägten Ober- und Unterlängen: »Liebe Tante, ich bin gut in England angekommen, wo es ständig regnet. Ich langweile mich sehr in dieser Kaserne. Grüße Ihres Neffen Victor.«

Auf einer anderen Postkarte, von April 1915, posierte eine Truppe Soldaten vor Stacheldrahtreihen. Als ich das Kärtchen umdrehte, hinterließen die Ränder eine schwärzliche Spur an meinen Händen. Einige der Soldaten saßen auf einem Brett, die anderen standen. Auf der Rückseite war mit der Hand geschrieben: »Nun scheint die Sonne wieder und wir sind guter Dinge. Innigste Grüße an meine liebe Schwester und unsere kleine Sophie. Alban.« Ich erkannte die vertraute, so elegante Schrift wieder. Die makellosen Bajonette, die glatten, frisch rasierten Gesichter, die Uniformen mit ihren glänzenden Knöpfen und sogar die Mimik eines vergnügten Landsers, der seine Bierflasche in Richtung des Fotografen hob, als wollte er auf dessen Wohl trinken, deuteten darauf hin, dass es sich um eins dieser populären Bilder handelte, die von Wanderfotografen inszeniert wurden, als die Truppen noch frisch waren. Die Armee verteilte sie zum Zwecke der Propaganda großzügig an alle Familien.

Der Abzug war gestochen scharf, wie oft damals, auf dickem Karton waren die genauen Umrisse der Lippen, Augenlider, Brauen fixiert, bis hin zur Beschaffenheit der kurzgeschorenen Haare, die unter den

Feldmützen hervorschauten. Ich nahm jedes einzelne Gesicht unter die Messlupe, bis ich bei einem Soldaten – einem großen, hageren Mann in Offiziersuniform – schließlich eine Ähnlichkeit mit dem Porträt in Alix' Schlafzimmer zu erkennen glaubte. Vielleicht war es auch nur eine optische Täuschung. Im Gegensatz zu den anderen hielt sich dieser Mann leicht abseits, und seine Pose war etwas steif. Er gestikulierte nicht, lächelte nicht, begnügte sich damit, einfach da zu sein, im Bild, aber beinahe abwesend, mit unergründlichem Blick, in sich gekehrt, als hegte er einen verborgenen Schmerz, der allen anderen fremd war. Ich fuhr zusammen, als mein Handy vibrierte, konnte mich aber nicht von der eingehenden Betrachtung dieses Bildes lösen, das ein ganzes Jahrhundert überstanden hatte, um mir in die Hände zu fallen, zog mich an wie ein Magnet, vergeblich versuchte ich, dessen Ausdruck zu deuten, den Seelenzustand dieses Mannes in dem Moment zu erraten, als der Fotograf nach zahllosen Anweisungen und Ermahnungen, um die zerstreute Truppe zum Stillhalten zu bewegen, endlich auf den Auslöser gedrückt hatte.

Doch dieses unbewegte, etwas magere Antlitz gab absolut nichts preis, oder nur Gleichgültigkeit, die stille Weigerung, sich an dieser Komödie militärischer Heiterkeit zu beteiligen, an dieser geheuchelten Lebensfreude, während nur wenige Kilometer entfernt vermutlich Granaten auf ihre Kameraden abgefeuert wurden, deren Leichname sie am nächsten oder übernächsten Tag auflesen müssten. Verzweiflung war ihm nicht anzumerken, nicht einmal Traurigkeit. Ein schöner Mann voller Würde und Bitterkeit, verloren in einer Truppe, in der er versehentlich gelandet zu sein schien, mit einer müden und vornehmen Ausstrahlung, wie ein Sohn aus gutem Hause, der während der endlosen Bälle, an denen er teilnehmen muss, seine Langeweile mehr schlecht als recht überspielt. Ein einfacher Kriegskomparse, zufällig dorthin geraten, ohne recht daran zu glauben, obwohl er in einer Stunde, einer Woche oder einem Monat dem Tod begegnen würde, der bereits auf ihn wartete.

31

Marie-Hélène traf um kurz nach sechs ein. Ihre frisch geduschten Kinder waren wegen der Einladung sichtlich aufgekratzt. Bei aller Ausgelassenheit blitzte zwischendurch ein Ernst auf, der nicht ganz zu ihrem Alter passte und wohl allen Scheidungskindern eigen ist. Nach wenigen Minuten rannten sie schon im Garten herum, Louis immer dem Kätzchen hinterher, das sich ins Gehölz flüchtete. Marie-Hélène hatte ihnen das Versprechen abgenommen, sich weder in den Wald vorzuwagen noch zum ehemaligen Gärtnerschuppen. Anschließend war sie mit mir nach oben gegangen. Im begehbaren Kleiderschrank strich sie genau wie ich am Vortag mit den Fingerspitzen über die Pullover und Strickjacken.

»Die Sachen sind so schön, ich kann das nicht annehmen.«

»Natürlich können Sie das. Der Rest wird ohnehin gespendet. Probieren Sie doch wenigstens eine Jacke, dann sehen wir weiter.«

Sie schlüpfte in eine Strickjacke aus Alpaka, deren Farben, Grau und Dunkelblau, an Kirchenfenster erinnerten. Die Jacke schien wie für sie gemacht. Ich führte sie in das andere Zimmer, wo ein großer Spiegel stand. Hinter uns ertönte ein leises Stimmchen.

»Du siehst schön aus, Mama.«

Flora war uns gefolgt, weil sie wissen wollte, was wir hier Geheimnisvolles trieben. Ich legte ihr einen blauen Moiré-Schal um den Hals, den sie entzückt streichelte.

»Die Stimme der Vernunft hat gesprochen«, sagte ich zu Marie-Hélène. »Nehmen Sie die Sachen also mit?«

Meine Nachbarin nickte, und ich freute mich. Zwar hatte ich Jane nicht gekannt, aber es war tröstlich zu wissen, dass die Kleider, die Janes Mutter voller Andacht aufbewahrt hatte, von dieser jungen Frau getragen werden würden, die respektvoll, ja beinahe zärtlich mit ihnen umging. Wir packten sie Stück für Stück in zwei große schwarze Plastiksäcke. Flora, die daran Spaß hatte, weil es ihr wie eine Art Maskerade vorkam, half uns dabei. Nach einer Weile schickte Marie-Hélène sie wieder in den Garten, damit sie ihren Bruder im Auge behielt. Als wir nach unten kamen, stand das kleine Mädchen in der Diele und blätterte einen Postkalender mit Welpenfotos durch. Wahrscheinlich hatte Alix dem Postboten zu Neujahr einen Kalender abgekauft, der dann liegen geblieben war.

»Hast du deinen Bruder gesehen?«, fragte Marie-Hélène.

»Nein«, sagte die Kleine, immer noch in den Kalender vertieft.

Ich warf einen Blick nach draußen. Der Junge war nicht zu sehen. Marie-Hélène ging hinaus und rief »Louis, Louis!« Mir fiel auf, dass sie auf einmal ganz blass geworden war. Ihr kleiner Sohn antwortete nicht.

»Louis!«

Marie-Hélènes Stimme wurde immer schriller. Ich versuchte, sie zu beruhigen.

»Er ist sicher in der Nähe. Und der Schuppen ist sowieso abgeschlossen.«

»Hoffentlich ist er nicht in den Wald gelaufen!«

Wir gingen quer durch den Garten auf das Gehölz zu, wo ich den Jungen zuvor hatte spielen sehen. Nun hockte er hinter dem Schuppen und strich Löwelinchen über den Kopf, deren Gunst er endlich erlangt hatte. Dafür musste er seine ganze Verführungskunst aufgeboten haben. Er hörte uns nicht kommen.

»Louis«, sagte Marie-Hélène und ergriff seinen Arm etwas zu brüsk.

Löwelinchen machte sich aus dem Staub. Der Junge protestierte.

»Mama, du hast die Katze vertrieben!«

Marie-Hélène hatte seinen Arm nicht losgelassen. Unterdessen war Flora mit zerknirschter Miene zu uns gestoßen.

»Hättest du nicht besser auf ihn aufpassen können?«, fragte ihre Mutter.

»Kommen Sie«, sagte ich und legte meiner Nachbarin die Hand auf die Schulter, während Louis zu heulen anfing.

Wir gingen alle ins Haus zurück. Dort zeigte Flora ihrem Bruder den Kalender, um ihn von seinem Kummer abzulenken; ein bisschen Salzgebäck und ein großes Glas Fruchtsaft trösteten ihn vollends. Marie-Hélène war mir in die Küche gefolgt und schwieg. Ich merkte, wie sehr dieser Zwischenfall sie erschüttert hatte.

»Tut mir leid. Ich bin einfach in Panik geraten«, sagte sie.

»Verständlicherweise. Dieser Wald hat etwas Bedrohliches an sich.«

»Es ist nicht nur deswegen.«

Sie lehnte sich an das Spülbecken.

»Es ist wegen ihres Vaters«, fuhr sie fort. »Letztes Jahr hat er die beiden entführt, als sie vor dem Haus spielten. Und dann hat er eine Stunde gewartet, bevor er mich anrief. Ich war außer mir vor Sorge.«

»Hat er kein Umgangsrecht?«

»Doch, natürlich, aber er sträubt sich gegen die Auflagen. Er kommt, wann es ihm passt.«

»Wollen Sie das nicht melden?«

»Wozu? Dann entzieht man ihm das Besuchsrecht, und es wird alles noch schlimmer. Weiß Gott, was er sich dann einfallen lässt. Ich will auch nicht die Verbindung zwischen den Kindern und ihrem Vater kappen. Wenn sie sich schon so selten sehen …«

»Wo wohnt er denn?«

»In Vichy.«

»Was macht er beruflich?«

»Er ist bildender Künstler. Vor allem ein gescheiterter Architekt. Im Grunde besteht seine Hauptbeschäftigung darin, Joints zu rauchen und auf Inspiration zu warten.«

»Das tut mir leid.«

»Ich bin selbst schuld. Ich wollte mit ihm Kinder haben, das war ein Fehler … Aber ich weiß auch nicht, was ich ohne die beiden machen würde.«

»Lassen Sie uns zu ihnen gehen.«

Bei Tisch, vor den Schälchen mit Pistazien und Salzgebäck, entspannte sich Marie-Hélène. Wir redeten über das Leben in Jaligny, über meine Arbeit, die sie faszinierte, über ihre Kindheit, die sich hauptsächlich in dem Nachbarhaus abgespielt hatte, in dem sie bis heute wohnte, und in diesem Haus. Sie erzählte mir von Jane de Chalendar, die sie hier oft gesehen und lebhaft in Erinnerung behalten hatte. »Eine traurige Frau«, sagte Marie-Hélène. Die Tochter von Alix habe stundenlang im ehemaligen Esszimmer gemalt und sich oft mit Alexandre in Jaligny aufgehalten, sogar mitten im Winter. Marie-Hélène durfte nie mit dem kleinen Jungen spielen.

»Weil Jane das nicht wollte?«, fragte ich, erstaunt über diesen Standesdünkel, der Janes Mutter völlig fremd gewesen war.

»Im Gegenteil. Mein Vater wollte es nicht, er konnte Alexandre nicht leiden. Der war schon als Kind gemein. Hat Schmetterlingen die Flügel ausgerissen und sie mir dann unter die Nase gehalten. Aber er wurde wohl selbst von seinem Vater misshandelt.«

Marie-Hélène hatte erst später erfahren, warum Jane die eheliche Wohnung immer wieder verließ. Valentin Arapoff pflegte seine Frau zu schlagen. Das Ende ihres Lebens hatte sie überwiegend hier verbracht, von einer Krankheit ausgezehrt, die die Ärzte nicht heilen konnten.

»Was denn für eine Krankheit, Mama?«, fragte Flora mit dem Mund voller Pistazien.

»Das weiß ich nicht, mein Schatz.«

Kaum hatte ich das Essen aufgetragen, machten sich Flora und Louis, dessen Traurigkeit restlos verflogen war, über das Huhn und die Bratkartoffeln her. Die beiden waren wirklich liebenswert, ein bisschen zänkisch, aber zugleich in geschwisterlicher Liebe verbunden.

»Mama, kriegen wir eine Katze?«, fragte Louis.

»Nicht jetzt, mein Hase.«

»Aber wenn wir uns darum kümmern …«, sagte Flora.

»Es ist so schon schwierig genug, weißt du.«

Der kleine Junge wirkte so bitter enttäuscht, dass ich sagte: »Du kannst gern in meinem Garten mit Löwelinchen spielen. Sie mag dich.«

»Und können wir sie mit nach Hause nehmen, wenn du nicht da bist?«

»Da fragst du am besten deine Mutter.«

»Sag ja, Mama, bitte ...«, flehten die beiden wie aus einem Mund. Marie-Hélène hob die Hände und gab sich lächelnd geschlagen.

»Da bleibt mir wohl keine Wahl.«

»Jaaaaaaaa!«

Gegen neun brachen sie auf, als Louis vor lauter Müdigkeit die Augen zufielen. Ich half Marie-Hélène, die Kleidersäcke im Kofferraum zu verstauen, und Flora trottete hinterher. Meine Nachbarin war eine tapfere Frau, sie zog allein ihre beiden Kinder groß und trug die Last eines geisterhaften Ehemanns, den sie ihren Worten zum Trotz immer noch liebte, das hatte ich dem Klang ihrer Stimme entnommen. Ich hätte ihr anbieten sollen, mich anzurufen, falls sie mal Hilfe benötigte. Aber ich konnte mich noch nicht ganz von der Vorstellung lösen, dass Einsamkeit für mich Schutz bedeutet. Und so winkte ich nur zum Abschied, während Flora beide Hände an die Scheibe presste, wo sie Spuren hinterließen, weißliche Eichhörnchenpfoten im nächtlichen Dunkel.

32

███████████, 11. Februar 1915

Mein lieber Anatole,

es schneit dicke Flocken, und ich schreibe Dir aus der Tiefe meines Unterstands mit klammen Fingern im Handschuh (deswegen auch die unmögliche Schrift). Als ich aufgewacht bin, lagen zehn Zentimeter Schnee auf meiner Feldmütze und mein Bart war gefroren. Über Nacht hat sich die Landschaft zauberisch verwandelt. Geschützkrater und Stacheldrahtreihen sind nunmehr unter einer dicken weißen Schicht begraben. Ein herrlicher Anblick.

Ob Du es glaubst oder nicht: Als Gallouët und ich Wache schoben, erspähten wir auf der anderen Seite den Kopf eines Deutschen. Genau wie wir betrachtete er das Schauspiel. Er sah uns und wusste, dass wir ihn ebenfalls gesehen hatten. Die Zeit blieb stehen. Keiner von uns hat sich gerührt, und nach ein paar Minuten sind wir alle brav und mucksmäuschenstill in unseren jeweiligen »Abschnitt« zurückgekehrt.

Ich denke an Dich, in reger (wenn auch frostiger) Freundschaft.

Willecot

33

Am Morgen fand ich zu meiner freudigen Überraschung Post aus
Portugal im Briefkasten vor. Sie stammte von einer gewissen Violeta
Mahler, die sich als Tochter der inzwischen verstorbenen Suzanne
Ducreux vorstellte. In perfektem Französisch lud mich diese Dame
nach Lissabon ein, um Dianes Heft in Augenschein zu nehmen, wann
immer es mir gelegen wäre. Eskapaden ins Ausland bin ich nie abge-
neigt, und hier ging es um ein Dokument, das für mich von höchstem
Interesse war, also antwortete ich umgehend, dass ich die Einladung
annähme. Der zweite Höhepunkt an diesem Vormittag war eine Mail,
mit der ich nicht mehr gerechnet hatte. Ihr Absender war Jean-Didier
Fraenkel, der Brüsseler Antiquar, der sich auf Autographen spezialisiert hatte. Nach gewundenen Entschuldigungen, denen zufolge sein
Assistent es versäumt hatte, ihm meine Nachricht weiterzuleiten, bestätigte Fraenkel, er habe im vergangenen Jahr mit Joyce Bennington
in Verbindung gestanden und der Universität von W. tatsächlich drei
Briefe von Alban de Willecot verkauft, die alle an Anatole Massis, Quai
des Grands-Augustins 48 in Paris adressiert waren. Bennington hatte
also die Wahrheit gesagt, zumindest, was die Existenz dieser Briefe
betraf. Allerdings befanden sich diese nicht direkt in ihrem Besitz, wie
sie behauptet hatte.

Danach nahm ich mir wie geplant die Korrespondenz von Willecot
vor und sichtete die Briefe, die ich alle in digitalisierter Fassung mitgenommen hatte. Einige las ich von A bis Z auf dem Bildschirm, andere
überflog ich und fragte mich, wie und wann dieser Leutnant angesichts der Umstände die Zeit gefunden hatte, so viel zu schreiben. Wieder war ich von der Eleganz und Gleichmäßigkeit seiner Schrift beeindruckt, die sich ganz leicht lesen ließ. Nur dass dort, wo die Tinte sich
zu einem hässlichen Grau verfärbt hatte, manche Stellen verwischt

waren. Auf dem Bildschirm wirkten sie heller, fast ausgeblichen, und ich musste die Kontrastfunktion meines Programms ausreizen, um diese Passagen überhaupt entziffern zu können. Ich nutzte die Lektüre, um eine Chronologie zu skizzieren und einige Ortsangaben festzuhalten, sofern sie nicht von der Prüfstelle oder dem Verfasser selbst geschwärzt worden waren. Alban war am 2. August 1914 einberufen worden und hatte sich nach einer kurzen Ausbildung dem 367. Infanterieregiment im Grad eines Leutnants angeschlossen. Dank dieses Hinweises konnte ich die Geschichte seines Regiments im digitalen Archiv der Nationalbibliothek ausfindig machen: ein Manöver- und Operationstagebuch, das aus rund dreißig abgetippten Seiten bestand und die wichtigsten Schlachten und Leistungen dieser Einheit verzeichnete. Ich fand es bemerkenswert, dass sich während der ersten Kriegsmonate jeden Tag jemand gefunden hatte, der sich – manchmal nur wenige Minuten nach dem Kampf – die Zeit nahm, mit ehrfurchtgebietender Akribie die Positionen zu vermerken, die Angriffe, die taktischen Bewegungen und auch jeden einzelnen Gefallenen.

So brachte ich in Erfahrung, dass Alban zunächst in den Ardennen gekämpft hatte, an den Ufern der Meuse und dann in Sedan. Am 6. September hatte er an der Marneschlacht teilgenommen, bei der sein Regiment infolge heftiger Kämpfe schwere Verluste erlitt und die französische Armee den Rückzug antreten musste. Am 18. September war er nach Reims gekommen, wo er zum ersten Mal Schützengräben erlebte, ebenjene, von denen er Massis in seinen Briefen erzählte. Sechs Wochen später hatte er Gallouët kennengelernt, den bretonischen Adjutanten, der ihm nach und nach das Fotografieren beibrachte. Im Januar 1915 hatte sein Regiment bei Eis und Schnee gekämpft, immer noch in der Champagne, im Frontabschnitt Linguet. Von da an hatte Willecot oft den Stellungskrieg mit seinen Zyklen erwähnt, fünf Tage im Frontgraben, fünf Tage im Unterstützungsgraben, fünf Tage »Ruhe«. Dann ließ die Anspannung zwar nach, einige Kilometer von der Front entfernt, aber diese Tage waren von so absurden wie lästigen Pflichten und langen Phasen der Langeweile durchsetzt, Nährboden der berüchtigten Trübsal, die die Einheiten befiel und ihre Kampfmoral schwächte.

Die folgenden Monate, in denen sich brutale Gewalt und völlige Tatenlosigkeit auf merkwürdige Weise abwechselten, führten den jungen Leutnant zu einer intensiveren Beschäftigung mit der Fotografie, nachdem Gallouët und er ihre »Fotografiererlaubnis« erhalten hatten, wie er seinem Freund berichtete. Willecot bat Massis oft, ihm Fotofilme zu schicken oder anderes Material, er bat ihn sogar, manche Filme für ihn zu entwickeln. Damals hatte er in seiner Einheit Dutzende von gestellten Fotos gemacht, ruhende Soldaten, die lasen, schrieben oder sich in der Sonne lausten, Soldaten, die Krieg spielten. Außer diesen *Tableaux vivants* machte er effektvolle Bilder von Ruinenlandschaften, die Kirchen oder öffentliche Gebäude nach einem vernichtenden Bombenbeschuss in Szene setzten. Diese hatte sein Freund in jenem piktorialistischen Stil entwickelt, den er so liebte. In den Briefen war auch weiterhin viel von Poesie die Rede, insbesondere von Massis' Gedichten, die Willecot auswendig lernte, wie er schrieb, um sie während der Nachtwachen für sich zu rezitieren.

Nach zahllosen Vertröstungen und Gegenbefehlen des Generalstabs war Lieutenant de Willecot in den Genuss eines einwöchigen Heimaturlaubs gekommen, der mehrmals verschoben und wahrscheinlich Anfang August 1915 genehmigt wurde, denn er berichtete in einem Brief, der auf den 12. dieses Monats datiert war, von seiner Rückkehr an die Front. Während seines Urlaubs hatte er Massis in Paris getroffen und in Othiermont wohl auch Diane. Er schrieb seinem Freund oft von ihrer mathematischen Begabung und dankte ihm, weil Massis der jungen Frau Bücher auslieh und ihr Griechischunterricht gab.

Im Mai 1916 war Alban in Verdun, wo er seine Höllenfahrt erlebte. Er glaubte einige Male, im Trommelfeuer sterben zu müssen, wenn die Deutschen ihre gefürchteten Geschütze abfeuerten, und war dem Tod nur mit knapper Not entronnen. Seine Briefe wurden immer pessimistischer, erzählten vom unaufhörlichen Bombenhagel, von den Explosionen, die ganze Hügel umwälzten, von den Gräben, die durch schwere Artillerie zerrieben wurden, mitsamt den Männern, die darin Zuflucht gesucht hatten. Nach und nach sah er alle Überlebenden seines Regiments sterben: den Lehrer Lagache, den Pfarrer Brémond, den Kommandanten de Saintenoy, den er wegen seiner Rechtschaffenheit schätzte, und diesen jungen Mann aus dem Norden, Richard, der ihm ans Herz gewachsen war. In dieser Zeit hatte Alban seinem Freund auch anvertraut, dass er Diane zu heiraten gedachte.

Das Regiment hatte man Ende Juni 1915 aufgelöst, nachdem es bei einem laut Operationstagebuch ganz besonders »heldenhaften« Sturmangriff im Wald von Caillette praktisch zur Gänze vernichtet worden war. Danach wurde Willecot ins 177. Infanterieregiment eingegliedert, mit dem er vom Sommer 1915 bis zum Sommer 1916 kämpfte. Hier riss der Briefwechsel bis Oktober desselben Jahres ohne jede Erklärung ab.

Dann schrieb Willecot in einem kurzen Brief, den er im Spätherbst abgeschickt hatte, dass er möglicherweise nach Othiermont zurückkehren werde, was offenkundig mit unendlichem bürokratischen Aufwand verbunden war. Anscheinend war er aufgrund einer Verletzung aus dem Kriegsdienst entlassen worden. Seine Schrift hatte sich verändert: Sie war gedrängter und nicht mehr so gleichmäßig wie zuvor. Mitte November 1916 schickte er eine kurze Nachricht, um mit Massis ein Treffen in Paris zu vereinbaren, nach seiner »Rückkehr aus Chartres«. Die späten Briefe hatten einen deutlich düsteren Tonfall und hoben sich stark von den anderen ab. Der letzte war vom 12. Januar 1917 und kam von der Front – Willecot hatte den Dienst also wieder aufgenommen. Er klang beinahe wie ein Abschiedsschreiben an seinen Freund. Hatte Alban de Willecot geahnt, dass er diesmal nicht überleben würde?

Diese fast viermonatige Lücke zwischen Anfang Juli und Ende Oktober 1916, als Alban die Korrespondenz mit Massis wieder aufnahm, weckte meine Neugier. Umso mehr, weil der Mann, der im November 1916 erneut zur Feder gegriffen hatte, sich so stark vom Briefeschreiber der zwei vorherigen Jahre unterschied – kein Wort mehr über Diane, über die Hoffnungen, die er sich auf eine Heirat mit ihr gemacht hatte, über seine Kameraden; von Poesie oder Fotografie war auch keine Rede mehr. Der Name Gallouët tauchte nur ein einziges Mal auf, in der Vergangenheitsform. Ob der Adjutant ebenfalls im Wald von Caillette gefallen war? Manchmal hatte Willecot lediglich schlichte Postkarten im Telegrammstil verfasst: »Blanche zur Vertretung des Roten Kreuzes begleitet«, »starke Kopfschmerzen«. Später hatte er in Othiermont bittere Briefe verfasst, die von einem gnadenlosen Ekel vor dem Krieg zeugten; darin schrieb er von seiner Angst, dass dieser noch Jahre andauern könnte. Seine patriotischen Ideale hatte er aufgegeben, und es schienen ihn Schuldgefühle zu plagen, deren Grund er niemals preisgab. Wie besessen erinnerte er Massis an ihr gemeinsames »Werk«, an ihre Pflicht, »die Wahrheit zu sagen«. Aber welches Werk meinte er, welche Wahrheit?

Auch sein Umgang mit der Fotografie hatte sich verändert. Während er zwischen Januar 1915 und Juni 1916 ständig fotografiert hatte, allen widrigen Umständen zum Trotz, hatte er in der zweiten Hälfte des Jahres 1916 kein einziges Bild gemacht. Die letzten Postkarten, die er im Spätherbst verschickt hatte, waren gekauft: Sie zeigten die Kathedrale von Chartres und waren mit dem Poststempel dieser Stadt versehen. Was hatte Willecot dorthin geführt? Wichtiger noch, was hatte ihn in solche Verzweiflung versetzt? Der Schock, bei diesem letzten Sturmangriff binnen weniger Stunden drei Viertel seiner Kameraden verloren zu haben? Oder litt er an einer posttraumatischen Belastungsstörung, dieser Krankheit, die damals noch keinen Namen hatte, deren Symptome Willecot aber an anderen Soldaten beobachtet und Massis in seinen Briefen so anschaulich beschrieben hatte? Oder lag es vielleicht an der Hochzeit von Diane mit Ducreux, wie Henriette Nicolaï in ihrem Brief vermutete, die sich Vorwürfe machte, weil sie übereilt gehandelt hatte? Bisher hatte ich nur lauter Fragen. Und ich hoffte, dass Dianes Tagebuch, das in Lissabon auf mich wartete, mir die Antworten liefern würde.

34

Frontabschnitt Linguet, 13. März 1915

Mein lieber, teurer Anatole,

danke für das Päckchen. Mit Deiner Hilfe habe ich jetzt vier schöne Rollfilme, und ich freue mich schon auf das, was ich damit alles einfangen werde.

Nach der Schlacht habe ich mit Gallouëts kleiner Kamera bereits ein paar Bilder gemacht, aber ich konnte noch keinen Angriff festhalten. Zum einen ist das nicht erlaubt, zum anderen müsste man hierfür den Graben verlassen und die Deckung aufgeben, sich also auf der Stelle ummähen lassen, ganz zu schweigen von der Belichtungszeit. Mit der Kodak wird es leichter sein.

Unterdessen hat mein Adjutant ein fabelhaftes Verfahren ersonnen, um unsere Bilder im Unterstand zu entwickeln: Die Tür wird mit zwei zusammengeknöpften Regenumhängen abgedichtet, das Entwicklerbad in Helmen bereitet, die wir den Boches stibitzt haben, und schon kann es losgehen. Besser gesagt, könnte losgehen, wenn sich das Papier trocken lagern ließe. Regen und Feuchtigkeit führen dazu, dass es meistens nicht zu gebrauchen ist.

Ich hätte auf Dich hören sollen, als Du und Jeanne mir in Othiermont unbedingt die Grundlagen dieser von Euch so hochgeschätzten Kunst beibringen wolltet und ich mich über Eure teuflischen Apparate lustig machte.

Als ich hier in den Himmel blickte, fiel mir ein, dass ich im Observatorium hätte versuchen können, das Objektiv vor das Fernrohr zu halten.

Die Sterne fotografieren … Sicher eine der schönsten Erfahrungen, die man machen kann.

Gib gut auf Dich acht, mein lieber Anatole, und richte Jeanne meine herzlichsten Grüße aus. Und schone vor allem Deine Nerven. Du darfst Dich auf keinen Fall verausgaben.
In brüderlicher Umarmung

Dein Freund Willecot

35

Violeta Mahler hatte darauf bestanden, mich am Flughafen abzuholen. Ich erkannte sie an ihrem Seidenschal und sie mich an meinem Exemplar des *Canard enchaîné*. Sie kam auf mich zu.

»Elisabeth Bathori?«

Ich nickte. Ihr Händedruck war fest und herzlich. Sie nahm mir sofort die Reisetasche ab. Eine Frau von rund fünfzig Jahren, klein und mollig. Sie hatte ein glattes Gesicht und einen milchigen Teint, der mit ihrem schwarzen Haar kontrastierte; die tief dunkelblauen Augen verliehen ihr eine ungeheure Anziehungskraft. Sie trug eine naturfarbene Leinenhose und eine lila Seidenbluse, dazu ein goldenes Armband und als Ohrstecker winzige Rubine. Eine farbenfrohe Eleganz, die mir vor Augen führte, dass ich gerade mediterranen Boden betrat. Im Vergleich zu ihr kam ich mir mit meinen Jeans und der grauen Lederjacke eintönig vor. Als ich ihr fürs Abholen dankte, fiel meine Gastgeberin mir ins Wort: »Lissabon ist das reinste Labyrinth, da konnte ich Sie doch nicht im Taxi umherirren lassen. Ich freue mich ja so, dass Sie gekommen sind.«

Sie sprach ein makelloses Französisch, praktisch akzentfrei, und ich lobte sie dafür.

»Danke. Wir sprechen alle fließend Französisch, meine Mutter hat darauf großen Wert gelegt. Meine Kinder sprechen es auch. Sie kommen morgen dazu. Die ganze Familie kann es kaum erwarten, Sie kennenzulernen.«

Als wir das Flughafengebäude verließen, traf mich die Hitze ganz unerwartet. Es war Anfang Oktober, am späten Nachmittag, aber es fühlte sich an wie im Sommer.

»Es ist heiß in Lissabon, aber dafür haben wir die Meeresbrise. Sie werden sich schnell daran gewöhnen.«

Sie fuhr gleich los. Der Flughafen ist nicht weit von der Stadt entfernt, so dass die Pistenlandschaft bald ersten Häusern wich. Wir fuhren durch eine Reihe von Brachen und Blöcken, die sich nach und nach in moderne Viertel verwandelten und schließlich in Reihen von zunehmend älteren Wohnhäusern. Dazwischen brachen unversehens grüne Inseln durch, tauchten von allen Seiten Gärten auf. Nach rund zwanzig Minuten wurde der Verkehr dichter. Als wir unweit des Bahnhofs Santa Apolónia in eine Allee einbogen, gerieten wir in einen stockenden Strom. Violeta Mahler wahrte die Geduld und nutzte die Gelegenheit, um mir die Konstellation ihrer Familie zu erläutern.

»Morgen lernen Sie meine Schwestern Laura und Beatriz kennen. Sie sind Zwillinge. Henrique, mein ältester Sohn, wird auch da sein. Heute Abend sind wir aber nur zu zweit, beziehungsweise zu dritt mit meiner Tante Sibylle. Sie ist die Schwester meines verstorbenen Vaters. Vor ein paar Jahren ist sie aus Frankreich gekommen, um bei uns zu wohnen. Mit dem Alter ist sie schwierig geworden. Nehmen Sie es bitte nicht persönlich, falls sie Ihnen gegenüber unfreundlich ist.«

Der Verkehr stockte immer mehr, und ich versank in den Anblick dieser Stadt, die wir in Zeitlupe durchquerten. Eine Mischung aus Opulenz und Verfall, die alle Städte des Südens kennzeichnet, aber hier kam sie durch die barocke Farbenvielfalt der Fassaden noch stärker zur Geltung, die von leuchtend frisch bis völlig verwittert reichte.

Violeta schwieg und überließ mich meiner Betrachtung der Häuser Lissabons. Während wir uns dem Herzen der Altstadt näherten, bewunderte ich, wie geschickt sie uns durch winzige Sträßchen steuerte, in die für meine Augen gar kein Auto zu passen schien. Sie hatte recht, diese Stadt war ein Labyrinth, sogar ein mehrstöckiges Labyrinth, dem immer steiler werdenden Hügel nach zu schließen, den wir erklommen.

Schließlich hielten wir vor einer Stadtvilla, deren Fassade von einem grünen Mosaik mit Kreuzmuster bedeckt war. Wir befanden uns im alten Stadtteil Alfama, und die schwere Holztür des mindestens hundert Jahre alten Hauses war mit gewaltigen Ornamenten aus

Schmiedeeisen versehen. Die Familie Ducreux war offensichtlich reich oder zumindest sehr wohlhabend. Dieser Eindruck bestätigte sich, als wir von einer Haushälterin empfangen wurden, einer großen, hageren Frau mit einem schönen und strengen Gesicht.

»Ich darf Ihnen Serafina vorstellen«, sagte Violeta zu mir. »Sie ist seit fast zwanzig Jahren im Haus. Sie können sich jederzeit an Serafina wenden, wenn Sie etwas benötigen.«

Serafina sagte auf Französisch: »Willkommen in Lissabon.«

In der Eingangshalle war es herrlich kühl, nach der Hitze, die uns vom Flughafen bis ins Auto verfolgt hatte. Ich wäre gern dort geblieben, um die Kühle noch ein wenig zu genießen, aber Violeta sagte: »Serafina zeigte Ihnen jetzt Ihr Zimmer. Machen Sie sich in aller Ruhe frisch. Ich warte unten auf Sie.«

Die Haushälterin führte mich in den ersten Stock. Das Haus war riesig, mit unendlich vielen Türen, Fluren und altersrissigen Azulejos. Im Treppenhaus zeigte ein altes Buntglasfenster eine portugiesische Alltagsszene, Fischhändler am Hafen. Und das Zimmer, das man mir zugedacht hatte, war so groß, dass man ein ganzes Pariser Apartment darin hätte unterbringen können. Darin standen ein großes Bett mit weißen Laken, Federbett und makellosen Spitzenrüschen, ein Schreibtisch, den ein Strauß frischer Schnittblumen schmückte, ein Bridgetisch und ein Sessel. Eine Wand wurde vollständig von Bücherregalen eingenommen. Sie enthielten hauptsächlich französische Klassiker, Zola, Gide, Martin du Gard, und französische und portugiesische Lyrik. Ich überflog die Buchrücken, die Mallarmé und Pessoa, Camões und Corbière, Saint-John Perse und Massis miteinander in Verbindung brachten.

An der hinteren Wand verbarg sich hinter einer Schiebetür das Bad mit einem Stapel Handtüchern, die nach Orangenblüten dufteten, und einer ultramodernen Dusche. Nun konnte ich verstehen, warum Violeta Mahler sich am Telefon so vehement dagegen gesträubt hatte, dass ich mir ein Hotelzimmer nahm: Dieses Haus war wie dafür gemacht, Gäste zu empfangen. Ich fühlte mich auf Anhieb wohl an die-

sem Ort, den die Jahre und Generationen allmählich mit einer Patina
überzogen hatten, die von Lektüren kündete, von Behaglichkeit und
Frieden. Zwar wusste ich noch nicht, was ich über Willecot herausfinden würde, aber zumindest durfte ich hoffen, dass mich die Wucht
meiner Erinnerungen hier nicht heimsuchen würde.

36

Unten erwartete mich meine Gastgeberin in einem vertäfelten Salon. Eine Wand war von oben bis unten mit Büchern tapeziert. Ihr gegenüber ging eine Glastür auf einen Patio hinaus, wo alte Rosen und Hibisken welkten, letzte Spuren eines nicht enden wollenden Sommers. Violeta forderte mich mit einer Geste auf, Platz zu nehmen. Auf dem Couchtisch lag ein Kuvert aus vergilbtem Leinen.

»Um diese Zeit biete ich Ihnen lieber keinen Kaffee an. Möchten Sie etwas Kaltes trinken? Oder einen Portwein?«

Ich nahm beides an und trank etwas Wasser mit Zitrone, bevor ich einen Schluck Alkohol nahm. Der Portwein war stark, likörartig, köstlich.

»Er trägt zum Reiz unseres Landes bei«, sagte Violeta in ihrem Sessel. Sie zündete sich eine Zigarette an, schlug die Beine übereinander und fuhr fort: »Ich bin Ihnen sehr dankbar, dass Sie die Reise auf sich genommen haben.«

»Der Dank gebührt vor allem Ihnen. Ich hatte keine Ahnung von diesem Tagebuch. Was für ein Glück, dass Sie es aufbewahrt haben.«

»Tatsächlich hat meine Mutter Suzanne es aufbewahrt. Die Geschichte unserer Familie bedeutete ihr sehr viel.«

»Was verband sie mit Diane?«

»Genealogisch gesehen nicht viel. Diane war die erste Frau meines Großvaters väterlicherseits, Etienne Ducreux. Sie starb noch vor Ende des Ersten Weltkriegs. Danach heiratete mein Großvater Hortense Stiegler, eine Witwe, die aus dem Osten stammte, und sie bekamen zwei Kinder: Basile, der mein Vater wurde, und Sibylle, meine Tante, die Sie nachher treffen werden.«

Ich versuchte, mir diese Details für Jean-Raphaël einzuprägen.

»Wissen Sie, wie Ihre Mutter zu diesem Tagebuch gekommen ist?«

»Natürlich durch meinen Vater. Aber ich weiß nicht, woher er das Tagebuch hatte.«

Violeta warf einen Blick auf ihre Uhr.

»Wollen wir unseren Portwein einfach mitnehmen? Meine Tante gesellt sich heute Abend zu uns, und sie isst nicht gern spät.«

Sie nahm mich beim Arm, um mich ins Esszimmer zu führen, eine spontane Geste, die mir dennoch unangenehm war. In solchen Situationen wird mir bewusst, wie wenig ich es inzwischen gewohnt bin, unter Menschen zu sein.

Das Esszimmer war nicht ganz so geräumig wie der Salon, mit Möbeln aus hellem Holz und in fröhlichen, modernen Farbtönen ausgestattet, die sich von der strengen Erhabenheit im Rest des Hauses absetzten. Kaum hatten Violeta und ich Platz genommen, sah ich am Arm von Serafina eine Frau eintreten, die so alt war, dass ich ihr Alter nicht einschätzen konnte. Bei ihrem Anblick fiel mir als Erstes das Wort *Duenha* ein, so anachronistisch es auch sein mochte. Die Greisin, trotz der Hitze von Kopf bis Fuß in Schwarz gekleidet, hielt sich so krumm, dass man sie für bucklig hätte halten können. Sie ging sehr langsam. Das Alter hatte ihren Leib dermaßen ausgemergelt, dass sie entsetzlich mager war. Ihr Gesicht hatte zwar seine Konturen bewahrt, war aber ganz zerfurcht, von tiefen Falten und feinen Linien, die keinen Millimeter Haut verschont hatten. Dieses Geflecht hatte ihren Zügen, die einst schön gewesen sein mochten, die unerbittliche Kartographie der Zeit eingeschrieben. Sibylle – das musste sie sein – hatte braune Augen, die von einem milchigen Schleier getrübt waren, und an ihrem fast kahlen Schädel klebten noch ein paar wenige Haare, die an Babyflaum erinnerten.

Brüsk riss sie sich von Serafinas Arm los und setzte sich an den Tisch, schimpfte dabei über das Stuhlbein, das sie mit ihrem Stock angestoßen hatte. Ich sollte bald erkennen, dass sie fast blind war, auch wenn sie ganz genau wusste, wer sich wo im Raum befand. Wenn sie ihre halbtoten Augen starr und weit geöffnet auf ihr Gegenüber richtete, hatte man das unangenehme Gefühl, geröntgt zu werden.

»Guten Abend, Tante«, sagte Violeta.

»Guten Abend«, antwortete Sibylle. »Wo sind deine Söhne?«

»Helmer bereitet sich auf seine Prüfungen vor, und Henrique schläft heute Abend bei seiner Freundin.«

»Diese Jungen haben überhaupt keinen Familiensinn.«

»Morgen Abend essen sie mit uns«, sagte Violeta.

Ohne mich anzusehen, fragte Sibylle: »Und was ist mit dieser Frau?«

Violeta warf mir einen Blick zu und mir fiel wieder ein, was sie mir am Nachmittag erklärt hatte.

»Ich wollte dir unseren Gast gerade vorstellen. Sie heißt Elisabeth Bathori und kommt aus Paris. Eine Historikerin, die ein paar Tage bei uns wohnen wird.«

Ich wollte aufstehen, um Sibylle die Hand zu geben, aber da drehte sie ruckartig den Kopf in meine Richtung.

»Nicht nötig. Und was will sie hier?«

Violeta und ich gingen beide über die grobe Unhöflichkeit hinweg, von mir in der dritten Person zu reden.

»Elisabeth ist Fotohistorikerin. Sie hat Briefe und Bilder von Alban de Willecot wiedergefunden. Nun möchte sie seine Lebensgeschichte rekonstruieren.«

Ich meinte, einen seltsamen Ausdruck über das Gesicht der Greisin huschen zu sehen. Einen Anflug von Angst, Betretenheit oder Unmut. Es war aber so flüchtig, dass ich mich fragte, ob ich es vielleicht nur geträumt hatte. Sie runzelte die pergamentene Stirn, als müsste sie ihr Gedächtnis furchtbar anstrengen.

»Willecot. Diesen Namen habe ich schon lange nicht mehr gehört.« Sibylle wandte sich mir zu und erwies mir die Ehre einer persönlichen Anrede: »Und was wollen Sie nun vom seligen Alban de Willecot?«

»So konkret ist mein Anliegen nicht. Ich ordne gerade seinen Fotonachlass und seine Kriegskorrespondenz.«

»Wie haben Sie seine Briefe gefunden?«

»Durch Alix de Chalendar.«

»Sieh an, die Tochter von Blanche … Lebt sie noch?«

»Nein. Sie ist dieses Jahr gestorben.«

Diese Neuigkeit schien Sibylle nicht übermäßig zu erschüttern. Während Serafina die Speisen auftrug, setzte die Greisin ihre Befragung aus und mahlte einfach nur mit den Kiefern, als kaute sie Wind.

»Und was wollen Sie mit diesen Briefen anfangen?«

»Sie einer breiteren Öffentlichkeit vermitteln. Albans Briefe sind sehr schön.«

»Sicher doch«, ätzte Sibylle. »In dieser Familie hat man sich gern kunstsinnig gegeben. Bei aller Großspurigkeit waren sie trotzdem nur Krautjunker aus Othiermont. Weinhändler, die sich für italienische Fürsten hielten.«

Für mich war es seltsam, aus ihrem Mund den Namen des Ortes zu vernehmen, den ich ein paar Wochen zuvor besucht hatte. Dort, wo ich nur totes Gemäuer gesehen hatte, musste Sibylle ein geschäftiges Haus erlebt haben, voller Licht, voller Bewohner und renommierter Bälle, zu denen Aristokraten aus Lyon und illustre Gäste aus Paris herbeieilten. Ich versuchte, mir die Greisin als blutjunges Mädchen vorzustellen, wie sie über die Vortreppe schritt, während Musik erklang und die Männer im Salon Gedichte vortrugen oder rauchten. Aber da ging die Phantasie mit mir durch – es war nicht sehr wahrscheinlich, dass Sibylle noch die prunkvollen Feste der Vorkriegszeit erlebt hatte, höchstens später, als Kind, zu einem Zeitpunkt, als Diane und Alban schon längst tot und begraben waren. Serafina band Sibylle eine Serviette um und nahm neben ihr Platz, während Violeta ihr den Teller füllte.

»Nicht so viel«, protestierte Sibylle. »Ich habe dir doch gesagt, was ich von deinem neuen Fischhändler halte. Seine Ware ist ungenießbar.«

Violeta ließ ungerührt die Gabel sinken. Der Verbitterung ihrer Tante begegnete sie mit unerschütterlicher Höflichkeit. Später sollte ich begreifen, dass das ihre Form des Widerstands gegen die Anwürfe von Sibylle war.

Ich versuchte, die Unterhaltung wieder in Gang zu bringen: »Kannten Sie noch andere Mitglieder der Familie Willecot, Madame Ducreux?«

»Was geht Sie das an?«, fragte die alte Frau.

»Ich wüsste gern mehr über Albans Leben. Verzeihen Sie bitte, wenn ich Ihnen allzu indiskret erscheine.«

»Das sind Sie in der Tat.«

Sibylle knallte mit dem Messer auf die Tischplatte, um mir zu signalisieren, dass dieses Kapitel abgeschlossen war. Violeta verdrehte stumm die Augen und lenkte das Gespräch auf unverfänglichere Themen, wie beispielsweise ihre Söhne: Der ältere, Henrique, beendete gerade sein Medizinstudium; Helmer, der jüngere, besuchte eine Geigenbauschule. Er sei auch ein sehr guter Musiker, erklärte seine Mutter, und begleite auf der portugiesischen Gitarre eine aufstrebende junge *Fadista*.

»Lächerlicher Einfall«, höhnte Sibylle. »Diese Flausen hat ihm bestimmt sein Vater in den Kopf gesetzt.«

Stille trat ein. Tatsächlich hatte Violeta nie von einem Ehemann gesprochen, und ich fragte mich, wo der Vater ihrer Kinder wohnte. Während Serafina die Teller abräumte, holte meine Gastgeberin ein Tablett mit Früchten und einigen *pastéis de nata* aus der Küche, cremige Törtchen, die sie eigens für mich gekauft hatte. Ohne auf uns zu warten, streckte Sibylle eine gierige Hand zur Tischmitte aus – ob sie sich an den Geräuschen orientierte? –, griff nach einem Törtchen und steckte es sich mit kindischer Gefräßigkeit in den Mund. Danach klopfte sie mit ihrem Stock auf den Boden.

»Ich bin müde. Gute Nacht.«

Kaum war Serafina aus der Küche zurückgekehrt, musste sie der alten Dame aus dem Lehnstuhl helfen und geleitete sie dann aus dem Esszimmer. Sie ließ sich ebenfalls nicht von den Beschwerden provozieren, mit denen Sibylle sie bombardierte, sobald sie den Raum verlassen hatten. Ich muss gestehen, dass ich über ihren Weggang erleichtert war.

»War Ihre Tante meinetwegen verärgert?«

»Aber nein. Manchmal ist sie eine Spur weniger barsch, aber das kommt selten vor. Zum Glück nimmt sie die meisten Mahlzeiten in ihrem Zimmer ein, vor allem, wenn meine Söhne da sind.«

»Wohnt sie schon lange bei Ihnen?«

»Seit sechs Jahren. In Frankreich hat Sibylle keine Verwandten mehr, und meine Mutter war der Meinung, es sei unsere Pflicht, sie aufzunehmen. Ich war nicht ganz ihrer Meinung, aber ich habe sie sehr geliebt.«

»Wann ist sie gestorben?«

»Vor drei Jahren. Bauchspeicheldrüsenkrebs. Sie hat den Tod meines Vaters nie verwunden.«

Die Augen meiner Gastgeberin wurden feucht. Zur Ablenkung stapelte sie das gebrauchte Geschirr auf einem Tablett und lud mich dann ein, mit ihr in den Salon zurückzugehen, wo wir zuvor Portwein getrunken hatten. Ein paar Minuten später klopfte Serafina an die Tür. Nachdem sie mit Violeta ein paar Worte auf Portugiesisch gewechselt hatte, mutmaßlich über Sibylles Zubettgehen, verschwand die Haushälterin in der Küche. Dann kam sie mit einer dampfenden Kaffeekanne und zwei Porzellantassen wieder.

»Meine Droge«, erklärte Violeta. »Aber vielleicht möchten Sie lieber einen Kräutertee?«

»Nein, ich werde mich mit Ihnen berauschen.«

Der Kaffee hatte eine fruchtig-südamerikanische Note und schmeckte himmlisch. Allmählich spürte ich, wie müde mich die Reise gemacht hatte, und meine Anwesenheit in diesem Haus in Lissabon, unter wildfremden Menschen, zwischen einer äußerst liebenswürdigen Gastgeberin, für die mein Besuch völlig selbstverständlich war, und einer griesgrämigen alten Frau, die das Gegenteil zu denken schien, kam mir unwirklich vor. Nach dem Kaffee bot Violeta mir eine Zigarette an, die ich gern annahm. Sie zündete sich ebenfalls eine an.

»Meine Mutter war sehr enttäuscht, als ihr Kontakt zu Madame de Chalendar abriss. Die letzten beiden Briefe, die sie ihr geschickt hatte, blieben ohne Antwort. Wir vermuteten, die alte Dame wäre gestorben.«

»Nein. In diesem Jahr hatte sie aber ihre Tochter verloren. Ich glaube, die Trauer hat sie überwältigt.«

»Die Arme … Ich hatte ja keine Ahnung. Dann ist es aber wirklich ein Wunder, dass dieser Brief Sie zu uns geführt hat. Mein Bruder neckt mich immer, weil ich dazu neige, alles aufzubewahren, aber ich habe wohl gut daran getan, die Sachen meiner Mutter nicht anzurühren.«

Violeta nahm das Kuvert vom Couchtisch und reichte es mir. Darin steckte ein umfangreiches, in schwarzes Leder gebundenes Heft, auf dessen Vorderseite die verschlungenen Lettern D und N als Monogramm prangten. Ich schlug es vorsichtig auf, eigentlich hätte ich als Profi dafür Handschuhe tragen sollen. Das Papier war dick, von guter Qualität, und die Tinte nur ganz leicht verblasst. So, wie die Zeilen angeordnet waren, handelte es sich um eine Reihe von Texten unterschiedlicher Länge, möglicherweise waren es tatsächlich Tagebucheinträge. Die Schrift war an sich bemerkenswert: Die einzelnen Abschnitte bestanden jeweils aus einer Mischung von lateinischen, griechischen und kyrillischen Buchstaben, die mit kundiger Hand sorgfältig kalligraphiert worden waren. Die Buchstabenfolgen, die jeweils dicht gedrängt die ganze Zeilenlänge einnahmen, schienen keinerlei Sinn zu ergeben. Die kryptische Schönheit dieses Codes, den wohl nur seine Verfasserin beherrschte, flößte mir Bewunderung ein.

»Können Sie sich darauf irgendeinen Reim machen?«, fragte Violeta.

»Ganz und gar nicht.«

Fasziniert betrachtete sie die Federstriche und die komplexe Buchstabenzeichnung.

»Ist das Russisch?«

»Zum Teil.«

»Als ich mit achtzehn demonstrieren ging, machte sich mein Vater über mich lustig. Er meinte, diesen Hang müsse mir eine kommunistische Vorfahrin vererbt haben. Glauben Sie, dass Diane Kommunistin war?«

»Damals und in ihrem Alter wäre das sehr kühn gewesen.«

Mechanisch blätterte ich die Seiten um, die alle ausnahmslos in dieser undurchdringlichen Sprache beschrieben waren. Das hatte nichts mit den harmlosen Journalen höherer Töchter zu tun, die ihren Müttern erlaubten, ihnen über die Schulter zu blicken. Dieses junge Mädchen hatte dafür gesorgt, dass ihr niemand über die Schulter blickte, und ihre Geheimnisse so gut getarnt, dass sie nicht zu enthüllen waren.

»Glauben Sie, dass Sie das entschlüsseln können?«, fragte Violeta.

»Ich weiß es nicht. So etwas ist mir noch nie untergekommen.«

Die Buchstaben verschwammen, während ich sie fixierte, und ich musste die Augen eine Weile schließen. Meine Gastgeberin bat mich betreten um Entschuldigung und nahm mir sanft das Heft aus den Händen.

»Sie sind todmüde, und meinetwegen ist es so spät geworden. Lassen Sie uns schlafen gehen. Wir können morgen in aller Ruhe weitermachen.«

Als ich die breite Treppe hinaufging und den langen Flur durchquerte, der zu meinem Zimmer führte, hatte ich das eigenartige Gefühl, mich in einer Filmkulisse zu bewegen. Ich dachte noch, ich müsste dir unbedingt von dieser merkwürdigen Reise erzählen, bevor mir wieder einfiel, dass du ja nicht mehr da warst, um dir anzuhören, wie mein Tag gelaufen war.

37

Von der Reise oder den ungewohnten Eindrücken erschöpft, wachte ich erst spät auf. Es dauerte ein paar Minuten, bis ich mich darauf besann, wo ich war, wie spät es war und wie viele Kilometer ich von meinem vertrauten Umfeld entfernt war. Ich hatte durchgeschlafen, auch wenn ich mich daran erinnern konnte, dass Sibylle durch meine Träume gegeistert war. Unter der herrlich warmen Dusche wurde ich endgültig wach, als ich an das rätselvolle Tagebuch von Diane Ducreux mit seiner esoterischen Schreibweise dachte. Danach zog ich mich hastig an, denn es war mir peinlich, verschlafen zu haben.

Violeta erwartete mich unten und las das *Diário de Notícias*. Zwischen den Fingern hielt sie bereits eine Zigarette.

»Haben Sie gut geschlafen, Elisabeth?«

Wenn sie meinen Vornamen sagte, brachte sie alle Vokale zum Klingen, auch die unbetonten, eins der seltenen Anzeichen, dass Französisch nicht oder nur bedingt ihre Muttersprache war.

»Viel zu gut. Sie haben hoffentlich nicht auf mich gewartet?«

»Nein. Jetzt ist es ohnehin Zeit für meinen zweiten Kaffee. Wir werden ihn draußen trinken.«

»Draußen« war der Patio, in dessen Mitte sich ein breites Stück Rasen und Rabatten befanden, in denen Lorbeer und Hibiskus wuchsen. Mittendrin ließ ein kleiner Zierbrunnen sanft Wasser in sein Becken plätschern.

Ich beneidete Violeta um diesen Ort, aber dann fiel mir ein, dass ich nun auch über einen Garten verfügte. Im Schatten stand ein Serviertisch mit einer Thermoskanne Kaffee, frischem Obst und Gebäck bereit.

»Stärken Sie sich, gleich nehme ich Sie auf eine Besichtigungstour mit.«

Ich fragte mich, ob ich ihr nicht zu viel Zeit raubte. Ich wusste ja nicht mal, ob sie arbeitete oder überhaupt einen Beruf hatte. »Ich bin Kinderpsychologin. Seien Sie ganz unbesorgt, das Krankenhaus war mir längst ein paar Urlaubstage schuldig.« Kaum hatte ich den letzten Bissen verschlungen, machten wir uns auf den Weg. Es war so warm wie am Vortag, beinahe wie im Juli. Wir stiegen zu Fuß zum Castelo de São Jorge hinauf. Von dort aus hatten wir die ganze Stadt im Blick, kilometerweit erstreckte sich der Farbfächer ihrer roten Ziegeldächer. Der Himmel war wolkenlos, das Wasser strahlte in sattem Blau, die ockerfarbenen Fassaden leuchteten im trügerischen Licht dieses Restsommers. Der Anblick war so schön, dass ich bedauerte, meinen Fotoapparat in Paris gelassen zu haben. Aber dieser Reflex, die verschiedenen Gesichter der Welt mit meiner kleinen Kamera einzufangen, hatte ohnehin stets dir gegolten, dem Sesshaften, für dich hatte ich immer neue Ansichten festgehalten, in Vorfreude auf den Moment, in dem ich die Früchte meiner Reise mit dir teilen würde.

Violeta und ich stiegen über die historischen Gässchen der Alfama hinab und setzten unseren Spaziergang bis zum Bairro Alto fort, der alten Oberstadt. Hier wie dort ging es über ein Gewirr von kleinen Gassen, Passagen und Treppen auf und ab, in dem sich verfallene Fassaden, deren Putz ausgeblichen war, mit Häusern abwechselten, deren bunter Keramikschmuck nur so leuchtete. Das Gesamtbild war von barocker Schönheit und bot eine so überraschende Farbpalette, dass man unablässig staunte. Wie am Vortag ließ ich mich von dem Schauspiel in Bann schlagen, und Violeta störte sich auch diesmal nicht an meinem Schweigen. Sie bewegte sich entschiedenen Schrittes in diesem Labyrinth und schien immer zu wissen, wo wir gerade waren.

»Geben Sie mir ein Zeichen, wenn es Ihnen zu viel wird.«
»Bloß nicht, es ist großartig.«
Ich hätte stundenlang in dieser Stadt herumgehen können, die einem Lust machte, sich darin zu verlieren. Hier herrschte ein Rhythmus, der wie das genaue Gegenteil der Pariser Hektik anmutete, ein

gemächliches Schaukeln. Und doch musste es in dieser Hauptstadt mit der überbordenden Architektur genauso geschäftig zugehen wie anderswo auch.

Trotz der vielen Kilometer, die wir zurückgelegt hatten, und der steilen Steigungen, die regelmäßig zu bewältigen waren, verging die Zeit wie im Flug. Gegen eins fragte Violeta, die mich ab und zu auf einen Aussichtspunkt oder auf eine besondere Sehenswürdigkeit aufmerksam machte, ob ich Hunger hätte, und da wurde mir bewusst, dass ich in der Tat hungrig war. Wir machten in einem Restaurant unter freiem Himmel in der Nähe des Príncipe Real Rast, wo meine Gastgeberin für uns beide gegrillte Meeresfrüchte und Thunfischsandwiches bestellte. Ich lauschte ihrem Portugiesisch, dieser dichten und betörenden Sprache, die aus ihrem Mund so lässig gedehnt wie melodisch klang. Während wir auf das Essen warteten, bot Violeta mir eine Zigarette an. Wieder nahm ich sie an, und sie zündete sich dann gleich selbst eine an.

»Gefällt Ihnen Lissabon?«

»Eine wunderschöne Stadt. Und so … anders.«

»Ich freue mich, dass sie Ihnen gefällt. Ich könnte nirgendwo sonst leben. Adelino und ich haben es versucht, aber ich habe keine zwei Jahre durchgehalten.«

»Ist Adelino Ihr Mann?«

»Ja. Wir wohnen zwar nicht zusammen, aber wir sind uns sehr nah. Er lebt auf dem Land und kümmert sich um Pferde. Ich fahre am Wochenende und manchmal auch abends zu ihm raus. Unseren Söhnen war er immer ein wunderbarer Vater. Haben Sie auch Kinder, Elisabeth?«

»Nein.«

»Sind Sie verheiratet?«

Ich zögerte mit der Antwort. An manchen Tagen habe ich es satt, deine Witwe zu sein, mit dieser Trauer als Bestandteil meiner Identität.

»Ich lebe allein.«

130

Da kam die Kellnerin, gerade rechtzeitig, damit unser Gespräch nicht in den Untiefen des Privatlebens steckenblieb. »Na los, essen Sie schon«, ermunterte mich Violeta. »Eins haben Sie mir aber noch nicht verraten: Wie haben Sie den Brief meiner Mutter entdeckt?«

Ich berichtete ihr in groben Zügen von meiner Begegnung mit Alix de Chalendar im Zusammenhang mit der Willecot-Schenkung. Ich erzählte auch von Massis, seinem Briefwechsel mit dem jungen Offizier und von der geheimnisumwitterten Diane, deren Tagebuch Violeta besaß.

»Papa hatte mir ein bisschen von ihr erzählt, aber er war ihr nie persönlich begegnet. Sie starb lange vor seiner Geburt, mindestens fünfzehn Jahre davor. Ich weiß nur, dass sie im Ruf einer Amazone stand.«

»In welchem Jahr ist Ihr Vater geboren?«

»1932.«

»Und wissen Sie, wie Diane zu Tode gekommen ist?«

»Nein, aber es war kurz nach der Geburt ihres Sohns Victor.«

»Seltsam, dieser Name taucht immer wieder auf. Was wissen Sie über ihn?«

»Er war der Halbbruder meines Vaters, der aber fast nie von ihm sprach. Ich weiß nur, dass Victor die Familie ausschließlich während der Ferien besuchte. Mitte der dreißiger Jahre kam er in ein englisches Internat. Danach herrschte Funkstille. Eine Art Familienzwist. Mein Vater hatte gehört, er sei im Krieg gestorben. Ich meine den Zweiten Weltkrieg.«

»Ist er irgendwo begraben?«

»Wenn ja, weiß ich nicht wo. Was erhoffen Sie sich eigentlich von Dianes Tagebuch?«, fragte Violeta.

»Informationen über die Familie Willecot, über Massis. Darüber, wie Diane und Alban sich kennengelernt haben. In seinen Briefen erwähnt er sie immer wieder. Ich wüsste gern, wie sie zu ihm stand.«

»Darf ich Sie etwas fragen?« Violeta schob ein paar Krümel an den Tellerrand.

»Natürlich.«

»Sie kennen diese Leute nicht. Die sind alle seit bald hundert Jahren tot. Und Sie nehmen ihretwegen diese weite Reise auf sich …«

Ihre Bemerkung brachte mich aus der Fassung, und so sträubte ich mich fast unwillkürlich.

»Das ist Teil meiner Arbeit.«

»Sicher … Entschuldigen Sie.«

Ich hätte meiner Gastgeberin gern erklärt, dass diese Suche, die ich so hartnäckig fortsetzte, meine einzige Waffe war gegen das Gefühl, über einem Abgrund zu schweben. Ich hatte Paris verlassen, um genau diesem Gefühl zu entkommen, aber es war immer da, in mir eingeschrieben; es schien mir aus jeder Pore zu sickern, aus jeder Geste, aus meiner Stimme. Das war der Preis dieser Trauer ohne offizielle Trauer, meiner Unfähigkeit, mir deine letzten Monate vorzustellen, zwischen Leben und Schmerz zu unterscheiden und mich irgendwann für das eine oder das andere zu entscheiden. Ich setzte zu einer Erklärung an, aber die Worte blieben mir im Halse stecken. Der Nachmittag war dann sehr entspannt, sowohl der Spaziergang, der uns zu Violetas Haus zurückführte, als auch die Ruhepause im angenehm kühlen Zimmer, aber ich wusste nicht, ob das genügt hatte, um den Schatten zu verscheuchen, den unser Gespräch heraufbeschworen hatte.

38

Bei ████████, 7. Februar 1915

Teurer Freund,

könntest Du bitte dafür sorgen, dass mir der Optiker Favard in der Rue Blanche 9 eine Sendung fertig macht und ihn bitten, mir mit der Kodak auch die Produkte zu schicken, die ich Dir aufgelistet habe? Wenn Blanche das nächste Mal in Paris ist, wird sie die Rechnung begleichen. Und könntest Du ihn bei dieser Gelegenheit auch damit beauftragen, von den letzten Platten, die ich Dir geschickt habe, Fotos auf Postkarten abzuziehen, die ich für meine Korrespondenz verwenden kann? Ich überlasse es Dir, dafür die gelungensten auszusuchen. Und noch eine letzte Bitte: Könntest Du die Porträtabzüge selbst vornehmen (von meinen Kameraden), so schön und perfekt, wie es Deine Art ist? Allen wurde der Heimaturlaub gestrichen, und die Stimmung ist im Keller. Ein paar Kameraden würden ihrer Familie gern ein kleines Andenken zukommen lassen.

Du schreibst, Du hättest meine letzten beiden Briefe mit den Fotos nicht erhalten. Das überrascht mich nicht. Anastasia mit ihrer großen Schere scheint in letzter Zeit besonders fleißig zu sein ... Aber das muss ich gerade Dir ja nicht erklären, verzeih.

Zum Glück hat Lagache in seinem Notizbuch eine Kopie der letzten Folge unserer Szenen aus dem Muschkotenleben angefertigt. Ich werde sie so bald wie möglich für Dich abschreiben.

Lass uns weiterhin Neuigkeiten austauschen, wenn Du magst. Hoffentlich wirst Du diese bescheidenen Zeilen mit der ganzen Wärme empfangen, die ich beim Schreiben hineingelegt habe.

Ich umarme Dich herzlich.

A.

39

Ich nahm das Angebot meiner Gastgeberin an, noch ein paar Tage länger in Lissabon zu bleiben. Den bissigen Bemerkungen von Sibylle zum Trotz, die ich nur bei Tisch sah, wenn sie auf die Idee verfiel, dort zu erscheinen, fühlte ich mich in diesem Haus und unter dessen Bewohnern wohl. Inzwischen hatte ich die beiden Söhne von Violeta kennengelernt, zwei lebhafte und humorvolle junge Männer, die mit mir Französisch sprachen. Violetas Zwillingsschwestern Beatriz und Laura waren ebenfalls gekommen und hatten ihre große Schwester wegen ihrer Leidenschaft für alten Papierkram geneckt. Beide waren fröhliche Wesen, die mit ihrem identischen Aussehen so umgingen, als wäre das die natürlichste Sache der Welt. Sie hatten mich mit Fragen zu Paris bestürmt, zu Frankreich und zu diesem Briefwechsel, der ihnen ungeheuer romantisch vorkam. Danach war Violetas jüngerer Bruder, der den obersten Stock bewohnte, wenn er sich in Lissabon aufhielt, fürs Wochenende aus Porto angereist, ein Anwalt in den Vierzigern, eher wortkarg, jedenfalls im Vergleich zum Überschwang seiner Schwestern. Mit Ausnahme von Sibylle liebten sie sich offenbar alle sehr, und ihr Austausch untereinander war von einer Zärtlichkeit bestimmt, die unter Geschwistern alles andere als gang und gäbe ist. So erhielt ich von meinem Bruder höchstens mal eine elektronische Weihnachtskarte und hatte meine Cousins schon seit Jahren nicht mehr gesehen. Darum war ich von dieser heiteren, gesprächigen und einträchtigen Atmosphäre ziemlich fasziniert, die in der Rua Bartolomeu de Gusmão herrschte.

Während meines Aufenthalts hatte es nur einen unangenehmen Vorfall gegeben, der bei mir aber einen bleibenden Eindruck hinterließ. Zwei Tage nach meiner Ankunft ließ sich Sibylle, die mich bis dahin nach Kräften ignoriert hatte, wieder bei Tisch blicken. Da kam sie mir, falls überhaupt möglich, noch unleidlicher vor als beim ersten Mal. Ungeachtet der Klagen, mit denen ihre Tante die ganze Mahlzeit begleitete, hatte sich Violeta mit mir unterhalten, als ob nichts wäre, und ich dachte insgeheim, dass ich an ihrer Stelle sicher den unwiderstehlichen Drang verspürt hätte, Tantenmord zu begehen. Wir sprachen über Dianes Tagebuch, und ich versprach meiner Gastgeberin, es gleich nach meiner Rückkehr im Institut digitalisieren zu lassen, um das Originaldokument zu schonen. Und da mischte sich Sibylle ein.

»Was soll das jetzt mit diesem Tagebuch?«

»Elisabeth wird versuchen, das Tagebuch zu entschlüsseln, das die erste Ehefrau Ihres Vaters während des Krieges geführt hat. Darum leihe ich es ihr aus.«

»Was fällt dir ein? Du kannst unsere Familiendokumente doch nicht einer Fremden überlassen.«

»Elisabeth ist Historikerin. Das Tagebuch befindet sich bei ihr in guten Händen.«

Das erregte Sibylles Zorn. Ihre brüchige Stimme ertönte auf einmal wie ein Peitschenhieb.

»Ich verbiete dir, ihr das Tagebuch zu geben.«

Violeta legte die Gabel hin. Eine betont ruhige Geste, hinter der sich eine ungewohnte Anspannung verbarg.

»Sie können mir nichts verbieten. Dieses Tagebuch gehörte meinem Vater, er hat es meiner Mutter vererbt, die es wiederum mir gegeben hat. Ich kann damit machen, was ich will.«

»Dazu hast du kein Recht!«

Violeta ging nicht darauf ein. Serafinas erstaunter Blick war für mich ein Hinweis, dass die Auseinandersetzung unerhörte Züge annahm. Sibylle versuchte, die Stimme zu heben, was ihr wegen ihrer Atemnot schwerfiel, und so wurde sie eher schrill als laut.

»Lass die Toten in Ruhe. Kümmere dich lieber um deinen Bruder, diesen Hallodri. Der gehört doch hinter Gitter.«

Violeta ballte die Faust. Nach einem diskreten Blickwechsel zwischen ihr und der Haushälterin stand Serafina auf. Sie ergriff den Arm der alten Dame, um sie wegzubringen; Sibylle wehrte sich zwar, aber Serafinas fester Griff signalisierte ihr, dass sie keine Wahl hatte, als wäre nun eine unsichtbare Linie überschritten.

Als die Greisin weg war, schob Violeta, die etwas blass geworden war, ihren noch halbvollen Teller beiseite. Sie zündete sich eine Zigarette an.

»Wie soll ich mich nur dafür entschuldigen«, sagte sie. »Das ist das erste Mal, dass sich meine Tante derart im Ton vergreift.«

»Sie können doch nichts dafür.«

»Ich verstehe nicht, warum sie sich derart aufregt. Und was nun Samuel betrifft …«

»Das geht mich alles nichts an, Violeta.«

»Sie sollten aber wissen, dass mein Bruder nichts verbrochen hat.«

Ich versicherte ihr wahrheitsgemäß, dass ich daran nicht den geringsten Zweifel hegte. Sibylle wirkte auf mich boshaft und verbittert, was sich allerdings nicht nur durch ihr hohes Alter erklären ließ. Offenbar machte es ihr auf verquere Weise Spaß, ihre Nichte zu provozieren. Dennoch hatte mich die Heftigkeit ihrer Reaktion erstaunt, als es um das Tagebuch ging – so alt sie auch war, konnte Sibylle Diane nicht gekannt haben. Warum zeigte sie sich dann so aufgewühlt? Diane, die so jung gestorben war, schien der Kristallisationspunkt für sämtliche Fragen zu sein, als hätte sie, die auf keinem Bild zu sehen war, die Leidenschaft aller geweckt, die ihren Weg kreuzten. Aber sie hatte sich dem Gruppenbild schlagartig entzogen, so dass es für uns, die wir nur Bruchstücke dieser Geschichte kannten, nicht zu deuten war.

Darum beugte ich mich jeden Morgen, seit ich nach Lissabon gekommen war, über ihr Tagebuch, in der Hoffnung, die unverständliche Sprache zu entschlüsseln. Vergebens, trotz meiner langwierigen Bemühungen, die griechischen und kyrillischen Buchstaben zu transkribieren, kam ich meinem Ziel nicht näher. Selbst in lateinischer Umschrift gaben diese Zeilen nichts preis. Schließlich schickte ich dem Vize-Konsul per Mail einen Hilferuf. Ich zählte darauf, dass er, der praktisch alles wusste, was es auf Erden zu wissen gibt, mich hierbei nicht im Stich lassen würde.

Den Rest der Zeit spazierte ich nachmittags allein oder mit Violeta durch diese eigenartige Stadt, in der kein Viertel dem anderen gleicht. Sie schenkte mir das berauschende Gefühl, in der *Fremde* zu sein, nach dem ich seit deinem Ableben giere wie nach einer Droge und das längst nicht alle Länder bieten, seien sie noch so fern. Ich wusste nicht, ob ich glücklich oder unglücklich war, ich ließ mich durchaus gern auf einer Welle des Gleichmuts treiben. Ich fühlte mich wohl unter diesen Leuten, in dieser Sprache, diesem Haus, all das hatte nicht zuletzt seinen Reiz, weil es von jeglicher Erinnerung an mein Vorleben unbelastet war.

Am Vorabend meiner Abreise sagte mir Violeta, sie müsse leider weg, um ihren Mann auf dem Gestüt zu besuchen, und komme erst am nächsten Morgen zurück. Es war ihr offensichtlich unangenehm, mich mit Sibylle und Serafina allein zu lassen, vor allem nach dem verheerenden Mittagessen, dem ich beigewohnt hatte. Ich wollte ihr gerade versichern, dass es mir nichts ausmachen würde, einen Abend allein in der Stadt zu verbringen, als ihr Bruder Samuel den Salon betrat. Er hatte Violetas letzten Satz gehört und sagte, er kenne auf Meeresfrüchte spezialisierte Restaurants, von denen seine Schwester noch nicht einmal gehört hätte, diese Stubenhockerin. Er bot an, mich zum Abendessen auszuführen, eine höfliche Einladung ohne besonderen Nachdruck. Ich fand es ohnehin erstaunlich, dass er sie ausgesprochen hatte. Seit wir beide hier waren, hatte ich nur selten den Klang seiner Stimme vernommen, denn von allen Geschwistern war der jüngste Bruder bei weitem am schweigsamsten.

Die Vorstellung, mit diesem Mann eine Mahlzeit zu teilen, sagte mir keineswegs zu. Eigentlich hätte ich lieber frei über meinen letzten Abend verfügt, aber es kam nicht in Frage, die Gastfreundschaft der

Ducreux' zurückzuweisen, die sich so eifrig um mein Wohlergehen kümmerten. Und so verabredeten wir uns für halb neun.

Als wir uns in der Diele trafen, trug Samuel eine dunkle Jeans, ein helles Leinenhemd und hatte sich noch einen Pulli über die Schultern geworfen. Diese lässige Kleidung stand ihm gut. Im Restaurant lächelte der Kellner, der uns für ein Liebespaar hielt, unablässig und bemühte sich eifrig um uns. Mein Begleiter bestand darauf, mir die komplette Speisekarte zu übersetzen, und regte eine komplizierte Auswahl an. Ich dürfe doch nicht abreisen, ohne zuvor die erlesensten Spezialitäten der portugiesischen Küche zu probieren, auch wenn die Küche seiner Schwester und Serafinas höchstes Lob verdiene. Nach der Bestellung fragte Samuel: »Finden Sie unsere Sippe nicht etwas zu aufdringlich?«

»Überhaupt nicht. Sie kommen mir alle so … vereint vor.«

Der Kellner brachte den Wein, und Samuel kostete ihn. Danach prosteten wir uns zu.

»Auf Ihren Besuch«, sagte er.

»Auf Ihre Gastfreundschaft.«

Der Wein, der im Kerzenlicht violett schimmerte, war schwer und tanninhaltig. Genau wie ich es mochte, als ich noch gern trank.

»Für meine Schwester ist es eine große Freude, dass Sie nach Lissabon gekommen sind«, nahm Samuel den Faden wieder auf.

»Sie ist ein Schatz. Aber ich weiß nicht, ob ich ihr tatsächlich helfen kann, das Tagebuch zu entschlüsseln. Ihre Schwester scheint sich sehr für diese Diane zu interessieren.«

Samuel antwortete nicht sofort. »Die Geschichte unserer Familie bedeutet ihr viel. Sogar sehr viel.«

»Darf ich fragen, warum?«

»Ist Ihnen Aristides de Sousa Mendes ein Begriff?«

Der Name kam mir vage bekannt vor, in meiner Erinnerung war er mit der deutschen Besatzung verknüpft. Ich fragte mich, wo hier der Zusammenhang war, und gab Samuel ein Zeichen fortzufahren.

»1940 war er Portugals Generalkonsul in Bordeaux. Als er die

Masse von Flüchtlingen sah, die ins Konsulat strömten, Juden vor allem, und auf eine mögliche Ausreise hofften, verstand er, was sich da gerade abspielte. Er stellte umgehend Visa aus, sehr viele Visa. Und als ihm das untersagt wurde, setzte er sich über das Verbot hinweg und machte weiter. Er unterschrieb ein Visum nach dem anderen, wie am Fließband, zusammen mit seinem Sohn, seinem Sekretär … Salazar tobte natürlich und enthob ihn seines Amtes. Es heißt aber, de Sousa Mendes habe im Alleingang 30 000 Menschen das Leben gerettet, darunter mindestens 10 000 Juden. Zu ihnen zählte meine Mutter. Sie war damals anderthalb Jahre alt.«

Eine bewegende Geschichte. Aber ich erkannte immer noch keine Verbindung zu Diane Ducreux. Ich frage Samuel: »Und die restliche Familie?«

»Die Mutter unserer Mutter, meine Großmutter also, hieß Tamara. Tamara Zilberg. Sie war im Juni 1940 nach Bordeaux gekommen, alarmiert von den Gerüchten über die Juden. Ihrem Bruder war es gelungen, sich dank de Sousa Mendes ein Visum für die ganze Familie zu besorgen. Doch Tamaras Mann, Paul Lipchitz, war am Ende des Sitzkriegs verwundet worden, wohl ziemlich schwer. Tamara wusste damals nicht, wo er sich überhaupt befand. Darum vertraute sie ihr Töchterchen Suzanne ihrem Bruder Ari an und erklärte, sie werde mit dem Schiff nachkommen, sobald sie ihren Mann gefunden habe. Und so sind meine Mutter und mein Großonkel in Portugal angekommen. Paul und Tamara hingegen nie. Ob man sie irgendwo aufgehalten hatte? Hier klafft ein schwarzes Loch. Über Paul haben wir immerhin herausgefunden, dass er im November 1943 in Auschwitz gestorben ist. Von Tamara jedoch keine Spur. Ihr Name steht auf keiner Deportiertenliste. Ari hat jahrelang Nachforschungen angestellt. Jemand hatte ihm gesagt, seine Schwester sei im August 1943 in Lyon gesichtet worden, aber mehr konnte er nicht in Erfahrung bringen. Noch lange nach dem Krieg glaubte oder hoffte er, dass sie noch lebte. Dass sie eines Tages wiederauftauchen würde. Wenn man keinen Todesnachweis hat, fällt das Trauern nicht leicht.«

Dieser Satz traf mich wie eine Kugel. Ich spürte, wie ich blass wurde. Zum Glück fiel es Samuel nicht auf. Er sprach weiter: »Ari zufolge hatte Dianes Sohn Victor meine Großmutter Tamara vor dem Krieg gekannt. Fragen Sie mich nicht, wie, und auch nicht, woher mein Großonkel das wusste, denn ich habe keine Ahnung. Weil er und meine Mutter aber nichts als diesen Namen hatten, haben sie sich daran festgehalten. Leider ist Ducreux ein sehr verbreiteter Name. Anfang der sechziger Jahre machte meine Mutter aber schließlich die Adresse einer Familie in Dinard ausfindig, die offenbar die richtige war. Ari und sie reisten nach Frankreich. Sie wollten Victor aufsuchen und ihn nach Tamara fragen. Fast zufällig trafen sie dessen viel jüngeren Halbbruder Basile an. Er hielt sich gerade in diesem Haus auf, das lediglich als Ferienhaus diente, und empfing die beiden … Keine sechs Monate später waren Basile und meine Mutter verheiratet.«

»Tolle Geschichte. Und Victor?«

»Es stellte sich heraus, dass Basile, mein Vater, ihn kaum kannte. Victor war der Sohn aus erster Ehe, und die beiden Halbbrüder sahen sich nur in den Ferien. Victor war in einem Internat im Ausland untergebracht und ist später während des Krieges verschwunden. Für meine Mutter war es natürlich eine herbe Enttäuschung, dass diese Spur im Sande verlief. Mein Großonkel setzte seine Nachforschungen aber noch jahrelang fort, ohne fündig zu werden. 1975 starb er, und meine Mutter suchte weiter. In meinen Augen war das Zeitverschwendung, aber sie konnten nicht anders. Sie waren wie getrieben.«

»Und Ihr Vater? Hat er nie wieder von Victor gehört?«

»Nein, und er hat auch nicht nach ihm gesucht. Als er sich in Portugal niederließ, brach er alle Brücken nach Frankreich ab. Ich habe bei ihm nie auch nur einen Hauch von Heimweh nach seinem Geburtsland erlebt. Ganz im Gegenteil.«

»Und heute nimmt Violeta sich der Suche an?«

»Das tut sie, um unserer Mutter nahe zu bleiben. Sie fehlt uns allen sehr.«

Samuel trank einen Schluck Wein und sah mich forschend an.

»Und was ist mit Ihnen, Elisabeth, wonach suchen Sie?«

Ich hob fragend die Augenbrauen.

»Sie wollen doch nicht ernsthaft behaupten, Sie hätten diesen weiten Weg auf sich genommen, um in einem alten Heft zu blättern?« Binnen einer Woche wurde mir die Frage nun schon zum zweiten Mal gestellt. So sanft, so voller Anteilnahme, dass ich ihr diesmal nicht ausweichen wollte.

»Ich versuche, ein Leid zu vergessen.«

Samuel hob sein Glas in meine Richtung, mit einem Gesichtsausdruck, der nicht zu deuten war. »Dann wechseln wir eben das Thema.«

Das taten wir, und dabei stellte ich fest, dass Violetas Bruder ein interessanter Gesprächspartner war, außerhalb seines Familienkreises mitteilsamer als innerhalb. Seit rund fünfzehn Jahren war er als Anwalt tätig und setzte sich vor allem für Ausländer ohne gültige Aufenthaltspapiere ein. So bekam er die Gelegenheit, sich intensiv und methodisch mit der entsprechenden Rechtslage auseinanderzusetzen. Geld schien ihm nicht viel zu bedeuten – aber seine Familie hatte schließlich das Ducreux-Vermögen geerbt –, genauso wenig wie das Ansehen seines Berufs; diese Gleichgültigkeit wirkte zwar nicht aufgesetzt, aber sie war doch so ausgeprägt, dass möglicherweise mehr dahintersteckte. Er redete mit mir über französische Lyrik, die er besonders schätzte. Die Bücher in meinem Zimmer waren seine. Er trug mir sogar die zwei ersten Quartette eines Sonetts aus dem Band *Leiberglühen* vor, auswendig. Ich stimmte mit dem anschließenden Terzett ein. Ein leiser, anrührender Moment von Gemeinsamkeit, weit entfernt von der Zeit und vom Ort, wo diese Zeilen entstanden waren.

Nach dem Abendessen schlug Samuel vor, zu einem der unzähligen Aussichtspunkte zu spazieren, die Lissabon zu bieten hatte: So könne ich die Stadt ein letztes Mal von oben sehen. Wir gingen lange, sehr lange durch die milde Nacht spazieren, der Mann an meiner Seite strahlte Ruhe und Gelassenheit aus, und wir unterhielten uns weiterhin über alles und nichts, seinen und meinen Beruf, die Städte, die uns am besten gefielen. Als er mich, wie schon seine Schwester, fragte, ob ich allein lebe, druckste ich diesmal nicht herum, sondern sprach die Worte aus, die ich sonst mied: Mein Lebensgefährte ist tot. Samuel legte mir, nur zum Trost, die Hand auf die Schulter. Und dann sagte er etwas leiser: »Meine Frau auch«. Es wurde allmählich frischer, aber ich nahm nur noch die Wärme seiner Handfläche wahr, die durch meinen Pullover drang und sich meiner Haut an dieser Stelle nachhaltig einprägte.

Er hatte mir nicht zu viel versprochen, das Meer leuchtete unter dem Mond, der am Himmel aufgegangen war und die Mündung des Tejo in flüssiges Silber verwandelte. Stumm ließen wir die nächtliche Schönheit der Stadt der sieben Hügel auf uns wirken. Danach setzten wir unseren nunmehr ziellos scheinenden Spaziergang fort, der uns aber tatsächlich zum Haus in der Rua Bartolomeu de Gusmão zurückführte, ohne dass ich es bemerkt hatte.

Ich leistete keinen Widerstand, als Samuel sich zu mir neigte, bevor er die schwere, eisenbeschlagene Tür öffnete, und in aller Seelenruhe meine Lippen mit seinen berührte, denn ich war wie gebannt von Wehmut, Furcht und Neugier. Ich wehrte mich auch nicht, als er meine Hand nahm und wir stumm die Stufen zu seinem Zimmer hinaufstiegen. Dort ließ ich mich von ihm entkleiden, ließ ihn meinen Körper mit einer Mischung aus Zärtlichkeit und Bestimmtheit erobern, die mir bisher noch bei keinem Mann begegnet war. Die vergessenen Gesten fielen mir wieder ein, meine Haut lebte auf, mit einer Leidenschaft, die sich nach und nach entzündete, während wir uns gegenseitig erkundeten, als forderte dieser immer noch fremde Mann beim Liebesspiel dasselbe wie ich, die Gabe einer unverhofften Neugeburt und zugleich einen unmöglichen Trost. Was danach geschah, weiß ich nicht mehr, nur dass ich eingeschlafen war, als wäre Schlaf eine ganz neue Erfindung.

41

Als ich am nächsten Morgen erwachte, war ich allein. Ich wusste nicht mehr, ob ich das Ganze nur geträumt hatte. Dieses Gefühl von Unwirklichkeit verflog auch dann nicht, als ich die zerknitterten Laken und ein Bett erblickte, das nicht mein Gästebett war. Leise ging ich in mein Zimmer zurück. Beim Blick in den Badezimmerspiegel kam ich mir verändert vor. Doch als ich nach einer langen, heißen Dusche die Treppe hinunterstieg, schien die Welt an ihrem alten Platz zu sein. Violeta begrüßte mich mit der gewohnten Herzlichkeit und mit einer Zigarette in der Hand.

»Hattest du einen schönen Abend mit Samuel?« In ihrer Frage lag keine Spur von Ironie. Ob sie wusste, was zwischen ihrem Bruder und mir gelaufen war? Ihr Gesichtsausdruck ließ keinerlei Rückschluss zu. »Er musste nach Porto zurück, zu Anhörungsterminen. Ich soll dir in seinem Namen auf Wiedersehen sagen.«

Ich verspürte den kurzen, aber brennenden Stich der Enttäuschung. Ohne zu wissen, was ich eigentlich erwartete, hätte ich Samuel vor meiner Abreise gern gesehen, und wäre es nur, um mich zu vergewissern, dass ich mir das alles nicht eingebildet hatte. Beim Blick aus dem Fenster fiel mir auf, dass es regnete, zum ersten Mal, seit ich in Lissabon angekommen war, ein maritimer Nieselregen, der die Pflastersteine ölig glänzen ließ und die Stadt in Schwermut tränkte. Dieses Wetter passte gut zur leichten Verunsicherung, die ich bei jedem Abschied empfinde.

Da mein Flug erst für den frühen Nachmittag angesetzt war, bot Violeta an, mir das Familienalbum zu zeigen. Warum, wurde mir klar, als ich die Fotos ihrer Mutter sah: ein ausdrucksvolles Gesicht mit feinen Zügen, von markanten Wangenknochen zur Geltung gebracht; große, offenbar helle Augen, eine samtige Haut, der das Licht schmei-

chelte, und eine üppige Haarmasse, von Bürste und Kamm gebändigt
und zu strengen Zöpfen geflochten. Ari zufolge war Suzanne ihrer
Mutter Tamara wie aus dem Gesicht geschnitten. Er hatte Violeta erzählt, dass man dem kleinen Mädchen den Spitznamen *la bela ruiva*
gegeben hatte, die schöne Rothaarige.

Danach sah ich ihre Kinder an mir vorbeiziehen: Violeta, deren
meerblaue Augen man auch bei dem kleinen Mädchen als Erstes
wahrnahm, dann ein winziges Kind mit Schmollmund, das ich zunächst ebenfalls für sie hielt. Man hatte das Mädchen an einem Strand
in der Bretagne oder im Cotentin fotografiert, und es reckte seine Plas-
tikschaufel wie einen Schild, um sich vor der Sonne zu schützen oder
der Kamera, oder vor beidem.

»Meine Schwester Judith«, erklärte Violeta und deutete mit dem
Finger auf sie.

»Und wo lebt sie inzwischen?«

»Ich habe sie nie kennengelernt. Sie starb vor meiner Geburt. Sie
wurde von einem Auto überfahren.«

Dann erschienen die Zwillinge in identischen Kleidern. Und schließlich ein kleiner Junge, der auf einem Reifen schaukelte. Den Kopf zur
Seite geneigt, das Lächeln ein wenig schief. Alles, was ich in der Nacht
zuvor empfunden hatte, kehrte mit Macht zurück. Samuels erwach-
senes Gesicht hatte etwas von seinem kindlichen Ausdruck bewahrt.
Ich blätterte weiter und richtete den Blick auf das Album, um meine
Verwirrung zu kaschieren. Dabei stellte ich gewissermaßen berufs-
geschädigt fest, dass die meisten Fotos in ein Licht getaucht waren, das
es nur im Süden gab, die Bilder von Judith ausgenommen.

»Seid ihr alle hier aufgewachsen?«

»Ja. Nach Judiths Unfall wollte Suzanne zu ihrem Onkel nach Lissabon zurückkehren. Sie hatte nur noch ihn als Angehörigen. Basile,
mein Vater, ist ihr gefolgt. Für einen Bretonen hat er sich ziemlich gut
eingelebt. Hier ist es ja schön. Und das Meer ist ganz nah … Ich glaube
aber, er war vor allem froh, von seinem Vater wegzukommen. Er sagte,
sein Vater sei hart gewesen. Sogar sehr hart.«

»Hast du ihn noch erlebt?«

»Ich habe ihn zweimal gesehen, als ich noch ganz klein war. Er machte mir Angst.«

Violeta blätterte die letzte Seite mit dem schützenden Transparentpapier um.

»Das war's.«

Sie klappte das Album zu und zündete sich eine Zigarette an. Neben den Tabakschwaden roch man auch den Duft von Meer und von Garten, die durch die Patiotür drangen. Ich hatte keine Lust abzureisen. Wegen Lissabon, wegen der barocken, dekadenten Schönheit dieser Stadt, wegen Violeta und ihrer Herzlichkeit, wegen der anderen, wegen des Gefühls von Geborgenheit, das dieses Haus um mich herum verströmte. Und auch wegen dieses Abendessens auf der Restaurantterrasse, wegen der darauffolgenden Nacht, wegen der Hände von Samuel und weil die Zeit ein paar Stunden lang wieder zu fließen schien, ganz unbeschwert. Violeta konnte offenbar Gedanken lesen, denn sie sagte: »Du musst unbedingt wiederkommen.«

»Das werde ich ganz bestimmt.«

»Hältst du mich auf dem Laufenden, wegen Dianes Tagebuch?«

»Selbstverständlich.«

Bevor ich ging, musste ich ihr jedoch noch eine entscheidende Frage stellen.

»Violeta, darf ich fragen, was du eigentlich von mir willst?«

Meine Gastgeberin wirkte verlegen.

»Ich nehme an, Samuel hat dir erzählt, wie unsere Mutter in Lissabon gelandet ist?«

»Ja. Das war für sie sicher nicht leicht.«

Violeta ließ ihre leere Kaffeetasse auf dem Unterteller kreisen.

»Sie hat sich nie darüber beklagt. Sie war sehr diskret. Ari hat sie aus ganzem Herzen geliebt, genau wie Veronica, seine portugiesische Ehefrau. Es wussten nur wenige, dass sie in Wirklichkeit nicht deren Tochter war. Aber natürlich ließ diese Geschichte meiner Mutter keine Ruhe ... Gegen Ende ihres Lebens wurde es sogar zur Besessenheit.

Sie schrieb aller Welt Briefe, an die Freundeskreise der Résistance, an ehemalige Deportierte, um sie zu fragen, ob sie Tamara Zilberg oder Paul Lipchitz gekannt hatten.«

»Hat man ihr geantwortet?«

»Einmal hat sie mir erzählt, sie habe einen Brief erhalten und werde bald Wesentliches erfahren. Aber dann hat sie es nie wieder erwähnt … Ich habe viel darüber nachgedacht. Ich glaube, was sie vor allem gequält hat, war die Vorstellung, dass ihre Mutter sie einfach ihrem Onkel Ari überlassen hatte, anstatt mitzukommen. Ganz sicher glaubte sie, ihre Eltern hätten sie im Stich gelassen.«

»Und was ist mit dir?«

Sie sah mich fragend an.

»Ob ich das auch glaube?«

»Nein. Wie verhältst du dich zu dem Ganzen?«

»Tja, ich bin achtundvierzig, habe einen wunderbaren Mann, zwei erwachsene Prachtsöhne, ich höre mir den ganzen Tag die Geschichten von kleinen Kindern an, die das Leben schwer gebeutelt hat, und ich bin froh, wenn ich ihnen helfen kann, wieder heil zu werden. Aber ich bin nicht im Reinen mit der Vorstellung, dass man meine Angehörigen vernichtet hat. Es treibt mich tatsächlich immer mehr um.«

»Verständlicherweise.«

»Ja. Mit der Zeit wird es aber schlimmer und schlimmer. Adelino hat mich darauf hingewiesen. Ich bekomme davon Albträume.«

»Du möchtest also, dass ich dir helfe, die Spur deiner Großmutter wiederzufinden, richtig?«

Violeta zündete sich die nächste Zigarette an. Sie blickte mir in die Augen.

»Ich habe mich nicht getraut, dich darum zu bitten.«

»Warum denn nicht? Ich wohne in Frankreich, ich habe Zugang zu sehr vielen Archiven. Ich könnte dir helfen.«

»Du sollst aber nicht denken, dass ich dich ausnutzen will. Ich habe dich nicht deswegen gebeten, hierherzukommen. Und zu bleiben.«

»Ich habe nie das Gefühl gehabt, dass du mich ausnutzt. Und es würde mich freuen, wenn ich dir helfen kann.«

Violeta legte ihre Hand auf meine und drückte ermattet ihre Zigarette aus, als hätte sie diese Nikotinsucht satt.

»Wie soll ich es dir erklären«, sagte sie mit einer Melancholie, die ich zum ersten Mal an ihr bemerkte. »Da sitze ich nun und erzähle dir von meinen Großeltern, aber sie sind völlig abstrakt. Sie waren niemals Großeltern, von niemandem, sie waren schon lange vor meiner Geburt tot. Mein großer Sohn wird bald älter sein, als sie es jemals werden durften. Ich kann mich mit einer solchen Ungerechtigkeit nicht abfinden, solange ich nicht weiß, was sich wirklich abgespielt hat.«

42

Frontabschnitt Linguet, 16. März 1915

Mein lieber, teurer Anatole,

hier, im benachbarten Wald, haben wir einen Offizier des 318. Infanterieregiments aufgegriffen, das bei dem Sturmangriff an der Küste von P… völlig aufgerieben wurde. Der Arme irrte ohne Helm umher und brabbelte vor sich hin. Ohne seine Erkennungsmarke hätten wir nie erfahren, zu welcher Kompanie er gehört. Wir haben ihn ins Lazarett gebracht.

Es heißt, dass manche Soldaten solche Symptome vorgaukeln, um der Front zu entgehen. Doch die meisten dieser Männer haben wirklich den Verstand verloren. Sargent, einer von uns, leidet an »Kriegszittern«. Er kann nicht mehr sehen, seit er lebendig in einem Granatenkrater begraben war. Der Chefarzt hat ihm bescheinigt, dass sein Sehnerv intakt ist, und ihm mit dem Kriegsgericht gedroht, falls er den Kampf nicht wieder aufnimmt. Trotzdem kann der Arme nicht sehen und muss sich füttern lassen wie ein Kind.

Die Sonne zeigt sich wieder und sorgt für etwas hellere Stimmung, und der Schnee schmilzt dahin. Bald wird es Frühling. Wie merkwürdig zu sehen, dass die Natur erwacht, und dabei zu wissen, dass man wieder und wieder losstürmen wird, um sie zu zerstören. Ich würde viel darum geben, einen Vogel singen zu hören. Aber es scheint ganz so, als wären hier im Umkreis sämtliche Tiere ausgerottet.

Dir, Jeanne und den Kindern die herzlichsten Grüße

Dein Freund Willecot

43

Nach der Landung in Roissy brachte mich die Außentemperatur zum Frösteln, so sehr hatte ich mich an die milde portugiesische Luft gewöhnt. Die Fahrt im altvertrauten RER mit den staubigen Fenstern voller eingeritzter Zeichen machte die Wiederaufnahme einer Pariser Routine, die so trist war wie der Himmel an jenem Tag, perfekt. Auf dem Fußabtreter fand ich ein dünnes Bündel Post vor; unter den Rechnungen und Werbesendungen steckte als einziges Zeichen von Leben eine Postkarte, die der Vize-Konsul aus Korea geschickt hatte.

Als ich meine Reisetasche auspackte und Dianes Tagebuch hervorholte, das Violeta und ich in Luftpolsterfolie eingewickelt hatten, entdeckte ich in der Seitentasche eine Keramikkachel, ein Azulejo. Darauf klebte ein türkises Post-it: »Komm bald wieder«, und das war nicht Violetas Schrift. Einen Augenblick lang vermisste ich sie alle ganz schrecklich und wünschte, ich wäre noch dort und würde in der lauen Luft auf das Abendessen warten und auf die langen Gespräche, die ich danach mit meiner Gastgeberin im Patio führte. Seit ich das Flugzeug bestiegen hatte, bemühte ich mich nach Kräften, nicht an Samuel zu denken. Dennoch befiel mich regelmäßig die Erinnerung an ihn, blitzartig, ein kurzes, quälendes Begehren.

Am nächsten Morgen machte ich mich in aller Frühe auf den Weg ins Institut. Die Arbeit mit ihrer Disziplin, ihren Zwängen und Anforderungen war für mich unerlässlich, um die Rückkehr ins raue Paris abzufedern. Ich zog gleich ein paar Baumwollhandschuhe an, um Dianes Tagebuch selbst mit dem Flachbettscanner zu digitalisieren, und öffnete die Seiten mit der gebotenen Behutsamkeit. Manche klebten infolge von Feuchtigkeit am Rand zusammen, andere waren stellenweise von Schimmel befallen, schwärzliche Zonen mit unregelmäßigen Rändern, bösartige Blüten, die die Zeit hervorgetrieben hatte. Ein Kollege warf im Vorbeigehen einen Blick darauf.

»Machst du jetzt in Ägyptologie?«

»So was Ähnliches.«

Tatsächlich war ich nicht weit davon entfernt. Als ich wieder nach oben ging, stand Eric im Flur. Mein Chef stürzte sich auf mich, als ginge es um sein Leben.

»Ah, du bist wieder da, ein Glück. Die Viper hat uns gerade ihren Besuch angekündigt.«

Er wirkte verärgert. Ich war eher froh. Dass Bennington wieder das Gespräch mit uns suchte, signalisierte Verhandlungsbereitschaft. Und so würde ich vielleicht die fehlenden Briefe zu sehen bekommen, deren Existenz der belgische Autographenhändler bestätigt hatte. Es sei denn – der Gedanke war mir gerade auf der Treppe gekommen –, er steckte mit der Amerikanerin unter einer Decke. So, wie die Viper sich aufführte, brachte sie einen dazu, überall Verschwörungen zu wittern.

»Dann werde ich für sie eine Auswahl von Albans Briefen an Massis treffen. Wann kommt sie?«

»Nächste Woche.«

Ich durfte keine Zeit verlieren. Den restlichen Nachmittag verbrachte ich im Archivsaal, um Briefe auszusuchen, die den Hirngespinsten der Amerikanerin möglichst wenig Angriffsfläche bieten würden. Dabei konzentrierte ich mich auf die Korrespondenz zwischen Frühling und Herbst 1915. In dieser Phase hatte Alban de Willecot sich wie alle Soldaten zu endlosen Klagen hinreißen lassen, was nur allzu verständlich war. Die anfangs noch munter-zielstrebigen, ja eine Spur zu patriotischen Briefe waren Schreiben gewichen, die vor allem von Erschöpfung zeugten, von Entmutigung und Eintönigkeit. Die ungenießbare Kost, die Kälte, die bedrückende Wiederholung der Angriffe und vor allem die Zweifel, die den Leutnant inmitten seiner Truppe beschlichen, belasteten ihn sehr. Immer wieder dieselben bohrenden Fragen, die nach und nach jeden Sinn einbüßten: Wo bist Du, was machst Du, hast Du die anderen gesehen, ist es in Paris schon Frühling geworden, was sagt man im Hinterland über uns, was drucken die Zeitungen, wissen die Parlamentarier überhaupt, wie es uns hier ergeht und wie viele Männer jeden Morgen in diesem Loch verrecken, hast Du von Diane gehört? Und manchmal auch: Wann werde ich Dich wohl wiedersehen? Doch mit der Zeit verblasste dieses *Wann*, wurde die mögliche Heimkehr immer seltener angesprochen, das Wort an sich verschwand aus dem Vokabular des Briefeschreibers, als hätte ihm der Krieg noch den allerletzten Rest Hoffnung geraubt.

Ich steckte die Kopien von fünf Briefen in eine Mappe und legte sie auf Erics Schreibtisch. Eine zweite Meinung konnte nicht schaden, um diese Auswahl zu bestätigen. Danach zog ich mich in mein Büro zurück, um meine Mails zu lesen. Kein Wort vom Vize-Konsul, der vermutlich vollauf damit beschäftigt war, Unwettergefahren in Korea aufzuspüren. Dafür fand ich eine Nachricht meiner Freundin Emmanuelle vor. Seit ich im Juli von meinem ersten Besuch in Jaligny zurückgekommen war, hatte ich sie nicht mehr gesehen. Nun, drei Monate später, fragte sie mich, ob ich dem zivilisierten Leben endgültig abgeschworen hätte. Das war ihre Art, mir zu zeigen, dass sie sich Sorgen machte. Ich ließ das Fenster mit ihrer Nachricht im Hintergrund meines Bildschirms geöffnet und nahm mir vor, ihr mit ausgeruhtem Kopf zu antworten. Danach schrieb ich eine Mail an Jean-Raphaël, um ihm in aller Kürze von meinem Aufenthalt in Portugal zu berichten und die Informationen zusammenzufassen, die ich über die Familie hatte sammeln können, insbesondere über diesen Victor.

Als ich dann mein Mailprogramm schließen wollte, hielt ich kurz inne. Emmanuelle. In den letzten Monaten hatte ich mich so verhalten, als wäre mir in meiner Trauer alles erlaubt, als hätte ich unter anderem das Recht, die Freunde auf Abstand zu halten, die sich noch um mich sorgten. Wie lange würde es wohl dauern, bis sie meine Ungnädigkeit satthätten? Ich rief das Fenster wieder auf und tippte in einem Zug, um es mir ja nicht anders zu überlegen: »Hast du diese Woche mal abends Zeit? Den Wein bringe ich mit.«

44

Erst als Emmanuelle mir die Tür aufmachte, wurde mir richtig bewusst, dass wir uns schon eine Weile nicht mehr gesehen hatten. Sie hatte sich irgendwie verändert, ihre Gestik, die Ringe unter den Augen. Vielleicht waren das die meist unmerklichen Zeichen, die die Zeit unseren Lieben aufprägt und die wir nur aus einem gewissen Abstand heraus wahrnehmen. Meine Freundin schloss mich in die Arme, ganz ohne Groll, obwohl ich so lange weggeblieben war, und nahm mir die Tüte mit der Weinflasche ab. Die vertraute Umgebung, der Haken, an den ich meinen Mantel hängte, der Geruch nach Papier, Zimmerpflanzen und Bohnerwachs brachten mich in die Zeit vor achtzehn Monaten zurück, als ich vor meiner winzigen Wohnung, die mir unerträglich geworden war, hierherfloh. Wie oft hatte ich auf dieser Couch geschlafen? Emmanuelle und ihr Mann Rainer hatten einen Kummer gewiegt, bei dem keine Tränen flossen, beschworen mich, endlich zu reden, boten mir sogar an, Liliane und ihrem Sohn »die Fresse zu polieren«, wie Rainer sich ausdrückte. Sie konnten nicht verstehen, warum ich mich so passiv verhielt, dabei war das die Folge einer uferlosen Erschöpfung. Ich schlief sehr viel.

Nach ein paar Wochen war ich in die Rue Gabriel-Lamé zurückgekehrt. Es ging mir zwar nicht besser, aber ich hatte das Gefühl, meine Freunde schon lange genug behelligt zu haben. Danach hatte ich Emmanuelle nicht mehr in ihrer Wohnung besucht, sondern mich lieber in Cafés mit ihr verabredet und auch im Aufenthaltsraum des Instituts, denn sie arbeitete ganz in der Nähe. Sie hatte Woche für Woche mitbekommen, wie ich tiefer in die Depression versank, doch ohne mir Moralpredigten zu halten, weil sie mich wirklich mag. Sie hatte mir lediglich geraten, mich an jemanden zu wenden, an jemanden, der sich damit auskannte. Selbstverständlich hatte ich nicht auf sie gehört. Und war schließlich auch vor ihrer Gesellschaft geflohen.

Wir gingen in die Küche, einen winzigen Raum, der zum Wohnzimmer hin offen ist. Emmanuelle öffnete die Flasche. Ich sah ihr zu, während sie mit dem raffinierten Korkenzieher hantierte, den du ihr zum Geburtstag geschenkt hattest. Mir fiel ein, wie wir ihn gemeinsam erstanden hatten, in einem Laden in der Rue de Vaugirard. Bei dieser Gelegenheit kauftest du auch eine Silikonbackform für Madeleines. Diese Erinnerung, die mich sonst zerrissen hätte vor Schmerz, setzte paradoxerweise ein gutes Gefühl frei, das beglückende Bewusstsein, dass es diese Momente gegeben, dass wir sie zusammen erlebt hatten. Emmanuelle reichte mir ein Glas und stieß mit mir an. Sich selbst hatte sie nur einen winzigen Schluck eingeschenkt, an dem sie kaum nippte.

»Sagt er dir nicht zu?«

»Doch. Aber ich sollte keinen Wein trinken. Nicht in meinem … Zustand.«

Das sagte sie mit einem Lächeln, das keine Zweifel zuließ. Verblüfft stellte ich mein Glas ab. Im nächsten Frühling würde Emmanuelle ihren Vierzigsten feiern, und ich war nie auf die Idee gekommen, dass sie Kinder wollte, erst recht nicht Rainer, der schon zwei erwachsene Töchter hatte.

»Wann hast du es erfahren?«

»Vor drei Wochen. Überraschung! Zuerst hat mir das ein bisschen Angst gemacht, aber eigentlich freue ich mich.«

»Und Rainer?«

Ich konnte mir einfach nicht vorstellen, wie Rainer als Auslandskorrespondent, der sich weltweit regelmäßig inmitten von Kriegsgebieten aufhielt, wieder in die Paparolle schlüpfte.

»Der ist entzückt. Er freut sich sogar noch mehr als ich. Seine Töchter sind ganz aufgeregt, weil sie bald ein Schwesterchen oder Brüderchen bekommen. Sie streiten sich jetzt schon darum, wer babysitten darf, wenn die Uni aus ist.«

Ich sah Emmanuelle an, sah mir Emmanuelles Glück an. Dass meine Freundin im Frühling ein kleines Wesen zur Welt bringen würde, war eine überwältigende Vorstellung. Ich musste an unsere, deine und meine, halbherzigen Versuche denken, die alle nicht gefruchtet hatten. Du fandest dich zu alt, wegen der fünfzehn Jahre Unterschied zwischen uns, und ich fand mich zu beschäftigt. Es klappte ohnehin nie. Wir sagten uns, dass wir einen Spezialisten aufsuchen würden, ohne es jemals zu tun.

Ein paar Wochen nachdem du deine Diagnose erhalten hattest, waren bei mir erstmals diese Blutungen aufgetreten. Eigentlich hätten sie mich beunruhigen sollen, aber dieser dünne rote Faden, der fast jeden Tag aus meinem Körper drang, beruhigte mich im Gegenteil, denn er war das einzig Kontinuierliche in unserem kleinen Kosmos, der mit rasender Geschwindigkeit zerfiel. Für einen Arztbesuch hatte ich keine Zeit. Genau einen Monat nachdem Liliane eine meiner Dienstreisen in die Provinz, die ich damals nicht absagen konnte, ausgenutzt hatte, um dich in dieses Gesundheitszentrum nach Nizza verlegen zu lassen, ohne mir Gelegenheit zu einem Abschied zu geben, war ich nach einem Seminar ohnmächtig geworden. Ich erinnerte mich daran, wie in einem der Flure der Fakultät die Beine unter mir nachgegeben hatten und ich mich an die Wand lehnen musste, an das erschrockene Gesicht einer Studentin, die sich über mich beugte, an das Gefühl, in widerlich weichem, weißem Schlamm einzusinken. Als ich wieder zu Bewusstsein kam, erklärte mir ein Chirurg, dem es sichtlich leidtat, er habe keine andere Wahl gehabt, als die Gebärmutterschleimhaut zu veröden, um die Blutung zu stillen, und die Folgen dieses Eingriffs seien unumkehrbar. Mir hingegen tat es nicht leid, jedenfalls nicht das. Damals taten mir ganz andere Dinge leid.

Ich verscheuchte diese Gedanken und wandte mich wieder Emmanuelle zu. Sie erzählte mir gerade von ihrem Vater, der seit kurzem verwitwet war. Ich kannte ihn, denn ich hatte ihn im Gymnasium als Lehrer gehabt. Emmanuelle malte ihn sich schon als Großvater aus, einen auf Latein spezialisierten Großvater, der seinem Enkel oder seiner Enkelin das Lesen beibringen würde. Ihre Mutter war im vergangenen Frühling gestorben, aber meine Freundin kam nie darauf zu sprechen, selbst als die Mutter noch lebte, sprach Emmanuelle lieber nicht über sie. Ich fragte mich, ob es sie ängstigte, nun selbst Mutter zu werden, nachdem sie so wenig Mütterlichkeit erfahren hatte. Sie redete nur sehr zögerlich über die Zukunft, als könnte sie noch nicht recht glauben, was ihr da widerfahren würde.

Später bombardierte sie mich mit Fragen zu Alix, der Erbschaft, Jaligny, den Briefen. Ich erzählte ihr von meiner Portugalreise, dem Haus, der Familie Ducreux und der Entdeckung von Dianes Tagebuch, das meinen Entzifferungsversuchen hartnäckig widerstand. Wie Violetas Schwestern fand auch Emmanuelle, dass die Suche nach den Briefen von Massis sich so spannend anließ wie ein Krimi und Diane eine perfekte Romanfigur abgeben würde. Beim Nachtisch fragte sie mich: »Und er? Wie ist er so?«

»Wer?«

»Dein Anwalt.«

Über Samuel hatte ich mich so sachlich wie nur möglich geäußert. Offenbar nicht sachlich genug.

»Wir sind nur einmal zum Abendessen ausgegangen.«

Emmanuelle warf mir einen schrägen Blick zu.

»Und ihr habt nur miteinander gegessen?«

Meine Nicht-Antwort kam einem Geständnis gleich.

»Das ist doch eine wunderbare Neuigkeit, Elisabeth! Wirst du ihn wiedersehen?«

»Wahrscheinlich nicht. Seit meiner Abreise hat er sich nicht mehr bei mir gemeldet.«

Meine Freundin hob die Augenbrauen.

»Na und? Warum meldest du dich nicht bei ihm?«

»Ich habe keine Lust auf Komplikationen.«

»Wieso? Ist er verheiratet, hat er eine andere?«

»Nicht, dass ich wüsste.«

Emmanuelle schnippte mit den Fingern.

»Na also, worauf wartest du noch? Das ganze Leben ist eine Komplikation, Elisabeth … Glaub mir, ich weiß, wovon ich spreche. Wenn dieser Mann dir gefällt und du ihm auch, warum gehst du dann nicht auf ihn zu? Du hast dich schließlich lange genug in dein Schneckenhaus verkrochen, findest du nicht?«

Meine Freundin hatte durchaus recht. Aber ich wollte das Thema nicht vertiefen. Spaßeshalber zückte ich die Schachtel Zigaretten, die ich kein einziges Mal geöffnet hatte, seit ich hier war.

»Schluss mit der Psychotherapie, sonst qualme ich euch voll, dich und deinen Nachwuchs gleich mit.«

»Ist ja gut, ich hör schon auf. Trotzdem freue ich mich.«

»Worüber?«

»Darüber, dass du jemanden kennengelernt hast.«

»Hab ich doch gar nicht!«

Wir lachten beide, sie, weil es ihr Spaß machte, mich aufzuziehen, und ich, um meine Verlegenheit zu überspielen. Als ich mich an diesem Abend von Emmanuelle verabschiedete, kam mir der seltsame Gedanke, dass ich nicht eine, sondern zwei Personen umarmte. So bildete sich die menschliche Geometrie immer wieder neu, zwischen Verlust und Wiederbegegnung, zwischen Tod und Geburt, ohne je innezuhalten. Möglicherweise war das ein Segen.

45

Frontabschnitt V., 12. Mai 1915

Mein lieber Anatole,

ich schreibe Dir aus dem Städtchen T., wo nach zwei verregneten Wochen wieder die Sonne scheint. Hauptmann de Saintenoy hat uns gestern erlaubt, im Fluss zu baden, ich hatte ganz vergessen, wie schön das ist.

Danke für die Neuigkeiten aus Paris und Othiermont. Ich bin froh, dass es Dir gutgeht und Blanche die Zügel fest in der Hand hat. Meiner Schwester liegt das Geschäft wohl mehr als mir.

Diane erzählt mir in ihren Briefen von Dir, und ich bin Dir und Jeanne dankbar für die Zeit, die Ihr dem Mädchen schenkt. Es ist bedauerlich, dass Dianes Vater ihr die Anmeldung am Gymnasium verweigert. Wenn ich sehe, wie tapfer die Krankenschwestern hier dem täglichen Elend begegnen, und zwar ohne jegliche Ruhmsucht, denke ich, dass manche Frauen uns haushoch überlegen sind.

Ich umarme Dich.

Alban

46

Zu behaupten, dass Dianes Heft für mich eine harte Nuss darstellte, wäre noch weit untertrieben. Ich blieb in Paris, um die optische Ausrüstung des Instituts zu nutzen, und setzte die Transkription dieses Textes, dessen Sinn sich nach wie vor im Magma der dichtgedrängten Buchstaben verbarg, Tag für Tag auf meinem Computer fort. Zwar war es mir leichtgefallen, die griechischen und kyrillischen Buchstaben durch ihre lateinischen Entsprechungen zu ersetzen, aber was sollte ich mit diesen Zahlen und mathematischen Zeichen anfangen, die Diane überall eingestreut hatte? Ich hatte gehofft, manche Buchstaben mit Hilfe von Softwarebefehlen automatisch durch andere ersetzen zu können, aber meine ersten Versuche führten nur zu einem noch unverständlicheren Kauderwelsch.

Von Busan aus hatte mir der Vize-Konsul die bibliographischen Angaben eines Handbuchs der Kryptographie gemailt. Dazu noch die Adressen von zwei ganz brauchbaren Websites, vor allem für eine Neueinsteigerin wie mich. Er schrieb mir, dass Diane womöglich die Cäsar-Chiffre verwendet habe, eine einfache Art der Verschlüsselung, bei der man das Alphabet um eine bestimmte Anzahl von Zeichen verschiebt und die Buchstaben dieser neuen Reihung entsprechend verwendet. Doch abgesehen davon, dass die Zahlen sich so nicht entschlüsseln ließen, bildeten die Zeilen im Heft jeweils einen zusammenhängenden Block, ohne Abstände oder Aufteilungen, die mir erlaubt hätten, einzelne Wörter auszumachen, und das erschwerte die Sache noch.

Ich hatte Violeta gemailt, um sie über meine gescheiterten Versuche zu informieren. Sie hatte gerade selbst alle Hände voll zu tun, weil Sibylle an Bronchitis erkrankt war. Mir kam der nicht unbedingt menschenfreundliche Gedanke, dass es für meine portugiesische Freundin bestimmt eine Erleichterung wäre, wenn ihre Tante das Zeitliche segnete. Von Samuel kam kein Lebenszeichen, obwohl ich ihm zwei Nachrichten hinterlassen hatte. Sicher, er hatte mir nichts versprochen, und wir waren beide in einem Alter jenseits romantischer Träumereien. Trotzdem hatte ich mich seit meiner Rückkehr dabei ertappt, viel zu oft auf meinem Handy nachzusehen, ob eine Nachricht eingetroffen war, die immer noch auf sich warten ließ.

Dabei hatte ich in jener Nacht das Gefühl gehabt, dass es zwischen uns mehr gegeben hatte als die pure Lust. Vielleicht war ich zu sentimental. Vielleicht sollte ich mich lieber mit diesem merkwürdigen zeitgenössischen Verhaltenskodex abfinden, dem zufolge man nach einer gemeinsamen Nacht wieder die übliche Gleichgültigkeit an den Tag legt, ob wahrhaft empfunden oder nur vorgetäuscht, als wäre es ein Zeichen von Schwäche, ja sogar eine Geschmacklosigkeit, Zuneigung zu bekunden.

Da denke ich lieber, dass diese Reise nach Lissabon mir die Gelegenheit gegeben hat, eine innere Grenze zu überwinden, zuzulassen, dass mein Herz sich aus der Erstarrung seines Leids löst. Und so bin ich demjenigen dankbar, der mir diese Befreiung ermöglichte, auch wenn sein Schweigen in mir eine winzige Narbe zurückgelassen hat, eine leise Narbe, die sich mit der Zeit zurückbilden wird, wie alles andere auch.

In den letzten Tagen habe ich ziemlich viel Zeit in der Nationalbibliothek zugebracht. Der hundertste Jahrestag des Ersten Weltkriegs hat eine Fülle von Akten und Dokumenten zutage gefördert, die mir nun sehr zupasskommen. Vor allem die Fotobände vermitteln einen Eindruck vom abgrundtiefen seelischen und körperlichen Elend, das die einfachen Soldaten erfahren haben mussten. Der Tod umgab sie von allen Seiten, sogar von unten, grau, faulig, unentrinnbar. Sie gingen buchstäblich über Leichen. Umso erstaunlicher, dass diese Soldaten sich nicht, oder kaum, gegen den verhängnisvollen Krieg auflehnten, auch wenn viele von ihnen dem Generalstab nicht verzeihen konnten, ihnen diese sinnlosen Opfer abzuverlangen, nur um die Front zu halten und jeden Tag aufs Neue in die Katastrophe zu schlittern. Einige von ihnen hatten in letzter Verzweiflung versucht, zu desertieren oder sich selbst zu verstümmeln; andere, die sich kurzzeitig in den Schützengraben verkrochen hatten, um den Granaten zu entgehen, die fünfzig Meter weiter explodierten, hatte man mit dem Tod bestraft, exemplarisch hingerichtet. Ich musste an das Gedicht von Apollinaire denken, der damals Artillerist war und halb trotzig, halb spöttisch ausrief:»Gott, ist der Krieg doch schön!« Nein, er war nicht schön gewesen, dieser Krieg, der Wesen aus Fleisch und Blut, einen dürftigen Schutzwall aus Beinen, Armen, Muskeln und Nieren gegen stählerne Maschinen aufgeboten hatte. Und danach hatte man sich auch noch jahrelang geweigert, anzuerkennen, wie nutzlos das Gemetzel gewesen war, das er ausgelöst hatte.

Nach dem glutheißen Sommer und einigen unangenehm kühlen Tagen, als ich aus Portugal zurückkehrte, war der Herbst wieder mild geworden. Ich liebe diese Zwischenzeit, diese Abende mitten im Oktober, wenn der Tag noch golden nachglüht und es dann jäh Nacht wird; ich mag diese späten Stunden, wenn man sich wieder gern ein Plaid um die Schultern legt, während man liest. Das sind die Vorboten des Winters, deiner und meiner bevorzugten Jahreszeit, wegen ihrer Weiße, ihres trägen Tempos, das die Kontemplation begünstigt. Sie lieferte uns den Vorwand, früh schlafen zu gehen und sonntags im Bett zu faulenzen und isländische Krimis zu verschlingen, die wir miteinander tauschten, sobald wir sie ausgelesen hatten. In unserem Schlafzimmer im Obergeschoss war es so mollig warm, dass wir keinen Anlass hatten rauszugehen. Manchmal blieben wir einfach Seite an Seite liegen, ohne ein Wort zu sagen, Hand in Hand, bis du dich zu mir beugtest. Auf einmal hatte ich die beiden roten kubistischen Lampen vor Augen, das Gemälde deines uralten ungarischen Freundes, der 1956 geflohen war, an der gegenüberliegenden Wand, die Glasplatte, auf der sich die Bücher stapelten. Als brauchte ich nur die Hand auszustrecken, um sie zu berühren.

Seit einigen Wochen erlebe ich diese Flashbacks: Die Erinnerungen,

160

die ich gesammelt verdrängt habe, kommen unverändert wieder auf, und jedes Bild trifft mich wie ein Schlag. Es gelingt mir aber nicht, dein Gesicht wiederzusehen, das meinem Gedächtnis gerade entschwindet. Ist das der Grund, warum ich wie besessen die Augen der Soldaten auf den Postkarten mustere, warum ich mich auf diese Nachforschungen zu Alban de Willecot einlasse, der mich im Grunde nichts angeht? Liegt es an deiner Abwesenheit, an der Tatsache, dass du nirgendwo mehr bist und ich nicht einmal weiß, wo ich dieses Nirgendwo verorten soll, wenn ich mich unablässig darum bemühe, die Geschichte eines anderen zu rekonstruieren, als wäre es aufgrund einer Zufallsbegegnung und ein paar verblasster Briefe von vor hundert Jahren meine Pflicht, das zu tun, was man nie ungestraft tut, nämlich die Erinnerung als Waffe gegen die Unausweichlichkeit des Todes einzusetzen und sich dabei einzubilden, dass einem später der Preis dafür erlassen wird?

47

Bevor ich nach Jaligny zurückkehrte, arbeitete ich meine Liste von Verwaltungsaufgaben ab und verfasste einen Katalogbeitrag – und zwar ausgerechnet im Auftrag des Museums für die Geschichte der Postkarte. Unabhängig davon, dass ich wieder Kontakt zu Hélène Hivert in Madrid aufgenommen hatte, hegte ich den Verdacht, dass mein Chef wieder einmal klammheimlich sein Netzwerk aktiviert und es auf diskrete Weise dazu ermutigt hatte, mir diese Aufträge zu erteilen, die mir immer häufiger angeboten wurden. Kaum hatte ich den Beitrag abgeschickt, räumte ich in der Bibliothek alles ab, was ich für meine Recherchen brauchen konnte, packte meinen Koffer und machte mich auf den Weg zu Alix' Haus, diesmal über die Landstraße. Ich wollte mir ein besseres Bild von dieser Region machen, die mir bei jedem Besuch mehr ans Herz wuchs. Der Oktober neigte sich seinem Ende zu, der scheidende Sommer hatte die Straßenränder mit Blättern bedeckt, deren feine Abstufungen von Grau, Gold und Rostrot sich am Boden miteinander vermischten. Die scharf umrissenen Bäume reckten dem Himmel stumm ihre nackten Äste entgegen, als bereiteten sie sich schon darauf vor, den Unbilden des Winters zu trotzen. Und dennoch setzte sich unterirdisch das Leben der Pflanzen fort: Aus den Wäldern drang stellenweise ein starker Geruch nach fermentiertem Humus, altem Baumsaft und Verwesung, so penetrant, dass er das ganze Auto erfüllte.

Bei meiner Ankunft hatte ich befürchtet, dass sich das Haus als ungastlich entpuppen würde, wie es bei Sommerhäusern nach Saisonende oft der Fall ist. Die Angst erwies sich als gänzlich unbegründet. Im Gegenteil: Die dicken Mauern boten nun Schutz vor der Kälte, die draußen herrschte, und von einem fast unmerklichen Geruch nach Asche und Moder abgesehen, war die Atmosphäre freundlich.

Ich stellte mein Gepäck ab und drückte den Heizungsknopf. Ich war mir nicht sicher, ob die Heizung funktionieren würde, aber der Kessel begann umgehend zu schnurren. Dann ging ich gleich wieder hinaus, um im Garten vor dem Haus nach dem Rechten zu sehen. Welke Blütenblätter hingen von den Rosensträuchern, die zurückgeschnitten werden mussten, und der Rasen war von einem dichten Laubteppich bedeckt, der unter den Sohlen raschelte. Das Geräusch rief in mir Kindheitserinnerungen an Waldspaziergänge mit meinem Vater und Marraine in Fontainebleau wach. Ich ging bis zum Gartenrand und sogar etwas darüber hinaus, bis ich vor dem Dickicht haltmachen musste, das früher einmal der zum Haus gehörige Park gewesen war.

Ich verbrachte den ganzen Nachmittag im Freien, eine willkommene Frischluftzufuhr, nachdem ich wochenlang in stickigen Bibliotheksräumen eingesperrt gewesen war. Die belebende Kälte schien mir direkt in die Lungen zu dringen. Ich schlüpfte in ein Paar Gummistiefel von Alix, streifte mir Gartenhandschuhe über und harkte zwei Stunden lang Laub, das ich anschließend verbrennen wollte. Ich kippte auch das Regenwasser aus den Zierbecken, in dem Zweige verfaulten, und sammelte in einem Jutesack Reisig, das ich im Winter im Kamin verfeuern würde.

Unter den Rosensträuchern wucherte bereits Unkraut. Ich ging zum Gärtnerschuppen, in der Hoffnung, dort einen Spaten oder eine Hacke zu finden. Leider war er abgeschlossen. Durch die schmierige Scheibe des kleinen Fensters waren der Schatten einer Schaufel zu erkennen, das verbogene Rad eines Fahrrads, die Umrisse einer Sense und Gegenstände ohne klare Konturen, alte Kisten vielleicht oder Bretter. Spinnweben hingen wie Schleier von der Decke herab, und über allem lag eine uralte Staubschicht. Wie lange war es wohl her, dass jemand diesen Schuppen betreten hatte? Ich würde den Schlüssel auftreiben oder sonst in einer Eisenwarenhandlung ein paar Gartengeräte kaufen müssen, wenn ich das nächste Mal nach Moulins fuhr.

Ich kniete gerade in den Rabatten, als ich von der Allee her Schritte hörte. Es war Jean-Raphaël. Er winkte mir schon von weitem zu, während er in aller Ruhe auf mich zukam. Der junge Notar wirkte so lässig wie immer.

»Das Tor stand offen, also habe ich mich hineingewagt.«

»Sehr schön. Darf ich Ihnen einen Tee anbieten?«

Er wies mit dem Kinn auf den Laubhaufen.

»Ich störe Sie ja mitten in der Arbeit.«

Ich fasste mir ans schmerzende Kreuz.

»Ganz und gar nicht. Ich kann eine Pause gebrauchen.«

»Und das machen Sie auch noch mit der Hand, alle Achtung«, sagte J. R. und deutete auf die Rabatten.

»Ich hätte mir gern Geräte aus dem Schuppen geholt, aber er ist abgeschlossen.«

Mit ernster Miene verkündete er: »Natürlich ist er das, das liegt am Gespenst.«

»Gespenst?«

Er lachte über mein verdutztes Gesicht.

»Das erzählte mein Vater, als ich noch klein war. Als er selbst ein kleiner Junge war, habe sein Bruder das Gespenst gesehen, und das würde uns nun fressen, wenn wir uns nicht vom Schuppen fernhielten.«

»Und das haben Sie ihm geglaubt?«

»Eher nicht. Wahrscheinlich wimmelte es dort vor rostigem Zeug, und er wollte uns einfach vor Verletzungen bewahren.«

Wir gingen ins Haus, wo die gusseisernen Heizkörper für deutlich mehr Wärme gesorgt hatten. Ich legte die Handschuhe ab und wusch mir die Hände, bevor ich den Teekessel aufsetzte. Wieder musste ich an Fontainebleau denken, wenn mein Bruder und ich mit schwarzen Fingernägeln heimkamen, weil wir in den Alleen Kieselsteine gesammelt hatten, und meine Tante darauf bestand, dass wir uns unter dem lauwarmen Wasser aus dem Hahn so lange die Hände schrubbten, bis sie wieder sauber waren. Jean-Raphaël wartete im Salon und blickte durch die Gartentür in die Dämmerung.

»Wie geht es Minh Ha?«, fragte ich.

»Sehr gut. Der Erbe fängt schon an, um sich zu treten.«

»Es ist also ein Junge?«

»Offen gesagt, haben wir keine Ahnung. Wir sind beide Spielernaturen, darum wollten wir die Spannung bis zum Schluss aufrechterhalten. Und wie ist es mit Ihnen? Was gibt's Neues aus der Hauptstadt?«

»Kommt auf die Hauptstadt an …«

Ich erzählte ihm von meinem Besuch in Lissabon und meinen vergeblichen Bemühungen, Dianes Tagebuch zu entschlüsseln.

»Ich sag's Ihnen lieber gleich, mit Geheimschriften kenne ich mich nicht aus«, sagte der Notar. »Dafür habe ich das eine oder andere über Victor Ducreux und sogar über dessen Mutter herausgefunden. Interessiert Sie das?«

Ich reichte ihm eine Tasse Tee.

»Spannen Sie mich nicht länger auf die Folter.«

»Einen Moment noch, ich hole meine Notizen hervor. Da haben wir's: Ducreux, Victor Louis ist am 7. Oktober 1917 in Othiermont geboren, als Sohn von Etienne Paul Ducreux und Diane Léonore Nicolaï, geboren am 25. Dezember 1897 in Paris und am 2. November 1917 in Othiermont gestorben, das heißt knapp vier Wochen nach der Geburt ihres Sohns. Der kam etwas verfrüht zur Welt, wenn man bedenkt, wann sie Hochzeit gefeiert hat. Den Totenschein hat ein gewisser Dr. Auguste Méluzien unterschrieben, als Todesursache gibt er infektiöse Blutungen an. Nach drei Kriegsjahren waren viele Frauen infolge von Mangelernährung geschwächt. Da konnte sie schon der kleinste Erreger dahinraffen.«

Der junge Notar hatte keinen Monat gebraucht, um Dianes Mädchennamen und die Umstände ihres Todes zu ermitteln.

»Ich bin beeindruckt.«

»Das freut mich. Um ganz ehrlich zu sein, verdanke ich einen Teil meines frisch erworbenen Wissens dem Geburtshelfer meiner Frau.«

»Wissen Sie denn auch, was später aus Victor geworden ist?«

»Da wird's schon schwieriger. Bis zu seinem sechzehnten Lebensjahr hat er das Lycée Ampère in Lyon besucht, wurde im Oktober 1934 aber nicht wieder angemeldet.«

»Könnte er nach England gegangen sein?«

»Keine Ahnung. Von da an habe ich seine Spur verloren. Ich weiß nicht mal, wann oder wo er gestorben ist. Jedenfalls nicht in Othiermont und auch nicht in Lyon. Es gibt aber immer noch die Kanzlei, die sich um die Belange der Familie de Barges kümmerte, bevor Blanche schließlich uns damit betraut hat. Ich habe die Notarin bereits kontaktiert, und sie hat mir versprochen, in ihrem Archiv nachzusehen, auch wenn das nicht ganz dem Berufsethos entspricht.«

»Und was haben Sie ihr im Gegenzug angeboten?«

»Wollen Sie mich etwa beleidigen? Mein Charisma ist eben unwiderstehlich, meine Liebe.«

48

Bei Commercy, 17. Juni 1915

Lieber, teurer Anatole,

anbei findest Du die neueste Folge unserer Szenen, die wir soeben abgeschlossen haben. Seit drei Tagen haben wir Pause. Richard und Gallouët können kein Indianerfleisch mehr sehen und sind heute morgen in den Wald gegangen, um zu jagen. Sie haben uns ein schönes, fettes Kaninchen mitgebracht, Du wirst es auf dem Foto sehen, wenn Du die Rolle entwickelt hast. Lagache versucht gerade, aus diesem Tier ein Wildragout zu bereiten.

In tiefer Freundschaft

Willecot

P. S.: Könntest Du mir Rollfilme, Schokolade und noch ein paar Bücher schicken?

49

Gestern Abend gegen Mitternacht piepte mein Posteingang, während ich die Transkription von Dianes Tagebuch fortsetzte. Eine Nachricht von Samuel. Er denke viel an mich. Er habe keine Zeit gehabt, mir zu schreiben. Am Ende stand: »Ich küsse Dich.«

Als ich diese Worte las, empfand ich eine unbändige Freude. Er hatte mich also nicht vergessen. Ich dachte an unsere Nacht in Lissabon zurück, an diesen Ausbruch von Lust, den ich in den letzten Wochen mehr schlecht als recht aus meinem Gedächtnis zu verbannen versucht hatte. Ob ich ihm antworten sollte? Oder mich lieber unnahbar geben und ihn ein paar Tage warten lassen? In Liebesdingen war Strategie nie meine Stärke gewesen. Ich schrieb: »Ich Dich auch« und klickte schnell auf Senden, bevor ich es mir anders überlegen konnte. Die folgenden zwei Stunden verbrachte ich voller Unruhe an Alix' Schreibtisch, unfähig zu schlafen, bemühte mich, hier und da einen Buchstaben zu transkribieren, ohne meinen Posteingang aus den Augen zu lassen, der kein einziges Mal blinkte.

Am nächsten Morgen war immer noch keine Nachricht eingetroffen. Ich duschte lange unter heißem Wasser, um die Enttäuschung wegzuspülen. Es gefiel mir ganz und gar nicht, dass ich wieder solchen Gefühlen ausgeliefert war. Ich haderte damit, dass ich mich nach dem Aufwachen als Erstes auf mein Tablet gestürzt hatte. Andererseits hatte dieser innere Aufruhr etwas Fröhliches und Verheißungsvolles an sich. Ich verbrachte den Vormittag im Garten, verbrannte das Laub, das ich ein paar Tage zuvor aufgehäuft hatte, und fuhr anschließend nach Moulins, um Gartengeräte zu kaufen. Als ich wieder zu Hause war, öffnete ich einige der Kisten, die ich beim letzten Mal nicht aus der Bibliothek weggetragen hatte. Es fiel mir schwer, erwies sich zwischendurch jedoch auch als tröstlich, wenn ich Bücher in die Hand nahm, die uns beide beschäftigt und über die wir abends nach dem Essen bei einem Glas Whisky diskutiert hatten. Wir führten erbitterte Wortgefechte und konnten dabei dermaßen rechthaberisch sein, dass diese nicht selten mit einem Lachanfall endeten. Um Mittag klingelte das Telefon. Es war der Vize-Konsul, zu meinem großen Erstaunen, denn wir hassten es beide zu telefonieren. In den letzten zehn Jahren hatte er mich höchstens fünfmal angerufen.

»Bist du zu Hause?«

»Welches Zuhause?«

»Hast du etwa mehrere?«

»Ich bin im Allier.«

»Du wirst es nicht glauben: ich auch. Na ja, fast. Ich war gerade in Clermont. Wenn du magst, könnte ich einen kleinen Umweg machen.«

»Wann?«

»Wie wär's denn mit heute?«

Darauf war ich nicht gefasst.

»Ja … klar. Ich werde da sein.«

Nachdem ich ihm den Weg zum baumbeschatteten Haus beschrieben hatte, legte ich auf. Ich war verwirrt. Nie hätte ich damit gerechnet, dass ausgerechnet der Vize-Konsul mich in Jaligny-sur-Besbre besucht. Doch keine zwei Stunden später bog er in die kleine Allee ein. Löwelinchen und ich empfingen ihn auf der Außentreppe.

»Das ist ja eine Überraschung«, sagte ich und ging auf ihn zu.

Wie üblich nahm er mich in die Arme und drückte mich so fest an sich, dass ich seinen Duft riechen konnte, eine Mischung aus Kreide und Vetiver. Nie hatte ich mich getraut, ihn nach der Marke zu fragen.

»Was hat dich denn hierher verschlagen?«, fragte ich.

Er erklärte mir, dass er zum Kongress der Klimageographen, der alle zwei Jahre stattfand, nach Clermont-Ferrand gefahren war. Bei dieser Gelegenheit hatte er auch zwei seiner Cousins besucht. Merkwürdigerweise konnte ich mir gar nicht vorstellen, dass er wie jeder oder fast jeder eine Familie hatte.

»Außerdem habe ich von Monsun und Wolkenkratzern die Nase voll. Ich wollte mal wieder richtige Landluft schnuppern.«

»Dann bist du hier richtig.«

Ich führte ihn durchs Haus und dann durch das ganze »Anwesen«, wie ich es nannte. Dabei erzählte mein alter Freund mir von seiner Asienreise. Er hatte in Taiwan eine Woche mit seinem Sohn verbracht. Dem Jungen ging es gut, aber die Bindung zu seinem Vater war nicht mehr so stark. Die räumliche Distanz war zu groß, sie sahen sich zu selten. Auch wenn der Vize-Konsul sich kaum darüber ausließ, merkte ich, wie sehr ihn diese unfaire Situation betrübte. Dann setzte ein Nieselregen ein, der uns ins Haus zurücktrieb.

»Und du? Die Portugalreise hat dir offenbar gutgetan.«

Natürlich hätte ich ihm von Violeta, vom Haus, von Sibylle und vor allem von Samuel erzählen können, ja erzählen sollen. Ihm sagen, dass es mir tatsächlich besserging, erst recht, seit ich mich wieder auf einen Mann eingelassen hatte. Das alles behielt ich aber lieber für mich, redete nur sehr allgemein über Lissabon und lenkte unser Gespräch auf das rätselvolle Tagebuch.

Im Haus setzten wir die Unterhaltung bei einem Glas Wein fort. Später machten wir uns mit den spärlich vorhandenen Zutaten etwas zu essen. Ein schöner, entspannter Moment, der durch die Anwesenheit von Löwelinchen, die in der Küche ihre Runden drehte, um ein bisschen Futter zu erhaschen, fast wie eine Szene aus dem Leben eines Ehepaars anmutete. Als ich sah, wie routiniert der Vize-Konsul die Tomaten entkernte, was von langjähriger Erfahrung zeugte, wurde mir klar, dass ich über diesen Mann alles und zugleich nichts wusste.

Bevor wir uns zum Essen hinsetzten, bot ich ihm an, im Haus zu übernachten, anstatt gleich im Anschluss nach Paris zurückzufahren. Es war schon spät, und in den Schränken von Alix waren genug Laken und Decken vorrätig, um ein ganzes Regiment zu beherbergen. Der Vize-Konsul nahm das Angebot gern an. So verbrachten wir nach einem kargen Essen, immerhin mit Käse aus der Auvergne angereichert, den restlichen Abend damit, Dianes Tagebuch gemeinsam unter die Lupe zu nehmen. Die kryptographische Nuss, die ich ihm da vorlegte, schürte die Neugier meines Freundes. Während wir den Bordeaux austranken, besah er es sich ganz genau. Um die raue Abendluft zu mildern, hatte ich im Kamin ein Feuer angezündet, und wir hatten uns davorgesetzt. Genau wie ich fragte sich der Vize-Konsul, was das junge Mädchen denn so Unerhörtes zu verbergen hatte – Familiengeheimnisse? Skandalöse politische Ansichten? Eine verbotene Liaison? Wir überboten uns gegenseitig mit haarsträubenden Hypothesen und kamen schließlich darauf, dass Diane im Auftrag der Deutschen spioniert haben musste.

»Die Mata Hari von Othiermont, was sonst.«

Während er sprach, hantierte der Vize-Konsul so unbekümmert mit dem Tagebuch, dass ich mir ernsthaft Sorgen machte. Einige Seiten fotografierte er mit seinem Handy ab. Sobald er damit fertig war, nahm ich ihm das Tagebuch behutsam aus den Händen und druckte für ihn die ersten Seiten meiner Transkription in lateinische Buchstaben aus. Ich hoffte, dass sie meinem Freund auf die Sprünge helfen würden.

»Hast du schon eine Idee?«, fragte ich ihn.

»Jetzt nicht, so aus dem Stand, aber wir werden schon noch fündig. Mail mir doch bitte die Datei.«

Als sie bei ihm eingegangen war, öffnete er sie auf seinem Tablet, und wir sahen uns den Text zusammen an. Wir suchten nach dem häufigsten Buchstaben, um die Entsprechung für *e* herauszufinden, und probierten es mit einigen Ersetzungen, was aber zu keinem Ergebnis führte. Als die Buchstaben nach einer Stunde vor unseren Augen zu verschwimmen begannen, gaben wir uns geschlagen, wandten uns vom Bildschirm ab und redeten noch ein bisschen, von meinem neuen Zuhause und von seiner Lyrik, die er immer noch nicht veröffentlichen wollte. Unser Gespräch war so unangestrengt wie gewohnt, mit dieser Selbstverständlichkeit, die wir jedes Mal erlebten, wenn wir zusammenkamen. Löwelinchen hingegen schlief tief und fest auf einem Hocker neben dem Kamin, die Schnauze zwischen den Pfoten vergraben.

Als wir uns endlich aufrafften, schlafen zu gehen, war es bestimmt zwei Uhr morgens. Draußen fiel weiterhin der Regen und wiegte die Dunkelheit mit seinem regelmäßigen Rhythmus. Trotzdem schlief ich schlecht in dieser Nacht, zwischen einem Posteingang, in dem die ersehnte Nachricht aus Portugal ausblieb, und der unerwarteten Anwesenheit eines Mannes im Nachbarzimmer, von dem ich nicht so recht wusste, welche Rolle er in meinem Leben spielte. Als du noch lebtest, stellten sich mir solche Fragen gar nicht.

50

Als ich am nächsten Morgen aufstand, fand ich den Vize-Konsul zu meiner Überraschung unten vor, eine Tasse Kaffee neben sich. Er tippte mit seinem Eingabestift auf dem Tablet, während Löwelinchen nach der Spitze aus Kunststoff haschte. Bisher hatte ich meinen Freund immer nur in Straßenkleidung gesehen, und er gefiel mir mit seinem weißen T-Shirt, dem Bartschatten und den zerzausten Locken. So entdeckte ich, dass er eine winzige Tätowierung trug, ein Yin-Yang-Symbol am Übergang zwischen Nacken und Schulterpartie, dieser verletzlichen Stelle, die bei einem Mann besonders anrührt. Sie zu erblicken gab mir das Gefühl, indiskret zu sein. Tatsächlich kennen wir uns nur in Teilen in- und auswendig, der Vize-Konsul und ich, in anderen wiederum ganz und gar nicht.

»Du bist ja früh dran.«

»Madame wollte ihr Futter«, sagte er und deutete auf Löwelinchen. Ich holte gerade Brot und Marmelade aus der Küche, als ich ihn rufen hörte.

»Übrigens, ohne mich brüsten zu wollen: Heureka!«

»Heureka was?«

»Ich habe den Geheimcode deines Tagebuchs geknackt.«

»Nicht zu fassen!«

Ich rannte zu ihm, und er klopfte auf den Platz neben sich.

»Setz dich und staune.«

Im Text, den ich ihm am Vorabend gemailt hatte, führte er mir anhand der »Suchen-und-Ersetzen«-Funktion eine Reihe von Permutationen vor. An die Stelle mancher Buchstaben setzte er einen Asterisk und ersetzte sie dann durch andere Buchstaben. Allmählich schälten sich aus dem Wust einzelne Wörter heraus, *Russschuntrricht widr aufnhmn, Zpplin zurckkhrn, tglich mhrr Stundn Mthmtik …*

»Sie hat tatsächlich die Cäsar-Chiffre benutzt. Doch anstatt das Alphabet der Reihenfolge nach zu verschieben, hat sie manche Buchstaben an die Spitze gesetzt: das *d*, das *m*, das *n* … Und das *e* hat sie fast immer ausgelassen.«

»Wie bist du darauf gekommen?«

»Ich bin davon ausgegangen, dass es sich um ein Tagebuch handelt und die kurze Zeile, die über jedem Absatz steht, jeweils das Datum angibt. Dann brauchte ich nur die Buchstaben zu zählen, um die Monatsnamen halbwegs zu rekonstruieren. Und da habe ich begriffen, dass sie überall das *e* getilgt hatte.«

»Und was hat es mit den Zahlen auf sich?«

»Das ist ja das Interessante. Manche sind wirklich Bestandteil einer mathematischen Formel, übrigens auf recht beachtlichem Niveau. Die anderen sind Platzhalter für bestimmte Wörter: ›1‹ statt ›ein‹, ›4‹ statt ›für‹, ›8‹ statt ›Achtung‹ … eine Art Prä-SMS-Sprache. Sie muss hochintelligent gewesen sein, deine Diane, wenn sie jeden Tag so viel mentale Gymnastik getrieben hat. Und sie beherrschte die Grundregeln der Kryptographie.«

Spontan strich ich ihm über die Wange. »Du bist mein Held.«

Dank ihm war das Tagebuch nicht mehr dieser Block aus undurchdringlichen Zeilen, an dem ich mir die Zähne ausgebissen hatte, sondern ein neuer Kontinent, den ich gleich erkunden wollte. Ich machte frischen Kaffee, wir frühstückten, und dann packte der Vize-Konsul nach einer schnellen Dusche seine Tasche. Für ihn war es an der Zeit, in Paris seine meteorologischen Berechnungen fortzusetzen. Ich dankte ihm für seinen Besuch.

»Die Freude war ganz meinerseits«, sagte er.

Er lehnte an der Wagentür und spielte mit dem Zündschlüssel. Einen Moment lang hatte ich das Gefühl, dass er mir noch etwas sagen wollte. Es kam aber nichts. Nur die übliche Umarmung, kurz und fest, dann schlug die Tür zu, und das Auto entfernte sich rasch. Plötzlich hatte ich Lust, ihn aufzuhalten, damit er noch einen Tag hierblieb, in Gesellschaft der Katze und von Dianes Tagebuch. Wir hätten bei

Antoinette zu Mittag gegessen, er wäre mit mir durch die Landschaft des Alliers gewandert. Die Idee war so unerwartet, dass ich nicht sofort reagierte. Und dann habe ich natürlich nichts unternommen.

Bevor er außer Sichtweite geriet, streckte der Vize-Konsul die Hand aus dem Wagenfenster und hielt sie zum Abschied lange erhoben. Obwohl ich weiß, dass er mir damit nichts Besonderes sagen wollte, deutete ich diese Geste unwillkürlich als eine Art Botschaft: »Wie du willst.«

51

Eine Viertelstunde später war ich einsatzbereit und vertiefte mich in Dianes Tagebuch. Endlich hatte ich etwas in der Hand, um die Seiten zu entschlüsseln, die bereits in lateinischer Umschrift vorlagen. Ich brauchte Stunden, um die komplette Alphabettabelle zu erstellen, die fehlenden Buchstaben einzusetzen und die Ziffern in Silben zu verwandeln. Doch nun hatte ich den Zugang gefunden, mit jeder Ersetzung wurden die Zeilenblöcke verständlicher. Wie immer, wenn man sich anschickt, ein Tagebuch zu lesen, ohne Umschweife in das Leben eines anderen einzudringen, stieg in mir dieses Gefühl von Faszination und Schamlosigkeit auf. Diane hatte am 3. August 1914 mit dem Tagebuch angefangen, einen Tag nach der Generalmobilmachung. *Seit gestern ist Krieg, und Alban wurde mobilisiert. Er sagt, an Weihnachten ist er wieder da, weil es ein Kinderspiel sein wird, die deutsche Armee zu besiegen. Hoffentlich stimmt das. Es wäre schön, wenn er meinen Geburtstag mitfeiern könnte.* Die unfassbare Blauäugigkeit einer fast Siebzehnjährigen, die offenbar glaubte, der Krieg wäre nur ein Zwischenfall in ihrem Leben, das von häuslichen Pflichten und Feiertagen bestimmt wurde. Ein paar Zeilen weiter erklärte Diane ihrem »lieben kleinen Tagebuch«, warum sie eine Geheimschrift verwenden wollte: *Rosie spioniert mir ständig nach und verpetzt mich jedes Mal bei Vater, wenn ich ihm nicht gehorche. Dir werde ich ja alles anvertrauen, und ich will nicht, dass sie ihre hässliche Nase in meine Geheimnisse steckt.* In den ersten Einträgen ging es um Kriegsnachrichten, und sie enthielten auch Abschriften von Pressemeldungen. Den Schreibfehlern nach hatte Diane diese Meldungen wohl genutzt, um ihr Geheimalphabet zu üben. Keine zwei Wochen später war von Albans erstem Brief die Rede. *Gestern habe ich sowohl einen Brief als auch eine Karte von Alban erhalten. Er hat sich mit seinem Regiment fotografieren lassen. In seiner Uniform sieht er blendend aus.* An diesem Punkt endete vorerst meine Transkription.

Ungeduldig, wie ich war, versuchte ich zwar, eine handgeschriebene Seite ohne Hilfe des Computers zu übersetzen, aber diese Sisyphosarbeit erwies sich als quälend langwierig. Als ich um eins eine Pause einlegte, miaute Löwelinchen vor Hunger und Ungeduld. Ich ging in die Küche, um einen Apfel zu holen, kippte Katzenfutter in den Napf und genehmigte mir als Mittagspause eine Zigarette. Dabei las ich meine Mails. Eric schrieb, die Viper habe ihn angerufen und sich bemerkenswert versöhnlich gezeigt, sie sei bereit, uns die Briefe von Willecot zu zeigen. Er hoffte, dass ihre Niederlage vor Gericht sie dazu bewogen hatte, künftig auf zivilisiertere Weise mit uns zu verhandeln. Meiner Ansicht nach war das eher ein Zeichen, dass sie die nächste Trickserei aussheckte. Während ich meinem Chef antwortete, zeigte mein Posteingang eine neue Nachricht an. Samuel. Mein Herz machte einen Satz, und meine Hand klickte unwillkürlich die Nachricht an. *Wollte mich früher melden, hatte aber viel zu tun. Bis bald.*

Ich war enttäuscht. Da hatte er also zwei Tage gebraucht, um mir diese zwei nichtssagenden Zeilen zu schicken, denen nichts, aber auch gar nichts Verbindliches zu entnehmen war. Dieses Versteckspiel, bei dem man sich nur zeigt, um gleich darauf wieder zu verschwinden, brachte mich aus dem Gleichgewicht. Vielleicht nahm ich mir das zu sehr zu Herzen, jedenfalls antwortete ich ihm diesmal nicht. Rücksichtslosigkeit, und sei sie noch so klein, empfinde ich immer als verletzend, egal von wem. Samuels Rücksichtslosigkeit erinnerte mich nun an frühere Liebesenttäuschungen, die du mit deiner Gegenwart ausgelöscht hattest.

Deinem zärtlichen Vertrauen, deiner unbedingten Zuverlässigkeit, die das feige und zögerliche Verhalten der anderen wettmachte, hatte ich ungeheuer viel zu verdanken. Darum war ich auch dann bei dir geblieben, als du mir bereits fremd geworden warst, so umnachtet, dass dir alle Gesichter, auch meins, gleich erschienen, zu einem einzigen Fragezeichen verschmolzen. An einem solchen Tag verblassen aber diese letzten, chaotischen Bilder, und ich sehne mich nach deinen Armen zurück, deiner Haut, deiner Stimme, deiner Gestalt am Ende des Bahnsteigs, wenn ich von Brüssel zur Gare du Nord heimfuhr und du mich abholtest, nachdem du mir zu Ehren schon das Abendessen zubereitet hattest.

Dieses Liebeserbe ist inzwischen gegenstandslos. Aber es versetzt mir immer noch schmerzliche Stiche. Denn, ganz unter uns: Du magst zwar schon seit fast zwei Jahren tot sein und ich mich nach Kräften bemühen, das endlich zu akzeptieren, aber manchmal glaube ich, dass ich dich immer noch liebe, als seist du lebendig.

52

Frontabschnitt V., 2. Juli 1915

Teurer Freund,

endlich finde ich ein paar Minuten Zeit, um Dir zu schreiben. Wir haben gerade eine schwere Zeit durchgemacht, und viele von uns sind gefallen. Ich selbst wurde leicht an der Wade verletzt. Die Kugel jagte mir Angst ein, aber es ist nur ein Kratzer, und ich habe Blanche lieber nicht davon erzählt. Sie hat schon genug Sorgen wegen Maximilien, der sich immer noch bei den Dardanellen befindet, ohne dass sie von ihm Nachricht erhält.

Der Krieg ist ein schauriges Spektakel. Wenn es im Schützengraben Granaten hagelt und alles zu beben anfängt und Erde emporschießt wie ein Geysir, glaubt man jedes Mal, es wäre das Ende der Welt. Die Landschaften sind verwüstet. Von den Bäumen sind nur noch Stümpfe übrig, auf halber Höhe zersprengt. Ich denke oft an den Wald von Ythiers, an unsere Spaziergänge, und frage mich, was davon übrig bleiben wird, sollte der Krieg bis dorthin vordringen.

Bewahre die Abzüge meiner Fotografien bitte gut auf. Im Hinterland wird viel über den Krieg gesprochen, doch unsere Befehlshaber haben keine Ahnung vom wahren Alltag der Muschkoten oder vom Leid, das wir erdulden. Nun sind es schon elf Monate, und niemand weiß, wann es enden wird.

Ich schreibe Dir ausführlicher, sobald ich dazu Gelegenheit habe.

In treuester Freundschaft

Willecot

53

Heute morgen war der Rasen nach dem ersten Frost von Raureif bedeckt. Löwelinchen kehrte mit eiskalten Ballen von ihrem Spaziergang zurück. Sie hat sich im Arbeitszimmer niedergelassen, unweit der Heizung, und verbringt nun einen Großteil ihrer Zeit in deinem Lesesessel, den ich schließlich vor die Bücherregale gestellt habe. Die Anwesenheit des anhänglichen weißen Kätzchens nimmt meiner Einsamkeit den Stachel, den sie bei Wintereinbruch zu entwickeln droht.

Um mich zu beschäftigen, stürze ich mich in die weitere Entschlüsselung von Dianes Tagebuch und lese erneut Albans Briefe. Und dann ertönt in der stillen Gegenwart der hiesigen Landschaft die Erinnerung an eine Metzelei, deren wahres Ausmaß mir erst jetzt bewusst wird. Die Briefbände und historischen Abhandlungen, die ich mir in der Bibliothek des Instituts ausgeliehen habe, enthüllen mir ein anderes Gesicht des »Großen Krieges«, um dessen alltägliche Wirklichkeit, die sich hinter den Klischeebildern von Truppen und Schützengräben verbarg, ich mir nie Gedanken gemacht hatte. Und dieses Gesicht ist barbarisch, nicht nur, weil es das Siegel militärischen Hochmuts trägt, der die größtmögliche Verblendung erreichte, sondern vor allem, weil er unwiderruflich das Zeitalter industriellen Tötens einleitet. Ebenjenes Zeitalter, vor dem damals schon die Anarchisten und Arbeiter warnten, Verfasser von Flugblättern, die man *factums* nannte und die von der Regierung mit unerbittlichem Furor verfolgt wurden. *Kameraden, erinnert Euch an Craonne, Verdun, Somme, wo unsere Brüder gefallen sind! Kameraden, zu den Waffen! Wir fordern Euch auf, das Gemetzel gemeinsam mit uns zu bekämpfen. Das oberste Ziel dieses Krieges ist die Vernichtung der Arbeiterklasse und die Bereicherung der Kapitalisten.*

Je länger der Krieg andauerte, desto dringlicher – und zugleich illusorischer – war es geworden, kritische Stimmen zum Schweigen zu bringen und ein Massaker zu rechtfertigen, das trotz aller Zensur und Repression auch unter der Zivilbevölkerung allmählich Murren hervorrief. Ein anderer Namenloser hatte geschrieben: *Uns Muschkoten hat man ohne richtige Ausrüstung an die Front geschickt, damit wir uns durchsieben lassen. Und wir halten den Mund, klar, denn am Ende steht das Kriegsgericht.* Meuterern und Protestierern drohte der Tod aus dem eigenen Lager, und das wussten sie nur allzu gut.

Wenn ich den verzweifelten Pessimismus nicht mehr ertragen kann, der die Briefe dieser vielen Soldaten immer stärker eintrübt, wende ich mich wieder Dianes Tagebuch zu. Die Entschlüsselung nimmt zwar unendlich viel Zeit in Anspruch, aber ich komme von Mal zu Mal weiter. Im Vergleich zu den Soldaten scheint Diane nur aus Schalk und Gier nach Leben zu bestehen. Zwischen den Zeilen lerne ich ein liebenswertes, ungestümes junges Mädchen kennen, das davon träumt, Mathematik zu studieren und in den Orient zu reisen. Sie war Albans Briefpartnerin gewesen, eine launische und unzuverlässige Briefpartnerin, wie Diane sich oft selbst vorwarf. Er hingegen hatte ihr mit geradezu metronomischer Regelmäßigkeit geschrieben; auf seinen ersten Feldpostbrief folgte ein paar Tage später der nächste. *Alban hat mir eine Postkarte aus den Ardennen geschickt. Er schreibt, dass die Einheimischen sie freudig empfangen haben, aber die Deutschen Widerstand leisten. Sie verfügen über Maschinengewehre, die schnell für viele Verwundete sorgen. Armer Alban, bestimmt fühlt er sich sehr allein inmitten dieses Tumults, so weit weg von Othiermont und seiner Sternwarte.*

Wenn ich mich in diese Aufgabe vertiefe, vergesse ich, wenigstens ein paar Stunden lang, dass Samuel sich nicht meldet – immerhin etwas. Violeta schickt mir jedoch ab und zu eine Mail und berichtet mir, wie es jedem einzelnen Mitglied der Familie geht. So erfuhr ich, dass Sibylle ihre Bronchitis überlebt hatte. Violeta schrieb außerdem, sie habe über unser letztes Gespräch nachgedacht und nehme meine Hilfe gern an. Sie hat bereits angefangen, die Unterlagen ihrer Mutter zu sichten, eine schwere, aber wichtige Aufgabe, wie Violeta schreibt, die ihr das Gefühl gibt, den Dialog mit Suzanne über deren Tod hinaus fortzusetzen. Offenbar unterliegt unsere Beziehung zu den Toten eigenartigen Gesetzen, als hingen An- und Abwesenheit keineswegs von der leibhaftigen Existenz ab. In Jaligny bin ich von Gespenstern umgeben, ich höre das Echo dieser Stimmen, die aus der Tiefe des Vergessens zu mir sprechen. Blanche de Barges, Alban de Willecot, Diane Nicolaï, Gallouët, Lagache, Richard und auch du – alle verschwunden, zu Asche oder zu Staub geworden, und trotzdem alle Teil der Gegenwart, so wirkmächtig wie ein Bild, das immer größer wird, in Bewegung gerät und Gestalt annimmt, wie in diesen alten Dokumentarfilmen, die in Farbe gedreht wurden und uns plötzlich vorgaukeln, das, was wir bisher für längst vergangen hielten, auf ewig im Sepiaton der Geschichte erstarrt, geschähe hier und jetzt.

Vielleicht sollte ich mich lieber nicht auf diese Weise isolieren, die Verbindung zu meinen Freunden kappen, um mich in die Vergangenheit zu flüchten. Aber vielleicht muss das im Gegenteil so sein, weil ich mir durch das rätselhafte Dasein der anderen, durch meinen winzigen Beitrag zur Aufklärung dessen, was ihnen wirklich widerfahren ist, durch meine Bemühung, etwas von dieser Zeit wiederaufleben zu lassen, in der sie noch lieben, hoffen, etwas unternehmen, sich gegenseitig umarmen konnten, selbst in Erinnerung rufe, dass ich am Leben bin.

54

Zunächst hatte er fotografiert, um sich zu zerstreuen, wie ein Kind, das staunend erprobt, wie ein neues Spielzeug funktioniert, und auch, weil er nicht ins Grübeln geriet, solange er sich mit der richtigen Handhabung, dem Blickwinkel, dem Licht vertraut machte, dann mit dem aufwendigen Plattenverfahren, der Belichtungszeit, dem Entwickeln und Abziehen. Dabei gewann er einen Freund, Antoine Gallouët, seines Zeichens Hochseefischer, einen Mann, der sich in jeder Hinsicht von ihm unterschied und der ihm binnen drei Wochen die richtige Dosis Härte, Grausamkeit und Gewieftheit beibrachte, die erforderlich war, um den Krieg zu überleben. Danach fotografierte er aus Langeweile, der eigenen und der seiner Männer, während dieser endlosen Phasen, in denen man auf die Suppe wartet, die nicht kommt, auf den Brief, der nicht kommt, auf den Angriff, der nicht kommt, auf den Boche, der nicht kommt, auf den Tod, der nicht kommt.

Für Diane hatte er in Gedanken raffinierte Bilder komponiert, nachts, wenn er vor Kälte nicht schlafen konnte. Tagsüber setzte er sie mit allergrößter Sorgfalt um und suchte nach einem noch unversehrten Zweig, einer Pfütze, einem bestimmten Detail, dem passenden Licht. Sogar Autochrome hatte er gemacht, auf diesen Platten, die seltsame Bilder ergaben, dort war das Rasengrün nicht ganz so grün, der Himmel über Frankreich dafür sehr blau, sehr rot waren diese kleinen Feldmützen, die man bald durch Hirnpfannen ersetzt hatte, metallene Kappen, die zwar schlimme Migränen auslösten, sich aber als wirksamer erwiesen als ein paar Quadratzentimeter Stoff, um zu verhindern, dass der Schädelkasten gleich bei der ersten Schrapnellkugel explodierte.

Später, als das Ganze zu einem kontinuierlichen, alltäglichen Grauen ausartete, sollte Alban beschließen, dass er nicht mehr Teil dieser Welt noch dieser Gräben war, dass er künftig Zuschauer seines eigenen Lebens wäre. Alles, was er zu sehen bekam, würde nur noch zeitversetzt in der Dunkelkammer existieren, die sie sich im Unterstand einrichteten. Fortan diente ihm die Kamera als Schild vor dem Krieg, an seiner Stelle sollte der Kasten alles in sich aufnehmen, den schaurigen Anblick der Leichen, der verwaisten Trommeln, der Pferde in den Bäumen, der Kasten sollte die Spreu vom Weizen trennen, wenn es überhaupt noch so etwas gab wie Weizen. Diese mechanische Wahrnehmung der Wirklichkeit reichte aber noch nicht, diese Abspaltung, die ihm das Gefühl gab, an der Oberfläche von allem zu treiben, als lebendiger Toter, der er bereits war. Denn wie sollte er dem Drang widerstehen, Sinn zu erzeugen, jenen Sinn, den er jahrelang in der Bewegung der Planeten gesucht hatte, den Massis bei der Ausarbeitung seiner Alexandriner verfolgte und dessen schwindelerregende Rätselhaftigkeit nun auch Diane in den Rechenwegen der Gleichungen zu erkennen begann, die er ihr aufgab?

Ihr verschweigt er, was er in Wirklichkeit sieht. Er erzählt ihr vom Krieg wie von einer Forschungsreise, einem Abenteuer, einem Fortsetzungsroman mit pittoresken Einlagen. Er macht sich die Augen kaputt, wenn er ihr schreibt, nachts, bei minus drei Grad, im Licht einer Spirituslampe, in einem Erdloch verkrochen, das mit losen Brettern verstärkt ist, während keine dreißig Meter entfernt Leichen verwesen und ihren Gestank im ganzen Umkreis verbreiten. Er klügelt raffinierte mathematische Probleme aus, fügt eine Reihe von Komplikationen hinzu, malt sich den Spaß aus, den es ihr bereiten wird, seine Kniffe zu durchschauen, und diese geteilte Freude ist für ihn fast so beglückend wie eine körperliche Vereinigung. Wenn er zweimal wöchentlich in seinen Briefen an Diane eine Normalität schafft, die nur noch in seinen Zeilen existiert, bringt er damit einen unversehrten Teil seiner selbst in Sicherheit, in Othiermont, geborgen im Herzen einer Siebzehnjährigen, und was macht es schon, wenn er im Lauf ihres Briefwechsels Feuer fängt und seine Liebe überhandnimmt.

Bei Anatole hätte er es gern genauso gehalten. Dem Freund ein *glattes Gesicht präsentiert, als Ausweis von Ehre und Tapferkeit, und ihm die Schilderung seiner Seelenqual erspart. Doch angesichts dieses Mannes, der ihm beinahe ein Bruder war, der ihn besser verstand als jeden Sammelband mit griechischer Poesie, konnte er nicht länger schweigen. Erst recht nicht, da Massis zwar von der Front weit entfernt war, dem Ausdruck äußersten menschlichen Leids aber umso näher. Die Briefe, die er an seinen Freund richtete, gaben neue Ängste preis, überschwängliche Momente, Momente unerklärlicher Erregung, und zwischendurch immer wieder Anfälle von tiefschwarzem Pessimismus.*

An der Front erlebte der Astronom die wahren Auswirkungen einer widerwärtigen Geschichte. Im Hinterland brachte es der Poet nicht mehr fertig, diese zu verbrämen.

Beide waren in der Aporie gefangen, die ihre Existenz inzwischen darstellte.

55

Bei meiner Ankunft in Madrid blies ein kalter Wind. Tatsächlich hatte ich nicht mit dieser monumentalen Architektur gerechnet, die offenbar einen antiquierten französischen Klassizismus wiederaufleben lassen wollte, aber vor allem dessen erdrückende Imposanz übernommen hatte.

Ich betrachtete die Straßen, während das Taxi mich ins Stadtzentrum brachte und mich am Eingang des Hotels in der Nähe vom Retiro absetzte. Das überdimensionierte Zimmer im hochmodernen Gebäude war eisig, und ich brauchte eine Weile, bis ich den Temperaturschalter fand. Ich hatte für vier Tage gebucht, weil ich nach dem beruflichen Teil noch die Stadt besichtigen wollte. War das Kolloquium erst angelaufen, könnte man sich den Gesprächen unter Kollegen und der etwas gezwungenen Geselligkeit, die Versammlungen dieser Art zusammenkittete, nämlich nicht mehr entziehen. Schon allein bei dem Gedanken, mich dem wieder stellen zu müssen, wurde mir flau.

Den Rest des Nachmittages nutzte ich, um die Straßen zu erkunden und ein paar Fotos zu machen. Doch die Kälte war schließlich stärker als mein Akku oder meine Ausdauer. Ich suchte in einer lärmenden Cafeteria Zuflucht, wo niemand ein Wort Englisch sprach, und bestellte radebrechend Tee und irgendein undefinierbares Gebäck. Seit meinem Abflug aus Paris hatte ich nichts mehr zu mir genommen.

Als ich die Cafeteria verließ, den Kopf noch voller spanischer Konversationsklänge, wurde es bereits dunkel. Ich reimte mir den Rückweg zum Hotel zusammen, mit der Absicht, mich unter einer heißen Dusche aufzuwärmen und ein weiteres Mal meine Notizen zu sichten. Zwei Jahre lang hatte ich keinen öffentlichen Vortrag mehr gehalten, und ich fragte mich, ob ich überhaupt noch in der Lage war, bei diesem akademischen Austausch mitzuspielen, in dieser so freundlichen wie gnadenlosen Arena, in der sich alle gegenseitig beobachteten und taxierten. Mir zog sich der Magen zusammen, wenn ich nur daran dachte. Bis spät in die Nacht ging ich meinen Vortrag durch und achtete besonders auf die Übergänge, während ich mich durch die Diaschau klickte. Ich hatte zehn Bildpostkarten aus dem Willecot-Fundus darin aufgenommen, die ich mit der gebotenen kritischen Distanz vorführen wollte. Dennoch gewährte mir die heimliche Verbundenheit mit dem Mann, der sie verfasst hatte, und von der niemand im Saal je erfahren würde, eine seltsame Art von Trost. Gegen ein Uhr früh ging ich ins Bett und blickte zuvor noch auf mein Handy, wie ich es mir seit Lissabon wieder angewöhnt hatte. Es zeigte ein blaues Rechteck an: »Toi, toi, toi für morgen, ich werde an Dich denken, Samuel.« Mit einem Seufzer tippte ich lediglich »Danke« und schlief dann fast umgehend ein.

Wider Erwarten lief es beim Kolloquium ziemlich gut. Es waren etliche Spezialisten meines Fachs zugegen, und ich traf dort Hélène Hivert wieder, die Verwalterin des Postkartenmuseums. Wir korrespondierten zwar gelegentlich, aber ich hatte sie seit Jahren nicht mehr gesehen. Sie hatte sich kaum verändert, wirkte jedoch heiterer als in meiner Erinnerung. Während der Pausen wandelte sich der Saal zum Turm von Babel, es wurde Spanisch, Englisch, Französisch geredet, manchmal in ein und demselben Satz. Dem Gesetz entsprechend, dass diejenigen zusammenfinden, die sich bereits kennen, heftete ich mich an Hélènes Fersen, die ihrerseits von James Greenwood flankiert wurde, einem Londoner Historiker, mit dem sie sich in tadellosem Englisch unterhielt. Am späten Vormittag hatte er einen grandiosen Vortrag über die Postkarten während der deutschen Besatzung gehalten. Auch die anderen Beiträge genügten höchsten wissenschaftlichen Ansprüchen.

Als ich drankam, zitterten mir die Knie. Da saßen sie nun andächtig in ihren Reihen, blickten zu mir hoch, mit dem Stift in der Hand oder dem Laptop auf den Knien, und warteten darauf, dass ich ihnen meinerseits den Saft der Erkenntnis einflößte, mich an den lächerlichen und notwendigen Bemühungen beteiligte, die darauf abzielten, Gebräuche und Gedanken zu rekonstruieren, die dem kollektiven Gedächtnis entfallen waren. Ich atmete tief durch und legte los.

Zunächst führte ich Bilder des 347. Infanterieregiments vor und hob den Kontrast zwischen den ersten Fotografien mit ihren prahlerischen, manchmal sogar inszenierten Posen und den späteren vor, die diese ganz allmählich ersetzten, Biwakszenen und Fotos von Ruinen, Artilleriegeschützen oder verwüsteten Dörfern. Ich erläuterte die Blickwinkel, die Technik, die Auswahl des Fotografen. Während ich sprach, dachte ich, dass Alban diese Szenen, die durch das Schwarzweiß auf fast klinische Weise erstarrt waren, in Farbe gesehen hatte, besser gesagt in Halbtönen, weil Morgennebel und Schießpulverschwaden die Farben verwischten. Dass er das satte Braun des ausgehobenen Lehms betrachtet hatte und das ausgeblichene Feldgrau der gegnerischen Uniform; dass er selbst in den ersten Monaten albernes Türkischrot und Horizontblau getragen hatte; dass sein Blick Tag für Tag am schwärzlichen Karmesinrot geronnenen Blutes hängengeblieben war, am fahlen Grün des Marschgepäcks, am Schimmel, der das Leder, das Brot, die Uniformen befiel und das Farbspektrum durch eine zerstörerische Schicht vereinheitlichte. Die Welt hatte vor den Augen des Leutnants nach und nach ihre Farben eingebüßt, bis nur noch Töne von Fäulnis, Blutbeulen, Asche und Nacht übrig waren. Ob Alban an Sommerabenden dennoch genug Kraft aufgebracht hatte, um die orangevioletten Marmorstreifen zu bewundern, die still den Dämmerhimmel aufrissen, während die Kanonen für ein paar Stunden schwiegen und die erschöpften Soldaten sich der Betrachtung des Flachlands mit seinem verwischten Horizont hingaben, das täglich, ja fast stündlich durch eine neuartige Geometrie von Kratern und Granaten umgestaltet wurde, so bizarr wie unvorhersehbar?

Die fünfundzwanzig Minuten, die man mir eingeräumt hatte, waren im Nu verstrichen. Als mein Vortrag endete, spendete das Publikum zu meiner Überraschung lauten Beifall. Es wurden einige technische Fragen gestellt, aber es war vor allem der Nachlass, der lebhafte Neugier weckte. Wie war ich darauf gestoßen? Wer verfügte über die

Rechte? Plante ich eine Veröffentlichung? Ein Student mit amerikanischem Akzent bestürmte mich mit Fragen zu Willecot. Als ich ihm antwortete oder mir vielmehr bewusstwurde, wie ungern ich es tat, musste ich mir eingestehen, dass ich von der neutralen Position, die sich für eine Historikerin geziemte, meilenweit entfernt war. Dieser Student namens Martin Lipton setzte seine Befragung anschließend in der Pause fort, bis Hélène und Greenwood mich aus seinen Fängen befreiten.

»*Brilliant paper*«, sagte Greenwood.

»*Thank you.*«

Wir unterhielten uns noch eine Weile, während wir eine Tasse faden Tee tranken. Auf einmal verspürte ich Müdigkeit, und es fiel mir schwer, auf Englisch die richtigen Wörter zu finden. Mein Vortrag hatte die Neugier von Hélène und dem Londoner Historiker geschürt, die mir vorschlugen, am Abend mit ihnen essen zu gehen. Der Student wurde allerdings nicht dazugeladen, obwohl er so gern mitgekommen wäre. Seine aufdringlichen Versuche, sich unserem Grüppchen anzuschließen, hatten uns missfallen.

Als ich wieder in meinem Hotelzimmer war, bereute ich meine Zusage bereits. Am liebsten hätte ich mich hingelegt und geschlafen, benebelt von dieser Überfülle an menschlicher Kommunikation. Ich entschied mich für einen Rückzieher, stellte dann aber fest, dass ich nicht einmal Hélènes Nummer in meinem Handy gespeichert hatte. Pech, dann würde ich eben mitgehen. Ich gönnte mir eine halbe Stunde Musik über Kopfhörer, lauschte Racha Arodaky, die Scarlattis Sonaten zum Klingen brachte, und schlief dabei ein. Ich wachte gerade noch rechtzeitig auf, um die Verabredung mit Hélène und Greenwood einzuhalten, die mich bereits in der Lobby erwarteten. Wir begaben uns auf einen abendlichen Spaziergang, was ganz angenehm war, nachdem wir den ganzen Tag im stickigen Vortragssaal verbracht hatten, und gelangten so auf eine belebte, von den bunten Leuchtreklamen der Tapasbars erhellte Straße.

Wir suchten eine der kleineren aus, in der Hoffnung, dass unser Gespräch dort nicht ganz im lauten Stimmengewirr untergehen würde. Vor vollen Tellern, Olivenschälchen und großen Gläsern Bier bestürmten mich meine beiden Kollegen mit Fragen zur Chalendar-Schenkung. Ich erzählte ihnen von den Anfängen meines Forschungsprojekts, der Suche nach Massis' Briefen und nach Dianes Tagebuch.

»What a terrific story«, sagte Greenwood und griff mit typisch britischer Gelassenheit nach einem Sardellensandwich, das er interessiert beäugte, bevor er es sich in den Mund schob.

Hélène und er wollten wissen, was ich mit diesem Material plante. Offen gesagt, hatte ich noch keine konkrete Vorstellung, dafür aber zunehmend die Überzeugung, dass Willecots Briefe größere Verbreitung verdienten, vielleicht sogar eine kritische Ausgabe, die man durchaus mit einigen seiner Fotos illustrieren könnte. Greenwood bemerkte, so undurchdringlich die Geheimnisse seien, hätte ich als Alix' Rechteinhaberin immerhin freien Zugang zu den Unterlagen, die sie mir überlassen hatte, ein Privileg, das nur wenige Historiker genossen. Ich erzählte ihnen in aller Kürze von meinen Auseinandersetzungen mit Joyce Bennington. Als Hélène ihren Namen hörte, packte sie sich in gespielter Verzweiflung an den Kopf.

»Kennst du sie?«

»Und wie … Sie bedrängt mich seit Monaten, um Zugang zu unserer neuen Datenbank zu erhalten. Keine Ahnung, wie sie's anstellt, aber diese Nervensäge weiß immer über alles Bescheid, bevor es überhaupt öffentlich verkündet wurde.«

»Was ist das für eine Datenbank?«

»Postkarten, die zwischen 1920 und 1945 geschrieben wurden. Hast du schon mal eine interzonale Karte gesehen? Jedenfalls haben wir unseren gesamten Bestand gescannt, und sobald wir die Rechtefrage geklärt haben, wird man ihn automatisch durchsuchen können. Bennington hat uns gebeten, für sie nach Massis und all seinen Briefpartnern zu suchen. Was heißt gebeten? Das hat sie uns befohlen. Und jetzt macht sie ein Riesentamtam, weil wir in ihren Augen nicht schnell genug spuren.«

Ich berichtete Hélène etwas ausführlicher von unseren schlechten Erfahrungen mit der Amerikanerin. Besorgt fragte sie:

»Soll ich mich also lieber fügen?«

»Nicht unbedingt. Tu einfach so, als würdest du auf ihre Wünsche eingehen. Immer noch besser, als Bennington gegen sich aufzubringen.«

Danach redeten wir über alles Mögliche – Madrid, unsere Reiseerlebnisse, Greenwoods Projekte, auch über Hélènes Mann, der ebenfalls in England gelebt hatte. Meine Müdigkeit war verflogen, und ich fühlte mich wohl mit meinen Kollegen, inmitten des Kneipenlärms und fröhlichen Gläserklirrens. Wenn ich mich wieder auf die Welt einlasse, wird mir zuweilen bewusst, wie sehr ich mich von ihr entfernt hatte. Als Greenwood zwischendurch kurz verschwinden musste, sagte Hélène leicht betreten zu mir:

»Was ich dir noch sagen wollte … Ich habe gehört, was mit Paul Horvath passiert ist. Und ich weiß, dass du und er … Es tut mir sehr leid.«

Ich blickte meine Kollegin an. Normalerweise wären mir die Tränen gekommen. Diesmal nicht. Ich fand es schön, dass ich an diesem Abend in Madrid nicht die Einzige war, die sich an deinen Namen erinnerte.

56

Das Kolloquium endete am Freitagabend mit einem Austausch von Visitenkarten und in einer allgemeinen Euphorie, die nach drei gemeinsam verlebten Tagen ausbricht. Greenwood war schon am frühen Nachmittag gegangen, um seinen Flug nach London zu erreichen, und Hélène wollte nach Sevilla weiterreisen, um Freunde zu besuchen. Beim Abschied versprachen wir einander, uns gegenseitig zu kontaktieren, falls eine von uns Hilfe im Umgang mit der Viper benötigte, die offenbar nur auf Erden weilte, um sämtlichen Konservatoren das Leben zur Hölle zu machen. Ich sollte noch zwei Tage in Madrid verbringen, wo es zunehmend kälter wurde, und plötzlich bedrückte mich die Aussicht auf dieses Wochenende, auf das ich mich bei der Planung doch so gefreut hatte. Die Einsamkeit, die während dieser Tage voll menschlichen Austausches wie wegradiert gewesen war, machte sich wieder mit ihrer ganzen Wucht bemerkbar. Auf dem Rückweg zum Hotel, der mich an den Gittertoren des Retiro vorbeiführte, bummelte ich eher, als dass ich ging. Es wurde dunkel, und die hell erleuchteten Schaufenster in den Nebenstraßen erinnerten mich daran, dass Weihnachten näherrückte. Was sollte ich über die Feiertage machen? Ich hatte mir lediglich vorgenommen, nach Jaligny zu fahren, um dem Trubel zu entgehen, dessen künstliche Fröhlichkeit mich seit jeher deprimiert.

Im Jahr vor deinem ersten Krankenhausaufenthalt, als du schon jede Orientierung verloren hattest und nicht einmal mehr in der Lage warst, deine Kreditkarte zu benutzen, war es dir dennoch durch ein mir völlig unerklärliches Wunder gelungen, für Silvester zwei Theaterkarten zu bestellen. Du nahmst mich zum Auftritt eines berühmten Schauspielers mit, der Beckett spielte. Eine überragende Darbietung. Ich erinnere mich noch an seine Stimme, seine hängenden Schultern,

seine Einsamkeit, daran, wie er diesen Text durch und durch verkörperte und beseelte, als würde er ihn mit jedem Wort selbst erfinden.
Der Name dieses Schauspielers bleibt für mich bis in alle Ewigkeit mit
deiner Erscheinung an diesem Abend verbunden, deiner Entschlossenheit, mir noch einmal eine Freude zu machen, trotz deiner wachsenden
Umnachtung; deine Hand ruhte auf meiner, als könnten wir noch auf
ein weiteres Zusammenleben hoffen.

Allmählich wurde mir so kalt, dass ich mich dazu aufraffte, das Hotel zu betreten. In der warmen Lobby beschlugen meine Brillenglä-
ser, so dass ich ein paar Sekunden lang nichts erkennen konnte. Dann
schälten sich langsam die Umrisse eines Mannes heraus, der in einem
der Lobbysessel saß. Eine Gestalt, die mir vertraut erschien und auch
wieder nicht. Der Mann wandte mir sein Gesicht zu.

Es dauerte einen Moment, bis ich ihm einen Namen zuordnen
konnte.

Samuel.

Ich wusste nicht, ob ich auf ihn zustürzen oder schleunigst das
Weite suchen sollte. Und so blieb ich einfach wie angenagelt stehen,
während er auf mich zukam. Er gab mir einen Kuss auf die Wange.

»Guten Tag, Elisabeth.«

Ich hatte einen solchen Kloß im Hals, dass ich nur mit Mühe sprechen konnte.

»Was … Wie hast du mich gefunden?«

»Ich habe in der Universität angerufen. Die Organisatorin hat mir
gesagt, wo du untergebracht bist. Und ich dachte mir, ein Wochenende in Madrid kann ja nicht schaden. Zum Glück hatten sie noch ein
Zimmer frei.«

Er wedelte mit einer Schlüsselkarte.

»Und ich habe es genommen.«

Ich war wie betäubt, und ihm war wohl auch etwas mulmig zumute,
so lässig er sich geben mochte.

»Hättest du etwas dagegen, dass wir jetzt erst mal einen Kaffee trinken?«, fragte ich ihn.

»Aber nein, ganz im Gegenteil.«

Wir setzten uns an die Hotelbar und bestellten zwei »Americanos«. Ich sagte kein Wort, starrte Samuel an, und mein Blick verriet ihm sicher, wie verblüfft ich war, ihn hier zu sehen, auch wenn ich seit unserem Abschied im Grunde von nichts anderem geträumt hatte. Weil er sich aber so gut wie nie gemeldet hatte, verspürte ich nun ein Unbehagen, das ich nicht ohne weiteres abschütteln konnte. Er nahm meine Hand, spielte mit meinen Fingern.

»Geht's dir gut?«, fragte er.

»Ich glaube schon. Und dir?«

Er deutete eine Grimasse an.

»Zurzeit ist es ein bisschen kompliziert.«

»Was?«

»Mit der Arbeit.«

Ich schwieg.

»Wegen des Kriegs im Nahen Osten kommen immer mehr Flüchtlinge, das ist der pure Wahnsinn. Und sie haben Angst, geben nicht ihren richtigen Namen an und auch nicht ihr richtiges Alter … Ich kann ihnen dann nicht wirklich helfen.«

Ich gab mich mit dieser Erklärung zufrieden, auch wenn es vermutlich noch andere Faktoren gab. Samuel strich mir noch ein paar Sekunden lang sachte über die Hand.

»Ich habe die ganze Zeit an dich gedacht. Ich wollte dich unbedingt wiedersehen. Aber ich will dich zu nichts zwingen. Wenn es dir lieber ist, nehme ich noch heute Abend den Zug.«

»Geh nicht.«

Im Aufzug küssten wir uns bereits, küssten uns weiter beim Öffnen der Zimmertür, und ich weiß nicht mehr, wer wen entkleidete. Ich entdeckte den Geschmack seiner Haut wieder, einen Geschmack nach Honig und Bergquelle, seine andächtigen Hände, doch so, wie er mich ganz und gar umschlang und zwischen seinen Schenkeln gefangen nahm, kam mir sein Verlangen drängender, gieriger vor als beim letzten Mal. An diesem Abend gingen wir nicht mehr aus, und als ich mitten in der Nacht aufwachte, den Rücken an Samuels Bauch geschmiegt, wusste ich auf Anhieb, wer dieser Mann war und dass er ohne jeden Zweifel zu mir gehörte.

Die folgenden zwei Tage brachten wir damit zu, das winterliche Madrid zu durchstreifen. Samuel ließ meine Hand nicht mehr los, während wir durch die fast verwaisten Alleen des Botanischen Gartens spazierten. Bäume mit bizarren Formen trotzten der Jahreszeit in exotischer Unverfrorenheit; in den warmen Gewächshäusern blieben wir auf der metallenen Passerelle oberhalb der Pflanzen stehen und betrachteten die grüne Pracht, die sich der Strenge des europäischen Klimas mit tropischer Fülle widersetzte. Ich erinnere mich an unseren Besuch im Prado, ein Feuerwerk an Schönheit und Farbenreichtum, das uns mit seinen spanischen Rot- und holländischen Blautönen berauscht und benommen gemacht hatte. Diese raffinierten Nuancen, die ein Höchstmaß an realistischer Täuschung erzeugten, Goyas Spitzenbesätze, diese purpurfarbenen Kleider mit Keulenärmeln, die man am liebsten gestreichelt hätte, um ihre Textur zu erspüren, verscheuchten die Bilder von Krieg und Gemetzel, die mich verfolgt hatten. An Samuels Seite strömte die Zeit sanft dahin, und sobald wir wieder in unserem Hotelzimmer waren, küsste ich die Lippen meines Gefährten, seinen Hals, seine Haut, forderte ihn auf, von mir zärtlich Besitz zu ergreifen, was er mit einer fiebrigen Behutsamkeit tat, die überwältigend war.

Wir verschoben beide unseren Abflug um vierundzwanzig Stunden, um noch einen gemeinsamen Tag, eine gemeinsame Nacht zu verleben, bis schließlich der Moment kam, an dem wir uns wohl oder übel trennen mussten. Im Gegensatz zum letzten Mal war es ein herzzerreißender Abschied.

»Wann sehen wir uns denn wieder?«, fragte ich ihn im Taxi zum Flughafen.

Samuel hielt meine Hand und spielte mit meinen Fingern, genau wie zu Beginn unseres Treffens.

»Bald.«

Mehr gab er nicht preis. Ich kehrte von Liebe beseelt und neuen Zweifeln gepackt nach Paris zurück. Kaum war Samuel weggegangen, fehlte er mir bereits, und die Zukunft war ein einziges Fragezeichen. Doch trotz seiner Abwesenheit und der Fragen, die mir keine Ruhe ließen, musste ich mir eingestehen, dass ich in Madrid in eine neue Zeit eingetreten war, eine Zeit, in der man hofft und wartet, in der man spielt und sich selbst aufs Spiel setzt, in der man akzeptiert, dass nicht nur eine Zeit des Begehrens und der Erfüllung anbricht, sondern vielleicht auch eine Zeit der Enttäuschung. Auf jeden Fall eine lebendige Zeit.

II

Schießpulveropium

57

Der Mann hat sich eine Art Sitzgelegenheit geschaufelt, herausgegraben aus der Erde. Sein dürftiger Unterschlupf wird auf der linken Seite von einem schiefen Baumstamm gestützt, der wie so viele andere im Granatfeuer seiner Äste und Blätter beraubt wurde. Vom oberen Ende baumelt ein Sack aus Jute oder Wachstuch, aus Versehen oder mit Bedacht dort hingehängt, darüber bildet ein Kranz aus waagerecht angeordneten Zweigen ein kümmerliches Dach.

Vom Mann ist auf den ersten Blick nur der Helm zu sehen, der sogenannte Adrian-Helm, der die Feldmützen und Hirnpfannen abgelöst hat, eine runde Stahlkappe mit abgeflachtem Rand, von hellen Schlieren durchzogen, die der Regen in der kreidigen Staubschicht hinterlassen hat, die sich hier auf alles legt. Das Gesicht bleibt im Schatten, unsichtbar, so dunkel, dass man es für das Gesicht eines Senegalschützen oder Orientkämpfers halten könnte, wären da nicht die Hände, die bei allem Schmutz so viel heller wirken, behutsam auf ein Blatt Papier gelegt.

Eine Hand hält den rechteckigen Bogen fest, die andere führt entschlossen die Feder. Hinter dem angewinkelten Arm ist das Mundstück einer Gasmaske zu erkennen, die rechts am Oberkörper baumelt, das würfelförmige Etui eines Feldstechers, verschiedene Kleiderschichten, die übereinander getragen werden und wie durch Ansteckung genau die gleiche Farbe angenommen haben wie der Schlamm ringsum. Die Hose steckt in den Stiefeln, wirft in Kniehöhe Falten, die Stiefel sind bis zur Wadenmitte eingesunken. Alles ist von Erdklumpen umgeben.

Die Gestalt verschwimmt fast mit ihrer Kulisse, diesem behelfsmäßigen Unterstand, den man kaum vom Hügel unterscheiden kann, in den er gegraben wurde, während der Mann jederzeit von seiner Umgebung geschluckt, verdaut, mineralisiert zu werden droht. Das

Einzige, das ihn vor der Auflösung bewahrt, sind dieses winzige Rechteck aus weißem Papier und seine Hand, die schreibt, letztes Zeichen von Leben in einer Grube, die ebenso gut das Vorzimmer einer Grabkammer sein könnte.

Der Soldat führt die Zeile zu Ende, hebt kurz den Kopf, als er in der Ferne einen Schrei hört, schreibt weiter. Es ist kalt, daran denkt er aber nicht mehr, er denkt auch nicht mehr an die Boches, an das Geschützgewitter, an die Ratte, die in seiner Nähe hastig einen verschimmelten Brotkanten frisst. Im Schutz seiner Nische sucht der Leutnant nach den richtigen Worten, um das Herz einer Siebzehnjährigen zu ergreifen, sie zu unterhalten, sie an sich zu binden, wenigstens ein bisschen, nur, um weiterhin auf ihre Briefe hoffen zu dürfen, nur um des Vergnügens willen, sich ihr Lächeln oder ihr Stirnrunzeln auszumalen angesichts der besonders kniffligen Mathematikaufgabe, die er ihr gestellt hat.

In diesem Augenblick besteht Alban de Willecot, der tief in Erde, tief im Krieg steckt, nur noch aus dieser einen Handlung, bescheiden, aber zwingend: schreiben. Eine Handlung des Überlebens, so methodisch, so wild entschlossen ausgeführt, dass sie den Tod aufhebt, der ihn einkreist, den Tod umkehrt wie ein Negativ die Bereiche von Licht und Schatten, eine Handlung, die dieses eiskalte, dreckige, unbequeme Loch in das Königreich eines Liebenden verwandelt.

58

Am 10. Dezember kehrte ich zum Arbeiten ins Institut zurück. In der Nacht hatte sich unversehens eine dicke Schneeschicht über die Stadt gebreitet und allem, was dort hervorragte, die Spitzen und Kanten genommen, den Schildern der Bushaltestellen, den Werbetafeln, den dreifarbigen Ampeln, die unter weißen Kapuzen stumme Lichtzeichen gaben. Ringsum hörte ich Passanten über den weichen Belag schimpfen, der den Bürgersteig bedeckte und in mir eher schöne Erinnerungen an Schneeballschlachten mit meinem Bruder und Marraine in Fontainebleau weckte.

In Anbetracht der außergewöhnlichen Witterung hätte ich zu Hause bleiben oder mich mit dem Besuch der nahe gelegenen Bibliothèque Nationale begnügen können. Ich wollte aber unbedingt mein Büro, meine Kollegen, den Archivsaal wiedersehen, um dieses Gefühl von Leere zu beschwichtigen, das mich nicht mehr losließ. Samuel hatte sich wie üblich zwei Tage Zeit gelassen, bevor er auf die Nachricht antwortete, die ich ihm nach meiner Rückkehr geschickt hatte: ein paar Zeilen nur, zärtlich, aber knapp, ohne jeglichen Hinweis auf eine Fortsetzung. Ich verstehe zwar, dass es sich um seine eigentümliche Art der Kommunikation handelt, aber das tröstet mich weder über die Enttäuschung noch über das Unbehagen hinweg, die sie hervorruft. Also verscheuche ich die Schwermut oder versuche es wenigstens, indem ich in meine Arbeit eintauche. Die Nachforschungen zu Willecot führen mich gerade auf verschiedene Fährten, die ich bald sortieren sollte: Dianes Tagebuch, Albans Briefe, die Schriften und die Biographie von Massis, seine Lyrik nicht zu vergessen, in der bestimmt Spuren der Ereignisse jener Jahre zu finden sind, und seien sie noch so metaphorisch verdichtet.

Zunächst nehme ich mir die weitere Entschlüsselung von Dianes

Tagebuch vor, die wegen meines Ausflugs nach Madrid in den Hintergrund gerückt war. Im stillen Dämmerlicht des Archivsaals, unter der Gelenklupe, lerne ich ganz allmählich dieses junge Mädchen kennen, das seiner »lieben Kladde« alles anvertraut, was es sich erträumt und wogegen es sich auflehnt. Und je mehr ich von Diane lese, desto liebenswerter erscheint mir diese Mischung aus Naivität, Furchtlosigkeit und Offenheit: *Alban isst Indianerfleisch. Schrecklich! Er erzählt mir auch, die Boches seien keine Monster mit langen Zähnen, wie es immer heißt, dafür hätten sie sehr wirksame Waffen, Maschinengewehre und Kanonen, die Hunderte von Granaten werfen. Armer Alban, der sich doch nur für seine Mathematik und den Sternenhimmel interessiert und jetzt diesem üblen Treiben ausgesetzt ist.* Obwohl sie erst siebzehn Jahre alt war, hatte sich Diane in Bezug auf den Krieg rasch als weitblickender erwiesen als viele ihrer Zeitgenossen; bereits Ende 1914 zeugten ihre Einträge von einem hellsichtigen Pessimismus: *Die Zeitungsmeldungen sind nach wie vor triumphal, aber ich glaube nicht mehr, dass der Krieg an Weihnachten vorbei ist. In Othiermont tragen schon mehrere Frauen Trauer, weil ihre Männer gefallen sind.* Im Dezember schrieb sie: *Die Bekanntmachungen kommen mir von Mal zu Mal alberner vor. Wieso sind die Boches nicht längst besiegt, wenn die Soldaten an der Ostfront so blitzschnell vorrücken?*

Das Tagebuch zeigte mir auch, dass Diane einen eisernen Willen gehabt haben musste; wie der Vize-Konsul und ich bereits geahnt hatten, war sie äußerst intelligent. Ihre Eltern hatten es abgelehnt, sie am Gymnasium anzumelden und sie, wenn auch widerstrebend, lieber in die Obhut von Privatlehrern gegeben. In ihrem Tagebuch war immer wieder die Rede von Lernerfolgen und ihren Fortschritten in Russisch, vor allem aber in Mathematik, einem Fach, dem offenbar ihre ganze Leidenschaft galt. Am 10. Oktober 1914 machte sie ihrem Ärger Luft, weil ihr Vater sie aus Furcht vor einem Einmarsch der Deutschen in Paris in den Ain zurückgeschickt hatte, wo sie auf ihren Unterricht in Griechisch, Mathematik und Russisch verzichten musste. *Diese deutschen Schweine haben wirklich den falschen Zeit-*

punkt gewählt, sie zwingen mich, die Stadt gerade jetzt zu verlassen, da ich so gut vorankomme! Vater wiederholt ständig, wie teuer mein Unterricht ist und dass eine Frau diesen ganzen Kram, wie er es nennt, nicht braucht, um eine gute Partie zu machen. »Vor einem Blaustrumpf nehmen die Verehrer Reißaus«, *hat er zu mir gesagt. Natürlich musste Rosie darüber kichern, das dumme Huhn.*

Rosie, eigentlich Rose, die ältere Schwester, wie ich mir zusammengereimt habe, zu der Diane anscheinend ein hitziges Verhältnis hatte. Sie bezeichnete Rosie immer wieder als gemein und eifersüchtig, doch damals wollte sie in erster Linie ihren Vater überreden, sie das Abitur machen zu lassen. *Ich werde ihn so lange bestürmen, bis er endlich nachgibt,* hatte sie geschrieben.

Sosehr ich darauf brenne, die Fortsetzung zu lesen, muss ich mich den Zwängen der Transkription unterwerfen; wenn ich zu lange auf die dichtgedrängten und geballten Schriftzeichen starre, bekomme ich irgendwann Kopfschmerzen. Außerhalb der Arbeitszeit verbringe ich ruhige, winterlich gedämpfte Tage. Natürlich hätte ich meinen kurzen Aufenthalt in Paris nutzen können, um mich beim Vize-Konsul zu melden und mit ihm einen Kaffee zu trinken. Im letzten Moment hält mich jedoch eine gewisse Befangenheit davon ab, als hätte sein flüchtiger Besuch in Jaligny zwischen uns eine neue Art von Vertrautheit geschaffen, mit der ich nicht umgehen kann. Nach den Feiertagen, nehme ich mir vor. Dieses Jahr wird es anders sein als sonst, ich werde mich nicht ins Kino flüchten wie so viele andere einsame Seelen oder sogar Paare, deren Kinder weit weg sind; ich werde die pflichtschuldige Einladung meines Bruders nach Orléans ablehnen. Ich werde auch nicht Rainer und Emmanuelle besuchen, die vor dem großen Ereignis, das ihr Leben umwälzen wird, bestimmt unter sich bleiben wollen.

Ich werde dort sein, zu Hause, am Waldesrand, ich werde dem Holz lauschen, das im Kamin knistert, und dem Wind, der über den Schnee fegt. Ich werde es mir dort gemütlich machen, wo sich die Erinnerungen kreuzen, in winterlicher Ruhe, fern von städtischem Lärm. Ungestört.

59

S., 18. Juli 1915

Mein lieber Anatole,

vielen Dank für die Verse, die Du mir geschickt hast, sie sind einfach grandios. Die Lektüre hat mich überwältigt. Ich fand sie so beeindruckend, dass ich mich nicht zurückhalten konnte und Gallouët zwei Strophen vorgetragen habe. Ich hoffe, das nimmst Du mir nicht übel.

Ich weiß zwar nicht so genau, was im Hinterland über unsere Erfolge und Fortschritte berichtet wird, dafür kann ich Dir sagen, dass wir keinen Millimeter vorankommen.

Blanche schreibt mir, dass Maximilien immer noch in Gallipoli ist, offenbar ist auch die Salonikifront blockiert; jedenfalls soll mein Schwager bald dorthin aufbrechen.

Zuletzt wurde mir ein Heimaturlaub noch in diesem Sommer in Aussicht gestellt, doch ich möchte lieber Gewissheit haben, bevor ich mich zu früh freue.

In Deinem letzten Brief erschienst Du mir recht düster, mein lieber Freund – nicht, dass ich Dir daraus einen Vorwurf mache, angesichts der Umstände –, und ich hoffe, dass Dich nicht diese alte Pein quält, über die wir letztes Jahr gesprochen haben. Glaub mir, Anatole: Die Front hat nichts Verlockendes an sich, und ich selbst wäre ohne Gallouët und Lagache wohl längst umgekommen. Ganz abgesehen davon, dass unzählige Etappenschweine, die sich nicht einmal auf einen atrophischen Arm berufen können, bei weitem nicht so viele Skrupel haben wie Du.

Lass mich bitte wissen, ob die letzten Ausgaben unserer »Szenen« gut bei Dir angekommen sind.

*Sieht unser Freund Agulhon immer noch eine Möglichkeit, damit
zu arbeiten?*
In aufrichtiger und tiefer Freundschaft

Willecot

P. S.: *Lagache aquarelliert gerade die nächste Ausgabe der Szenen. Du
wirst Dich also noch ein wenig gedulden müssen.*

60

Ich tippte gerade einen Brief von Alban ab, als mein Handy klingelte. Eine unbekannte Rufnummer. Normalerweise gehe ich nicht ran, wenn ich arbeite, es war aber ein langer Nachmittag gewesen, und so nahm ich den Anruf unwillkürlich entgegen. Es war die Notaufnahme der Trousseau-Frauenklinik, die mir mitteilte, dass man soeben Emmanuelle eingeliefert habe. Der Mann am anderen Ende der Leitung wollte mir den Grund nicht nennen und erklärte lediglich, »die Patientin« habe mich als Kontaktperson für den Notfall angegeben. Dabei schien am Vortag alles in Ordnung gewesen zu sein, als ich Emmanuelle zu ihrer Ultraschalluntersuchung begleitet hatte. Ich schaltete den Computer aus, schnappte mir meine Jacke und nahm ein Taxi zur Klinik, innerlich fluchend, als wir rund zehn Minuten lang Schritttempo fahren mussten. Während ich zu Fuß die Avenue du Docteur-Arnold-Netter hinaufeilte, spürte ich, wie die Angst in mir hochkroch. Sie verdoppelte sich, als ich erfuhr, dass ich Emmanuelle vorläufig nicht sehen konnte, weil sie im OP war. Man notierte meinen Namen und empfahl mir, Platz zu nehmen und zu warten, bis ein Arzt mir Auskunft geben würde.

Fast zwei Stunden lang musste ich im hintersten Winkel eines überheizten Wartezimmers meine Ungeduld zügeln, bevor ich endlich erfuhr, was los war. Die Geburtshelferin, die sich um Emmanuelle gekümmert hatte, kam auf mich zu und verkündete, sie sei außer Gefahr, habe jedoch ihr Kind verloren. »In dem Alter passiert das schon mal«, sagte später die Ärztin, eine Frau von etwa fünfzig Jahren, die erschöpft wirkte, und ließ mich stehen. Ihre Bemerkung erschien mir reichlich fatalistisch. Abends um zehn durfte ich dann endlich zu meiner Freundin. Sie war bleich, noch ziemlich benommen von der Narkose. Ich fragte sie, ob ich Rainer anrufen solle. Sie winkte ab, vergrub den Kopf in ihr Kissen und sank erneut in den Narkoseschlaf. Ihrem

Gesichtsausdruck nach wusste sie schon Bescheid. Als ich wieder zu Hause war, rief ich Rainer trotzdem an und hinterließ ihm eine Nachricht. Um vier Uhr in der Früh rief er zurück. Er war gerade in Tripolis, und ich wusste nicht, wie ich es ihm sagen sollte. Er kam mir zuvor:

»Sie hat also das Baby verloren?«

»Ja.«

»Ist sie wohlauf?«

»Ja.«

»Sag ihr, das ist die Hauptsache. Ich komme nach Hause, sobald ich kann.«

Am nächsten Morgen kehrte ich in die Klinik zurück. Ich wollte Emmanuelle vor der Arbeit noch ein paar Sachen vorbeibringen. Ich durfte sie kurz sehen. Sie war immer noch sehr blass, aber wach. Ich nahm sie in die Arme.

»Wie geht es dir?«

Sie brach in Tränen aus. Ich sagte nichts, strich ihr nur übers Haar.

»Ich kannte ja das Risiko«, meinte sie. »Aber dann hatte ich endlich diese Zuversicht ...«

»Heute Nacht habe ich Rainer angerufen.«

Sie schüttelte den Kopf.

»Das hättest du nicht tun dürfen.«

»Es musste sein. Er kommt nach Hause, er will so bald wie möglich bei dir sein.«

Am nächsten Tag wurde Emmanuelle aus der Klinik entlassen, mit der Auflage, eine Woche lang das Bett zu hüten. Rainer hatte mit ihr telefoniert. Er befand sich momentan in einem Kriegsgebiet und würde drei oder vier Tage benötigen, um den nächstgelegenen Flughafen zu erreichen. Mir hatte er eine SMS geschickt: »Sperr sie ein und wirf den Schlüssel in die Seine, wenn es sein muss.« Bis zu seiner Rückkehr verbrachte ich jeden Abend und jede Nacht in der Rue Abel-Hovelacque. Obwohl Emmanuelle völlig entkräftet schien – sie hatte schwere Blutungen erlitten –, musste ich sie geradezu zwingen, im Bett zu bleiben und sich auszuruhen.

Sie hatte darauf bestanden, mir bei der Entzifferung von Dianes Tagebuch zu helfen, und transkribierte nun ihrerseits Seite um Seite. Diese langwierige Arbeit war für sie eine heilsame Ablenkung, wie ich bald begriff. Ansonsten redeten wir ziemlich viel, tatsächlich eher über mich als über sie. Während Cotonou, ihr fetter Kater, an ihre Hüfte geschmiegt vor sich hin schnurrte, wollte Emmanuelle mehr über Samuel und über meine Pläne erfahren. Am Ende vertraute ich ihr häppchenweise an, wie es zu dieser Liaison gekommen war, mit den Momenten, in denen er präsent war und ich mir Hoffnungen machte, und dazwischen immer wieder dieses bedrückende Schweigen. Samuel hatte sich schon seit einer Woche nicht mehr gemeldet.

»Aber du meldest dich doch auch nicht bei ihm«, sagte Emmanuelle. »Warum ergreifst du nicht die Initiative? Vielleicht wartet er ja nur darauf.«

»Ich weiß nicht … Ich habe immer Angst, ihn zu stören, er ist so … distanziert.«

»So ein Unsinn. Wenn man verliebt ist, fühlt man sich nie vom anderen gestört.«

Ich fragte Emmanuelle, wie sie die langen Abwesenheiten von Rainer ertrug. Manchmal hörte sie wochenlang nichts von ihrem Mann, der sich an den gefährlichsten Orten der Welt aufhielt, dort, wo jederzeit ein Querschläger das Ende besiegeln kann.

»Ganz einfach: Ich verdränge es. Ich sehe nicht fern, lese keine Zeitung, ich stelle mir vor, er wäre als Vertreter nach Clermont-Ferrand gefahren, um Tonerkartuschen zu verkaufen.«

»Hast du denn nie die Nase voll?«

»Doch, ständig! Aber das ist nun mal sein Beruf, und er liebt ihn. Mich liebt er auch, das weiß ich. Also ist es im Grunde wirklich einfach, auch wenn unser Leben als Paar dadurch furchtbar kompliziert wird.«

Ich bewunderte Emmanuelles Standvermögen, ihre Unbeirrbarkeit – die mir eher fremd ist. Sie fuhr fort:

»Samuel soll dich also begehren, er soll dich brauchen und dir das auch noch sagen. Aber er ist doch ein Mann, Elisabeth … Wenn er

208

Witwer ist, fällt es ihm vielleicht auch schwer, sich zu öffnen. Vielleicht stellt er sich genau die Fragen, die du dir auch stellst.«

Ich schwieg. So hatte ich das noch nicht betrachtet.

»Gib dir einen Ruck, falls er dir wirklich etwas bedeutet. Rede mit ihm. In unserem Alter kann man seinen Stolz auch mal überwinden.«

Sie hatte recht, und ich nahm mir vor, Samuel noch am selben Abend zu schreiben.

So verging auch der Rest der Woche, ich arbeitete, erledigte die Einkäufe, wir aßen gemeinsam zu Abend und unterhielten uns. Den ersten Tag nach ihrer Entlassung hatte meine Freundin in tiefster Niedergeschlagenheit verbracht, doch jetzt erholte sie sich zusehends. Ich lobte ihren unbedingten Willen weiterzumachen.

»Ständig sage ich mir: Du bist noch da, und Rainer auch. Er und ich können noch so vieles gemeinsam erleben. Wir werden es eben ohne Kind tun.«

Ihre Augen wurden feucht.

»Die Wahrheit ist, es tut weh. Viel mehr als ursprünglich angenommen. Aber ich will nicht, dass wir uns von diesem Schmerz auffressen lassen. Dafür ist das Leben zu kurz und unseres noch längst nicht zu Ende.«

61

Ich verschob meine Abreise nach Jaligny bis zu Rainers Rückkehr. Doch als ich endlich meine Koffer packte, rief Samuel an. Am Wochenende könne er nach Paris kommen. Seine Worte weckten in mir gemischte Gefühle, halb freute ich mich auf ein Wiedersehen, halb ärgerte ich mich über seine Vorgehensweise, dieses ständige Verschwinden, um irgendwann wieder aufzutauchen, als wäre er Herr meiner Zeit. Natürlich ließ ich mich trotzdem darauf ein.

In den wenigen Tagen vor seiner Ankunft arbeitete ich unablässig und kam mit der Entschlüsselung des Tagebuchs gut voran, nicht zuletzt ein probates Mittel gegen meine Ungeduld. Bald wäre ich mit dem Frühjahr 1915 fertig, damals hatte Diane in Othiermont den Dichter Massis kennengelernt, während Alban immer tiefer in die Kriegsmaschinerie geriet und seiner jungen Brieffreundin mehr Postkarten schickte denn je.

Abends ging ich ins benachbarte Programmkino, um meinen müden Augen eine Pause zu gönnen. Wenn ich dann allerdings vor der Leinwand saß, schürten die Bilder fiktiver Leidenschaft, diese ewigen Inszenierungen des Begehrens, die ich noch lange nach deinem Verschwinden gemieden hatte, umso mehr meine Ungeduld und mein Verlangen. Ich hatte das Gefühl, dass die Zeit nicht verstreichen wollte. Am Freitagnachmittag stieg ich gut eine Stunde zu früh in den RER, um sicherzugehen, dass ich den Flug aus Lissabon nicht verfehlen würde. Seit Samuels Anruf hatten wir uns nicht wieder gesprochen, und während der Fahrt fragte ich mich die ganze Zeit, ob er wirklich im Flugzeug saß oder ob ich mir den versprochenen Besuch nur eingebildet hatte.

Diesmal erkannte ich ihn unter den Scharen von Fluggästen auf Anhieb wieder. Über dem Anzug trug er eine lange, gefütterte Leder-

jacke, außerdem schwarze Handschuhe und einen Rucksack. Er sah
müde aus. Als er mich erblickte, winkte er, kam auf mich zu und küsste
mich auf die Wange. Das enttäuschte mich ein wenig – ich hatte mir
eine zärtlichere Begrüßung ausgemalt. Erst im Taxi entspannte sich
Samuel allmählich. Er zog meinen Kopf an seine Schulter.

»Wie geht es dir, Elisabeth?«

Sein leichter portugiesischer Akzent war hörbarer als der seiner
Schwester, das »e« meines Vornamens sprach er »i« aus, ein phone-
tisches Zeichen von Vertrautheit, das mich jedes Mal wieder betörte.
Ich erzählte ihm vom Fortschritt meiner Recherchen und von der Entschlüsselung des Tagebuchs. Er ließ mich ausreden, bevor er endlich
seine Lippen auf meine drückte. Danach lehnte er sich zurück, legte
mir den Arm um die Schulter und betrachtete stumm die abgasge-
schwärzten Schneehaufen am Rand der Stadtautobahn, dann die In-
nenstadt in ihrer Frostkapsel. Wieder fing es an zu schneien. Als wir
aus dem Taxi stiegen, blickte Samuel zum Himmel hoch, wie ein Kind,
das den Zauber des Winters entdeckt. Ihn hier vor meiner Haustür
zu sehen, im Lichtschein der Straßenlaterne, kam mir unwirklich vor.

Als er meine Wohnung betrat, verspürte ich einen Anflug von Verlegenheit, als sähe ich diesen beinahe unbewohnten Ort zum ersten
Mal mit fremden Augen. Samuel äußerte sich jedoch nicht, sondern
zog lediglich seine Lederjacke und die Handschuhe aus. Dass er nun
bei mir war, schüchterte mich plötzlich ein.

»Möchtest du etwas trinken?«

»Gern ein Glas Wasser. Der Flug hat mich durstig gemacht.«

Er folgte mir in die Küche. Auch ich hatte einen trockenen Mund.
Samuel sah mich unverwandt an, und ich konnte seinen Blick nicht
deuten. Also plapperte ich wild drauflos, fragte ihn, wie seine Woche
gelaufen sei, ob er Hunger habe, ins Restaurant gehen wolle … Nach
einer gefühlten Ewigkeit stellte er sein Glas ab, stand auf und nahm
mich in die Arme.

»Nein, ich will nicht ausgehen. Jedenfalls nicht gleich.«

Erst im Schlafzimmer verflog mein Gefühl von Verlegenheit. Wir liebten uns sachte, als müssten wir uns gegenseitig aufs Neue erkunden. Mit Samuel erschien jedes Mal wie ein erstes Mal. Danach blieben wir im dunklen kleinen Zimmer liegen, während vom Nachthimmel Schnee in Streifen fiel und das orangegelbe Laternenlicht dämpfte. Samuel erklärte mir, er versinke in Arbeit. Er habe eine Koordinationssitzung des UNHCR genutzt, um sich ein bisschen Zeit für mich zu nehmen.

»Ich denke die ganze Zeit an dich«, hauchte er mir ins Ohr.

Seine Stimme klang so aufrichtig, dass ich ihm einfach glauben musste. Vorwürfe waren jetzt nicht an der Zeit. Noch nicht.

Nach diesem Abend folgte ein Bild, eine Szene auf die nächste, fließend, glatt, leuchtend. Ich bewahre sie als Spuren eines perfekten Glücks im Gedächtnis, fast zu makellos, um jemals existiert zu haben. Den eisigen Temperaturen zum Trotz streiften wir zusammen durch die Straßen voll knirschenden Schnees. Er staunte über diesen nördlichen Winter, nahm dessen Schönheit genauso wahr wie dessen Härte. Ich führte Samuel ins Musée d'Orsay, ins Museum der Jagd und Naturkunde, in die Buchläden des Quartier Latin. Ich zeigte ihm sogar das Institut, und wir gingen nach unten in die Archivräume, denn ich wollte ihm die Originalbriefe von Willecot zeigen, für dieses Privileg hätte Joyce Bennington ihre Seele verkauft. Vor der Schublade Gt52 schlang Samuel beide Arme um mich und flüsterte mir zu:

»Mit diesem Mann verbringst du also deine Tage? Da werde ich ja richtig eifersüchtig.«

Die restliche Zeit verbrachten wir unter der Bettdecke, um uns von der bitteren Kälte zu erholen, die draußen wütete, um uns zu lieben, Tee zu trinken oder zu plaudern. Nachts arbeitete ich ein paar Stunden, während Samuel schlief, nicht so sehr, weil ich dazu Lust hatte, sondern aus Gewohnheit. Danach kuschelte ich mich wieder an ihn, und er legte im Tiefschlaf die Hände um meine Hüften, als wollte er mich beschützen. Die Erschöpfung, die ihm bei seiner Ankunft so starre Züge verliehen hatte, war wie weggeblasen. Er hatte einen heiteren Gesichtsausdruck, den ich noch nie an ihm gesehen hatte.

Es war davon die Rede gewesen, dass er am kommenden Dienstag abreisen müsste, und ich tat mein Bestes, in der Zwischenzeit nicht daran zu denken. Am Montag ging er zu der besagten Sitzung, danach sollte er noch einen hiesigen Anwaltskollegen treffen. Als er zurückkam, hatte sich seine Miene verdüstert. Ein heikler Fall, kaum Möglichkeiten, ihn zu gewinnen, es drohte eine Abschiebung. Samuel hatte sich auf einem Gebiet spezialisiert, das ihm weder Geld noch Ansehen bescherte, sondern viele Misserfolge. Ich fragte ihn, wie lange er sich schon um illegale Einwanderer kümmerte.

»Sechs Jahre. Davor habe ich Strafrecht gemacht.«

»Wolltest du nicht mehr?«

»Doch. Aber man muss sich an die Gegebenheiten anpassen.«

Offenbar war es besser, nicht weiter nachzuhaken. Weil ich plötzlich Lust auf Süßes bekommen hatte, war ich nachmittags einkaufen gewesen und hatte Crêpeteig zubereitet. Ich fragte Samuel, ob er Crêpes essen wollte. Ja, sagte er und leckte sich die Lippen. Während ich eine Kelle Teig in die Pfanne goss, stellte er sich hinter mich und nahm mich in die Arme.

»Ich will nicht abreisen«, murmelte er mir ins Ohr.

»Bleib doch.«

Er drehte mich zu sich und sah mich so eindringlich an, dass mir das Herz stockte.

»Und wenn ich dich beim Wort nehme?«

Da spürte ich, wie in dieser winzig kleinen Küche mit ihrem Geruch nach warmer Butter und braunem Zucker etwas ins Wanken geriet. Ich hielt seinem Blick stand, obwohl ich mich insgeheim vor all dem fürchtete, was ich über ihn nicht wusste.

»Würde ich mich freuen.«

Samuel blieb bis zum 2. Januar in Paris. Er hatte Violeta mitgeteilt, dass er Weihnachten in Frankreich verbringen würde, ohne ihr zu sagen, mit wem. An Heiligabend spazierten wir durch die frostklirrenden Straßen. Im Canal-Saint-Martin staute sich bereits das Eis, man hörte das dumpfe Krachen der Blöcke, die sich entlang der Ufer gebildet hatten. Und so steckten wir unmittelbar im Bauch des Winters mit seiner eisigen Reinheit, Paris gehörte uns ganz allein, und die Kälte, die die Hauptstadt erstarren ließ, schützte uns vor der Außenwelt.

Als wir heimkamen, waren wir dermaßen durchgefroren, dass wir ein heißes Bad nehmen mussten, um unsere tauben Glieder aufzuwärmen. In dieser Nacht schliefen wir nicht miteinander, sondern glitten gemeinsam in den Schlaf und wärmten uns gegenseitig, eng umschlungen, Haut an Haut. Das war nicht viel und bedeutete zugleich alles.

62

Dianes Tagebuch

1. Januar 1915

Ein neues Jahr, mein liebes kleines Tagebuch! Ich weiß zwar nicht, was es uns bringen wird, aber ich wünsche mir, 1) dass der Krieg aufhört, 2) dass Alban unversehrt heimkehrt, 3) dass ich so schnell wie möglich Abitur machen kann. Denn ich will ebenfalls Europa verlassen und seine »alten Wehren«!

4. Januar 1915

Gestern zum Tee bei Blanche de Barges. Die Massis waren auch da, und zum ersten Mal blieb ich bei den Erwachsenen, anstatt Sophie zu unterhalten. Er ist mit Alban befreundet und ein bedeutender Dichter. Klein, dunkelhaarig, mit Bart und schönen grünen Augen; seine Frau ist bildhübsch, aber so schüchtern, dass wir von ihr kaum etwas vernommen haben. Es wurde viel über Poesie gesprochen. Monsieur Massis kennt alle Werke von Aloysius Bertrand, Mallarmé, Laforgue auswendig, ja sogar die von Corbière! Er fragte, ob ich studieren wolle, und bestärkte mich darin, das Abitur zu machen, er hätte es selbst nur zu gern gemacht, wie er uns erzählte. Natürlich wollte Vater schleunigst das Thema wechseln und kam auf den Krieg und unsere tapferen Soldaten an der Front zu sprechen. Und das schien Monsieur Massis plötzlich sehr unangenehm zu sein. Dieser bedauernswerte Mann hat einen verkrüppelten Arm, was er aber sehr geschickt zu verbergen weiß. Außerdem hat er schon zwei kleine Kinder ... Und so arbeitet er bei der Prüfstelle, in einem Büro in Paris. Ich fragte ihn, ob der Krieg wirklich im Frühjahr vorbei wäre. »Vielleicht haben wir die Schlag-

kraft der deutschen Armee unterschätzt«, sagte er uns. Beim Abschied schenkte er mir ein Exemplar seines Gedichtbands Aus Schalen Dunkel, *mit einer Widmung eigens für mich. Ich war sehr stolz und hoffe, dass ich die Massis oft wiedersehen werde.*

10. Februar 1915
Ich habe auf einen Schlag gleich mehrere Briefe von Alban erhalten. Er schreibt, dass der Winter zwar hart ist, seine Männer aber sehr tapfer sind. Er hat einen bretonischen Adjutanten, den er sehr mag. Ich soll ihm weiterhin die Lösungen schicken, wenn er mir Mathematikaufgaben stellt, weil es ihn vom Krieg ablenkt. Ich hätte nicht gewagt, ihn selbst darum zu bitten, umso schöner, dass er es mir anbietet.

12. März 1915
Vater erlaubt uns, nach Paris zurückzukehren. Umso besser! Ich hatte es allmählich satt, hier eingesperrt zu sein. Ich habe Sacha Cheremetiev geschrieben, dass ich unseren Russischunterricht gern wiederaufnehmen würde. Er möchte in Frankreich bleiben, weil er sich nicht am imperialistischen Krieg beteiligen will, wie er das nennt. Angesichts der vielen Männer, die sich zurzeit für unser Land opfern, finde ich das ziemlich feige. So komme ich aber wenigstens zu meinem Russischunterricht!

16. April 1915
Ich habe die Massis wiedergesehen, sie haben Mutter, Rosie und mich zum Tee eingeladen, in ihrem Zuhause am Quai des Grands-Augustins. Sie wollten uns unbedingt ihre beiden Kinder vorstellen. Das kleine Mädchen ist hübsch, aber der Bub, der noch keine drei Jahre alt ist, weinte ständig, weil er etwas wollte und nicht in der Lage war, sich verständlich zu machen. Ich sagte zu Madame Massis, Kinder sollten

schon von Geburt an sprechen können, so würde man viel Zeit sparen.
Das fand sie sehr amüsant.

18. April 1915
Ich bin ganz vertieft in die Gedichte von Anatole Massis. Er hat mir
zwei weitere Bände geschenkt, Phönixspuren und Grüne Bernsteinsonnen. Seine Verse sind berückend, ich kann verstehen, warum Alban
darauf so versessen ist. Hör dir das mal an, kleines Tagebuch!

Vom Augenblick wissen wir dass er alles ist – bewundert
Zerbricht der Traum wo Sanftmut sich in Falten legt
Strahlt Unbedingtheit aus und erlischt unentwegt

Wie ein Blitz aus Musik in einem Hauch so verwundert
Nicht zu wissen dass man Körper nah wie Angst empfindet
Nicht zu wissen dass man in Wunden ein Florilegium findet.

Apropos Alban, in letzter Zeit habe ich keine Briefe mehr von ihm
erhalten. Hoffentlich ist ihm nichts passiert! An Gott glaube ich zwar
nicht, aber ich werde Sonntag trotzdem für ihn beten, vielleicht hilft
es ja doch.

25. April 1915
Mutter und Rosie waren zur Anprobe beim Schuhmacher, da habe
ich die Gelegenheit genutzt, um Gräfin Cheremetieva zu besuchen.
Eine ihrer Freundinnen war da, Laure de T., und sie unterhielten sich
über die Frauen in England. Um das Wahlrecht zu erlangen, ketten
sie sich an die Tore des Parlaments. Madame Cheremetieva hält diese
Vorgehensweise für vulgär, aber ich finde sie phantastisch. Ich habe
die Nase voll davon, dass wir nichts tun, nichts entscheiden dürfen,
als ob wir nicht in der Lage wären, uns selbst eine Meinung zu bilden.

Als Laure de T. sah, wie sehr mich dieses Thema interessiert, bot sie mir an, mit ein paar anderen Freundinnen an einer politischen Versammlung teilzunehmen. Ich sagte zu, obwohl ich weiß, dass Vater es mir verbieten wird.

30. April 1915
Ich übe fleißig Russisch und Mathematik. So bin ich wenigstens beschäftigt. Hier ist alles so trist! Vater ist tagsüber ständig geschäftlich unterwegs (ein Segen), Mutter ist besessen von ihren wohltätigen Werken, während Rosie, die zwei linke Hände hat, ihre Freundinnen zum Tee einlädt, die sind alle genauso blöd wie sie, können über nichts anderes reden als übers Heiraten oder über Rüschen, oder sie besingen aus vollem Hals die Liebe zum Vaterland und unsere tapferen kleinen Soldaten, was noch schlimmer ist. Gott bewahre, dass ich jemals so hirnlos werde!

1. Mai 1915
Ich habe einen langen Brief von Alban erhalten. Er schreibt mir, dass er nachts bei klarem Himmel vom Schützengraben aus die Sterne beobachtet. Meine letzte Lösung findet er raffiniert, aber er bietet mir eine elegantere an. Er wird Blanche bitten, mir ein paar seiner Mathematikabhandlungen zur Seite zu legen, für meinen nächsten Besuch in Othiermont. Ich habe ihm einen Dankesbrief geschrieben. Trotzdem ist es ärgerlich, dass wir immer auf das Wohlwollen von Männern angewiesen sind, wenn wir uns weiterbilden möchten! Ich verzeihe Vater nie, dass er sich geweigert hat, mich fürs Gymnasium anzumelden.

6. Mai 1915
Ich habe Sacha und seine Mutter bei den Concerts Colonne wieder-
gesehen, wo eine sehr talentierte junge Sängerin namens Hélène De-
lacour auftrat. Sie haben mich für Sonntag zum Tee eingeladen, und
Vater konnte nichts dagegen sagen, obwohl er sichtlich verärgert war.
Diese Cheremetievs sind merkwürdige Leute: die Mutter Aristokratin,
der Sohn Revolutionär. Sie geraten sich pausenlos in die Haare, mit
großen, melodramatischen Gesten, aber ich weiß, dass sie sich innig
lieben. Gelegentlich fehlt es ihnen wohl an Geld, aber das lassen sie
sich niemals anmerken.

12. Mai 1915
Es heißt, die Zeppeline kommen bald wieder, also hat Vater uns nach
Othiermont zurückgeschickt. Was für ein Pech! Er bleibt in Paris, weil
es für ihn wegen des Kriegs fast unmöglich wird, seinen Geschäf-
ten nachzugehen. Ständig rennt er zu seinen Lieferanten oder zu den
Banken. Zu seinem (und unserem) Nachteil besteht Mode zurzeit nur
aus dem Trauerkrepp der Unglücklichen, deren Männer oder Söhne
im Krieg gefallen sind ... Hätte ich einen Mann, wäre ich sicher
fuchsteufelswild, wenn man ihn mir wegnähme, um ihn an die Front
zu schicken.

Albans Briefe treffen bündelweise ein, immer zwei oder drei auf
einmal. Erst kämpft er ein paar Tage, dann schickt man ihn in den
Unterstützungsgraben oder dahinter, entweder um zu arbeiten oder
um sich zu »erholen«, wobei seine Tätigkeiten alles andere als geruh-
sam erscheinen. Er schreibt, er hätte uns im Frühjahr gern in Paris
oder Othiermont besucht, aber allen wurde der Heimaturlaub gestri-
chen. Er fotografiert auch viel. Ein Foto hat er nur für mich gemacht,
von einer zerstörten Dorfkirche, eine Seite komplett von einer Bombe
weggerissen. Nur der Glockenturm steht noch, wie durch ein Wunder,
denn von ihm ist nicht mal die Hälfte übrig. Ein schrecklicher Anblick.

18. Mai 1915

Sacha schreibt mir, dass die Arbeiter sich bald weigern werden, auf andere Arbeiter zu schießen, und dann wird das Volk dieser Metzelei ein Ende setzen. Ein Glück, dass er und Alban mir Briefe schicken, sonst würde ich vor Langeweile sicher eingehen. Simon, unser Butler, hat den Einberufungsbefehl erhalten. In zehn Tagen werden wir also praktisch uns selbst überlassen sein. Mutter hat versprochen, für uns ein Hausmädchen zu suchen. In der Zwischenzeit bekomme ich die Aufgaben von Faulpelz Rosie aufgebrummt.

26. Mai 1915

Obwohl ich täglich stundenlang Mathematik pauke, langweile ich mich zu Tode. Ich habe mit der Lektüre von Dominique *begonnen, Fromentins Roman, den Jeanne Massis mir geschenkt hat. Er handelt von einem jungen Mann, der sich nicht traut, der jungen Madeleine seine Liebe zu erklären. Mir gefallen vor allem die Landschaftsbeschreibungen, sie erinnern mich an den Wald von Ythiers. Das neue Dienstmädchen ist eingetroffen. Sie heißt Mariette und scheint gar nicht so dumm zu sein. Umso besser.*

2. Juni 1915

Gestern habe ich ein Foto von Alban erhalten. In Uniform sieht er älter aus und auch ganz schön mager. Er posiert vor einer Holzbaracke, mit einer Katze auf der Schulter. Er schreibt, sie hätten Haustiere dabei, eine tröstliche Gesellschaft. Der Ärmste, er hat diese Kämpfe bestimmt satt! Seinem Brief lag ein Metallring bei, den er aus einer Boche-Kugel geschmiedet hat. Nun trage ich den Ring als Zeichen von Patriotismus, auch wenn ich im Grunde gar nicht so patriotisch bin. Ich verstehe nicht, warum man die Konflikte zwischen Nationen nicht anders lösen kann als durch gegenseitigen Granatenbeschuss.

10. Juni 1915

Der Sohn unserer Köchin ist nach einem Giftgasangriff mit verätzter Lunge von der Front heimgekehrt. Seitdem misslingen der armen Amélie sämtliche Gerichte. Jetzt herrscht schon seit zehn Monaten Krieg, und die Lage wird offenbar nicht besser, auch wenn die Zeitungen das Gegenteil behaupten. Man erzählt sich, dass es in manchen Gräben zu einer Annäherung zwischen französischen Soldaten und Boches gekommen sei, weil sie einfach keine Lust mehr hätten, sich für nichts und wieder nichts gegenseitig abzuschlachten. Es werden aber so viele Lügenmärchen verbreitet, dass man nichts für bare Münze nehmen kann.

18. Juni 1915

Alban hat mir vorgestern geschrieben und Gedichte geschickt, die er eigens für mich verfasst hat, außerdem drei neue Mathematikaufgaben. Man hat dem Ärmsten schon wieder den Heimaturlaub gestrichen. Nachts betrachtet er den Sternenhimmel, und falls er irgendwann einen neuen Planeten entdeckt, wird er ihn nach mir benennen, das hat er mir versprochen.

16. Juli 1915

Vorgestern wurde der Nationalfeiertag begangen. Wir waren mit der ganzen Familie dort und mit Blanche und Sophie. Die Kleine hat die Militärmusik beklatscht. Sie ist erst drei, für sie ist der Krieg ein merkwürdiges Spiel, das ihr Papa ganz weit weg spielt. Mir ist nach wie vor sterbenslangweilig, zum Glück habe ich die Mathematik und Dounia, die Stute von Blanche, die ich mir jederzeit leihen kann.

1. August
*O Wunder, Alban hat Urlaub erhalten. Er hat uns gestern besucht!
Dabei erklärte er uns, dass die Soldaten mit irgendeiner Art von
Rebellion gedroht hätten, weil sie diesen Krieg einfach nicht mehr
aushalten. Wie sehr Alban sich verändert hat! Als wäre er schlagartig
gealtert, obwohl es erst ein Jahr her ist, dass er einberufen wurde. Vater und Mutter fragten ihn nach den Schützengräben, und er antwortete, es sei furchtbar, so furchtbar, dass es jede Vorstellung übersteige.
Ich habe ihm gleich angesehen, dass er nicht die geringste Lust hatte,
darüber zu reden. Vater ließ sich lang und breit über das Vaterland
aus, den Schneid, den Mut unserer Soldaten. Mag ja sein. Aber was
trägt er denn dazu bei, wenn er kreuz und quer durch Paris rennt, um
seine Fabrik zu retten?*

2. August
*Ein Jahr Krieg. Alban hat mir gestern gesagt, dass er so bald nicht
aufhören würde.*

3. August
*Alban und ich haben einen langen Ausritt unternommen, bis zu den
Hängen von Viermont. Er, der sich früher so gern mit anderen unterhielt, war ziemlich wortkarg. Wahrscheinlich denkt er immer noch an
den Krieg, in wenigen Tagen muss er wieder hin. Nach dem Ausritt
haben wir uns über Mathematik ausgetauscht, und er hat mich ermutigt weiterzumachen. Er hat mir von einer russischen Mathematikerin namens Sofja Kovalevskaja erzählt, die offenbar Universitäts-
professorin geworden ist. Wie gern würde ich es eines Tages so weit
bringen! Da wären Vater und Rosie aber baff.*

4. August

Alban hat mich im Wald von Ythiers fotografiert, mit einem Apparat von der Größe einer Pralinenschachtel. Ich sollte für ihn zu Pferde posieren, an einen Baum gelehnt, beim Pflücken einer Blume etc. Ich weiß nicht, ob er damit meiner Figur (!) Bewunderung zollte oder es einfach genoss, seinen Knipskasten zu betätigen. So oder so hatte ich nach einer Stunde genug. Ich habe aber brav mitgemacht, kleines Tagebuch. Alban wirkte so glücklich, dass ich ihm diese Verschnaufpause nicht verderben wollte.

6. August

Ich bin zu Blanche gegangen, um mit Alban Mathematik zu üben. Rosie ist verschnupft, weil sie nicht mitmachen durfte. Ihr Pech, wenn sie schon so dumm ist. Gestern haben wir uns über eine sehr knifflige Aufgabe gebeugt, und ich habe die Lösung schneller gefunden als er. Alban wirkt heiterer als bei seiner Ankunft, als hätte er die düsteren Gedanken verscheucht. Er wolle nicht an die Rückkehr denken, hat er mir gesagt.

8. August

Alban ist abgereist. Der Ärmste hat zwar versucht, die Fassung zu wahren, als es an den Abschied ging, aber er war völlig aufgelöst. Hier sprechen alle, mit Rosie an der Spitze, verächtlich über die Selbstverstümmler und die Deserteure. Ich will dir aber eins sagen, kleines Tagebuch: Ich weiß nicht, ob ich an seiner Stelle den Mut aufgebracht hätte, wieder in den Krieg zu ziehen.

63

So anstrengend die Fahrt gewesen war, bereute ich diese Stunden auf der spiegelglatten Straße nicht. Die Landschaft rund um Jaligny hatte sich in ein stilles weißes Meer verwandelt, in dem die sanft geschwungenen Täler halb versanken. An dieser weiten, jungfräulichen Fläche, die hier und da vom dunklen Streifen einer Straße durchzogen wurde, brachen sich die winterlichen Sonnenstrahlen, streuten Licht über den gefrorenen Schnee. Ich musste an Samuel denken, der in den windig-feuchten Winter der Stadt der sieben Hügel zurückgekehrt war, und bedauerte, dass er nicht neben mir saß, um dieses Schauspiel zu genießen. Während der Funkstille, die nach seiner Abreise eintrat, konnte ich kaum glauben, dass diese zehn gemeinsamen Tage in der Rue Gabriel-Lamé, diese Überfülle an Leben in einem über so lange Zeit erstarrten Dasein, wirklich stattgefunden hatten. Unmittelbar nach seinem Abflug hatte ich den ganzen Tag auf ein Wort, ein Zeichen gewartet, das wenigstens in Gedanken unsere Verbundenheit fortsetzte, die bei jedem Wiedersehen von neuem entstand und sich von Mal zu Mal weiter vertiefte. Es kam aber nichts. Mit diesem Mann ist alles möglich, größtmögliche Nähe und Leidenschaft oder absolute Ungewissheit.

Kaum war ich wieder im Haus von Alix, verbrachte ich den ersten Tag damit, die unteren Räume mit Hilfe etlicher Kaminfeuer zu beheizen und draußen mit meinen Bordmitteln einen Weg freizuschaufeln. Der Schnee reichte mir bis über den Oberschenkel, und ich hatte das Auto vor dem Rathaus abstellen müssen, weil es unmöglich war, die Zufahrt zum Haus zu benutzen. Als ich am nächsten Morgen zu Fuß zur Bäckerei ging, war das ein richtiges Husarenstückchen. Im fast völlig verwaisten Mini-Supermarkt sagte die Kassiererin, während sie meine Einkäufe scannte: »Ach, sieh an, Sie sind wieder da?« Ich weiß, dass manche Dorfbewohner glauben, meine Anwesenheit hier wäre nur eine Marotte und ich würde nach ein paar Monaten wieder nach Paris ziehen … Ich nutzte meine Einkaufsrunde, um im Rathaus nach einer Hilfskraft zu fragen, die mir die Zufahrt freiräumen könnte. Dort sagte man mir, bei diesem Schnee sei nichts zu machen.

Und so machte ich mich selbst daran, mit einer Schaufel, die ich im Dorfladen erstanden hatte, und sah zwischendurch Löwelinchen beim Spielen zu, die irgendein Instinkt dazu getrieben hatte, Marie-Hélènes Haus zu verlassen und hierherzukommen. Ich beobachtete das muntere Herumtollen und die zaghaften Sprünge der kleinen Katze, die ihren ersten Schnee erlebte und sich fröhlich in dieser schmiegsamen Watte wälzte, die sie bei jedem Schritt zu verschlingen drohte.

Abends hatte ich dermaßen viele Blasen an den Händen, dass ich mein Besteck kaum halten konnte. Nach einem kargen Abendessen las ich meine Mails. Immer noch keine Nachricht von Samuel. Dafür eine von Violeta, die mir ein gutes neues Jahr wünschte. Offensichtlich ahnte sie nicht im mindesten, wo ihr Bruder Weihnachten verbracht hatte; falls sie es doch erraten haben sollte, gab sie es nicht zu erkennen. Sie erzählte von Lissabon, von ihren Söhnen und den anderen im Haus, außerdem lud sie mich erneut ein, sie im Frühjahr zu besuchen.

Violeta hatte noch ein Postskriptum hinzugefügt, das keineswegs belanglos war. Sie habe bei der Durchsicht der Unterlagen ihrer Mutter den Brief eines gewissen Maurice Hippolyte entdeckt, datiert auf April 2003. Dieser Mann gab an, er habe sich der Résistance in der Nähe von Lyon angeschlossen, und zwar einem Netzwerk namens Jour-Franc. Er behauptete, im Besitz von Informationen über eine junge Frau zu sein, die möglicherweise mit Tamara Zilberg identisch war. Suzanne Ducreux hatte mit ihm ein Telefonat vereinbart, die Nummern hatten sie sogar schon ausgetauscht. Ob es dazu gekommen war? Violeta hatte keinen weiteren Brief von Hippolyte gefunden; die Rufnummer war inzwischen jemand anderem zugeteilt worden. In meiner Antwort sicherte ich ihr zu, dass ich mich bemühen würde, diesen Mann ausfindig zu machen, auch wenn bei einem so verbreiteten Familiennamen kaum Hoffnung bestand.

Bevor ich ins Bett ging, las ich noch einmal den bereits entschlüsselten Teil von Dianes Tagebuch. Nun wusste ich, dass Alban und das junge Mädchen eine rege Korrespondenz geführt hatten und dass auch Diane Massis begegnet war und seine Gedichte bewunderte. Ihre emanzipatorischen Ideen und ihre intellektuellen Bestrebungen waren eine Quelle ewigen Streits mit ihren Eltern gewesen. Weniger eindeutig wirkten die Gefühle, die sie Willecot entgegenbrachte. Ihrem Tagebuch war zwar eine gewisse Zuneigung zum Astronomen zu entnehmen, der sie in ihren mathematischen Ambitionen bestärkte, aber nichts wies darauf hin, dass sie tatsächlich in ihn verliebt war. Und ich wusste auch nicht, welche Rolle dieser Cheremetiev für sie spielte, dessen Gesellschaft Diane offenbar ebenso sehr genoss wie den Russischunterricht. Dennoch machte ich mir ein zunehmend klareres Bild von dieser rebellischen Jugendlichen, die, so begabt wie willensstark, in einem abgelegenen Landhaus eingesperrt gewesen war, mit ihren siebzehn Jahren, ihren ehrgeizigen Zielen, die von ihrer Familie durchkreuzt wurden, und einem Krieg, der so bald nicht enden sollte.

64

25. August 1915

Mein lieber Anatole,

verzeih den mutlosen Ton meines letzten Briefs. Es lag wohl an meiner Rückkehr aus dem Heimaturlaub. Ich hatte diese Augenblicke so sehr herbeigesehnt – sie haben mir die Rückkehr an die Front umso unerträglicher gemacht, nach unserem viel zu kurzen Wiedersehen in Paris und den Stunden, die ich mit Blanche und Diane verbringen durfte. Es war eine solche Freude, Dich, Jeanne und die Kinder wiederzusehen!

Als der Postmeister weg war, tat es mir leid, dass ich dermaßen die Beherrschung verloren hatte. Ich weiß nur zu gut, wie sehr Dich das ebenfalls trifft und was Du in den letzten Monaten alles erleiden musstest. In diesen Zeiten ist man überall Angriffen ausgesetzt.

Was Du über die Szenen aus dem Muschkotenleben gesagt hast, bewegt mich sehr. Zunächst war es nur ein amüsanter Zeitvertreib, inzwischen ist es ein Mittel gegen die Verzweiflung. So, wie sich die Szenen entwickelt haben, dürften sie wohl niemanden mehr amüsieren. Dein Angebot, daraus mehr zu machen, bedeutet für mich eine große Ehre, es schenkt mir auch Trost. Lass mich bitte wissen, wie Agulhon darüber denkt.

Gewiss, dieser Plan wird uns Geschick und Vorsicht abverlangen. Aber das ist die Sache wert. Ich vertraue Dir da voll und ganz.

In tiefster Freundschaft

Willecot

65

Gleich am nächsten Morgen suchte ich Jean-Raphaël in seiner Kanzlei auf. Der junge Notar saß auf glühenden Kohlen, denn Minh Ha sollte noch in dieser Woche entbinden. Doch bevor er sich in die Freuden der Vaterschaft stürzte, wollte sich J. R. noch unbedingt bei mir melden, um mir mitzuteilen, was seine Kollegin in Lyon herausgefunden hatte. Bei den Nicolaïs handelte es sich um eine Dynastie von Schneidern und Modeschöpfern, die einen wesentlichen Teil ihres Reichtums Ende der 1860er Jahre erwirtschaftet hatten, wie aus diversen Verträgen und anderen Dokumenten mit notarieller Beglaubigung hervorging. Sie waren für die Bühne tätig gewesen: Theaterkostüme, kostbare Seiden und andere Stoffe, Schmuckfedern. Der Markenname wurde bekannt, als einige Schauspielerinnen auch ihre private Garderobe bei ihnen in Auftrag gaben. Die Nicolaïs besaßen eine Stofffabrik in der Vorstadt von Lyon, drei Ateliers in Paris und brüsteten sich damit, dass Cléo de Mérode und sogar die große Sarah Bernhardt zu ihren Kundinnen zählten. J. R. hatte mir einen Prospekt gezeigt, eine ansprechende Reklame in englischer Schreibschrift, mit dem Kupferstich einer eleganten Dame auf der Tribüne einer Rennbahn illustriert. Selbst die Pferde schienen von der Schönen fasziniert. Der Slogan ließ an Klarheit nichts zu wünschen übrig: *Mit Nicolaï ziehen Sie sämtliche Blicke auf sich.* Leider endete diese Erfolgsgeschichte mit dem Ersten Weltkrieg. Der Unternehmer, der wie so viele andere geglaubt hatte, der Spuk wäre bald vorbei, war nicht in der Lage gewesen, rechtzeitig umzusteuern, während einige seiner gewitzteren Konkurrenten ihre Produktion von Pelzen und luxuriösen Roben schleunigst auf warme und praktische Kleidung umgestellt hatten. Das Haus Nicolaï musste bereits 1915 zwei seiner Pariser Ateliers schließen und drei Viertel des Personals entlassen.

Dieses Opfer hatte nicht gereicht. Ein Jahr später war Othiermont mit einer Hypothek belastet und Charles Nicolaï so hoch verschuldet, dass er keinerlei Aussicht hatte, seinen Besitz zu wahren. Da man in jenen Kreisen schon beim geringfügigsten Anlass den Notar bemühte, fand sich im Familienarchiv der Nicolaïs auch Dianes Ehevertrag. Die junge Frau hatte Etienne Ducreux tatsächlich am 25. Januar 1917 in Othiermont geheiratet. Ihr Mann hatte nicht nur auf eine Mitgift verzichtet, was damals sehr ungewöhnlich war, sondern anschließend auch die Hypothek auf das Nicolaï'sche Haus und die Fabrik in Lyon aufgekauft, die sich noch im Besitz der Familie befand. Das alles vollzog sich binnen vier Wochen nach der Hochzeit.

Der zeitliche Abstand zwischen beiden Ereignissen war zu kurz, um an einen Zufall denken zu lassen. Diane war zum Gegenstand eines Tauschhandels geworden, und ich konnte nun besser verstehen, warum die Mutter, Henriette Nicolaï, in ihrem Brief an Blanche so viel Reue zeigte. Diese Heirat schürte dennoch weiterhin meine Neugier, denn ich hatte durch die Briefe von Alban schließlich erfahren, dass er ebenfalls um Diane werben wollte. Überdies hatte sein Tod Diane von Frühjahr 1917 an eine von ihm testamentarisch verfügte Geldrente beschert. Der damalige Notar hatte handschriftlich vermerkt, dass die Summe im Todesfall an die Kinder von Diane übergehen sollte. Was hatte es damit auf sich? Ob Blanche, die sich um die Buchhaltung kümmerte und mit sicherer Hand ein florierendes Weingut sowie eine Molkerei führte, eine Mesalliance befürchtete, weil die Nicolaïs am Rande des Ruins standen, und ihren Bruder davon abgebracht hatte, Diane zu heiraten? Oder hatte sich das junge Mädchen am Ende doch noch in Etienne Ducreux verliebt, den Bürgerssohn aus Lyon? Aber was wäre dann dieses »Unglück«, auf das ihre Mutter Bezug nahm? Darüber konnte mir einzig und allein das Tagebuch Aufschluss gewähren.

Sobald ich wieder zu Hause war, recherchierte ich im Pariser Telefonbuch, während es draußen heftig schneite. Ich stieß auf Dutzende Personen mit dem Familiennamen Hippolyte, von denen zwei den

Vornamen »Maurice« trugen. Doch als ich unter diesen Nummern anrief, erfuhr ich, dass keiner der beiden jemals einem Netzwerk der Résistance angehört hatte.

Danach tätigte ich noch ein paar fruchtlose Anrufe, was mich umso mehr ärgerte, als ich nur äußerst ungern telefoniere. Schließlich schrieb ich eine Mail an Violeta und regte an, dass sie den Rest der Liste selbst abtelefonierte. Immerhin waren es ihre persönlichen Nachforschungen, und sie war weitaus berufener als ich, zu erklären, warum sie nach diesem Mann suchte. Ich schrieb ihr, sie könne bei Bedarf meine Rufnummer hinterlassen. Und dann wollte ich nur noch eins: mich wieder in das Tagebuch von Diane und in die Briefe von Alban vertiefen. Auch wenn noch viele Einzelheiten fehlten, zeichneten sich bereits die einzelnen Stränge ihrer Geschichte ab, eines komplexen Gebildes, in dem sich alles Mögliche verwob, Liebe, Krieg, Erwachsenwerden, Zuversicht und Enttäuschung. Im Lauf der Zeit wuchs mein Gefühl von Vertrautheit mit den beiden. Sie führten mich mit ihrer Perspektive in diese bewegte Epoche ein und erschienen mir bald wie Verwandte, wie liebe Freunde, wie Bruder und Schwester, die mit mir ihre alltäglichen Sorgen und ihre Liebeswirren teilten.

Du und ich haben uns einmal lange über meinen Beruf unterhalten. »Für dich sind Archive eine Herzenssache«, hattest du mit einem Lächeln bemerkt. Das hatte ich dir, dem bedeutenden Historiker, damals übelgenommen. Später musste ich dir jedoch zugestehen, dass an dieser Bemerkung durchaus etwas dran war. Bei der Wahl meines Studienfachs hatte ich lange zwischen Philologie und Kunstgeschichte geschwankt, und als ich mich nach meiner Doktorarbeit auf die Erforschung unseres fotografischen Kulturerbes spezialisierte, entschied ich mich nicht ohne Grund für die Geschichte der Postkarte. Mir gefiel das Beschauliche, der bürgerliche Anstrich, die beruhigende Banalität dieses Mediums. Wahrscheinlich wollte ich mich vor allem gegen die Emotionen schützen, die diese Lichtspur, diese verblüffende Verbindung von Tod und Leben, von Täuschung und Wahrheit, überträgt, also all das, was Fotografie ausmacht. Dieses schwindelerregende Vermögen, die Zeit zugleich festzuhalten und aufzuheben, löst bei mir ebenso viel Faszination wie Furcht aus, und zwar von jenem Tag an, als mir Marraine meine erste Polaroidkamera in die Hand drückte. Ich erinnere mich bis heute an den Moment, in dem das Grün der Bäume und das sandgelb schimmernde Fell unseres Golden Retrievers Lallie nach und nach auf dem Bild hervortrat, einer Hündin, die ihre Zuneigung stürmisch zu bekunden pflegte und mit der ich unmittelbar vor dieser Aufnahme noch gespielt hatte.

Als Historikerin lernte ich, mich auf das Technische zu konzentrieren, auf den Bildausschnitt, den Abzug, die Gestaltung und den Poststempel. Aber so kitschig die abgebildeten Landschaften auch waren, so lapidar die Botschaften, die Grüße, die auf der Rückseite standen, brachten sie in mir dennoch den melancholischen Ton von längst verhallten Stimmen, getrennten Liebespaaren, von Verheißungen und Reisen zum Klingen, die auf diesen altmodischen Papprechtecken gebannt waren, als Beweisstück und als Opfergabe.

Beim Öffnen der Willecot-Akte war ich in eine andere Dimension hineingeraten. Gärender Menschenteig, den der allgegenwärtige Tod noch ergreifender machte; es war ja auch nicht irgendein Tod, sondern jener, den der industrielle Krieg verhieß, zum ersten Mal zeigte er seine furchtbare Fratze, so dass die Beteiligten gar nicht wussten, wie sie sich zur Wehr setzen sollten. Und was hatte das kurze Leben von Diane, deren Jugend auf diesen Krieg geprallt war wie ein Läufer über ein Hindernis stolpert, wohl an Leidenschaft und Ernüchterung mit sich gebracht, zwischen diesem ungeheuren Wissensdrang und dem Verbot, ihm nachzugeben? Und im Schatten schlummerte noch diese Tamara, die verschwundene Großmutter meiner portugiesischen Freundin, über die ich noch gar nichts wusste, und wartete darauf, aus dem dunklen Magma hervorzutreten, das dieses Jahrhundert zum Bersten gebracht und eine bestimmte Vorstellung von Menschlichkeit auf ewig vernichtet hatte.

Nun warst du nicht mehr da, um dich über meine Rührseligkeit lustig zu machen. Und ich setzte zum ersten Mal alles daran, Lebensläufe freizulegen, die weit düsterer schienen als alles, was mir bis dahin begegnet war. So entdeckte ich, wie die Betroffenen sich im Dornengestrüpp der Historie verfangen, wie sie Tag um Tag versucht hatten, sich hindurchzukämpfen, die Hoffnung allen Widrigkeiten zum Trotz nie ganz aufzugeben, während ganz Europa von den Vorstößen eines globalen Krieges erschüttert wurde und sie von nichts anderem mehr künden konnten als von Chaos und Ruinen.

66

Mein lieber Anatole,

T., 12. September 1915

wie eigensüchtig ich mir vorkomme, wenn ich Dir ständig mein Leid als Soldat klage. Hier ist es aber so feucht, und wir blasen Trübsal. Vor allem die verheirateten Männer sind aufs äußerste gereizt, weil man uns keinen Urlaub mehr genehmigt.

Einer aus meiner Truppe, der im Zivilleben Buchhalter ist, hat einen einjährigen Sohn, den er noch kein einziges Mal gesehen hat! Die Stimmung im Schützengraben ist grauenhaft.

Gestern wurden Gallouët und Picot, ein Neuankömmling (ein Lehrer, wie Lagache), gerügt, weil sie gegen die Pioniersaufgaben protestiert hatten, die man uns aufbürdet, sobald wir im Unterstützungsgraben eintreffen. Als wären wir nach fünf Tagen unter Beschuss nicht schon erschöpft genug.

Du möchtest wissen, wie es mir geht ... Ich habe überlebt. Ich überlebe. Darauf beschränkt sich mein ganzes Sinnen und Trachten, jeden Tag aufs Neue. Die Lage an der Front schlägt immer schneller um. Jedes Mal, wenn wir den Boches zehn Meter abtrotzen, nehmen sie uns wieder fünfzehn Meter weg. Dann sind wir an der Reihe, und immer so weiter. Das nennt man angeblich »Aufknabbern«. Da fragt man sich doch, was im Kopf dieser Offiziere vorgeht, die sich so etwas ausdenken. Die sollten besser vorbeikommen, um sich mal anzusehen, wie teuer man sich jeden »aufgeknabberten« Meter erkaufen muss.

Ich bin Dir dankbar, dass Du mich ermutigst, mein Büchlein zu vollenden, aber ich kann mich momentan nicht zum Schreiben aufraffen. Ich begnüge mich damit, Deine Verse zu lesen und die von

Verlaine, dem Häftling. Wenn ich dann bei klarem Wetter im Schützengraben liege und die Sterne funkeln, sage ich mir, dass auch ich den »Himmel über dem Dach« betrachte.

In tiefster Zuneigung

Willecot

67

Samuel hatte mir gesimst, er sei Anfang Februar wieder in Paris. Diese paar Worte wischten sämtliche Zweifel weg, die mich tagelang gequält hatten, weil er sich nicht meldete; als ich sie las, erfasste mich eine solche Freude, ein solches Verlangen, dass mir fast bange wurde. In Ermangelung eines Besseren schnappte ich mir Löwelinchen und erdrückte sie schier mit meinen Liebkosungen. Dieser Tag, der so grau begonnen hatte, wurde plötzlich strahlend. Und ich überlegte mir schon, was Samuel und ich bei seinem nächsten Besuch alles unternehmen würden.

Mit frischer Energie nahm ich die Jagd nach den Hippolytes wieder auf, diesmal aber übers Internet. Nachdem ich Jour-Franc in die Suchmaschine eingegeben hatte, stieß ich zunächst auf Dutzende von Websites zum Thema Arbeitsrecht, weil der Begriff auch Teil einer Redensart aus Quebec ist. Also kombinierte ich ihn mit den Suchwörtern »Netzwerk«, »Résistance«, »Widerstandskämpfer« und »Lyon«, was mir mehr Treffer bescherte: einen alten Artikel aus einer Lokalzeitung, den Verweis auf das Buch eines gewissen Jean-Noël Ozanam – *Die Résistance und ihre Netzwerke im Umfeld von Lyon* – und vor allem den Namen eines Freundeskreises von »Widerständlern und Deportierten aus Lyon«. Auf der Website wurde nur die Adresse dieses Vereins angegeben, ich musste ihn also anschreiben. Eine Vorgehensweise, die im Fall von Dianes Tagebuch durchaus gefruchtet hatte. Ich verfasste gleich einen Brief, auf einem von Alix' cremefarbenen Bögen mit der glatten Oberfläche, die inzwischen zu meinem offiziellen Briefpapier geworden waren, und fragte, ob ein ehemaliges Mitglied des Netzwerks Tamara Zilberg oder ihren Mann Paul Lipchitz gekannt hatte.

Die zweite gute Nachricht traf mittags per Mail ein: die Geburtsanzeige von Mary-Blanche Terrasson. Babys fand ich schon immer

potthässlich, so auch dieses, mit der runzligen Haut, den geschlossenen Fäustchen und dem kahlen Schädel. Trotzdem blitzte im Auge des
winzigen Wesens etwas Schalkhaftes auf, möglicherweise hatte es von
seinen Eltern den Sinn für Humor geerbt. Den englischen Vornamen
des Mädchens hatten sie mit dem schönen und altmodischen Namen
von Alix' Mutter verknüpft. Albans Briefen nach zu schließen wür-
digten sie damit eine mutige Frau, die sich ohne Unterlass um ihre
Tochter, ihre anderen Angehörigen und das ganze Weingut gekümmert hatte, während ihr Mann an der Salonikifront kämpfte.

Das Mittagessen nahm ich im Stehen ein, dort, wo Alix ihr Lese-
plätzchen hatte, und blickte zum Fenster hinaus: Die Landschaft war
immer noch weiß und unberührt, die anhaltende Kälte konservierte
den Schnee. Normalerweise nahm ich mir nachmittags wieder Albans
Korrespondenz vor oder transkribierte noch ein paar Seiten aus Dianes Tagebuch. An diesem Tag hatte ich aber keine Lust zu arbeiten.
Nachdem am frühen Nachmittag ein Schneepflug die Straße geräumt
hatte, nutzte ich die Gelegenheit und fuhr nach Moulins, um ein Geschenk für Mary-Blanche zu kaufen. Unterwegs versuchte ich mich
daran zu erinnern, wann ich das letzte Mal so etwas gemacht hatte –
zum Geburtstag des Vize-Konsuls? Von Emmanuelle? Es wollte mir
partout nicht einfallen. Manchmal hatte ich das Gefühl, dass mein
Leben in Jaligny eine Art Reha war und ich wieder Schritt für Schritt
lernen musste, wie man mit anderen Menschen umgeht.

In Moulins stöberte ich lange in einem Antiquitätenladen, bis ich
mich schließlich für einen silbernen Taufbecher entschied. Ein Gegenstand aus dem vergangenen Jahrhundert, der eher symbolischen als
Gebrauchswert hatte. Obwohl er sehr fein gearbeitet war, verkaufte
ihn die Antiquarin zu einem Spottpreis. Danach brachte ich den Becher zu einem Juwelier, um den Namen des Kindes eingravieren zu
lassen, und musste kurz daran denken, dass ich niemals erfahren
würde, welchen Namen Emmanuelle und Rainer ihrem Kind gegeben hätten. Im winzigen Laden hatte ich mir das Porzellangeschirr
angesehen, die Spiegel, die Schatullen, die gebundene Werkausgabe

von Victor Hugo. Ich hätte gern etwas für Samuel gekauft, aber ich wusste nicht, was ihm gefallen könnte, abgesehen von französischer Lyrik. Seine Kleidung ist zwar elegant, die einzelnen Kleidungsstücke sind aber alle sehr ähnlich, er trägt keine Uhr und gibt sich nicht mit irgendwelchen modischen Accessoires ab. Trotzdem bin ich mir ziemlich sicher, dass er nicht immer so gewesen ist. Vielleicht hatte gerade dieser asketische Geschmack, der aus seiner persönlichen Geschichte resultieren mochte, zu unserer Annäherung beigetragen.

Der Besuch im Antiquitätenladen hatte meine Kauflust geweckt. Nach dem Juwelier suchte ich den Plattenladen auf und verließ ihn mit einer neuen Rameau-Einspielung von Bertrand Cuiller. Die benachbarte Buchhandlung mit dem zum Ort passenden Namen *Le Moulins des mots* hatte das Buch von Jean-Noël Ozanam über den Widerstand in Lyon nicht vorrätig. Der Buchhändler führte eine Computerabfrage durch und teilte mir dann mit, dass es nicht mehr lieferbar war. Ich nahm mir vor, das Buch bei meinem nächsten Aufenthalt in Paris in einem Antiquariat zu suchen, und sah mich in der Buchhandlung um. Meine Wahl fiel auf zwei Krimis von Arnaldur Indriðason, falls ich mich abends mal entspannen musste.

Nach diesen Einkäufen setzte ich mich in ein Café, um mich aufzuwärmen. Zum Cappuccino las ich die Nachrichten auf meinem Handy. Joyce Bennington kündigte mir an, dass sie im Februar zu einem Kolloquium nach Paris reise und mich bei dieser Gelegenheit treffen wolle. Wenn ich Fraenkel, dem belgischen Autographenhändler, glauben durfte, verfügte sie tatsächlich über die Willecot-Briefe, mit denen sie geprahlt hatte. Vielleicht ergäbe sich durch ihren Besuch die Gelegenheit, mehr über diese viermonatige Lücke in der Korrespondenz des Leutnants mit dem Dichter zu erfahren. Ich leitete die Nachricht der Viper an Eric Chavassieux weiter, mit der dringenden Bitte, sich auf ein solches Treffen einzulassen. Während ich an meinem Kaffee nippte, malte ich mir aus, dass ich diesen Briefen entnehmen würde, aus welchem Grund der Leutnant so lange nicht geschrieben hatte. Zu diesem Zeitpunkt war ich noch der naiven Überzeugung, dass es meine moralische Pflicht war, die Leerstellen in Albans Biographie auszufüllen, und ich ging keineswegs davon aus, dass meine Entdeckungen sich auf die Gegenwart auswirken könnten.

68

Als ich mich gestern auf die Suche nach Löwelinchen machte, verirrte ich mich im Wald. Noch nie hatte ich mich weiter als 200 Meter in diesen verwilderten Hochwald vorgewagt, der einst Blanche de Barges' Park gewesen war und im Norden an den Gemeindewald grenzte, wie Marie-Hélène mir erklärt hatte. Nach ein paar Minuten hätte ich beinahe kehrtgemacht, denn der Schnee war so dicht, dass er die Dornbüsche und die Himbeersträucher verdeckte, die sich am Gestrüpp emporrankten. Ich konnte keinen einzigen begehbaren Weg erkennen. Nichts erinnerte mehr an die harmonische Anlage des einstigen Parks ... Doch dann stieß ich auf eine größere Lücke, die darauf schließen ließ, dass hier ab und zu Leute hindurchgingen, es waren auch einige frische Spuren zu sehen. Ich folgte diesem Pfad und rief alle hundert Meter nach der Katze, die sich schon seit zwei Tagen nicht mehr hatte blicken lassen. Schließlich gelangte ich an den Zugang zum Gemeindewald und setzte dort meine Suche fort. Meine Rufe verhallten ungehört, und ich machte mir Sorgen. Löwelinchen war so klein, vielleicht hatte sie ein Wiesel oder ein Fuchs angegriffen.

Um vier Uhr gab ich auf, völlig durchgefroren unter der blassen Februarsonne, und wollte denselben Weg zurückgehen. Im Gemeindewald kein Problem, doch als ich im wilden Bereich ankam, suchte ich vergeblich nach dem Pfad, dem ich zuvor gefolgt war. Als ich einen Dornbusch umrunden musste, verlor ich meine eigenen Spuren aus den Augen. Tatsächlich erkannte ich keinen einzigen von den Orientierungspunkten wieder, die ich mir gemerkt hatte, und bald kam es mir so vor, als drehte ich mich im Kreis. Das GPS meines Handys war mir da überhaupt keine Hilfe, denn es führte mich immer weiter weg von meinem Ausgangspunkt. Nach einer Weile musste ich mir eingestehen, dass ich mich verlaufen hatte. Es wurde bereits dunkel, und ich hatte nicht einmal daran gedacht, eine Taschenlampe einzustecken. Da wurde mir bewusst, wie unbedacht ich gehandelt hatte, als Städterin, die nur ausgeschilderte Wege gewohnt war, unfähig, sich in einem unbekannten Stückchen Wald zu orientieren. Vom gefrorenen Boden stieg feuchte Kälte auf. Bald wäre es stockfinster.

Ich versuchte, meiner wachsenden Panik mit Argumenten zu begegnen: Dieser Teil des Waldes war gar nicht so groß, höchstens zwanzig Hektar. Weil ich mir eine Landkarte angesehen hatte, wusste ich, dass das Dorf im Osten lag, also müsste ich nur der untergehenden Sonne den Rücken kehren und immer weitergehen, bis ich irgendwann auf eine Straße stieß, die mich zum Dorf zurückführte. Ich lief eine gute Viertelstunde in der immer dichter werdenden Dämmerung, stieg über Dornbüsche und stolperte über Wurzeln. Zum Glück trug ich eine warme Outdoorjacke und hatte Stiefel angezogen, die mit ihrem dicken Leder meine Knöchel vor Dornenstichen schützten. Meine Hosenbeine waren aber klatschnass, und ich war so müde, dass ich die Kälte stärker spürte. Angestrengt spähte und lauschte ich und fuhr jedes Mal zusammen, wenn ich ein kurzes Knacken hörte, das von der Anwesenheit unsichtbarer Tiere zeugte.

Auf einmal ragten kleine, rostige und halb eingefallene Bögen aus der Dämmerung. Daneben erkannte ich die Umrisse einer Eiche wieder, die mir am frühen Nachmittag aufgefallen war: Einer ihrer Hauptäste war vom Blitz getroffen worden und im stumpfen Winkel am Stamm hängen geblieben. Das Haus konnte nicht mehr allzu weit weg sein.

In diesem Moment hörte ich ein Klicken und spürte zugleich einen stechenden Schmerz am Fußrücken. Ich musste gar nicht erst hinsehen, um zu begreifen, dass ich in eine Falle geraten war. Im letzten Schein der untergehenden Sonne nahm ich den Glanz des metallenen Kiefers wahr, der sich um meinen Stiefel geschlossen hatte. Hätte nicht ein Batzen gefrorenen Schnees die Feder beschwert, wäre der Schnappeffekt noch viel heftiger gewesen. Ohne nachzudenken, doch mit der Zielstrebigkeit, die manchmal mit Angst einhergeht, brach ich einen Ast ab und benutzte ihn als Hebel, um die beiden Fallenbügel Zentimeter um Zentimeter auseinanderzustemmen. Kaum hatte ich meinen Fuß glücklich herausgezogen, schloss sich die Falle um den Ast, der krachend zerbarst. Diese mörderische Vorrichtung hätte einem Kind die Hand abreißen können. Ob Löwelinchen ihr zum Opfer gefallen war?

Der Schmerz hatte zunächst nachgelassen, als ich meinen Fuß befreite, das Eisen hatte sich jedoch bis ins Fleisch gebohrt, so dass mir beim Versuch, wieder aufzustehen, ein Schrei entfuhr. Dort, wo die Eisenzähne durch das Leder gedrungen waren, zeichneten sich dunkle Flecken ab, die Wunde hatte also zu bluten begonnen. Wie sollte ich nur nach Hause gelangen? Die Kälte betäubte mich, genau wie die Müdigkeit nach meinem Marsch, und ich verspürte genau jene Art Schwindel, der einer Ohnmacht vorausgeht. Ich setzte mich auf, lehnte mich an den Baumstamm, ohne mich darum zu kümmern, dass sich der Saum meiner Jacke mit Schnee vollsog. Ich musste meine Kräfte beisammenhalten, mich besinnen. Wen könnte ich zur Hilfe rufen? Die Feuerwehr? Wie sollte sie mich finden? Es wurde Nacht, und bei dieser Kälte würde der Akku meines Handys höchstens noch ein paar Minuten durchhalten. Da fiel mir Marie-Hélène ein. Zum Glück war sie gerade nach Hause gekommen und ging gleich ran.

»Ich bringe die Kinder noch schnell zur Nachbarin und komme dann zu dir. Beschreib mir die Stelle ganz genau. Jede Einzelheit.«

Ich schilderte ihr die Metallbögen, die Eiche mit dem abgebrochenen Ast. Marie-Hélène nahm mir das Versprechen ab, mich ja nicht von der Stelle zu rühren, sie sei gleich da. Nachdem sie aufgelegt hatte, befiel mich aber schlagartig eine Art Urangst, ein diffuses Grauen, wie man es aus Kindermärchen kennt. Ich würde hier sterben, mutterseelenallein dem Schnee und der Kälte ausgesetzt, und dann würde man meine erfrorene Leiche finden, halb zerfetzt durch die Tiere des Waldes, in dem es vor Monstern nur so wimmelte. Ich dachte an dich, an Emmanuelle, an den Vize-Konsul, an Samuel und empfand einen Moment lang Wut und ein Gefühl von Machtlosigkeit bei der Vorstellung, dass hier nun alles enden sollte, wegen einer simplen Fuchsfalle. Ich spürte die Tränen, die auf meinen Wangen zu Eis wurden, begriff aber nicht sofort, dass dieses seltsame Wimmern, das ich hörte, von mir kam.

Ich weiß nicht, wie lange diese Mutlosigkeit währte, bevor ich mich zusammenriss. Ich würde schon nicht sterben, mir aber ganz sicher eine Lungenentzündung einfangen, wenn ich einfach sitzen blieb, statt mich zu bewegen. Ohne auf den pulsierenden Schmerz in meinem Fuß zu achten, stand ich auf und ruderte mit den Armen. Nach einer gefühlten Unendlichkeit, die aber höchstens zehn Minuten gedauert haben dürfte, hörte ich Marie-Hélène meinen Namen rufen.

»Hierher!«, schrie ich aus Leibeskräften.

Sie kam auf mich zu, vor ihr tanzte der Lichtschein einer Taschenlampe hin und her. Ich musste mich beherrschen, um nicht vor Erleichterung aufzuschreien. Marie-Hélène zog umgehend eine Wolldecke aus ihrer Tasche und legte sie mir um die Schultern. Dann reichte sie mir eine Thermosflasche mit heißem Tee.

»Trink, das wird dir guttun.«

Sie richtete den Lichtstrahl ihrer Taschenlampe auf meine Schuhspitze. Man sah die Löcher, welche die Fallenzähne hinterlassen hatten, und dunkle Flecken, die sich im Schnee ausbreiteten, die Wunde blutete also immer noch.

»Geht's?«

Ich nickte. Der Schmerz machte sich zwar immer stärker bemerkbar, aber der kochend heiße Tee sorgte wenigstens dafür, dass das Gefühl von Kälte und Übelkeit nachließ.

»Diese verfluchten Jäger«, empörte sich Marie-Hélène. »Tun so, als würde der Wald ihnen gehören, und legen ihre Fallen einfach überall aus. Ich habe ihnen ja gesagt, dass sie damit irgendwann auch Menschen verletzen werden.«

Sie hob einen Ast auf, der als Gehstock taugte.

»Behalte den Stiefel an und stütze dich darauf. Ich stütze dich auf der anderen Seite.«

Wir brauchten mehr als zwanzig Minuten, um aus dem Wald herauszuhumpeln. Mir war schleierhaft, wie Marie-Hélène sich in dieser Dunkelheit zurechtfinden konnte, während sie, ohne zu zögern, mal nach links, mal nach rechts abbog und über Pfade ging, die unter der Schneedecke genauso unsichtbar waren wie alles andere auch. Anschließend packte sie mich in ihr Auto und fuhr direkt zur Notaufnahme des Krankenhauses von Moulins. Die Wunden waren zwar nicht tief, aber sie hatten stark geblutet. Der Notarzt, der den Stiefel hatte aufschneiden müssen, um mir einen Verband anzulegen, verschrieb mir Antibiotika und Schmerztabletten. Marie-Hélène hatte auf mich gewartet, sie lud mich ein, bei ihr zu übernachten. Louis und Flora würden die Nacht ohnehin bei der Nachbarin verbringen. Von der Auffrischimpfung gegen Tetanus und dem Schmerzmittel völlig benebelt, nahm ich ihre Einladung gern an. Auf der Rückfahrt sagte sie:

»Ich mache mir solche Vorwürfe, wenn du wüsstest …«

»Aber warum?«

»Seit zwei Tagen hat Louis Löwelinchen über Nacht dabehalten. Ich wollte dich heute morgen anrufen, um dir Bescheid zu geben, bin aber nicht dazu gekommen.«

Ich war so froh, das zu hören, dass ich für einen Moment meine Schmerzen vergaß.

»Das ist doch nicht deine Schuld. Ich hätte mich niemals allein hineinwagen sollen. Wie hast du mich überhaupt so schnell gefunden?«

»Ich habe als Kind ständig in diesem Wald gespielt. Es war zwar verboten, aber ich ging immer wieder hin.«

»Hatte dein Vater Angst wegen der Jäger?«

»Nein, wegen des Sprengstoffs.«

»Sprengstoff? Hier?«

»Noch aus Zeiten der Résistance. Die Kämpfer hatten hier die Munitionskisten vergraben, die per Fallschirm abgeworfen wurden. Angeblich gibt es hier noch Granaten. Das hat mir jedenfalls mein Vater erzählt.«

Nun erschien mir dieser Ausflug noch leichtsinniger – offenbar hätte ich auf etwas weit Gefährlicheres treten können als eine simple Tierfalle. Marie-Hélènes Bemerkung erinnerte mich an die Luger, die ich in Alix' Schublade gefunden hatte. Eine deutsche Pistole aus dem Zweiten Weltkrieg. Hatte sich Blanche an Aktionen der Résistance beteiligt? Oder Victor, als er sich in Othiermont aufhielt? Vorerst war ich viel zu müde, um diese disparaten Einzelheiten zu einem sinnvollen Ganzen zu fügen. Als wir bei Marie-Hélène ankamen und sie ihre Schlafcouch für mich auszog, fackelte ich nicht lange und verkroch mich gleich unter die Decken. In dieser Nacht hatte ich seltsame Albträume, deutsche Soldaten, die Jagd auf mich machten, dazu ein Baum, in den der Blitz eingeschlagen hatte, und eine Diane Ducreux, die vor Wut raste, weil ich ihr Tagebuch gelesen hatte. Sie richtete eine Luger auf mich und zielte dabei auf meinen Fuß. Ich schreckte hoch, und da schlief Löwelinchen an meiner Seite und schnurrte, wie es Katzen manchmal tun, wenn sie sich im Haus von Freunden geborgen fühlen.

69

Lange wanderte er den Pfad entlang, den er sonst bei seinen Spaziergängen mit Diane benutzte. Wie war es nur möglich, fragte er sich, während er das Unterholz durchquerte, dass die Natur hier von der Hölle verschont geblieben war, die seit mehr als zwei Jahren Frankreichs Boden verheerte? Kein Kanonendonner mehr, keine Schüsse, gebrüllten Befehle, kein Wimmern und Stöhnen, nur die Stille, die tiefe Stille des barmherzigen Winters, die ab und an vom kurzen Pfeifen einer Amsel unterbrochen wurde, wobei der schrille Ton sogleich in der Luft zu erstarren schien. Er atmete tief ein. Versuchte, die Erinnerung an den Gestank zu tilgen, den Gestank von Pulverdampf, den Gestank verwesender Leichen, ob von Pferden oder von Menschen, den Gestank von Gewehrfett, den Gestank von Körpern, die in ihren eigenen Säften schmorten, unter den Kapuzenmänteln, Wickelgamaschen und ledernen Schnürstiefeln, die wie eine zweite Haut an ihnen klebten, ein übelriechender Panzer, der ihnen als Leichentuch dienen würde. Diese Todesgerüche hatten sich ihm so tief eingeprägt, dass es ihm schwerfiel, sie nicht auch hier zu vermuten, wo kein einziger dieser Gerüche eingedrungen war, auf diesen wenigen Hektar, wo die Natur ihr friedliches Wachstum fortgesetzt, die Äste ausgebreitet hatte, wo der Boden keine Freiluftwunde war, sondern ein Teppich aus Humus, welkem Laub, Eicheln und Haselnüssen, den der Frost mit seinem weißen Guss überzogen hatte.

Hier hatte er sich ein paar Stunden zuvor mit Diane getroffen. Sie waren beide vom Pferd abgestiegen und zu Fuß zur Försterhütte weitergegangen. Dort hatte er ihr alles gestanden, jedenfalls das, was sich in Worte fassen ließ. Und sie hatte das Gleiche getan.

Danach waren sie beide verstummt. Er hatte ihre samtzarte Haut betrachtet, die großen grünen Augen, die vollen, himbeerroten Lippen, die dichten Wimpern. Ohne nachzudenken, hatte er sie in die Arme geschlossen. Sie hatte sich ihm nicht verweigert. Später, deutlich später, hatte er sie gebeten, ohne ihn heimzureiten. Nun musste er sich sammeln, sich auf das besinnen, was nur noch im Gedächtnis weiterleben würde, wie er inzwischen wusste, einem Gedächtnis, das selbst dem Untergang geweiht war. Er schritt langsam voran, ließ sich eher von einem Pfad zum nächsten treiben, als zielgerichtet zu gehen. Er versuchte, sich das Leben von früher in Erinnerung zu rufen, die Sonntage, an denen er die Zügel ihrer beiden Pferde gehalten hatte, während Diane ihm erzählte, dass sie studieren, Mathematikerin werden, Russland und den Orient erkunden wollte.

Das Wiedersehen mit ihr hatte ihn zutiefst aufgewühlt. Doch nun wollte er allein sein, während er dem Wald von Ythiers Lebewohl sagte. Nur nicht an den anderen Wald denken, an das Knallen der Waffen, die verkohlten Büsche, die niedergestreckten Körper. Ein Rascheln zeigte ihm an, dass ein Tier in der Nähe war. Da sah er die Schnauze einer Hirschkuh aus dem Hain zu seiner Rechten herausragen, sie war bei seinem Anblick auf der Stelle stehen geblieben. Aus ihren Nüstern stieg in zwei geraden Linien dampfender Atem auf.

Im Gegensatz zu Blanche hatte er die Jagd nie gemocht. Weder die Jagd auf Tiere noch die Jagd auf Deutsche. Natürlich machte er es so wie alle anderen: Nach vier oder fünf Schlucken Schnaps, die ihm den Magen zerrissen, sprang er brüllend aus dem Graben, ohne richtig wahrzunehmen, was er dann vor Augen hatte. Nach dem Sturm wurde er zur Tötungsmaschine und stach mit seinem Armeedolch, seinem Bajonett, mit was auch immer in die Leiber, die ihm begegneten; zog die Klinge mit einem Ruck heraus, stieß sie anderswo wieder hinein, einem Automatismus folgend, von keinem Gedanken, keinerlei Schuldgefühl unterbrochen, nur getrieben vom Willen, zum feindlichen Graben vorzudringen. Manchmal verpasste er dem Mann, der vor ihm am Boden lag, noch ein paar Schläge mit der Schaufel, um sicherzugehen, dass der andere nicht aufstehen und ihm mitten ins Gesicht feuern würde, wie es Lagache widerfahren war. Immerhin entsprach all das noch halbwegs der Vorstellung, die man von Kampfhandlungen hatte.

Meistens musste man sich aber damit begnügen, den Geschützen auszuweichen, den Kugeln, den Maschinengewehren, musste sich ein Loch suchen und hineinspringen, im fauligen Wasser ausharren, bis man den Mut oder den Leichtsinn aufbrachte, wieder herauszukommen, musste von neuem schreien, wenn in fünfzig Metern Entfernung die Erde aufriss und die Wucht der Explosion Gliedmaßen von Kameraden emporschleuderte, manchmal einen ganzen Körper, der dann an einem Ast hängen blieb, mit sinnlos baumelnden Armen und Beinen, während all das, was den Menschen ausgemacht hatte, sich auf ein Loch im Strumpf reduzierte, aus dem der große Zeh hervorlugte.

Er schloss kurz die Augen. Als er sie wieder aufschlug, war die Hirschkuh weg. Er betrachtete seine Hände, seine leeren, entwaffneten Hände, betrachtete den weißen Erdboden, die wattige Luft, in der dieser ganz und gar unverkennbare Geruch hing, schwer, warm und feucht, der Geruch von Schnee, bevor er fällt. Das erinnerte ihn an seine Kindheit in Othiermont, wenn er die Wiederkehr des Winters herbeisehnte, um sich mit den Söhnen des Kellermeisters endlose Schneeballschlachten zu liefern und auf dem Schlitten vom Abhang hinunterzusausen. Er hätte sich gern in diesen kleinen Jungen zurückverwandelt, mit frostglühenden Ohren und eiskalten Händen, die er Diane lachend an die Wangen presste, Diane, die damals gerade erst laufen lernte; hätte sich gern in einen Mann zurückverwandelt, dessen Seele nie durch die Anwendung von Gewalt befleckt worden wäre. Er atmete die windstille Atmosphäre des Winters ein, ihre Klarheit, als könnte er sich damit die Lunge füllen, und nahm sich vor, diese wieder heraufzubeschwören, wenn sein letzter Moment gekommen wäre.

Plötzlich merkte er, dass dem Geruch von Wasserkristallen und Frost nun etwas anderes beigemengt war. Ein ferner, feiner Geruch, durch die Kälte gedämpft, so dass er, der fast ganz vergessen hatte, was Leben ausmacht, ein paar Sekunden brauchte, um ihn einzuordnen: der Duft des Waldes.

70

Am 30. Januar fuhr ich nach Paris zurück. Obwohl mein Fuß noch schmerzte, hatte ich diesen Aufenthalt im winterlichen Jaligny genossen, der für meine Recherchen sehr fruchtbar gewesen war. Ich hatte meine ersten Aufzeichnungen über Willecot zusammengetragen und das Vorwort für den Briefband entworfen, den ich veröffentlichen wollte. Je länger ich mich mit ihm befasste, desto drängender wurde mein Wunsch, seine Biographie zu schreiben. Das Schicksal dieses Leutnants stand für das von Millionen von Soldaten: ein kurzes, hoffnungsvolles Leben, das vom Fallbeil des Krieges jäh abgeschnitten wurde. Sein janusköpfiges Vermächtnis jedoch – die apollinischen Fotografien einerseits und die Briefe voller Zweifel und Qualen andererseits – ließ dieses Leben zum Faszinosum werden, als lüden die Bilder dazu ein, die Briefe noch eingehender zu befragen, um den Punkt zu bestimmen, an dem alles auseinandergefallen war.

Vorläufig sammelte ich sämtliche Hinweise, die mir über Albans Kindheit auf dem Weingut Othiermont Aufschluss gewähren konnten. Alix' Bibliothek, deren Regale ich systematisch absuchte, hatte mir bereits ein paar Ansatzpunkte geliefert: alte Abhandlungen über den Weinbau, eine protestantische Bibel, mehrere Werke zur Astronomie, alle aus dem 19. Jahrhundert, deren Schnitt einen schwärzlichen Belag aufweist. Leider hatte ich weder den *Keepsake* noch das Fotoalbum entdeckt, das ich mir erträumte, voller Szenen aus dem Familienleben: Kinder, die mit Lackschuhen im Studio des Fotografen vor einem Himmel aus hellblau bemalter Pappe posierten oder die vor dem Gutshaus mit Holzschwertern und Stoffpuppen spielten; junge Leute mit Tennisschlägern in der Hand, die sich bei einer Limonade entspannten. Diese Bilder hatte wohl der Brand vernichtet. Und so würde ich auch nie Aufnahmen von gemeinsamen Mittagessen unter der Gartenlaube zu sehen bekommen, von festlichen Abendempfängen in Othiermont, wenn der Marmoraufgang glänzte, weil die Dienstmädchen ihn wenige Stunden zuvor gründlich gewischt hatten, würde auch nie die Bilder sehen, die bestimmt jedes Jahr gemacht worden waren, um die Weinlese zu verewigen, mit langen Tafeln, an denen Saisonarbeiter aus allen Ecken und Enden des Landes saßen, und langen Reihen von Fässern voller Château-Willecot, der in den Kellern des Guts heranreifte.

Also malte ich mir für Alban eine Kindheit im Schatten des Weinkellers aus, unter liebevoller Aufsicht seiner großen Schwester, der gutherzigen Blanche, die ganz vernarrt war in den kleinen Nachzügler. Bestimmt hatte er, wie damals üblich, eine englische Gouvernante gehabt, vielleicht auch einen Hauslehrer, der ihm das Rechnen beigebracht, einen Pfarrer, der ihn die Heilige Schrift lesen gelehrt hatte. Ob er später das Gymnasium besuchte? Woher stammte seine Leidenschaft für die Astronomie? Und in welchem Alter hatte sich seine Vorliebe für die Naturwissenschaften gezeigt, die einer Karriere beim Militär möglicherweise entgegenstand? Schließlich zeigte das Porträt im Schlafzimmer, das laut Signatur des Künstlers 1908 entstanden war, Willecot in Uniform. Ich wollte auch gern in Erfahrung bringen, unter welchen Umständen der Astronom Massis kennengelernt hatte, ein Rätsel, das ich bisher nicht hatte lösen können.

Diese gedanklichen Puzzlespiele, die sich, wie mir durchaus bewusst ist, eher aus der Vorstellung speisen denn aus Fakten, sind eine wirkungsvolle Ablenkung, wenn mir die Entschlüsselung von Dianes Tagebuch gar zu anstrengend wird. Tatsächlich ist die Transkription dieses dichtgedrängten Textes in lateinische Buchstaben eine undankbare Aufgabe; bevor ich mich mit der Methode, die der Vize-Konsul erprobt hat, an die »Übersetzung« mache, transkribiere ich zunächst eine Reihe von Seiten.

Während meiner drei Wochen im Allier hatte ich auch ein reges Sozialleben gehabt: Zum Dank hatte ich Marie-Hélène und ihre Kinder in Antoinettes Restaurant eingeladen, außerdem hatte ich

Mary-Blanche ihren silbernen Taufbecher gebracht. Das kleine Mädchen sieht immer noch aus wie ein Krötlein, es hat aber ein hübsches Lächeln. Ich legte die gebührende Bewunderung an den Tag, während Mary-Blanche ihre Eltern anbrabbelte. Ob bei ihnen nun Erschöpfung oder Entzücken überwog, war schwer zu sagen. Samuel hatte mir in der Zwischenzeit nur zweimal geschrieben, aber er hatte mich in der vergangenen Woche angerufen, und es war eine schöne Überraschung, seine Stimme zu hören. Er sagte, ohne mich sei der Winter in Lissabon lang, er vermisse mich.

Nachdem ich mir lange den Kopf zerbrochen hatte, um eine Erklärung für diese sporadische Form von Kommunikation zu finden, war ich zu dem Schluss gekommen, dass Samuel sich nicht gern in Beschlag nehmen lassen wollte. Also riss ich mich zusammen, um ihn nicht jeden Tag mit Nachrichten und Bildern zu überschütten, obwohl es mir nicht leichtfiel, auf einen spontanen Austausch zu verzichten.

Nach dem Zwischenfall im Wald hatte mir Löwelinchen fast ununterbrochen Gesellschaft geleistet, schön in ihrem Sessel eingekuschelt. Ein- oder zweimal hatte sie die Nacht aber bei Louis verbracht. Diesmal hatte ich weniger Gewissensbisse, als ich sie zurückließ, um nach Paris zu fahren, denn ich wusste, dass der kleine Junge es gar nicht erwarten konnte, die Katze für sich allein zu haben.

In der Hauptstadt war der Schnee schon lange geschmolzen, der Zauber des Winters dahin. Grau schien auf allem zu lasten und das ganze Tageslicht zu schlucken. Als ich meine Wohnung betrat, fiel mir wieder auf, wie öde es dort war, ungefähr so gemütlich wie im Warteraum einer Zahnarztpraxis. Bisher hatte ich mich mit dieser Feststellung begnügt, aber diesmal konnte ich die Vorstellung nicht ertragen, hier weiterhin nur zu campen. Anstatt den Nachmittag wie vorgesehen im Institut zu verbringen, fuhr ich zu einem Möbelhaus am Stadtrand, auch wenn ich Orte wie diesen normalerweise meide wie die Pest. Dort kaufte ich Geschirr, ein Regal zum Selberbauen, eine Kaffeekanne, zwei Nachttische und sogar eine Bettwäschegarnitur in Graublau. Das Ganze verfrachtete ich auf die Rückbank meines

Autos. Um elf Uhr abends mühte ich mich immer noch mit der Montageanleitung des Regals ab, dessen hellblaue Bestandteile überall im Wohnzimmer verteilt waren. Zerzaust wie ich war, auf die Schrauben schimpfend, die nie den richtigen Durchmesser hatten, wurde mir plötzlich bewusst, wie lächerlich es war, sich mitten in der Nacht auf so etwas zu kaprizieren. Ich hatte das Gefühl, die Energie, die mir fast zwei Jahre lang gefehlt hatte, wäre auf einen Schlag zurückgekehrt und verlangte danach, verbraucht zu werden.

Am nächsten Morgen war ich völlig zerschlagen. Trotzdem stand ich früh auf, um ins Institut zu fahren. Eric, ebenfalls ein Morgenmensch, war schon da. Ich wollte wissen, ob er das Angebot von Joyce Bennington überdacht hatte.

»Bist du sicher, dass sie nicht blufft?«, fragte er.

»Dem belgischen Autographenhändler nach offenbar nicht.«

»Und wenn die beiden unter einer Decke stecken?«

Mit einer gewissen Genugtuung stellte ich fest, dass die Viper nicht nur mich paranoid machte.

»Ich habe mich wegen Fraenkel umgehört. Er scheint vertrauenswürdig zu sein. Mory & Van de Velde wurde von ihm aufgekauft.«

»Weißt du, wie er an diese Briefe gekommen ist?«

»Das will er nicht verraten. Geschäftsgeheimnis.«

»Das heißt, wir sollten uns wieder mit der Viper treffen?«

Es war meinem Chef deutlich anzumerken, dass er von dieser Aussicht alles andere als begeistert war.

»Du weißt genauso gut wie ich, dass sie nie lockerlassen wird, Eric. Und ich werde diese Korrespondenz so oder so veröffentlichen, wenn ich so weit bin. Lass uns diese Gelegenheit nutzen, solange wir ihr im Gegenzug etwas anbieten können. Und dann quetschen wir sie gründlich aus.«

»Du bist ja viel durchtriebener als ich«, seufzte mein Chef.

Danach redeten wir über meine Pläne für die Veröffentlichung. Eric war Feuer und Flamme und bestärkte mich darin, aus dem Vorwort einen biographischen Essay zu machen. Ideal wäre seiner Meinung nach eine Ausgabe mitsamt den Fotografien, aber es würde nicht einfach sein, dafür einen Verleger zu finden, denn Abbildungen lassen die Herstellungskosten sprunghaft in die Höhe schießen – es sei denn, man entscheidet sich für die gängige digitale Reproduktion. Ich will aber keine Ramschedition – die Mühe und Sorgfalt, die Willecot auf diese Bilder verwendet hat, verdient eine hochwertige Wiedergabe.

Als ich in mein Büro zurückkehrte, zeigte mein Telefon einen verpassten Anruf an. Bei meinem Rückruf meldete sich eine gewisse Anne Denoyelle, Tochter des ehemaligen Widerstandskämpfers Maurice Hippolyte. Sie hatte auf dem Anrufbeantworter ihrer Mutter, die ein paar Wochen zuvor ins Altersheim gezogen war, eine Nachricht von Violeta vorgefunden und die beiden Nummern gewählt, die diese angegeben hatte. Hippolyte lebte nicht mehr, damit war ja zu rechnen gewesen, eine Leukämieerkrankung hatte ihn zwei Jahre zuvor dahingerafft. Seine Tochter bestätigte mir, dass er dem Netzwerk Jour-Franc angehört und in den achtziger Jahren einen Freundeskreis für Ehemalige gegründet hatte. Anne Denoyelle erklärte sich bereit, die Mitgliederliste für mich herauszusuchen, was sich aber nicht so leicht bewerkstelligen lasse, weil sie in Rennes wohne. Sie wusste nichts von der Korrespondenz ihres Vaters mit Violeta Ducreux, und die anderen Namen sagten ihr auch nichts, weder Zilberg noch Lipchitz. Ich hatte den Eindruck, dass die glorreiche Vergangenheit ihrer Familie sie nicht übermäßig interessierte und sie Dringenderes zu tun hatte, als zwei wildfremden Frauen einen Dienst zu erweisen.

Ich begriff, dass es weitaus schwieriger werden würde, Tamaras Spur wiederzufinden, als Albans Leben zu rekonstruieren. Kaum spricht man ihren Namen aus, scheinen sämtliche Fährten zu verschwinden, noch ehe man sie aufnehmen kann, als wäre diese junge Frau schlicht und ergreifend im Abgrund der Geschichte versunken.

71

Samuel hat seinen Besuch abgesagt. Die Nachricht kam mitten in der Nacht, ich habe sie heute morgen beim Aufwachen vorgefunden. Er müsse wegen eines Eilverfahrens in Porto bleiben. Die Enttäuschung traf mich bis ins Mark. Seit Wochen hatte ich mich auf dieses Wiedersehen gefreut, und er sagte es in letzter Minute ab, ohne ein Wort der Entschuldigung, als ginge es nur um eine Partie Tennis unter alten Schulfreunden.

Ich hatte mich mit Leib und Seele auf ihn vorbereitet, nun fühlten sich die Worte, Gesten, Gedanken, die ich seit Wochen gesammelt hatte, an wie eine tote Last. Dieser unberechenbare Mann zeigte sich mal heiß, mal kalt, ohne je ein Muster erkennen zu lassen, und seine äußerst kurzfristige Absage warf eine Frage auf, die ich mir bisher nicht hatte stellen wollen: Wich Samuel mir aus? Denn wenn ich es mir genau überlegte, hatte er ja vom ersten Tag an diesen schillernden Tanz aufgeführt, mal zu nachtschlafender Zeit eine zärtliche Botschaft verschickt, um dann sofort zu verstummen, sobald ich ihm eine Spur zu nahe kam. Vielleicht hätte Violeta mir den Schlüssel zu diesem widersprüchlichen Verhalten liefern können, aber es war für mich undenkbar, sie nach den Ausweichmanövern ihres Bruders zu fragen; vermutlich hingen diese mit dem Verlust zusammen, den er erlitten hatte.

Samuel versprach, Ende des Monats nach Paris zu kommen. Bis dahin wären aber drei weitere Wochen voller Erfahrungen und Erinnerungen verstrichen, die wir nicht miteinander geteilt hätten; sie würden das ohnehin fragile Band zwischen uns noch weiter lockern. Da stand ich in meinem Wohnzimmer vor dem blauen Regal, das mir nun so albern wie unnütz erschien, und fragte mich, ob ich nicht besser gleich Schluss gemacht hätte, anstatt diese Liebe in ständiger Frustration versanden zu lassen.

Unter der Dusche versuchte ich, meine Enttäuschung zu überwinden, aber ich konnte die Tränen nicht zurückhalten. Später, mit meiner Tasse Kaffee in der einen und dem Telefon in der anderen Hand, suchte ich nach einer möglichen Antwort auf diese Ausflucht, fand aber keine. Egal, so setzte ich der Abwesenheit eben Schweigen entgegen. Es war erst sieben Uhr morgens, aber ich war bereits müde, und hinter meinem rechten Auge pochten die ersten Anzeichen einer Migräne.

An diesem Morgen war ich mit Hélène Hivert verabredet und hatte nicht die geringste Lust zu diesem Treffen. Aber dann siegte doch die Professionalität oder einfach die Routine. Gegen acht schluckte ich eine Tablette, ordnete meine Kleidung und meine Notizen und stopfte Notizbuch und Tablet in meine Tasche. In der Metro hätte ich beim Anblick eines Pärchens, das engumschlungen in der Ecke stand, fast wieder geweint. Ob es an meiner Trauer liegt, dass ich so dünnhäutig, so verletzbar bin, und sei es nur wegen eines verschobenen Rendezvous?

Beim Betreten des Museums für die Geschichte der Fotografie, das ich mindestens zwei Jahre lang nicht mehr besucht hatte, fühlte ich mich in mein früheres Leben versetzt, als du noch da warst und kein portugiesischer Anwalt mir das Herz mürbe machte. Hélène Hivert erwartete mich in ihrem Büro. Im Gegensatz zu mir war sie in Bestform. Der Zugriff auf ihre Datenbank sollte in einer Woche freigegeben werden, und die Kollegin brannte sichtlich darauf, sie mir vorzuführen. Obwohl ich Mühe hatte, mich zu konzentrieren, war ich von diesem Werkzeug beeindruckt: hochauflösende Digitalbilder, elektronische Lupen, um noch das winzigste Detail zu erkennen, eine Suchmaschine, die man nach Absendern, Empfängern, Jahresdaten, Orten und sogar inhaltlichen Stichwörtern abfragen konnte, da man jeden Text transkribiert hatte, der sich auf der Rückseite der Postkarten befand.

»Na los, gib mir einen Namen«, sagte Hélène.

»Willecot. Mit *W* und Doppel-*l*.«

Es dauerte nur ein paar Sekunden, bis die Maschine sieben Treffer anzeigte. Mehr, als ich mir überhaupt erhofft hatte. Vier stellten sich als Nieten heraus, Postkarten aus den Jahren 1945, 47 und 51, unterschrieben von einer Fernande und einem Léonard de Willecot. Auf der fünften erkannte ich die Schrift von Alban wieder. Die Karte war auf den 16. März 1915 datiert und an einen gewissen Joseph Agulhon adressiert: *Mein teurer Joseph, an diesem Bild können Sie sehen, dass die französische Soldateska nichts von ihrer Lebensart eingebüßt hat. Mit den herzlichsten Grüßen, Willecot.* Die Karte, tatsächlich eine gedruckte Fotokarte, deren Rückseite Willecot zum Schreiben benutzt hatte, zeigte zwei Männer in Offiziersuniform, die vor den Überresten eines Hauses saßen. Bomben hatten die Mauern zersprengt, zu sehen war nur noch eine Reihe von Steinen, die sich beim Einschlag gelöst hatten. Auf dem Schutthaufen lag eine abgebrochene Marmorsäule, die beide Männer zum Tisch umfunktioniert hatten, mit Spitzendeckchen, Teekanne und zwei Tassen, die sie aus den Trümmern hatten bergen können. Die Offiziere taten so, als tränken sie Tee, mit einer englischen Zigarette in der Hand, inmitten von Ruinen.

In dieser Szene, die ganz bestimmt vom Fotografen arrangiert worden war, erkannte ich Willecots ureigenen Stil wieder, seine ironische und zugleich grausame Art, den Krieg vorzuführen, als handelte es sich um ein groteskes Spiel oder um die Kulisse für ein Theaterstück. Hélène unterbrach meine Betrachtung.

»Willst du die anderen sehen?«

Der nächste Klick, wieder erschien die Schrift von Alban. Diese Karte – eine vorgedruckte Aufnahme des zerstörten Dorfs Suippes – war an den Hersteller optischer Geräte Auguste Favard gerichtet, Rue Blanche Nr. 9 in Paris. Die Nachricht lautete, dass Blanche de Barges in der Woche vom 25. März 1915 vorbeikommen würde, um den Kauf einer Vest-Pocket-Kamera und den Druck von vierzig Fotokarten zu begleichen. Die dritte Karte, eine Ansicht von den Höhenzügen der Meuse, zeigte eine mir unbekannte Handschrift. Justin Commailles, Soldat 1. Klasse, berichtete seiner Frau Joséphine, die er »Fine« nannte, von einem besonders verheerenden Angriff. Seine Zeilen strotzten vor Fehlern, wie bei so vielen Bauern oder Landarbeitern, die zwischen

Heumachen und Ackerbestellen nur ein paar Trimester lang die Schule besucht hatten. Commailles schloss mit den Worten: *Wier haben imer noch keine Nachricht von Leutnant de Willecot der die Boche so mutig bekämft hat.* Diese Karte war auf den 20. Juli 1916 datiert.

»Und?«, fragte Hélène.

»Phantastisch. Könntest du mir das Ganze ausdrucken?«

Der Drucker surrte los. Hélène war offensichtlich beglückt, zu sehen, dass ihre Datenbank ihr aufs Wort gehorchte.

»Nächster Vorschlag? Nur zu, heute wird dir jeder Wunsch erfüllt.«

Wir gaben der Reihe nach die Namen Nicolaï (null Treffer), Barges (null Treffer), Ducreux (zwei Treffer, Marcel und Simone, beide für uns nicht relevant) ein. Immer noch leicht benommen von der Migränetablette und meiner morgendlichen Enttäuschung war ich drauf und dran, die Sache zu beenden, als mir ein weiterer Name einfiel.

»Könntest du ›Lipchitz‹ eingeben?«

Die Maschine erzielte keine Treffer.

»Und ›Zilberg‹?«

Hélène gab den Namen ein. Ein Treffer. Die Chance, dass es sich um die von mir Gesuchte handelte, war gering, aber … Auf dem Bildschirm erschien eine Ansicht von Dinard, datiert auf den 12. August 1937, adressiert an Mademoiselle Tamara Zilberg, Rue Pavée Nr. 8 in Paris: *Teures Fräulein, es war mir eine große Freude, Sie kennenzulernen, und ich hoffe, wir können gelegentlich wieder zusammen ins Konzert gehen. Ihr ergebener V. D.* Auch wenn der Familienname nicht ausgeschrieben war, wusste ich gleich, um wen es sich handelte, denn ich hatte diese Schrift mit den schiefen Unterlängen bereits auf der Rückseite einer anderen Karte gesehen – die ein Jugendlicher an seine Tante geschickt hatte, von England aus, wohin man ihn verbannt hatte, um für irgendein mir unbekanntes Vergehen zu büßen.

72

»Ich würde mich gern am Konservatorium einschreiben, Vater.«

»Das kommt nicht in Frage.«

»Monsieur Fleûtiaux hat mir versichert, ich sei sehr talentiert und ...«

»Monsieur Fleûtiaux hat in meinem Haus nichts zu sagen. Was willst du überhaupt am Konservatorium?«

»Ich möchte Konzertpianist werden, wie Alfred Cortot oder Maestro Kempff ...«

Der Ältere verdrehte die Augen, während er mit dem Schürhaken zwischen den verglimmenden Scheiten stocherte.

»Muss ich dir etwa in Erinnerung rufen, dass du nach meinem Tod ein industrielles Imperium erben wirst und dafür die Verantwortung übernehmen musst?«

»Ich möchte mich aber nicht um Fabriken kümmern, Vater. Ich möchte meiner Berufung folgen.«

»Aha, einer Berufung also ...«

Der Vater ließ den Schürhaken los und machte ein grimmiges Gesicht, das sein Sohn nur allzu gut kannte. Mit schneidender Stimme fuhr er fort:

»Vom Tag deiner Geburt an ist dir alles in den Schoß gefallen. Weil ich mich für dich aufreibe, wie dein Großvater sich zuvor für mich aufgerieben hat. Also spielt es keine Rolle, ob oder wozu du berufen bist, mein lieber Sohn. Die Fabriken interessieren dich nicht? Na gut. Dann studierst du eben Jura oder Medizin. Lern etwas Anständiges!«

»Und wenn ich mich weigere?«

»Wenn du dich weigerst, wirst du enterbt. Mit meinem Geld wirst du dein Gauklerleben jedenfalls nicht finanzieren.«

»Weil Sie es lieber für Freudenmädchen ausgeben, Vater? Das ist ungerecht.«

»Jetzt maßt du dir auch noch ein Urteil über mich an?«

Sein Ton war eisig. Weiter durfte man jetzt nicht gehen, das lag auf der Hand. Aber der Junge entgegnete mit fester Stimme:

»Nein, Vater, ich wollte doch nur darauf hinweisen, dass …«

»Schluss jetzt!«, brüllte der Mann, der plötzlich die Beherrschung verlor. »Niemals wirst du diesen halbseidenen Beruf ausüben, hörst du?«

Er trat auf seinen Sohn zu und blies ihm die zornigen Worte förmlich ins Gesicht.

»Ungerecht? Das Ungerechte bist du. Vom Tag deiner Geburt an hast du uns nichts als Unglück gebracht. Du bist ein Bastard, eine Wanze.«

Mit diesen Worten brach sich eine rasende Wut Bahn, die offenbar nichts mehr eindämmen konnte. Der Mann packte seinen Sohn am Nacken und zwang ihn auf die Knie. Er war kaum größer als der Jugendliche, aber von beträchtlicher Kraft. Vor Schmerz stiegen dem Jungen Tränen in die Augen.

»Entschuldige dich!«, befahl der Mann.

Der Junge unterdrückte ein Seufzen. Sonst brachte ihn diese Art von Behandlung stets binnen weniger Minuten dazu, klein beizugeben. Diesmal presste er die Lippen fest zusammen, obwohl die Finger seines Vaters ihm die Nackenmuskeln zu zerquetschen drohten. Er spürte in sich einen ungeheuren Aufruhr.

»Du sollst dich entschuldigen, habe ich gesagt!«

Nun tobte der Mann. Er warf seinen Sohn zu Boden und trat ihm in die Rippen. Unfähig, sich aufzurichten, blieb der Junge auf allen vieren liegen und rang nach Luft. Sein Vater packte ihn bei den Haaren und drehte sein Gesicht zu sich. Angst, Ergebenheit, Demut – das suchte er im Blick des Jungen. Wie einst, vor langer Zeit, in einem anderen Blick. Wieder trat er dem Jungen in die Rippen, heftiger als beim ersten Mal.

»Du willst also immer noch Pianist werden?«

Der Junge schloss kurz die Lider, schlug sie wieder auf. Die grünen Augen, die er von seiner Mutter geerbt hatte, waren strahlend klar. Nun drückten sie aber so viel unmissverständlichen Hass aus, eine so unermessliche Verachtung für den Rohling, mit dem er konfrontiert war, dass es den Mann verblüffte. Ohne mit der Wimper zu zucken, sagte der Junge laut und deutlich:

»Ja, Vater, das will ich.«

Der Mann zögerte keine Sekunde. In der stillen Bibliothek traf der harte Lederabsatz seines Stiefels auf den linken Handrücken seines Sohns. Einmal, zweimal, dreimal, bis er hörte, wie die Knochen knackten.

Den Tag nach meinem Besuch im Postkartenmuseum verbrachte ich im Archivsaal. Die Migräne hatte mir in der Nacht Albträume beschert, in denen sich Samuel und Diane begegneten. Obwohl ich wusste, dass die beiden unmöglich gleichzeitig in Erscheinung treten konnten, hatte ich im Traum versucht, sowohl ihn als auch sie dazu zu bewegen, mir ins Institut zu folgen. Sie sollten mir helfen, die Briefe von Massis, die ich soeben entdeckt hatte, auf ihre Echtheit zu prüfen.

Um fünf war ich endgültig wach. Nach solch unruhigen Nächten komme ich schon beim ersten Hahnenschrei im Institut an. Ich begrüße die Reinigungskräfte, die ihre Arbeit gerade beenden, trinke einen bitteren Kaffee aus dem Automaten und begebe mich anschließend gleich in den »Bauch des Instituts«, wie ich das Untergeschoss nenne. Wenn ich dann alle Sicherheitsschleusen passiert habe, fühle ich mich dort geborgen, umgeben vom Schnurren der Belüftungsgeräte, dem sanften Licht der LED-Lampen und dem Schein der Leuchttische. Ohne das ferne Donnern der Metro würde ich sogar vergessen, dass wir uns mitten in der Stadt befinden. Drei Viertel des riesigen Saals werden von metallenen Schubladenregalen eingenommen, deren Kanten eine nicht enden wollende Fluchtlinie ergeben. In diesen Boxen lagert ein Teil des fotografischen Erbes aus dem vergangenen Jahrhundert, auf Hunderttausenden von Platten und Abzügen klassifiziert und verzeichnet. Ich brauche nur einen vierstelligen Code einzugeben, um jede beliebige Box zu öffnen und mich den fotografischen Betrachtungen hinzugeben, an denen ich mich regelmäßig berausche.

Während meiner intimen Zwiesprache mit den Bildern, in diesem Reich der Erinnerung, in dem ich ein paar Stunden lang allein herrschen darf, habe ich das Gefühl, die historische Wirklichkeit mit Händen zu greifen, diesen klumpigen Brei aus Katastrophen und

Heldentaten, aus zaghaften Anfängen und revolutionären Aufbrüchen. An diesen Momentaufnahmen von Erlebtem, die mit Hilfe chemooptischer Verfahren fixiert wurden, haften auch Hintergrund, Atmosphäre, Zeitgeist. Ich präge mir die Gesichter ein, die eingefangen wurden, deren Teint, den ernsten, manchmal besorgten Blick, denn damals war es noch nicht üblich, den Fotografen anzulächeln. Mit beiden Pupillen, mit sämtlichen Fingerspitzen, die das Fotopapier halten, nehme ich dieses üppige Material auf, diese gigantische Theaterbühne mit den Tausenden von Akteuren, die zwar schon längst zu Staub zerfallen sind, sich aber trotzdem das Privileg erworben haben, dank ein paar Gramm Zellulose und ein paar Tropfen Schwefelsäure dem Tod zu trotzen und die Zeiten zu durchqueren.

An diesem Morgen hatte ich mir vorgenommen, der Auswahl von Willecot-Briefen, die ich im Herbst vorbereitet hatte, um mit der Viper zu verhandeln, den letzten Schliff zu geben. In Wahrheit hatte ich keine Lust, den anderen zu begegnen, das Telefon klingeln zu hören, Smalltalk zu machen. Vor allem wollte ich ein paar Stunden lang nicht an Samuel denken, mich von den komplizierten Wendungen fernhalten, die mein Leben wieder zu nehmen drohte, genau das Gegenteil dessen, was ich mir gewünscht hatte.

Bevor ich die erste Mappe aufschlug, streifte ich Handschuhe über, danach legte ich behutsam ein paar Briefe auf den Leuchttisch. Manche Passagen kannte ich auswendig, doch als ich die Auswahl noch einmal querlas, sprang mir etwas ins Auge, was ich bisher übersehen hatte: wie vertraut beide Männer miteinander umgingen. Massis und Willecot duzten sich, was damals keineswegs verbreitet war. Im Lauf der Monate wurden die Grußformeln am Schluss der Briefe immer freundschaftlicher, ja geradezu zärtlich: »Herzlichst Dein«, »In brüderlicher Zuneigung«, einmal sogar »Ich umarme Dich auch«, was darauf hindeutete, dass die Briefe des Dichters im gleichen Ton gehalten waren.

Das konnte man natürlich als Zeichen von freundschaftlicher Verbundenheit werten, die sich in dem Maße vertiefte, in dem Eintönigkeit, Entfremdung und der drohende Tod die Zukunft immer ungewisser erscheinen ließen. Was hätte es für Willecot Verlockenderes geben können, als sich voller Wärme an Massis zu wenden, da Freundschaften, die vor dem Krieg entstanden waren, im rauen Schützengraben mit übertriebener Bedeutung aufgeladen wurden? Und was wäre für einen Dichter, einen versierten Schreiber wie Massis selbstverständlicher gewesen, als möglichst viel Trost, möglichst viel Zuneigung in seine Worte zu legen? Doch das änderte nichts an der Tatsache, dass wir nichts über die Umstände wussten, unter denen sich die beiden Männer kennengelernt hatten, nichts über den Grad ihrer Vertrautheit vor dem Krieg, nichts über das, was sie in Wahrheit verband. Und da fragte ich mich, nicht zum ersten Mal, ob Bennington sich möglicherweise doch nicht getäuscht hatte? Massis hätte durchaus so etwas wie leidenschaftliche Sympathie für einen glühenden Verehrer seiner Gedichte empfinden können, der fast zehn Jahre jünger war als er selbst, und ihn dann unter seine Fittiche nehmen können. Dieses Gefühl wäre nach und nach stärker und im Schatten des Krieges zu einer Liebe geworden, die nicht ganz den Konventionen entsprach.

Falls es sich so verhalten hatte, war ich jedoch überzeugt, dass diese Gefühle nicht mit der gleichen Intensität erwidert wurden, oder nicht ausschließlich. So, wie Willecot über Diane zu schreiben pflegte, sein mehrfach geäußerter Wunsch, sie möge ihm ein Foto von sich schicken, die Menge an Briefen, mit denen er sie überhäufte – all das belegte, wie aufrichtig seine Liebe zu ihr war. Wohingegen man die Sonette aus dem Band *Leiberglühen* durchaus mit einer unterdrückten Leidenschaft des Dichters erklären könnte, diese Zeilen, aus denen Qual und Überschwang sprechen, deren Inspirationsquelle aber nur mit unergründlichen Metaphern, rätselhaften Bildern und allegorischer Verschleierung benannt werden kann. Dennoch fiel es mir nach wie vor schwer, an dieses Szenario zu glauben. Und ich dachte wieder einmal, wie frustrierend es war, dass uns der andere Teil dieser Korrespondenz vorenthalten blieb, dass wir ohne den Part des Dichters auskommen mussten, auch wenn sein Echo in jedem der Briefe Willecots zu vernehmen war, und wir uns so zwangsläufig in mehr oder weniger gewagten Vermutungen ergehen mussten.

Da ich schon mal da war, nutzte ich meinen Besuch im Archivsaal, um noch etwas anderes zu überprüfen. Als ich in Jaligny die Briefe anhand der gescannten Bilddateien auf meinem Bildschirm transkribiert hatte, war ich mehrfach über stark verblasste Wörter gestolpert, die sich kaum entziffern ließen. Nun sah ich mir die Originale an. Mit bloßem Auge war der Farbunterschied nicht so deutlich auszumachen, aber zweifelsohne vorhanden. Zunächst hatte ich angenommen, dass diese halb gelöschten Bereiche auf Mängel im Papier zurückzuführen seien, aber jetzt sah ich, dass das Papier stellenweise bräunlicher und dunkler war, als hätte man es der Sonne oder dem Feuer ausgesetzt oder als hätte seine Säure manche Zeilen zerfressen. Diese dunklen Flecken schienen aber keineswegs beliebig zu sein, denn sie beschränkten sich auf bestimmte Abschnitte, während alle anderen völlig unversehrt waren. Lag es vielleicht daran, dass Willecot die Tinte gewechselt hatte? In Ermangelung einer Erklärung suchte ich sämtliche betroffenen Stellen zusammen – es waren mehr als dreißig – und versah sie in meiner transkribierten Datei jeweils mit einer grünen Markierung.

Darüber verging die Zeit wie im Fluge. Als ich mein Tablet aus der Hand legte, sah ich, dass es bereits eins war. Ich schaltete mein Handy wieder ein. Seit drei Tagen kämpfte ich gegen einen Tick an, den ich eigentlich schon überwunden hatte: ständig nachzusehen, ob neue Nachrichten eingetroffen waren. Ich hoffte vor allem, dass Samuels Name im Display aufscheinen würde, in diesem kleinen blauen Signalkasten, den ich eigens für ihn eingerichtet hatte. Zwei Tage zuvor hatte er mich abends angerufen, aber das hatte mich nicht über seine Abwesenheit hinweggetröstet. Er hatte mir ausführlich von der Anhörung erzählt, deretwegen er in Portugal hatte bleiben müssen. Am Ende war es ihm gelungen, eine syrische Familie vor der Abschiebung zu bewahren. Über diesen Sieg in einem komplizierten Verfahren, bei dem er jeden erdenklichen Hebel eingesetzt hatte, war Samuel offenkundig sehr zufrieden. Er hatte aber kein Wort des Bedauerns über den verschobenen Parisbesuch geäußert – was nicht heißen musste, dass er kein Bedauern empfand, versuchte ich mir einzureden.

Das Display war leer. Enttäuscht machte ich mein Handy wieder aus und beschloss, für den Rest des Tages keinen einzigen Gedanken mehr an meinen Liebsten zu verschwenden. Nachdem ich die Briefe wieder einsortiert, die Schubladen verschlossen und mir eine kurze Mittagspause gegönnt hatte, widmete ich mich nachmittags der Überarbeitung des Vortrags, den ich in Madrid gehalten hatte.

Als ich das Institut gegen sechs verließ, machten mich die Neonröhren im Eingangsbereich und der Verkehrslärm ganz benommen. Draußen war es schon dunkel, und die feuchte Kälte drang mir in jede Pore. Trotzdem beschloss ich, noch ein wenig herumzuschlendern. Ich brauchte frische Luft und hatte nicht die geringste Lust, mich zu Hause einzuigeln, allein mit meiner schlechten Laune. In der Buchhandlung *Compagnie* frischte ich meinen Vorrat an Kriminalromanen auf und fragte nach dem Buch von Jean-Noël Ozanam über die Résistance-Netzwerke in Lyon. Zum Glück hatten sie noch ein Restexemplar.

Für den Abend hatte ich eigentlich die weitere Transkription von Dianes Tagebuch vorgesehen. Stattdessen zog ich mich gleich nach dem Essen in mein Schlafzimmer zurück, dessen Temperatur etwas heimeliger war als die im Wohnzimmer. Ich hatte mir das Buch des Historikers geschnappt und las es unter die Daunendecke gekuschelt, wobei ich gleich zu den Seiten sprang, die von Jour-Franc handelten. Dieses Netzwerk war 1941 in Lyon entstanden, gegründet von einer christlichen Studentengruppe, die sich zunächst das schlichte und etwas wirre Ziel gesetzt hatte, antideutsche Propaganda zu betreiben. Bald gingen sie jedoch systematisch vor, druckten und verteilten Flugblätter, gaben wichtige Informationen weiter und fälschten Ausweise. Die Mitglieder des Netzwerks verfassten sogar ein vierseitiges Résistance-Pamphlet, das alle paar Wochen unter dem Titel *Die Freiheit wird obsiegen!* erschien.

Das Netzwerk war im November 1943 größtenteils zerschlagen worden, als sechs seiner Mitglieder verhaftet und erschossen wurden. Der Chef jener Untergrundgruppe, in der ein Teil der Studenten von Jour-Franc Zuflucht gefunden hatte, kam am selben Tag bei einem Hinterhalt ums Leben. Tamara Zilberg oder Paul Lipchitz wurden in dem Buch mit keiner Silbe erwähnt, was aber nichts heißen musste, denn damals war es praktisch ein Todesurteil, einen jüdischen Namen zu tragen. Dafür zitierte Ozanam ausführlich aus dem Tagebuch einer jungen Frau namens Violaine White, die dem Netzwerk angehört hatte. In der entsprechenden Fußnote gab der Autor an, dass er dank Philippe Février Kenntnis von diesem unveröffentlichten Dokument erlangt hatte.

Das versetzte mir einen kleinen Schock. Denn für mich war Philippe weit mehr als eine Fußnote. Ein vertrauter Name, das Gesicht eines Freundes, den ich wie so viele andere aus meinem Leben verbannt hatte, was mich auf einmal beschämte.

74

2. November 1915

Teurer Anatole,

Dein Päckchen ist gut angekommen, und wir haben Deine jüngsten Abzüge ausgiebig bewundert. Gallouët wollte wissen, wie Du es geschafft hast, diesen Kontrast zwischen dem wolkenverhangenen Himmel und den Wasserpfützen am Boden zu erzeugen. Das ist so schön wie ein Gemälde von Constable.

Heute ist Allerseelen. Lagache, der sich gestern geweigert hat, die Messe zu Allerheiligen zu besuchen, meinte, zwischen diesem Tag und dem Rest des Jahres bestehe im Grunde kein Unterschied. Wir denken an die anderen, an diejenigen, die gefallen sind, dann fragen wir uns, wann wir an die Reihe kommen.

In ihren Briefen erzählt mir Diane von Dir und von Jeanne. Ich beneide sie, weil sie euch so oft sehen kann. Und ich bin dankbar, dass Ihr Euch Zeit für sie nehmt, denn ich weiß, dass Du eigentlich gar keine Zeit hast. Ich hecke hier für sie Mathematikaufgaben aus, aber es fällt ihr so leicht, sämtliche Kniffligkeiten zu lösen, dass ich beeindruckt bin.

Weil momentan an Heimaturlaub nicht zu denken ist, würde ich mich freuen, wenn Du bei Deinem nächsten Aufenthalt in Othiermont ein paar Porträts aufnehmen könntest, von Dir, den Kindern, von Sophie und von Blanche, und sie mir dann alle schicken würdest. Sollte Diane zufällig auch da sein, würde ich mich über ein Bild von ihr ganz besonders freuen.

In treuester Zuneigung

Dein Freund Alban

75

Ich war um zehn Uhr mit der Viper verabredet, doch die Amerikanerin kam zu spät, mit Absicht, wie ich vermutete. Diesmal trug sie eine kunstvoll zerrissene Jeans, einen italienischen Mantel und zweifarbige Lederstiefel. Ob sie sich diese extravagante Garderobe tatsächlich von ihrem Universitätsgehalt leisten konnte? Wenigstens wirkte sie nicht ganz so überspannt wie beim letzten Mal.

»Und wo ist Mister Tschawassjuh?«

»Er hat einen anderen Termin.«

In Wahrheit hatte sich Eric in seinem Büro verbarrikadiert, um der Viper ja nicht zu begegnen.

»Wie wollen wir vorgehen?«, fragte ich.

»Zuerst zeigen Sie mir die Briefe von Willcott.«

Ich achtete darauf, dass die Amerikanerin nur das Nötigste mitnahm, und bat sie, ihren Lackfüllfederhalter liegenzulassen.

»Und wenn ihn jemand stiehlt?«

»Hier stiehlt niemand.«

Ich ging mit ihr zum Aufzug. Ihr Gesicht war weniger verschlossen als sonst, die Aussicht, bald am Ziel zu sein, stimmte sie milder. Joyce Bennington gehörte zu jener gierigen Spezies, die andere Menschen nur als Brücke (oder verhasstes Hindernis) auf dem Weg zur Erfüllung ihrer Wünsche betrachten. Im Untergeschoss passierten wir das Drehkreuz, die beiden Sicherheitsschleusen und die Tür mit der Digitalsperre, auf Schritt und Tritt verfolgt von einer Überwachungskamera. Im Archivsaal rieb sich die Amerikanerin, die nur einen dünnen Kaschmirpullover trug, kräftig über die Arme. Ich hatte sie nicht darauf hingewiesen, dass die Klimaanlage hier sogar im Winter auf Hochtouren lief. Wärme ist tödlich für Tinte, Fixiermittel und Papier jeder Art. Ich deutete auf einen Tisch.

»Sie können hier Platz nehmen.«

Dann brachte ich ihr die Mappe mit den ausgewählten Briefen. Joyce Bennington schlug sie sogleich auf. Als sie die Kopien sah, wurde sie laut.

»Ich will die Originale.«

»Erst, wenn Sie die Briefe gelesen haben.«

Sie warf mir einen bösen Blick zu, zückte ihr Tablet und begann, rasend schnell zu transkribieren. Die Amerikanerin führte sich so auf, als würde ich ihr die Dokumente jeden Moment wieder entreißen, und ich gebe zu, dass ich dazu nicht übel Lust hatte. Ich hörte sie mehrfach niesen. Und dann sah ich plötzlich, wie sie das Kameraauge ihres Tablets auf die Blätter richtete.

»Keine Fotos, Madame Bennington«, sagte ich unwillkürlich.

»Warum?«

In erster Linie um des Vergnügens willen, sie zu ärgern. Bei näherer Überlegung musste ich mir jedoch eingestehen, dass der wahre Grund für meine Reaktion noch unsachlicher war, jedenfalls für eine Historikerin. Alles in mir sträubte sich dagegen, dass die schöne, feinsinnige Schrift von Alban, dass die Zeilen und Striche, in denen seine empfindsame Seele zum Ausdruck kam, inmitten tausender anderer Dateien auf der Festplatte von Joyce Bennington landeten. Für sie hatte das Menschliche in diesen Briefen keine Bedeutung, sie sollten ihr nur als Ware dienen, um ihr wissenschaftliches und publizistisches Geschäft anzukurbeln. Ich hingegen fühlte mich verpflichtet, die Intimsphäre des Briefeschreibers zu schützen wie die eines Bruders, diesen Impuls hatte ich bereits in Madrid verspürt, als Martin Lipton, der amerikanische Student, mich allzu sehr mit Fragen zu Albans Korrespondenz bedrängt hatte. Ich ließ die Viper nicht mehr aus den Augen, und sie sagte schließlich:

»Wenn Sie was anderes zu erledigen haben, können Sie mich gern allein lassen.«

»So etwas würde ich doch nie tun, Frau Professor Bennington.«

Ich blieb an ihrer Seite und füllte Bestellscheine und Karteikarten aus, während sie mit der Transkription fortfuhr. Nach einer Stunde war sie fertig.

»Und jetzt die Originale!«

»Erst, wenn Sie mir Ihre Willecot-Briefe gezeigt haben.«

Die Viper gab sich zerknirscht.

»Die habe ich oben gelassen.«

»Dann gehen wir eben zurück.«

Sie seufzte.

»Könnten wir nicht erst die Sache hier zu Ende führen?«

Ich hatte genauso wenig Lust wie sie, die Kopien einzusortieren, den Saal abzuschließen, die Alarmanlage wieder einzuschalten und die Sicherheitsschleusen erneut zu passieren, um das Ganze später noch einmal durchzuspielen.

»Wenn ich Ihrem Wort vertrauen darf, Madame Bennington?«

Sie hielt meinem Blick stand.

»Sicher.«

Ich hatte ohnehin nichts zu verlieren, und so steuerte ich die Schublade an, die ich in- und auswendig kannte, die Gt52, und gab den Code ein. Dort lagerten die acht Kästen übereinander gestapelt. Joyce Bennington war mir gefolgt und beäugte sie nun mit unverhohlener Begehrlichkeit. Am liebsten hätte sie mich wohl getötet, um an den Inhalt heranzukommen. Schnell machte ich die Schublade wieder zu, legte die blaue Mappe mit den ausgewählten Originalen auf den Tisch und wies meinen Gast auf Mundschutz und Handschuhe hin, bevor ich selbst welche anzog.

»Warum?«

»Wegen der Bakterien. Bitte halten Sie sich den Ellbogen vor die Nase, wenn Sie niesen müssen, auf keinen Fall die Hand.«

Wieder warf sie mir einen bösen Blick zu, doch legte sie dann immerhin den Mundschutz an.

»Und bitte gehen Sie behutsam mit den Dokumenten um.«

Ich reichte ihr eine Lupe und blieb die ganze Zeit neben ihr stehen, während sie die Autographen in Augenschein nahm. Der Kälte, den

Frostbeulen und den meist dürftigen Bedingungen zum Trotz hatte Willecot sich eine fast makellose Handschrift bewahrt, Streichungen waren bei ihm selten, so dass die Amerikanerin in den Originalen nicht mehr entdeckte als in den Kopien. Dafür hatte ich ihr zu einer etwas kindlichen Genugtuung verholfen, denn sie hatte ja bekommen, was sie wollte. Anschließend warfen wir den Mundschutz und die Handschuhe weg, ich legte die Briefe wieder in die Schublade, schaltete die Alarmanlage ein, und wir fuhren mit dem Aufzug nach oben. Die Viper sagte keinen Ton. In meinem Büro setzte sie sich zunächst mal hin und zog eine blaue Mappe aus ihrer Aktentasche. Sie behielt die Mappe in der Hand, als wäre sie noch nicht bereit, sie mir zu zeigen.

»Wo ist das Problem, Madame Bennington?«

»*No problem.*«

Sie reichte mir die Mappe, und ich betete, dass mir die Hand nicht zittert, wenn ich danach griff. Sie enthielt nur einen Brief. Ich legte die Kopie auf meinen Schreibtisch. Es handelte sich zweifelsfrei um die Schrift von Willecot. Allerdings leicht verändert, weniger gleichmäßig und mit dickeren Strichen als zu Beginn. Der Brief war auf den 19. Juli datiert, also genau den Zeitpunkt, als die Korrespondenz zwischen Willecot und Massis zwischenzeitlich abgerissen war.

Mein lieber Anatole,

gestern wurde ich mit dem Kriegskreuz ausgezeichnet. Kriegskreuz … Während der Zeremonie musste ich die ganze Zeit an Gallouët denken. Da stand ich also, ein Mörder, von noch größeren Mördern geehrt.

Selbst zum Weinen fehlt mir die Kraft, ich kann mich nur noch schämen.

Ich bin Deiner nicht würdig, Anatole. Auch nicht einer Blanche oder Diane. Morgen geht es wieder an die Front, und ich weiß nicht, ob ich mir wünschen soll, heil zurückzukehren.

Du warst mir stets mehr als ein Bruder, Jeanne und die Kinder waren für mich eine zweite Familie. Erlaube mir, Euch alle vier ganz fest zu umarmen.

Alban

Ich hatte keine Ahnung, worauf Willecot sich hier bezog, und seine jähe Verzweiflung gab mir Rätsel auf. Wahrscheinlich war der bretonische Adjutant, mit dem Willecot sich angefreundet hatte, verwundet oder tot. Aber warum hielt sich der Leutnant für unwürdig? Hatte ihn die Brutalität dieses Krieges dermaßen zermürbt und bedrückt, dass er sich schließlich selbst aufgegeben und eine verwerfliche Tat begangen hatte? Zu Bennington sagte ich:

»Interessant. Und die anderen Briefe?«

»Da müssten Sie mir mehr zeigen als bisher.«

Eric hatte sich nicht getäuscht: Diese Frau verhielt sich wie eine gemeine Erpresserin. Dennoch hatte ich ihr etwas voraus, denn Fraenkel hatte mir ja verraten, dass er ihr nur drei Briefe verkauft hatte, und davon wusste sie nichts. Ich tat so, als müsste ich zunächst überlegen.

»Tja, so leicht ist das nicht zu bewerkstelligen. Und ich würde zuvor gern noch zwei weitere Briefe sehen, mindestens.«

Die Viper zog eine Grimasse, wie immer, wenn man ihr das Gewünschte vorenthielt.

»Zeigen Sie mir zehn andere Briefe von Willcott, dann zeige ich Ihnen den nächsten.«

Danach hätte Bennington nur noch einen Trumpf im Ärmel. Und dann würde sie wahrscheinlich den Zugang zum kompletten Nachlass von Willecot fordern und uns vorgaukeln, sie selbst besitze noch unzählige Briefe von Alban an Massis. Sie vertraute darauf, dass wir ihren Trick erst durchschauen würden, wenn es schon zu spät wäre.

Ich sah wieder vor mir, wie die Amerikanerin mit ihren gierigen Händen nach den dünnen Blättern gegriffen, wie sie die Schublade

Gt52 mit den Augen verschlungen hatte. Nein, dieser Preis war mir definitiv zu hoch. Bestimmt fände sich in Dianes Tagebuch eine Erklärung für Willecots Verschwinden und Informationen über seine Beweggründe. Vielleicht verfügte ich ja schon über genug Hinweise, um mir selbst einen Reim darauf zu machen. Es war alles nur eine Frage von Arbeit und Geduld. Ich spielte auf Zeit.

»Ich muss diese Woche verreisen.«

»Und ich reise übermorgen ab.«

»Dann verschieben wir es eben, bis Sie das nächste Mal in Frankreich sind.«

Die Frustration, die sich im Gesichtsausdruck der Viper widerspiegelte, nahm ich durchaus mit Befriedigung zur Kenntnis. Ich wusste, dass der Anblick der Archivkästen unten im Saal ihre Neugier ins Unermessliche gesteigert hatte, also würde sie wieder und wieder mit uns verhandeln. Möglicherweise käme sie allein deswegen nach Paris zurück.

76

Dianes Tagebuch

3. September 1915

Endlich sind wir wieder in Paris. Jeanne Massis hat mich erneut zum Tee in der schönen Wohnung am Quai des Grands-Augustins eingeladen, und ich habe die Einladung gleich angenommen. Gegen sechs ist ihr Mann dazugekommen und wollte wissen, was ich von seinen Gedichten halte. Da wurde ich rot und konnte nur noch stammeln, was mir sonst nie passiert. Aber es ist nicht leicht, ihm zu sagen, wie gut sie mir gefallen haben! Monsieur Massis hat eine großartige Bibliothek, und er hat mir ein Buch über Integral- und Differentialrechnung geliehen, dazu noch eine griechische Grammatik. Er hat sich auch bereit erklärt, mir weitere Bücher zu leihen, und als ich ging, sagte er zu mir: »Ihr Geist ist ein fruchtbares Feld, das man jetzt kultivieren sollte.«

10. September

Mutter hat mir tatsächlich geglaubt, dass ich wegen einer Anprobe zur Schneiderin musste, und so bin ich zu Madame de T. gegangen, die ihre Freundinnen um sich versammelt hatte. Sacha und seine Mutter waren auch da, beide habe ich zum letzten Mal im Frühjahr gesehen. Die Damen wollen bei den »Munitionetten« für das Frauenwahlrecht werben, so werden die Arbeiterinnen in den Waffenfabriken genannt. Ich habe ihnen meine Hilfe angeboten, obwohl ich natürlich weiß, dass sie im Gegensatz zu mir geübte Rednerinnen sind. Nach dem Treffen hat mich Madame de T. noch eine Weile dabehalten. Sie will mir bei der Anmeldung zur Abiturprüfung behilflich sein. Ich hätte sie küssen können!

14. September 1915

*Gestern, Sonntag, war ich bei den Massis, um Griechisch zu üben.
Zum Glück scheint Vater diese Besuche zu befürworten, wahrscheinlich glaubt er, dass ich mich mit Jeanne über Stickerei und Kinder-
erziehung unterhalte. Wenn er wüsste! Aber er wird ohnehin derart
von seinen Geschäften in Anspruch genommen, dass er keine Zeit hat,
mein Kommen und Gehen zu überwachen. Mutter geht von Tür zu Tür,
um für die Soldaten zu sammeln. Sie macht sich wenigstens nützlich.*

17. September 1915

*Einen Vorteil hat der Krieg, er hält die meisten Leute auf Trab, so
dass man mich ganz und gar in Ruhe lässt. Gestern brauchte ich nur
irgendeinen Vorwand zu murmeln und war dann den ganzen Nachmittag wie vereinbart bei Madame de T. Wie versprochen hat sie mich
zur Abiturprüfung angemeldet und hat sich dafür als Verwandte ausgegeben. Ich bin ja so froh!*

19. September

*Russischunterricht mit Sacha, der in die Rue de Varenne gekommen
ist. Vater und Mutter waren beide außer Haus. Um mir Roses Schweigen zu erkaufen, musste ich versprechen, ihr für den Ball der Cath-
carts mein Lieblingskleid zu leihen, das blaue. Das ist zwar ärgerlich,
aber meine Schwester ist so fett, dass sie darin wie eine Wurst aussehen wird.*

25. September

*Heute kam eine Karte von Alban, den ich momentan ziemlich ver-
nachlässige. Er schreibt, dass Anatole Massis ihm von mir erzählt
und dass er mich beneidet, weil ich ihn so oft sehe. Er schreibt auch,
dass Paris ihm fehlt. Ich wäre selbst nur sehr ungern in seiner Lage,*

aber ich habe es satt, so untätig zu sein. Wäre ich nur ein paar Jahre früher geboren, hätte ich wenigstens die Zeit gehabt, ein Studium abzuschließen, und könnte nun einen Mathematiklehrer vertreten, der an die Front musste.

27. September
Unfassbar, wie sehr die militärische Propaganda uns für dumm verkaufen will. Gestern habe ich in Vaters Zeitung einen Artikel gelesen, der den Titel trug: »Vernichtende Niederlage der Deutschen«. Angeblich habe die französische Armee auf einen Schlag … zweihunderttausend Angreifer zurückgedrängt! Ich habe den Artikel ausgeschnitten, weil ich hier ein Stück zitieren möchte: »Die Deutschen fielen reihenweise übereinander, was den nachrückenden Rängen Einhalt gebot. Als die Nacht über dem nebelumhüllten Schlachtfeld einbrach, schlossen sich unsere Gefangenen der Nachhut an, noch ganz benommen von dem verheerenden Massaker, das sie erlebt hatten« etc. Jeden Tag tischt man uns neuen Unsinn auf. Unterdessen werden ständig mehr Männer eingezogen, Vater hat immer weniger tüchtige Arbeiter, und die Boches sind bis heute nicht besiegt.

28. September 1915
Ich komme gerade vom Quai des Grands-Augustins zurück, wo ich zwei Stunden Griechischunterricht bekommen habe. Es ist mir gelungen, eine Passage von Äsop und zwei Fragmente von Sappho zu übersetzen (was mich aber Schweiß und Tränen gekostet hat). Ich liebe Griechisch und finde diese komplizierte Grammatik sehr unterhaltsam. Russisch lerne ich, um mir mit Sacha die Zeit zu vertreiben, Puschkin zu lesen und vor allem, um Rosie mit meinem Code auf die Palme zu treiben. Nach dem Unterricht haben wir über moderne Poesie geredet, über diesen Apollinaire, von dem ich noch nie etwas gehört hatte, und über die kubistischen Maler, die in den letzten Jah-

ren für Furore sorgten. Jedes einzelne Gespräch ist wie Nahrung für meinen Geist. Es ist einfach großartig, wenn man so viel weiß!

30. September 1915
Habe Madame Cheremetieva besucht. Sacha war nicht da. »Er bereitet die Weltrevolution vor«, sagte die Gräfin und lachte. Ich antwortete, das sei besser, als gar nichts zu tun, und das ist meine ehrliche Meinung.

1. Oktober
Heute Nachmittag wollte ich mich eigentlich mit Sacha treffen, aber Mutter hat ihren Besuch im Krankenhaus abgesagt. Also habe ich den Tag in unserer Bibliothek verbracht. Als wir beim Tee saßen, hat Vater mich wieder einmal angeherrscht und gesagt, vor lauter Leserei würde ich mir noch die Augen verderben, aber ich will mich ja gründlich auf das Abitur vorbereiten (das reibe ich ihnen natürlich nicht unter die Nase, kleines Tagebuch). Mutter hat mich verteidigt: »Lassen Sie Diane doch in Ruhe, Charles. Wer weiß, wie es nach diesem Krieg um unsere Kinder bestellt sein wird.« Manchmal steht sie mir aus unerfindlichen Gründen bei.

7. Oktober
Gestern habe ich zwei Karten von Alban erhalten, er schickt mir drei neue Aufgaben, um meinen Verstand zu schulen. Der Ärmste schreibt, ihm werde die Zeit lang im Ruhegraben … Da habe ich mich geschämt, weil ich so schreibfaul gewesen bin. Um das wiedergutzumachen, habe ich ihm einen ganz langen Brief geschrieben und die Übersetzung eines Gedichts von Puschkin kopiert. Ich habe ihm – unter dem Siegel der Verschwiegenheit – auch von meiner Anmeldung zum Abitur erzählt.

15. Oktober
Bin bis eins aufgeblieben, um an meiner Übersetzung ins Griechische zu feilen. Aber ich muss mich schließlich meines Unterrichts würdig erweisen.

16. Oktober
War das ein faszinierender Nachmittag. Ich genieße diesen Unterricht immer mehr und kann den Sonntag gar nicht erwarten.

30. Oktober
Ach, kleines Tagebuch, was soll ich nur davon halten? Ist das, was in meinem Herzen vorgeht, normal? Spielt sich das immer so ab, dass einem erst heiß, dann kalt wird, dass man himmelhoch jauchzt und dann wieder zu Tode betrübt ist, wenn man an ein ganz bestimmtes Gesicht denkt?

5. November 1915
Ich muss Dir etwas beichten, kleines Tagebuch: Ich habe mich wohl verliebt! Die ganze Woche sehne ich mich nach diesen Stunden in der Bibliothek am Quai des G.-A. Gestern Abend fand ich keinen Schlaf. Diese Augen, die sich auf mich richten, die Hand, die sich manchmal auf meine legt, um einen Buchstaben oder die Platzierung eines Spiritus lenis zu korrigieren ... und dann dieser Aufruhr in meinem Herzen! Ich weiß, dass das schlimm ist, eine furchtbare Sünde, aber ich kann mich trotzdem nicht dagegen wehren.

8. November 1915
Mein Gott, was für eine Pein! Bei jedem Unterricht habe ich Angst, dass man mir meine Gefühle ansieht. Gestern ruhte die geliebte Hand

eine Spur zu lange auf meiner, und in den herrlichen Augen blitzte so etwas wie Zärtlichkeit auf. Mir wäre fast das Herz zersprungen. Aber was bilde ich mir nur ein? Ich bin eine Närrin. Wer würde sich schon für eine Göre wie mich interessieren?

12. November 1915
Die böse Röse hat schon wieder in meinen Sachen herumgeschnüffelt! Zum Glück ist sie viel zu blöd, um zu begreifen, wie und was ich Dir schreibe. Bei Tisch starrt sie mich pausenlos an, gestern hat sie zu Vater gesagt, ich würde etwas verheimlichen. Da wurde ich blass. Tatsächlich bin ich dermaßen aufgewühlt, dass ich darüber vergesse, frech zu werden.

17. November 1915
Gestern war ich auf der Soirée von Mary Cathcart, der Frau des englischen Botschafters. Rose wollte sich dort unbedingt zeigen und hat Vater überredet, uns in die Botschaft gehen zu lassen. Ich hatte gehofft, dort Du weißt schon wen zu treffen, aber der Zufall hat leider nicht mitgespielt. So bin ich enttäuscht und traurig nach Hause gekommen.

20. November
Dieses »Auf bald«, wenn wir voneinander Abschied nehmen, dieser sanfte Händedruck … Nein, ich täusche mich wohl nicht. Habe die ganze Nacht kein Auge zugetan.

22. November
Ich denke nur noch an dieses geliebte Gesicht. Der Gedanke, dass wir in wenigen Wochen nach Othiermont fahren, ist mir unerträglich.

26. November

Gestern war ich beim Griechischunterricht so verstört, dass ich meine Kaffeetasse umgestoßen habe. Sie ging zu Bruch. Wieder berührten sich unsere Hände, als wir die Scherben gemeinsam vom Boden lasen. Am liebsten hätte ich diese Hand nicht mehr losgelassen, mir kam Unerhörtes in den Sinn, das ich auf keinen Fall niederschreiben kann. Als ich nach Hause kam, hatte ich das Gefühl, am ganzen Körper zu brennen.

29. November

Mutter findet inzwischen, dass ich zu viel Zeit bei den Massis verbringe. Gestern war ich wieder dort, obwohl es kein Sonntag war. Schon wieder dieses »Auf bald«, diese tiefe, sanfte Stimme ... Ich bekomme eine Gänsehaut, wenn ich nur daran denke.

3. Dezember

Morgen steht wieder Griechisch an, und weil ich das weiß, habe ich keinen Bissen hinunterbekommen. Ich habe ein flaues Gefühl im Magen und nichts als Unfug im Kopf. Beim Abendessen hat mich die böse Röse mit Fragen bestürmt. Dieses Biest ist zwar dumm wie Bohnenstroh, aber sie hat eine Art siebten Sinn, das muss man ihr lassen.

5. Dezember

Als ich am Quai des G.-A. ankam, zitterten uns beiden die Hände, das war nicht zu übersehen. Es war mir peinlich, aber da war noch ein anderes Gefühl, das mir den Atem raubte, und das Übersetzen fiel mir schwer ... Ich hatte die ganze Zeit Angst, dass jemand in den Raum kommen würde, ein Dienstmädchen oder die Kinder, und mir alles am Gesicht ablesen könnte. Insgeheim nenne ich mein geliebtes Wesen Dominique, ich weiß nun, dass es Liebe ist, ich weiß auch, dass es eine unmögliche Liebe ist, wie in Fromentins Roman. Ich müsste mit aller Macht dagegen ankämpfen. Aber wie soll das überhaupt gehen?

7. Dezember
Ich werde Dominique diese Woche nicht sehen und bin kreuzunglücklich. Wieder kam ein Brief von Alban, die Ansicht einer Landschaft im Nebel, die durch die Trümmer eines Glockenturms hindurch aufgenommen wurde. Er schreibt, dass ihm meine Briefe fehlen. Der Ärmste, wenn er wüsste, warum ich ihn derart vernachlässigt habe ... Manchmal schäme ich mich wirklich meiner selbst, kleines Tagebuch.

10. Dezember 1915
Seit drei Tagen bin ich in Othiermont. Ich reite ständig aus, helfe wie eine Besessene im Haushalt mit, was mir Roses Spott und Mutters Verblüffung einbringt. Aber die Bücher erinnern mich alle an Dominique, ohnehin habe ich nichts anderes vor Augen, egal, was ich tue. Zum Glück sehen wir uns Ende des Monats wieder, wenn das Ministerium nicht allen den Winterurlaub streicht.

17. Dezember 1915
Gestern eine sterbenslangweilige Teerunde mit Bekannten von Vater, die Ducreux (Vater und Sohn). Sie besitzen eine Weberei in Lyon und wären bereit, trotz des Krieges mit ihm ins Geschäft zu kommen. »Seid nett zu ihnen«, sagte Mutter zu mir und Rosie, bevor die beiden eintrafen. Ich wollte auf keinen Fall Hausarrest bekommen und habe mich entsprechend benommen. So schwer war das auch nicht, ich musste nur den Mund halten, ihren geisttötenden Kaufmannsgeschichten lauschen und dabei so tun, als wäre ich ungemein gefesselt. Der alte Ducreux ist hässlich, ein Gesicht voller Pockennarben und dazu ein Schnurrbart, den er schwarz färbt, um weniger alt zu

wirken; sein Sohn könnte ganz gut aussehen, mit den schwarzen Au-
gen und langen Wimpern, aber seine Nase ist zu lang und sein Mund
zu klein. Er wollte wissen, ob ich sticke und Klavier spiele. Am liebsten
hätte ich geantwortet, dass ich mich auf das Abitur vorbereite, nur,
um sein Gesicht zu sehen.

28. Dezember 1915
Mir kommt es so vor, als wartete ich schon seit Jahrhunderten auf D.s
Ankunft. Den ganzen Nachmittag habe ich unter diversen Vorwänden
nach dem Wagen Ausschau gehalten. Und dann habe ich ihn endlich
um die Ecke biegen sehen, von einem Ackergaul gezogen (mehr kön-
nen wir nicht aufbieten). Die Kinder saßen still und brav hinten, und
ich habe vom Balkon aus gewinkt. Das Herz klopfte mir bis zum Hals.

3. Januar 1916
Zum Tee bei Blanche de Barges. Dominique und ich versuchten, uns
ganz ungezwungen zu begegnen, als ob nichts wäre. Aber ich habe das
Gefühl, flammend rot zu werden, sobald sich unsere Blicke kreuzen,
wobei D. seltsam blass wird.

5. Januar 1916
Die Ereignisse überstürzen sich. Gestern tat ich so, als wollte ich
Blanches Pferden ein bisschen Auslauf gewähren, und bin in den
Wald von Ythiers geflohen. Dominique traf sich dort mit mir. Als ich
die Hufe von Foudre hörte, merkte ich, wie ich ganz bleich wurde.
Wir wagten beide nicht, vom Pferd zu steigen, und ich redete pausen-
los, um meine Verlegenheit zu überspielen. Ich kam mir dumm vor,
aber auch verrückt. Und dann habe ich die Hand ausgestreckt, ganz
erschrocken über meine eigene Kühnheit. Dominique hat sie ergriffen,
wie man eine Blume pflückt, hat mir den Handschuh abgestreift und

mir einen langen Kuss auf die Handfläche gegeben. Ich wäre fast in
Ohnmacht gefallen.

7. Januar 1916
Kleines Tagebuch, ich kann Dir gar nicht erzählen, was gestern Nach-
mittag vorgefallen ist. Das ist einfach zu schrecklich, zu göttlich. Mir
ist, als würde ich von Flammen verzehrt, in meinem Bauch lodert ein
Feuer. Ich möchte den Rest meines Lebens Dominique weihen, bis zu
meinem letzten Atemzug.

77

Offenbar war Diane Nicolaï immer wieder für eine Überraschung gut. Während ich per Mausklick Buchstaben um Buchstaben ersetzte und ihre Einträge nach und nach am Bildschirm lesbar wurden, entdeckte ich zu meiner Überraschung eine Geschichte, die ganz anders war als das, was ich mir ausgemalt hatte. Die junge Frau hatte sich keineswegs in ihren Russischlehrer Sacha verliebt, auch nicht in Willecot und erst recht nicht in Ducreux, sondern tatsächlich in Anatole Massis. Erstaunlicher noch: Diese Liebe beruhte auf Gegenseitigkeit. Bisher hatte das Tagebuch nicht preisgegeben, ob es zum Äußersten gekommen war oder nicht. Dianes Zeilen war jedoch zu entnehmen, dass sie den Dichter wohl nicht kaltgelassen, ihn derart verzaubert hatte, dass er sich all seinen Aufgaben und Verpflichtungen zum Trotz sogar als Griechischlehrer versuchte.

Diese Enthüllung warf ein neues Licht auf die entsprechende Lebensphase von Massis, insbesondere auf die Entstehung von *Leiberglühen*. Auch wenn sich in diesem Band alles um eine versteckte Neigung drehte, hatte das nichts mit Willecot zu tun. Die geheimnisvolle Muse, die unsere Neugier geschürt hatte, war also Diane, Diane war das Objekt jener verborgenen Leidenschaft, die mit ihrer zügellosen Sinnlichkeit die Zeilen des Dichters zum Lodern brachte. Ich suchte in der Korrespondenz von Massis nach Anhaltspunkten, die inzwischen fester Bestandteil des kleinen Büchervorrats war, den ich zwischen Paris und Jaligny hin und her schleppte, und las noch einmal die Briefe, die er in dieser Zeit an verschiedene Adressaten geschickt hatte. Dort thematisierte er den Krieg, die Schwierigkeiten, die ihm bei der Vollendung und Veröffentlichung seiner Werke begegneten, aber auch seine Arbeit bei der Prüfstelle, die er mehrmals fast aufgegeben hätte. Nicht die geringste Andeutung von Verliebtheit, von

Gefühlsüberschwang, kein Wort über Diane, nur ein melancholischer Grundton, eine gewisse Zukunftsangst und ein Pessimismus, der im Lauf der Zeit immer greifbarer wurde.

Mir war natürlich klar, dass Massis als Familienvater – überdies verheiratet mit der Enkelin seines Förderers –, dem ein beispielloser gesellschaftlicher Aufstieg gelungen war, bestimmt nicht von den Dächern pfeifen würde, dass er sich in ein junges Mädchen verliebt hatte. Ich dachte an die Briefe, die Massis von Willecot erhalten hatte, an die Zuneigung und das Vertrauen, die offensichtlich erwidert wurden. Was ich bisher als Zeichen einer verdrängten Liebe gedeutet hatte, war möglicherweise Zeugnis einer ungeheuren Verstellungskunst, gepaart mit Schuldgefühlen … Der Dichter musste Qualen gelitten haben, als Alban sich in Diane verliebte. Und wie hatte er diesem doppelten Zangengriff standgehalten, zwischen einer Ehefrau, die er offenbar vergötterte, und seiner Geliebten, zwischen fordernder Leidenschaft und treuer Freundschaft? Unter diesen Umständen war er so oder so zur Lüge verdammt.

Ich legte den Korrespondenzband weg und nahm die Biographie zur Hand, die Françoise Alazarine verfasst hatte. Der abgegriffene Einband verriet, wie oft ich schon darin geblättert hatte. Erneut las ich die beiden Kapitel, die zeitlich mit Dianes Tagebucheinträgen übereinstimmten und von jenem Herbst und Winter 1915/1916 handelten, als das junge Mädchen sich so rasend verliebt hatte. Die Biographin erwähnt, dass Massis damals zu Anfällen von Schwermut neigte, und zitiert aus dem Tagebuch von René Dalize, einem engen Freund des Dichters, der über dessen »Verstörtheit« schreibt. Eine Verstörtheit, die alle in seinem Umfeld durch den Krieg bedingt sahen und durch die ideologischen Widersprüchlichkeiten, die sich daraus ergaben. Massis hatte nämlich unter dem Einfluss von Louis Limoges zunächst die kraftvollen Thesen eines Nationalismus à la Barrès vertreten. Sein Engagement war mit einem persönlichen Schmerz verknüpft: Als glühender Patriot litt er sehr unter seiner Wehruntauglichkeit, und das zog sich wie ein roter Faden durch viele Briefe, die er 1915 verfasst hatte. Sein nationalistisches Ideal und sein unbedingter Glaube an den antigermanischen Krieg wurden jedoch nach und nach erschüttert. Alazarine führt diesen Sinneswandel, der Mitte 1915 eintrat, auf Massis' Tätigkeit in einer Prüfstelle des Informationsministeriums zurück. Dort musste er in Wahrheit die Feldpost der Offiziere zensieren.

Darum wusste er besser als jeder andere, und zwar als einer der Ersten im Hinterland, wie es an der verheerten Front tatsächlich aussah, auch wenn er nicht selbst vor Ort war, während der Staat die Öffentlichkeit hartnäckig belog und in der willfährigen Presse, die mit hurrapatriotischen Meldungen gespickt war, so tat, als würden die Truppen dem Sieg entgegenmarschieren. Ob Albans Briefe an den Dichter zu dessen Abkehr von der herrschenden Ideologie beigetragen hatten? Denn selbst wenn Massis am Anfang vielleicht noch geargwöhnt hatte, dass manche Soldaten die Lage in ihren Briefen übertrieben darstellten, konnte er die Schilderungen seines Freunds hingegen nicht in Zweifel ziehen, diese *Szenen aus dem Muschkotenleben*, von denen er Woche für Woche neue Folgen erhielt. Laut Alazarine führte Massis' Bewusstwerdung im Lauf der Monate dazu, dass er zu einem nicht minder glühenden Anhänger des Pazifismus wurde und sich mit Abscheu von dieser französischen Selbstherrlichkeit abwandte, die er ein paar Jahre zuvor noch so hochgehalten hatte. Joseph Agulhon, ein ehemaliger sozialistischer Parlamentsabgeordneter, der zu den Freunden des Dichters zählte, hatte später das »Werk des Friedens« gewürdigt, das durch den frühen Tod von Massis leider unvollendet bleiben musste. Offenbar hatte Massis das Thema zwischen 1916 und Jeannes Tod 1918 mehrfach selbst angesprochen.

Alazarine erwähnt auch die »melancholischen Schübe« von Anatole Massis, das Ende seines literarischen Jour fixe im Jahr 1915, die vielen Reisen nach Othiermont, von denen die Briefchen und Telegramme an Jeanne zeugten, seine Schreibhemmungen und die häufigen Migräneanfälle, lauter Symptome, die ein zeitgenössischer Arzt als Vorboten einer Depression deuten würde. Vielleicht hatte der Krieg den wahren

Auslöser verschleiert, wenn meine Vermutung zutraf, Massis habe neben seiner Frau noch eine andere geliebt.

Ich sah mir die transkribierten Seiten an. Dianes Tagebuch war eine richtige Bombe, noch viel brisanter als alles, was eine Joyce Bennington sich ausmalen mochte. Sollte sich die Liaison als wahr herausstellen, müsste man aufgrund dieser neuen Details möglicherweise den Mythos eines Dichters von Grund auf umschreiben, der seit Jahrzehnten zum Pantheon der französischen Literatur gehörte, eines Dichters, den man bis dahin als reinen Geistesmenschen, als eine Art weltlichen Mönch charakterisiert hatte, der sein Leben trotz Heirat ganz und gar der Poesie geweiht hatte. Und weil Diane Nicolaï bewusst war, wie sehr solche Enthüllungen Massis hätten schaden können, hatte sie sich alle erdenkliche Mühe gegeben und ihre ganze Intelligenz dafür aufgeboten, dieses Tagebuch so zu sichern, dass niemand es lesen könnte. Und dann durchbrach ausgerechnet ich diese Sperre, verletzte die Intimsphäre und die Geheimnisse einer blutjungen Frau, die nicht nur das Leben für sich entdeckte, sondern auch die Wucht einer verbotenen ersten Liebe, mit all ihrer Herrlichkeit und ihren Abgründen.

Und auch wenn ihre Zeilen mich zutiefst berührten, auch wenn ich darauf brannte, zu erfahren, was aus ihr geworden war, wusste ich nun nicht mehr so recht, ob ich mit der Entschlüsselung fortfahren sollte. Da fiel mir Françoise Alazarine ein – ihre Biographie genügte strengsten wissenschaftlichen Anforderungen und stützte sich ausschließlich auf seriöse Quellen, zugleich ließ sie aufrichtige Sympathie für ihren Gegenstand erkennen. Vielleicht könnte sie mir helfen, im Umgang mit Dianes Tagebuch die richtige Entscheidung zu treffen.

78

Beim Lesen von *Le Monde* erfuhr ich, dass Roberto Balducci mit vier-
undachtzig Jahren gestorben war. Im Lauf des Tages tauchten im Netz
zahlreiche Nachrufe auf, die an die glanzvolle Karriere des *Maestro*
erinnerten, an seine Jahre als Dirigent des London Philharmonic Or-
chestra, an seine Gastauftritte in den namhaftesten Konzertsälen und
bedeutendsten Opernhäusern weltweit. France Musique sendete ihm
zu Ehren einen Konzertmitschnitt. Es wurden die Aufnahmen des Dirigenten erwähnt und die Namen einiger wichtiger Interpreten, mit
denen er zusammengearbeitet hatte, darunter auch meine Mutter.

Die Nachricht von Robertos Tod hatte nichts Überraschendes an
sich, trotzdem war ich erschüttert. Unsere letzte Begegnung lag zwei
Jahre zurück, und schon damals wirkte er entkräftet. Er dirigierte
nicht mehr, spielte nur noch zum persönlichen Vergnügen täglich ein
paar Etüden auf dem Klavier, in seinem Haus in Rom, wo er immer
noch wohnte. Als meine Mutter noch lebte, hatten wir uns nie gesehen. Nach ihrem Tod hatte der Dirigent darauf bestanden, meinem
Bruder und mir eine Jahresrente auszuzahlen. Das tat er bis zu unserer Volljährigkeit, als die Tantiemen aus seinen Einspielungen mit
Irène schon längst versiegt waren. Er fühlte sich wohl schuldig, weil
er eine Familie der Ehefrau und Mutter beraubt hatte. Mein Bruder
nutzte zwar das Geld, um sein Studium der Tiermedizin zu finanzieren, wollte Balducci aber nie persönlich kennenlernen. Ich wollte es.

Ich war siebzehn, als ich den *Maestro* das erste Mal traf. Er hatte
mir im Vorfeld einer Reise nach Paris geschrieben, um mich in einem
erlesenen Restaurant zum Mittagessen einzuladen. Ich hatte meinen
Vater belogen, um die Verabredung einzuhalten. Ich weiß noch, wie
sehr ich an diesem Tag eingeschüchtert war, sowohl durch den Treffpunkt als auch durch diesen Mann, dabei hatte ich mich nicht einmal

vorstellen müssen. Kaum hatte ich das Restaurant betreten, war Roberto Balducci aufgestanden, und als er mich begrüßte, zitterten ihm die Hände. Nachdem er so viele Jahre lang Orchester geleitet hatte, war er eine beeindruckende und charismatische Erscheinung. Doch hinter dieser Stattlichkeit war eine tiefe Rührung zu erahnen, die ihn zuweilen heiser machte. Ich wusste, warum er mich sehen wollte, die Art, wie er mich musterte, sagte schon alles: Ich erinnerte ihn an meine Mutter. Und ich hatte seine Einladung aus genau demselben Grund angenommen, ich wollte, dass er mir von ihr erzählte, von ihren letzten Jahren vor dem Unfall. Und das tat er, in einem herrlichen, verschachtelten Französisch, das Irène ihm beigebracht hatte. Im Lauf der Jahre erzählte er mir immer wieder von ihr und zeigte mir in seinem Haus in Rom Fotoalben, die er nicht betrachten konnte, ohne feuchte Augen zu bekommen.

Nicht meinem Vater, sondern ihm verdanke ich das Wissen, dass meine Mutter Himbeeren mochte, partout nicht Autofahren lernen wollte, ab und zu in die Kirche ging und alles darum gegeben hätte, nackt im Mittelmeer zu schwimmen. Roberto schenkte mir Platten, Konzertkarten, interessierte sich für mein Studium, während ich ohne Widerrede diese Rolle der fernen Adoptivtochter annahm, die er mir zugedacht hatte. Im Grunde wussten wir beide, wozu wir einander brauchten: er, um Irènes Bild wiederaufleben zu lassen, ich, um gegen die Angst anzukämpfen, dass der Teil von mir, der sich noch an sie erinnerte, verschwinden könnte. Meine Mutter hatte in meinem kindlichen Gedächtnis ja so wenige Spuren hinterlassen …

In den letzten Lebensjahren hatte Roberto Balducci sein Erinnerungsvermögen eingebüßt. Bis zu meiner Depression hatten wir dennoch an unserem alljährlichen Treffen in Paris oder Rom festgehalten. Auch wenn er mich immer häufiger Irène nannte und seine Gäste nicht immer wiedererkannte, war der Dirigent bei wachsender Vergesslichkeit stets heiter und liebenswürdig geblieben. Er fütterte die Vögel auf seiner Terrasse und vertiefte sich lange in Partituren von Satie, die er unablässig mit seiner winzigen Schrift annotierte. Dass er überhaupt noch spielen konnte, lag daran, dass die Musik sich als ewiger Bestandteil seiner selbst in ihn eingeschrieben hatte.

Die Bestattung solle im allerengsten Kreis erfolgen, hieß es in der Todesanzeige. Ich würde Livia, seiner Tochter aus erster Ehe, einen Kondolenzbrief schreiben, obwohl sie mich nie leiden konnte. Tatsächlich hatte Roberto wegen meiner Mutter ihre Mutter verlassen. Doch obwohl Livia vom Gegenteil überzeugt war, hatte ich diesen Mann wirklich ins Herz geschlossen, weil er meine Mutter so sehr geliebt hatte, dass er nach ihrem Tod nie wieder heiratete. Und ich wusste, dass hinter seiner Fürsorglichkeit für mich und meinen Bruder das heftige Bedauern steckte, selbst keine Kinder mit seiner geliebten Irène bekommen zu haben.

Der alte Arzt hatte lediglich bestätigt, was sie bereits wusste. Doch kaum hatte er das Wort ausgesprochen, hatte sich in ihr etwas aufgelehnt, sie spürte einen so radikalen, so entschiedenen Widerstand, dass ihr angst und bange wurde. Sie hatte sich wieder angezogen, war zu den Stallungen von Blanche gerannt und hatte den Reitknecht um Erlaubnis gebeten, sich Dounia auszuleihen. Dann war sie in wildestem Galopp über die Hohlwege im Wald geritten. Die Stute, die dieses Ungestüm nicht gewohnt war, schäumte, und die Reiterin war selbst schweißüberströmt. Aber sie hatte nur eins im Sinn, sie wollte den Ulmenhügel erreichen, dort, wo der Felsen sich spaltete und in eine Schlucht mit klaffendem Kiefer mündete.

Der Wind ließ die Tränen auf ihren Wangen gefrieren, drang durch ihre allzu leichte Kleidung, aber das nahm sie gar nicht wahr. Sie floh, floh mit aller Macht vor diesem Körper, der sie gerade zum letzten Mal verraten hatte, floh vor der Schreckensnacht, an die sie sich bis heute weder erinnern konnte noch erinnern wollte, floh vor dem Schatten desjenigen, der, wie sie wusste, gefallen, verschwunden, zerfetzt war und den sie trotzdem in der Gestalt sämtlicher Männer suchte, die ihr begegneten. Die Bilder des Vorjahres kreisten in ihrem Kopf wie ein irr gewordenes Kaleidoskop: sie als verliebtes junges Mädchen, sie in ihrem Zimmer verkrochen beim Lösen von Gleichungen, sie beim Packen ihres Koffers, als sie die Flucht noch für möglich hielt, sie in einem leeren Saal in der Sorbonne, wo ihr ein kleiner Mann mit blauen Augen lauschte, sie schließlich in einem anderen Zimmer, wo sie in den geliebten Armen endlich zur Frau wurde, ein Moment strahlender Verklärung. Von all dem war nichts als Asche übrig, die Erinnerung war durch die Gewalt eines schmallippigen Mannes verdrängt worden, der kraft seiner Autorität die verlorene Liebe hinwegfegte, den Geist des jungen Toten, dessen Augen (Was wohl von ihnen blieb? Lider, die am Erdboden klebten? Von Vögeln leer gefressene Augenhöhlen?) sie in schlaflosen Nächten weiterhin verfolgten, als hätte es noch in ihrer Macht gelegen, Alban am Ufer der Lebenden zu halten.

Auf dem Hügel zügelte sie die Stute, nahm die Füße aus den Steigbügeln – sie ritt wie ein Mann – und stieg ab. Sie legte die Arme um den Hals von Dounia, die leise wieherte, und barg daran ihr Gesicht, von Schluchzern geschüttelt, während die Kälte ihr nun Schauder über die triefnasse Haut jagte. Ach, hätte diese Kälte wenigstens das sengende Feuer gekühlt, die Lava aus Zorn und Bitterkeit, die in ihr brodelte, hätte sie den letzten Funken von Gefühl erstickt. Hätte sie wenigstens diesen Bauch vernichtet, von dem nun das bösartige Strahlen der Fortpflanzung ausging.

Lange danach (Minuten, die ihr wie Sekunden erschienen) hörte sie, wie in der Ferne ihr Name gebrüllt wurde. Der Mann. Er war ihr gefolgt, wie immer. Nie ließ er sie in Ruhe. Sie ging auf die Schlucht zu, blickte in die Tiefe. Fünfundzwanzig Meter, mindestens. Sie versuchte, den Schmerz zu ermessen. Wie stark würde er wohl werden, wenn sie sich an den scharfen Felsenkanten die Knochen brach? Wäre das Schicksal so gnädig, sie auf Anhieb zu töten? Am Rand des schwarzen steinernen Mauls wollte sie die Kraft aufbringen, sich hineinzustürzen, in diese unendliche Nacht einzutreten, die sie endlich von allem befreien würde. Sie tat einen Schritt, zwei. Sie brauchte nur an Alban zu denken. An das, was niemals geschehen sollte. Noch ein Schritt. Das Geräusch hinter ihr wurde deutlicher, Hufgetrappel und Laubrascheln. Ihr Bauch wog so schwer wie Jahrtausende, er zog sie hinab. Sie ließ sich fallen, löste sich vom Boden, breitete die Arme aus, als wollte sie losfliegen.

Er konnte sie in allerletzter Sekunde mit beiden Armen zurückhalten, schon lag sie unter seinem grimmigen Körper, der Mann bezwang sie, quetschte ihre Hüften zwischen seinen Oberschenkeln. In seinem Gesicht spiegelte sich eine Mischung aus Angst und rasender Wut. Sie wusste, dass er darauf brannte, sie zu schlagen, auf sie einzuprügeln, bis ihr die Knochen brachen, bis sie um Gnade winselte. Doch solange sie Gefäß wäre, würde er sie nicht mehr anrühren, ihr keine Gewalt mehr antun. Er würde sie nur noch überwachen, drangsalieren, bei der kleinsten Regung ihren Willen brechen.

Sie warf einen letzten Blick in den Abgrund hinter sich. Im Nacken spürte sie die Kälte des Gesteins und der Erde. Heute würde sie nicht sterben. Aber sterben würde sie. Denn es war undenkbar, die Katastrophe zu überleben, die in ihren Eingeweiden heranwuchs.

80

Das streichelweiche Wasser tat mir gut, dieses Gefühl des Umschlossenseins, die Art, wie es mich umgehend wieder aufgenommen hatte. Der Geruch von Chlor, von Chemikalien, von Feuchtigkeit, die olfaktorische Sprache aller Schwimmer weltweit, rief schlummernde Erinnerungen wach. Fast zwei Jahre lang war ich nicht mehr im Schwimmbad gewesen.

Im Becken stellte ich zunächst fest, dass meine Muskeln steif waren, nachdem ich sie so lange nicht mehr trainiert hatte. Ich hatte das Gefühl, mein Körper sei eingerostet. Früher ging ich jedoch so oft schwimmen, hatte so oft bis zur Erschöpfung Bahn um Bahn gezogen, dass meine Arme und Beine allmählich wieder hineinfanden, wie eine Kompassnadel sich nach Norden richtet.

Vorläufig beschränke ich mich auf träges Brustschwimmen und nehme den Rhythmus langer, entspannter Züge an. Es wird sicher Wochen, vielleicht einen Monat dauern, bis ich einen Kilometer Kraul schaffe. Aber ich finde wieder Zugang zum Wasser und lasse alles auf mich wirken, die Wärme, die sich infolge von Anstrengung in den Muskeln ausbreitet, die gedämpften Geräusche, das Rechteck aus künstlichem Licht, das auf den Grund des Beckens fällt. Nach einigen Bahnen lässt mein Keuchen nach. Ich entdecke aufs Neue die Freuden des Schwimmsports. Sanfter, weniger ekstatisch als die Freuden der Liebe, auf ihre Weise aber genauso machtvoll.

Um sieben Uhr morgens sind wir nur wenige, die sich entlang der Bahnen begegnen. Nun gehe ich zum Rückenschwimmen über. Ich mag diese ausgreifende Schwimmart, die den ganzen Körper streckt, als entfaltete er sich ganz mühelos. Ich blicke zur Decke, und die Erinnerungen strömen. Früher war ich so oft hier. Sobald am Dienstagabend deine Pflegerin eintraf, standen mir genau zwei Stunden zur

Verfügung. Und dann reagierte ich meine Wut und meine Ohnmacht Woche für Woche in diesem türkisblauen Becken ab. Ich schlug mit aller Kraft auf das Wasser ein, und es erschien mir so hart, so kompakt wie das gegenwärtige Leben. Später, als das Spiel verloren war und du nicht mehr da warst, schwamm ich unter Wasser, hielt lange den Atem an und ließ mich in diese Apnoen fallen, ohne jemals wieder auftauchen zu wollen. Danach war ich völlig erledigt. Kaum war ich zu Hause, sank ich auf das Sofa, um ein paar Stunden zu schlafen, ausnahmsweise ohne Hilfe von Tabletten.

Während ich so an die Decke starrte und in Erinnerungen versank, rempelte mich ein Kraulschwimmer in vollem Schwung an. Das brachte mich aus dem Gleichgewicht, und ich schluckte Wasser. Am Ende der Bahn erwartete mich der Mann, um sich zu entschuldigen. Als ich meine Brille zurechtrückte, fiel mir auf, wie sehr er Samuel ähnelte: die Nackenlinie, die Schultern, die Haare. Und da begriff ich, was mich an diesem Morgen hierhergezogen hatte. Ich wollte den übergroßen Schmerz, den die Abwesenheit meines Geliebten in mir ausgelöst hatte, im Schwimmbecken loswerden. Um das Gefühl von Zerrissenheit, von Leere zu tilgen, bedurfte es nämlich harter Anstrengung, dafür musste man den ganzen Körper einsetzen. Eine Frage drängte sich mir auf, so schonungslos wie unausweichlich: Hatte ich mich in Samuel verliebt? Hatten wir bereits das Stadium erreicht, in dem der andere sowohl Lust als auch Leid bedeutet?

Ich zog wieder meine Bahnen. Bewegte mich immer schneller von einem Ende des Beckens zum anderen und wog im Rhythmus meiner Atemzüge die Chancen dieser Fernbeziehung ab, die ständig vom Schweigen überschattet wurde. Ich dachte an Willecot, an die Enttäuschung, die er in Andeutungen zum Ausdruck brachte, wenn die Briefe von Diane ausblieben, ich dachte an die Soldaten, die inständig auf Briefe hofften, die in irgendeinem Haus im Burgund oder in Lothringen verfasst wurden, Briefe voller Erinnerung und Verheißung, Neuigkeiten von den Kindern, von der Aussaat, von der geliebten Frau, deren Bild nach einem Jahr Trennung so verschwommen, so unbestimmt geworden war, der Frau, von der man nachts in der Kasematte still und leise träumte, beschämt ob dieses Verlangens, das man inmitten lauter schnarchender oder stöhnender Männer verspürte, dieses Verlangens, das man mit verstohlenen Gesten stillen musste.

Ob ich mich ebenfalls fürs Warten entschieden habe? Bei diesem Mann, der mir jedes Mal, wenn wir uns lieben, das Gefühl gibt, wiedergeboren zu werden, habe ich den Eindruck, dass wir fast so stark verbunden sind wie Kampfgefährten, weil wir beide die forderndste Feuerprobe bestehen mussten, die der Trauer. Wenn Samuel da ist, versteht sich alles von selbst, und die Gegenwart strömt durch uns hindurch wie durch einen einzigen Körper. Doch wenn er abwesend ist, kann ich sein Bild genauso wenig fassen wie Sand. Er wird wieder zu einem Rätsel, ich stoße mich daran und möchte mich dennoch an seine Lösung wagen, bis ich endlich zum Kern seines Wesens vordringe. Diese Neugier ist möglicherweise die unsichtbare Grenze, die vom Begehren zur Liebe führt. Sie treibt mich zu diesem Mann, den ich immer noch kaum kenne, sie verbindet einen Menschen mit dem anderen, allem Kummer, allen Missverständnissen und Wechselfällen zum Trotz.

Ja, es ist durchaus möglich, dass ich Samuel liebe, und ich finde mich mit dieser Möglichkeit ab, während ich mit regelmäßigem Beinschlag die Wassermassen durchquere, mein Atem sich beruhigt und mein Auge den Wellenlinien folgt. Ich weiß nicht, was aus uns werden wird, aber jede Möglichkeit ist wie die Länge dieses Beckens – eine Entfernung, die es zu überwinden gilt.

81

Diesmal holte ich Samuel nicht am Flughafen ab. Aber ich hatte das Gefühl, den ganzen Tag nur auf ihn gewartet zu haben. Es war fast elf Uhr abends, als er bei mir ankam. Ich umarmte ihn gleich auf der Schwelle. Er drückte mich fest an sich, löste sich dann und trat ganz schnell ein. Wie jedes Mal, wenn wir uns wiedersahen, gab es da diese Schicht Fremdheit, von den Tagen hinterlassen, die wir nicht zusammen verbracht, und den Dingen, die wir nicht gemeinsam erlebt hatten. Samuel wirkte düster, etwas magerer als beim letzten Mal, an den Wangen hatte er einen blauen Bartschatten. Er ließ sich auf das Sofa fallen und blickte sich um. Seine Miene war angespannt.

»Hast du umdekoriert?«

Ich freute mich, dass es ihm aufgefallen war. Immerhin hatte ich seinetwegen versucht, die Wohnung etwas heimeliger zu machen. Ich setzte mich neben ihn. Er lehnte sich zurück und legte mir den Arm um die Schulter.

»Wie geht es dir, Ilisabeth?«

»Besser, seit du da bist.«

Ich hätte ihn gern geküsst, aber ich spürte, dass er für den Austausch von Zärtlichkeiten nicht bereit war, noch nicht. Wir redeten über seine Fälle, über Violeta und Sibylle, ein verhaltenes Gespräch, das seinen verschobenen Besuch sorgsam aussparte. Die Sätze zogen sich träge in die Länge, von Pausen unterbrochen. Samuel fragte nicht, wie ich die vergangenen drei Wochen zugebracht hatte. Nach einer Weile verstummten wir und blieben aneinandergeschmiegt sitzen, im gedämpften Licht der funkelnagelneuen LED-Lampe. Samuel war so müde, dass er weder trinken noch essen wollte, und ich schlug schließlich vor, ins Bett zu gehen. Zwar hatte ich mir unser Wiedersehen etwas stürmischer vorgestellt, aber vielleicht ließ sich diese Erschöp-

fung durch einen langen Arbeitstag und den Flug Lissabon–Paris hin-
reichend erklären.

Während er duschte, räumte ich im Wohnzimmer auf. Ich hörte
das Wasser im Bad fließen, malte mir aus, wie es über seinen Körper
strömte, und dann ging meine Phantasie mit mir durch. Als ich das
Schlafzimmer betrat, lag Samuel nackt und mit ausgebreiteten Armen
auf dem Bett. Derart preisgegeben, war sein Anblick überwältigend.
Feste braune Haut, die muskulösen Beine eines Läufers, schmale Hüften; feine, dunkle Brusthaare, in die ich gern meine Finger vergrub. Ich
dachte, er wäre eingeschlafen, aber als er mich hörte, schlug Samuel
die Augen auf.

»Komm.«

Kaum saß ich neben ihm, knöpfte er schon meine Bluse auf. Ein paar
Minuten später lagen wir engumschlungen beisammen, wieder hatte
sich diese innige Verbundenheit eingestellt, die so selbstverständlich
schien. Ich liebe ihn, wiederholte ich in Gedanken, während er zärtlich
in mich eindrang und mich Welle um Welle erfasste, ich liebe ihn.
Dann schlief ich in seinen Armen ein.

Am nächsten Morgen stand ich als Erste auf. Samuel folgte, als ich
den Kaffee zubereitete. Er stand hinter mir, legte mir die Hände um
die Hüften und tastete sich dann weiter vor.

»Guten Morgen, meine Schöne.«

Von der geballten Müdigkeit des Vorabends war ihm nichts mehr
anzumerken. Nackt, mit zerzaustem Haar und funkelnden Augen ähnelte mein Liebster einem Faun. Ich schlug ihm vor, den Bademantel
anzuziehen, den ich eigens für ihn gekauft hatte.

»Sonst kann ich für nichts garantieren.«

Er ließ seine Lippen über meinen Hals gleiten. Einen Augenblick
lang war ich vollkommen glücklich, eine Geste hatte genügt, um die
Kümmernisse der letzten Wochen auszulöschen. Ich drehte mich um
und küsste ihn. Der Kaffee konnte warten.

Als wir ihn endlich tranken, in der warmen kleinen Küche, war es
fast elf. Ich hatte diesen unstillbaren Hunger, wie immer nach der

Liebe. Samuel sah mir belustigt zu, während ich ein Marmeladenbrot nach dem anderen verschlang. Er war gesprächiger als am Vorabend, und wir redeten auch jetzt über seine Arbeit. Samuel erklärte, er müsse Montag wieder zum UNHCR und werde den ganzen Tag dort verbringen.

»Um Fälle zu behandeln?«

»Nein, um Gespräche zu führen. Möglicherweise werden im September ein paar Posten frei.«

»Wo denn?«

»In Brüssel und Paris.«

Er sah mir in die Augen. Ich schwieg.

»Und wohin würdest du gehen?«

»Paris. Wenn du magst.«

Ich spürte das Gleiche wie im Dezember, als wir über die Zukunft gesprochen hatten. Diesen gewaltigen, köstlichen Schwindel, wenn das Schicksal eine besondere Wendung nimmt. Diesmal konnte es keinen Zweifel geben: Samuel stellte mir ein Leben in Frankreich in Aussicht, ein Leben, das nicht länger durch Abschied und Abwesenheit bestimmt wäre. Die Verheißung eines unverhofften Glücks, nach zwei dürren, einsamen Jahren. Ich hätte ihm sagen sollen, dass ich es mir überlegen müsste, dass ich noch etwas Zeit brauchte. Ich hätte auf die Stimme der Vernunft hören sollen, die mir einflüsterte, dass ich diesen Mann kaum kannte, nichts von seinen Schattenseiten wusste, nicht wusste, ob er mich vielleicht verletzen würde. Manchmal ist der Lebenswille aber so stark, dass er alles andere verdrängt. Ich blickte Samuel an und sagte:

»Ja. Ich mag.«

Zunächst lächelte er nur und strich mir mit den Fingerknöcheln über den Handrücken. Später sollte er mir für dieses bedingungslose Ja danken, für das blaulackierte Regal, für meine Geduld; noch später sollte er mich umfangen und in mir erneut dieses Gefühl auslösen, dass ich in seinem Zwillingskörper aufging, mich im Land seiner Zärtlichkeit und Leidenschaft verlor, die mich, selbst Stunden nachdem wir uns getrennt hatten, immer noch aufwühlte.

Der Rest seines Aufenthalts verging für mich mit Arbeit und für ihn mit Terminen. Seine ersten Gespräche beim UNHCR waren gut gelaufen, und man hatte ihm zugesagt, ihn bald wieder einzuladen. Neben seinen Englischkenntnissen war sein perfektes Französisch sicher auch ein Trumpf. Nachmittags befasste sich Samuel mit seinen Fällen und bereitete die Plädoyers vor, während ich ins Institut ging. Abends fand ich mein Wohnzimmer unter Papieren, Formularen und bunten Klebezetteln begraben vor. So erfuhr ich, dass Samuel wie ein Besessener arbeitete.

»Ich verliere nicht gern«, sagte er nur.

Die Abende mit Samuel vergingen so schnell, dass ich praktisch keine E-Mails mehr beantwortete. Beim Vize-Konsul machte ich eine Ausnahme, denn er wollte am übernächsten Tag mit mir zu Mittag essen. Der Termin entsprach ziemlich genau dem Rhythmus, in dem wir uns trafen, aber er kam ungelegen. Ich schlug ihm vor, uns in der nächsten Woche zu treffen, ohne zu wissen, wie ich das begründen sollte. Ich wollte ihm keine Notlüge auftischen, aber ich konnte ihm schlecht schreiben, dass mein portugiesischer Liebhaber gerade bei mir war. Da spürte ich Samuels Lippen an meinem Hals.

»Bist du bald fertig?«

»Ich schreibe nur noch schnell diesem Freund zu Ende.«

»Welchem Freund?«

Ich erzählte ihm vom Vize-Konsul. Samuel stellte viele Fragen, nach dessen Alter, Beruf, unseren Treffen, er wollte auch wissen, wie wir uns kennengelernt hatten. Eine Frage, die ihm auf den Lippen brannte, behielt er für sich, aber ich hörte sie aus allen anderen heraus: Waren dieser Mann und ich uns nähergekommen? Schließlich lachte ich und fragte:

»Nehmen Sie mich etwa ins Kreuzverhör, Herr Rechtsanwalt Ducreux?«

Er deutete ein Lächeln an.

»Mich interessiert eben alles, was du erlebst. Ich will alles über dich wissen.«

An diesem Abend aßen wir im Marais, wo er uns einen Tisch in einem der besten portugiesischen Restaurants von Paris bestellt hatte. Die *pastéis de nata* waren nicht ganz so gut wie die von Serafina, davon abgesehen waren die Speisen, die Samuel mit gesundem Appetit verschlang, hervorragend. Dennoch ging mir das Gespräch, das wir zuvor geführt hatten, einfach nicht mehr aus dem Sinn. Es verursachte mir leichtes Unbehagen, wegen des Gefälles zwischen dieser inquisitorischen Neugier und dem absoluten Desinteresse, das Samuel für andere Bereiche meines Lebens zeigte. Vielleicht hatte ich mit meinem Scherz ja ins Schwarze getroffen, und seine Fragerei war tatsächlich eine Art von Berufskrankheit. So oder so war sein Besuch zu kurz, um sich eingehender damit zu befassen, und es war auch nichts Wesentliches.

Wie beim letzten Mal verging die Woche wie im Fluge, und wie beim letzten Mal hatte ich bei seiner Abreise das Gefühl, Samuel wäre gerade erst angekommen. Als wir mit dem Aufzug nach unten fuhren, wo ihn ein Taxi zum Flughafen erwartete, küsste er mich und nahm mir das Versprechen ab, dass wir uns so bald wie möglich wiedersehen würden. Ich spürte seinen Atem, seine Arme, die mich zu fest drückten, sein Herz, das unter dem Pullover pochte. Sonst zeigte er seine Gefühle nicht so offen, wenn wir Abschied nahmen, doch als an diesem Morgen die Haustür aufging, wirkte er ganz aufgelöst, als würde er gleich anfangen zu weinen. Diese unerwartete Empfindsamkeit hatte mich zugleich beruhigt und verunsichert.

82

Nach Samuels Abreise überlegte ich, ob ich trotz schlechter Witterung nach Jaligny fahren oder in Paris bleiben sollte. Der Zufall nahm mir die Entscheidung ab: Durch einen Newsletter erfuhr ich, dass in der kommenden Woche ein Kolloquium zum Ersten Weltkrieg an der Sorbonne stattfinden würde. Philippe Février sollte dort einen Vortrag halten. Philippe … Das wäre eine gute Gelegenheit, zu meinem alten Freund wieder Kontakt aufzunehmen. Natürlich befürchtete ich, dass er mir die zwei Jahre Funkstille übelnahm. Dabei hätte ich mich so gern gemeldet, bei ihm und auch bei anderen, aber ich war dazu nicht imstande gewesen. Seit Lissabon hatte sich jedoch etwas bei mir getan. Ich hatte keine Angst mehr vor Erinnerungen und Menschen, die diese Erinnerungen teilten. Die Bilder, die mir von dir im Gedächtnis geblieben waren, wurden versöhnlicher, und gerade die, die am hellsten strahlten, überlagerten mittlerweile alle anderen.

Seit seiner Rückkehr nach Porto schrieb Samuel mir häufiger – kurze, aber zärtliche Nachrichten. Der Schatten, der den Jahresanfang verdüstert hatte, war verflogen. Ich hatte wiederum Violeta gemailt, um ihr von der Postkarte zu berichten, die Victor Ducreux an Tamara Zilberg geschickt hatte. Auch wenn sie uns nicht allzu viel verriet, hatten wir nun wenigstens darüber Gewissheit, dass diese beiden sich gekannt hatten, und zwar schon lange vor dem Krieg. Meine portugiesische Freundin antwortete mir, sie habe inzwischen Kontakt zur Shoah-Gedenkstätte aufgenommen und wolle eine Akte über ihren Großvater Paul einsehen, die dort aufbewahrt wird. Aus diesem Grund plane sie, im April oder Mai für ein paar Tage nach Paris zu kommen.

Weil meine Wohnung zu klein war, um Violeta gebührend zu empfangen, empfahl ich ihr ein Hotel ganz in meiner Nähe. Ich freute mich schon darauf, sie wiederzusehen und sie bei ihren Pariser Unternehmungen zu begleiten.

Violeta wollte auch wissen, ob ich mir das letzte Märzwochenende freinehmen könnte. Sie plante eine Feier zu ihrem fünfzigsten Geburtstag, vor allem als Vorwand, um ihre Geschwister zu versammeln, denn Samuel hatte gleich nach ihr Geburtstag. Bei dieser Gelegenheit könnte ich mein Versprechen einlösen, wieder ein paar Tage in Lissabon zu verbringen, und Violeta würde mir dann auch das Gestüt ihres Mannes zeigen. Bei diesem Mailwechsel fand ihr Bruder praktisch keine Erwähnung – der mich gebeten hatte, unsere Beziehung »vorerst« für mich zu behalten. Was das anging, wuchs mein Unbehagen. Ich schätzte Violeta sehr und konnte nicht verstehen, warum Samuel ihr diese Beziehung so hartnäckig verheimlichte. War es ihm unangenehm, sich nach dem Tod seiner Frau auf eine neue Liebe einzulassen? Nach sechs Jahren Trauer war das doch keineswegs verwerflich.

Ich nutzte diese Zeit in Paris, um eine Reihe lästiger Pflichten zu erledigen, Arztbesuche und liegengebliebene Post. In dem Jahr, als ich mich aus dem Berufsleben zurückgezogen hatte, war die Flut von Einladungen, dringenden Anfragen, Formularen abgerissen, die meinen Maileingang jeden Tag mit unerbittlicher Regelmäßigkeit füllte, doch seit meiner Rückkehr ins Institut war es mit dieser Gnade vorbei. Seufzend rief ich meinen Mailordner auf und sah zu, wie der Bildschirm in Windeseile voll wurde, ein Vorgang, der in mir jedes Mal wieder leise Beklemmung auslöst. Die Tagesausbeute beinhaltete diesmal unter anderem die Einladung einer gewissen Sylvie Decaster, die für den Juni ein Kolloquium in Lausanne plante, zum Thema Amateurfotografie um die Jahrhundertwende. Sie »habe von der Chalendar-Schenkung gehört« und lade mich ein, einen Vortrag über die Fotografien von Alban zu halten. Bei dieser Gelegenheit wollte sie mich auch gern mit einem ihrer Doktoranden bekanntmachen.

Wieder seufzte ich. Von meinem Vortrag in Madrid abgesehen, hatten wir bisher nichts über den Willecot-Fundus verlautbart. Doch schon fletschte die akademische Meute ihre Zähne und wollte sich darauf stürzen. Nicht zum ersten Mal fühlte ich mich hin und her gerissen zwischen dem Wunsch, diese erschütternden Briefe mit der Öffentlichkeit zu teilen, und der Pflicht, die ich auf mich genommen hatte, Albans Andenken zu schützen. Wie hätte Alix in diesem Fall entschieden? Ich hatte den Tag nicht vergessen, an dem sie mir sagte, man solle vom Leben stets etwas erwarten. Und schließlich hatte sie das Ganze auch eingefädelt, damit ich selbst ins Leben zurückfand. Also sagte ich Sylvie Decaster zu. Wegen ihres Doktoranden würde ich mir zu gegebener Zeit etwas einfallen lassen.

Auch Joyce Bennington hatte mir geschrieben. Wie schon gedacht, ließ ihr die Schublade Gt52 keine Ruhe, und sie verlangte ein weiteres Treffen im Mai. Seit ich aber jenen Teil von Dianes Tagebuch entschlüsselt hatte, wusste ich um das brisante Geheimnis und war infolgedessen wieder misstrauischer. Ich wollte die Amerikanerin lieber auf Abstand halten, bis ich selbst mehr herausgefunden hatte. Ich bin mir durchaus bewusst, dass ich mich mit einem solchen Verhalten auf ethisches Glatteis begebe. Eigentlich müsste ich akzeptieren, dass dieser Fundus auch von anderen gesichtet, untersucht und gedeutet wird. Aber ich kann den Gedanken nun mal nicht ertragen, dass die Viper sich am Leid von Diane und von Anatole Massis ergötzt.

Momentan überlege ich selbst noch, ob ich mit der Entschlüsselung weitermachen soll. Vorläufig unternehme ich nur den ersten Schritt und ersetze die kyrillischen und griechischen Buchstaben durch ihre lateinischen Entsprechungen. Das Ergebnis führt zum üblichen Kauderwelsch, dichtgedrängte Zeilen, die nicht den geringsten Sinn ergeben. Bisher habe ich noch keine Antwort auf die Anfrage erhalten, die ich mit der Bitte um Weiterleitung an den Verlag von Françoise Alazarine, jener anderen Massis-Biographin, geschickt hatte. Und so ähnle ich zur Zeit Willecot und Gallouët, die ihre Bilder im Verborgenen machten, sie in der Balgenkamera verschlossen hielten, im Dunkel der Kodakbox, und sie dort schlummern ließen, bis sie die Zeit, die Gelegenheit und die Mittel fanden, sie hervorzuholen. In den Briefen von Alban an Massis war mehrmals die Rede vom Entwickeln gewesen, der Leutnant hatte seinen Freund um Tipps gebeten, um Lösungsmittel, hatte ihm von den Schwierigkeiten bei der Belichtung oder beim Trocknen berichtet und ihm ganze »Rollen« zukommen lassen, wie er die Filme nannte. Da wurden Fotos verschickt, Fotos empfangen, Momentaufnahmen des Lebens, die dem mal turbulenten, mal ruhigen Alltag entrissen waren. Ich fragte mich, ob die militärische Obrigkeit den Inhalt dieser Filmrollen prüfte, und, wenn ja, wie sie überhaupt vorging, zu einer Zeit, da täglich Hunderttausende von Sendungen übermittelt wurden und die Liste all dessen, was nicht fotografiert werden durfte, schier endlos war.

83

Frontabschnitt X, 6. November 1915

Teuerster Anatole,

gestern habe ich meinen ersten Luftkampf erlebt. Gallouët und ich machten gerade ein paar Aufnahmen für die Szenen aus dem Musch-kotenleben, als am Himmel ein merkwürdiges Geräusch ertönte: zwei Flugzeuge, die so niedrig flogen, dass man beinahe das Gesicht der Piloten erkennen konnte.

Ihre Jagd dauerte gut zwanzig Minuten und bescherte den Betrach-tern ein herrliches Ballett in den Lüften. Am Ende wurde der Deutsche abgeschossen. Bei seiner Sturzlandung klatschte die ganze Kompanie Beifall.

So weit ist es also mit uns gekommen, mein Lieber – wir erfreuen uns am Schauspiel eines Menschen, der ums Leben kommt. Ich brau-che Dir wohl nicht zu sagen, dass ich es nicht übers Herz gebracht habe, diese »Meisterleistung« zu fotografieren. Ohnehin hätte das mit der Kodak nicht viel hergegeben, bei aller Schnelligkeit.

Bevor ich nach Othiermont zurückkehre, wirst Du wohl noch etliche Folgen unserer Chronik erhalten. Der Frühjahrsurlaub wurde wieder einmal auf unbestimmte Zeit verschoben. Vidalies hat sich übrigens das Vergnügen nicht entgehen lassen, uns das höchstpersön-lich zu verkünden … Letzte Woche habe ich Kämpfer aus den Kolo-nien porträtiert (unsere Ränge wurden mit Indochinesen aufgefüllt), damit sie ihren Familien Bilder schicken können. Der, den Du hier in der Mitte siehst, heißt Dinh Doan, er ist Unteroffizier. Er und seine Kameraden sind körperlich recht schmächtig, aber von ungeheurer Ausdauer. Richard – der Ärmste – versucht, ihnen beizubringen, wie man Belote spielt.

Ich frage mich oft, wie sie sich fühlen, so fern der Heimat, und wenn sie wochenlang auf Post warten müssen.
Mit brüderlichem Kuss

Willecot

84

Philippe Février hat sich nicht verändert, nur dass seine Haare und sein Bart inzwischen eher weiß als grau sind. Aber sein Blick ist unverändert, genau wie seine wohlwollende Freundschaft. Als ich den Hörsaal betrat, winkte ich ihm zu, er saß bereits auf der Tribüne und hob erstaunt die Augenbrauen. Sein Vortrag, der zweite an jenem Nachmittag, behandelte Georges Hazard, einen Gräzisten, der ebenfalls im Ersten Weltkrieg gekämpft hatte, und zwar als Artillerist. Es war halb drei, eine Zeit, die alle Redner fürchten, weil sie gegen die Schläfrigkeit ihrer mittagssatten Zuhörer ankämpfen müssen. Philippes lebendige und anschauliche Vortragsweise sicherte ihm jedoch die Aufmerksamkeit des Publikums, während er uns die Geschichte eines Artilleristen nahebrachte, der auf dem Berg Vauquois festsitzt und nichts anderes zu tun hat, als sich die Zeit zu vertreiben, im Wechsel zwischen Angst, Langeweile und Gewalt. Mein Kollege wusste seine Forschungsergebnisse packend zu präsentieren, er war darin geübt, weil er seinen Kindern früher ständig Geschichten erzählte, wie er mir eines Tages anvertraut hatte.

Danach ging ich gleich auf ihn zu. Gerührt und etwas betreten stand ich vor ihm, und er umarmte mich mit dieser Mischung aus Scheu und Zuneigung, die ihm eigen ist. Als wir den Hörsaal verließen, deutete er auf einen Stand, an dem Kaffee in Plastikbechern verkauft wurde. Ich gab spontan Zucker in seinen Kaffee, bevor ich ihm den Becher reichte, eine alte Gewohnheit aus unseren gemeinsamen Arbeitspausen.

»Mit dir hatte ich jetzt nicht gerechnet«, sagte er.

»Tut mir leid. Ich hätte mich längst bei dir melden sollen.«

»Macht nichts. Ich freue mich, dass du hier bist. Was machst du eigentlich?«

In wenigen Worten fasste ich für ihn die letzten beiden Jahre zusammen. Wobei es vor meiner Begegnung mit Alix ohnehin nicht viel über diese Zeit zu erzählen gab, über diese leeren, farblosen, undefinierbaren Monate. Erst nach der Schenkung hatte das Leben wieder Form angenommen. Philippe fragte:

»Wohnst du noch in der Rue P...?«

»Nein, die Wohnung wurde verkauft.«

Sein Blick verdüsterte sich. Er war in derselben Vorbereitungsklasse gewesen wie du, danach hatten sich eure Wege getrennt, später vor allem dank mir wieder gekreuzt, als du erfahren hattest, dass ich zur Forschungsgruppe dieses bedeutenden Spezialisten für die Geschichte der Korrespondenz gehörte. Von da an war Philippe zwei-, dreimal im Jahr bei uns zu Gast gewesen. Ich konnte mich noch gut an diese Abende erinnern, an denen du keine Kosten und Mühen scheutest, um den erlesenen Weinen gerecht zu werden, die Philippe als großer Kenner für uns aus seinem Keller holte.

So wie ich Philippe als Menschen schätze, mit seiner Mischung aus Humor, Intelligenz und Güte, schätze ich auch den Gelehrten. Ich bewundere seinen Arbeitseifer, den angeborenen Forschungsdrang, der ihn dazu bringt, jedes Projekt wie ein Apostolat anzugehen. Bevor ich ihn kennenlernte, konnte ich nur die Bilder lesen. Durch ihn habe ich gelernt, die Worte zu hören, die auf der Rückseite der Postkarten stehen, sie wirklich zu hören. Seine Werke haben mir einen anderen Zugang zu den Archiven ermöglicht, unmittelbarer, weniger scholastisch. So habe ich begriffen, dass Briefe eine emotionale Macht haben, mit der man umgehen und deren gefährlichen Zauber man akzeptieren muss. Und wenn ich heute in der Lage bin, die Spur eines längst verstorbenen Fremden mit so viel Energie aufzunehmen, mich von seinem Schicksal berühren zu lassen, dann habe ich das nicht zuletzt Philippe zu verdanken.

Als du erkrankt bist, planten Philippe und ich einen Bildband über Liebespostkarten. Wir hatten bereits Hunderte gesammelt, lustige und anrührende, manche elegant, andere kitschig, und so einen Katalog erstellt, der die ganze Bandbreite der Liebesbotschaften abdeckte, von der

Belanglosigkeit bis zur tragischen Tiefe, wenn sich Liebende austauschen, die durch bestimmte Lebensumstände getrennt wurden. Nach deinem ersten Krankenhausaufenthalt hatte dieses Projekt seinen Sinn verloren, war nach und nach zerfasert und zerfallen, wie alles andere. Und ich hatte irgendwann gar nicht mehr auf die Mails reagiert, die Philippe mir in dieser Angelegenheit schrieb. Die Tatsache, dass ich ihn im Stich gelassen hatte, und die Gewissensbisse, die damit einhergingen, hatten erst recht zu meinem langen Schweigen beigetragen.

»Arbeitest du jetzt wieder?«, fragte Philippe.

»Ja, beim IFZJ. Eric Chavassieux hat mir ein Forschungsstipendium besorgt.«

»Davon habe ich Wind bekommen, wie ich gestehen muss.«

»Wie das?«

»Ich habe mich ab und zu bei ihm nach dir erkundigt.«

Ich traute mich nicht, ihm zu sagen, dass ich mich via Google über ihn informiert hatte.

»Und wie ist es dir ergangen?«

»Tja, ich bin Großvater geworden und … ich arbeite.«

Seine letzten beiden Jahre waren deutlich erfüllter gewesen als meine: ein Enkel und eine Enkelin, das Seminar, das er immer noch abhielt, der Verein für privates Schrifttum, dem er vorstand. Er hatte sich seine intellektuelle Leidenschaft bewahrt: Mit achtundfünfzig erzählte mir Philippe genauso begeistert von seinen Vorhaben wie ein Student, der seine Doktorarbeit in Angriff nimmt. Zurzeit widmete er sich ganz und gar seiner Forschung über Hazard, die er ein Jahr zuvor begonnen hatte. Tatsächlich war sein Patenonkel der Sohn dieses *poilu*. Philippe war es also ähnlich ergangen wie mir mit dem Nachlass von Alix, denn er hatte nach dem Tod seines Patenonkels eine umfangreiche Korrespondenz geerbt. Dort hatte er Tausende von Briefen des Soldaten Hazard an seine Mutter, an seine Schwester, an seine Freunde und an einige damals angesehene Intellektuelle gefunden, eine beeindruckende Menge, auf diverse Umschläge und Kisten verteilt, die er zunächst einmal sortieren musste.

Die Herausforderung war so gewaltig, erklärte Philippe, dass er angefangen hatte, über seine Fortschritte und Entdeckungen Tagebuch zu führen, um eine gewisse Ordnung in die vielen Komponenten dieser Galaxie zu bringen. Da erzählte ich ihm von meinen Abenteuern, von den Briefen Willecots und Dianes Tagebuch, aber auch von den eigentümlichen Umwegen, die mich nach und nach auf die Spur einer ganzen Familie gebracht hatten, bis hin zu einer jungen jüdischen Studentin, die verschwunden war. Dabei erwähnte ich Violaine White, die Widerstandskämpferin, aus deren Tagebuch Ozanam zitiert hatte.

»Ach, Violaine«, rief Philippe. »Was für eine Frau! Ich habe sie dazu gebracht, ihr Tagebuch dem Verein zu überlassen.«

»Lebt sie noch?«

»Soviel ich weiß, ja.«

»Meinst du, sie wäre bereit, meine portugiesische Freundin zu empfangen?«

»Warum nicht? Sie redet gern über diese Zeiten. Soll ich sie mal anrufen?«

»Das wäre toll.«

Wir unterhielten uns weiter. Von außen betrachtet, waren wir nur zwei alte Bekannte, die zusammen Kaffee tranken, doch für mich hatte diese Begegnung den Geschmack von wiedergefundener Zeit, von wiederbelebter Freundschaft, von Versöhnung mit einer Phase meines Lebens, die ich am liebsten gelöscht hätte, um meinen eigenen Schmerz zu vergessen. Weil wir uns gerade wieder so nahe waren und Philippe über diese ungeheure Empathie verfügte, vertraute ich ihm einen Teil meines Dilemmas wegen Dianes Tagebuch an: Sollte ich weitermachen und dabei eine Indiskretion in Kauf nehmen oder eine Sache aufgeben, von der ich mir viel erhoffte und andere auch. Philippe dachte darüber nach.

»Du hast also Angst, dem Andenken einer bestimmten Person zu schaden, richtig?«

»Ja.«

»Aber du hast schon Kompromittierendes in Erfahrung gebracht?«

»Ich denke schon.«

»Und du möchtest unbedingt wissen, wie die Geschichte ausgeht.«

»Natürlich.«

»Na dann … Wenn du die Sache durchziehst, wirst du am ehesten in der Lage sein, das zu schützen, was es zu schützen gilt.« Philippe lächelte. »Das ist aber nur meine bescheidene Meinung. Du wirst so oder so die richtige Entscheidung treffen.«

Die anderen Teilnehmer steuerten bereits wieder den Hörsaal an, das hieß, die Pause war vorbei. Bevor wir uns trennten, hielt Philippe mich noch einen Moment zurück.

»Möchtest du dem Verein nicht wieder beitreten?«

Daraus sprach kein Zwang, nur freundliche Bestimmtheit. Mir kamen die Tränen. Ich musste an die Tränen in Philippes Augen denken, als ich ihm die Diagnose deiner Neurologin verkündet hatte. Damals strahlte die Sonne im Innenhof der Ecole normale supérieure, und ich hatte in seinem Blick so viel Traurigkeit gesehen, dass ich mich einen Moment lang weniger einsam gefühlt hatte, an der Schwelle zu meiner künftigen Hölle.

»Dafür ist es wohl noch etwas zu früh.«

Philippe berührte mich am Arm. Nur ganz kurz.

»Ich verstehe. Du sollst aber wissen, dass du uns dort jederzeit willkommen bist. Wann immer du möchtest.«

85

Heute Nacht habe ich von meiner Mutter geträumt. Das passiert mir so gut wie nie. Diesmal konnte ich ihr Gesicht klar erkennen, ihre hellen Augen, die Haare, die wie Regen auf ihre Schultern herabfielen. Sie hockte im Garten unseres Hauses in Fontainebleau und streckte mir die Arme entgegen, doch je mehr ich mich anstrengte, auf sie zuzugehen, desto mehr Hindernisse tauchten auf, die mich davon abhielten. Der Boden wurde zu einer feindseligen Gummimasse, die mich bei jedem Schritt zurückwarf. Irgendwann erkannte ich zu meiner Verzweiflung, dass ich es niemals zu Irène schaffen würde. Und dabei war sie zum Greifen nahe … In meinem Traum trug sie eine knallgrüne Bluse, ihre Wangen waren rosa, ihre Lippen rot, und die Perlen ihrer Kette glänzten in der Sonne. Das verwirrte mich, vielleicht, weil ich mir angewöhnt hatte, in Schwarzweiß an meine Mutter zu denken, wie auf den Hüllen ihrer Platten, immerdar in altmodischer Perfektion erstarrt. Trotzdem war ich überzeugt, sie schon einmal so gesehen zu haben, grün gekleidet im Garten, denn der Traum gab mir meine Mutter ohne Vorwarnung zurück, so, wie sie in Wirklichkeit gewesen war.

Sie wirkte so lebendig, dass ich wach wurde.

Ich stand auf, machte die Nachttischlampe an und wühlte im Schuhkarton, in dem ich meine CDs aufbewahre. Eins von ganz wenigen Dingen, die ich nicht aufgegeben hatte, als ich aus der Rue P. ausgezogen war. Die rund dreißig Hüllen glänzten im Lampenlicht. Ich fand auf Anhieb die CD, die ich suchte: Scarlatti, *Sonaten*, gespielt von Irène Bathori. Eine ungewöhnliche Einspielung in ihrer Diskographie, die zu ihrem 20. Todestag wiederaufgelegt wurde. Sie hatte die Platte während ihrer Zeit in Rom aufgenommen, vermutlich auf Anregung von Roberto. Das Merkwürdigste aber war, dass sie, die Pianistin, darauf bestanden hatte, diese Sonaten auf dem Cembalo zu spielen, einem Instrument, das sie binnen eines Jahres erstaunlich gut beherrscht hatte, während alle Welt ihr vernichtende Kritiken vorausgesagt hatte. Ich legte die CD ein und ließ die Musik in die Nacht rieseln. Diese hellen, beschwingten Stücke hatte meine Mutter durch ihr Talent und ihre außergewöhnliche Fingerfertigkeit bereichert. Sie hatte sie mit einer solchen Dringlichkeit, Geschwindigkeit, Bestimmtheit interpretiert, dass diese Werke dabei die andere Seite ihrer Schönheit preisgaben: die verborgene Angst, die sie durchströmte, den Riss, der sich durch ihre heitere Perfektion zog und sie so ungeheuer menschlich machte.

Ich saß auf dem Boden, die Arme um die Knie geschlungen, wie ich es schon Hunderte Male gemacht hatte, und ließ Irènes musikalisches Verständnis auf mich wirken, jeder Ton, jeder Takt klang wie eine Offenbarung, erfasste den ganzen Körper und weckte damit das Bewusstsein. Ihre Interpretation war das Licht, das im Dunkeln brennt, die Quelle einer Lust, die der körperlichen Lust weit überlegen war, denn sie transportierte noch so viel mehr. Jahrelang war diese Musik meine Droge gewesen. Die Vinylscheiben und kleinen Plastikkästen waren mein wahres Erbe, nicht die Rentenzahlung aus Italien oder die Erinnerung an einen Duft von Guerlain abends im Taxi. Du warst zwar nie da, Mutter, es war aber deine Musik, die mich fast alle Empfindungen gelehrt hat, derer ich fähig bin. Du hast mich mit vierundzwanzig Sonaten von Scarlatti in die Natur des Menschen eingeführt, und das ist mehr, als die meisten von sich behaupten können, auch wenn sie weitaus mehr Zeit und mehr Mittel aufbringen.

86

Als Emmanuelle und Rainer bei mir zu Abend aßen, drehte sich das
Gespräch vor allem um die Vorbereitung ihrer Reise nach Vietnam.
Dort wollten sie im Frühling drei Wochen verbringen. Vermutlich war
das ihr Weg, mit der Situation fertigzuwerden. Ich hatte gratinierte
Meeresfrüchte gemacht, eins der Gerichte, die du immer für sie zubereitet hast, wenn sie uns besuchten. Emmanuelle fragte nach dem Tagebuch, und ich berichtete in groben Zügen von meinen Fortschritten,
wobei ich die heiklen Punkte aussparte. Rainer hörte mir amüsiert zu.
Dann sagte er mit seinem leichten deutschen Akzent:

»Hast du deine Toten denn nicht manchmal satt?«

»Na ja, mit Lebenden rede ich auch ab und zu … Und mein Beruf
ist längst nicht so gefährlich wie deiner, oder?«

»Stimmt, dafür werde ich nachts nicht von Soldaten aus längst ver-
gangener Zeit heimgesucht.«

Wir lachten. Ich bin viel zu hasenfüßig, um auch nur ein Hundert-
stel der Risiken auf mich zu nehmen, die Emmanuelles Mann tagtäglich
eingeht. An diesem Abend wusste ich noch nicht, dass die Geschichte,
die ich zu rekonstruieren suchte, ihre ganz eigenen Gefahren barg.
Dass Menschen bereits im Jenseits weilen, macht sie nicht unbedingt
harmlos.

Am nächsten Morgen ging ich zu meiner Augenärztin. Zuerst hatte
ich sie verwünscht, als ich erfuhr, dass sie in die Rue de la Trinité
gezogen war, in ein Viertel also, in dem ich sonst nie zu tun habe.
Da kann man noch so lange in einer Stadt leben, ein Teil bleibt uns
immer fremd. Die Ärztin bestätigte meine Vermutung, dass meine
anhaltenden Augenschmerzen mit dem angestrengten Starren auf die
Tagebuchseiten und ihre dichten Buchstabenfolgen zusammenhingen.
Sie verschrieb mir eine orthoptische Therapie, riet mir aber vor allem,

meine Lesephasen und die Arbeit am Bildschirm zu reduzieren. Eine Empfehlung, der ich momentan nicht so recht folgen mag.

Vor der Eglise de la Trinité fiel mir ein, dass die Rue Blanche ganz in der Nähe war. Nach rund hundert Metern erblickte ich das Straßenschild an einem Gebäude aus Quaderstein, und obwohl ich wusste, wie sinnlos dieser Versuch war, ging ich zur Nummer 9. Dort hatte Favard, der Händler, bei dem Willecot seine Apparate und Massis seine Chemikalien kaufte, seinen Sitz gehabt. Wie erwartet, gab es das Geschäft nicht mehr, an seine Stelle war ein griechischer Imbiss getreten. Das Schaufenster war aber immer noch von alten Jugendstilelementen eingerahmt. Ich musterte die Fassade so lange, bis ich über dem Schaufenster schließlich mit einigem Herzklopfen einen im Laufe diverser Renovierungen fast ganz übertünchten Schriftzug ausmachen konnte: »Favard & Fils, Optiker«.

Plötzlich hatte ich auf dem Bürgersteig der Rue Blanche, so lebhaft, dass es real schien, Anatole Massis vor Augen, der den Laden mit einer Liste der Lösungsmittel und Papiersorten betrat, die er für die Entwicklung von Albans Porträtaufnahmen benötigte. Die Vision dauerte nur ein paar Sekunden, aber sie hatte mich aus der Fassung gebracht, und ich brauchte einen Moment, um in die Gegenwart zurückzufinden. Natürlich hätte ich den jungen Mann mit der Schürze, der gerade Sandwiches machte, nach Favard fragen können, es war jedoch offensichtlich, dass er nichts über die früheren Besitzer wissen konnte, von denen es seit den 1920er Jahren bestimmt fünfzehn oder zwanzig gegeben hatte.

Als ich weiterging, fiel mir auf der gegenüberliegenden Straßenseite das Schaufenster eines Fotografen ins Auge. Ich sah es mir aus der Nähe an. Der kleine Laden bot auch eine Auswahl von hochmodernen Digitalkameras an, und das war für mich wie eine Eingebung. Ein Fotoapparat – das könnte ich Samuel zum Geburtstag schenken. Im Winter hatte er sich mehrmals mein Handy geborgt, um die zugefrorene Seine zu fotografieren. Da wir uns häufiger über den Willecot-Fundus unterhielten und er sich offenkundig für die Aufnahmen des

Leutnants interessierte, hatte ich den Eindruck, dass er dieser Kunst durchaus etwas abgewinnen konnte. Außerdem wäre das ein in jeder Hinsicht passendes Geschenk, nicht so persönlich wie ein Kleidungsstück und nicht so schwer auszusuchen wie ein Buch oder eine CD.

Im Laden polierte ein Mann von etwa fünfzig Jahren eine Reihe von Objektiven. Er war höflich, hatte aber nichts von dieser geschäftstüchtigen Beflissenheit, die ich nicht leiden kann. Nach eingehender und kompetenter Beratung entschied ich mich für eine japanische Ultrakompaktkamera, die keinerlei Einstellung bedurfte und nicht größer war als ein Handy. Angesichts der kleinen Technologiejuwelen, die in der Vitrine funkelten, malte ich mir die Kriegsbilder aus, die Willecot und Gallouët mit diesen Geräten hätten machen können statt mit den Großformatkameras aus Holz und den fragilen Glasplatten, die bei der geringsten Erschütterung zerbrachen oder bei ungünstigem Licht ruiniert werden konnten. Die »Vest Pocket«, die Willecot 1915 bei Favard bestellt hatte, war allerdings selbst schon revolutionär: ein kleiner, würfelförmiger Kasten mit Klappobjektiv, den man ohne weiteres in einen Proviantbeutel oder in die Tasche stecken konnte, vorausgesetzt, sie war tief genug.

Der Fotograf packte die Kamera als Geschenk ein, und ich sah mir unterdessen die Wanddekoration an: eine Sammlung von gerahmten alten Werbeplakaten für Blitzlichtpulver und Kodakfilme. Der Mann fing meinen Blick auf und erklärte, während er das Geschenkband mit der Schere kringelte:

»Die habe ich von meinem Großvater.«

»War er auch Fotograf?«

»Optiker, wie sein Vater. Er verkaufte Kameras und Objektive. Sein Geschäft befand sich auf der anderen Straßenseite.«

»Sein Name war nicht zufällig Favard?«

Der Fotograf hielt inne und blickte mich über seine Brille hinweg an.

»Woher wissen Sie das?«

»Ein Soldat aus dem Ersten Weltkrieg erwähnt ihn in seinen Briefen.«

Ich stellte mich als Historikerin vor, bevor ich dem Fotografen den Namen des Soldaten verriet. Er machte keinen Hehl aus seiner Überraschung, schließlich war er der Urenkel jenes Favard, der in den Briefen mehrmals genannt wurde. Ich sagte ihm, dass sein Urgroßvater nicht nur Willecot beliefert hatte, sondern auch den berühmten Dichter Anatole Massis.

»Ach, das wusste ich schon«, antwortete der Fotograf. »Mein Urgroßvater hat ihm sogar Fotografieunterricht gegeben. Wenn Sie noch einen Moment Zeit haben, kann ich Ihnen gern etwas zeigen.«

Er verschwand im Hinterzimmer, wo er einige Zeit herumstöberte. Dann kam er mit einem staubigen Rahmen zurück, in dem ein sonnenverblichenes Foto steckte, offenbar hatte es lange an der Wand gehangen. Darauf posierten drei Personen: In der Mitte stand ein Mann in weißem Kittel, mit Kneifer und Vollbart, der mit seinem kahlen Schädel kontrastierte. Ich schätzte sein Alter auf etwa fünfzig Jahre. Zu seiner Linken erkannte ich Anatole Massis. Da trug er noch nicht die langen Haare und das faunische Spitzbärtchen, mit denen die Nachwelt ihn verewigt hat, aber man sah die Habichtsnase, die dichten Augenbrauen, die wulstigen Lippen. Zur Rechten des Kittelträgers stand eine Frau, deren Schönheit atemberaubend war: samtige Haut, eine hohe Stirn, die das Licht auf sich zog, lange schwarze Wimpern und ein schnurgerader Nasenrücken. Ihre geschwungenen Lippen sahen aus wie gemalt. Das konnte nur Jeanne Massis sein. Auch sie trug einen Kittel, genauer gesagt einen weiten weißen Bildhauerkittel, und darunter ein schwarzes Kleid.

Das Bild war in ländlicher Umgebung aufgenommen worden, die drei standen unter einem Baum; zu Füßen von Massis war eine Holzkiste mit Phiolen und Kartonblättern zu erkennen und im Hintergrund ein Stativ, auf dem bestimmt noch eine Kamera montiert werden sollte. Wahrscheinlich hatten die Massis mit ihrem Lehrer an diesem Vormittag einen Fotografierausflug unternommen, um mit neuem Material zu experimentieren oder zu lernen, wie man das meiste aus diesem Frühlingslicht herausholen konnte, das die hügelige Landschaft der Île-de-France beschien, zu einer Zeit, als die Pariser Vorstädte sich diese Gegend noch nicht einverleibt hatten.

»Könnten Sie mir das Foto kopieren?«, fragte ich.

»Besser noch, ich mache Ihnen ein Duplikat«, sagte der Fotograf. »Das Foto ist verblasst, dann kann ich gleich die Kontraste korrigieren. Man hat ja nicht so oft Gelegenheit, mit alten Abzügen zu arbeiten.«

»Entwickeln Sie nicht mehr selbst?«

»Doch, natürlich. Für mich und für alte Kunden. Aber die Jüngeren interessieren sich nur noch fürs Digitale. Ihnen reicht das Handy zum Fotografieren. Ich glaube nicht, dass mein Sohn das Geschäft übernehmen wird. Und ich kann ihn sogar verstehen.«

Ich gab ihm meine Adresse und notierte mir seine, nachdem ich versprochen hatte, ihm eine Kopie der Briefe zu schicken, in denen sein Urgroßvater erwähnt wurde. Der Fotograf legte meine Visitenkarte in eine Schublade und sagte:

»Wussten Sie, dass mein Urgroßvater auch Massis' Fotoalben hergestellt hat?«

In seiner Stimme war der leise Stolz einer ganzen Dynastie von Spezialisten der Fotografierkunst zu vernehmen.

»Welche Alben?«

»Die Fotobände. Ein Teil, um die Bilder einzukleben, und darunter weißes Papier für die Beschriftung. Schön ausgetüftelt. Darauf war mein Urgroßvater sehr stolz.«

Das stimmte mich nachdenklich. Von diesen Alben hatte ich noch nie etwas gehört und im Bildnachlass des Dichters nichts dergleichen entdeckt. Ob Marie-Claude O'Leary, die Enkelin von Massis, sie etwa für sich behalten hatte? Dabei war sie mir damals bei der Übergabe der Unterlagen ihres Großvaters durchaus vertrauenswürdig erschienen.

»Davon weiß ich nichts. Sind Sie ganz sicher, dass Massis diese Alben tatsächlich benutzt hat? Oder waren sie für ein Projekt bestimmt, das dann nicht verwirklicht wurde?«

»Das kann ich Ihnen leider nicht sagen. Diese Geschichten habe ich als Kind aufgeschnappt, wenn ich meine Freizeit im Laden verbrachte ... Jedenfalls weiß ich, dass mehrere Alben hergestellt wurden. Mein Urgroßvater war mit seiner Erfindung so zufrieden, dass er sie sogar patentieren ließ, unter dem Namen ›Favards Fotografiealbum‹.«

87

Und in diesem Moment hat er beschlossen, anders zu fotografieren – um sich zu erinnern. Diesmal hat er die Augen offen gehalten und sein Objektiv auf alles gerichtet, auf die abscheulichsten Auswüchse des abscheulichen Elends, auf die schwarzen Füße mit den erfrorenen Zehen, auf das Fell der Ratten, die manche Infanteristen als kleine Gefährten halten, auf die mit Schaufeln eingeschlagenen Schädel, auf die Gasmasken, auf die Leichen, die schon dermaßen verwest sind, dass man sie in einen Sack einschnüren muss, um sie aus den Granattrichtern zu bergen, auf die Gesichter derjenigen, die vom Postmeister zu hören bekommen: Heute ist für dich leider nichts dabei, auf die Blechnäpfe mit kalter Suppe und auf die verschimmelten Brotkanten in den Armbeugen, auf die krummen Rücken der Männer, die überall schlafen, auf Baumstämmen, an Bretter oder Sandsäcke gelehnt, auf dem Boden.

Beim ersten Mal hat er sich gut vorgesehen. Hat nur ein etwas aussagekräftigeres Foto in den Umschlag gesteckt, zwischen den Hängen der Meuse und den zerstörten Kirchen. Nach ein paar Monaten wurden aber alle Bilder beschlagnahmt, selbst die gefahrlosen, selbst die ohne Leichen, Stacheldraht oder Kanonen, und die Briefe gleich mit. Da hat er seine Vorgehensweise geändert und Massis die Filmrollen geschickt, ohne dass jemand auf die Idee gekommen wäre, ihn nach deren Inhalt zu fragen. Sein Freund hat ihm wiederum schöne Abzüge geschickt, am Quai des Grands-Augustins gemacht, auf teurem Hochglanzpapier von Favard. Gestochen scharfe, glatte Bilder, dazu angetan, das Herz der französischen Armee zu erfreuen, mit Ansichten von malerischen Ruinen, von kräftigen jungen Männern bei der Morgentoilette, mit Inszenierungen der Kapitulation deutscher Soldaten oder kollektiver Gymnastikübungen. Gallouët und er haben sich innerhalb des Regiments sogar einen Namen gemacht. »Na, Kamerad, lichtest du mich mal für meine Alte ab?« Selbst Hauptmann de Saintenoy ruft nach einem besonders schweren Angriff: »Kommen Sie, Chefadjutant Gallouët, machen Sie ein paar Aufnahmen von diesem verfluchten Hang, zur Erinnerung. Das haben wir uns verdient.«

Unterdessen hat Massis die anderen Bilder gehortet, die wahren. Sie nach und nach in die Falte des blauen Albums gesteckt. Alban de Willecot weiß, dass er kaum Chancen hat, lebendig heimzukehren, er weiß aber auch, dass er die Zensur überlistet hat und dass es nach ihm zumindest die Gelegenheit geben wird, anders vom Krieg zu erzählen, als ihn zur goldenen Legende zu machen, in der die Poilus über die Boches siegen.

Denn zurzeit wird keiner von keinem besiegt, und alle krepieren für nichts und wieder nichts. Ganz Europa liegt darnieder, während sie sich gegenüberstehen, wochenlang, monatelang, bei Wind und Wetter, und warten, bis sie dran sind. Irgendwann müssen die Gräuel aber ans Licht kommen. Irgendwann muss die Geschichte Farbe bekennen. Und wenn dann öffentlich wird, welche abstrusen Theorien uralter Belagerungstaktik, welcher Hochmut und welche längst überholten Militärstrategien dazu geführt haben, dass Millionen massakriert wurden, wenn die Tonnen an Trümmern und die Hunderttausende Leichen gezählt werden, die von der Erde verschluckt wurden, Soldaten, denen nicht einmal die winzige Ehre eines Kreuzes am Wegesrand zuteilwurde, dann, das ahnt Willecot, dann wird man Beweise brauchen. Man wird Beweise brauchen, damit die anderen, die sich im Hinterland aufhalten, die Siegesgeschichten für ihre dämlichen Erfolgsmeldungen fabrizieren und sich an ihrer Madelon berauschen, endlich verstummen, man wird Beweise brauchen, damit diejenigen, die man im Dunkeln gelassen hat, jener Wahrheit ins Auge sehen können, die man ihnen beharrlich vorenthält – oder die sie selbst lieber ignorieren würden.

Das nur für den Fall, dass sie irgendwann wieder Lust bekommen – auf einen Krieg.

88

Als ich nach Jaligny zurückfuhr, bot mir die Landstraße das Schauspiel einer neuerlichen Verwandlung: Die Erde war aufgetaut und wieder locker, an den kahlen Ästen rundeten sich Blattknospen, und das Gras erwachte wieder zum Leben, glitzerte grün unter Tautropfen. Ich war allein auf der Straße, die ab und an von Nebelschwaden durchzogen wurde, zu beiden Seiten von Platanen gerahmt, die zart durchbrochene Schatten warfen. Sobald ich in diese Waldlandschaft eintauche, habe ich das Gefühl, leichter zu werden, als blieben die Sorgen in Paris zurück. Wenn Samuel das nächste Mal nach Frankreich kommt, werde ich ihn hierherbringen. Hoffentlich gefällt ihm diese grüne Hügellandschaft, die mich jedes Mal wieder an Irland erinnert, genauso gut wie mir.

Ich legte nur einmal eine Pause ein, weil ich tanken musste. Bei dieser Gelegenheit ging ich ein paar Schritte um die kleine Tankstelle herum, die etwas verloren wirkte. Zunächst dachte ich, sie wäre längst nicht mehr in Betrieb, wegen der Castrol-Schilder, die mindestens dreißig Jahre alt waren, und der abblätternden Farbe. Aber sie verfügte über zwei funktionstüchtige Pumpen und einen winzigen Tresen, hinter dem eine wortkarge Mittfünfzigerin erstaunlich guten Kaffee servierte. Mit dem Becher in der Hand folgte ich einem Hohlweg, wobei ich auf jeden Schritt achtete – meines Missgeschicks in Jaligny eingedenk. Ich hätte gern eine Zigarette geraucht, verzichtete aber lieber darauf, denn ich wollte mir unbedingt diesen rotbraunen Duft von Humus und Farn, vermischt mit dem Geruch von Baumsäften und feuchtem Laub, einprägen. Ich setzte mich auf einen Baumstumpf und lauerte auf die Bewegungen von unsichtbaren Rehen und Hasen. An diesen Moment erinnere ich mich sehr gut, er zählt zu jenen, in denen man sich mit dem Leben vollkommen in Einklang fühlt. Ich dachte an

Alix und war von Dankbarkeit erfüllt, als ich mir vor Augen führte, was sich seit meinem ersten Besuch in Jaligny alles getan hatte. Ich hatte meine Arbeit wiederaufgenommen, meine Freunde wiedergefunden, mich wieder verliebt. Endlich ließ ich die Trauer hinter mir.

Als ich gegen Mittag ankam, war das Haus so wie immer, die hellen Mauern waren von der Märzsonne leicht angewärmt, an der Fassade hing das noch leere Rankgitter des Wilden Weins. Im Garten kündigten die ersten Hortensienblätter und die schwellenden Blauregenknospen dessen Wiedergeburt an. Marie-Hélène hatte mich im Auto vorbeifahren sehen und fast umgehend angerufen, um mich zum Abendessen einzuladen. Ich lehnte unter dem Vorwand ab, noch einiges aufräumen zu müssen. Tatsächlich hatte ich das Bedürfnis, mir diesen Ort zuerst wieder anzueignen, den ich nun insgeheim als »mein Zuhause« bezeichne. Einer Gewohnheit folgend, die zum Ritual geworden ist, verbrachte ich meinen ersten Nachmittag im Garten, befestigte die Rosensträucher wieder an ihren Spalieren und beschnitt die Büsche. Ich nahm mir vor, eine Pergola zu installieren und mit Jasmin zu beranken, denn ich liebe dessen kräftigen Duft an Sommerabenden. Außerdem wollte ich einen Tisch und Stühle aus Teakholz kaufen. Falls Samuel diesen Posten in Paris erhielt, wäre Jaligny unser Landhaus. Wir könnten am Wochenende oder im Sommer hinfahren, im Garten essen und gemeinsam die milden Abende genießen, an denen es lange hell bleibt, bevor der letzte blassrosa Schimmer in der Nacht verschwindet.

Ich hatte beschlossen, bis zu meiner Abreise nach Lissabon hierzubleiben, mit der felsenfesten Absicht, Dianes Tagebuch komplett zu entschlüsseln. Mein Gespräch mit Philippe Février hatte mich darin bestärkt, und ich hatte es nun eilig, das Ende zu lesen. Da ich mit Dianes Schrift inzwischen vertraut war, konnte ich bereits erkennen, dass sie im Jahr 1916 besonders viel festgehalten hatte. Aber was hatte sie in dieser Zeit alles erlebt und unternommen, wen hatte sie geliebt? Ich schwanke immer noch zwischen Bewunderung für ihre meisterhafte Codierung und Ärger über diesen unzugänglichen Text, der seine Geheimnisse nicht so leicht preisgibt. Die Entschlüsselung strengt meine

Augen derart an, selbst bei maximaler Vergrößerung am Bildschirm, dass ich nicht länger als zwei oder drei Stunden täglich daran arbeiten kann. Und so verrichte ich am Nachmittag praktische Arbeiten: gärtnern, aufräumen, sortieren, ablegen. Ich öffne die letzten Kisten aus der Rue P. und bringe manche Bücher in Alix' Bibliothek unter, von der ein Teil früher Blanche de Barges gehört hatte, wie ich den Erscheinungsjahren entnehme.

Zunächst hatte ich aus reiner Neugier ein paar Exemplare aus den Regalen genommen und aufgeschlagen. Dabei hatte ich die Geschäftsbücher des Weinguts entdeckt, die man vermutlich hier untergebracht hatte, als die Deutschen Othiermont besetzten: ordentliche Einträge, in denen die Namen der Tagelöhner, ihre Löhne und Prämien in sauberer Schrift festgehalten waren. Außerdem Abhandlungen über Krankheiten an Weinreben und Romane aus den siebziger Jahren, die Jane de Chalendar gehörten, wie die Trockensiegel auf der Titelseite anzeigten. Und vor allem Gedichtbände, viele, viele Gedichtbände. Mir fiel ein, wie Sibylle an diesem ersten Abendessen in Lissabon über den vermeintlichen mäzenatischen Ehrgeiz der Willecots gespottet hatte. Doch man brauchte sich nur ihre Bibliothek anzusehen, um zu erkennen, dass sie mit einigen der größten Dichter ihrer Zeit gut bekannt oder befreundet gewesen waren, das belegten unter anderem eine Originalausgabe von Carcos *La Bohème et mon cœur* oder von *Alcools* aus der Feder von Apollinaire, daneben ein Sonderdruck von *Eloges* von Saint-John Perse. Jeder Band war mit einer persönlichen Widmung des jeweiligen Dichters an Blanche oder Alban versehen.

Diese Widmungen brachten mich auf die Idee, den Bestand zu erfassen, und so nahm ich mir auch die restlichen Bücher einzeln vor. Vielleicht würde ich dabei nicht nur auf Widmungen stoßen, sondern auf eine Karte, einen Brief, einen Namen oder sonstigen Hinweis, der noch zwischen den Seiten oder in diesen Regalen steckte. Auf diese Weise entdeckte ich in einer uralten Fächermappe aus rissigem Leder den Militärpass von Maximilien de Barges samt seinen Entlassungspapieren.

Alix hatte mir nur ein einziges Mal von ihrem Vater erzählt, den sie im Grunde nicht gekannt hatte. Er war ein Jahr nach ihrer Geburt gestorben, an den Folgen einer Tuberkuloseerkrankung, die aus der Zeit seiner langen Internierung in einem bulgarischen Lager stammte. Sieben Jahre nach Kriegsende hatte sich Maximilien de Barges also der stummen Kohorte all jener angeschlossen, die diesem Krieg indirekt zum Opfer gefallen waren. Ich erfuhr durch eine Nachricht vom Roten Kreuz, die im Militärpass steckte, dass Blanche von 1915 bis 1916 ihren Mann monatelang vergeblich gesucht hatte, bevor sie die Bestätigung erhielt, dass er noch lebte. In einer anderen Fächermappe fand ich ein winziges Foto von einem Kind mit einem Spielreifen in der Hand, dazu die Unterschrift »Sophie, Othiermont, August 1916«. Alix' ältere Schwester, eins von unzähligen Opfern der Spanischen Grippe, die 1918 Europa verheert hatte. Jeanne de Royère, die Frau von Massis, war ebenfalls daran gestorben. Ich dachte an Blanche. Ein Ehemann, der als vermisst galt, ein Bruder, der gefallen, ein Kind, das gestorben war. Wenn ein Leid auf das nächste folgt – stumpft man dann mit der Zeit ab? Die Frauen von Jaligny bildeten eine Linie von Witwen, die nie wieder geheiratet hatten, und ich konnte anhand meiner eigenen Trauer ermessen, wie viel Charakterstärke und Widerstandsgeist diese fortgesetzte Einsamkeit erfordert haben musste.

Die Bibliothek enthielt insgesamt ein paar hundert Bände. Darum fiel mir erst am zweiten Tag das in die Hände, was ich mir erhofft hatte: drei Erstausgaben von Massis mit geprägtem Ledereinband. Die ersten beiden waren unversehrt, die dritte, ein Exemplar von *Leiberglühen*, hatte einen versengten Umschlag, und der Schnitt war mit dem gleichen Ruß überzogen, den ich bereits in der Schachtel mit den Postkarten vorgefunden hatte. *Grüne Bernsteinsonnen* und *Lossprechung der Kleinode* waren beide vor dem Krieg erschienen, der erste Band trug die Widmung *Für Blanche und Maximilien de Barges, treue und teure Freunde*, der zweite *Für Alban de Willecot, Bruder im Geiste und im Herzen*. Durch eine Ironie des Schicksals war ausgerechnet die Widmung von *Leiberglühen* in Teilen von den Flammen verzehrt worden.

Für Bl
   se Ode an
   der Hoff
     en
   Dass ke
   Je wi
   Ver
   den Himmel Eu

Ode an wen, an was? Die letzte Zeile konnte wohl nur »den Himmel Europas« meinen, und ich versuchte, mir den Rest zusammenzureimen: Dass kein Sturm? Kein Krieg? War dieses *Ver* der Anfang von *verdüstern, verdammen* oder *vernichten*? Es wäre seltsam, in der Widmung eines Bands mit Liebesgedichten den Krieg zu erwähnen, aber unter den damaligen Umständen war das durchaus denkbar. Als ich die knisternden Seiten durchblätterte, glitt ein Foto heraus und fiel zu Boden. Ich hob es ganz behutsam auf.

Dort posierten sie zu sechst, gekleidet nach der Mode der 1910er Jahre, aber so lässig, wie es sich für eine Landpartie gehörte. Sie standen auf der Außentreppe eines Hauses aus hellem Stein. Blanche de Barges erkannte ich an ihren hellen Augen wieder, obwohl sie fülliger wirkte als auf dem Porträt im Schlafzimmer und markantere Gesichtszüge hatte; neben ihr der große, schlanke Alban, eine jugendliche Erscheinung, mit einer Zweijährigen im Arm, deren pummelige Ärmchen aus einem weißen Kleid mit Spitzenbesatz ragten. Der schwermütige Mann, den ich auf der Regimentspostkarte mit dem fröhlichen Fußsoldaten gesehen hatte, war also tatsächlich Alban gewesen, nur dass er auf diesem Bild zehn Jahre jünger wirkte, obwohl die Zeitspanne zwischen beiden Aufnahmen sehr kurz gewesen war.

Zur Linken von Blanche sah man Massis, diesmal mit seinem berühmten Bart, mit hochgekrempelten Ärmeln und in Weste, aus deren Tasche eine Uhrkette hervorlugte; an seiner Seite die wunderschöne junge Frau, die ich vom Bild kannte, das Favards Urenkel mir gezeigt hatte: Jeanne de Royère. Hier war besser zu erkennen, dass sie deutlich größer war als ihr Mann, sie trug ein Korsett, das ihr die damals so beliebte Wespentaille verlieh, ihr makelloses Gesicht, das an die Mona Lisa erinnerte, rahmten zwei Stränge üppigen schwarzen Haars. Obwohl sie direkt neben dem Dichter stand, berührte sie ihn nicht, ihre Hände ruhten auf dem Griff eines Sonnenschirms, hinter den dichten Wimpern war ein furchtloser Blick zu erahnen.

Mittendrin stand eine etwas dickliche Frau mit rundem Gesicht, ungefähr fünfzig Jahre alt, die Einzige, deren Kleidung keinerlei Zugeständnisse an das sommerliche Wetter machte. Den Kragen ihres schwarzen, hochgeschlossenen Kleids, das selbst ein Jabot aus weißer Spitze nicht aufzulockern vermochte, schmückte eine Kameebrosche. Ihr Hut und ihre Schuhe ließen sie wie eine Art Schirmherrin erscheinen.

Zu Blanches Füßen lag ein Windhund, dessen kurzes Fell im Sommerlicht schimmerte. Er blickte so verliebt wie flehentlich zu seinem Frauchen auf. Auf der Rückseite des Fotos stand nur »Othiermont, August 1913«.

Ich stellte mir diesen Sommertag vor, die Treppe vom Regen reingewaschen, den Geruch des sonnenwarmen Steins, das Mittagessen, das sie gleich einnehmen sollten. Dabei würden sie sich über die Werke von Massis unterhalten, dessen letzte Veröffentlichung ebenso viel Anstoß erregt wie Begeisterung ausgelöst hatte, und über die Fermentierungsmethode des neuen Kellermeisters, den Blanche eingestellt hatte, ein ehrgeiziger, moderner junger Mann, der sein Handwerk im Bordelais erlernt hatte, und über die jüngsten Beobachtungen von Alban, der zu dieser Jahreszeit fast jede Nacht den Himmel betrachtete und anschließend detailliert kartographierte. Sie würden außerdem über Caillaux reden, der inzwischen Premierminister war, oder über die neueste Oper von Massenet oder über Hunde und über Pferde. Über Leichtes und Schweres, aus dem ihr Leben gemacht war, bei einem Glas Limonade, während sich die Männer winzige schwarze Zigarren ansteckten und die Frauen pralle Kirschen aus dem Garten naschten.

Wer hatte die Idee gehabt, diesen Moment zu verewigen und sie alle posieren zu lassen? Welcher Angehörige (Maximilien? Oder der Mann der dicklichen Dame?), welcher Dienstbote hatte den Auftrag erhalten, auf den Auslöser zu drücken? Ob Massis als eingefleischter Liebhaber der Fotografie seine Schäfchen mit sicherem Blick im Vorfeld platziert hatte? Ich stellte mir vor, wie er sich dem Genuss der Momentaufnahme hingab, einem doppelten Genuss, weil er die Ratschläge des alten Favard umsetzen konnte, dieses gewieften Händlers, der den Dichter mit dem Fotografiervirus infiziert hatte und ihn jedes Mal, wenn er sein Geschäft aufsuchte, mit den neuesten optischen Vorrichtungen aus Deutschland lockte, den immer kleiner werdenden Kameras und den biegsamen Zelluloidfilmen. Ob der Dichter bereits daran dachte, eine Spur, eine Erinnerung an seine verschworene Freundschaft mit diesem schwärmerischen Astronomen zu hinterlassen, der ihm fast so nah war wie ein Bruder? Ohne zu wissen, dass er und Alban sich nur wenige Jahre später in dieselbe Frau verlieben würden, eine Unwissenheit, die im Rückblick die brutale Ironie des Schicksals aufzeigt.

Obwohl niemand auf diesem Bild wirklich lächelt, belegt es eindeutig, dass sich an jenem Nachmittag alle auf die einfachen Freuden eingelassen hatten. Ein Jahrhundert später erzählte mir das Bild die Geschichte von Leuten, die einander liebten und nicht ahnten, dass bald die Hölle über sie hereinbrechen sollte, beständige Freundschaften zersetzen, das fragile Gleichgewicht von geschenkter und erwiderter Zuneigung gefährden würde, so wie ein Luftzug ein Kartenhaus einstürzen lässt.

89

Dianes Tagebuch

8. Januar
*Noch nie habe ich mich so merkwürdig gefühlt. Manchmal habe ich
den Eindruck, über dem Boden zu schweben. Und dann gibt es Momente, in denen ich zutiefst niedergeschlagen bin und plötzlich nur
noch weinen möchte. Das Schwierigste ist, das vor den anderen zu
verbergen. Doch sobald Dominique den Raum betritt, verspüre ich
eine solche Woge des Glücks, dass ich beinahe sterben möchte.*

10. Januar 1916
*Gestern sind sie alle wieder abgereist, und ich bin todtraurig. Um den
Abschied habe ich mich herumgedrückt. Danach habe ich einen langen Ausritt unternommen, bis zu den Hängen von Viermont bin ich
mit Dounia galoppiert und völlig erschöpft heimgekehrt. Jetzt ist es
ein für alle Mal beschlossen: Ich werde das Abitur machen, ich werde
Mathematiklehrerin werden, und nach dem Krieg fliehe ich mit Dominique ins Ausland, wo uns niemand kennt.*

12. Januar
*Die Ducreux waren wieder hier, Vater und Sohn, um uns ein gutes
neues Jahr zu wünschen. Die hatte ich komplett vergessen! Beim Tee
haben diese beiden Parvenüs ihren gesammelten Grundbesitz aufge-
zählt, wahrscheinlich wollten sie bei Vater Eindruck schinden. Und
dann haben sie uns prompt zur Sommerfrische nach Dinard eingeladen, im August. Rosie ist vor Freude schon außer Rand und Band,*

aber ich habe nicht die geringste Lust, mir von diesen Langweilern den Sommer verderben zu lassen. Wenn wir schon Krieg haben und ich in Dominique verliebt bin – das ist doch schon kompliziert genug, meinst Du nicht, kleines Tagebuch? Je länger das Gespräch dauerte, desto schmachtender wurden die Blicke, die Ducreux junior mir zuwarf, und ich versuchte, nicht hinzusehen. Vater ging das alles natürlich runter wie Öl. Wenn ich daran denke, dass Mama unsere letzten Schnapskirschen für diese zwei Raffzähne geopfert hat, könnte ich heulen.

14. Januar 1916

Gestern heftiger Streit mit Vater. Er verbietet mir, zum Abitur anzutreten – aber das ist meine einzige Chance, mit Dominique ein freies Leben zu führen. Vater behauptet, eine Frau gehöre an den heimischen Herd, um die Männer zu unterstützen. Und was ist mit Blanche, wer unterstützt sie denn, während sie sich allein abrackert, um das Gut zu erhalten? Hat sie überhaupt eine Wahl? Ich sagte zu Vater, wenn Madame Curie zu Hause geblieben wäre, um Eintopf zu kochen, anstatt ihre Röntgenwagen zu fahren, hätte das viele Menschenleben gekostet. Vater war dermaßen aufgebracht, dass er mir verboten hat, das Haus zu verlassen, unter dem Vorwand, dass dieser »Anarchist Cheremetiev« einen schlechten Einfluss auf mich ausübt. In Wahrheit ist Vater bankrott und will sich das Geld für den Russischunterricht sparen. Ich rase vor Wut. Die Zeit zieht sich endlos hin, ich darf nichts von dem tun, was ich tun will, und ich brenne darauf, Dominique zu schreiben, auch wenn das viel zu gefährlich ist.

17. Januar
Endlich sind wir wieder in Paris. Bei meiner Ankunft fand ich eine Rohrpostnachricht vor, es ging um den Termin für die nächste Griechischstunde. Ich hätte weinen können vor Dankbarkeit.

18. Januar
Auf einen Schlag zwei Briefe von Alban erhalten, aber mir war nicht danach, sie zu öffnen.

21. Januar 1916
Ich bin so so so verrückt, kleines Tagebuch! Zum ersten Mal seit unserer Rückkehr habe ich Dominique wiedergesehen. Wir konnten uns nicht anfassen, wegen der Dienstboten, aber ein Händedruck genügte, um alles in mir zu entflammen. Als ich ging, bekam ich einen Zettel in die Tasche gesteckt: Ort und Zeit für ein Treffen unter vier Augen, übermorgen. Mama wird mich nie und nimmer gehen lassen, also nehme ich einfach Reißaus.

24. Januar 1916
Wie soll ich Dir nur sagen, was passiert ist, liebes Tagebuch? Mir fehlen die Worte, es war eine Offenbarung, ein gleißendes Glück, ein Wunder. Nie werde ich diesen Blick vergessen, als wir uns umarmt haben, diese weichen Lippen, ich hätte mir gewünscht, dass die Küsse niemals enden. Und wenn es nur die Küsse gewesen wären, doch dann ... Ich wusste nicht, dass man solche Wonne empfinden kann, ohne auf der Stelle vor Entzücken zu sterben. Was wir machen, ist eine Sünde, aber es ist mir egal, wenn ich in der Hölle lande. Es ist einfach zu unwiderstehlich.

3. Februar 1916
Zweites Treffen mit D. Beim letzten Mal hat Mama nicht das Geringste bemerkt. Während unseres Liebesspiels habe ich Dinge gewagt, die mich erröten ließen. Kaum war ich wieder zu Hause, habe ich mich selbst zur Vernunft ermahnt, weil ich weiß, wie schlecht, wie gefährlich das für uns alle ist. Aber sobald ich wieder in D.s Armen liege, vergesse ich alles und habe nichts anderes im Sinn als die Liebe.

4. Februar 1916
Alban hat mir aus Verdun geschrieben. Der Arme, in letzter Zeit schreibe ich ihm kaum noch, weil ich so aufgewühlt bin von allem, was mir widerfährt. Offenbar geht es in seinem Frontabschnitt immer härter zu, die Soldaten sterben angeblich wie die Fliegen. In den Armen von Dominique scheint der Krieg aber so fern ...

8. Februar
Der Winter ist eisig, trotzdem habe ich das Gefühl, in meiner Brust lodert ein Feuer. Ich zwinge mich, jeden Tag ein paar Stunden zu lernen, aber in Gedanken kehre ich ständig zu Dominique zurück. Ich liebe D. über alles.

12. Februar 1916
Ich war wieder am Quai des Grands-Augustins, weil D. mich fotografieren wollte. Das ist schon das zweite Mal, dass ich ganz allein porträtiert werden sollte. Wie mit Alban musste ich verschiedene Posen einnehmen, immer wieder lächeln und so lange stillsitzen, bis ich Krämpfe bekam. Alles andere war aber ... ganz anders. Die Dienstboten halten die Fotografie für Teufelszeug und setzen keinen Fuß in die letzte Etage. Also konnten wir diese paar Stunden in aller Offenheit genießen, auch wenn es nicht ganz ungefährlich war. Ich habe

Dominique von meinen Träumen erzählt, der gemeinsamen Flucht,
sobald ich mein Abitur habe. Das ist Wahnsinn, ich weiß, aber ich
will mich nicht ein Leben lang verstecken müssen. Ich will, dass wir
für immer zusammenbleiben, und ich will Dominique ganz für mich
allein haben. Ich könnte Lehrerin werden, vielleicht sogar Ärztin, und
dann würden wir uns irgendwo ganz weit weg niederlassen, in Eng-
land oder in Russland. Sacha sagt, dort wird das Leben in Zukunft für
alle besser sein. D. streichelte mir nur sanft über die Haare, schüttelte
den Kopf und gab mir keine Antwort.

14. Februar 1916
Röse-die-Böse hat Vater gepetzt, dass ich vorgestern ohne Erlaubnis
ausgegangen bin. Jetzt habe ich Hausarrest, und dabei bin ich über-
morgen mit Dominique verabredet! Ich konnte noch so viel weinen,
flehen und sogar um Verzeihung bitten (Bäh!), er ließ sich nicht er-
weichen. Ich hasse meine Schwester, ich hasse diese Familie, ich hasse
dieses Leben. Es wird höchste Zeit, das Weite zu suchen!

18. Februar 1916
In der Bibliothek, vor diesen Griechischlehrbüchern, die wir kaum
mehr aufschlagen, habe ich Dominique wieder von meiner Hoffnung
erzählt, dass wir ein neues Leben beginnen könnten, weit weg von
hier, wir beide zusammen. Ich würde doch arbeiten, ich wäre für nie-
manden eine Last. Natürlich ist es schändlich, eine Ehe zu zerstören,
und gerade in diesem Fall wären die Folgen eines solchen Skandals
verheerend. Aber ich komme nun mal nicht gegen meine Träume an.
Und wieder haben sich D.s schöne Augen getrübt, als wollten sie mir
sagen, ich solle keinen Trugbildern nachjagen, und dann wurden mir
die Lippen mit einem Kuss versiegelt. Ich weiß nicht, was ich davon
halten soll.

27. Februar
*Frankreich hat das Fort Douaumont verloren, aber das lässt mich kalt.
Ich hoffe nur, dass Alban unversehrt geblieben ist. Unvorstellbar, dass
er dort ist, dazu noch mit einem Gewehr, er ist doch so friedfertig. Was
würde er wohl sagen, wenn er von mir und Dominique wüsste?*

3. März
*Wieder ein Treffen. Zu Hause habe ich erzählt, dass ich zum Tee bei
Laure de T. eingeladen bin. Hoffentlich überprüft Mama das nicht!
Während ich wieder von meinen Fluchtplänen erzählte, sprach D.
von der Liebe zur Familie, vor allem zu den Kindern. Die Kinder …
Offenbar quält sich Dominique schon von Anfang an mit diesen Fragen herum. Und ich weiß im Grunde, dass sich dafür nie eine Lösung
finden wird. Mir war das Herz schwer wie Blei, als ich nach Hause
ging. Warum ist das Leben nur so grausam? Warum kann man nicht
einfach mit dem geliebten Wesen glücklich werden?*

8. März
*Alban hat mir geschrieben und neue Fotografien geschickt. Eine zeigt
ihn auf dem Boden liegend, mit erhobenen Händen und einem deutschen Helm auf dem Kopf, während zwei andere Soldaten ihre Gewehre auf ihn richten. Man sieht aber sofort, dass das gestellt ist.
Wahrscheinlich vertreiben sie sich damit die Zeit, wenn ihnen langweilig wird. Alban hat mir außerdem drei neue Mathematikaufgaben gestellt und geschrieben, ich sei »seine kleine Sonne« im Schützengraben. Als ich das las, habe ich mich geschämt … Es muss so
schlimm sein, dort, wo er gerade ist. Und ich werde rot, wenn ich
mir vorstelle, was er von mir halten würde, wenn er wüsste, was ich
zurzeit mache. Er würde mich verachten, er würde mich hassen.
Zu Recht, denn jetzt belüge ich alle, nicht nur Rosie. Also habe ich
ihm einen langen Brief geschrieben, um ihn zu trösten. Immerhin*

hat mich sein Brief ein bisschen über das Schweigen von Dominique hinweggetröstet. Seit fünf langen Tagen habe ich nichts mehr gehört.

12. März 1916

Eine Rohrpostnachricht von D., um die nächste Griechischstunde abzusagen. Zum zweiten Mal binnen zwei Tagen. Haben wir etwa Verdacht erregt, weil ich so oft da war? Oder hat Dominique Schuldgefühle? Ich war so deprimiert, dass ich trotzdem ausgegangen bin. Doch anstatt zum Quai des Grands-Augustins zu gehen, habe ich Sacha Cheremetiev besucht. Er hat mich zu Laure de T. mitgenommen, wo sich schon ein Dutzend Frauen und zwei Männer versammelt hatten. Das Gespräch drehte sich darum, ob man die Arbeiterinnen in den Fabriken aufsuchen sollte, um sie über das Frauenwahlrecht aufzuklären. Wir haben so lebhaft diskutiert, dass ich meinen Kummer eine Zeitlang vergessen konnte.

14. März

Immer noch kein Wort von Dominique. Dieses Schweigen bringt mich um, etwas Schlimmeres kann man mir nicht antun. Ich habe D. zwei Briefe geschickt, ohne eine Antwort zu bekommen. Ob die Briefe abgefangen wurden? Ich mache mir solche Sorgen, dass ich nicht einmal Lust habe, Albans Mathematikaufgaben zu lösen.

15. März

Ein furchtbarer Tag. Er fing damit an, dass Rosie schon beim Frühstück mit mir streiten wollte. Danach konnte ich mich nicht wie geplant davonstehlen, um Sacha zu treffen. Er wollte mich mit seinen russischen Freunden bekannt machen. Zu meinem Pech hat Vater den Tag aber zu Hause verbracht. Und ich bin in meinem Zimmer auf und

335

ab gegangen, anstatt das Griechischlehrbuch aufzuschlagen, dessen Anblick ich nicht mehr ertragen kann.

17. März
Zum Tee bei Madame Cheremetieva. Sie hat mir eine Nachricht von Laure de T. ausgerichtet: Am 1. Juli soll ich zu den Abiturprüfungen antreten. Die Gräfin hat mir vorgeschlagen, die Sache so zu arrangieren, dass ich mich in dieser Zeit bei ihr aufhalten kann. Ihre Unterstützung und die von Laure von T. sind für mich eine Wohltat. Momentan habe ich das Gefühl, ich bringe nichts zustande, müsste mich vor lauter Mattigkeit hinlegen wie die Heldinnen in den dämlichen Romanen von Gyp, die meine Schwester so gern liest. Heute morgen habe ich eine kurze, etwas lieblose Antwort an Alban abgeschickt, der mich mit Briefen und Postkarten überschüttet. Kaum war der Brief weg, hat es mir leidgetan. Ob mein Liebeskummer mich am Ende zur Egoistin macht?

20. März
Eine Nachricht von Dominique, gerade, als ich fast schon jede Hoffnung aufgegeben hatte, um ein neues Treffen am gewohnten Ort zu vereinbaren. Eigentlich sollte ich mich freuen, aber ich habe eine böse Vorahnung. Dieses Schweigen, diese wochenlange Trennung verheißen nichts Gutes.

25. März
Ach, mein kleines Tagebuch, nun weine ich schon drei Tage ohne Unterlass. Ich habe Dominique wiedergesehen, nachdem wir Monate getrennt waren, und nach diesen Qualen war unser Treffen leidenschaftlicher denn je. Bei aller Zärtlichkeit war jedoch ein Schatten zu spüren. Als ich das angebetete Gesicht küsste, war es feucht von Trä-

nen, und ich fragte nach dem Grund. Da trat der Bruch ein. D. sagte, es hätte die große Liebe werden können zwischen uns, aber nun müssten wir an die Kinder denken, an unsere Familien, an Alban. Die Leidenschaft habe uns zu blinden und selbstsüchtigen Wesen gemacht, und wir könnten in unserem Umfeld beträchtlichen Schaden anrichten. Dann musste ich hoch und heilig versprechen, mich fortan mit reinen Freundschaftsbekundungen zu begnügen ... Freundschaft, was für ein fades, ärmliches Wort, so erniedrigend nach diesem Höhenflug, den wir zusammen erlebt haben. Aber da war dieser verzweifelte, flehentliche Blick, der mich zum Verzicht anhielt ... Also habe ich es versprochen, aus Liebe und weil ich D. nicht ins Unglück stürzen will. D.s Worte haben mir aber einen solchen Stich versetzt, als wäre eine Messerklinge in mich eingedrungen. Auf der Straße begann ich zu taumeln und musste mir eine Droschke nehmen, um nach Hause zu fahren. Dann habe ich mich hingelegt und Grippe vorgeschützt. Seitdem hüte ich das Bett, mit Unterstützung von Mariette. Ist das also die Liebe, kleines Tagebuch? Wenn man zuerst das Leben in seiner ganzen Fülle kostet und Berge versetzen könnte, um dann von einem Tag auf den anderen um dieses Glück gebracht zu werden?

27. März
Ich möchte sterben.

29. März
Dr. Méluzien wollte wissen, ob ich eine betrübliche Nachricht erhalten habe. Da konnte ich meine Tränen nicht mehr zurückhalten. Er packte sein Stethoskop weg, strich mir über den Kopf und sagte: »Daran stirbt man nicht, Diane. Auch wenn man es sich manchmal wünscht.«

2. April

Mariette fleht mich an, wenigstens etwas Brühe zu mir zu nehmen, aber mir wird übel, wenn ich nur an Nahrung denke. Ich habe Fieber.

3. April

Alban sorgt sich, weil ich so »wortkarg« bin, wie er schreibt. Er schreibt mir auch, dass ich sein Stern in der Nacht bin und dass er sein elendes Soldatenleben ein wenig vergisst, wenn er an mich denkt – er scheint immer mehr mit dem Krieg zu hadern. Und ich habe das Gefühl, eine Seele voller Schlamm zu haben.

5. April

Ich habe keine Kraft mehr und gebe mich voll und ganz der Ermattung hin. Ich denke nur noch an Dominique, an jeden Augenblick, den wir zusammen verbracht haben, an unsere Zärtlichkeiten, an D.s letzte Worte. Ich bin zwischen Verzweiflung und Hass hin und her gerissen, wie kann man einem Menschen den Himmel zeigen und ihn dann sogleich daraus vertreiben? Was war ich nur für eine Närrin! Doch obwohl D. schweigt, kann ich immer noch nicht ganz glauben, dass dieses Glück mir für immer versagt bleiben wird.

10. April

Überraschungsbesuch der Gräfin Cheremetieva. Sie ist zu mir ins Zimmer gekommen, und es war mir unangenehm, dass sie mich mit offenen Haaren und im Nachthemd sieht. Erst hat sie mir die Hand getätschelt und mir ein paar Fragen gestellt, ohne sich die Antwort anzuhören. Und dann flüsterte sie mit verschwörerischer Miene und ihrem unglaublichen Akzent: »Verrate mir eins, Diane, was ist nun mit diesem Abiturrr?« Vor lauter Liebeskummer hätte ich das bei-

nahe vergessen. Sie wies mich darauf hin, dass Laure de T. sich sehr viel Mühe gegeben hatte, um mich zu unterstützen, und dann sagte sie zum Abschied: »Die Erde dreht sich weiter, auch wenn man einer outratchinnoy lioubi *nachweint, einer verlorenen Liebe, meine kleine Diane ...*« *Ich weiß nicht, wie sie das erraten hat, aber wenn sie die Wahrheit wüsste ...*

12. April
Heute bin ich das erste Mal aufgestanden und habe mit den anderen zu Mittag gegessen. Meine Schwester war so nett, mir ihren Spott zu ersparen.

14. April
Nun ist es fast drei Wochen her, dass ich Dominique das letzte Mal gesehen habe.

15. April
Heute habe ich meine Mathematikbücher endlich wieder aufgeschlagen.

16. April
Seit zwei Tagen arbeite ich ohne Unterlass. Mutter muss mich holen kommen, damit ich bei Tisch erscheine. Ich habe festgestellt, dass pausenloses Lernen mich von meinem Kummer ablenkt.

20. April
Es wird wieder Frühling. Die Zeitungen kündigen einen baldigen Sieg in Verdun an, dort, wo Albans Regiment sich gerade befindet. Eigent-

lich sollte ich mich freuen, aber ich empfinde nichts. Ich hocke in meinem Zimmer und vertiefe mich in meine Hefte. Ich will gar nicht wissen, was um mich herum passiert.

25. April
Rosie hat bei Tisch darauf hingewiesen, dass ich nicht mehr zum Quai des Grands-Augustins gehe, obwohl ich früher »ständig« dort war. Am liebsten hätte ich sie erwürgt. Ich habe irgendeine vage Erklärung gestammelt, zum Glück hat Vater gar nicht hingehört.

6. Mai
Heute waren die Ducreux das ganz große Thema. Man hatte eine Weile nichts mehr von ihnen gehört … Vater sang ein Loblieb auf deren Umtriebigkeit, sagte, er hoffe, mit ihnen ins Geschäft zu kommen, und wies mich auf die »schmeichelhafte Aufmerksamkeit« hin, die Etienne, der Sohn, mir entgegenbringt. Armer Papa, er glaubt offenbar, dass ich ihn nicht durchschaue. Er wollte mich von Anfang an mit seiner Entdeckung aus Lyon verheiraten. Angeblich macht er sich Sorgen um meine Zukunft. Ich glaube, er macht sich vor allem Sorgen um die seine.

10. Mai
Nachdem ihr meine Übellaunigkeit aufgefallen war, hat Madame de T. mich zu einer politischen Versammlung eingeladen, die sie als Damenteekränzchen ausgegeben hat. Mutter ist so froh, mich wieder auf den Beinen zu sehen, dass sie mir (fast) alles durchgehen lässt. Den Rest der Zeit verbringe ich in meinem Zimmer und pauke, auch wenn die böse Röse sich darüber lustig macht. Manchmal tut mir meine Schwester leid. Sie hat schon vor dem Krieg Alban und sämtlichen anderen wohlsituierten Junggesellen der Region schöne Augen

gemacht. Und nun, mit fünfundzwanzig, ist sie schon verbittert, weil kein Mann sie haben will.

14. Mai

In der Buchhandlung habe ich zufällig eine Lyrikzeitschrift entdeckt, in der ein Sonett mit dem Titel Glückselig das Zerrissensein abgedruckt war. Unsagbar schön. Ich wusste schon nach zwei Zeilen, von wem es stammt. Als ich dann den Namen unten auf der Seite sah, war ich den ganzen Tag bedrückt.

16. Mai

Gestern habe ich mich mit Laure de T. und zwei ihrer Freundinnen getroffen, um eine Fabrik zu besuchen, in der »Munitionetten« arbeiten. Das sind Frauen, die Gewehrpatronen herstellen und dabei von Staub eingehüllt werden. Sie tragen unförmige Hosen, die ihnen bis zu den Knöcheln reichen, und riesige Lederschürzen. Als sie Feierabend machten, fingen wir an, unsere Flugblätter zu verteilen. Zwei Arbeiterinnen mit offenen Haaren haben uns angesprochen. Die eine sagte zu Laure: »Was schert mich dein Wahlrecht, ich will meinen Mann wiederhaben!« Und die andere antwortete lachend: »Mach mal halblang. Dann hast du keinen roten Heller mehr und musst deinen Gören den Arsch abwischen.« Eine Gruppe von älteren Frauen forderte uns zum Gehen auf: »Haut schon ab, ihr feinen Dämchen, sonst kriegen wir euretwegen Ärger.« Als sie gemerkt haben, dass Laure nicht weichen wollte, sagte eine von ihnen ein Wort, das ich hier nicht wiederholen kann. Und dann sind zwei schwarzgekleidete Männer auf uns zugekommen. Da habe ich eine Heidenangst bekommen und bin weggerannt. Ich wollte auf keinen Fall, dass Vater mich bei der Polizei abholt. Laure de T., die ich am Metroeingang wiedertraf, sagte, ich hätte meine Feuertaufe bestanden. Ich schämte mich aber, weil ich so eine Memme gewesen war, und ich war enttäuscht, dass wir so *wenig erreicht hatten. Von wenigen Ausnahmen abgesehen, schien den Arbeiterinnen alles egal zu sein. Alles dreht sich nur noch um den Krieg, Krieg, Krieg.*

25. Mai
Seit zwei Wochen keine Post mehr von Alban. Dabei hatte ich mir solche Mühe gegeben und ihm gleich drei Lösungen geschickt. Ich wollte nicht, dass er sich Sorgen macht, falls Blanche ihm von meiner »Krankheit« erzählt hat.

27. Mai
Mutter hat bemerkt, es gehe mir besser und sie sei darüber froh. Sie hatte diesen Blick, mit dem sie mich manchmal ansieht und den ich nicht zu deuten weiß. Ich frage mich, ob sie nicht alles erraten hat.

6. Juni
Gestern habe ich geweint, als ich im Griechischlehrbuch eine getrocknete Blume entdeckte, die Dominique dort eingelegt hatte.

10. Juni
Ich kann keinen Stoff mehr aufnehmen, mein Kopf ist so voll, dass er bald explodieren wird. Um mich zu zerstreuen, versuche ich, wenigstens Zeitung zu lesen. Dort werden nur Lügenmärchen erzählt. Und wenn die Zensur ihre große Schere schwingt, bleibt ohnehin nichts Vernünftiges übrig. Daraus schließe ich, dass der Sieg doch nicht so bald erfolgen wird, wie die Minister verkünden.

13. Juni

Alban schreibt mir, dass er wieder unter Granatenbeschuss geraten ist. Schon zum zweiten Mal. Er ist immer noch in Verdun, in einem besonders gefährdeten Frontabschnitt, wo die Schlacht bereits seit vier Monaten andauert. Er bittet mich, ihm ein neues Porträt zu schicken. Er meint, dass es ihm Glück bringen wird. Mutter hat mir Geld gegeben, und ich bin gleich zu Photo-Lumière geeilt. In diesem Studio mit dem Chemikaliengeruch dachte ich an den Nachmittag in Dominiques Studio zurück, und dann wurde ich so unendlich traurig, dass ich kaum die Tränen zurückhalten konnte. Ich glaubte, ich hätte es schon überwunden, dabei genügt ein Wort, eine Erinnerung, und dann tut es wieder so weh, dass ich weinen möchte.

16. Juni

Hier wird alles immer schlimmer, Vater musste die Ateliers in Paris aufgeben und konnte nur die Fabrik in Lyon retten. Der Untergang naht ... Ich habe die Gelegenheit genutzt, um das Abitur anzusprechen. Ich erklärte ihm, so könnte ich mir später eine Arbeit suchen und selbst für mich sorgen. Immerhin ist aus Madame Curie eine bedeutende Chemikerin geworden. Vater wirkte müde, er hat ausnahmsweise mal nicht geschrien. Er ist nur aufgestanden, hat seine Serviette auf den Tisch geschleudert und gesagt: »Bei den Nicolaïs hat noch nie eine Frau gearbeitet.« Armer Vater, begreift er denn nicht, dass die Welt sich gerade verändert?

22. Juni

Madame Cheremetieva hat behauptet, sie habe Rückenschmerzen und müsse das Bett hüten, dann fragte sie Mutter, ob ich nicht ein paar Tage bei ihr wohnen und mich um sie kümmern könnte. Weil Mutter um die beengten Verhältnisse der Gräfin weiß, dachte sie, diese könnte sich keine Krankenschwester leisten, und gab uns ihre Erlaub-

*nis. Und so wohne ich jetzt bis zum Ende der Abiturprüfungen in der
Rue Linné.*

1. Juli
*Die schriftlichen Prüfungen haben begonnen. Wir waren nur drei
Mädchen. Das Thema für den Französischaufsatz war »Was haben die
Franzosen durch die Bombardierung der Kathedrale von Reims verloren? Was haben diejenigen gewonnen, die sie bombardiert haben?«
Mir fiel das Bild der zerstörten Kirche ein, das Alban mir geschickt
hatte, und dann schrieb ich einen langen, flammenden Text über das
Erbe unserer Ahnen, die sich als Erbauer hervorgetan hatten, und
über den unzerstörbaren französischen Geist. Zum krönenden Abschluss stellte ich fest, dass jeder Vernichtung die Hoffnung auf Neu-
aufbau innewohnt. Und dass die Deutschen das mit eigenen Augen
sehen würden, sobald wir den Krieg gewonnen hätten. Offen gesagt,
frage ich mich, was aus diesem verwüsteten Land werden soll, wenn
es in ganz Frankreich keinen einzigen unversehrten Mann mehr gibt.
Aber ich will dieses Abitur um jeden Preis. Und ich setze auf diesen
Hauch von Patriotismus, um eine gute Note zu erzielen.*

2. Juli 1916
*Ich habe die Griechischprüfung bestanden und zum Schluss noch die
für Mathematik. Diesmal war ich die einzige Frau inmitten von jungen
Anzugträgern, die mich mit verächtlichen Blicken bedachten. Bei der
mündlichen Prüfung wurde ich von einem alten Professor im Gehrock
befragt, der mindestens fünfzig Jahre alt war, einen stechenden Blick
hatte und einen schwarzen Bart. Er stellte mir eine Aufgabe, und ich
war so erleichtert, als ich merkte, dass sie viel leichter war als alle, die
Alban für mich ersonnen hat! Zunächst hatte ich einen solchen Kloß
im Hals, dass ich kaum ein Wort hervorbrachte. Dann wurde ich aber
zunehmend sicherer. Der Professor hörte mir schweigend zu, danach*

bemerkte er, mein Lösungsweg sei nicht gerade der klassische gewesen. Ich rechnete ihm noch einmal alles vor. Er fragte mich nach dem Namen meines Lehrers am Gymnasium, worauf ich ihm erklären musste, dass ich keinen Lehrer hatte. Er meinte, das könne nicht sein. Ich beschrieb ihm, wie ich mir mit Büchern und dank der Ratschläge, die mir ein befreundeter Soldat aus dem Schützengraben schickte, alles selbst beigebracht hatte. Der Professor schien perplex. Ich habe Angst, dass ich den Anforderungen vielleicht nicht genügt habe.

6. Juli 1916
Ich habe bestanden, kleines Tagebuch, bestanden! Ich musste mich beherrschen, um nicht vor Freude aufzuschreien, als mein Name verlesen wurde. Madame Cheremetieva hat mit ihrem russischen Temperament aber für uns beide gejubelt. Und hör Dir das an: Ich habe mit Auszeichnung bestanden! Man sagte mir, ich hätte in den Fächern Griechisch und Mathematik glänzend abgeschnitten. Ich musste an sämtliche Griechischstunden mit Dominique denken … Laure de T. kam zu uns in die Rue Linné – Sacha hatte ihr eine Rohrpost geschickt –, und dann haben wir eine Flasche Champagner aufgemacht. Das war das erste Mal, dass ich welchen getrunken habe, und ich war wohl ein bisschen beschwipst. So glücklich war ich schon lange nicht mehr.

7. Juli
Ich habe Alban geschrieben, um ihm von meinem Triumph zu berichten, und ihm sämtliche Komplimente weitergegeben, die ich für meine mathematischen Leistungen erhalten habe. Ohne ihn hätte ich das doch niemals geschafft. Ich hätte meine Freude auch gern mit Dominique geteilt. Aber ich begreife allmählich, dass das Leben uns nicht immer das gibt, was wir uns wünschen. Vielleicht ist das ein Zeichen dafür, dass ich erwachsen werde.

90

Die Nachricht von meinem Missgeschick im Wald war dem Bürgermeister von Jaligny zu Ohren gekommen, was mir einen Besuch des
Stadtvaters eintrug. Dieser Mann, ein Bauer im Ruhestand mit wet-
tergegerbter Haut, trug eine Jeans, die schon einiges mitgemacht hatte,
und eine Fleecejacke. Obwohl er ziemlich abweisend wirkte, nahm er
den Kaffee, den ich ihm angeboten hatte, ohne weiteres an. Als er den
Salon betrat, wurde mir klar, dass er nicht zum ersten Mal hier war.
Er trank einen Schluck der dampfenden Flüssigkeit und erklärte mir
dann, der Gemeinderat habe sich inzwischen mit dem Problem der
Tierfallen befasst. Man habe im öffentlichen Teil des Waldes eine städ-
tische Verordnung plakatiert, nun sei er gekommen, weil er mich um
die Erlaubnis bitten wollte, die Verordnung auch in meinem Teil des
Waldes zu plakatieren.

»Möchten Sie immer noch Anzeige erstatten?«

Offenbar hatte Marie-Hélène damit gedroht, als sie anderen von
dem Zwischenfall berichtete. Das ärgerte mich, denn ich war gar nicht
auf die Idee gekommen, so etwas zu tun.

»Natürlich nicht. Ich will nicht riskieren, mir den Unmut sämtlicher
Dorfbewohner zuzuziehen.«

Der Bürgermeister machte keinen Hehl aus seiner Erleichterung.

»Hören Sie, ich möchte auf keinen Fall, dass Sie uns für Barbaren
halten. Wir haben nichts gegen Hauptstädter. Die Einzigen, die hier
noch wildern, gehören zu zwei Familien, die der Meinung sind, sie
könnten sich alles erlauben. Sie sind nicht die Einzige, die mit ihnen
ein Hühnchen zu rupfen hätte. Früher hat Madame de Barges deren
Väter mit ein paar Gewehrschüssen vertrieben.«

Ich versuchte, das Alter des Bürgermeisters zu erraten. Sechzig,
allerhöchstens fünfundsechzig. Ob er Blanche noch gekannt hatte?

»Ihnen will aber niemand etwas Böses, glauben Sie mir. Im Gegenteil, alle sind Ihnen dankbar, weil Sie uns Arapoff vom Hals geschafft haben«, fuhr er fort.

»Gab es mit ihm Probleme?«

»Nichts als Probleme. Keiner im Dorf hätte ihm auch nur einen Brotkanten verkauft. Weil Arapoff aber kein Geld hat, hätte er sich zwangsläufig hier einquartiert.«

Der Bürgermeister hielt inne und räusperte sich.

»Entschuldigen Sie, dass ich so direkt frage, aber Jean-Raphaël sagte mir, Sie möchten das Haus behalten.«

»Ich habe nicht die Absicht, es zu verkaufen. Gibt es etwa einen Interessenten?«

Er machte eine beschwichtigende Geste.

»Ganz und gar nicht, bei uns herrscht momentan eher Landflucht. Es ist nur, dass Ihre Anwesenheit hier die Leute etwas … neugierig macht. Das bleibt in einem so kleinen Dorf nicht aus.«

»Ich hänge an diesem Haus. Ich fühle mich hier wohl.«

Der Bürgermeister warf einen Blick auf die Bücherregale im Salon.

»Ich habe noch ein paar Kriminalromane von Madame de Chalendar. Soll ich Ihnen die Bücher zurückbringen?«

»Nein, Sie können sie gern behalten. An Büchern mangelt es in diesem Haus wahrhaftig nicht.«

»Jean-Raphaël hat mir erzählt, dass Sie Professorin sind?«

»Historikerin. Madame de Chalendar hat dem Institut, an dem ich arbeite, eine Schenkung gemacht. So habe ich sie kennengelernt.«

»Das passt zu ihr. Im Dorf war sie sehr hoch angesehen. Sehr zurückhaltend, aber sie hat immer alles unterstützt, die Schule, die Bibliothek … Ihre Tochter übrigens auch. Sehr schade, dass sie so jung gestorben ist …«

»Woran ist sie eigentlich gestorben?«

»An Leukämie. Außerdem hatte sie kein Glück mit ihrem Mann. Ein Dreckskerl. Der Sohn ist keinen Deut besser. Sie konnten sich wohl selbst schon ein Bild machen.«

Ich bot dem Bürgermeister eine Zigarette an, die er mit Bedauern ablehnte, und zündete mir selbst eine an.

»Darf ich fragen, ob Sie Madame de Barges gekannt haben, die Mutter von Alix?«

»Nein, ich war noch klein, als sie starb.«

»Wissen Sie noch, wann das genau war?«

»Ein paar Jahre nach dem Krieg … Ein Herzinfarkt, da saß sie wohl gerade am Steuer. Mein Großvater hat sie gut gekannt, er war selbst auch hier Bürgermeister. Ihm zufolge war sie eine starke Frau. Sie hatte eine Tochter verloren, gegen Ende des Ersten Weltkriegs. Und sie hat das Weingut der Familie weitergeführt, nachdem ihr Mann gestorben war. Als die Deutschen 1940 anrückten, haben sie das Gut von Madame de Barges besetzt. Sie hat sich zwar gegen die Beschlagnahmung gewehrt, aber sie musste sich fügen. Und da hat sie ihren Kellermeister angewiesen, den Betrieb einzustellen, und ist gegangen. Zu meinem Großvater sagte sie: ›Mit Rebläusen komme ich klar, aber nicht mit Kartoffelkäfern.‹ Während des Kriegs ist ihre Tochter nach London gegangen, und sie ist hiergeblieben.«

»Und was hat sie gemacht?«

»Madame de Barges? Die hat natürlich Widerstand geleistet … Gehörte demselben Netzwerk an wie mein Vater und der alte Terrasson. Die beiden hatten eine ganze Sammlung toller Anekdoten über die Dame.«

»Was für Anekdoten?«

»Zum Beispiel die mit dem deutschen Offizier, den die Kommandantur zu ihr geschickt hatte, damit sie ihn beherbergt. Offenbar hat Madame de Barges ihn dermaßen zusammengestaucht, dass er sich nie wieder blicken ließ. Ab 1941 hat sie von ihrem Gut in der Bourgogne aus Wein- und Lebensmitteltransporte organisiert, mit Hilfe ihres ehemaligen Verwalters. So hat sie die Kämpfer im Maquis versorgt.«

»Das war doch gefährlich?«

»Man wurde schon für deutlich kleinere Vergehen deportiert! Aber sie hatte auch ihren Neffen dabei, der ihr zur Hand ging. Und sie hat

englische Flieger versteckt. Es gab da eine Legende über einen unterirdischen Gang, der ihnen die Flucht ermöglicht haben soll, wenn die
Gestapo auftauchte. Was haben wir nach diesem Tunnel gesucht, lange
nach dem Krieg, aber wir haben ihn nie gefunden. Wenn die Kämpfer
sich aber erst mal in den Wald geschlichen hatten, war es für die Deutschen ein Ding der Unmöglichkeit, sie dort einzufangen.«

»Hat Ihr Vater jemals einen gewissen Victor Ducreux erwähnt?«

»Nein, der Name sagt mir nichts.«

»Und Tamara Zilberg?«

»Auch nichts. Juden, die Madame de Barges versteckt hat?«

»Nein. Besser gesagt, ich weiß es nicht.«

»Könnte durchaus sein. Mein Vater meinte, die hatte richtig Mumm.
Wollen Sie ein Buch über die Résistance in dieser Region schreiben?«

»Nein, über den Bruder von Madame de Barges, der als Soldat im
Ersten Weltkrieg gefallen ist. Aber ich interessiere mich für alle Angehörigen.«

Der Bürgermeister wirkte enttäuscht.

»Ich frage ja nur, weil etliche Bewohner von Jaligny in den Widerstand gegangen sind. Viele haben dabei Federn gelassen …«

»Ich verstehe. Gibt es im Dorf denn noch jemanden, der die Besatzung miterlebt hat?«

Er trank seinen Kaffee aus und dachte nach.

»Viele sind es nicht mehr, wissen Sie. Und damals waren sie noch
Kinder … Mein Vater lebt nicht mehr, aber vielleicht erinnert sich
Abel Terrasson noch an diese Zeit.«

»Der Vater von Jean-Raphaël?«

»Sein Onkel. Der war damals noch klein, aber ich weiß, dass er sich
ständig überall herumgetrieben hat. Vielleicht fällt ihm noch was ein.«

91

Obwohl Abel Terrasson über achtzig war, machte er einen stattlichen Eindruck, doch vor allem hatte er ein hervorragendes Gedächtnis. Wir trafen uns bei Antoinette, sein Neffe hatte das arrangiert. Eine Kindheit im Krieg habe durchaus nicht nur Nachteile, hatte mir der alte Mann mit einer Mischung aus Ernst und Belustigung zur Begrüßung gesagt. Er jedenfalls erinnere sich noch sehr gut an seine Kindheit. Abel war der große Bruder von Jean-Raphaëls Vater Georges. Er war 1933 geboren, sechs Jahre vor Beginn des Konflikts. Als die Zeit der Besatzung begann, hatte Abel oft die Schule geschwänzt, anstatt die Rechtschreibung zu erlernen, hatte er sich lieber den Bauch mit Brombeeren und wilden Himbeeren vollgeschlagen, die er im Wald sammelte. Er hatte auch Munition und Helme stibitzt, deutsche Zigaretten geraucht und eines Tages sogar eine Granate gestohlen, was ihm eine gewaltige Backpfeife von seinem Vater eintrug. Er konnte sich an das Klima der Angst erinnern, das in diesen Jahren herrschte, und an das ständige Kommen und Gehen bei Blanche de Barges.

»Ich trieb mich gern bei ihr herum, zusammen mit Gilbert, einem meiner Freunde. Die Gräfin hatte für uns immer etwas Essbares übrig.«

»Wussten Sie, was Madame de Barges da machte?«

»Damals noch nicht, nein. Das geschah ja vor allem nachts. Morgens konnte man sehen, dass das Gras im Wald niedergetrampelt war. Manchmal waren auch Spuren im Erdboden zu erkennen, als hätte man Kisten oder andere schwere Gegenstände darüber geschleift. Da waren Leute, die sahen nicht so aus wie wir. Mal tauchten sie auf, dann verschwanden sie wieder. Man hörte von ihnen nie einen Ton.«

»Engländer?«

»Bestimmt. Manchmal bat uns Madame de Barges, ihnen den Weg

zum Gewächshaus zu zeigen. Wir sollten so tun, als würden wir spielen, und die folgten uns von weitem.«

»Wo war denn dieses Gewächshaus?«

»Im Süden des Waldes, dort, wo Blanche einen Pavillon hatte bauen lassen. Ich frage mich, was heute noch davon übrig ist. Ich war schon seit Jahren nicht mehr dort.«

»Wussten Sie, dass es gefährlich war?«

»Ja und nein. Wir hatten zwar Angst vor den Boches, aber es machte uns Spaß, ihnen Streiche zu spielen. Es war wie Räuber und Gendarm, aber in Lebensgröße. Gilbert und ich redeten uns ein, wir wären Widerstandskämpfer im wilden Wald …«

»Erzähl ihr die Geschichte mit dem Gespenst im Schuppen«, soufflierte J.R.

Abel lächelte.

»Kinderkram … Gilbert und ich hatten beschlossen, uns Zugang zum Gärtnerschuppen zu verschaffen, der mit einem Vorhängeschloss gesichert war. Wochenlang hatten wir uns ausgemalt, was wir dort entdecken würden: einen Schatz, den man den Boches gestohlen hatte, mit den goldenen Münzen würden wir uns auf dem Schwarzmarkt Orangen kaufen und Schokolade und es uns dann richtig gutgehen lassen. Damals hatte man ja ständig Hunger … Also schwänzen wir eines Morgens die Schule und legen uns in der Nähe des Schuppens auf die Lauer. Klatschnass liegen wir im Gras und erzählen uns gegenseitig, wir wären englische Meisterspione.«

Im Gesicht des alten Mannes blitzte der schalkhafte Junge auf, der er mal gewesen war.

»Wir warten eine Weile, rücken ein Stück vor, ich werfe einen Blick durchs Fenster: Der Schuppen ist leer. Gilbert hatte seiner Schwester eine Haarnadel geklaut. Im *Handbuch des kleinen Detektivs* hatten wir nämlich gelesen, dass man damit jedes Schloss knacken kann. Er macht sich also mit der Nadel am Vorhängeschloss zu schaffen, und ich halte Wache. Wir waren mächtig aufgeregt, das können Sie sich ja denken.«

Abel nickte vor sich hin.

»Auf einmal wird das kleine Schuppenfenster gleich neben der Tür aufgestoßen, und ein Kopf schaut heraus. Ein unrasierter Mann, die Haare mit Erde verschmiert, und er trägt eine Art Uniform. Er packt Gilbert am Schopf, beschimpft ihn als Lausebengel und was weiß ich noch alles und wedelt dann mit einem Revolver vor seiner Nase herum. Mein Freund und ich haben uns fast in die Hose gemacht. Und dann haben wir schleunigst das Weite gesucht!«

»Wer war dieser Mann?«

»Ein Verwandter von Blanche, glaube ich. Ein hochgewachsener Kerl, ziemlich gutaussehend, der ständig dort herumhing. Er hatte eine kaputte Hand, als hätte ihm eine Maschine die Finger zerquetscht.«

»Wissen Sie, wie er hieß?«

»Das weiß ich nicht mehr. Vielleicht habe ich es auch nie gewusst. Im Dorf hieß er immer nur ›der Neffe‹. Jedenfalls ist der eines Tages verschwunden, und keiner hat ihn je wiedergesehen. Gilbert und ich sind nie wieder zu diesem Schuppen gegangen. Das war so merkwürdig, dieser Kerl, der sich darin versteckte ...«

»Vielleicht ein Résistancekämpfer, den Blanche deckte?«

»Kann gut sein. Was wir aber nicht begreifen konnten: Der Schuppen war von außen zugesperrt, mit dem Vorhängeschloss. Und als ich davor durchs Fenster geblickt hatte, war drinnen niemand zu sehen, wirklich niemand. Keine fünf Minuten später taucht aber dieser Mann auf und fuchtelt mit seinem Revolver vor der Nase meines Freunds herum.«

»Und seitdem fühlst du dich befugt, gleich zwei Generationen mit dieser Gespenstergeschichte zu terrorisieren«, sagte J.-R.

»Stimmt, deinem Vater habe ich die Geschichte gern erzählt, als er noch klein war. Trotzdem weiß ich bis heute nicht, wie der Kerl da überhaupt reingekommen ist.«

»Vielleicht stand ein Fenster offen, das er dann zugemacht hat«, bot ich als Erklärung an.

»Das ist die einzige Möglichkeit.«

Abel beschwor noch andere Erinnerungen an die Besatzung herauf. Die Namen Zilberg oder Ducreux sagten ihm jedoch genauso wenig wie dem Bürgermeister. Wieder stieß ich gegen eine Mauer, als hätte die Großmutter von Violeta wirklich nirgends eine Spur hinterlassen. Als Dank lud ich Abel und J.-R. zum Mittagessen ein. Mir fiel auf, dass der junge Vater weniger ausgeprägte Augenringe hatte als beim letzten Mal. Ich erkundigte mich nach dem Wohlbefinden seiner frischgebackenen Familie.

»Alles bestens. Wir würden uns übrigens sehr freuen, wenn Sie unser Würmchen bald besuchten. Es gedeiht prächtig. Sie können jederzeit vorbeikommen.«

92

Der Geruch nach Staub, Fett und Petroleum raubt ihm den Atem.
Niemand hat mitbekommen, wie er sich hier reingeschlichen hat.
Seine Gesten waren schnell und präzise gewesen: Kisten leeren, Säcke füllen, die Ladung verteilen. Jetzt muss er nur noch warten, bis
die Nacht sich ausbreitet. Heute Abend wird er wieder in den Wald
gehen, Lémieux, Destouches, Duroc und die anderen treffen. Dann
werden sie stumm die Kisten und Jutesäcke über das Gras schleifen.
Er fragt sich, ob Blanche nicht doch etwas bemerkt hat. Dabei hat er
auch ihr so viele Treuepfänder gegeben, wahrscheinlich zu viele. Er
unterdrückt ein Niesen, schnappt sich den Zeitgeber, den er im Regal
hatte liegen lassen, blättert ihn rasch durch. In diesem Dämmerlicht
kann er nicht lesen, aber er will auch nicht das Risiko eingehen, seine
Sturmlaterne anzuzünden. Seit ihn diese Jungs vor ein paar Tagen
überrascht haben, ist er nervös.

Sein flüchtiger Einblick in das Anatomielehrbuch reicht jedoch, um
sich an Paris zu erinnern, an die Rue de l'Ecole-de-Médecine. Ab und
zu ein Kaffee im Capoulade, von viel zu kurzer Dauer, ein Profil und
rote Haare im Licht. Nächtelanges Pauken – Handbücher, Abhandlungen, Lehrmaterial –, alles nur um des Privilegs willen, weiterhin
in ihrer Nähe zu sein, in ihrem Umfeld. Ob er ein guter Arzt geworden wäre? Das wird er nie erfahren. Sicher ist nur, dass er, der die
Geschäftswelt verabscheute, für die er bestimmt gewesen war, binnen
kürzester Zeit zu einem meisterhaften Händler geworden ist, auf alles
spezialisiert: Wein, Zigaretten, Waffen, Informationen. Und auch auf
verschwiegene Dienstleistungen.

In einer knappen Woche wird er die auf den Namen Thérèse Santeuil ausgestellten Papiere in Händen halten, frisch von der Druckerpresse, und nirgendwo wird vermerkt sein, dass die Inhaberin dieser

Papiere Jüdin ist. In wenigen Tagen wird diejenige, die sich darauf vorbereitet, eine neue Identität anzunehmen, hier sein, bei ihm, und er wird der Einzige sein, auf den sie noch zählen kann.

Samuel schreibt immer noch so selten. Und wieder einmal verunsichert mich dieses Schweigen – wir haben doch so viele gemeinsame Pläne. Es verunsichert und verletzt mich. Also habe ich ihm heute morgen eine lange Mail geschickt. Und ihn gebeten, Violeta die Sache mit uns zu erzählen. In weniger als zwei Wochen fliege ich nach Lissabon; ich kann mir nicht vorstellen, dort die ganze Zeit Komödie zu spielen. Samuel ist doch kein verheirateter Mann, der zu Hause seine Affäre verheimlichen muss!

Ein verheirateter Mann – der Gedanke versetzt mir einen Stich ins Herz. Vielleicht gibt es in Porto ja noch jemanden? Natürlich habe ich mich schon gefragt, ob er womöglich anderweitig engagiert ist, besonders an den Tagen nach meiner Rückkehr aus Lissabon; unser Wiedersehen in Madrid hat jedoch alle Zweifel hinweggefegt. Während unserer gemeinsamen Momente dort begehrte er mich eindeutig und leidenschaftlich, dass ich sein Verhalten, vielleicht auch aus Blindheit oder Einbildung, nicht mit einer Parallelbeziehung in Verbindung bringen konnte. Aber jetzt nistet sich diese Hypothese auf einmal in meinem Kopf ein. Ein Doppelleben würde vieles erklären, seine Stimmungsumschwünge, sein plötzliches Verschwinden und dass er fast nie ans Telefon geht, wenn ich anrufe. Und vor allem, dass er unsere Beziehung so beharrlich vor seiner Schwester verheimlicht.

Meine Hände begannen so zu zittern, dass ich meine Kaffeetasse auf der Treppe abstellen musste. Eine andere Frau … Warum war mir das nicht früher eingefallen? Seine sechs Jahre als Witwer hatte er bestimmt nicht im Zölibat verbracht. Ein Schmerz durchzuckte mich, so stark, wie ich es seit Jahren nicht mehr erlebt hatte, meine Beine gaben nach, und ich musste mich auf die steinerne Bank neben der Rose setzen. Löwelinchen schaute mich verwundert an. Nur ruhig, redete ich mir zu. Das sind bloß Spekulationen, haltlose Spekulationen. Samuel wäre doch nie das Risiko eingegangen, mit mir eine Nacht im Haus seiner Schwester zu verbringen, wenn er mit einer anderen Frau liiert wäre. Dass er sich nicht meldete und mir so selten Mails schrieb, konnte man ebenso gut seiner schweigsamen Art zuschreiben, die mich so fasziniert hatte, als ich ihn kennenlernte, wie seinem übervollen Terminkalender. Vielleicht war er aber auch einfach nur launisch ... So grübelte ich eine ganze Weile, bevor ich wieder ins Haus ging. Bei der Vorstellung, dass eine Rivalin im Spiel sein könnte, begann ich zu zittern wie in einem Fieberanfall. Gleichzeitig flüsterte mir eine böse Stimme ein, dass das die plausibelste Erklärung für all diese Widersprüche wäre.

Der Verdacht vergiftete mir den Rest des Tages. Ich mochte ihn vertreiben, sooft ich wollte, er kehrte in regelmäßigen Abständen wie eine lästige Fliege wieder. In der Bibliothek sah ich den ganzen Haufen von Notizen und Dokumenten auf dem Schreibtisch liegen und verlor gleich den Mut. Nie würden all diese mit Randbemerkungen versehenen Zettel zu irgendeinem Ergebnis führen. Meine Erkundungen nahmen inzwischen so chaotische Formen an wie meine Gefühle. Worauf hatte ich mich da bloß eingelassen?

Anfangs hatte ich gehofft, Massis' Briefe durch die von Alban de Willecot wiederzufinden, die ich vor allem als Mittel ansah, die Korrespondenz des Dichters zu orten. Dann begann ich mich mehr für das Schicksal des Leutnants zu interessieren, was so weit führte, dass ich mich mit manischer Besessenheit in seine Fotos vertiefte und eine Biographie über ihn verfassen wollte. Anschließend konzentrierte ich mich auf Diane und plagte mich dermaßen mit ihrem chiffrierten Tagebuch, dass ich es irgendwann übertrieb und mit dieser jungen Frau, die sich so sehr nach Freiheit und Wissen sehnte, mitlitt. Nun irrte ich schon seit einigen Wochen zwischen diesen sich immer wieder kreuzenden Spuren herum und wusste nicht mehr, was ich wirklich wollte, etwas verstehen oder etwas beweisen.

Mit einem tiefen Seufzer ließ ich mich auf den Schreibtischsessel fallen. Eine Migräne begann in meiner Schläfe zu arbeiten wie eine Stanzmaschine. Mein Handy blinkte stumm, und ich hoffte aus tiefster Seele, dass Samuels Name auf dem Display erscheinen möge. Aber so war es leider nicht.

»Hallo, Elisabeth, hier spricht Solveig. Störe ich Sie?«

Solveig ist eine Sekretärin am Institut. Sie erledigt täglich so viele Aufgaben, dass ich sie im Verdacht habe, über Superkräfte zu verfügen.

»Nein, überhaupt nicht.«

»Es ist mir unangenehm, Sie auf Ihrem Handy anzurufen, aber ich hatte gerade eine junge Frau am Apparat, eine Schweizerin.«

»Wen?«

»Ehrlich gesagt, habe ich ihren Namen nicht richtig verstanden … Ariane Brück oder Brouck.«

»Und was wollte sie?«

»Mit Ihnen sprechen. Ich habe nicht herausgekriegt, worum es geht. Sie hat nur gesagt, dass es etwas mit dem Nachlass von Anatole Massis zu tun hat.«

»Hat sie eine Telefonnummer hinterlassen?«

»Ja, ich habe sie notiert und schicke sie Ihnen per SMS!«

»Danke, Solveig!«

Trotz Kopfschmerzen rief ich sofort dort an. Eine weibliche Stimme, fast jugendlich: Ariane Brugg, Enkelin von Jacques Gerstenberg. Der Name sagte mir etwas. Jacques Gerstenberg war der Enkel von Anatole Massis und der Bruder von Marie-Claude O'Leary, die ich bei der Übergabe von Massis' Fotosammlung kennengelernt hatte. Ariane Brugg erklärte mir in ihrem schweizerisch eingefärbten Französisch, dass ihr Großvater mich so bald wie möglich in Genf sprechen wolle, es gehe um eine wichtige Angelegenheit in Zusammenhang mit dem Nachlass.

Ich überschlug meinen Zeitplan. Nach Paris müsste ich eigentlich nur, um meine Koffer für Lissabon zu packen. Die Reise nach Genf würde mich mindestens zwei Tage kosten. Also sagte ich Ariane, dass mir die Zeit zu knapp würde. Doch sie bestand darauf, die Sache sei von höchster Dringlichkeit. Das wunderte mich, denn die Familie hatte Massis' Archiv bereits vor längerem verschiedenen Institutionen überlassen; soweit ich wusste, befanden sich die Fotografien bei uns und die Manuskripte in der Schweiz, in Bern. Meine Gesprächspartnerin am anderen Ende der Leitung klang allerdings ernsthaft besorgt, daher beschloss ich, nicht weiter mit ihr zu diskutieren, und vereinbarte einen Termin für das Treffen mit ihrem Großvater.

Nachdem ich aufgelegt hatte, nahm ich eine Tablette, um den Flächenbrand einzudämmen, der gerade in meiner rechten Hirnhälfte zu wüten begann, und ging schlafen. Zwei Stunden später wachte ich wieder auf, der Schmerz hatte nachgelassen, aber ich fühlte mich vollkommen leer. Und mit einem Schlag setzte das Gedankenkarussell von heute morgen wieder ein, ich musste mich zwingen aufzustehen, das Zimmer zu verlassen und Löwelinchen ihr Trockenfutter hinzustellen. Es war schon nach drei, aber bei der Vorstellung, etwas zu essen, wurde mir schlecht. Also schüttete ich stattdessen zwei Tassen sehr starken Espresso in mich hinein und ging zurück in Alix' Büro.

In dem Zustand, in dem ich mich befand, war nicht einmal daran zu denken, die nächste Passage aus Dianes Tagebuch zu dechiffrieren. Arme Diane … Es hatte mich sehr berührt, was sie vom Bruch mit Massis berichtete, als all ihre Illusionen binnen weniger Stunden zerschmettert wurden. Für den Dichter war es nur ein Intermezzo, voller Leidenschaft, aber auch voller Schuldgefühle; für sie war es die erste große Liebe in der Verzückung ihres erwachenden Körpers, und dann so schnell vorbei. Aber wie hätte es auch anders kommen können in diesen geschlossenen Kreisen, unter den misstrauischen Blicken von Anatoles Frau Jeanne und deren Dienstboten auf der einen, Dianes eifersüchtiger Schwester Rosie und ihres hochverschuldeten Vaters, der seine etwas zu aufmüpfige Tochter zu wenig unter Kontrolle hatte, um sie zu einer vorteilhaften Partie zu überreden, auf der anderen Seite? Verblüfft haben mich Dianes Durchhaltevermögen und ihr eiserner Wille, das Abitur zu bestehen, als wollte sie demjenigen, der so viele Stunden damit zugebracht hatte, ihr Griechisch beizubringen, bevor sie gemeinsam andere Freuden erkundeten, ihre Liebe beweisen – oder ihn herausfordern.

Ich massierte meine Schläfen. Wenn ich vorankommen wollte, musste ich erst einmal sämtliche Informationen, die ich bereits zusammengetragen hatte, in eine Ordnung bringen. Ich hatte eine Packung verschiedenfarbiger Karteikarten in einer von Alix' Schreibtischschubladen gefunden und teilte zunächst jeder Person eine Farbe zu: Blau für Alban, Grün für Massis, Violett für Diane. Für Tamara nahm ich ein gelbes Blatt, das sich mit seiner jungfräulichen Oberfläche bald von den anderen abhob, die sich nach und nach mit Notizen füllten. Die Daten der von den verschiedenen Quellen erwähnten Ereignisse trug ich in eine Tabelle ein, dann heftete ich ein Blatt für den Stammbaum auf einen Karton. Ich begann mit dem Zweig, den ich am besten kannte, den Barges-Chalendars, auf dem ich Blanche, Alban, Maximilien, Sophie, Alix, Jane und die Arapoffs verzeichnete. Nachdem ich diese Aufgabe erledigt hatte, betrachtete ich mein Werk. Mein Gefühl sagte mir, dass ein Detail fehlte, aber ich kam nicht drauf, was es war.

Diese mechanischen Tätigkeiten hatten den Vorteil, dass sie meine morgendliche Angst von mir fernhielten. Jetzt musste ich wieder an Samuel denken. Was er wohl gerade machte? Und mit wem? Im Handumdrehen hatte die fixe Idee wieder von mir Besitz ergriffen. Aber mir fiel keine Möglichkeit ein, sie loszuwerden; ich hörte mich schon Samuel am Telefon mit der Frage überfallen, ob er etwas mit einer anderen habe. Abgesehen davon, dass eine solche Frage beleidigend ist, musste ich mir auch eingestehen, dass ich panische Angst vor der Antwort hatte. Ich würde also bis Lissabon warten, um mit ihm darüber zu reden. Was blieb mir sonst übrig? Ich legte meine Zettel weg; dann zog ich die Gummistiefel und die Barbourjacke an, die noch von Alix an einem Kleiderhaken hing, und ging im Nieselregen, der kalt und ohne jegliches Geräusch vom Himmel fiel, Richtung Wald.

Der Bürgermeister hatte sein Versprechen gehalten und ein weißes

Schild am Eingang des Waldes anbringen lassen. Mit einem Ast bog ich ein paar Brombeerranken zur Seite und inspizierte den Weg, den ich beim letzten Mal gegangen war. Jetzt, wo kein Schnee mehr lag, hatte er sich in einen matschigen Pfad verwandelt, der sich im Hochwald verlor. Wie gern hätte ich den Park in seiner Glanzzeit kennengelernt, als noch nicht alles von Eschen, Eichen und Haselsträuchern überwuchert war. Ich war neugierig auf die Gartenlaube, von der mir Abel erzählt hatte, und das Glashaus, dessen Reste mir während meines denkwürdigen Spaziergangs im Februar aufgefallen waren; früher hatte es im Winter vielleicht junge Araukarien, Amberbäume und Tamarinden beherbergt, die so den gnadenlosen Bodenfrost in der Auvergne überlebten. Nur zu gern hätte ich eine neue Expedition unternommen, aber ich hielt es für vernünftiger zu warten, bis Marie-Hélène mich begleiten würde. Es war nicht nötig, den verdammten Wilderer ein zweites Mal herauszufordern.

Mit rotgefrorenen Händen kam ich gegen sechs Uhr nach Hause. Samuel hatte noch nicht auf meine Mail geantwortet. Hatte er meine Aufforderung, mit seiner Schwester zu reden, als Ultimatum verstanden? Und sich womöglich geärgert? Meine Ängste kehrten zurück, zehnmal schlimmer als vorher. Schließlich rief ich unter dem Vorwand, dass Mary-Blanche ja noch ein Geschenk von mir bekäme, Minh Ha an. Sie lud mich spontan zum Abendessen ein, »ganz zwanglos«, und ich sagte ohne zu zögern zu. Ich hätte es nicht ertragen, an diesem Abend allein zu bleiben, nur in der Gesellschaft meiner Gedanken.

Kaum war ich dort, zerstreute Mary-Blanche ein wenig meine Sorgen. Das Mädchen, inzwischen zweieinhalb Monate alt, war ganz schön gewachsen und glich nun einem eurasischen Püppchen mit glattem schwarzen Haar. Es war gerade aufgewacht, als ich kam. Die lebhaften Augen, die gerade zum Goldbraun tendierten, hatte sie von der Mutter, die Nase stammte vom Vater. Das Kind faszinierte alles um es herum. Als Minh Ha es auf meinen Schoß setzte, spürte ich das Leichtgewicht des zarten, kleinen Körpers und hatte Angst, etwas kaputtzumachen. Ob wir bei Irène ein ähnliches Gefühl ausgelöst hatten in diesem Alter? Ob sie sich jemals Zeit dafür genommen hatte, mit uns Hoppereiter zu spielen? Ich zog Gesichter, um das Baby zu unterhalten, als J. R. zur Tür hereinkam.

»Ist ja rührend!«, bemerkte er in dem freundlich ironischen Ton, den ich so gut an ihm kannte. »Mary, sag Tante Elisabeth guten Tag!«

Wir lachten, während die Kleine die Ärmchen nach ihrem Vater ausstreckte. Ich sah den verführerischen Blick aus ihren großen braunen Augen – sie war sich ihrer Macht über die beiden Erwachsenen, die sie zur Welt gebracht hatten, offensichtlich bewusst. *Sag Tante Elisabeth guten Tag!* Plötzlich drifteten meine Gedanken nicht mehr ins Leere ab.

»Alban hatte doch kein Kind, oder, Jean-Raphaël?«

»Soweit ich weiß, nein. Er ist als Junggeselle gestorben.«

»Wissen Sie, ob Blanche noch Geschwister hatte?«

Der junge Notar setzte sich, und das Baby in seinem Arm begann zu strampeln.

»Nein, da bin ich mir fast ganz sicher.«

»Und Maximilien?«

»Er ganz bestimmt nicht. Aus diesem Grund hat Blanche ja sämtliche Weinberge von Othiermont geerbt. Warum fragen Sie?«

»Weil Ihr Onkel doch gesagt hat, er habe Blanches Neffen in der Hütte gesehen.«

»Ja, das ist richtig.«

»Und dasselbe hat mir auch der Bürgermeister erzählt: dass Blanches Neffe ihr beim Besorgen der Lebensmittel geholfen hat.«

J. R. nickte.

»Verstehe. Ohne Geschwister kein Neffe. Also hat entweder Blanche gelogen, um die Identität dieses Mannes zu verschleiern …«

»… oder jemand hat einen Fehltritt begangen.«

94

Hôpital de Bar-le-Duc, 21. Januar 1916

Lieber Anatole,

ich weiß nicht, dank welchem Wunder ich noch am Leben bin. Vor zwei Tagen hat Vidalies unser Bataillon losgeschickt, um einen Streifen Land zurückzuholen, den die Deutschen am Vortag erobert hatten. Nach zwei Stunden Feuergefecht hatten wir kaum drei Stunden Schlaf gefunden. Trotzdem wurde um sechs Uhr früh zum Angriff geblasen. In diesem Zustand wussten wir, dass wir uns anschickten, in den Tod zu marschieren.

Mit Gebrüll stürmten wir aus dem Schützengraben. Ein paar Minuten später war ein Drittel des Bataillons niedergemäht. Ich habe gesehen, wie der Schuss eines am Boden liegenden Soldaten Lagache das halbe Gesicht wegriss und wie der kleine Richard sich krümmte, bevor er nach vorne umfiel. Ein deutscher Offizier lief im Zickzack an mir vorbei: Gedärme quollen aus seinem Bauch, den er sich mit beiden Händen zuhielt.

Als das Geschützgewitter losging, konnte ich mich mit knapper Not in ein Loch werfen und allen, die noch standen, zurufen, dasselbe zu tun. Dann bebte die Erde um mich herum. Als ich wieder erwachte, hatte ich Erde im Mund, im Hals, in den Augen. Ich war verschüttet und hielt mich schon für tot.

Gallouët begann mit bloßen Händen zu graben, wo die Spitze meines Bajonetts aus dem Boden stand, und trug mich auf seinem Rücken in den Schützengraben zurück. Er war selbst verwundet und ist zehnmal mit knapper Not den Kugeln des Feindes entgangen.

Ich werde mit zwei gebrochenen Rippen und einer Verletzung am Schenkel davonkommen. Anscheinend habe ich Glück gehabt. Aber die Erinnerung daran, dass ich den Mund voller Erde hatte und schon in diesem Grab lag, reißt mich jede Nacht aus dem Schlaf.

Unser bedauernswerter Kamerad Lagache ist nicht tot, aber ich frage mich, ob es nicht besser für ihn gewesen wäre. Der widerwärtige Vidalies hat überlebt. Und weißt Du, was das Komischste daran ist? Die Stellung, die wir mit so viel Blut und Tränen zurückerobert haben, ist schon am nächsten Tag wieder den Boches in die Hände gefallen. Daran siehst Du, zu was für einer tollen Arbeit wir hier verdonnert sind.

In treuer Freundschaft
Dein Alban

95

Als ich die Grenze zur Schweiz überschritt, fand ich das Land ganz unverändert. Du mochtest es nie besonders, hast über seinen Konservativismus gespottet, den Akzent, die Kühe, den Käse. Ich dagegen war durchaus empfänglich für die blasse Schönheit des Genfer Sees, die Almen des Jura und das pittoresk Schmucke und Saubere der kleinen Gemeinden um La Chaux-de-Fonds. Mich erinnerten diese Postkartenlandschaften an unsere Reisen nach Italien, besonders in dem einen Jahr, als wir im April zwei Wochen dort waren, weil du beschlossen hattest, die Uffizien Saal für Saal zu besichtigen. Diesmal werde ich nicht so weit kommen. Dank GPS fand ich einen Parkplatz unweit der Adresse, die ich mir notiert hatte: Rue Suzanne-Lilar. Dort wohnte Jacques Gerstenberg, in einem Haus mit einer schmalen, flaschengrün lackierten Tür. Auf mein Klingeln hin öffnete mir eine junge Frau.

»Madame Bathori«, sagte sie lächelnd (sie betonte meinen Namen schweizerdeutsch auf dem A), »ich bin Ariane Brugg. Bitte, treten Sie ein!«

Jacques Gerstenberg erwartete mich in seiner Bibliothek, stand aber nicht auf, als ich hereinkam. Er war etwa siebzig Jahre alt und groß gewachsen, wie ich aus seinen langen Beinen schloss. Sein Teint war gelb, sein Atem kurz. Der ausgemergelte Körper und die dunkel umrandeten, tief in den Höhlen versunkenen Augen verrieten, dass er von einer Krankheit aufgezehrt wurde. Wahrscheinlich war er ein schöner Mann gewesen, bevor die Krankheit sein ebenmäßiges Gesicht gezeichnet hatte. Er deutete auf einen Stuhl und fragte mich, ob ich etwas dagegen hätte, das Gespräch in diesem Raum zu führen. Er habe den größten Teil seines Lebens in der Schweiz verbracht, sagte er, in diesem Haus.

»Als meine Mutter 1937 meinen Vater heiratete, konnte sie nicht voraussehen, wie schnell sich die Dinge zum Schlechten wenden würden.«

Ariane Brugg brachte eine Kanne heißen Tee und Gebäck herein. Sie fragte ihren Großvater, ob er noch etwas brauche, und zog ihm die Decke, die er sich um die Schultern geschlungen hatte, höher. Als sie wieder weg war, lud mich Gerstenberg mit einer Handbewegung ein, mir eine Tasse Tee zu nehmen, bevor er seine erhob. Er setzte sie an die Lippen, tat sich aber schwer beim Schlucken.

»Verzeihen Sie, dass ich Sie so gedrängt habe zu kommen, aber meine Tage sind gezählt – Leberkrebs.«

Ich wusste nicht, was ich sagen sollte.

»Das braucht Ihnen nicht unangenehm zu sein. Mir liegt daran, vor meinem Tod noch ein paar Dinge zu regeln.«

Anfangs sah ich allerdings in dem, was er mir erzählte, keinerlei Beziehung zu dem, was mich beschäftigte. Er habe, sagte er, seine gesamte berufliche Laufbahn in einer Genfer Bank verbracht. So sei er in den Besitz dieses stattlichen, mit antiken Möbeln und Gemälden kleiner Meister ausgestatteten Hauses gelangt. Dichtung interessiere ihn wenig, und er habe keinerlei Beziehung, ja, nicht einmal eine Affinität zu diesem fernen französischen Großvater, der lange vor seiner Geburt das Zeitliche gesegnet habe. Allerdings sei er schließlich als letzter Familienerbe übrig geblieben, nachdem sein älterer Bruder und vor allem seine jüngere Schwester Marie-Claude O'Leary, die über das Schicksal des Familienarchivs gewacht habe, kurz nacheinander verstorben seien. Als gewissenhafter Mensch habe er sich daraufhin vorgenommen, die Korrespondenz sowie die Arbeitsnotizen seines Großvaters der ehemaligen Eidgenössischen Militärbibliothek zu vermachen – eine elegante Methode, den Nachlass loszuwerden. Er habe nämlich nicht die geringste Lust gehabt, sich weiter mit den Forderungen monomaner Wissenschaftler herumzuschlagen, die ihn über die Maßen behelligt hätten. Daraus schloss ich, dass der globale Tornado Joyce Bennington auch ihn heimgesucht hatte.

»Und die französische Nationalbibliothek war nicht daran interessiert?«

»Doch, schon, aber angesichts dessen, wie mein Vater dort behandelt wurde, schulde ich diesem Lande nichts.«

Da ich vor meiner Abreise noch einmal Françoise Alazarines Massis-Biographie konsultiert hatte, war mir das, worauf er anspielte, noch ganz frisch im Gedächtnis: Ein paar Jahre nach Anatoles Tod heiratete Eugénie Massis, die älteste Tochter des Dichters, Léon Hirsch Gerstenberg, einen bejahrten Diamantenhändler, der sie seit langem umworben hatte. 1939 ging die Familie ins Exil nach Lausanne, wo sie bis Kriegsende unter falschem Namen lebte. Von dort zerstreuten sich die Nachkommen im Lauf der Jahre in der Schweiz und nach Irland. Marie-Claude O'Leary, die jüngste Tochter des Paares, hatte ich anlässlich der Übergabe der Fotosammlung zweimal in Dublin getroffen. Sie war eine etwas wunderliche, manchmal halsstarrige, aber wirklich selbstlose Person. Im Gegensatz zu ihrem Bruder machte sie aus der Erinnerung an den Großvater einen wahren Kult. Ohne sie, ohne die Beharrlichkeit, mit der sie noch die unbedeutendsten familiären Dokumente abheftete, wäre Massis' fotografisches Werk niemals bis zu uns gelangt, es wäre auf einem Dachboden vermodert wie die Überreste aus Othiermont, von Motten zerfressen und irgendwann von einem Antiquar verramscht worden; dadurch wäre dessen Schönheit für immer unter dem Dichterruhm seines Schöpfers begraben geblieben.

In den vergangenen Tagen hatte Jacques Gerstenberg seine Enkelin gebeten, nach Informationen über Alban de Willecot zu suchen. Sie war im Internet auf das Programm des Madrider Kolloquiums gestoßen und dadurch auf mich gekommen.

»Woher haben Sie den Namen de Willecot?«, wollte ich wissen.

»Das sage ich Ihnen gleich! Ich habe Sie gebeten zu kommen, weil ich Ihnen etwas zeigen wollte«, sagte er. »Aber vorher müssen Sie mich noch ein bisschen über diesen Leutnant aufklären. In welcher Beziehung stand er zu meinem Großvater?«

Ich erzählte ihm, was ich wusste, allerdings nur zum Teil: von der

Freundschaft, die Alban für den Dichter empfand, von seiner Leidenschaft für die Astronomie, seine literarischen Ambitionen und schließlich davon, wie er allmählich am Krieg verzweifelte, wovon die umfangreiche Korrespondenz der beiden Freunde zeugte. Ab und zu sah ich winzige Zuckungen über das Gesicht des alten Mannes huschen: Er litt, auch wenn er sein Möglichstes tat, sich nichts anmerken zu lassen. Als ich meine Ausführungen beendet hatte, bat er mich, den Umschlag von seinem Schreibtisch zu holen.

»Öffnen Sie ihn!«

Ein dickes Päckchen aus braunem Packpapier. Ich gebe zu, dass ich für einen Moment die unsinnige Hoffnung hegte, Briefe von Anatole Massis darin zu finden. Die Worte des Dichters in Händen zu halten, sie zu lesen, endlich alles zu erfahren, was er seinem Freund während dieser zwei langen Jahre anvertraut hatte – und auch, was er ihm verschwiegen hatte. Doch zu meiner großen Enttäuschung enthielt es nur zwei Bögen, die an den Rändern von Rundkopfklammern zusammengehalten wurden; Rostpickel hatten auf den einst weißen, nun grauen Karton abgefärbt. Das Ganze war in Papier eingeschlagen, das den Briefkopf der Prüfstelle trug, darunter in der Mitte Skizzen von Gedichten – ich erkannte ein Sonett aus *Leiberglühen* – mit zahllosen an den Rand gekritzelten Anmerkungen.

Jacques Gerstenberg forderte mich wortlos auf, die Klammern zu lösen, was ich auch tat – so vorsichtig wie möglich. Unter dem Karton, den ich dann anhob, verbarg sich ein Papyrus-Blatt, das wiederum die Vergrößerung einer Fotografie bedeckte. Einer Fotografie, die ganz anders war als alle, die ich bisher gesehen hatte.

Man konnte ein Feld erkennen oder, genauer gesagt, Reste davon, gesäumt von einem Wald, dessen Stämme alle auf halber Höhe abgebrochen waren. Die verdrehten Äste waren typisch für die von Bombardements verwüsteten Landschaften an der Meuse. Weiter hinten waren zwei hellere senkrechte Linien und ein Stück von einer dritten auszumachen; am unteren Ende der Linien jeweils eine dunkle Masse. Gegenüber standen Hunderte in Reihen angetretene Soldaten, ganz vorn ein Bataillon Bewaffneter. Der Pulverdampf hatte eine Wolke gebildet, die einen Teil der Szenerie verdunkelte. Das Bild war von oben und von weit weg aufgenommen, um Einzelheiten zu erkennen, hätte ich einen Fadenzähler gebraucht. Trotz des groben Korns, des gedämpften Lichts und des unklaren Sichtwinkels, trotz des kläglichen Anblicks des geköpften Waldes und der eintönigen Menschenreihen ging von dem Bild eine tragische Kraft aus. Mir wurde klar, dass ich den fotografischen Beweis einer Hinrichtung in Händen hielt und dass die schwarzen Haufen am Fuß der Pfosten die Leichname von Menschen waren, die man vor den Augen des Fotografen erschossen hatte. Gerstenberg ließ mir lange Zeit, das Bild zu betrachten.

»Irritierend, nicht wahr?«, sagte er schließlich.

»Das ist sehr milde ausgedrückt. Wissen Sie, wer das Foto gemacht hat?«

Nein, das wisse er nicht. Ganz sicher sei er sich allerdings, dass Massis persönlich es in einem versiegelten Umschlag mit der Aufschrift: »Für Alban de Willecot. *Keinesfalls* ohne meine Erlaubnis zu öffnen!« verstaut habe. Sämtliche Nachkommen hätten sich über seinen Tod hinaus an dieses Verbot gehalten, auch Marie-Claude O'Leary; nur er, Gerstenberg, habe schließlich wissen wollen, welches Dokument er da hinterlassen würde, wenn er das Zeitliche segne. Bei der Betrachtung des Fotos sei er sich nicht sicher gewesen, was man darauf sehe. Ob er denn keine Notiz oder Erklärung dazu gefunden habe? Nein, sagte er, da war nichts, nur die Gedichtentwürfe und eine verblichene, einmal gefaltete Rechnung des Optikers Favard & Fils über den Kauf mehrerer Fläschchen mit Chemikalien, die in dem behelfsmäßigen Kartonrahmen gesteckt habe.

Dann war es also Massis, der das Bild entwickelt hatte; jedenfalls konnte ich seine Technik wiedererkennen, seine Kunst, das Licht zu dämpfen, um dem Ganzen mehr Gewicht zu verleihen, und seinen Hang zu grobem Korn, wodurch er den brutalen Realismus dieser Szene merkwürdig stilisierte. Aber daraus ließ sich noch immer nicht schließen, auch wenn ich allmählich eine Vorstellung davon entwickelte, wer das Bild aufgenommen hatte, wie es in die Hände des Dichters gelangt war und warum der so großen Wert darauf legte, dass niemand es zu Gesicht bekam. Ich hatte größten Respekt für die Skrupel des kranken alten Mannes, der auf keinen Fall das Risiko eingehen wollte, dass sein Nachlass womöglich die Erinnerung an irgendjemanden beschädigte. Aber wieder einmal war mir der fehlende Teil der Geschichte, den ich in der Schweiz zu finden gehofft hatte, verborgen geblieben. Stattdessen erbte ich ein stummes Foto, ein Rätsel und ein paar Gedichtentwürfe.

96

Er spürte, wie sein Herz gegen den Brustkorb schlug. Tock, tock, tock. Und wurde von der unsinnigen Angst gequält, dass man es hören könnte, obwohl das Bataillon sich mehr als achtzig Meter unter ihm befand. Er hatte sich zum Sammelpunkt begeben und sich dem Befehl von General de Wiarts unterstellt, der ihm einen schwer zu deutenden Blick zugeworfen hatte. Dann hatte er den Andrang der Regimenter genutzt, um sich zu absentieren. Dass er damit sein Leben aufs Spiel setzte, wusste er. Er wusste auch, dass das völlig bedeutungslos war. Er hatte ein Versprechen zu erfüllen.

Tock, tock, tock. Er nahm das würfelförmige Gehäuse heraus, das er in seinem Quersack versteckt hatte. Ein kleines Juwel, diese Vest Pocket, eine unauffällige Balgenkamera im Westentaschenformat mit einem Zelluloidfilm, der beim Einsatz nicht zerbrechen konnte wie die Glasplatten früher. Während der ganzen Zeit kamen immer noch mehr Soldaten, zu Dutzenden, zu Hunderten ausgespuckt von Lastautos oder Pferdewagen. Wie in einer Ameisenstraße, aber diszipliniert und symmetrisch reihten sie sich ein und schlossen zu dichten Gliedern auf, manche neugierig, andere furchtsam, in Erwartung eines Ereignisses, von dem sie nichts Näheres wussten; das Gerücht verbreitete sich flüsternd und durchlief die Truppe wie eine stumme Welle der Ungläubigkeit unter der aufgehenden Sonne, die von einem so zarten Rosa war, dass sie einen schönen Tag verheißen hätte, wäre dem trügerischen Anschein der Morgenröte denn zu trauen gewesen.

Aus zwei Brettern und einem Stück Blech bastelte er sich ein notdürftiges Stativ, auf dem er die Kodak behutsam befestigte und auf die noch verwaisten drei Pfosten ausrichtete. Er hatte sich hinter einer Böschung postiert, die den Kessel überragte, verborgen hinter den Überresten eines verkohlten Strauchs. Er würde nur eine Sekunde

*haben, um auf den Auslöser zu drücken, und die geringste Verzöge-
rung, der kleinste Fehler in der Zeitkalkulation würde den Beweis zu-
nichtemachen. Sein Herz pochte immer noch laut, tock, tock, tock.
Doch seine Hände, gestärkt durch Zorn und Schmerz, zitterten nicht
bei der Installation der Kamera.*

*Als er sich bäuchlings auf den Boden legte wie ein Schütze im Lie-
gendanschlag, spürte er, wie der Morgentau auf Brusthöhe das dichte
Gewebe seiner Uniform durchdrang. Sein Herz schlug nun gegen die
Erde. Tock, tock, tock. Der Klang des Lebendigen. Kurz durchzuckte
ihn der Gedanke, das alles sei nur ein Albtraum, ein Gebilde seiner
Phantasie, das er mit einem Blinzeln verjagen könnte. Aber die unaufhörlich wachsenden Kolonnen, die drei leeren Pfosten und die Stille,
die sich allmählich ausbreitete, bewiesen ihm das Gegenteil.*

*Die Prozession, das Bataillon, der Priester und die drei Männer,
jeder von zwei Soldaten geführt, schienen sich wie ein minutiös cho-
reographiertes Ballett zu bewegen. Bis sie schließlich zum Stillstand
kamen. Er war zu weit entfernt, um den Ausdruck der Gesichter
entziffern zu können, erkannte aber einen schmalen Körper, einen
schlanken Hals und einen runden, blonden Kopf, den die Sonne mit
Licht besprengte. In diesem Moment fragte er sich, ob er nicht statt
des Fotoapparats lieber ein Gewehr auf das bewaffnete Peloton richten sollte, das das erste Glied bildete.*

*Der Wind, der die Laute in die Gegenrichtung trieb, ließ all die ver-
logenen Phrasen, die nun folgten, zu einem Brei ununterscheidbarer
Silben zusammenschnurren und ersparte ihm die Verlesung der Pro-
klamationen, Urteile, Degradierungen, was insgesamt nur ein paar
Minuten dauerte, ihm jedoch wie Stunden vorkam. Aber als er sah,
wie General de Wiart den Säbel hob und die Soldaten ihre Gewehre
anlegten, als die Luft sich auflud mit jener elektrischen Spannung, die
Katastrophen vorausgeht, und alle Regimenter wie vom Donner gerührt dastanden, hielt er den Atem an und spannte die Muskeln. Und
drückte genau in dem Moment auf den Auslöser, als in der frischge-
waschenen Morgenluft der unvorstellbare Befehl erscholl: »Feuer!«*

Wie beim ersten Mal flog das Flugzeug so tief über Lissabon, dass man den Eindruck hatte, es streifte mit seinem Flügel die Dächer, bevor es landete. Violeta erwartete mich schon in der Halle und umarmte mich, als ich herauskam.

»Elisabeth, wie schön!«

Ja, das Wiedersehen war ein großes Glück. Violeta trug einen malvenfarbenen Schal zum purpurroten Mantel, warme Farben, die ihr so gut standen. Wieder nahm sie mir meine Tasche ab, wieder gingen wir zum Auto und fuhren durch Lissabon, wobei wir immer langsamer wurden, weil Staus zunehmend die Verkehrsadern verstopften. Diese Szene gleichsam nachzuspielen gaukelte mir eine seltsame Verschmelzung der Zeit vor: Ich sah mich im Oktober auf demselben Weg, oder, genauer gesagt, ich sah diese andere Frau voller Melancholie und Unsicherheit, für die das Leben damals ein gefährliches Terrain war, das sie ohne Kompass durchqueren musste. Ich ließ mich tief in den Sitz sinken.

»Wie geht es dir?«, fragte Violeta.

»Könnte nicht besser sein.«

»Samuel hatte einen Termin. Wir treffen ihn heute Abend, er möchte dich so bald wie möglich sehen.«

»Hat er dir gesagt …«

»Das musste er gar nicht. Er konnte ja nicht anders, als über dich zu sprechen.«

Ich spürte für eine Sekunde Violetas Hand auf meiner.

»Ich freue mich so für euch!«

Was für eine Erleichterung, nicht mehr so tun zu müssen, als wäre nichts!

Am Tag nach meinem Angstanfall in Jaligny hatte Samuel, als ob er meine Gedanken lesen könnte, mir einen Brief geschrieben, in dem stand, dass er mit Violeta sprechen wolle; dass ich seit sechs Jahren seine erste ernsthafte Beziehung sei und er mich so sehr liebe, dass ihm angst und bange würde. Nach dieser Liebeserklärung konnte ich wieder frei atmen, und die verrückten Ideen, die mich überwältigt hatten, waren so schnell zerstoben, wie sie gekommen waren.

Ich fand alles wieder wie beim letzten Mal: das Haus, den kühlen Vorhof, das bunte Glasfenster im Flur und Serafinas schönes Gesicht.

»Wir haben dir dein Zimmer hergerichtet«, sagte Violeta. Und mit einem Lächeln: »Aber du schläfst natürlich, wo du möchtest.«

Als ich das Zimmer mit seinen Regalen und dem Holztisch betrat, war mir, als wäre ich nie weg gewesen. Die Wände nahmen mich wieder auf in ihre beruhigende Umarmung aus Büchern und Zeit. Ich setzte mich aufs Bett und empfand ein Gefühl der Vollkommenheit wie seit Jahren nicht mehr. Da war nichts Gereiztes oder Bitteres mehr, nur noch schlichte Lust am Augenblick und die Zeit, die wieder in Fluss kam und das in diesem langen inneren Winter angesammelte Leben freisetzte.

Violeta erwartete mich im Salon mit einer Tasse Kaffee in der Hand. Sie reichte mir eine Zigarette, bevor sie sich selbst eine anzündete.

»So, und jetzt erzähl mir alles!«

Wollte sie etwas über ihren Bruder und mich erfahren oder über den Stand meiner Forschungsarbeiten? Ich entschied mich für Letzteres und begann mit Dianes Tagebuch. Bei der heiklen Frage nach Dianes Beziehung zu Massis angelangt, hielt ich inne. Aber das Tagebuch war das Eigentum derjenigen, die es mir anvertraut hatte, und aus welchem Grund hätte ich ihr dessen Inhalt vorenthalten sollen? Also sagte ich, ich hätte etwas Wichtiges herausgefunden, und erläuterte, warum ich vermeiden wollte, dass es sich herumsprach. Wir könnten ja später darüber reden, wenn sie es gelesen habe, schlug ich vor. Dann gab ich ihr die gebundene Kopie der transkribierten Seiten, die ich kurz vor meiner Reise fertig dechiffriert hatte. Violeta blätterte in dem Dokument.

»Meine Güte, was für eine Arbeit!«

»Ja, sie hat mir ganz schön was zu knacken gegeben, die gute Diane!«

Das Tagebuch enthalte allerdings nicht den mindesten Hinweis auf Victor, fügte ich noch hinzu, und das aus gutem Grund, denn es ende am Tag nach Dianes Hochzeit. Deshalb verlaufe die Spur ihres Sohnes letztlich im Sande: Abgesehen von dieser Karte aus Dinard, die belege, dass er einmal abends mit Tamara Zilberg ein Konzert besucht habe, sei nicht zu eruieren, was der Junge nach seiner Rückkehr von Cedar Mansions in Frankreich machte, ja, nicht einmal, wann genau er zurückgekehrt war. Keine Spur einer Sterbeurkunde oder irgendeines notariellen Akts, als ob er sich in Luft aufgelöst hätte. Und an Tamara sei ich genauso gescheitert.

»Mach dir keine Gedanken«, sagte Violeta. »Es ist schon sehr großzügig von dir, dass du der Sache so viel Zeit widmest.«

Sie rechnete fest damit, bei ihrem Besuch der Shoah-Gedenkstätte im Mai mehr über das Leben ihrer Großeltern zu erfahren. Ich könnte für die Zeit ihres Aufenthalts in Paris ein Treffen mit Violaine White organisieren, deren Telefonnummer ich von Philippe Février habe, schlug ich vor. Vielleicht hätte sie als ehemaliges Mitglied des Résistance-Netzes Jour-Franc noch Erinnerungen, die uns auf die richtige Spur bringen könnten.

»Und wie weit bist du mit deinem Leutnant?«, fragte Violeta.

Auf diesem Feld sei die Ernte umso reicher ausgefallen, dass es fast schon verwirrend sei. Ehrlich gesagt, wisse ich gar nicht, von welchem Ende ich Albans Geschichte angehen und wie ich die Enthüllungen aus Dianes Tagebuch darin unterbringen solle: eine ehebrecherische Affäre, die Massis vermutlich in eine unhaltbare Situation brachte, und zwar sowohl seiner Frau als auch seinem Freund gegenüber. Violeta saß mit untergeschlagenen Beinen auf dem Sofa, rauchte und lauschte.

»Armer Junge«, sagte sie schließlich. »Merkwürdig, dass einer sterben will, der zwei Jahre Krieg überlebt hat.«

»Ich habe keine Erklärung dafür. Vielleicht hat ihn das Geständnis der Affäre so erschüttert. Oder es ist etwas anderes passiert. Etwas richtig Schlimmes.«

»Könnte es mit seiner Verletzung zusammenhängen? Oder mit dem Foto des alten Herrn in der Schweiz?«, fragte Violeta.

»Ich weiß es noch nicht. Wenn ich wieder zu Hause bin, gehe ich ins Militärarchiv.«

Entfernt hörte ich die Eingangstür zuschlagen. Ein paar Sekunden später steckte Samuel den Kopf ins Wohnzimmer. Als er mich erblickte, begann er zu strahlen.

»Ilisabeth!«

Lächelnd setzte er sich neben mich und küsste mich auf die Schläfe. Eine zurückhaltende Geste, die aber vor den Augen seiner Schwester deutlich genug unsere Zusammengehörigkeit demonstrierte. Ich schwankte zwischen Befangenheit und dem Wunsch, Samuel zu umarmen, meinen Kopf an seinem Hals zu bergen und die raue Haut seines von Bartschatten bläulichen Kinns zu fühlen. Violeta reichte ihrem Bruder eine Tasse Kaffee. Er nahm sie, ohne den Arm zurückzuziehen, den er um meine Schultern gelegt hatte.

»Hattest du eine gute Reise?«

Er küsste mich noch einmal und ließ die Lippen einen Moment lang auf meiner Haut ruhen. Bei der Erinnerung daran, wie meine absurden Verdächtigungen in Jaligny die Angstmaschine angeworfen hatten, musste ich lächeln. Ich hatte mich auf ganzer Linie geirrt: Es gab keine andere. Samuel hatte nur etwas mehr Zeit gebraucht als ich. Dass weder er mir von seiner Frau erzählt hatte noch ich ihm von meinen Jahren mit dir, bedeutete nicht, dass unserer beider Gespenster uns nicht begleiteten. Ich konnte erahnen, dass mein Freund genau wie ich fürchtete, dass der unweigerliche Lauf des Lebens unsere Erinnerungen entwerten und in der Lethe versenken würde.

Mir half die Lektüre von Dianes Tagebuch, in gewissen Momenten einzuräumen, auch wenn dieser Gedanke noch schmerzte, dass Lieben einander überlagern können, ohne einander auszulöschen, und dass irgendwann die Zeit kommt, sich von den Menschen zu lösen, die wir in unserem Herzen tragen, auch wenn wir uns nie vorstellen konnten, ohne sie zu überleben. Wer hätte gedacht, dass eine junge Frau von achtzehn Jahren, die eine verbotene Leidenschaft auslebte und dafür sofort mit dem Verlust ihres Geliebten büßen musste, mir diese Lektion erteilen würde? Ihr Tagebuch erzählt, und das macht es so berührend, wie der Leichtigkeit der Jugend die Stürme des Erwachsenwerdens folgten, dem Entzücken der Absturz und der Ekstase das Schuldgefühl.

Ich bewunderte sie nicht zuletzt für den Kampfesmut, den sie bewies, als ihre Träume zerschellten, und ihre Herzensgüte, die sie sich bewahrte, obwohl der Mann, dem sie sich rückhaltlos hingegeben hatte, sie am Ende zurückwies. Dabei wurde sie von ihrer eifersüchtigen Schwester überwacht und von ihrem Vater verschachert wie ein Stück Vieh und hatte nur dieses Heft, dem sie sich anvertrauen konnte. Und trotzdem hatte sie während der langen Monate des Wartens und ihrer furchtbaren Verlobung noch genügend Kraft, um den Sinn ihres Lebens weiter im Lernen zu suchen, genügend Mut, um sich der täglichen Erpressung im Schoße ihrer Familie zu entziehen, und genügend Bestimmtheit, um einen anderen Deal auszuhandeln, unwahrscheinlich zwar, aber keinesfalls schlimmer als der, den man ihr um jeden Preis aufdrängen wollte.

Ihr Entschluss, einen Soldaten an der Schwelle des Todes zu heiraten, hätte auch egoistisches Kalkül sein können, wäre diese Geste einem gegenseitigen Einverständnis und nicht einer Aufwallung zweier gequälter Seelen entsprungen, die verzweifelt nach Abhilfe suchten gegen den Schmutz, mit dem die Gegenwart all ihre Hoffnungen durchtränkte. Diane hatte getan, was sie konnte, was sie für recht oder wenigstens nicht allzu unrecht hielt, und das in einer Zeit, in der die einzige verlässliche Devise lautete: Krieg ist Krieg.

98

Dianes Tagebuch

9. Juli

Zu meinem großen Leidwesen musste ich wieder nach Othiermont. Vorteil: Der Krieg beschäftigt alle dermaßen, dass Vater von meinem Abitur nichts mitkriegen wird. Ich war froh, Mutter wiederzusehen, Röse-die-Böse aber nicht. Das Leben ist so ungerecht: Meine Schwester will nichts anderes als heiraten, aber sie ist ein hässliches Entlein, und kein Mann interessiert sich für sie. Mich dagegen umschwärmen lauter Dummköpfe oder, noch schlimmer, Opportunisten wie Ducreux, die mich überhaupt nicht interessieren. Kann der denn nicht ein Auge auf meine unerträgliche Schwester werfen? Ich war bei Blanche zu Besuch. Sie muss jetzt allein das Gut führen und weiß noch nicht, wie lange. Ihr Mann ist nämlich vermisst gemeldet an der Salonikifront. Und Sophie, die ja noch so klein ist, das arme Ding, weicht ihr nicht vom Rockzipfel: Für sie ist »Papa« nur eine Fotografie auf dem Kamin! Es ist, als ob der Krieg sich jeden Tag Gedanken macht, um sich eine neue Katastrophe einfallen zu lassen. Und mir tun Frauen wie Blanche genauso leid wie die Männer an der Front. Wir haben Tee getrunken, und dann habe ich mir Dounia ausgeborgt und bin ein bisschen mit Sophie ausgeritten. Ich brauchte etwas Bewegung nach den vielen Monaten, die ich nur über meinen Heften hockte. Im Wald von Ythiers musste ich wieder an Dominique denken und bin schrecklich traurig geworden. Trotzdem glaube ich, dass ich auf dem Weg der Genesung bin.

10. Juli 1916
So ein Pech! Nur weil ich gestern über sie geschrieben habe, sind jetzt
die Ducreux wieder da. Vater wollte unbedingt eine Treibjagd im Wald
von Ythiers für sie veranstalten. Widerlich, auf die Jagd zu gehen,
wenn man ständig Nachrichten von der Front liest! Blanche, von der
wir uns die Pferde geliehen haben, hat sich uns aus Höflichkeit angeschlossen. Der alte Ducreux ist ein ganz schlechter Jäger, der gerade
mal ein Wasserhuhn erwischt hat. Der junge Ducreux hat fast jedes
Mal getroffen. Wie der aus dem Häuschen war, als er einen jungen
Rehbock erlegt hat! Wenn er so gerne tötet, frage ich mich nur, wieso
er nicht an der Front ist. Da hätte er ordentlich was zu tun! Vater hat
seine Geschichten von seiner schwachen Lunge geschluckt, aber ich
glaube ja, dass er einfach ein Drückeberger ist und sein Vater dafür
bezahlt hat, dass er nicht eingezogen wird.

Ich hasse diese Ducreux. Der Alte schleimt sich bei Vater ein, weil er
sich die Fabrik unter den Nagel reißen will, und der Sohn ist drauf und
dran, sich in mich zu verlieben. Wie er mich beobachtet, ekelhaft, richtig zum Fürchten! Blanche hat ihn immer ganz finster angeschaut,
weil er Foudre so brutal geritten hat. Und dieser Stutzer behauptet
von sich, dass er Pferde liebt!

Hoffentlich fahren sie bald nach Lyon ab!

11. Juli
Leider hat Vater den Ducreux vorgeschlagen, länger zu bleiben. Und
leider, leider können sie sich nichts Schöneres als das vorstellen. Außerdem haben sie schon wieder ihre Einladung an uns aufs Tapet gebracht, den Spätsommer in Dinard zu verbringen. Kaum ist man einer
Gefahr entgangen, lauert schon die nächste.

12. Juli
*Fast vier Monate ohne Dominique. An manchen Tagen tut es fast
nicht mehr weh. Aber an anderen ...*

13. Juli
*Endlich sind die Ducreux wieder weg. Aber wir bleiben trotzdem die
ganzen vierzehn Tage in der Bretagne. Röse-die-Böse ist ganz begeistert von der Idee, ans Meer zu fahren. Vielleicht hofft sie, dass sie sich
dort einen Mann angeln kann. Meine Schwester ist so dumm!*

14. Juli
*Dorffest. Eigentlich eine trübsinnige Veranstaltung. Es gibt kaum
noch Männer, aber dafür viel mehr Kriegsversehrte als im letzten
Jahr. Der Bürgermeister hat in seiner Rede die Tapferkeit und den
Heldenmut der französischen Soldaten gerühmt. Und versprochen,
dass die Boches bald besiegt sein werden. Aber ich habe gehört, wie
einer von Blanches Pächtern, der einen Arm verloren hat, seiner Begleiterin zugeflüstert hat: ›Das sagt sich leicht, wenn andere ihre Knochen hinhalten!‹«*

15. Juli 1916
*Heute morgen ist noch ein Brief von Alban angekommen und ... er
will mich tatsächlich heiraten! Stell Dir das vor, kleines Tagebuch!
Ich kann es kaum fassen und musste seinen Brief dreimal lesen, um
mich zu vergewissern, dass ich mich nicht getäuscht habe.
Er verspricht, nichts von mir zu fordern, schon gar nicht die Erfüllung der ehelichen Pflicht. Ohnehin müsse ich mich darauf gefasst
machen, bald Witwe zu sein. Aber ich soll mich ganz meinem Studium
widmen können. Und wenn wir erst einmal verheiratet sind, wird er
mir erlauben, zur Universität zu gehen, was mir Vater untersagt.*

Er hätte lieber persönlich mit mir gesprochen, schreibt er, aber die Umstände erzwingen eine rasche Entscheidung. Die Hochzeit soll nämlich in seinem nächsten Fronturlaub stattfinden, und er will sich meiner Zustimmung versichern, bevor er bei meinem Vater offiziell um meine Hand anhält. Ich würde ihn sehr glücklich machen, wenn ich seinen Antrag annehme, fügt er hinzu.

Albans Brief hat mich tief getroffen, und ich habe mich ganz elend gefühlt. Erstens weil ich das Gefühl habe, dass meine verrückte Leidenschaft im Frühjahr ein Verrat an Alban war. Was wird er von mir, von uns halten, falls er einmal davon erfährt? Und wie wird es sein, wenn ich mit ihm verheiratet bin und in seiner Gegenwart Dominique wiedersehe? Und noch etwas anderes macht mir Kopfzerbrechen: dass ich ihn schon von Geburt an kenne. Er ist für mich wie ein Bruder. Wird es mir gelingen, ihn als Mann zu sehen, auch wenn er nichts dergleichen von mir verlangt?

Eigentlich will ich nicht heiraten. Aber durch eine Hochzeit mit Alban würde ich mit Sicherheit diesen Ducreux loswerden, der ständig um mich herumschleicht. Und vielleicht tue ich ja einmal etwas Gutes, wenn ich Ja sage. Alban ist mein Freund, er hat mir so oft geholfen, und seit fast zwei Jahren hat er so viel leiden müssen.

16. Juli 1916 (morgens)

Ich habe gehört, wie Mutter zu Vater sagte: »Die Massis kommen im August nach Othiermont. Sie erwarten ein freudiges Ereignis.« Dieses schreckliche Gefühl des Verrats ... Werden die Hirngespinste, in denen ich mir gefallen habe, denn nie aufhören, mein Herz zu vergiften? Diesmal jedenfalls bin ich die Einzige, der etwas vorzuwerfen ist. Beim Abendessen hat Mutter unsere Abreise nach Dinard angekündigt. Ich habe zwar nicht die geringste Lust, dorthin zu fahren, aber wenigstens bleibt mir so eine Begegnung erspart, die für mich unerträglich wäre.

16. Juli (abends)

Die Neuigkeit von heute morgen hat meine letzten Zweifel hinweg-
gefegt. Also habe ich die Gelegenheit genutzt, beim Abendessen vor
Mutter, Vater und Rose zu verkünden, dass Alban sich mir erklärt hat
und ich ihn heiraten möchte. Vater war ebenso verblüfft wie peinlich
berührt. Unsere Familien sind seit Ewigkeiten befreundet, und es gibt
keinen Grund, Albans Antrag abzulehnen. Aber ich weiß genau, dass
er mich lieber mit seinem Lyoner verheiraten würde, der ihm für die
Fabrik das Blaue vom Himmel versprochen hat. Also hat er angefan-
gen, große Reden zu schwingen über die Gefahren des Soldatenlebens
und dass ich wahrscheinlich bald Witwe bin … Da fiel ihm Mutter,
die Vater und Sohn Ducreux nicht leiden kann, gleich ins Wort: »Aber
Charles, gerade deshalb, weil dieser Junge für Frankreich sein Leben
aufs Spiel setzt, wäre es doch eine Ehre für Diane, seinen Antrag an-
zunehmen.« Rosie, die ganz blass geworden ist, hat sich auch einge-
mischt und gesagt, dass Alban bestimmt kein Fräulein Besserwisserin
zur Frau braucht. Es war wie im Vaudeville, wie Vater da auf und
ab getigert ist, und dazu die jammernde Rosie. Am Ende hat Vater
gebrüllt: »Meine Tochter wird keinen Protestanten heiraten!« … Ich
dachte, ich höre nicht richtig! Ihm ist Religion so egal, dass er nie
einen Fuß in eine Kirche setzt! Und in dem ganzen Jammerkonzert
kam natürlich keiner auf die Idee, mich nach meiner Meinung zu
fragen … Irgendwann bin ich auf mein Zimmer gestürmt, zornig und
voller Angst. Ich will nicht, dass Alban durch Vaters Ablehnung ge-
demütigt wird. Aber für mich ist diese Ehe die einzige Rettung.

18. Juli 1916

Heute morgen habe ich Alban geschrieben, dass ich seine Frau wer-
den will und mich bemühen werde, ihm eine aufrichtige, treue Freun-
din zu sein. Dass er einen Fronturlaub beantragen soll, damit wir hei-
raten können, wenn er bewilligt ist. Vater werde ich etwas von einem
Fehltritt vorschwindeln, dann muss er wohl oder übel Ja sagen.

22. Juli 1916
Das Problem dieses Krieges ist, dass wir zu schnell alt werden.

26. Juli 1916
Keine Antwort von Alban. Ich habe ihm alles noch einmal geschrieben, falls der Brief verlorengegangen ist.

2. August 1916
Noch immer nichts. Ich brenne vor Ungeduld.

3. August
Nichts von Alban, ich mache mir solche Sorgen! Hat er seine Meinung geändert? Ist er womöglich verwundet? Gerüchte besagen, dass die Schlacht an der Somme Tausende Tote aufseiten der Alliierten gefordert hat. Das Leben an der Front ist so gefährlich ... Und am schrecklichsten ist, dass ich jetzt den Sommer bei den Ducreux verbringen muss.

5. August 1916
Ich mache mir solche Sorgen, weil immer noch keine Post gekommen ist. Ist Alban etwas zugestoßen? Auch Blanche hat nichts von ihm gehört. Sie hat mich gleich zum Tee dabehalten, um offen mit mir zu sprechen. Gegen Vaters Willen zu handeln sei eine schwerwiegende Entscheidung, sagte sie. Es sei zwar nobel von mir, aber ich dürfe mich nicht für ihren Bruder opfern. Vielleicht würde ich später einen anderen Mann kennenlernen, in den ich mich wirklich verlieben würde, und erst dann begreifen, was Liebe bedeutet. Ach, wenn sie wüsste ... Ich habe ihr versichert, dass die Heirat mit Alban das Beste wäre, was mir passieren könnte, und das war vollkommen ehrlich gemeint.

Am Ende hat sie mich umarmt und mir versprochen, mir sofort nach Dinard zu telegraphieren, wenn es Neuigkeiten gibt.

8. August

Nach einer ewig langen und wegen der Truppenbewegungen rund um Paris schrecklich umständlichen Reise sind wir endlich in Dinard angekommen. Das Haus der Ducreux ist luxuriös, eine Villa ganz oben auf einem felsigen Steilhang. Der Blick aufs Meer ist hinreißend. Trotzdem muss ich immer daran denken, dass ich vielleicht schon etwas von Alban gehört hätte, wenn ich in Othiermont geblieben wäre. Und dass ich auch Dominique wiedergesehen hätte. Ich weiß nicht mehr, was ich will.

10. August

Gerade lese ich ein merkwürdiges Buch von einem gewissen Marcel Proust, um meine Langeweile und meine Sorgen zu vertreiben. Aber ich verliere mich leicht in seinen gewundenen, gedrechselten Sätzen. Es ist kein Telegramm angekommen, und die Angst ist nun meine ständige Begleiterin. In der Zeitung steht, dass der Feind in der Schlacht um Verdun große Verluste erlitten hat. Und was ist mit unseren Soldaten? Gehört auch Alban zu den Toten?

12. August

Erst vier Tage hier, aber ein Gefühl, als ob es Jahrhunderte wären. Von Blanche nichts, kein Brief, kein Telegramm. Ich fürchte jeden Tag ein bisschen mehr, dass Alban ein Unglück ereilt hat. Ich habe Angst um ihn und, auch wenn das ziemlich egoistisch ist, Angst um mich. Mit Vater und dem alten Ducreux am Tisch ist es zum Sterben langweilig, weil die beiden immer stundenlang über Konfektion oder Krieg schwadronieren. Eine Hausherrin gibt es nicht, Madame Ducreux ist vor langer Zeit gestorben. Dafür kümmert sich Madame Margueritte um alles, eine von der Natur stiefmütterlich bedachte Haushälterin, die von Vater und Sohn rücksichtslos ausgenutzt wird.

13. August
Immer noch keine Nachricht. Der junge Ducreux klebt mir an den Fersen – das fehlte mir noch zu meinem Unglück, dass dieser Schwachkopf mir einen offiziellen Heiratsantrag macht. Der Kerl ist falsch wie eine Schlange: nach außen hin zuckersüß, aber inwendig verschlagen. Jetzt redet er davon, einen Teil von Blanches Ställen zu mieten, um öfter mit mir auszureiten. Hoffentlich sagt sie Nein, er geht so brutal mit den Tieren um. Das sieht man schon am Hund des Hauses, den er oft mir nichts dir nichts mit Fußtritten traktiert.

14. August 1916
Während des Nachtmahls gab es heute einen denkwürdigen Zwischenfall. Bei einem Stück Fleisch mit Soße kreischt Röse-die-Böse plötzlich los, weil sie auf eine Schrotkugel gebissen hat. Geschieht ihr recht! Aber der alte Ducreux ist dunkelrot angelaufen vor Wut, er hat Madame Margueritte gerufen und sie vor uns allen mit den übelsten Worten heruntergeputzt. Mutter war das furchtbar peinlich, Vater schaute woanders hin; nur der Sohn schien das ganz normal zu finden. Wenn meine Schwester oder ich uns so gehen lassen würden gegenüber dem Personal, würde uns das drei Tage Stubenarrest einbringen.

15. August
Noch immer nichts von Alban. Ich mache jeden Morgen zwei Stunden Mathematik, um das Schicksal zu beschwören. Gestern war ich im Meer baden. Es war kühl, aber nicht unangenehm, wie ich zugeben

muss. Als ich in meinem Sportbadeanzug (der die Beine bis zum halben Oberschenkel freilässt) aus dem Wasser kam, sah ich den jungen Ducreux, der mich so merkwürdig angeschaut hat, dass ich ganz rot geworden bin.

16. August
Ich sehe schwarz. Jetzt sind es drei Wochen, dass wir nichts von Alban gehört haben, und das Schlimmste wird mir jeden Tag mehr zur Gewissheit. Als ich oben auf den Felsen spazieren ging, musste ich an Dominique denken. Seit unserer Trennung kämpfe ich Tag für Tag darum, mir die Erinnerung an ihn aus dem Kopf zu schlagen. Meistens gelingt es mir, aber manchmal, wie heute früh, sind alle Anstrengungen vergebens. Zum Glück habe ich Dich, kleines Tagebuch, denn was mir zurzeit widerfährt, ist eine einzige Folge finsterer Qualen.

17. August
Gestern hat der junge Ducreux, der Etienne heißt, mich beim Frühstück ausgefragt, was ich denn da »in mein Heftchen kritzle«. Das ist meine Privatsache, erwiderte ich. Aber er ließ nicht locker und sagte, er wäre neugierig darauf, »meine Gedanken zu erfahren«. Rosie, die immer dabei ist, wenn sie irgendwo ihren Senf dazugeben kann, sagte, dass ich die Nase ständig in irgendwelche Bücher stecke. »Jugend geht auch einmal vorbei«, kommentierte spöttisch der alte Ducreux. Ich hätte sie ohrfeigen können, alle drei.

19. August
Gestern Abend habe ich Vater und Mutter miteinander tuscheln hören, und Dir kann ich es ja verraten, kleines Tagebuch: Ich habe an der Tür gelauscht. Vater sagte: »Wir müssen jetzt eine Entscheidung treffen.« Und Mutter: »Sind Sie da sicher, Charles? Wo wir doch gar nicht

wissen ...« Dann hat ein Fensterladen geklappert, und ich konnte den Rest nicht mehr hören.

20. August

Heute kam ein Brief von Blanche, in dem steht, dass Alban »als vermisst gemeldet« wurde. Was ist passiert? Ich klammere mich an den Gedanken, dass die Militärbehörde doch sicher eine offizielle Nachricht geschickt hätte, wenn er wirklich gefallen wäre. Aber ich musste mich den ganzen Tag dazu zwingen, nicht zu weinen. Und ein weiterer Brief von Sacha, auf Russisch, zum großen Leidwesen von Rosie, die das nicht lesen kann. Sacha schreibt kleine Friedensgedichte und druckt sie auf Zettel, die er anschließend verteilt. Für mich hat er den Text des »Chanson de Lorette« aufgeschrieben. Obwohl jeder, der es an der Front gesungen hat, streng bestraft wurde, machten die Soldaten munter weiter.

22. August

Wir sind mit dem Schiff nach Saint-Malo gefahren. Wegen des Krieges sind überall Soldaten, und der Strand eignet sich kaum für Vergnügungen. Wie es um Verdun steht, weiß niemand: Die Zeitungen schreiben von Sieg, aber die Kämpfe in diesem Abschnitt dauern jetzt fast schon sechs Monate. Wo Alban wohl gerade ist? Verwundet im Krankenhaus? Gefangen in Deutschland?

24. August 1916

Seit zwei Tagen regnet es. Ich habe nichts zu tun, außer Mathematik zu lernen und die Dummheit der beiden Ducreux auszuhalten. Gestern haben Vater und Sohn beim Essen über die Senegalschützen gewitzelt und sich darüber lustig gemacht, dass die ja von unseren Verbündeten im Dunkeln übersehen und erschossen werden könnten.

Mutter hat sich geräuspert und Vater auf seinen Teller gestarrt. Lieber Gott, bitte mach, dass wir bald wegkommen von hier! Im Moment denke ich ständig an Alban. Als ich so besessen war von meiner Liebe zu Dominique, waren mir seine Briefe nicht so wichtig, manchmal fand ich sogar, dass es zu viele sind. Und jetzt würde ich alles dafür geben, wieder einen zu kriegen.

25. August

Als Etienne mich vom Strand kommen sah, fragte er zuckersüß: »Na, Mademoiselle, noch immer keine Nachricht von Ihrem Freund an der Front?« Man könnte denken, dass ihn das freut. Ich hasse seine Scheinheiligkeit.

26. August

Wieder ein Brief von Blanche, die ihre Sorgen nicht mehr verhehlt. Mutter meint, ich müsste mich jetzt auf das Schlimmste gefasst machen. Während ich diesen blauen Himmel betrachte, die Sonne und das Meer darunter, den Zauber seiner Wellen, die in wenigen Minuten von Grün zu einem goldenen Grau wechseln, denke ich, es kann einfach nicht sein, dass Alban nicht mehr da ist, um mit uns diesen Anblick zu genießen.

30. August

Wie befürchtet, hat mir der junge Ducreux seine Liebe erklärt. Aber ich werde ihn auf gar keinen Fall heiraten, niemals! Nur leider hat Vater, statt Nein zu sagen, sich »eine Antwort vorbehalten«! Ich hätte es Ducreux gern ins Gesicht gesagt, aber Mutter hat mich angefleht, bloß keinen Skandal zu machen, schließlich müssten wir noch eine Woche unter dem Dach der Ducreux verbringen. Von mir aus können alle sagen, was sie wollen – ich werde auf gar keinen Fall seine Frau.

2. September

Einmal in ihrem Leben war die böse Röse zu etwas gut: Sie hat näm-lich Mumps gekriegt. Und aus Angst vor Ansteckung wurde die ganze Familie husch, husch! nach Othiermont verfrachtet. Anders als sonst war ich froh, dort anzukommen. Ich bin gleich zu Blanche gelaufen. Immer noch nichts von Alban, und jetzt wartet sie auch noch auf eine Nachricht von Maximilien, der in Mazedonien als vermisst gemel-det wurde. Wie alt sie plötzlich aussah, die Arme, ihre Haare waren über Nacht weiß geworden. Sie wird von zu vielen Sorgen auf einmal erdrückt.

8. September

Gestern ist Vater aus Paris wiedergekommen, wo er nach der Rück-kehr von Dinard hingefahren war. Der Verkauf der Ateliers hat nicht gereicht. Nun spricht er davon, auch die Wohnung in der Rue de Va-renne zu Geld zu machen. Ob Madame Cheremetieva bereit wäre, mich als Kostgängerin in Paris aufzunehmen? Ich könnte ja Nach-hilfe in Mathematik geben und so für meinen Lebensunterhalt auf-kommen.

12. September

Liebes Tagebuch, hier wird es immer schlimmer. Etienne Ducreux kam wieder mit seinem Antrag an. Vater hat vor Mutter und mir zugege-ben, dass er ruiniert ist, dass die Gläubiger hinter ihm her sind und dass er das Geld der Ducreux' braucht, um die Fabrik und die Woh-nung in der Rue de Varenne zu retten. Nach allem, was er sagt, ruht die Zukunft der Familie auf meinen Schultern. Was für ein Egoismus! Bin ich vielleicht schuld daran, wenn er schlechte Geschäfte macht? Ich habe ihm entgegnet, dass ich diesen ungebildeten, verlogenen und brutalen Mann niemals heiraten werde und außerdem mit Alban ver-lobt bin. Daraufhin hat Vater sich furchtbar aufgeregt: »Begreifst du denn nicht, dass dein Verlobter tot ist, armes Kind? Sieh endlich der Wahrheit ins Auge!« Am Ende warf er mir noch an den Kopf, dass Alban ja nie auf meinen Brief geantwortet habe. Ehrensache, nicht vor ihm zu weinen. Aber was ist, wenn er recht hat?

20. September 1916

Seit drei Tagen sind wir zurück in Paris, und mein Leben ist eine einzige Pechsträhne. Gestern ist mein Vater einem seiner früheren Kunden über den Weg gelaufen, einem Schauspieler an der Comédie Française, dessen älterer Bruder an der Sorbonne lehrt. So kam heraus, dass ich Abitur gemacht habe. Guter Gott! Blitz und Donner brachen über die Rue de Varenne herein. Es war eine homerische Szene, die ich erleben durfte, schlimmer, als wenn ich einen Mord begangen hätte; außerdem will Vater jetzt Laure de T. vor Gericht zerren, für ihre Lüge wegen meiner Anmeldung. Aber wenn es nun schon einmal heraus war, konnte ich Vater auch gleich eröffnen, dass ich nicht nur das Abitur geschafft habe, sondern mich auch noch an der Universität einschreiben will. Er tobte und brüllte, dass ich reif für die Zwangsjacke sei und er mich wohl wirklich bis zur Hochzeit einsperren müsste. Ich habe endgültig genug davon, dass er mich ständig anschreit und mich wie ein Schmuckstück behandelt, das man an den Erstbesten verscherbelt. Ich habe schnell an Madame Cheremetieva und Laure de T. geschrieben, um sie ins Bild zu setzen. Nur sie können mich jetzt noch retten.

22. September

Zur Strafe hat Vater dem jungen Ducreux meine Hand versprochen. Das wird ihm noch leidtun. Ich habe nicht die Absicht, das mit mir machen zu lassen.

26. September

Vater hat es so gewollt. Heute Nacht verlasse ich dieses abscheuliche Haus für immer. Ich habe meinen Koffer gepackt und mich als Mann verkleidet. Sacha wird mich abends zu Laure de T. fahren, die mir eine gefälschte Geburtsurkunde besorgt hat. Dann werde ich mir Arbeit als Mathematiklehrerin suchen. Aber nie und nimmer lasse ich mich zur Sklavin eines dummen Rohlings wie Etienne Ducreux machen, niemals.

2. Oktober 1916

Rose hat in meinem Zimmer herumgeschnüffelt und meinen Koffer entdeckt. Das hat sie Vater gepetzt, und der hat mir alles weggenommen. Du warst in meinem Gepäck, und ohne unsere Chiffre wäre das der Untergang. Fünf Tage lang war ich eingesperrt. Dich, kleines Tagebuch, habe ich mir als Erstes zurückgeholt, nachdem ich Vaters Sachen durchsucht hatte. Er hat angekündigt, dass ich Etienne Ducreux nun ohne Widerrede heiraten muss, weshalb ich morgen unter der Aufsicht von Amélies Sohn gemeinsam mit der bösen Röse nach Othiermont gebracht werde. Ich kann nicht einmal Sacha einen Brief zustecken, und Mariette darf nicht mit mir sprechen. Ich sehe keinen Ausweg mehr. Ohne Nachricht von Alban halte ich meine Lage für hoffnungslos.

3. Oktober

Othiermont. Der Herbst ist kalt und regnerisch. Wenn wir Frauen in dieser verfluchten Epoche mehr zu sagen hätten, würde ich mich jetzt auf den Studienbeginn vorbereiten. Stattdessen beschäftige ich mich wieder mit Griechisch und Mathematik, um die Tristesse und Langeweile in meiner Abgeschiedenheit zu bekämpfen; aber was soll mir das eigentlich nützen? Werde ich den Rest meiner Tage damit verbringen, eine Köchin zu befehligen und Kinder in die Welt zu set-

zen? Ich versuche, mir einzureden, dass diese Hochzeit nie stattfinden wird, aber bei dem Gedanken daran gefriert mein Herz vor Entsetzen. Ich denke wieder an Dominique. Ich denke an Alban, für den ich die Hoffnung nicht aufgeben will. In diesen Tagen kommt mir das ganze Leben so ausweglos vor.

5. Oktober

Es regnet, und ich bin traurig. Ich darf das Haus nicht verlassen; das Wetter ist ohnehin viel zu scheußlich, um mit Dounia auszureiten. Von Amélie, die es wiederum von Blanches Pferdeknecht hat, habe ich erfahren, dass Blanche nun doch einen Teil ihrer Stallungen an die Ducreux vermietet; ich fürchte, dass sie auch Geldprobleme hat. Der junge Ducreux hat dort zwei Jährlinge untergestellt, in die er, wie man hört, ganz verliebt ist.

7. Oktober

Der bösen Röse bereitet es ein diebisches Vergnügen, den Wachhund zu spielen. Der Himmel hat es nicht gut gemeint mit mir, als er mir so eine Schwester geschenkt hat.

10. Oktober

Immerhin darf ich nun mit der kleinen Sophie spielen, um Blanche, die ständig arbeiten muss, zu entlasten. Ich bewundere sie. Sie beklagt sich nie, obwohl ihr Bruder vermisst wird und ihr Mann irgendwo im Orient verschollen ist. Ich glaube, dass Mutter ihr von meinem Fluchtversuch erzählt hat. Irgendwann war ich mit den Nerven so am Ende, dass ich in Tränen ausgebrochen bin. Mir war diese Schwäche peinlich. Blanche hat mich gefragt, ob mich Albans Verschwinden so traurig macht. Da habe ich ihr alles erzählt, von Ducreux und dem ganzen Rest; anscheinend hat sie von nichts gewusst. Sie hat nichts

*dazu gesagt, aber ich habe gespürt, dass auch sie diese Hochzeitspläne
missbilligt. Sie muss den Eindruck haben, dass Vater ihren Bruder
eiskalt abgeschrieben hat.*

12. Oktober

*Gestern kam Mutter allein, und diesmal haben wir lange mitein-
ander geredet, statt uns zu streiten. Ich sagte ihr, dass ich Ducreux
abstoßend finde und dass ich Alban mein Wort gegeben habe. Sie hat
nicht einmal versucht, mir das auszureden, sondern nur geseufzt.
Nach drei Monaten ohne Nachricht sei jede Hoffnung vergebens,
meinte sie, weil viele Männer im Kampf fielen, deren Leichen nie
identifiziert würden. Ich sagte: »Ich will in Zukunft gehorsamer sein,
aber ich flehe Sie an, zwingen Sie mich nicht, Etienne Ducreux zu
heiraten!«*

17. Oktober

*Bei Blanche habe ich zufällig Dominique getroffen. Als ich erkannte,
wer da den Salon betrat, war mir, als bohrten sich tausend Dolche in
mein Herz. Ich habe alles gegeben, um mir nichts anmerken zu lassen,
aber ich fürchte, mein Gruß war eiskalt. Die Stimme erstarb mir im
Hals, und ich fixierte den Teppich, um irgendwie Haltung zu wahren.
Zum Glück sprachen alle über die Front, die Katastrophe des Krieges
und Albans Verschwinden. Das waren genug Gründe für meine Lei-
chenblässe.*

27. Oktober

*Kleines Tagebuch! Gott sei gelobt und gepriesen: Alban lebt, ALBAN
LEBT!! Blanche, die es per Telegramm erfahren hat, kam heute morgen persönlich vorbei, um es mir zu sagen! Offenbar war er verletzt
und die ganze Zeit in deutscher Gefangenschaft. Aber er lebt, Gott*

sei Dank, er lebt! Ich könnte vor Freude tanzen, so glücklich bin ich,
Blanche bin ich auch gleich um den Hals gefallen! Wir werden sehr
bald mehr darüber wissen.

1. November

*Nun wissen wir endlich Näheres, Blanche hat es direkt aus dem
Kriegsministerium: Alban wurde Mitte Juli an Arm und Kopf verwundet und von den Boches gefangen genommen. Dann haben sie
ihn nach Deutschland gebracht, von wo er im Herbst geflohen ist.
Ein Bauer hat ihn am Straßenrand gefunden. Da er verwirrt war und
weder Erkennungsmarke noch Militärpass bei sich hatte, haben sie
ihn erst einmal für einen Spion gehalten. Der zuständige Major hat
darauf hingewiesen, dass Alban ein Schrapnellsplitter in der Schläfe
steckt, er seine geistigen Fähigkeiten aber irgendwann wiedererlan-
gen wird. Zurzeit befindet er sich in einem für Soldaten reservierten
Genesungsheim in Chartres. Ein Krankentransport wird ihn Ende des
Monats zurück nach Paris bringen, die Massis werden ihn abholen
und nach Othiermont fahren, weil Blanche ihr Gut nicht sich selbst
überlassen kann. Ich würde alles dafür geben, wenn er nur schon da
wäre.*

3. November

*Mutter versucht, Vater zu überreden, dass er meine »Verlobung« mit
Ducreux verschiebt.*

5. November

*Es herrscht eine eisige Kälte, und um Kohle zu sparen, muss ich mich
tagsüber mit Rosie im Salon aufhalten (weil nur der anständig be-
heizt ist). Die einzig angenehme Neuigkeit ist, dass niemand mehr
von den Ducreux spricht. Die Dienstboten haben strikte Anweisun-*

gen, und meine Post wird überwacht, aber das ist mir egal. Ich lese Platon und habe mich, während ich auf Alban warte, wieder auf die Mathematik verlegt.

6. November 1916

Einen Brief der Comtesse Cheremetieva habe ich gestern auf dem Postamt stibitzt, bevor er konfisziert werden konnte. Sie macht sich Sorgen. Sacha wäre wegen »antipatriotischer Propaganda« fast im Gefängnis gelandet. Er verteilt auf der Straße Flugblätter, und seine Mutter hat Angst, dass er in einem dieser Lager in der Vendée interniert wird, wo sie die Ausländer sammeln. Die Schlacht um Verdun geht weiter und fordert offenbar täglich Tausende Tote. Vielleicht besiegen wir Deutschland, aber was bleibt am Ende von Frankreich übrig? Wenigstens ist Alban in Sicherheit, und das zu wissen erfüllt mein Herz jeden Morgen mit Freude.

10. November

Mir wird die Zeit lang. Alban müsste in den nächsten Tagen kommen. Und Vater war gezwungen, meine Verlobung mit Ducreux aufzuschieben – angesichts der Umstände wäre es unschicklich gewesen, anders zu handeln. Was für eine Erlösung!

8. Dezember 1916

Kleines Tagebuch, sei mir nicht böse für mein langes Schweigen. Ich bin so traurig … Vor vierzehn Tagen kam Alban dank eines Heimaturlaubs zur Genesung wieder nach Paris zurück. Blanche lud mich zum Tee ein, und Mutter erlaubte mir hinzugehen. Ich habe mich gefürchtet, ihn wiederzusehen, aber auch sehr gefreut. Mein Gott … Der Krieg hat ihn so verändert, dass ich ihn fast nicht wiedererkannt hätte. Aber es waren nicht die Wunden, von denen er sich offenbar

gut erholt hat, obwohl er eine hässliche Narbe an der Schläfe zurück-
behalten hat. Es ist sein leerer Blick. Er war doch immer so lieb und
lustig und ist jetzt nur noch ein Schatten seiner selbst. An Blanches
bestürztem Ausdruck konnte ich erkennen, dass ich nicht die Einzige
war, der es so erging. Selbstverständlich haben wir nicht über unsere
Hochzeit gesprochen. Ob die Kopfverletzung sein Gedächtnis beein-
trächtigt hat? Ob er je wieder so sein wird wie früher?

14. Dezember
Gestern war ich zum ersten Mal mit Alban allein. Ich hatte noch
unsere gemeinsamen Ausritte und Gespräche im August 1915 im
Gedächtnis … Jetzt sagt er fast nichts mehr. Es war mir sehr unan-
genehm, aber ich bin auf seinen Brief mit dem Heiratsantrag vom
Juli zurückgekommen. Er wirkte verblüfft. »Ich habe eingesehen, dass
es eine Verrücktheit war«, sagte er. »Ich dachte, Sie haben diese alte
Geschichte längst ad acta gelegt.« Seine Worte trafen mich wie ein
Schlag und machten all meine Hoffnungen zunichte. Hat er vergessen, was er mir versprochen hat?

17. Dezember
Zum Abendessen kamen die Massis zu uns. Niemand hatte mich
vorgewarnt, dass sie so bald nach Othiermont zurückkehren wollten.
Ich litt bei dieser Begegnung Folterqualen – es bedurfte übermensch-
licher Anstrengungen, mich zu beherrschen und nichts von meinem
Schmerz durchschimmern zu lassen. Dominiques Gesicht, das ich
während des Essens heimlich beobachtete, hatte sich verändert: Der
schöne Glanz seiner Augen, die alles Erdenkliche taten, um meinem
Blick nicht zu begegnen, war erloschen. Der Gedanke drängte sich auf,
dass das alles meine Schuld war. Oder war es doch der Krieg, der die
allgemeine Katastrophe bewirkt hat?

18. Dezember

*Mutter legte großen Wert darauf, Alban zum Tee einzuladen – sehr
nett von ihr! Ich glaube, sie wollte ihm damit eine letzte Chance geben, mir einen Antrag zu machen. Aber von ihm kam nichts außer
endlosem Schweigen. Als Vater ihn bat, ein paar Anekdoten vom Regiment und den Angriffen der Boches zu erzählen, sah Alban ihn an,
als ob er in einer fremden Sprache spräche. Manchmal unterbricht er
sich mitten im Satz und verliert den Faden. Er tut mir so leid, dass es
mir kaum gelingt, ihm böse zu sein. Jetzt ist es wirklich vorbei mit der
Hoffnung auf eine Ehe mit ihm.*

19. Dezember

*Gestern habe ich eher zufällig Alban getroffen und bin mit ihm lange
durch den Wald von Ythiers gestreift. Das Reiten im Wald lindert
seine Kopfschmerzen, sagte er. Am Ende hat er mich nach meiner Zukunft gefragt, die für meinen Geschmack ziemlich düster aussieht.
»Blanche hat mir erzählt, dass Sie verlobt sind. Ich wünsche Ihnen
alles Glück der Welt.« Ich erbleichte. Und sagte ihm, dass ich es ernst
gemeint habe, als ich seinen Antrag annahm, und dass Vater die Sache
mit den Ducreux von Anfang an so geplant hat. Alban sah überrascht
aus. »Da Sie auf meinen Brief nicht geantwortet haben, dachte ich,
Sie halten mich für verrückt, oder Sie lieben diesen Mann. Ich könnte
es ja verstehen.« Er erinnerte sich offenbar nicht an mein Ja … Jetzt
konnte ich ihm nicht mehr böse sein, aber ich wusste nicht mehr, was
ich denken sollte.*

20. Dezember 1916

*Ununterbrochen drehe und wende ich diese Geschichte in meinem
Kopf. Irgendwann bin ich zu Alban gegangen, um mit ihm zu spre-
chen. Bei meiner Ehre habe ich ihm geschworen, dass ich ihm einen
Brief geschrieben habe, in dem ich seinen Antrag annahm. Der sei*

wahrscheinlich verlorengegangen oder zu spät gekommen, meinte er. Dann betonte er noch einmal, dass mir das nicht leidtun müsse, weil es besser so sei. »Aber wie können Sie so etwas sagen!«, rief ich und vergoss bittere Tränen. Er nahm mich in die Arme und nannte mich »süße Diane«. Seine Augen blickten traurig und leer. Er ist verändert, irgendwie gebrochen. Als ob ihm nichts mehr etwas bedeuten würde.

20. Dezember (abends)
Vater hat den 25. Januar als Hochzeitstermin bestimmt. Pech gehabt! Diesmal werde ich fliehen, und zwar für immer. Bloß weit weg von ihm, von dieser Familie und auch von Alban, der im Krieg sein Gedächtnis verloren hat und der Neurasthenie verfallen ist. Ich bin noch jung, aber in diesem Jahr hatte ich viel Zeit zu reifen und habe viel gelernt über das Leben und seine Leiden.

25. Dezember
Das war das traurigste Weihnachten meines Lebens. Ich bin neunzehn geworden und habe mich noch nie so einsam gefühlt wie heute Abend. Nach der Mitternachtsmesse habe ich eine Migräne vorgeschützt und mich den ganzen Tag auf mein Zimmer zurückgezogen.

30. Dezember
Habe Alban in den Stallungen getroffen, als er gerade Foudre gesattelt hat. Schweigend sind wir dann bis zu den Hügeln von Viermont geritten. Während der Rückkehr fing es zu schneien an, und wir flüchteten ins Forsthaus. Alban machte Feuer, so dass wir uns ein bisschen aufwärmen konnten. Er sagte nicht viel und blieb nah bei mir; als wir uns hinsetzten, zog er meinen Kopf an seine Schulter. Ich begann zu weinen. Und gestand ihm alles, was in seiner Abwesenheit passiert

war. Wirklich alles, ohne jede Scham. Und flehte ihn an, mich trotz allem zu heiraten, um mich vor dieser abscheulichen Ehe zu retten.

Ich hatte mit allen möglichen Reaktionen gerechnet, aber nicht mit dem, was dann kam: Alban war gar nicht wütend, sondern weinte auch und sagte, das sei unmöglich. Denn wenn die ganze Wahrheit ans Tageslicht käme, wäre sein Name, den ich dann tragen würde, auf ewig besudelt. Anfangs dachte ich, er meint die Sache mit Dominique. Aber er hat meinen Irrtum gleich aufgeklärt und gesagt, dass er der einzig Schuldige ist. Ich habe erst kein Wort von dem verstanden, was er gesagt hat. Dann hat auch er mir alles erzählt. Armer Alban … Angesichts seiner Verzweiflung ist meine lächerlich. Er hat beantragt, dass er nach seinem Genesungsurlaub an die Front zurückkehren darf, obwohl er wegen Dienstunfähigkeit entlassen werden könnte. Aber die Papiere sind schon unterzeichnet, und nichts wird ihn von seinem Entschluss abbringen können.

Er hat versprochen, mir alles Geld zukommen zu lassen, das er auftreiben kann, um mir eine zweite Flucht zu ermöglichen. Eigentlich ist mir die Idee zuwider, Almosen von einem Mann anzunehmen, aber habe ich denn eine Wahl? Außerdem … wie soll ich es Dir sagen, mein kleines Tagebuch … Er hielt mich immer noch in seinen Armen, und irgendeine Bewegung hat dann alles ausgelöst und den Rest nach sich gezogen. Die Vorstellung, dass Alban sterben wird, um für einen Fehler zu büßen, den er nicht begangen hat, obwohl er wie die ganzen anderen Drückeberger das Ende des Krieges im Hinterland abwarten könnte, regt mich furchtbar auf. Und ich entdecke, leider zu spät, dass ich mich nicht so gut kenne, wie ich dachte.

4. Januar 1917
Alban hat sein Versprechen gehalten: Vor seiner Abreise ließ er mir ein Kuvert mit einem Bündel Banknoten und Wertpapieren zukommen, die ich im Futter meines Mantels versteckte. In Blanches Garten haben wir voneinander Abschied genommen. Wäre der Krieg nicht

gewesen, hätte ich ihn vielleicht lieben gelernt, und er wäre für mich der beste aller Ehemänner geworden. Aber so ist alles nur Chaos und Qual. Er hielt lange meine Hände in den seinen und sagte, ich dürfe nie bereuen, geliebt zu haben.

5. Januar 1917
Ich habe Dounia gesattelt und bin bis zu den Hügeln von Viermont geritten. Dort verbringe ich nun den größten Teil des Tages, weil ich so am besten den Ducreux aus dem Weg gehen kann, die vorgestern angekommen sind. Wenn ich Glück habe, scheuen die Jährlinge die Kälte so sehr, dass der junge Ducreux gar nicht erst auf die Idee kommt, mir zu folgen. Ich denke an Alban und all das, was wir einander erzählt haben. Mit Vater spreche ich nicht mehr. Ich habe jetzt genug Geld für die Flucht, und ich weiß, dass ich mich auf Laure de T. verlassen kann.

6. Januar 1917
Dominique hat mich gestern ohne Vorwarnung im Wald besucht. Es war das erste Mal seit dem verhängnisvollen Frühlingstag, dass wir uns ohne Zeugen wiedersahen. Ich dachte ja, dass ich in diesen neun Monaten hart geworden bin bis zur Gefühllosigkeit. Da habe ich mich aber getäuscht. Als er seine Arme ausbreitete und seine Lippen in brennender Verzweiflung die meinen suchten, ließ ich mich einfach gehen. Aber die Leidenschaft unserer ersten Umarmungen war vorbei. Ich fühlte mich eher unbeteiligt und distanziert. Meine große Liebe vom Frühjahr ist bitter geworden, und das Kind, das im Herbst zur Welt kam – es heißt Céleste –, hat endgültig alles zerstört. Die Sonne lachte, und unser Atem stieg dampfend empor in der schimmernden Luft. Dieser Moment in seinen Armen würde der letzte sein, dachte ich. Und dass es besser so wäre.

10. Januar 1917

Als Röse-die-Böse so feixend daherkam, wusste ich gleich, dass irgendetwas im Busch war. Sie habe mich im Wald »in reizender Gesellschaft gesehen«, sagte sie und drohte, Vater alles zu petzen und keine Ruhe zu geben, bevor ich nicht Ducreux heiraten würde.

Ich muss dir gestehen, kleines Tagebuch, dass ich nicht übel Lust hatte, das zufriedene Grinsen mit Ohrfeigen aus ihrer hässlichen Visage zu vertreiben. Sie weiß, dass ich lieber sterben würde, als Etienne zu heiraten. Wenn ich aber fliehe, wird sie reden. Ich habe sie gewarnt, dass sie uns alle ruinieren würde, wenn sie das tut. Da brach eine Flut wilder Beschimpfungen aus ihr heraus. Mit meinen hinterlistigen, egoistischen Koketteriekünsten und meiner teuflischen, verlogenen Seele habe ich ihr angeblich Albans Herz geraubt, wirft sie mir vor ... Jetzt wird mir klar, dass sie in ihn verliebt ist, von Eifersucht zerfressen bis ins Mark und fast wahnsinnig vor Bitterkeit und Enttäuschung; womöglich wünscht sie mir sogar den Tod, so sehr hasst sie mich. Sie wird sich von nichts aufhalten lassen, selbst wenn sie zwei Familien zerstören müsste. Und ich kann nicht zulassen, dass Dominique kompromittiert und in einen Skandal verwickelt wird, der uns alle in den Schmutz zieht. War nicht ich diejenige, die vor einem Jahr den ersten Schritt machte, als ich meine Hand ausstreckte und sein Herz vom rechten Weg abbrachte?

Ich habe die ganze Nacht kein Auge zugetan und alle möglichen Gedanken in meinem Kopf gewälzt, ohne einen Ausweg zu finden.

14. Januar 1917

Tage voller Qual. Ich fühle mich entsetzlich schuldig für alles, was ich getan habe. Ich glaube nicht an Gott und noch weniger an seine Rache, aber vielleicht ist das, was mir widerfährt, die Strafe für meine Liebe zu Dominique?

17. Januar
Blanche hat die Nachricht von Albans Tod erhalten. Er hat nicht gelitten, eine Kugel hat ihn bei einem Angriff sofort getötet. Ich kann nicht aufhören zu weinen. Was für ein sinnloser Tod. Rosie hat zu mir gesagt, dass alles meine Schuld sei, und ausnahmsweise hat sie damit recht. Ich lese alle Briefe wieder, die er mir von der Front geschickt hat. Er war der einzige Mann, der mich wirklich geliebt hat. Von nun an bin ich allein.

26. Januar
Diese schändliche Sache werde ich nicht vergessen, bis ich sterbe.

99

Seit wann habe ich nicht mehr getanzt? Samuel führt mich mit sicherer Hand, und wir wirbeln zu wilder Rockmusik herum, als wären wir nicht älter als fünfzehn. Violeta winkt mir aus der Ferne. Sie unterhält sich mit einem jungen Mann, und ihre Schwester Beatriz (wenn es nicht Laura ist) lächelt mir zu. Mit ihrem violetten, von Goldfäden durchwirkten Seidenkleid, den Rubinohrgehängen und karmesinroten Lippen ist meine Gastgeberin die Königin des Abends, der seinem Höhepunkt zustrebt. Mindestens vierzig Gäste verteilen sich auf den getäfelten Salon und das Esszimmer, in dem etwas früher am Nachmittag alle Möbel zur Seite geschoben wurden. Die meisten Gäste sind offenbar Freunde von Violeta, ein paar begrüßten auch Samuel. Manche schienen ihn seit Jahren nicht mehr gesehen zu haben.

Nach einer Viertelstunde flehe ich um Gnade und lasse mich auf ein Sofa fallen, während Samuel uns etwas zu trinken holt. Das Leder ist warm, und in die pulsierende Musik – Sibylle wurde gebeten, sich ausnahmsweise damit abzufinden – mischt sich der Klang des Portugiesischen. Obwohl ich kein Wort von dem verstehe, was um mich herum gesprochen wird, fühle ich mich keineswegs fremd, im Gegenteil, ich fühle mich getragen von diesem Stimmengewirr mit den Akzenten des Südens, das mich mit seiner verlockenden Tonalität einhüllt. Violetas Mann Adelino ersetzt den Rock durch Fado, und einige applaudieren, als sie die Stimme von Amália Rodrigues erkennen.

Samuel kommt mit einem Glas zurück und drückt es mir in die Hand, die er bei der Gelegenheit streichelt. Das Getränk schmeckt alkoholisch-fruchtig. Köstlich, wie es durch meine Kehle rinnt. Jetzt winkt Samuel über die Musik hinweg seiner Schwester zu. Auch er ist glücklich, und das sieht man ihm an. Er legt seine Hand um meinen Nacken und küsst mich auf den Hals. Mitten im Salon und vor den versammelten Gästen ist das eine Liebeserklärung. Ich lege den Kopf auf seine Schulter und schließe die Augen. Vorhin habe ich ihm sein Geschenk überreicht. Er wollte es gleich einweihen und hat ein Foto von mir gemacht. Jetzt küsst er mich noch einmal, und ich stelle mein Glas ab. Die Wärme des Alkohols hat sich durch die Adern in meinem Körper verbreitet, ich sitze neben einem Mann, den ich liebe, und die letzten Akkorde der portugiesischen Gitarre in »Maria Lisboa« verklingen unter dem Beifall. Ich weiß, dass ich diesen Augenblick nie vergessen werde, nicht vergessen darf. Es ist der Moment des wiedergefundenen Glücks.

100

Morgen fliege ich nach Paris zurück. Samuel schläft neben mir, ich höre seinen gleichmäßigen Atem. Doch ich finde keinen Schlaf. Ich denke an Diane und Alban. An Massis. Je länger ich versuche, aus den Fragmenten ihrer Geschichte, die ich in meinem Kopf drehe und wende, aus dem Tagebuch, den Briefen und Ansichtskarten die uralten Verbindungen wiederherzustellen, die das Leben jener drei Menschen, von denen sie stammen, bestimmten, desto deutlicher zeichnen sich nach und nach die Grundzüge einer – ihrer – Geschichte ab; oder, genauer gesagt, taucht der Schemen einer Erzählung aus den Brand- und Staubschichten auf, unter denen es bisher verborgen war. Vor meinen Augen entstehen aus fragmentarischen Episoden die Umrisse einer Intrige, sie treten hervor aus den Nebeln der Zeit, in denen Konturen und Chronologien, Motive und Figuren verschwimmen, so wie sich allmählich Züge von Gesichtern, der Glanz eines Metalls, die Textur eines Stücks Holz oder ein Fußabdruck im Schlamm entwickelt haben, wenn Alban de Willecot und Antoine Gallouët sich über zufällig gefundene Wannen beugten und ihre Abzüge auf gut Glück in chemischen Lösungen badeten, die ihnen entweder per Post geschickt oder aus dem Heimaturlaub mitgebracht wurden, in einem Unterstand, dessen Tür mit ihren Soldatenmänteln aus schwerem Tuch verhängt war. Hier, wo das Chaos tobte und die Erde bebte, weil ein paar Kilometer weiter der Krieg mit der ganzen Macht seines teuflischen Atems alles niederwalzte, entstanden unter ihren Händen Bilder, die wie durch ein Wunder vom Krieg geheilt erschienen, fragile, prekäre Spuren, schwebend in einer äußersten, letzten Geste des Teilens, dann Erinnerns und schließlich Bezeugens.

Diese Fiktion, die ich aufgrund ihrer Worte Tag um Tag weitergesponnen habe, führt mich, wenn ich die fotografierten Szenen gleichsam zum Bühnenbild zusammenfüge, Daten, Hinweise, Orte abgleiche, die Chronologie wiederherstelle und die kraftvolle Mechanik der Gründe und Folgen in Gang setze, zu dem Schluss, dass das, was diese drei Menschen gemeinsam erlebten, eine ganz banale menschliche Geschichte war, eine Dreiecksliebe, wie es viele gibt. Hätten sie genügend Zeit gehabt, um ihre Bande zu lösen oder zu festigen, Gefühle wachsen und Wunden vernarben zu lassen, dann hätte sich, wenn auch nicht ohne das angemessene Quantum nächtlicher Qualen, Tränen und Entsagungen, alles in Wohlgefallen auflösen können, wenn sie nicht wegen des Krieges in einem tragischen, endgültigen Raum erstarrt gewesen wären.

Was ich hier skizziere, ist die Geschichte eines jungen Aristokraten, Astronomen und Lyrikfans, der viel zu zart besaitet ist, um Monat für Monat diese Anhäufung von Schrecken und Absurditäten zu ertragen, deren Beteiligter und Zeuge er ist; in seinen Bildern inszeniert er zunächst seine Verblüffung, seine Ungläubigkeit, da zu sein, in fotografischen Parodien des Alltags, die wie Nachbilder seines früheren Lebens wirken, schließlich sein tagtäglich erneuertes Staunen, noch am Leben zu sein. Inmitten all dieser Gewalt, die ihn entblößt und entmenschlicht, klammert er sich an das Wort, an die Gedichte seines Freundes, und an die Mathematik, deren Probleme er mit einer jungen Frau – einem halben Kind noch – erörtert; das verbindet ihn mit ihr, wie man in der Wüste oder im Gefängnis mit jenen verbunden ist, die einem fern sind, in dem verzweifelten Verlangen eines jeden Wesens, auf etwas oder jemanden hoffen zu können und sich Existenzgründe zu erfinden, wenn das Leben keine mehr hergibt.

In der kurz bemessenen Zeit des Heimaturlaubs 1915, als er verblüfft feststellen muss, dass das halbe Kind, mit dem er vor zehn Jahren durch den Wald geritten und Schlitten gefahren ist, zur Frau geworden ist, nimmt die Anziehung Gestalt an; sie haben weder die Zeit noch die Muße herauszufinden, ob sie füreinander bestimmt sind und ob Diane schon zur Liebe bereit ist. Was ein flirrender Sommerflirt hätte bleiben können, ein kleines Intermezzo, schillernd wie eine

Seifenblase, wurde zu einer regelrechten Affäre, einem beiderseitigen Missverständnis, einer geplanten Rettung, die sich in einem Tohuwabohu viel zu ernsthafter Heiratspläne verstrickte – aber welche Wahl hat man denn, wenn der Tod vorprogrammiert ist und einem jeden Morgen bei Sonnenaufgang die Welt um die Ohren fliegt, die sich aus Knochen, Pulver und Asche ihr höllisches Süppchen kocht.

Und während dieser Zeit verliebte sich die rebellische junge Frau, die sich nach einem erfüllteren Leben sehnte, als ihre Epoche und ihre gesellschaftliche Lage es für sie vorsahen, fast zwangsläufig in den falschen Mann, den Dichter, den besten Freund Alban de Willecots; aber wie hätte sie auch anders können, als diesen brillanten, ihr überlegenen Geist, dessen Verse sie ebenso bewunderte wie dessen Kenntnis toter Sprachen, die nur noch in Büchern widerklangen, als Lehrmeister anzunehmen. Alles trennt die beiden voneinander und zieht sie gleichzeitig an: der Krieg, der im Hinterland Chaos sät, weil er die einen zu niederen Tätigkeiten verdammt und die anderen zu tödlich provinzieller Langeweile, der Krieg, der den Lauf der Schicksale umlenkt und allzu geradlinige Wege verschüttet, der Krieg, der das wohlgeordnete Leben der Familien Massis und Nicolaï mit bedrohlichen Rissen durchzieht, aus denen schließlich diese verbotene, aber brennende Liebe wächst. Sie ist gebrandmarkt von dem unweigerlich Kommenden, das man weder voraussehen noch umgehen hätte können.

Denn der Dichter, dessen Geschichte dies auch ist, kannte bis dahin nur die sanfte, treue Zärtlichkeit gegenüber seiner Frau, der schönen, zurückhaltenden Jeanne de Royère. Da er wegen seines Gebrechens auf die elende Aufgabe der Zensur beschränkt ist und sich deshalb im Krieg nicht so auszeichnen kann, wie er möchte, vibriert seine Seele vom ständigen Echo all des Schändlichen und Schmerzlichen in den Soldatenbriefen, die er tagtäglich lesen muss, bald wie ein kranker Tambour. Hinzu kommen die ständigen Zwänge des häuslichen Lebens und des Ruhms, die Korrespondenz mit seinesgleichen und sein Jour fixe, der Traum von der Akademie und die Angst vor einem Fehltritt, die Wandbehänge für den Salon und die Besuche beim

alternden Limoges, zu denen er für den Rest seines Lebens verpflichtet
ist, die Anforderungen seiner Kinder Frédéric und Eugénie, die wissbe-
gierig sind und liebkost werden wollen und sonntägliche Bootsfahrten
einfordern, all das nagt, zehrt, zwingt den Tischlersohn von der Orne,
eine Rolle einzunehmen, die im Grunde nicht seine ist, und bedroht
schließlich sogar die unabweisliche Zauberei der Dichtung, weil die
Zeit im Fluss der Tage verrinnt, was schließlich auf Kosten der Lyrik
geht; anscheinend trauert er sogar manchmal den Kaschemmen in der
Rue de Budapest nach, wo er zwar zur Beute der Flöhe wurde, aber
den Krieg aussperren konnte; wo er mit einem läppischen Café au lait
im Magen Verse komponierte, aber eine Sternenexplosion in seiner
Brust den Satz hinwegfegte, an dem er gerade schliff, und ihn mit
einem verklärten Funken beseelte, der ihm, wie er sich manchmal an
seinem Schreibtisch am Quai des Grands-Augustins sagt, irgendwann
fehlen wird.

Diane mit ihrem Mathematikgenie, dem Strahlen, das sie umgibt,
ohne dass sie davon weiß, mit ihren siebzehn Jahren und ihren großen
grünen Augen dringt in sein Leben wie eine Klinge ins Fleisch. Es
ist vielleicht das erste Mal, dass der schüchterne Dichter und verant-
wortungsvolle Familienvater diesen schicksalhaften Aufruhr der Gefühle erlebt, die irrsinnige Sehnsucht nach dem anderen, die jederzeit
hervorbrechen kann und Himmel oder Hölle verheißt. Ja, ich kann
mir vorstellen, wie die Beine Anatoles plötzlich den Dienst versagen
und er auf die Knie fällt vor dem langen blonden Körper, außer sich
vor Liebe, bereit, den leuchtenden Leib zu feiern, den Diane an jenem
Nachmittag vor seinen Augen entblößt – ein Bild, das sich endgültig
auf seiner Netzhaut einbrennt, weit mehr sicherlich als jedes der Porträts, die er an dem gewissen Nachmittag gemacht hat, denn man kann
sich durchaus vorstellen, ein rechteckiges Stück Fotopapier zu zerreißen, aber die Erinnerung selbst ist unbesiegbar, sie dringt durch das
Auge direkt ins Gedächtnis und setzt sich dort fest, um den Empfänger
bis in alle Ewigkeit zu verfolgen. Dann wird dieser fünfunddreißigjäh-
rige Mann zwischen den Alabasterbeinen des halb so alten Mädchens

aufgenommen, tausend Sonnen explodieren im Moment der Vereinigung in seiner Brust, und danach ist sein Herz in Auflösung, als hätte er gerade ein Wunder bewirkt oder ein Verbrechen begangen – es war ja in gewissem Sinne beides zugleich.

Aber ich weiß so gut wie die beiden damals, dass für das, was sie verbindet, kein Platz ist in einer vom Krieg, der ausschließlich dem brutalen Gesetz der Notwendigkeit gehorcht, vermessenen Welt. Und so ziehen sich die Maschen des Netzes, in dem sie sich verfangen haben, immer weiter zu, aus der trügerischen Wärme der Freundschaft wird nach und nach eine unausweichliche Falle zwischen Jeannes neuer Schwangerschaft, dem Ruin der Nicolaïs und dem Antrag Albans, bis gar nichts mehr geht und jede Aktion einen schwindelerregenden Verlust nach sich zieht. Die Vertrauten von gestern werden zu den Verrätern von morgen: Was hätte Anatole Alban erwidern sollen, als dieser ihm seine »teuersten Hoffnungen« anvertraute? Hatte er denn alles ihm Mögliche getan, um diese Verbindung zu verhindern und dem Freund die tiefsten Abgründe des Verlassenseins zu ersparen? Oder hatte er nicht vielmehr darauf hingewirkt, dass Diane sich in seine Arme warf, wobei er in Kauf nahm, dass daran seine eigene Liebe zerbrach, oder, ohne es sich selbst einzugestehen, sogar heimlich gehofft, auf diese Weise die beiden geliebten Menschen in seiner Nähe zu behalten, ohne seine Familie zu opfern? Welche Qualen muss er nächtlich durchlitten haben! Wie nah sich im Grunde seiner Seele wohl Himmel und Hölle waren, ein geheimer Garten der Lüste und Qualen wie bei Hieronymus Bosch, eine schmerzliche Zerrissenheit, aus der am Ende *Leiberglühen* entstand.

In diesem Moment wäre es nötig gewesen, innezuhalten und sich einen Augenblick des Friedens zu gönnen, um wieder zu Atem zu kommen. Aber es gibt keinen Frieden mehr, und sie müssen einsehen, dass keiner von ihnen die Kraft hat, die Höllenmaschine aufzuhalten, die in rasendem Lauf die Ereignisse vorantreibt. Alban, der Astronom, der in Verdun von einer Granate lebendig begraben wurde, der seine Waffenbrüder verloren und eine Kopfverletzung davongetragen hat, Alban erträgt den Tod um sich herum nicht mehr, egal ob er die Männer seines Zuges betrifft oder die im gegenüberliegenden Schützengraben, er hat zu viel Schmerz in sich angehäuft, um sich noch als Freund, Bruder, Ehemann sehen zu können. Dianes Beichte im Forsthaus war für ihn wohl nur der letzte Anstoß, sein Schicksal zu besiegeln.

Und Diane, die Kämpferin? Hatte sie mit ihren kaum neunzehn Jahren schon ihre ganze Lebensenergie verbraucht, weil sie sich in eine Liebe gestürzt hatte, die sie erst entzückte und dann, als das Kind, das in Jeanne heranwuchs, sie aus Anatoles Herz vertrieb, in erneute Einsamkeit stieß? Verzweifelte sie an der ersehnten Freiheit, weil diese sich ihr immer in dem Maße entzog, in dem sie nach ihr griff? Sah sie sich schon sterben in der Verdammnis dieser Ehe, der sie sich nicht entziehen konnte, weil die eifersüchtige Schwester sie in eine ausweglose Situation gebracht hatte, in der sie Gefahr lief, den Ruf jenes Mannes zu zerstören, den sie mehr geliebt hatte als sich selbst?

Ich musste auch an Victor denken, den Sohn, den sie zur Welt gebracht hatte. Wer hatte ihn gezeugt? Alban etwa, in einem Anfall von Zuneigung in jenem Moment verzweifelten Mitgefühls im Schoß des Waldes von Ythiers? Oder musste Diane, als letzte, perverse Strafe, das Kind des verhassten Mannes austragen, der sie gegen ihren Willen geheiratet hatte und am Hochzeitsabend über sie hergefallen war? Vielleicht ist sie nach ihrer Niederkunft wirklich am Kindbettfieber gestorben; vielleicht hat sie die todbringende Krankheit auch willkommen geheißen wie Alban die feindlichen Kugeln, weil sie nach einer Erlösung suchte, die das Leben ihr nicht mehr gewähren würde. Und wann begann die Krankheit, die Anatole auffraß, bis er drei Jahre später daran starb? Nach seiner Entscheidung, Diane nicht wiederzusehen? Mit der Erkenntnis, dass Alban den Tod gesucht hatte? Als er durch Blanches Feder erfuhr, dass Diane gestorben war? Oder erst ein Jahr später, als Jeanne de Royère nach drei Tagen fiebrigen Deliriums, das ihren wunderschönen Körper in einen Herd schleimigen, röchelnden Auswurfs verwandelte, der Spanischen Grippe zum Opfer fiel?

Die Summe des Unglücks, das binnen weniger Jahre über den Dichter hereinbrach, ließ die geheimnisvolle Macht seiner Lyrik erlöschen, die fortan nur noch den Tod und die Toten besang.

Ich sah sie vor mir, Alban de Willecot, Anatole Massis und Diane Nicolaï, auf einem Foto, das nicht existent, aber sehr gut vorstellbar war, unter einer Laube sommers in Othiermont, in der Ferne wie ein Gespenst der Schatten der schweigsamen Jeanne, ich malte mir all die Hoffnungen, Verzückungen und Leidenschaften aus, die ihr kurzes Leben für sie bereithielt, bevor es so jäh in Enttäuschung umschlug, und mir schien, dass sich alles um Diane drehte; Diane, deren Gesicht für alle Zeit unbekannt bleiben würde, weil es von ihr kein einziges Bild, kein einziges Foto gab, Diane, deren Name in keinem Buch, auf keinem Gefallenendenkmal verzeichnet ist, Diane war das Gravitationszentrum, um das die anderen rotierten wie eine Galaxie um einen Fixstern, weil sie unbeabsichtigt eine Folge fataler Schritte lostrat, die sie alle nacheinander in den Untergang führten. Ja, es war eine banale menschliche Geschichte, eine Dreiecksliebe, wie es viele gibt, aber in einem Krieg, der alles entstellte, was mit ihm in Berührung kam. Und sie alle bezahlten ihr sehnsüchtiges Streben nach einer Würde, die in dieser unruhigen Zeit nichts mehr galt, mit ihren Leben.

III

Tee in den Ruinen

101

Als er aus dem Schützengraben auftauchte, spürte er als Erstes den Nieselregen auf seinen Lidern. Das Wasser durchfurchte die Kruste aus Staub und Dreck auf seinem Gesicht wie Tränen. Er war so sehr auf den Angriff konzentriert, dass er kaum das Knattern des Maschinengewehrfeuers hörte. Wie Zinnsoldaten fielen seine Männer zu seiner Linken, lächerliche Figürchen, die, von unsichtbarer Hand gestoßen, eins nach dem andern zu Boden stürzten. Keine zehn Meter vor ihm warf eine explodierende Granate die Erde auf; er konnte gerade noch sehen, wie der Körper des kleinen Richard inmitten von Staub- und Steinfontänen, die wie Strahlen einer teuflischen Sonne aus dem Schoß der Erde durch deren Kruste schossen, in die Luft flog. Dann spürte er, wie die Druckwelle ihn an der Seite traf und wegschleuderte, etwa zehn Meter von seinem Regiment entfernt, das mit allen Soldaten, die noch stehen konnten, weiter gegen die Linien des Feindes anrannte. Es kam ihm wie eine Ewigkeit vor, bis er begriff, dass er gerade einen Abhang hinunterrollte und an dessen Fuß zum Halten kam. Verdutzt blieb er dort eine Weile auf dem Bauch liegen.

Als er aufstand, blutete er an der Hand. Er hatte sich bei seinem Sturz am Bajonett geschnitten. Das Trommelfeuer ließ nicht nach, und in dem dichten Rauch wusste er einen Moment lang nicht mehr, auf welcher Seite sein Schützengraben war und wo der deutsche. Kopf und Lunge brannten vom Pulverdampf; er hoffte jedenfalls, dass es nicht die tödlichen Gase der Boches waren, die in der Schlacht bei Ypern so viel Unheil angerichtet hatten. Auf einmal bemerkte er rechts von sich eine Bewegung, die er zunächst nicht zuordnen konnte. Ihm war, als bräche aufgrund eines wahnwitzigen Kriegszaubers ein Grabhügel aus der Erde, eine übernatürliche Blase oder ein unbekanntes Tier, eine Art riesige Kakerlake. Bis es seinen Augen und seinem Gehirn endlich gelang, dieses erschreckende Etwas zu einer Gestalt zusammenzusetzen: Er sah den von Erde bedeckten Rücken eines Mannes, der sich aufzurichten versuchte.

Es war ein deutscher So!dat, höchstens neunzehn oder zwanzig Jahre alt. Soweit man das an seinem dreckbespritzten Schädel erkennen konnte, hatte er helle Haut, abstehende Ohren und die azurblauen Augen der Männer aus dem Norden. Wie Alban war er von der Wucht der Explosion halb ohnmächtig; unendlich vorsichtig versuchte er, auf die Füße zu kommen, benutzte sein Gewehr als Stütze für seinen verletzten Körper, und seine Miene drückte Erstaunen darüber aus, noch am Leben zu sein. Er zwinkerte ein paarmal, wischte sich mechanisch übers Gesicht und spuckte mit einem Speichelstrahl etwas Erde aus. Und plötzlich traf sein Blick den des Franzosen ein paar Meter weiter.

Das Artilleriefeuer hatte die beiden Männer von ihren Kameraden isoliert und in einen rund zwölf Meter tiefen Trichter geworfen. Sie waren allein, keine zehn Meter voneinander entfernt. So nah, dass Alban sehen konnte, wie die Kiefer des Deutschen – fast noch ein Junge, dachte er – in seiner Furcht krampfhaft gegeneinanderschlugen. Er war ihm ein paar Sekunden voraus und wusste sehr genau, was er zu tun hatte: sein Gewehr mit beiden Händen packen, losbrüllen, losrennen und dem vor Angst erstarrten Jungen, der nicht einmal zum Anlegen kommen würde, sein Bajonett in den Bauch rammen. Dann die Klinge in der Erde abwischen, aus dem Krater kriechen und zu seinem Bataillon oder dem, was noch davon übrig war, zurückkehren.

Plötzlich spürte er tief in seinem Inneren eine enorme Müdigkeit. Er war es leid, zu töten und gegen den Tod anzukämpfen. Vor ihm stand der Junge, noch immer schreckensstarr. Ein dunkler Fleck, der sich in seinem Schritt ausbreitete, verriet, dass er die Kontrolle über sich verloren hatte. Wahrscheinlich dachte er gerade an seine Mutter oder seine Verlobte und daran, dass diese französische Erde, zu deren Eroberung er unter massenhaftem Einsatz patriotischer Reden entsandt worden war, nun zu seinem Grab werden würde. Im Blick dieses deutschen Soldaten sah er wie in einem Spiegel, was aus ihm, dem

Sternenforscher, geworden war: eine graue Gliederpuppe mit steifem Arm und dem Gesicht eines Mörders. Dass er wieder in die Uniform geschlüpft war, hatte trotz seiner verzweifelten Bemühungen sein Gedächtnis gelöscht, die Gefühle, die er empfunden oder empfangen hatte, die Sterne, die er beobachtet, die Zeilen, die er geschrieben, und die Berechnungen, die er angestellt hatte; der Krieg hatte die Erinnerung an die Sommerabende in Ythiers, an Dianes Augen und die süße Haut der Frauen, die er einmal genossen hatte, vernichtet und aus ihm eine verlorene Seele unter Millionen anderer gemacht, dazu verdammt, zwischen Schützengräben umherzuirren und auf ihren Mörder zu warten; es sei denn, er entschiede sich wie manch anderer dafür, seinem Leben selbst ein Ende zu setzen.

Er schloss für einen Moment die Augen und öffnete sie wieder. Der Junge mit den blauen Augen starrte ihn immer noch an, im Grunde seines Blicks lag so etwas wie ein Flehen; keiner von beiden achtete mehr auf das Krachen der Granaten, die etwas weiter entfernt über dem Geknatter der Maschinengewehre explodierten.

Alban atmete tief, und trotz des Lärms um sich herum hörte er, wie ihm der Kolben leise vom Arm glitt und das Gewehr zu Boden fiel.

102

Ich bin zurück in Paris. Aber ein Teil von mir ist dort geblieben, in Lissabon, bei Samuel, bei Violeta. Abends beim Einschlafen sehe ich die Schnappschüsse von dieser Stadt vorbeiziehen, die immer neue Facetten entfaltet, als wollte ihre Vielfalt nie enden. Diesmal habe ich Belém und seine endlose Kathedrale gesehen, die mit starrem Blick auf den Ozean schaut und auf den Jardim do Ultramar mit all den Gehölzen, die vom Kolonialismus aus entfernten Landstrichen Afrikas unter die lusitanische Sonne verpflanzt worden waren. Das hätte Blanche de Barges gefallen, diese Fluchten aus üppigen Bäumen und steinernen Statuen mit negroiden Zügen, wie es damals modern war, umhüllt von Blattkaskaden in barocken Formen. Hingegen bin ich mir nicht sicher, ob sie sich so etwas wie den Parque das Nações, diese phantastische Enklave am Flussufer, die sich so weit am Rand des Wassers ausdehnt, dass eine Seilbahn gebaut wurde, die ihn in seiner ganzen Länge durchmisst, überhaupt hätte vorstellen können.

Die Gegenwart Samuels, der mich während meines Aufenthalts so wenig wie möglich allein ließ, hatte schließlich sämtliche Zweifel zerstreut, die mich in den letzten Wochen heimgesucht hatten. Wir gingen noch einmal in das Restaurant, wo wir das erste Mal gewesen waren, und wiederholten den nächtlichen Spaziergang zum Miradour de Santa Catarina wie eine Pilgerreise. Derselbe Kellner wie im September begrüßte uns wieder wie ein Liebespaar. Und diesmal hatte er damit recht.

Ich hatte darauf bestanden, Samuel die paar Tage zu seinem Vorstellungsgespräch nach Porto zu begleiten. Ich wollte wissen, wie er dort lebte, und fand eine Einzimmerwohnung mit nackten Wänden vor, ein Abbild meiner Pariser Wohnung, nur noch trister. Seit sechs Jahren wohne er dort zur Miete, erzählte er. Am Wochenende besuchten wir das Gestüt von Violetas Mann Adelino, und ich stellte nicht ohne eine gewisse Verblüffung fest, dass die Geschwister hervorragende Reiter waren. Sie redeten so lange auf mich ein, bis ich bereit war, trotz meiner Angst auf ein Pferd zu steigen. Samuel führte es am Zügel, während es sich im Schritt vorwärtsbewegte, aber der Rücken dieses Tiers war so entsetzlich weit entfernt vom Boden. Ich musste an Dianes Galoppaden auf ihrer Stute Dounia denken; nun konnte ich noch viel besser verstehen, wie wagemutig sie auch in physischer Hinsicht war.

Um unser Glück in der Rua Bartolomeu de Gusmão vollkommen zu machen, hatte Sibylle sich in ihrem Zimmer verschanzt, so dass wir sie quasi nicht zu Gesicht bekamen. Die alte Frau war immer schwächer geworden, und Violeta hatte eine Pflegerin engagiert, um Serafina zu entlasten, die es nicht mehr aushielt, von früh bis spät ausgeschimpft zu werden.

Violeta hatte meine Transkription von Dianes Tagebuch am Tag nach meiner Ankunft gelesen. Wir stellten lange Mutmaßungen über das Ende an, konnten uns aber nicht darauf einigen, wie wir es interpretieren sollten. Ich weiß nun, warum Alban für vier Monate zu schreiben aufgehört hat, auch wenn nicht klar ist, was während seiner Haft passierte. Uneins waren wir darüber, aus welchem Grund Alban es so eilig hatte, wieder an die Front zu kommen: Samuel führte das auf seine Verwundung und den posttraumatischen Schock zurück, während ich seine Verzweiflung eher Dianes Zurückweisung – oder dem, was er dafür hielt – im Juli 1916 zuschrieb, wobei das Geständnis ihrer Affäre mit Massis seine Verzweiflung bestimmt noch vertiefte. Diese Hypothese scheint mir am logischsten zu sein, aber Samuel glaubt nicht daran. Schließlich habe Alban bis zum Schluss versucht, seiner jungen Freundin zu helfen, hält er mir entgegen; und es stimmt, Dianes elliptische Sätze schließen nicht aus, dass die beiden ihre Versöhnung auf die allerintimste Weise vollzogen haben. Violeta tendiert eher in die Richtung ihres Bruders: Auch wenn Diane und Alban ihre Heiratspläne fallengelassen haben, ist sie überzeugt, dass Diane sich dem Leutnant hingegeben hat und die beiden durch einen geheimen Pakt verbunden waren, den das Tagebuch nicht näher ausführt.

Sicher dagegen ist, dass Rosie am nächsten Tag gesehen hat, wie ihre Schwester Massis küsste, und darin eine Möglichkeit fand, sie zu erpressen. Das Tagebuch endet am 26. Januar, zwei Tage nach der Heirat, und das wenige, was Diane über den Vollzug ihrer Ehe schreibt, verrät ihren ungeheuren Ekel nach der Hochzeitsnacht. Die letzten Seiten des Tagebuchs sind leer. Ich fragte mich, ob Diane wohl die Kraft fand, ein weiteres Tagebuch zu beginnen (und wenn ja, wo war es?), und welche Gefühle das Wissen um ihre Schwangerschaft in ihr hervorrief. Das Schicksal Diane Nicolaïs kam uns mittlerweile allen dreien wie eine entsetzliche Verschwendung vor: Auf ihre Weise war sie ein indirektes Opfer des Krieges. Aber vor allem hatte sie an ihrer Zeit gelitten, dieser Epoche, in der es einer Frau, so brillant sie auch sein mochte, verboten war, ihren Platz in der Gesellschaft auf andere Weise zu erlangen, als indem sie sich dem Gebot eines Mannes unterstellte.

Samuel und Violeta hatten versprochen, kein Wort über den Inhalt des Tagebuchs verlauten zu lassen. Ich war mir immer noch nicht sicher, wie ich mit meinen Entdeckungen verfahren sollte. Deshalb freute ich mich so sehr darüber, als ich zu Hause einen Brief von Massis' Biographin Françoise Alazarine vorfand, in dem sie sich für ihre verspätete Antwort entschuldigte und mich einlud, sie in Yvelines zu besuchen. Glücklich über die unverhoffte Gelegenheit, mich von meiner Portugalsehnsucht abzulenken, fuhr ich zwei Tage später dorthin. Das Haus von Françoise Alazarine lag in einer charmanten Siedlung am Waldrand; wäre die Vorortbahn RER nicht so nahe daran vorbeigefahren, wäre es dort richtig ländlich gewesen. Die Adresse war leicht zu finden, und kaum schnappte das elektrische Schloss auf, sprang eine schwarze Cocker-Hündin an mir hoch und bellte wie verrückt.

»Ruhig, Illa!«, hörte ich die Stimme der Besitzerin.

Der kleine Hund setzte seinen wilden Freudentanz fort.

»Keine Angst, sie tut nichts«, beruhigte mich die Gastgeberin, während sie auf mich zukam.

Die Hündin kreiste immer noch um meine Beine, und wir mussten mit dem Hineingehen warten, bis sie sich beruhigt hatte. Françoise

Alazarine bewohnte ein recht großes Haus mit einer hellen, schlichten Fassade, das sich wenig bis gar nicht von den benachbarten Einfamilienhäusern unterschied. Erst wenn man drin war, erkannte man das Besondere: eine Veranda, die auf einen großen Garten hinausging und in der man sich winters wie sommers aufhalten konnte. Im Wohnzimmer hing eine Reihe von Lithographien, möbliert war es mit zwei Sofas und mehreren von Lesesesseln eingerahmten Couchtischen, auf denen Stapel von Büchern und Zeitschriften lagen. Ein mit einem Deckchen ausgelegter Weidenkorb stand neben dem Kamin, und ein Duft nach Gebäck und Zimt hing in der Luft.

Die Bewohnerin entsprach dem freundlichen Eindruck ihres Hauses: eine kleine Frau in den Sechzigern mit kurzen grauen Haaren und rundlichem Gesicht. Eine Halbbrille mit gelbem Rand und blitzende schwarze Augen verrieten, dass sich hinter der Professorin an der Sorbonne eine eher lebensfrohe Person verbarg. Sie hinkte – infolge einer Hüftoperation vor ein paar Wochen, durch die sie zurzeit ans Haus gefesselt sei, wie sie erklärte. Sie führte mich zur Veranda, einem Wintergarten voller Wandelröschen und Hibiskussträucher, die geduldig auf das Ende der Nachtfröste warteten. Ich nutzte die Gelegenheit, um den Garten dahinter zu bewundern, in dem Reihen seltener Büsche in verblüffenden Formen standen. Als sie mit Kaffeetassen und Ingwerkeksen auf einem Tablett wiederkam, überraschte sie mich bei dieser Betrachtung.

»Ich habe einen Cousin zweiten Grades, der eine Baumschule betreibt, das ist hilfreich«, erläuterte sie, während sie dampfenden Arabica in die Tassen goss. »Und jetzt erzählen Sie mir alles!«

Ich stellte mich mit ein paar Worten vor. Sie kannte meinen Namen bereits aus dem Artikel, in dem ich mit Eric zusammen die Theorien Joyce Benningtons widerlegt hatte. Auch sie sei schon mit dieser Schlange aneinandergeraten, sagte sie, was mich nicht besonders wunderte. Ich erzählte die ganze Geschichte von Anfang an: Alix' Vermächtnis, die Entdeckung der Briefe von Alban an Massis und meine Parallellektüre der Korrespondenz und des Tagebuchs von Diane. Am

Ende legte ich vorsichtig – die vollzogene Affäre verschweigend – meine Hypothese dar: das in Massis verliebte Mädchen und die folgenden Qualen des Dichters, die ihn zu seinem Zyklus *Leiberglühen* inspirierten. Ich hatte Kopien von Willecots Briefen mitgebracht sowie meine Zettel und Tabellen, die ich alle auf dem Couchtisch ausbreitete. Françoise Alazarine machte sich Notizen in ein Heft; ihr Stift war von demselben leuchtenden Gelb wie ihre Brille. Gemeinsam rekonstruierten wir Schritt für Schritt eine Chronologie.

»Von den Daten her passt alles«, sagte sie, als ich mit meiner Darstellung fertig war. »Und Ihre Erklärung ist einleuchtend.«

»Aber? …«

»Irgendetwas kriege ich nicht zusammen. Dass Ihre Diane sich verliebt hat, ist eine Sache. Aber Massis? Es gibt da Elemente, die Sie mir nicht erzählt haben, nicht wahr?«

Ich räusperte mich, peinlich berührt.

»Das ist ein bisschen der Grund, aus dem ich hier bin. Ich habe Enthüllungen in der Hand, von denen ich nicht weiß, was ich damit machen soll.«

»Diese Beziehung betreffend?«

»Ja.«

Ich zögerte noch, einer Fremden das Geheimnis zu verraten, das ich durchdrungen hatte, als ich Dianes Tagebuch las. Ich kraulte den Rücken des Hundes, der, den Kopf zwischen den Pfoten, neben meinem Sessel auf dem Boden lag.

»Wenn Sie wirklich wollen, dass ich Ihnen helfe«, sagte die Biographin, »sollten Sie mich aufklären.«

Ich gönnte mir ein wenig Bedenkzeit, bevor ich mich dafür entschied.

»Laut dem Tagebuch war die Anziehung gegenseitig. Diane hatte eine Liebesbeziehung mit Massis, die Monate andauerte. In ihrem Tagebuch nennt sie ihn Dominique – nach einem Buch von Fromentin, das er ihr geschenkt hat. Aber er hatte Gewissensbisse und hat sie schließlich verlassen.«

»Und aufgrund ihres Liebeskummers hat sie den anderen Mann geheiratet, den sie nicht liebte?«

»So einfach ist das nicht. Es gab noch einen weiteren Bewerber, nämlich Massis' besagten Freund de Willecot. Der allerdings kehrte traumatisiert aus dem Krieg zurück.«

»Ich weiß, wer das ist. Im Jahr 1911 war er öfter bei seinem Jour fixe. Massis erwähnt ihn in seinen Briefen an Joseph Agulhon. Er tut ihm schrecklich leid, weil er an der Front ist.«

»Aus Albans Briefen geht hervor, dass Massis tat, was er konnte, um ihn zu trösten. Er schickte ihm sogar unveröffentlichte Gedichte.«

»Interessant. Aber kommen wir zu Ihrer Diane zurück. Warum also hat sie den anderen geheiratet?«

»Weil Dianes Schwester Rose sie kurz nach Weihnachten 1916 mit Massis erwischt hat, bei einer Art Abschiedskuss. Rose drohte damit, alles der Familie zu erzählen, wenn Diane nicht einen gewissen Ducreux aus Lyon heiratete. Dessen Familie war reich, und Dianes Vater brauchte zu der Zeit dringend Geld, um seine Schulden zu begleichen. Diane gab schließlich nach, um Massis' Ruf nicht zu beschädigen. Ich glaube, sie liebte ihn immer noch.«

»Eine schreckliche Alternative«, bemerkte Professor Alazarine nachdenklich.

»Sie sind nicht überzeugt?«

»Ich bin … verblüfft. Ich höre, was Sie sagen, und ich ziehe es nicht in Zweifel. Ich kann mir gut vorstellen, dass sich Diane mit ihren achtzehn Jahren in diesen brillanten, berühmten Mann verliebt hat, das ist normal für ihr Alter. Aber haben Sie darüber nachgedacht, dass sie in ihrem Tagebuch vielleicht … sagen wir … ein bisschen fabuliert hat?«

Das brachte mich ein wenig in Verlegenheit.

»Nein, nie, ehrlich gesagt. Bedenken Sie, welche Mühe sie sich gegeben hat, ihr Tagebuch zu verschlüsseln … Nur ihm konnte sie sich anvertrauen. Und wie Sie selbst in Ihrer Biographie geschrieben haben, hat sich Massis' Wesen seit 1915 verändert … infolge seiner Affäre, dachte ich.«

»Das ist wahr, einige seiner Freunde behaupten, dass er sich verändert hat. Aber sie schildern ihn eher als depressiv …«

Gedankenverloren knabberte sie an einem Keks.

»Und noch etwas passt nicht.«

»Was?«

»Massis liebte seine Frau. Er war von Gram gebrochen, als sie starb. Haben Sie ›Grabmal für Jeanne de Royère‹ gelesen?« Das war eher eine Bekräftigung als eine Frage.

»Natürlich. Aber vielleicht war er ja auch verliebt in Diane. Es kommt vor, dass man zwei Menschen gleichzeitig liebt.«

Über ihre Halbbrille hinweg warf mir Professorin Alazarine einen schwer zu deutenden Blick zu.

»Sie haben recht. Das ist nicht ratsam, aber es passiert. Kommen Sie mit. Ich will Ihnen etwas zeigen.«

Wir gingen in den ersten Stock, dessen ganzer rechter Flügel als Büro und Bibliothek diente. Drei riesige Buchregale verdeckten die Wand vom Boden bis zur Decke, Aktenstapel lagen auf dem Boden – alles Zeugnisse eines ganz und gar der Arbeit gewidmeten Lebens. Die Professorin öffnete einen Wandtresor im Regal und zog einen grünen Ordner heraus. Diesem entnahm sie einen handschriftlichen Brief in einer durchscheinenden Papierhülle und reichte ihn mir. Ich betrachtete die Schrift und die Unterschrift – unglaublich.

»Sie besitzen Briefe von Massis?«

»Nur einen. Gekauft bei einem Antiquar, der mir nicht sagen wollte, woher er ihn hatte. Und leider erst nach dem Erscheinen der Biographie.«

Ich bin keine Autographen-Fetischistin. Aber das Schreiben eines Schriftstellers in Händen zu halten und sich vorzustellen, wie seine Hand auf dem Papier lag, ist schon beeindruckend. Ohne große Mühe konnte ich seine schöne, rundliche, fast weibliche Hellenistenhandschrift entziffern, die ich bereits in den der Familie de Willecot gewidmeten Büchern gesehen hatte. Diesmal war sein Brief nur an Blanche adressiert.

Paris, 20. Dezember 1918

Meine liebe Blanche!

Sie werden mir, wie ich hoffe, mein viel zu langes Schweigen nachsehen. Es lag nicht daran, dass ich Ihnen nicht antworten wollte, sondern dass die Worte vor meiner Feder flohen.

Was Sie mir geschrieben haben, traf mich mitten ins Herz. Beim Lesen sah ich Jeanne wieder vor mir; die Anmut und das Leuchten ihres klaren Blicks, die dazu ermutigten, nach Höherem zu streben, um eines Lebens an ihrer Seite würdig zu werden. Als mein Cicerone und meine Geliebte war sie die Seele meiner Verse. Ich werde Ihnen ewig dankbar dafür sein, dass Sie sich in diesem unseligen Sechzehnerjahr, das ihre leibliche und seelische Gesundheit auf eine so harte Probe stellte, so liebevoll um sie gekümmert haben.

Ich soll von mir erzählen, schreiben Sie. Angesichts der Trauer um Alban und um die arme Sophie, die noch so lebendig ist, habe ich allerdings Skrupel, Sie mit der Schilderung meines Elends noch mehr zu belasten. Aber ich kann Sie auch nicht belügen, meine liebe Blanche: Die Erde ist für mich zu einer öden Wüstenei geworden, in der nicht das kleinste Körnchen Hoffnung leuchtet. Ein Teil meines Herzens ist mit derjenigen gestorben, die ich liebte, und auch mit Ihrem Bruder. Ich glaube nicht mehr an göttlichen Beistand. Wo in dieser Welt, die vier Jahre lang nur die Sprache der Barbarei und des Blutes verstand, soll Gott denn sein? Und warum hat er uns allen so viel Leid auferlegt?

Wären nicht unsere geliebten Kinder, vor allem die kleine Céleste, die noch so zart ist, würde ich diese Welt ohne Bedauern verlassen. Da mir dieser Ausweg verwehrt ist, bleibt mir nichts anderes übrig, als die Poesie zu jenem letzten Altar zu machen, an dem wir derer, die uns verlassen haben, in Liebe gedenken.

In aufrichtigster und tiefster Zuneigung, liebe Blanche, grüßt Sie Ihr Massis

»Was denken Sie?«, fragte Professorin Alazarine.

»Seine Verzweiflung ist eindeutig echt«, antwortete ich und fügte nach kurzer Überlegung hinzu: »Aber nichts spricht gegen die Vermutung, dass ein Kummer zum anderen kam.«

Sie lächelte.

»Sie sind ganz schön hartnäckig.«

»Ich bin der festen Überzeugung, dass zwischen Massis und Diane etwas vorgefallen ist, von dem wir nichts wissen. Aber ich will mich nicht in etwas verrennen, wenn ich dafür keinen Beweis finden kann. Schließlich bin ich nicht Joyce Bennington.«

»Dazu kann ich Ihnen nur gratulieren. Aber einen Punkt gibt es, in dem Sie und ich einer Meinung sind.«

»Welchen?«

»*Leiberglühen.*«

»Sie glauben also auch nicht, dass er diesen Zyklus für seine Frau geschrieben hat?«

»Massis und Jeanne waren schamhafte junge Menschen. Von ihr ist nicht viel bekannt, nur dass sie auch eine gebildete, feinsinnige Person war, die von ihrem Großvater in die humanistische Bildung eingeführt worden war und die alten Sprachen genauso beherrschte wie er. Es ist nicht ausgeschlossen, dass sie einiges mit ihrem Mann zusammen verfasst hat … Kurz und gut, Massis wird von all seinen Freunden als ehrlich und schüchtern beschrieben. Woher also dieses Wiederaufflammen der Leidenschaft mitten im Krieg, während seine Frau mit dem dritten Kind schwanger ist? Entweder hat er die Gedichte sehr viel früher für sie geschrieben, oder es gab wirklich eine andere in seinem Leben.« Sie runzelte die Stirn. »Am Ende könnte Ihre Diane tatsächlich die Antwort auf meine Frage sein.«

Ich gab ihr den Brief zurück, sie legte ihn in den grünen Ordner und diesen wieder in den Tresor.

Dann stellte ich ihr eine Frage, die mich von Anfang an beschäftigt hatte: »Wissen Sie, wie Massis und de Willecot sich kennengelernt haben?«

»Nein. Von 1908 an erwähnt Massis de Willecot gelegentlich in seinen Briefen, wenn er von seinem Donnerstagskreis spricht. Offenbar hatte er ihn eingeladen, daran teilzunehmen.«

»Vielleicht hat aber auch de Willecot ihm zuerst geschrieben und ihn seiner Bewunderung versichert, um die Begegnung zu provozieren. Wie Massis gegenüber Limoges.«

»Möglich. Aber auch wenn es so gewesen sein sollte, habe ich doch keine Spur eines solchen Schritts gefunden. Dagegen spricht Massis viel von Othiermont. Der Ort ist ihm vertraut. Er war oft dort. Wegen Diane vielleicht, aber ...« Sie schüttelte den Kopf. »Wie soll ich es Ihnen erklären ... Ich habe ein echtes Problem damit, ihn mir als Don Juan vorzustellen.«

»Wissen Sie, ob es noch andere unveröffentlichte Briefe von ihm gibt?«

»Das ist die große Frage, die wir uns alle stellen! Ich war Mitherausgeberin seiner Briefe in der Pléiade-Ausgabe. Was ich Ihnen sagen kann, ist, dass wir die gesamte Korrespondenz veröffentlicht haben, die sein Enkel der ehemaligen Eidgenössischen Militärbibliothek in Bern vermacht hatte. Und davon ist kein einziges Schreiben an Ihren Alban gerichtet.«

»Ich hätte noch eine Frage an Sie: War Massis nach Ihrer Kenntnis an einem gemeinsamen Projekt mit de Willecot interessiert?«

»Was sollte das sein?«

»Ein Projekt über den Krieg.«

Ich sah ein leises Misstrauen in ihren Augen aufblitzen. Sie fragte sich anscheinend, wie viel ich überhaupt wusste.

»Da gab es diese Vortragsreihe, die er mit dem sozialistischen Abgeordneten Agulhon plante. Massis hatte schon eine Liste der Städte angelegt, die er besuchen wollte. Er hatte sogar vor, sich einen elektrischen Projektionsapparat zu leihen. Aber ich kann mich nicht erinnern, dass dabei von Willecot die Rede war. Allerdings ist mein letzter Besuch in der Bibliothek, wo der Nachlass aufbewahrt wird, auch schon zwei Jahre her ... Dazu sollten Sie besser Tobias Städler befragen, den

Konservator, der das Inventar erstellt hat. Ich gebe Ihnen seine Mailadresse.«

Wir gingen wieder ins Erdgeschoss hinunter. Die Nachmittagssonne flutete die Veranda, in einer Lichtpfütze schlief Illa auf dem Rücken. Ich wollte mich schon verabschieden, als meine Gastgeberin mir bedeutete, mich noch einmal hinzusetzen.

»Jetzt muss ich Sie etwas fragen: Was erwarten Sie eigentlich von mir?«

Diese etwas brüske Offenheit beruhte auf langjähriger Erfahrung im universitären Milieu, wo man selten etwas ohne Gegenleistung bekommt.

»Ich möchte eine Biographie über Alban de Willecot schreiben. Oder so etwas Ähnliches. Und ich weiß nicht, ob ich das alles erwähnen soll. Ich mache mir Gedanken, Massis' Ruf womöglich zu Unrecht zu beflecken.«

»Weise Voraussicht … Ich kann Sie darin nur bestärken: *testis unus, testis nullus*, wie der Lateiner sagt. Bedenken Sie, dass Sie, um Ihre These zu stützen, bis jetzt nichts anderes haben als Dianes Tagebuch.«

Sie schwieg eine Weile.

»Apropos, würden Sie mir erlauben, dieses Tagebuch zu lesen?«

»Es gehört mir nicht. Ich müsste den Rechteinhaber fragen.«

»Sie brauchen sich keine Sorgen zu machen: Es wird keine überraschenden Veröffentlichungen à la Bennington geben, keine Enthüllungen, keine gewagten Artikel. Darauf haben Sie mein Wort.«

»Ich vertraue Ihnen. Es ist nur … Ich weiß nicht, ob ich das Recht habe, das Geheimnis der Liebenden zu lüften. Sie haben es schließlich hingekriegt, dass niemand etwas davon erfuhr.«

»Das Dornröschensyndrom: Man hat einfach Lust, die Prinzessin zu wecken.«

Ich lachte. »Sie haben einen scharfen Blick.«

»Wenn ich Sie wäre«, sagte sie, »würde ich mir die Frage andersrum stellen: Warum ist es Ihnen so wichtig, diesen de Willecot und seine Diane dem Vergessen zu entreißen?«

Die Frage überraschte mich.

»Die beiden sind so ... sympathisch. Wie er versucht, mitten in dem ganzen Horror, den er beständig vor Augen hat, seine Seele zu retten.«

»Sonst nichts?«

»Er hat nicht einmal ein Grab.«

Der Satz war mir so herausgerutscht, ohne dass ich ihn bewusst formuliert hätte. Das war mir furchtbar peinlich, ich glaube, ich bin sogar rot geworden. Ich schaute auf die Uhr, tat so, als ob mir gerade auffiele, wie spät es geworden war, raffte meine Papiere zusammen und bedankte mich bei Françoise Alazarine für die Zeit, die sie mir zur Verfügung gestellt hatte. Sie sagte nichts, ich fühlte aber ihren Blick auf mir ruhen. Dann brachte sie mich zur Tür, Illa trottete hinterher, schnüffelte am Rasen und saugte die Gerüche der Gräser ein. Ich bedankte mich noch einmal und versprach, sie über Violetas Antwort zu informieren. Gerade als ich mich endgültig verabschieden wollte, hielt sie mich an der Türschwelle noch einmal zurück.

»Es gibt noch etwas, was Sie mir nicht gesagt haben: Wie war denn der Mädchenname von Diane?«

»Nicolaï.«

»Nicolaï, sagen Sie? Und ihre Schwester hieß Rose?«

»So ist es.«

»*Diem non perdidisti*, meine Liebe. Jeanne de Royère hatte im Pensionat Flatters eine Mitschülerin mit dem Namen Rose Nicolaï. Und die hat sie nach ihrer Hochzeit mit Massis sogar einmal nach Othiermont eingeladen.«

103

Rose hielt den Brief in der Hand. Ein ganz kleines graues Kuvert, das statt eines Poststempels die Nummer eines Regiments und den Stempel »Feldpost« trug. Es war nicht herauszufinden, woher er kam. Die Schrift mit ihren wohlgeformten, nach rechts geneigten Buchstaben allerdings ließ keinen Zweifel an der Identität des Absenders. Der Umschlag war ausgebeult von den zwei, drei Blättern, die er enthalten mochte; obwohl er so leicht war, lag er bleischwer in ihrer Hand. Normalerweise hatte Simon immer die Post entgegengenommen. Und er hatte die Briefe auch förmlich und steif auf dem Silbertablett deponiert, von dem die Adressaten sie mit leichter Hand auflasen. Außer Diane natürlich, die nie abwarten konnte, bis sie dran war, und manchmal sogar zum Büro hinunterlief, um sich Sachas Briefe zu holen.

Seit es den Gutsverwalter nicht mehr gab, gelangte die Post, je nachdem, wer gerade da war, in die Hände Mariettas oder in die von Madame. An jenem Morgen war Rose allein, und der Postbote zog respektvoll sein Käppi zum Gruß, bevor er ihr die an die Familie Nicolaï adressierten Sendungen übergab. Noch eine Familie mit einem an der Front. Die kleinen Umschläge, auf denen immer schon Flecken vom Regen oder Fingerabdrücke waren und die von den Angehörigen so sehnsüchtig erwartet wurden, als ob ihr Leben davon abhinge, kannte er nur zu gut. Er hatte sogar eine Skala für die dem Sorgenmaß entsprechende Brieffrequenz entwickelt: alle zwei Wochen ein Brief an die Eltern oder die Paten, vier bis fünf pro Woche an die langjährige Ehefrau und einer pro Tag an die frisch Angetraute, die geliebte Braut oder das Mädchen, von dem sie getrennt worden waren, bevor es ihnen überhaupt gelungen war, ihm was auch immer zu versprechen.

Rose stand im Vorraum, regungslos, Albans Brief in der Hand. Er

430

gab nicht auf, wie vorauszusehen. Seit Tagen war das ganze Haus wegen seines Heiratsantrags in Aufruhr. Vater sagte Nein, Mutter sagte, warten wir's ab, und Diane scherte sich wie immer einen Dreck darum, was alle anderen sagten, und verkündete, sie habe ihm schon geschrieben, dass sie auf jeden Fall seinen Antrag annehme, was auch geschehe. Wenn Rose nicht aufgepasst und den Brief persönlich aus der Post gefischt hätte mit der Behauptung, dass ihnen aus Versehen eine schlechte Nachricht durchgerutscht sei (»Das wollten wir ihm ersparen, Herr Beamter, dem armen Frontsoldaten«), wäre alles gelaufen wie sonst auch: Vater hätte erst getobt, geschrien und seine Jüngste bestraft, aber am Ende des Streits ermattet nachgegeben. Das war in dieser Familie ja die Regel: Wer sich nicht vordrängte und brav einen Mann zu finden versuchte, wurde bloß mit zerstreuter Fürsorge bedacht. Wenn man aber eine Kapriole nach der anderen schlug, zwielichtige Orte frequentierte und die ganze Familie in Verlegenheit brachte, stand man im Zentrum der Aufmerksamkeit und wurde womöglich von Mutter noch heimlich bewundert.

Seit Jahren hatte Rose alles Mögliche versucht, um trotzdem wahrgenommen zu werden: sich vom Direktor des Ateliers persönlich hinreißende Kleider auf den Leib schneidern lassen, Reitstunden genommen, obwohl sie schreckliche Angst vor Pferden hatte, und eine geheuchelte Leidenschaft für Planeten entwickelt; dann hatte sie plötzlich ein Interesse für Fotografie bekundet und sich mit Hilfe von Jeanne, die Blanches Gesellschaft inzwischen der ihren vorzog, an die Massis herangemacht, ja, sie hatte sogar die dunklen Verse des Dichters gelesen, von denen sie kein Wort verstand. Aber wenn dann wieder ihre Schwester mit ihren Suffragetten, Gleichungen und russischen Schriftstellern daherkam, verdreckt und durchnässt und mit verrutschtem Hut von ihrem wilden Ritt, hatte keiner mehr Augen für Rose.

Nun hätte es Rose einfach machen können wie immer und den Brief, wie er war, auf den Sekretär im Entrée legen, ohne ihn vorher zu lesen; das Papier des Heeres war von so grober Qualität, dass es unmöglich war, das Kuvert wieder zuzukleben, ohne dass die Ränder sich wellten … Sie hätte ihn auch ein, zwei Tage verstecken können, wie sie es manchmal machte, um ihre kleine Schwester zu ärgern. Oder … bei dem Gedanken klopfte ihr Herz ein wenig schneller. So weit war sie noch nie gegangen. Aber diesmal war die Familie in Gefahr, das hatte Vater nun oft genug gesagt. Und Rettung war zum Greifen nah. Die Stadtwohnung in der Rue de Varenne, der Landsitz in Othiermont und die Fabrik würden im Familienbesitz bleiben. Und für sie wäre noch eine Mitgift übrig. Dann könnte Alban sie heiraten … falls er den Krieg überlebte. Wenn er verwundet wäre, würde sie ihn nur umso hingebungsvoller pflegen. Sie wäre eine von diesen patriotischen Kriegerfrauen, die in den Zeitungen gerühmt wurden. Außerdem hörte sich Rose de Willecot hübsch an.

Nein, Rose war nicht gemein. In normalen Zeiten hätte sie so etwas nie getan. Aber die Zeiten waren eben nicht normal. Sie musste die Familie vor Dianes Egoismus schützen. Und Alban aus den Klauen der Schwester retten, die ihn weder lieben noch jemals glücklich machen würde. Heimlich zum Wohle aller beitragen, die es ihr später danken würden.

Im Handumdrehen ließ Rose den Brief verschwinden. Ihrem Gesicht war nicht die geringste Regung anzumerken, als Diane die Tür aufstieß und ins Haus rief: »War der Briefträger schon da?«

104

Samuel wurde vom UNHCR zum Vorstellungsgespräch eingeladen. Das hat er mir in einer E-Mail geschrieben. Ich bete, dass er es schafft und die Stelle bekommt. Gleichzeitig mache ich mir große Sorgen. Auch wenn er immer wieder seine Schwäche für Frankreich betont, frage ich mich, ob er sich hier akklimatisieren würde. Kann die Tatsache, dass man ein Land und seine Dichtung liebt, seine Sprache spricht, ja, auch eine Beziehung zu jemandem hat, der dort lebt, das Exil wettmachen? In Lissabon hatte er mir oft erklärt, wie sehr ihn die Vorstellung reizt, anderswo ein neues Leben zu beginnen. Die Rolle, die mir in dieser Geschichte zugedacht war, blieb mir allerdings unklar: Motor eines Aufbruchs oder Vorwand einer Flucht? Wenn ich an dich denke, habe ich das Gefühl, mein inneres Gleichgewicht wiederzufinden, Samuels unvorhersehbare Art zu lieben dagegen erweckt den Eindruck, dass er durch mich ein bösartiges und leider noch sehr akutes Leiden bekämpft. Ich habe Angst vor dem, was zwischen uns passiert, wenn der Zauber der ersten Verliebtheit abklingt. Emmanuelle meint, ich soll mich Hals über Kopf hineinstürzen, denn wenn man erst einmal über vierzig ist, kriegt man kaum noch eine zweite Chance, glücklich zu werden. Aber ich bin nicht so leicht zu begeistern wie sie und frage mich manchmal, ob wir wirklich glücklich werden können, Samuel und ich.

Also wende ich die übliche Methode an, um meine Sorgen von mir fernzuhalten: Ich arbeite. Heute morgen war ich noch keine Viertelstunde im Institut, als mich schon alle möglichen Aufgaben ansprangen, und die Mailbox spuckte Salven von Nachrichten aus wie ein Vulkan seine Lava. So wurde ich um einen Artikel für das interne Institutsbulletin gebeten, und aus Lausanne kam ein Schreiben von einem Doktoranden meiner dortigen Kollegin Sylvie Decaster mit einer (zu) langen Fragenliste. Außerdem eine Nachricht von Greenwood, dem Engländer, den ich in Madrid kennengelernt hatte, weitergeleitet von Hélène Hivert, im Anhang ein eingescannter Artikel über die Sanierung eines Gebäudekomplexes in Rochester. Erst fragte ich mich, warum der Historiker sich so viele Umstände machte, um mir diesen Artikel zukommen zu lassen, verstand dann aber beim Lesen, worauf er sich bezog.

In Rochester sollte nämlich ein Kulturzentrum errichtet werden, in den Mauern von Cedar Mansions, Victors Internat – den Namen hatte ich in Madrid gesprächsweise erwähnt, und Greenwood hatte ihn sich aus welcher Laune auch immer gemerkt. Der Redakteur des Artikels erinnerte daran, dass Cedar Mansions, wo in Zukunft Künstler beherbergt werden sollten, im Zweiten Weltkrieg als Krankenhaus gedient hatte, davor als Kaserne und davor als Erziehungsheim. Deshalb also war Dianes Sohn im Herbst 1935 nicht wieder ins Lycée Ampère zurückgekehrt. Aber was war der Grund gewesen für seine Verschickung nach Cedar Mansions, eine Institution, die bestimmt nicht nur Waisenknaben aufnahm?

Erst einmal setzte ich die Lektüre meiner Mails fort: Georges Alphandéry, Abteilungsleiter Geschichte und nationales Erbe des Heeresdokumentationsdienstes, beantwortete meine Bitte um ein Treffen positiv. Ich hatte mich wegen des Fotos, das ich von Jacques Gerstenberg bekommen hatte, an ihn gewandt. Eine halbe Stunde später stand Eric, dem ich von meinem Vorhaben erzählt hatte, eine Biographie über Alban de Willecot zu schreiben, in meinem Büro. Er empfahl mir, mich mit Nicolas Netter zu treffen, einem Freund von ihm, Herausgeber einer Reihe in einem großen Pariser Verlag. Ich erkannte darin die bewährte Methode meines Chefs, mich von Projekt zu Projekt immer wieder aufs Neue dahin zu bringen, dass ich Nägel mit Köpfen machte.

Aber er hat ja recht, mich ein bisschen zu drängeln. Seit mittlerweile acht Monaten beziehe ich nun ein Stipendium und habe das Gefühl, nichts getan zu haben außer ein paar Briefe transkribiert, von einer

Hauptstadt in die andere geflogen und in der Exegese eines Tagebuchs steckengeblieben zu sein. Ich sammle die Teile, horte sie, verschiebe sie, ohne eine Ordnung zu finden, nach der ich sie zusammensetzen könnte. Professorin Alazarine hatte recht: Es ist zu viel ungeklärt an dieser Geschichte, und im Grunde habe ich zu wenige Elemente in der Hand, um eine Vorstellung vom realen Leben Alban de Willecots zu entwickeln. Anatoles Briefe werde ich wohl nie finden – bis dato gab es darauf jedenfalls keinerlei Hinweis.

Angesichts dieser Umstände scheint mir die Veröffentlichung von Albans Briefen, die ich schon lange ins Auge gefasst hatte, wobei sich Absicht und Bedenken immer die Waage hielten, mittlerweile geboten. Wenn ich mir diesen Band mit dem Namen de Willecot auf dem Umschlag vorstelle, verbinde ich damit in erster Linie die Hoffnung auf eine Wiedergeburt dieses mit dreißig Jahren gefallenen Mannes, dem zu seinem großen Unglück nicht genug Zeit blieb, sich zu vollenden. Über die Schützengräben, die Brutalität der Schlachten, den mörderischen Charakter des Ersten Weltkriegs wird man daraus nichts erfahren, was man nicht schon wüsste; dafür sind diese Briefe ein unschätzbares Zeugnis dafür, was ein Mensch vermag, der über Nacht in einen Krieg stürzt wie in einen Abgrund, um das zu bewahren, was ihn zum Menschen macht. Das Buch wird zeigen, wie der junge Leutnant seine Zeit an der Front in ein großartiges Beispiel moralischen Widerstands verwandelte. Die Fotografie nutzte er als spöttisch-nostalgisches Theater, um den Krieg als perverse Macht zu inszenieren, die alles, was sie berührt, entstellt, als ob dieser die Fähigkeit hätte, das Leben auf ein klägliches Abziehbild zu reduzieren.

Tatsächlich liegt ein tiefer Graben zwischen den von immer stärkerer Verzweiflung geprägten Briefen und den mal drolligen, mal galligen Bildern Albans. Ich konnte mir nur schwer vorstellen, dass er nie versucht war, die andere Seite des Krieges, das Dunkle und Brutale, das aus seinen Briefen sprach und ihm die Lebenslust raubte, auch mit der Kamera festzuhalten. Aber wo waren diese Fotos? Gehörten sie zu seinem Projekt *Szenen aus dem Muschkotenleben*, dessen einzelne

Episoden anscheinend verschollen waren? Hatten sie sich zusammen mit Massis' Briefen in Luft aufgelöst? Oder waren sie, was am wahrscheinlichsten war, der Zensur zum Opfer gefallen, bevor sie ihren Adressaten erreichten? Allerdings wusste ich dank Philippe Février, dass es dem Artilleristen Georges Hazard gelungen war, ganze Filme ins Hinterland zu schleusen, ohne dass es jemand bemerkte.

Dass Alban in diese Hölle zurückkehrte – und zwar, dessen bin ich mir sicher, mehr aus totalem Lebensüberdruss denn aus patriotischer Überzeugung –, lässt ihn in meiner Achtung nicht sinken. Er ist bei seiner Arbeit für die Fotobrigade gefallen, während er die letzten Zeugnisse des Krieges erstellte, ein Zeichen dafür, dass er in diesen zweieinhalb Jahren nie hartherzig genug wurde, um sich mit seinem Dasein als Tötungsmaschine abzufinden. Mir fiel die letzte Zeile eines von Massis' Sonetten ein, was mich einmal mehr vor die Frage stellte, ob ich mich nicht verrannt habe und einige von diesen Gedichten, die ich immer als Liebesoden gelesen hatte, eigentlich Sinnbilder einer tiefen Empathie waren, einer Verbindung des Dichters in seiner Verzweiflung, sich nicht engagieren zu können, mit der Stimme seines Kameraden, der ihm Schilderungen aus dem Inneren des Krieges lieferte. Ich fand das Sonett, das ich im Kopf hatte, in dem Band mit Massis' dichterischem Gesamtwerk.

Du hattest als Quelle nur deinen Namen, ich nannte dich Silence
Sachte Brechung, von keinem Versagen beschmutzte Nuance.
Unsere Stimmen durchquerten die Angst, die dein Leuchten begrub:
Im Innern deiner Klausen aus Seide, du meine Verheißung und Spur.

Dein unbescholtener Körper – O Qualen, die ihn versteckten –
Am Sommer wäre er zerbrochen – Rätsel einer perfekten
Lust? Ich kann nur seinen Schatten zeichnen, Schemen silbernen
  Lichts
Beten für des Traums Auferstehung, schillernd magnetisches Nichts.

*Entstellt aber zeigt sich da dein ferner Schritt; und es zerbricht
   sogleich
Ein sinnlos zerschmettertes Jahrhundert. Erschöpft ist dein Reich?
Atem löscht den Durst an Trümmern, pocht auf Träume späteren
   Lebens,*

*Hellsichtiges Fleisch! Wer hofft, dass ich dir nicht folge, hofft
   vergebens
Dein Mund wird Worte finden, klar, wie man sie vor dem Richter
   schwört
Auf der Flucht vor dem Tod, der uns hört, höhlst du alle Trauer aus.*

105

Ich hatte mich mit Nicolas Netter in einem Café beim Odéon verabredet. Er war ein Mann um die fünfzig, sorgfältig gekleidet, mit randloser Brille und sehr gepflegtem Dreitagebart. Seine präzise und ein wenig arrogante Art zu sprechen – die durch seine tiefe, harmonisch klingende Stimme gemildert wurde –, verriet, dass er sein Studium an einer École Normale absolviert hatte. Mit altmodisch französischer Höflichkeit erhob er sich, um mir die Jacke abzunehmen und den Stuhl an den Tisch zu rücken. Nachdem er sich dafür entschuldigt hatte, so schnell in medias res zu gehen, bat er mich, ihm mein Projekt zu schildern. Ich hatte ein paar Kopien der Briefe dabei, Fotos, Ansichtskarten und den ersten Ansatz einer Chronologie von Albans Leben. Wie bei Professorin Alazarine breitete ich alles auf dem Tisch aus. Dann versuchte ich, die komplizierten Verästelungen der Geschichte Schritt für Schritt darzulegen, erzählte von Albans Briefen an Massis und eine junge Freundin – hier hielt ich mich lieber vorsichtig bedeckt –, von seinen Aufnahmen, den stilisierten Kriegsbildern, die in einem so deutlichen Kontrast zu dem verzweifelten Ton seiner Briefe standen. Der Verleger hörte mir aufmerksam zu; als ich am Ende war, sagte er: »Sie scheinen von Ihrem Thema fasziniert zu sein.«

Ich fühlte mich auf einmal unbehaglich und zwang mich zu einem Lächeln. Vielleicht hatte ich zu überschwänglich von meinen Funden berichtet.

»Das muss Ihnen nicht peinlich sein. Ihr Vortrag war brillant.«

Nun stellte er mir sein eigenes Projekt vor: eine Sammlung anonymer Biographien auf der Basis dokumentarischer Spuren, in denen die kleinen Geschichten Einzelner sich mit der großen Weltgeschichte kreuzten. Um Leser für diese Schicksale zu interessieren, wollte er eine bibliophile Reihe herausbringen, Bildbände auf Hochglanzpapier mit möglichst vielen Faksimiles, Handschriften und Fotografien. Eric hatte ihm vom Chalendar-Fundus erzählt; das in der Folge der Hundertjahrgedenkfeiern neu erwachte Interesse am Ersten Weltkrieg schien ihm eine günstige Gelegenheit zu sein, die Biographie Alban de Willecots als »Nullnummer« seiner Reihe zu veröffentlichen.

»Das sollen ernsthafte Bücher werden, aber ohne erhobenen Zeigefinger, verstehen Sie? Lebendig erzählte Geschichte fürs breite Publikum.«

Die materiellen Rahmenbedingungen, die er dann aufzählte, waren weitaus besser, als ich je zu träumen gewagt hätte, vom unbegrenzten Fotobudget bis hin zur Mitarbeit einer renommierten Graphikerin. Ganz offensichtlich lag ihm an dem Projekt. Und mich reizte die Herausforderung: Die akademische Prosa, so sehr ich ihre Strenge und Methodik schätze, langweilt mich mit ihren Zwängen und der Forderung, alles mit Fußnoten und Referenzen abzusichern. Netters Vorschlag dagegen bot mir, alles in allem betrachtet, die Chance auf eine richtige Erzählung, die ich angesichts der Lücken in Albans Geschichte so gewissenhaft wie möglich konstruieren wollte, die aber durch die Fotos erst richtig lebendig werden würde. Trotz der erschreckend knappen Zeit – ein erster Entwurf sollte bis Ende des Sommers vorliegen – hatte ich ungeheure Lust darauf.

»Und, was sagen Sie?«

Nicolas Netter schaute mich lächelnd an, und dieses charmante Lächeln mit den vielen Lachfältchen machte ihn zehn Jahre jünger. Ich überlegte nicht lange.

»Ich bin dabei!«

Da es inzwischen fast ein Uhr mittags war, lud mich der Verleger zum Essen in eine Brasserie ein, in der er anscheinend Stammgast war. Er war ein angenehmer Zeitgenosse nicht ohne einen gewissen Humor, dessen trockene Art ich besonders zu schätzen wusste. Wir sprachen über Alix' Hinterlassenschaft, das seltsame Los von Albans Briefen und die todbringende Macht des Krieges, der Erlösung durch die geforderten Opfer verhieß und doch nur Tod und Verderben brachte. Ich erzählte, wie sehr die Briefe, die mir da in die Hände gefallen waren, mein Bild von diesem Krieg verändert hatten, wie die Schilderungen der alltäglichen Gemetzel, der Absurdität einer bis zum Fanatismus getriebenen militärischen Disziplin und des seelischen Leids, das die Männer zuverlässiger zermürbte als jede Sappe oder Granate der Boches, dessen heroisches Antlitz in ein furchterregendes verwandelt hatten.

»Mein Urgroßvater war damals auch an der Front«, sagte der Verleger. »Er ist beim *Chemin des Dames* gefallen. Kriegskreuz, Kriegerdenkmal. Er war der Held der Familie.«

»Es hat Sie hoffentlich nicht verletzt, dass ich von der Absurdität des Krieges sprach.«

»Überhaupt nicht. Meine Großmutter hat einmal zu mir gesagt, dass sie alle Kriegskreuze der Welt für ein Jahr mit ihrem Vater gegeben hätte. Sie war zwei Jahre alt, als er fiel.«

Wir trennten uns gegen drei, hochzufrieden mit der vereinbarten Zusammenarbeit, die mir einen unverhofften Ausweg aus meinem Schreibdilemma eröffnete. Mir war so leicht ums Herz, als ich aus dem Café trat, dass ich mich vom strahlenden Sonnenschein dazu verführen ließ, ein Stück des Wegs zum Institut zu Fuß zu gehen. Dabei dachte ich über die Grundzüge des Buches nach, das in meinem Kopf allmählich Gestalt annahm: Einer Doppelseite mit Bildern würde jeweils ein Kapitel der Biographie folgen, dazwischen einzelne Briefe – das Ganze als Vorgeschmack auf die Gesamtausgabe der Briefe. In Gedanken versunken ging ich über die Straße, ohne zu bemerken, dass die Fußgängerampel schon auf Rot gesprungen war. Das fiel mir erst auf, als ich angehupt wurde.

»Kannst du nicht schauen, wo du hinrennst?«, schimpfte ein Mopedfahrer und untermalte seine Äußerung mit einer entsprechenden Geste. Ich konnte gerade noch einen Schritt zurücktreten, aber der Mann wich erst im letzten Moment aus, und die Tasche seiner Sozia traf mich mit voller Wucht. Ich geriet ins Taumeln, stolperte über die Bordsteinkante, verlor dadurch vollends das Gleichgewicht und fiel hin. Ein junges Paar steuerte auf mich zu, ebenso eine Politesse, die ein paar Meter weiter Strafzettel verteilt hatte. Sie half mir auch beim Aufstehen.

»Geht's?«, fragte sie.

Ich hatte mir den linken Handrücken auf dem Asphalt aufgeschürft, er begann zu bluten, und es dauerte eine Weile, bis ich wieder Luft bekam. Meine Schulter tat so weh, dass ich erst fürchtete, ich hätte mir das Schlüsselbein gebrochen.

»Soll ich einen Krankenwagen rufen?«

Ich hatte mich verletzt, aber die Vorstellung, wegen ein paar blauer Flecken den Nachmittag in der Notaufnahme zu verbringen, gefiel mir ganz und gar nicht. Schlimmstenfalls würde ich, wenn der Schmerz bis zum Abend nicht nachgelassen hätte, den Notarzt rufen. Während die Politesse mir half hochzukommen, sah ich in etwa dreißig Metern Entfernung das Ladenschild einer Apotheke blinken und nickte in diese Richtung.

»Ich lass mir das nur schnell desinfizieren und geh dann nach Hause. Keine Sorge, es geht schon.«

106

Frontabschnitt Verdun, 24. Februar 16

Liebster Freund!

Ich mache mir schon Vorwürfe, dass ich Dich immer mit meinen Kriegsgeschichten belaste, aber Du bist der Einzige, dem ich sie anvertrauen kann. Gestern sind drei von den belagerten Boches mit erhobenen Händen aus ihrem Graben gekommen und haben »Kamerad« gerufen. Das hat Picot, den Grundschullehrer, nicht davon abgehalten, sie auf der Stelle niederzuschießen. Aber worin unterscheiden sich diese armen Teufel eigentlich so sehr von uns? Wir haben in derselben Erde vor uns hingeschimmelt und wurden von denselben Flöhen und denselben Albträumen heimgesucht. Sie haben genauso hart gekämpft wie wir, bevor sie die Waffen streckten. Und auch sie haben Frau und Kinder zu Hause, die morgen um sie weinen werden. Und das alles wegen zweihundert Meter Land, die bis zum Ende dieses Blutbads noch zehn- oder zwanzigmal den Besitzer wechseln werden?

Picot ist ein guter Mann, das hat er mir hundertmal bewiesen. Was ist da über ihn gekommen?

Was sollte ich anderes daraus schließen, als dass wir durch diesen Krieg allmählich zu Tieren werden? Glaubst Du, Anatole, dass ich, falls ich das hier überlebe, noch zu menschlichen Gefühlen fähig sein werde?

In tiefster Zuneigung
Willecot

Ausnahmsweise kam ich nach ihm zu unserem Treffen. Schon von weitem erkannte ich die reiherartige Silhouette und die lang ausgestreckten Beine des Vize-Konsuls. Wir hatten uns ewig nicht mehr gesehen – seit seinem Besuch in Jaligny, um genau zu sein, dachte ich. Ich hatte mich allerdings auch nicht allzu sehr um eine Verabredung bemüht. Er stand auf, um mich zu umarmen, und bemerkte gleich die Schürfwunde auf meiner Hand.

»Was ist denn mit dir passiert?«

Ich setzte mich zu ihm und erzählte von dem Unfall mit dem Mopedfahrer.

»Es gibt echt kranke Leute. Hat er dich verletzt?«

Der Vize-Konsul nahm meine Hand in die seine und drehte sie erst in die eine, dann in die andere Richtung, als wollte er eine ärztliche Untersuchung vornehmen. Ich lächelte ihn an.

»Keine Sorge, ist nicht so schlimm.«

Während wir auf unsere Bestellung warteten, gab ich ihm eine kurze Zusammenfassung der letzten Ereignisse; es hatte sich einiges angesammelt, angefangen bei meiner Enttäuschung im Wald über die Begegnung mit Jacques Gerstenberg und das geheimnisvolle Foto, die abgeschlossene Entzifferung von Dianes Tagebuchs bis zu meiner Reise nach Portugal. Samuel sparte ich – wieder einmal – aus.

»Und was schreibt deine junge Dame denn so?«, fragte er schließlich.

Ich gab den Inhalt von Dianes Tagebuch in groben Zügen wieder: das Abitur, die vereitelten Hochzeitspläne, schließlich die Zwangsverlobung nach der gescheiterten Flucht. Berichtete von Professorin Alazarines Zweifeln und meinen Gewissheiten. Zauderte kurz und sprach dann doch über Dianes Affäre. Da machte mein Freund große Augen.

»Ah, das Teufelsweib! Hat sie also den großen Massis verführt?«

»Ich würde sagen, sie haben sich ineinander verliebt. Aber er hat schnell den Rückwärtsgang eingelegt. Und Jeannes Schwangerschaft, denke ich, hat dem Ganzen ein Ende bereitet.«

»Weißt du, ich hätte nie gedacht, dass er ein Weiberheld war. *Wenn die Stunde deine reinen Marmoraugen preist / erhebt vor meinen sich das Rätsel des Azurs.*«

Verliebt dachte ich an den Abend, als wir in Lissabon zum ersten Mal zusammen essen waren und Samuel ein paar Zeilen aus *Losspre-chung der Kleinode* rezitierte. Die Kellnerin kam mit Tellern beladen an unseren Tisch, exakt zum richtigen Zeitpunkt, und stellte das Essen vor uns hin. Sorgfältig wie ein Insektenforscher widmete mein Freund sich seinem Maki und nahm dabei den Faden wieder auf:

»Und der Leutnant? Wusste er, dass seine Herzdame mit seinem besten Freund im siebten Himmel war?«

»Ich glaube nicht. Jedenfalls hat er ihm weiter geschrieben wie vor-her. Wenn er davon gewusst hätte, hätte er das vermutlich nicht, nehme ich an. Oder doch? Wer weiß … Auf jeden Fall hat es eine Aussprache gegeben zwischen Diane und Willecot, als der nach seiner Verletzung 1916 heimkehrte. Aber im Tagebuch steht nicht, was sie genau gesagt haben. Leider. Vielleicht hat sie ihm in dem Moment alles gestanden.«

»Und deswegen, meinst du, hat er sie fallengelassen? Und wollte sie nicht mehr heiraten?«

Wir kamen auf die Auseinandersetzung zurück, die ich schon mit Violeta und Samuel in Lissabon geführt hatte: Wie konnte ein Mann wie Alban, der Diane gegenüber so freundlich gesinnt und ihr so aufrichtig zugeneigt war, es hinnehmen, dass sie mit einem anderen verheiratet wurde, wohl wissend, dass sie nicht die geringste Sympa-thie für den Bräutigam hegte? Je länger ich darüber nachdachte, desto mehr neigte ich zu der Ansicht, dass meine Freunde recht hatten und die Antwort auf Albans Heiratsantrag aus unbekannten Gründen auf dem Postweg verlorengegangen war. Aber ein paar Monate später wäre doch immer noch Zeit gewesen, Missverständnisse zu klären und von vorn anzufangen. War Alban, nachdem man seine Identität festgestellt und ihn seiner Familie übergeben hatte, von der Verzweiflung, die schon in seinen Briefen an Massis angeklungen war und ihm jede Selbstachtung geraubt hatte, bis er sich zu überhaupt nichts mehr aufraffen konnte, überwältigt worden?

»Ich weiß es nicht. Diane zufolge sind sie im Guten auseinandergegangen.«

»Vielleicht war er aufgrund seiner Kopfverletzung verwirrt. Oder er war traumatisiert von dem, was er mitansehen musste.«

»Laut Dianes Tagebuch hat er zu ihr gesagt, dass sein Name besudelt ist oder sein wird, wenn die Wahrheit ans Licht kommt.«

»Was für eine Wahrheit? War er ein Verräter? Ein Deserteur?«

»Er wurde von den Deutschen gefangen genommen und vier Monate später verwirrt aufgegriffen. Offenbar hat er nach seiner Rückkehr Probleme bekommen.«

»Was hat er während der ganzen Zeit gemacht?«

»Keine Ahnung. In dem Moment bricht der Briefwechsel ab. Aber wenn er aus der Gefangenschaft bei den Boches geflohen ist, war das doch keine Fahnenflucht, oder?«

»Ich weiß nicht. Vielleicht hat die Armee das ja anders gesehen. Die wurden damals doch ziemlich unterdrückt.«

»Stimmt. Fest steht jedenfalls, dass er sich für irgendetwas geschämt hat. Zum Ende hin werden seine Briefe so bitter …«

Während wir redeten, aßen wir genüsslich unser Sushi. Ich war ausgehungert und musste mich bremsen, um nicht alle Sashimis nacheinander aufzuessen.

»Wie ich sehe, ist dein Appetit wieder da«, bemerkte mein Freund belustigt. »Und wie war's in Portugal? Schön?«

»Sehr schön. Wir haben Violetas Geburtstag gefeiert.«

»Du scheinst sie zu mögen, deine portugiesische Freundin.«

»Sie ist hinreißend. Ich helfe ihr bei den Nachforschungen über ihre Großmutter.«

Schon wieder hatte ich ausweichend geantwortet, aber der Vize-Konsul kannte mich zu gut, um das nicht zu bemerken.

»Mein kleiner Finger sagt mir, dass es noch einen anderen Grund für deine Reise gab.«

Betreten senkte ich den Kopf über meinem Teller.

»Mhm, irgendwie schon.«

»Das ist keine Schande. Wer ist es?«

»Violetas Bruder.«

Ich war entsetzlich verlegen, wie eine erwischte Schülerin. Aber nichts an der Haltung des Vize-Konsuls ließ die geringste Missbilligung durchscheinen. Er winkte der Kellnerin und fragte sie nach der Dessertkarte. Ich hatte ihn im Verdacht, das Vergnügen des Essens absichtlich in die Länge zu ziehen, um genug Zeit für die weitere Befragung zu haben. Da drehte ich den Spieß lieber um.

»Und du? Wolltest du mir nicht auch etwas sagen?«

»Stimmt.«

Er verstummte für einen Moment und machte extra ein geheimnisvolles Gesicht.

»Los, sag schon!«, rief ich. »Hast du auch jemanden kennengelernt?«

»Das Glück hatte ich leider nicht.«

»Hast du eine Katze adoptiert?«

»Bloß nicht, was für eine Idee!«

Diese kleinen Wortgefechte waren zwischen uns üblich. Zumindest vor deinem Tod, als ich noch zum Scherzen aufgelegt war.

»Du hast eine neue Stelle?«

»Warm.«

»Gehst du weg?«

»Heiß.«

Plötzlich war mir der Spaß an dem Spiel vergangen.

»Wohin?«

Auch er war wieder ernst geworden.

»Japan. Sie haben mir einen Zweijahresvertrag im Tsunami-Forschungszentrum angeboten.

»Und, machst du's?«

Diesmal wirkte er verlegen.

»Weiß ich noch nicht. Die Bezahlung ist fürstlich, und ich wäre nur vier Flugstunden von Yan entfernt. Er könnte in den Ferien nach Tokio kommen.«

»Wann wollen sie deine Antwort haben?«

»Nicht gleich. Ich kann mir bis nach dem Sommer Zeit lassen.«

Eine plötzliche Stille trat ein, als wir unseren Jasmintee schlürften. Für ihn war diese Stelle eine Chance – in jeder Hinsicht; ich hätte ihn mit dem ganzen Enthusiasmus, den ich aufbringen könnte, dazu ermutigen müssen, sie anzunehmen. Aber ein Teil von mir war von der Perspektive, ihn zu verlieren, bestürzt. Ohne unsere regelmäßigen Treffen würde mir Paris leer erscheinen. Unsere Blicke begegneten einander, und ich versicherte ihm, das sei »eine großartige Gelegenheit«. Meine Stimme hörte sich dermaßen falsch an, dass es mir peinlich war. Auch ihm schien nicht wohl in seiner Haut zu sein.

»Wir können uns ja Mails schreiben«, sagte er mit einem schmalen Lächeln.

»Ja, das können wir.«

Wir waren beide erleichtert, als die Rechnung kam. Draußen verabschiedete er sich von mir nicht wie gewöhnlich, indem er mich umarmte und dann mit großen Schritten davonging, sondern blieb noch eine Weile neben mir stehen. Ich zündete mir eine Zigarette an, die er mir überraschenderweise aus der Hand nahm, um selbst einen Zug zu nehmen. Ich hatte gar nicht gewusst, dass er rauchte.

»Sag mal, dieser Mann, von dem du mir erzählt hast, bist du glücklich mit ihm?«

Die Frage brachte mich aus dem Konzept. Ich holte mir meine Zigarette zurück und zog daran; mir war völlig klar, dass ich ihm darauf keine einfache Antwort geben konnte.

»Wenn er da ist, ja.«

Der Vize-Konsul nahm mein Gesicht in seine Hände und küsste mich leicht auf die Wange. Dann legte er die Arme um mich, und in dieser Umarmung spürte ich alles, was wir einander nie gesagt hatten.

Das Ganze dauerte nur ein paar Sekunden – aber lange genug, um zu begreifen, dass wir ganz nah an etwas vorbeigeschrammt waren.

»Pass gut auf dich auf«, sagte er im Gehen.

Ich hatte Samuel in einer Mail von meinem kleinen Unfall erzählt. Die Antwort kam drei Tage später. Von meinem Unfall wollte er nur wissen, ob es mir wieder gutging. Dafür stellte er zahlreiche Fragen über Nicolas Netter und den Vize-Konsul, weil ich erwähnt hatte, dass ich mit ihnen essen war. Auch wenn ich versuche, mich daran zu gewöhnen, stört mich diese Hierarchie der Prioritäten. Zwar hatte ich nicht geschrieben, wie schmerzhaft der Sturz gewesen war – daran erinnerte mich ein ordentliches Hämatom. Aber die vollkommene Gleichgültigkeit meines Freundes angesichts einer Situation, die doch ein Minimum an Besorgnis hätte auslösen können, verletzte mich.

Den anderen zu verstehen ist wirklich eine schwierige Kunst, und ich stelle wieder einmal fest, dass ich darin nicht besonders gut bin; womöglich hat Rainer doch recht, und ich komme mit den Toten besser zurecht als mit den Lebenden. Und wer ist schuld? Vielleicht erwarte ich zu viel von ihm und will nicht einsehen, dass er sein eigenes Leben und seine eigenen Beschäftigungen hat? Mit dir war immer alles leicht, vielleicht zu leicht. Was uns verband, hatten wir nicht einmal kommen gesehen: ein heiteres, sanftes Gefühl, das Jahre brauchte, um sich zwischen uns einzurichten, und dann nie mehr verschwand. Bevor die Krankheit deinen Charakter veränderte, hatte es nie richtig Streit zwischen uns gegeben und schon gar keine Entzweiung: Aus Alltagszwist kondensierte Wolken hatten sich nach spätestens vierundzwanzig Stunden aufgelöst. Du hast in acht Jahren keine einzige Verabredung platzen lassen; nie haben wir es versäumt, uns von unseren Reisen, egal wo wir waren, allabendlich Mails zu schicken. Deine Aufmerksamkeiten hielt ich für eine Selbstverständlichkeit. Aber vielleicht warst du einfach nicht wie die anderen. Vielleicht muss ich mich von der Hoffnung verabschieden, dass die Dinge mit Samuel genauso klar sind. Und hat mich im Grunde nicht auch seine dunkle Seite angezogen?

Ich friere und verlasse eilig das Schwimmbecken, in dem ich schon seit heute morgen bin, weil ich meine derzeitige Ratlosigkeit durch körperliche Anstrengung vertreiben will. Unter der warmen Dusche denke ich nach. Ich komme an einen Punkt in meinem Leben, an dem ich mir sagen könnte – und mir auch sage – dass alles gut läuft. Ich arbeite, manchmal wie verrückt, ich habe ein Haus mit Garten ganz für mich allein, ein Kätzchen, das zu Besuch kommt, einen Mann, den ich liebe und der mich anscheinend auch liebt, obwohl die Kommunikation schwierig ist, und wir machen gemeinsame Pläne. Dennoch plagen mich diffuse Ängste und Zweifel, und die Gegenwart erinnert mich manchmal an einen Junihimmel vor dem Gewitter: licht und verschleiert zugleich; so schwanke ich zwischen Momenten des Entzückens und dem Gefühl, dass hinter meiner Beziehung mit Samuel eine Enttäuschung lauert, die nur darauf wartet, bis ihre Zeit gekommen ist. Emmanuelle würde wahrscheinlich sagen, dass ich unfähig bin, das zu schätzen, was ich habe, und damit hätte sie recht.

Ich war noch einmal zu Hause und habe mich umgezogen, mir aber nicht die Zeit genommen, meine feuchten Haare trockenzuföhnen. In einer knappen Stunde habe ich einen Termin beim Heeresdokumentationsdienst der Armee in Ivry, zu dem ich auf keinen Fall zu spät kommen darf. Ich war schon einmal in diesem Fort und erinnere mich, wie einschüchternd es war. Daran hat sich nichts geändert. Nach den Routinekontrollen, die wegen Terroralarms verschärft waren, wurde ich in den vierten Stock gebracht, wo eine konzentrierte Atmosphäre herrschte. Der Leiter hieß Georges Alphandéry, ich war ihm aber in der Vergangenheit nie begegnet: ein trockener, kompetenter Mann, der auf den ersten Blick ziemlich kühl wirkte. Ohne Zeit zu vergeuden, bot er mir Platz an und ließ sich die Geschichte von meinem Fotofund erzählen, den ich Jacques Gerstenberg verdankte. Dann beugte er sich über das Bild und drehte es um.

»Kein handschriftlicher Vermerk, kein Datum?«

»Nein.«

»Kommen Sie.«

Wir gingen einen Flur entlang, in dem es nach Kleber und Chemikalien roch. Alphandéry klopfte an die Tür des vorletzten Büros, das aussah wie sein eigenes, nur dass hier Akten, Hefter und Rollfilme den gesamten Raum einnahmen und bis über die Regale hinauf Kontaktabzüge an den Wänden hingen. Eine Frau um die fünfzig mit rotgefärbten Haaren, die mir als Ada Sarkissian vorgestellt wurde, war die Herrin über diese Rumpelkammer. Sie ließ uns kaum Zeit für die Vorstellung und gab mir ihre knochige Hand.

»Entschuldigen Sie die Unordnung. Sag mal, Georges, gibt's was Neues wegen meiner Regale? Hier würde keine Katze ihre Jungen wiederfinden. Irgendwann werde ich unter meinen Akten begraben werden, und du musst die Grabrede halten.«

Alphandéry seufzte, offensichtlich war er diese Klagen gewohnt.

»Gut. Könntest du in der Zwischenzeit einen Blick hierauf werfen?«

Die Frau mit den karottenroten Haaren hörte auf, in einem Ordner mit Schmetterlingsaufklebern zu blättern, und griff nach dem Foto. Sie hielt es erst eine Armlänge von sich weg, setzte dann eine Lesebrille auf, um besser zu sehen, führte es sich ganz nah vor die Augen, entfernte es wieder und betrachtete es noch einmal ganz aus der Nähe. Während des ganzen Manövers blieb sie stehen, völlig vertieft in das grobkörnige Bild mit den verschwommenen Rändern.

»Sehr interessant. Wo haben Sie das her?«

»Das ist eine lange Geschichte.«

»Ich mag lange Geschichten. Setzen Sie sich und erzählen Sie.«

Erst nachdem mehrere Akten beiseitegeschoben und Papierstapel verrückt worden waren, konnten sich Alphandéry und ich auf die beiden Bürostühle quetschen; zum x-ten Mal berichtete ich von der Erforschung der verschiedenen Archive aus dem Nachlass de Willecots und von meinem Besuch bei Jacques Gerstenberg. Dann fragte ich:

»Sie kennen dieses Bild?«

»Ich habe letztes Jahr eines verschlagwortet, das diesem so ähnlich ist wie ein Ei dem andern. Es liegt zur Begutachtung bei einer unserer Dienststellen.«

»Und was ist darauf zu sehen?«

»Unserer Meinung nach handelt es sich um eine Hinrichtung, durch die ein Exempel statuiert werden soll. Diese Masten sind die Erschießungspfosten und die zwei schwarzen Flecke Leichen. Sehen Sie diese Reihen von Soldaten? An den Uniformen erkennt man, dass die Schützen Franzosen waren.«

Wie jeder andere hatte ich schon von solchen Hinrichtungen und den späteren Forderungen nach Rehabilitierung gehört; aus Anlass des Gedenkjahrs hatte man sich ein paar von diesen heiklen Dossiers noch einmal vorgenommen. Allerdings hatte ich keine Ahnung gehabt, dass noch fotografische Spuren von diesen Ereignissen existierten.

»Wissen Sie, wer die Aufnahme gemacht hat?«

»Nein. Wahrscheinlich ein Soldat, der ein Beweisfoto hinterlassen wollte. Sehen Sie die Bildeinstellung? Der Fotograf befindet sich irgendwo oberhalb des Motivs, hinter einem Hügel oder Busch versteckt. Er musste auf seine Deckung achten und hat es quasi aus der Hüfte geschossen. Deshalb ist dieser Ast im Vordergrund mit aufs Bild gekommen. Allerdings … Warten Sie, ich muss etwas nachschauen.«

Zielsicher griff Sarkissian nach einem orangefarbenen Ordner in der Mitte eines Stapels und nahm eine Kopie heraus. Das Chaos, das sie beklagte, war in Wahrheit ihr Biotop, in dem sie sich auskannte wie in ihrer Westentasche. Das Foto auf der Kopie gehörte offensichtlich zur selben Serie: dieselbe Szenerie, dieselbe Pulverwolke, nur ausgedehnter als auf dem Foto von Gerstenberg. Ada nahm eine Lupe und inspizierte die rechte untere Ecke der beiden Bilder. Auf dem, das ich mitgebracht hatte, erkannte man einen teilweise vom Rand abgeschnittenen Pfeiler und eine zusammengesunkene graue Silhouette an dessen unterem Ende.

»Sehen Sie! Der Rauch der Schüsse ist zwischen den beiden Aufnahmen nach Osten gezogen. Das hier war dahinter verborgen. Es sind nämlich drei Pfosten, nicht zwei.«

Ada nahm ihre Brille ab.

»Das ändert alles, Georges.«

Alphandéry nickte. Sie schienen von ihrer Entdeckung fasziniert zu sein. Ich nutzte die Gelegenheit, um selbst ein paar Fragen zu stellen.

»Wie sind Sie zu dem Foto gekommen?«

»Durch einen Freund am Institut für Pressegeschichte. Es ist ihm zufällig in die Hände gefallen, als er das Archiv des *Petit Moniteur* durchsuchte, einer Wochenzeitung, die von Soldaten an der Front Fotos aus den Schützengräben bekam und druckte. Dieses Bild hat die Redaktion zwar erhalten, aber nicht veröffentlicht.«

»Zu gefährlich?«

»Es wäre niemals durch die Zensur gekommen. Und der Chefredakteur hätte auf direktem Weg ins Gefängnis wandern können, schon dafür, dass er es behalten hat. Und dann kam der Waffenstillstand. Es war die Stunde des Freudentaumels, niemand wollte mehr etwas von Meutereien und Erschießungskommandos hören.«

»Weiß man, wer es an die Zeitung geschickt hat?«

»Es war ein Brief dabei.«

Alphandéry wandte sich mir zu und kam meiner Frage zuvor.

»Um Ihnen den Brief zu überlassen, brauchen wir erst eine Genehmigung des Generalstabs. Allerdings würden wir Ihre Fotografie gern für ein paar Tage dabehalten, um sie zu begutachten.«

Ich konnte mir zwar vorstellen, wer den Brief geschrieben hatte, aber ich hätte lieber Gewissheit darüber gehabt, bevor ich es ihnen sagte. Ich wusste, dass sich das Dokument nur einen Klick weit entfernt auf Sarkissians Rechner befand; aber trotz meiner Enttäuschung hütete ich mich, irgendeine Form von Ungeduld zu zeigen. Es ging hier um ein Militärarchiv, und ich wusste besser als jeder andere, dass das hier nicht mein Terrain war.

»Da muss ich erst Herrn Gerstenberg fragen. Glauben Sie, dass es mit der Genehmigung von Ihrer Seite schnell gehen wird?«

Der Deal, den ich vorschlug, war den beiden sofort klar.

»Wir werden alles daransetzen«, versicherte Georges Alphandéry.

Zu Hause telefonierte ich mit Jacques Gerstenberg. Ihm sagte ich, was ich den Mitarbeitern der Abteilung Geschichte und nationales Erbe verschwiegen hatte: dass das Foto von der Erschießung höchstwahrscheinlich von Alban de Willecot stammte und von ihm Massis anvertraut worden war – wobei er den Film entweder in etwas anderes verpackt oder einem Freund auf Heimaturlaub mitgegeben haben musste. Der Abzug wurde auf jeden Fall im Hinterland entwickelt, von den inquisitorischen Blicken des Generalstabs so weit entfernt wie möglich; dafür brauchte der Fotograf eine Person seines Vertrauens, jemanden, der über ein eigenes Labor verfügte. Und da sehe ich in seinem Freundeskreis nur einen, der sich dieser Zeitbombe annehmen konnte: Massis. Ich weiß noch nicht, wer die Männer sind, die da erschossen wurden, und warum Alban Beweise von dieser Hinrichtung sichern wollte. Klar ist jedenfalls, dass wir hier sehr weit weg sind von den pittoresken *Szenen aus dem Muschkotenleben*, mit denen Alban seinen Freund unterhalten wollte, und viel näher an dem, wovon seine Briefe aus dem Jahr 1916 handeln: einem autoritären Willkürregime, dessen Führung auch vor dem Einsatz von Gewalt nicht haltmachte, um den Gehorsam mancher immer widerständigeren Truppenteile zu erzwingen.

Ich informierte Jacques Gerstenberg über den Wunsch der Archivare, das Original zu begutachten. Aber da ich ja wusste, wie wenig Zeit ihm noch blieb, sagte ich, dass ich genauso gut nach Genf kommen könne, um ihm das Dokument eigenhändig zu überbringen, wenn ihm das lieber wäre. Ich fürchtete, dass es zu spät sein könnte, wenn ich das Ende der Begutachtung abwartete. Zu meiner großen Überraschung bat mich der alte Mann, die Fotografie zum Dank zu behalten. Mir war schon klar – und die Blicke meiner Gesprächspartner beim Heeresdokumentationsdienst der Armee hatten es mir bestätigt –, dass das Bild kostbar war; deshalb protestierte ich aus Prinzip. Aber Gerstenberg wollte nichts davon hören.

Ich fragte ihn, ob er etwas dagegen einzuwenden hätte, wenn ich das Foto in meiner Biographie de Willecots erwähnte und denjenigen nannte, der den Abzug entwickelt hatte. Nein, es gebe nichts, was dagegenspreche: Ein Unrecht anzuprangern – und dass diese Exekution eines war, stand für ihn außer Zweifel – hatte seiner Meinung nach nichts mit Verrat zu tun. Wir sprachen noch lange über den besonderen Charakter des Bildes als Beweis für eine bekannte, aber nie benannte Praxis – ein Erbe des im 19. Jahrhundert entwickelten Disziplinarrechts –, die erst hundert Jahre später als das bezeichnet werden konnte, was sie war: eine – wie sich im Zuge der hastigen Mobilmachung und der ersten französischen Rückschläge herauskristallisierte – unerbittliche Lynchjustiz. Angewandt seit November 1914, wütete sie anschließend heftig mit Höhepunkten zu Kriegsbeginn und während der Meutereien 1917. Alle zitterten vor den Geschworenen, die eine Liste von Verstößen und Verfehlungen zu ahnden hatten, auf die die Todesstrafe stand, und vom Generalstab immer wieder per Telegramm dazu aufgefordert wurden, die strengste Strafe zu verhängen und ohne Verzug zu vollziehen.

So war die Welt, in der Willecot sich bewegte: ein Universum aus Spannungen und fast primitiven widersprüchlichen Kräften, aber streng kodifizierten Emotionen, gleich ob es Panik war, Feigheit, Erschöpfung, Verzweiflung oder Feindseligkeit, in der jede davon hervorgerufene Bewegung einen festgelegten Tarif hatte. Der kleinste Fehler, ein Vergehen gegen das gemeine Recht oder ein allzu lebhafter Wortwechsel an einem verzweifelten Abend im Schützengraben, wurde gnadenlos bestraft, denn ein ostentativer autoritärer Akt galt als wirkungsvollstes Mittel, um schwarze Schafe zurück ins Glied zu treiben.

Ich war unsicher, wie ich mich von Jacques Gerstenberg verabschieden sollte – es war mehr als wahrscheinlich, dass wir zum letzten Mal miteinander sprachen. Ich dankte ihm für das Vertrauen, das er mir entgegengebracht hatte.

»Ich habe zu danken«, erwiderte er.

Er finde es sehr beruhigend, sagte er, dass alle geschichtlichen Umstände, so bedrückend sie auch sein mochten, Menschen hervorbrächten, die fähig seien, sich ihnen zu widersetzen; Pech für seine Eltern, fügte er hinzu, dass es ein paar Jahre später nicht mehr davon gegeben habe. Aber alles in allem komme am Ende ein nicht allzu schlechtes Bild seines Großvaters heraus, der für ihn lange nur ein mondäner, ruhmsüchtiger Dichter gewesen sei, bevor er entdeckt habe, dass er auch ein Mann der Überzeugungen und treuer Freund sein konnte, bereit, sich für andere in Gefahr zu bringen. Natürlich sagte ich ihm nichts von Anatoles Abenteuer mit Diane. Wozu in diesem Stadium grundlos das Bild seines Ahnen beflecken? Dann redeten wir noch ein paar Minuten; merkwürdig, wie dieser Mann seine letzten Kräfte darauf verwandte, über die Wendung nachzudenken, die die Lebenden dem Schicksal der ihnen Vorausgegangenen geben, »von denen wir«, so schloss er das Gespräch, »Sie als Historikerin und ich als Enkel, im Grunde doch so wenig wissen«.

Mein lieber Anatole,

Letzter Kreis der Hölle, 3. März 1916

wie dumm waren wir 1914, als wir in den Krieg zogen, voller Zuversicht, dass wir die Boches in weniger als sechs Monaten hinwegfegen würden! Nun verschimmeln wir schon seit fast einem Jahr in unseren Löchern, von Flöhen und Ratten gepiesackt, unter dem Befehl schwachsinniger Generäle, die keinen Gedanken an das Leben ihrer Männer verschwenden, aber besessen sind von der Vorstellung, auf einem Hügel oder Erdhaufen ihren Namen zu hinterlassen.

Die Moral der Truppe liegt am Boden. Vidalies drangsaliert uns, beim geringsten Anlass kommt es zu Schlägereien unter den Männern. Letzte Woche ist Lagache seinen Verletzungen erlegen. Der Nachschub bleibt aus, und in den Gräben gehen Gerüchte über Meutereien um, die vom Generalstab grausam unterdrückt werden. Erst vorgestern nahm einer von den Unsrigen einem deutschen Leichnam die Pistole ab und jagte sich damit das Hirn aus dem Schädel. Er war neunzehn und ist wahnsinnig geworden, weil er zwei Tage ohne Essen und Trinken in einem Erdloch verschüttet war. Ob ich an seiner Stelle so lange durchgehalten hätte? Da bin ich mir nicht sicher.

Ich habe immer geglaubt – oder wollte glauben –, dass es meine Pflicht ist, für mein Land zu kämpfen. Heute weiß ich, dass es nicht die Heimat ist, für die wir unser Leben lassen, sondern ein dünkelhafter, bornierter, verbrecherischer Generalstab. Das Kriegskreuz, mit dem sie so hemmungslos um sich werfen, ändert daran nichts. Du glaubst, dass du die Wahl hast, ein Held zu sein, wenn du im Maschinengewehrfeuer aus einem Graben auftauchst? Hier will jeder nur seine Haut retten, sonst gar nichts.

Wenn Gott mir gnädig ist und mich hier lebendig herauskommen lässt, müssen wir beide den Schwur ablegen, mit vereinten Kräften alles zu tun, dass der Krieg nie wiederkommt und die Welt infiziert. Ich weiß, dass Du daran arbeitest, und ich kann nur wiederholen, wie stolz ich darauf bin, dieses Ziel mit Dir teilen zu dürfen.

In brüderlicher Umarmung
Dein Alban

Wie versprochen, hat Philippe Février mir den Text seines Vortrags über Georges Hazard geschickt. Im Anhang war ein rund zehnseitiges Dokument beigefügt, sein Forschungsjournal, in dem er die einzelnen Etappen seiner Entdeckung, seine Zweifel und tastenden Versuche festgehalten hat. Ich empfinde das als Zeichen seines uneingeschränkten Vertrauens, in einer Phase, in der ich mehr denn je die Einsamkeit der Historikerin vor ihrem Archiv spüre. Als Artillerist war Hazard der Gefahr nicht so direkt ausgesetzt wie Willecot; aber auch er hat sich in seinen Briefen oft über seine strategische Abgeschiedenheit auf dem Gipfel eines Hügels in der Meuse beklagt, der anscheinend nie ganz eingenommen, aber auch nie ganz aufgegeben werden konnte. Hazard kritisiert die Unfähigkeit der Armeeführung mit ihren überholten taktischen Plänen, die er ganz offen als »mittelmäßig und mörderisch« bezeichnet. Es dauerte nicht lange, bis seine Briefe von der Zensur gestoppt wurden; daraufhin entwickelte er ein auf Geheimtinte beruhendes System, das ihm auch weiterhin erlaubte, mit seiner Familie zu kommunizieren.

Die Zensur, deren verheerende Auswirkungen auf die Presse Diane in ihrem Tagebuch verspottete, war wie ein Eingeständnis der Ohnmacht durch die Armeeführung, deren letzter, armseliger Versuch, die Soldaten mundtot zu machen und das eigene Versagen zu vertuschen. Dabei nutzte sie die Gelegenheit, die Moral der Truppe auszuloten, um herauszufinden, aus welcher Richtung der Gegenwind kam, wo Rebellion drohte, die niederzuschlagen zu einer regelrechten Obsession geworden war. Massis stand auf der anderen Seite. Er gehörte zum Clan derer, die mit weichem Bleistift und Schere in der Hand dieser niederen Tätigkeit nachkamen und anschließend Berichte verfassten, was nichts anderes war als elende Spionage. Es war nicht verwunderlich, dass der Poet des Raffinierten, Verzierten und üppig Phrasierten unter diesen Umständen die Abgründe der Demoralisierung kennenlernte, war er doch tagaus, tagein damit beschäftigt, an der Verarmung und Zerstörung der Sprache mitzuwirken, was letztlich nichts anderes war als die Negation seiner eigenen Arbeit. Wer weiß, ob ihn dies nicht innerlich zerriss, weshalb er dann auch unfähig war, gegen seine Zuneigung für Diane anzugehen. Er brauchte ihre Jugend und Frische so dringend, um sich wenigstens in der Illusion von Unschuld zu wiegen.

An diesem Sonntag arbeitete ich zu Hause. Nachdem ich Philippes Arbeit durchgelesen hatte, legte ich eine Pause ein, um mir eine Tasse Tee zu machen. Ich dachte über Georges Hazard nach. Und als ich die blaue Gasflamme tanzen sah, wurde mir plötzlich klar, wie alles zusammenhing: die Passagen mit der verblassten Tinte in de Willecots Briefen. Das bräunlich verfärbte Papier drumherum. Für die in Fotochemie bewanderten Freunde war es bestimmt ein Kinderspiel, eine Tinte zu entwickeln, die erst durch Erhitzen sichtbar wird. Sie brauchten dazu nur ein paar zusätzliche Fläschchen, die sich leicht in den Entwicklerlieferungen von Favard unterbringen ließen. Und die Postkarte Albans mit der Bitte an Massis, seine Briefe mit derselben Wärme zu empfangen, die er beim Schreiben hineingelegt habe … Nein, darin drückte sich nicht Albans Wunsch nach Mitgefühl aus, wie ich naiverweise angenommen hatte, sondern eine technische Anweisung, wie man die verborgenen Passagen zum Vorschein bringen konnte.

Ich unterbrach die Teezubereitung, um den Ordner darauf hin zu überprüfen. Die verfärbten Stellen, die ich markiert hatte, enthielten sämtlich und ohne Ausnahme eine oft harte Kritik an den Generälen. Besonders an einem: Vidalies. Seit er im Januar dazugestoßen war, unterwarf er die Truppe seinem fanatischen Machtstreben. Willecot wie Hazard betonten das Scheitern der französischen Strategie, schmähten Joffre und prophezeiten, dass sich die deutsche Taktik am Ende als der französischen weit überlegen erweisen werde. Außerdem beschrieb Willecot Dienste, Strafen, Erpressungen und sogar Schlägereien unter den Soldaten.

Von Anfang an hatte ich mich gefragt, wie es Alban gelungen war, solche Briefe unbehelligt durchzubringen. Jetzt wusste ich es. Und diese Feststellung warf automatisch eine weitere Frage auf: Was war mit Albans fotografischem Werk? Ich war immer weniger geneigt, zu glauben, dass jemand, der so kritische Briefe schrieb, sich damit begnügen sollte, gestellte Szenen vom Verbandanlegen und Fangenspielen, von Tee in den Ruinen und kunstvoll eingestürzten Glockentürmen zu knipsen. Wie hätte er der Versuchung widerstehen sollen, die Verheerungen dieses Krieges, den er verabscheute, mit seiner Vest Pocket festzuhalten?

Fest stand, dass er die Erschießungen fotografiert hatte; aber im Laufe der Tage gelangte ich zu der Gewissheit, dass es noch andere Bilder geben müsse, viele andere, verschwundene Abzüge, das Herzstück von Anatoles Projekt, auf das sich Alban in seinen letzten Briefen bezog. Hätten diese Fotos der pazifistischen Propaganda, die Massis im Sinn hatte, nicht eine furchtbare Überzeugungskraft verliehen? Und der elektrische Projektor, den er für seine Vortragsreihe mieten wollte, wie Professorin Alazarine erzählt hatte? War der nicht ausschließlich für den Zweck gedacht gewesen, den entsetzten Zuschauern das unfassbare Gemetzel in allen Einzelheiten ins Gesicht zu schleudern, das Bild der Hölle auf einem weißen Betttuch an der Wand eines Gemeindesaals aufblitzen zu lassen, damit sich der unerträgliche Anblick jedem ins Herz und in die Eingeweide brannte?

Meinen Überlegungen stand jedoch eine gewaltige Hürde im Weg: Ich hatte nirgends die geringste Spur dieser Bilder gefunden. Und unter den Nachkommen des Dichters war niemand, der Licht ins Dunkel bringen könnte, weder Marie-Claude O'Leary noch Jacques Gerstenberg, der eine Woche nach unserem Gespräch gestorben war. Wie Anatoles Briefe waren Albans Fotos ein Hirngespinst; womöglich waren sie auch dem Feuer in Othiermont zum Opfer gefallen oder, noch schlimmer, bloße Ausgeburten meiner Phantasie, Ergebnisse meiner gewagten Spekulationen.

Die Antwort kam acht Tage später auf gänzlich unerwartete Weise:

mit der Post, in einem mit bunten Aufklebern und Stempeln versehenen Paket, auf dem in jugendlich gerundeten Buchstaben meine
Adresse stand. Aufgegeben von Ariane Brugg, die von ihrem Großvater angewiesen worden war, mir nach seinem Tod ein Heft zu schicken, das sie selbst noch nie gesehen hatte. Dem Paket beigefügt war
ein Brief in zittriger Handschrift, aus der die Erschöpfung des Ur-
hebers sprach. Der alte Herr hatte sich noch die Mühe gemacht, mir
die Wege des Dokuments zu schildern, das Marie-Claude und er nach
seinen Worten nur *dirty book* genannt hatten, das schmutzige Buch.
Den Fotografen hätten sie nicht gekannt, oder zumindest habe er so
lange nichts geahnt, bis ich auf der Bildfläche erschienen sei.

Das Heft, das ich nun in Händen halte, sei Gegenstand eines alten
Familientabus gewesen: Er selbst sei als Jugendlicher streng bestraft
worden, als er es einmal heimlich vom mütterlichen Schrank herun-
tergeholt habe. Aber die eigentliche Strafe habe er sich selbst zu verdanken, weil er dieses Album geöffnet habe. Noch sechzig Jahre später,
an der Schwelle des Todes, erinnere er sich an die Mischung aus Entsetzen und Faszination, mit der er diesen Katalog der Grausamkeiten
durchgeblättert habe: Soldaten mit eiternden Schrunden, schwarzge-
frorenen Zehen und hohlwangigen, vom Dreck marmorierten Gesichtern; unter den Schlägen des Winters zitternde Gestalten mit Fellen
über dem Soldatenmantel, die sie sich über die Schultern zogen, um
zwischen den Schneehaufen, die ihnen bis zum halben Oberschenkel
reichten, eine Illusion von Wärme aufrechtzuerhalten. Verstümmelte
Körper und Leidensmienen auf jeder Seite – Jacques hatte monatelang Albträume gehabt deswegen. Nach diesem Vorfall blieb das Heft,
das Eugénie Massis ordnungsgemäß wieder eingezogen hatte, spurlos
verschwunden. Erst nach dem Tod der Mutter fanden die Geschwister
es wieder, eingeschlossen in einer ihrer Schreibtischschubladen. Doch
weder Jacques Gerstenberg noch Marie-Claude O'Leary konnten sich
dazu entschließen, es der Nachlassstiftung beizufügen: einerseits, weil
sie nicht wussten, wem die Fotos gehörten, vor allem aber, weil ihnen
nicht klar war, was sie von diesem Heft halten sollten, das nur den

Wunsch auslöste, es so weit weg wie möglich zu vergraben und alles zu vergessen, was es enthielt.

Im Laufe der Jahre sei das *dirty book* gemeinsam mit weiteren Reliquien, altem Krempel und anderem Ballast in ein Möbellager gewandert, wo es vergeblich auf eine Entscheidung wartete, was mit ihm geschehen sollte. Seiner Enkelin Ariane, die teilweise bei ihm aufgewachsen sei, habe er es noch weniger anvertrauen wollen als seinem frühverstorbenen Sohn. Eine Mischung aus Unbehagen und Scham habe ihn davon abgehalten, das vergiftete Erbe in die Hände dieses unschuldigen Wesens zu legen, das mit seinen zwanzig Jahren glücklicherweise noch *zu wenig Schmerz erlebt* habe. Ich dagegen erscheine ihm seit unserer Begegnung ausreichend gefestigt, um diese Bürde zu übernehmen, deshalb gebe er das Album an mich weiter, auch weil er darauf vertraue, dass ich den »bestmöglichen Gebrauch« davon machen würde.

Jetzt begriff ich, dass mein Besuch in Genf, bei dem er mir das Erschießungsfoto übergeben hatte, wenn nicht ein Vorwand, so doch zumindest ein Test war, dem er mich ohne mein Wissen unterzog, da er zu diesem Zeitpunkt noch schwankte, wie er mit dem *dirty book* verfahren sollte; er war sich bis fast zum Schluss nicht sicher, ob es seine Pflicht als Erbe sei, es zu vernichten und diese Fracht des Grauens den Augen der Welt vorzuenthalten, oder ob das Album ein Jahrhundert später vielleicht doch noch die Rolle des Beweisstücks spielen könnte, die ihm von seinen Schöpfern zugedacht war.

Ich legte den Brief beiseite und betrachtete den Rest der Sendung. Es handelte sich um ein in mehrere Schichten bräunliches Packpapier gewickeltes Objekt, das sich ziemlich dick anfühlte. Es dauerte einen Moment, bis ich mich entschließen konnte, vorsichtig die Schnur zu durchschneiden, die die Verpackung zusammenhielt. Als ich das uralte Heft mit dem verblassten blauen Umschlag und ein paar Stockflecken hier und da aus seinem Papiersarg hob, durchflutete mich so stark wie selten in meinem Leben das überwältigende Gefühl des Archäologen, der unter seinen Pinselstrichen das klare Profil der Königin auftauchen sieht und das außerordentliche Privileg genießt, ihre Züge, die unter so vielen unerforschlichen, von Naturkatastrophen, Unwettern, Trockenphasen, Erdbeben und dem ewigen Durst nach Verwüstung, dessen Krämpfe noch jede Epoche erschüttert haben, rhythmisierten Zeitschichten begraben waren, zu neuem Leben zu erwecken.

Nun hielt ich also diese Frucht einer Freundschaft und einer Empörung in Händen, die geduldige Ernte einer langen Folge von Finten, die schließlich durch tausend Gefahren, von denen der Tod des Kameramanns nicht die fernliegendste war, zur Verwirklichung des Unterfangens führten. Die Enthüllung kam zu spät, aber sie war geblieben, ein beharrlich festgehaltenes Jahrhundertfragment, perfekt kombiniert aus Wort und Bild wie ein aus Schaft und Spitze verfugter Pfeil, dazu bestimmt, sich ins Gedächtnis der Menschen zu bohren, wenn vom Krieg längst keine Rede mehr wäre und versucht werden würde, die Wahrheit zum Schweigen zu bringen, die Wahrheit über jene vier Jahre, die einen Kontinent verwüstet und auch von den Kolonien ihren Blutzoll gefordert hatten, die so viele Narben in den Geschichten der einen wie der anderen hinterlassen hatten wie die Granaten Krater in den Hügeln des östlichen Frankreichs. In der linken Ecke des Hefts berührten meine Finger eine Buchstabengravur, die vor langer Zeit einmal vergoldet gewesen war: »Favard & Fils, Optiker, Paris«.

Ich schlug es auf.

Als ich das Album eine Stunde später wieder zuklappte, zitterte alles an mir, nicht nur die Hände. Ich hatte ein ungeheures Bedürfnis zu weinen. Was meine Augen gesehen hatten, hätte ich am liebsten aus mir herausgewaschen, wie man sich schrubbt, wenn man in den Dreck gefallen ist. De Willecot hatte fotografiert und Massis seine ganze Kunst darauf verwandt, die in aller Eile geschossenen Bilder zu entwickeln, auszurichten und deren dunkle Bereiche aufzuhellen. Die gemeinsamen Anstrengungen der beiden, ihre klinische Sorgfalt und die fast zwanghafte Genauigkeit ihrer Arbeit ließen jede Einzelheit so realistisch hervortreten, dass man den Eindruck hatte, das Bild fräste sich durch den Augapfel, um sich direkt im Gedächtnis festzusetzen. Unter jede Fotografie hatte Massis mit seiner feinen Handschrift, die ich schon bei Françoise Alazarine und in der Bibliothek von Jaligny gesehen hatte, eine auf ihren einfachsten Ausdruck reduzierte Bildunterschrift gesetzt, eine unerträgliche Mischung aus Schonungslosigkeit und ästhetischer Perfektion (»Am Oberschenkel verletzt, Thillot, 12. Mai 1916«).

Anstelle eines Kommentars hatte der Dichter ganze Passagen aus Briefen von Offizieren abgeschrieben, zu deren Löschung er eigentlich verpflichtet war, und die, statt zerrissen oder in den Kellern eines Ministeriums vergraben zu werden, eine erstklassige Legende für das Leid und die Barbarei auf den Bildern abgaben: Da ging es um Schikanen, Selbstmorde, Elektroschocks für ohnehin schon gebrochene Männer, um jene, die nächtelang schrien, jene, die keinen Bissen mehr hinunterbrachten, jene, die nicht mehr sprechen, sehen, hören konnten, jene, die nach einem Angriff in einem solchen Zustand eingesammelt wurden, dass der Kommandant, sofern er noch genügend Morphium hatte, ihnen aus Mitleid eine Spritze gab, um ihr Ende zu beschleunigen; und um all jene, die in ihren Briefen Frau und Kinder im Voraus um Vergebung baten, weil sie sie allein zurücklassen würden, und die manchmal während der »Ruhezeiten«, niedergeschlagen von ihrer Ohnmacht angesichts dessen, was dieser Krieg aus ihnen gemacht hatte, breitbeinig und mit leeren Händen auf einem Baumstumpf saßen und lautlos weinten.

Das *dirty book* trug seinen Namen zu Recht, jetzt verstand ich auch, warum Jacques seine Enkelin lieber davon ferngehalten hatte. Sogar wenn es geschlossen war, schien das Heft noch seine wilde Verzweiflung auszustrahlen, als hätten Willecots Fotografien die Macht, Papierschichten zu durchdringen und das grelle Bild der Verdammnis überall hinzutragen. Sooft ich auch die Augen schloss, ich brachte die Bilder nicht mehr zum Verschwinden; sie sollten mich noch viele Nächte lang verfolgen, als hätten sie mein Gedächtnis infiziert. Ich legte das Heft auf den Tisch, schloss die Augen und atmete lange aus. Die Vorstellung, gleich nach Hause zu gehen, fand ich an diesem Abend unerträglich.

Ich wählte Emmanuelles Nummer. Der Anrufbeantworter sprang an. Doch der Vize-Konsul war zu Hause.

»Lädst du mich auf ein Glas Wein ein?«

112

Ich brauchte eine Weile, bis ich die Augen aufbekam und begriff, dass das, was da in meinem Schädel dröhnte, das Klingeln des Telefons war. Meine Lider waren wie verkleistert. Nachdem ich es mit einer gewissen Mühe endlich geschafft hatte, sie aufzuschlagen, sah ich auf die Uhr: acht Uhr fünfundvierzig, für meine Verhältnisse hatte ich also quasi einen Vormittag im Bett verbracht. Auf dem Display sah ich, dass Samuel am Abend zweimal versucht hatte, mich zu erreichen, und vor ein paar Minuten noch ein paarmal. Aber um zwei Uhr früh, als ich nach Hause kam, war ich nicht in der Verfassung, irgendwen anzurufen.

Ich brauchte eine Dusche und zwei Alka-Seltzer, um die Auswirkungen des gestrigen Abends zu lindern – was leider nicht ganz gelang. Wir hatten den Abend in der Bar des Hotel Intercontinental verbracht. Ich trinke selten (und selten zu viel), aber Massis' Album hatte meine Fähigkeit, mir Dinge vom Leib zu halten, untergraben. Vor einem Glas Drambuie vergoss ich dicke Tränen; die anderen Gäste betrachteten mich mitleidig wie eine Frau, die gerade von ihrem Mann erfährt, dass er sie verlassen wird. Der Vize-Konsul blieb gelassen: »Das musste ja mal so kommen, wenn du dir die ganze Zeit dieses schreckliche Zeug reinziehst.« Dann reichte er mir ein Päckchen Taschentücher.

Nach ein paar Stunden löste sich der Schock im Alkohol auf, die Konturen des Albums verschwammen, und mein Freund entschied, dass ich genug getrunken hatte. Von da an kann ich mich kaum noch an etwas erinnern, außer dass er mich noch in den Aufzug schob und mich bis zu meiner Wohnungstür brachte, vielleicht sogar ins Bett.

Am Morgen hatte ich außer einem Kater das Gefühl, das Gewicht der ganzen Welt auf meinen Schultern zu tragen. Zwei Tassen starker Kaffee änderten daran auch nichts. Es kostete mich Überwindung, mich auf den Weg zum Institut zu machen: Die Vorstellung, dass das *dirty book* dort auf mich wartete, rief in mir Abneigung, wenn nicht Abscheu hervor. Dort angekommen, schloss ich den ganzen Prozess der Registrierung einfach kurz und brachte das Album direkt ins Archiv, wo ich es ganz allein in einer Schublade versenkte, wie man Atommüll in unterirdischen Schächten begräbt. Die vorgeschriebenen Prozeduren würde ich später nachholen.

Gegen elf Uhr rief ich Samuel zurück, erreichte aber nur den Anrufbeantworter. Danach versuchte ich es alle zwei, drei Stunden erneut, aber mit ebenso wenig Erfolg. Der Rest des Tages zog im Migränenebel vorbei; ab und zu sprach mich jemand an, aber ich war ganz woanders, weil mir die Bilder des Vortags noch durch den Kopf gingen. Erst am frühen Abend konnte ich Samuel erreichen. Diesmal hob er beim ersten Klingeln ab.

»Entschuldige bitte, Samuel, ich konnte gestern Abend nicht zurückrufen. Ist alles in Ordnung?«

»Bei mir ja. Und bei dir?«

Eine unerwartete Kälte lag in seiner Stimme.

»Geht so. Ich hatte gestern einen schwierigen Tag.«

»Anscheinend auch einen schwierigen Abend.«

»Warum sagst du das?«

»Weil du nicht abgenommen hast.«

Diese Bemerkung hätte seiner Sorge um mich entsprungen sein können. Aber ich hörte etwas anderes. Ich erzählte ihm, wie ich das blaue Album bekommen und was ich darin gesehen hatte. Von meinem dringenden Bedürfnis, darüber zu reden und mich dann zu betrinken, um das Gesehene zu vergessen.

»Hättest du nicht zu Emmanuelle gehen können?«

Ich wunderte mich immer mehr.

»Mein lieber Samuel, bis jetzt bestimme immer noch ich, mit wem ich mich treffe.«

»Und ganz zufällig ist deine Wahl auf ihn gefallen.«

Ich fühlte, wie Verzweiflung in mir aufstieg. Ich war nicht in der Stimmung für Vorwürfe.

»Tut mir leid, aber ich hatte schon ein Leben, bevor ich dich kannte. Würde es dir gefallen, wenn ich dich ausfragen würde, mit wem du dich in Porto triffst?«

Samuels Stimme wurde hart.

»Darum geht es hier nicht. Hast du die Nacht mit ihm verbracht?«

Das machte mich sprachlos.

»Natürlich nicht!«

Das Gespräch wurde irreal. Ich ließ es lieber dabei bewenden, und Samuel legte grußlos auf. Allein an meinem Küchentisch, ließ ich meiner Bestürzung freien Lauf. Was war auf einmal in ihn gefahren? War der eiskalte, argwöhnische Mann, mit dem ich eben gesprochen hatte, derselbe wie mein amüsanter, charmanter Geliebter in Lissabon? Wie eine Seerose erblühte die Angst in meiner Brust. Was konnte ich denn über tausendsiebenhundert Kilometer Entfernung tun, um das Missverständnis aus dem Weg zu räumen? Später abends schrieb ich ihm eine lange Mail, in der ich versuchte, noch einmal die Situation zu erklären, mich zu rechtfertigen, ihn zu beruhigen. Keine Antwort.

Als ich mitten in der Nacht aufwachte, war mein erster Reflex, in die Mailbox zu schauen. Noch immer keine Antwort von Samuel. Ich hatte noch seinen aggressiven Tonfall während unseres Telefonats vor ein paar Stunden im Ohr. In meinem Kopf überschlugen sich die Erinnerungen an Momente, denen ich keine besondere Bedeutung beigemessen hatte, die mir jetzt aber in einem anderen Licht erschienen: die ständigen Nachfragen zum Vize-Konsul, zu Netter, zu Eric; dass er unbedingt die Namen der Männer wissen wollte, die ich im Rahmen meiner Arbeit kennenlernte. Die Szene, die er mir gemacht hatte – als wäre ein Schleier gefallen. Wer war er wirklich? Konnte ich eine Zukunft mit einem Mann anstreben, der so zwischen Gleichgültigkeit und Besitzanspruch schwankte? Samuels Eifersucht beunruhigte mich nun mehr als seine Tendenz, mich wegzuschieben, wann es ihm passte. Ich versuchte, mir ein Leben in überwachter Freiheit vorzustellen, wo ich jedes Mal Rechenschaft ablegen müsste, wenn ich ausginge, und lügen, wenn ich den Vize-Konsul träfe. Ob diese übertriebene Reaktion mit Ereignissen in Samuels früherer Ehe verknüpft war? Violeta hatte mir gegenüber angedeutet, dass die Frau ihres Bruders eher flatterhafter Natur gewesen sei. Hatte das alles womöglich mit der Tragödie zu tun, die sie ihm entrissen hatte?

Ich war so ratlos und frustriert von seinem Schweigen, dass ich aus meinem Bett aufstand und etwas tat, was ich nie hätte tun sollen: Im fahlen Schein des Bildschirms gab ich Samuels Namen bei Google ein. Nach verschiedenen Seiten von Unternehmen fand ich drei sechs Jahre alte Meldungen portugiesischer Tageszeitungen. Ich ließ sie durch den automatischen Übersetzer laufen. Der Wortbrei, der dabei herauskam, war kaum verständlicher als das Original. Aber eine Information stach hervor: Mariana Ducreux war am 25. April 2009 in Estoril ertrunken, *afogada*. Einer der Artikel enthielt auch ein Foto: Samuel, unrasiert, wie er zwischen zwei uniformierten Männern in ein Polizeiauto steigt. In einem Anflug von Übelkeit klappte ich den Computer zu. Was wollte ich eigentlich herausfinden? Den Beweis, dass mein Freund am Tod seiner Frau schuld war, wie Sibylle angedeutet hatte? Ich hatte die Dose der Pandora geöffnet. Und ekelte mich vor mir selbst.

Ich hätte dringend über all das reden müssen in dieser späten, dunklen Stunde. Und absurderweise warst du der Einzige, dem ich meine Zweifel hätte offenbaren können.

113

Drei Tage später war ich wieder einmal auf dem Weg nach Othiermont; Samuel und ich hatten uns noch nicht wieder gesprochen. Er
war vermutlich wütend, aber ich hatte mich ja schon entschuldigt und
keine Lust, mich noch weiter zu rechtfertigen. Also wartete ich, ein
wenig schockiert darüber, dass ich mich im Grunde schon abgefunden
hatte mit meiner Rolle, die darin bestand, die wechselnden Launen
eines unergründlichen Mannes zu ertragen. Mittlerweile hing ich zu
sehr an ihm, um eine andere Lösung ins Auge zu fassen; aber das
große Glück des Anfangs hatte sich verflüchtigt oder war zumindest
von zahlreichen Ängsten getrübt. Ich hatte mein Bestes dafür getan,
die portugiesischen Zeitungsmeldungen im Internet aus dem Kopf zu
bekommen. Journalistengeschwätz natürlich. Mir war eingefallen, was
Violeta an dem Abend zu mir gesagt hatte, als Sibylle solchen Ärger
gemacht hatte: »Mein Bruder hat nichts verbrochen.«

Das waren die Gedanken, die mir durch den Kopf gingen, während
ich im Morgengrauen durch die nebelverhangene Bourgogne fuhr. Als
du mich dazu überredet hattest, mit fünfunddreißig noch den Führer-
schein zu machen, hätte ich nicht gedacht, dass es mir einmal solchen
Spaß machen würde, mit dir über die Straßen Frankreichs zu rollen.
Wir sind viel zusammen Auto gefahren, du hast mir Ratschläge gegeben, und ich habe mich immer beschwert, dass mich das ablenkt – aber
es hat mir Selbstvertrauen gegeben. An Tagen wie diesem passiert es
mir manchmal, dass mich die Trauer um die Momente, die wir nicht
mehr miteinander teilen, wie glühender Stahl durchfährt.

Am Ortseingang fuhr ich rechterhand an dem Schild vorbei, das
den Weg nach Othiermont wies, und bog nach Ambérieu ab. Es war
ein paar Jahre her, dass ich den Verein für privates Schrifttum besucht
hatte, aber nichts hatte sich seither verändert. Anders als zu erwarten,

versteckte er sich nicht in einem Winkel des Rathauses, sondern residierte in der ersten Etage der Mediathek, die in einem ehemaligen Kornspeicher mit schönen Steinbögen untergebracht war. Dort lagerten Tausende Briefe, Schriftwechsel und Tagebücher. Die Sekretärin, der ich mein Kommen schriftlich angekündigt hatte, hatte mir das Tagebuch Violaine Whites herausgelegt, ein Bündel zusammengehefteter maschinenbeschriebener Blätter. Das Dokument war nicht sehr umfangreich, kaum vierzig Seiten. Ich las es in einem Zug durch.

Violaine White, die damals Violaine Dornier hieß, hatte an ihrem sechzehnten Geburtstag am 16. April 1940, zwei Monate vor Beginn der Besatzung, mit ihrem Tagebuch angefangen. Es endet mit der Befreiung 1944. Vor allem in den ersten Wochen erzählt sie manchmal in sehr naiven Worten von der Ankunft der Deutschen in Lyon, ihrer patriotischen Begeisterung und ihren Pennälerstreichen, die darin bestanden, Polizisten zu ärgern und dann durch Passagen und Innenhöfe davonzulaufen. Sobald sie das Abi in der Tasche hatte, schloss sie sich der Résistance an, der zwei ihrer Brüder angehörten, und begann mit ihren »Aktivitäten«, wie sie in ihrer elliptischen Art schrieb. Tatsächlich fand ich keinerlei Hinweis auf das Netz Jour-Franc und keinen einzigen Namen: Umsichtig vermeidet die Tagebuchschreiberin jegliche Andeutung oder Nennung von Personen. Nur ab und zu tauchen Initialen ihrer »Studienkollegen«, A., T. oder F., in dem Heft auf. Das enthält vor allem Bemerkungen über den schwierigen Alltag, die Rationierung, die Uni, die »Rüffel« ihrer überforderten Mutter und ein oder zwei Erwähnungen eines gewissen Baptiste, der sehr zum Leidwesen der jungen Frau die Mathematik mehr liebte als Baudelaire. Nur eine Notiz von 2001, als das Tagebuch dem Archiv übergeben wurde, kommentiert Violaines Aktivitäten als Verbindungsfrau; sie war eines der wenigen Mitglieder des Netzes, die der Verhaftung entgingen. Leider wieder nichts über Tamara Zilberg. Aber meine Enttäuschung legte sich bald, ich bin es ja gewohnt, immer Pech zu haben, was sie betrifft.

Othiermont hatte ich als öden, grauen Ort in Erinnerung; als ich es diesmal von La Grenette aus erreichte, fand ich ein schmuckes Dörfchen mit blumengeschmücktem Kreisverkehr und bunt bepflanzten Balkonkästen in Frühlingsfarben. Auf einmal bekam ich Lust, noch einmal den ehemaligen Sommersitz der Nicolaïs aufzusuchen; als ich das Auto geparkt hatte, ging ich sogar zum Tor und klingelte, aber niemand machte auf. Hier, in diesen Wänden, hatte Diane einen Teil dessen, was in ihrem Tagebuch stand, durchlebt. Ich stieg wieder in den Wagen und setzte meine Pilgerreise bis Les Fougères fort. Sonnenbeschienen und von wildem Wein und Glyzinien bewachsen, hatte der Ort nichts Düsteres mehr an sich, auch wenn der Verfall nach wie vor offenkundig war. Das nach vielen Monaten von Sonnenschein und Unwettern ausgebleichte »Zu verkaufen«-Schild hing immer noch am Gittertor.

Es war mit einer Kette verschlossen, und die spitzen Eisenstäbe schreckten von jedem Kletterversuch ab. Als ich außen an der Mauer entlangging, entdeckte ich eine Seitentür, die aufging, als ich dagegendrückte. Nach den herumliegenden Zigarettenstummeln und Bierdosen zu schließen, war ich nicht die Einzige, die diesen Eingang entdeckt hatte. Ich schaute kurz nach links und rechts, dann betrat ich das Anwesen. Wie in Jaligny hatte sich der sich selbst überlassene Park inzwischen in einen Dschungel verwandelt, und ich musste mir erst einen Weg zwischen Bäumen und Gestrüpp bahnen, bevor ich auf eine Reihe von Quadersteinen stieß: die Ruine eines kleinen Häuschens, von dem noch zwei Mauern und ein Teil des Dachs standen.

Es war so von Grün überwuchert, dass die Natur es wohl bald gänzlich verdaut hätte: Efeu nagte an den nackten Steinen, und ein Geißblatt schlang sich um die morschen Betonpfosten. Die beiden anderen Mauern waren eingestürzt, so dass der Blick auf die von den Wurzeln einer Esche angehobenen Marmorfliesen fiel, deren Druck auch ein mittig angebrachtes Metallgestänge ausgehebelt hatte. Ein weiterer Baum wuchs durch eine ins Dach gemauerte rechteckige Öffnung, die er fast vollständig ausfüllte. Man musste schon den Kopf in den Nacken legen, um durch die Zweige ein winziges Himmelsquadrat zu erspähen. Als ich die Augen zu dieser Lichtscharte hob, wusste ich, wo ich mich befand: im ehemaligen Observatorium Alban de Willecots, der davon träumte, von hier aus die Sterne aufzunehmen.

Die Erkenntnis, dass er genau an dieser Stelle gestanden hatte, löste in mir dasselbe Gefühl aus, von dem ich auf dem Gehsteig der Rue Blanche ergriffen worden war. Rainer hat recht, ich verbringe zu viel Zeit mit den Toten. Sie sind mir so nah gerückt, dass ich das Gefühl habe, ich muss nur den Blick heben, um sie zu sehen.

Ich brauchte eine Weile, um mich aus meinen Gedanken zu reißen. Dann ging ich weiter zu einer breiten Allee, deren weißer Kies von Sternkraut und wilden Gräsern durchwachsen war, und folgte ihr bis ans Ende. Aus der Nähe wirkte der Landsitz noch imposanter als von der Bundesstraße. Ich stieg die paar Stufen der Freitreppe hinauf, aus deren Fugen Unkraut spross, bis mir bewusstwurde, dass genau hier Blanche, Alban, Massis und die anderen an einem Sommertag des Jahres 1910 für das Foto posiert hatten, das ich in Alix' Haus in Jaligny zwischen den Seiten eines Buchs gefunden hatte.

Die Landschaft, die nun vor meinen Augen lag – eine im Osten vom Asphaltband der Landstraße und im Westen von Wiesen mit friedlich grasenden Pferden begrenzte Wildnis –, hatte nichts mit jener gemeinsam, die den Menschen auf dem Foto vertraut gewesen sein musste: der Park, die vielen Hektar Reben, die lärmende Geschäftigkeit, wenn erst Pferdekarren, dann Lastkraftwagen durch die Alleen fuhren, um Fässer mit Château-Willecot für Lyon oder Paris abzuholen oder Grüppchen von Saisonarbeitern auszuspucken, die jedes Jahr zur Weinlese auf das zwischen Savoie und Bourgogne versteckte Anwesen kamen, wo sie für die harte Arbeit, die die Gutsherrin verlangte, immerhin ordentlich zu essen und einen anständigen Lohn bekamen.

Ich hätte viel darum gegeben hineinzukommen, um auch das Innere des Hauses zu sehen. Sollte ich etwa ein Fenster einschlagen, um einzusteigen? Obwohl … es müsste doch noch einen anderen, legalen Weg geben … Über mein Handy rief ich bei der Immobilienagentur von Bourg-en-Bresse an und brauchte keine fünf Minuten, bis ich für den frühen Nachmittag einen Termin vor Ort hatte.

114

Ich hatte mich als Touristin auf der Durchreise ausgegeben und behauptet, ein befreundetes amerikanisches Ehepaar würde gern ein Landhaus in der Gegend erwerben – ob ich für sie das Haus besichtigen könne? Das war eine dreiste Lüge, aber sie ging mir ganz leicht über die Lippen. Ich musste nur an Caroline denken, meine New Yorker Studienkollegin, und schon hatte ich die Geschichte um eine Großfamilie gestrickt, die jedes Jahr in den Sommerferien all ihre Mitglieder unter einem Dach in Frankreich versammeln wollte.

Die junge Frau von der Immobilienagentur war pünktlich. Sie stand schon vor Les Fougères, als ich zum Treffpunkt kam: Um die dreißig, energisch und wie aus dem Ei gepellt, mit Haarknoten und High Heels, entsprach sie in allen Punkten dem Klischeebild einer Maklerin. Sobald sie mich erblickte, hörte sie auf, Nachrichten in ihr Handy zu tippen, und kam auf mich zu. An ihrem etwas zu liebenswürdigen Lächeln erkannte ich, dass die Agentur ihr Othiermont »aufgedrückt« hatte, weil diese New Yorker, die Unsummen für eine Ruine hinlegen wollten, eine Art Geschenk des Himmels waren. Sie schüttelte mir etwas zu energisch die Hand, dann steuerten wir gemeinsam auf das Tor zu. Der Schlüsselbund sah aus, als ob er Methusalems Zeiten entstammte, und es bedurfte mehrerer Anläufe, bis das verkantete Schloss aufging. Als sie es endlich geschafft hatte, ließ sie mich vorbei und zog die Tür wieder zu. Ich ging hinter ihr her und sah, wie ihre Knöchel litten, als sie auf ihren hohen Hacken durch den Kies stöckelte.

Auf der von Moos und Löwenzahn bewachsenen Auffahrt tat ich so, als wäre mir der Teil des Weges, den ich schon am Vortag erkundet hatte, völlig unbekannt. Tatsächlich aber erhielt ich, weil wir durch das Hauptportal kamen, einen ganz anderen Eindruck davon, wie Blanche das Gut angelegt hatte: links Gebäude mit offenstehenden Türen, die an Boxen oder Ställe erinnerten; rechts der Park, den ich bei meinem heimlichen Besuch durchquert hatte.

Auf der Freitreppe suchte die Maklerin nach einem anderen Schlüssel. Der genauso massiv war wie der erste, aber diesmal sprang der Riegel unter dem plötzlichen Druck so schnell zurück, dass die Maklerin fast das Gleichgewicht verloren hätte, als die Tür aufging.

»Ich gehe vor«, sagte sie.

Was auch immer ich mir von diesem Besuch erwartet hatte, es war bestimmt nicht dieser Anblick, der eher an ein Filmset erinnerte als an die zurückhaltenden Linien bürgerlicher Architektur. Als Erstes betraten wir ein riesiges Vestibül. Durch die von Vogelkot durchwirkte Staubschicht auf dem prachtvollen schwarzweißen Marmorboden konnte man in einem Oval gefasste verschlungene Initialen erkennen. Eine steinerne Treppe mit schmiedeeisernem Geländer schwang sich zu den oberen Stockwerken empor. Glassplitter knirschten unter meinen Füßen: Mitten in den Gehängen eines Kristalllüsters, von denen einige traurig an ihren Metallstielen baumelten, hatten sich mehrere Vögel ihr Nest gebaut.

Trotz all des Schmutzes und einer erschütternden Verwahrlosung war die Schönheit des Hauses – Ergebnis des dynastischen Willens, es zu einem Zeugnis des beispielhaften Geschäftserfolgs der Familie zu machen – immer noch wahrnehmbar. Es trug das machtvolle Gepräge langbewohnter Räumlichkeiten, wo Männer und Frauen im Laufe der Zeit alle möglichen Tätigkeiten ausübten, Kinder spielten und Lieferanten aus- und eingingen; wo in den Salons Konversation betrieben, in den Pavillons musiziert und in den Schlafzimmern geliebt wurde; wo die Esszimmer von Gelächter und Bonmots erhellt und von politischen Diskussionen erhitzt wurden und alle Worte sich an den schimmernden Kristallkelchen brachen, in denen manch schwerer Wein aus dem Keller atmete; ja, so ein Haus war das, schwer beladen vom Erbe und von der Erinnerung, wo Geburten und Sterbefälle, Mittagsschläfchen und Todeskämpfe, Erfolge und Rückschläge ohne Hierarchie oder Hast aufeinander folgten. Hier war Alix geboren.

Und hier irgendwo, auf einem der Gemälde, die den Treppenauf-
gang schmückten, war auch ihr Gesicht, ihr Mädchenantlitz, das ich
zwischen all den anderen wahrscheinlich nicht erkennen würde. Ich
betrachtete der Reihe nach die Porträts, die durch ein unerklärliches
Wunder die erbenlosen Jahrzehnte bis auf ein paar Stockflecken unversehrt überstanden hatten, und blieb vor einem mittlerweile vertrauten
Anblick stehen: Alban in jungen Jahren, mit etwas volleren Wangen,
aber denselben schwarz glänzenden Augen und schmalen Händen wie
auf dem Bild in Othiermont. Davor eine Ahnenreihe streng blicken-
der Herren und einiger Damen, alle mit einem gewissen Etwas in der
Linie von Nase, Kinn und Mund, das sie offensichtlich als Angehörige
desselben Stamms auswies. Am Ende der Reihe erkannte ich Blanche
an ihren blauen Augen.

Ich empfand eine wachsende Erregung, hier zu sein. Ich hätte ein
leerstehendes Haus vorfinden können, wie es viele gibt, eine Flucht
von Wänden und Zimmern, dem Nichts überlassen, bevor Plünderer,
Hausbesetzer oder die Natur davon Besitz ergreifen; bis zu dem Tag, an
dem schließlich ein Investor, der, nachdem ein Jahrzehnt lang erfolg-
los das »Zu verkaufen«-Schild wechselnder Makler am Tor hing, das
Grundstück günstig gekauft hat, ein Abrissunternehmen beauftragt,
um die Überreste zu beseitigen, und auf den Trümmern des Hauses
einen funkelnagelneuen Hotelkomplex errichtet. Albans Sternwarte
würde von zwei Schaufelbewegungen des Baggers verschluckt und
durch einen Pool ersetzt werden; ein paar von den Kindern, die dort
spielten, würden erst in der Schule oder vielleicht sogar erst an der Uni
vom Ersten Weltkrieg erfahren wie von sehr weit zurückliegenden
Spuren einer Vergangenheit, die sie nicht interessierte, weil der Krieg
dann überall und nirgends wäre, zwischen Terrorismus, Erdölkon-
flikten und den kürzlich wieder in Mode gekommenen antiquierten
Kreuzzügen, deren Grausamkeit proportional zu ihrem Obskurantis-
mus wächst; sie müssten nur das Internet öffnen, um täglich neue
Beispiele dafür auf ihrem Touchscreen zu finden.

Und im Klassenzimmer, wo ein Geschichtslehrer per Klick ein Bild nach dem anderen an die Wand werfen würde, betrachteten sie neugierig und erstaunt die runden Helme und langen Gewehre, Überbleibsel einer früheren Epoche, obsolet geworden in einer Zeit, in der man nur auf einen Knopf drücken, eine Drohne losschicken oder einen Code eingeben müsste, um eine Rakete über Hunderte Kilometer zu lenken, ohne sich den Menschen, die man damit vernichtet, auch nur zu nähern. Ich aber wusste – und wer außer mir konnte sich noch daran erinnern? –, dass hier eine Frau gelebt und monatelang auf die Heimkehr ihres Mannes und ihres Bruders gewartet hatte; dass dieser Bruder, als er Weihnachten 1916 für ein paar Wochen nach Hause kam, nicht mehr derselbe war wie vorher. Hier, auf dieser Freitreppe, hatte Blanche gestanden, als Alban sich von ihr verabschiedete, ungläubig und ohnmächtig angesichts seines Beharrens darauf, in den Tod zu gehen, dem sie ihn auf jede erdenkliche Weise zu entreißen versucht hatte. Zwanzig Monate später sah sie ihre Tochter Sophie, die binnen weniger Tage von einer neuartigen, angeblich aus Spanien stammenden Grippe niedergeworfen wurde, in einem der Zimmer mit dem Tode ringen. Während der ganzen Zeit hoffte sie auf eine Nachricht vom Roten Kreuz, das irgendwo da unten zwischen Mazedonien und Bulgarien vergeblich nach Maximilien de Barges suchte; so kämpfte sie in den vier Kriegsjahren, als Arbeitskräfte Luxus waren, ganz allein um den Erhalt des Weinbergs, auch wenn sie diese Bürde aus Sorgen und Pflichten an manchen Tagen zu erdrücken drohte.

Vor diesem Stillstand allerdings, vor all diesen Tragödien und Trauerfällen pulsierte der nervöse Strom des Lebens durch Les Fougères, und unter Blanches Führung wuchsen die Ausdehnung und der Wohlstand des Gutes ohne Unterlass. Alles schwirrte von Projekten und Innovationen und blickte auf eine Zukunft, die sämtliche Wunder des Fortschritts verhieß: die Fee Elektrizität, den Fernsprecher, die Zauberdinge der von den Zeitungen beweihräucherten Weltausstellungen und die bahnbrechenden Erkenntnisse der Wissenschaft – wie Madame Curies Entdeckung der Radioaktivität, deren mechanische und therapeutische Wirkungen gepriesen wurden. Doch manchmal zügelte das Leben seinen wilden Lauf und wurde zu einem ruhigen Fluss zwischen gepflanzten Bäumen und heranwachsenden Kindern, Weinlese und Vorträgen in der Gartenlaube mit eingeladenen Musikern und Dichtern, von denen einer so regelmäßig zu Gast war, dass er fast schon zur Familie gehörte.

Ich stelle mir vor, wie sie auf der Terrasse tafelten oder um die Wette reimten, und wie Frédéric und Eugénie Massis jauchzten, wenn ein alter Kammerdiener des Hausherrn, ein Auguste, Alphonse oder Pierre, sie zum Kirschenpflücken in den Obstgarten mitnahm. Wer hätte damals die Verwirrung ahnen sollen, die den Dichter, der Griechisch und die Fotografie liebte, einmal befallen sollte angesichts der jüngsten Nachbarstochter, die sonntags manchmal zu Besuch kam und ganz anders war als andere Mädchen ihres Alters? Die Exzentrik, der Diane mit einer Mischung aus Natürlichkeit und Schroffheit frönte, führte Anatole Massis nicht ohne Grausamkeit vor Augen, wie sehr er sich durch die Verkörperung seiner Rolle verausgabt hatte: Bald würde er an Pomp und Ehren ersticken, mit denen er als führender Autor der neuen französischen Poesie überhäuft wurde.

In Othiermont fiel diese Last von ihm ab. Sommer für Sommer wurde gemeinsam gegessen, der Wein geerntet und bis spät in die Nacht bei Kerzenschein geplaudert, während der Rauch der Zigarren sich in der feuchten Luft der Juninächte kringelte. Alban hatte die Sterne beobachtet und Himmelskarten gezeichnet in der Hoffnung, einen Stern als Erster zu entdecken und ihm einen Namen geben zu können; Anatole hatte eines Tages am Fuß der Freitreppe ein Stativ in den Kies gepflanzt, die Gruppe angewiesen, näher zusammenzurücken, damit sie alle samt Windspiel ins Bild passten, und sich dann selbst dazugestellt in der vorweggenommenen, fast narzisstischen Lust, das Abbild dieser vollkommenen Gegenwart, an deren Gestaltung sie alle gearbeitet hatten, später in Schwarzweiß betrachten zu können. Die Stimme der Maklerin holte mich ins Jetzt zurück.

»Das Haus war ein paar Jahre nicht bewohnt. Man wird ein bisschen was dran machen müssen.«

Ihre euphemistische Formulierung hatte etwas Drolliges. Ich erkundete die unteren, fast leeren Räume, deren Steinböden teilweise mit derselben Mischung aus Staub und Kot bedeckt waren wie im Eingangsbereich. An der Wand hingen noch Eisenhaken und rostzerfressene Blechwannen; in einer Ecke war ein monumentaler gusseiserner Herd stehen geblieben, und ein Backofen, der groß genug war, um ein ganzes Tier darin zu braten, sperrte sein klaffendes Maul auf. Aber das, so nahm ich an, brauchte man damals mindestens, wenn Knechte und Mägde fieberhaft hin und her gescheucht wurden, um die ganze Großfamilie samt Gästen und Saisonarbeitern zu verköstigen. Die Stimme der Maklerin, die nur in Floskeln wie »den rustikalen Charme bewahren« und »die Räume wertiger machen« sprach, hallte durch die trostlosen Räume; am liebsten hätte ich gesagt, sie solle den Mund halten und mich bei der geistigen Rekonstruktion der Örtlichkeiten in bewohntem Zustand in Ruhe lassen.

Der linke Flügel des Hauses zeigte eine andere Anlage. Mir fiel auf, dass die Wände dünner und nicht aus Steinen, sondern aus Ziegeln gemauert waren; der abgeblätterte Putz ließ deren geradlinige Fluchten erkennen. Ich strich mit dem Finger über den brüchigen Zement.

»Wissen Sie, ob dieser Teil neu gebaut wurde?«, fragte ich die Maklerin.

Sie wusste es nicht. Sie steuerte auf die Treppe zu und sah dabei so aus, als wollte sie das Ganze beschleunigen. In den oberen Etagen roch es nach Papier, Holz und Moder, eine sanfte, hartnäckige, alles durchdringende Mischung. Der erste Stock wurde von einem langen Flur geteilt, der zu einer Reihe von Räumen führte: Auf der einen Seite lagen Esszimmer, Boudoir, Arbeits- und Spielzimmer, auf der anderen lichtdurchflutete Empfangsräume, die auf den Park hinausgingen. Der Salon, oder was ich als solchen ansah, enthielt noch Reste einer Bibliothek: In den Regalen befanden sich zahlreiche Bücher, in einer Ecke stand ein Klavier, die Farben des Teppichs auf dem Fischgrätparkett waren zu einem Mischmasch modriger Brauntöne verschwommen. Der Salon ging in einen weiteren Raum über, der groß genug für einen Ballsaal war. An manchen Stellen hatten die Eichendielen ihren ursprünglichen Farbton bewahrt, während sie an anderen grau geworden waren; die meisten waren durch die Feuchtigkeit aufgequollen. Im zweiten Stock waren lauter zum Teil möblierte Schlafzimmer. Jedes in einer anderen Farbe, die sich in der Einrichtung wiederfand. In einem stand ein Bett, im anderen ein Schrank, im nächsten ein verrotteter Bridgetisch. In einer Ecke sah ich Bierdosen und eine leere Chipstüte – Zeichen dafür, dass die Hausbesetzer das Gebäude früher oder später in Beschlag nehmen würden. Die Maklerin, die meinen Blick beobachtet hatte, rümpfte die Nase und schrieb etwas auf.

»Das muss ich melden. Anscheinend haben die ein Fenster eingeschlagen.«

Ich schaute nach draußen. Von hier aus hatte ich einen Panoramablick über den Park. In einem Wust von Bäumen konnte ich die Ruinen einer Gartenlaube entdecken, die Metallstreben eines Gewächshauses und ein Wächterhäuschen mit geschlossenen Fensterläden. Als ich mit dem Blick den verschachtelten Beeten folgte, die noch ihre einstige Ordnung zu erkennen gaben, begriff ich, dass ich die Gänge eines Pflanzenlabyrinths vor mir hatte, das, wie ich mir mühelos ausmalen konnte, zu seinen Hochzeiten mit Statuen, verschlungenen Wegen und Hecken bestimmt das Entzücken der Kinder war. Albans Observatorium war ein Stück weiter weg im Grün versunken.

Die Besitzerin von Les Fougères hatte die gesamte Anlage auf Jaligny übertragen und das Anwesen an der Besbre in ein Miniatur-Othiermont verwandelt. Hinter mir schwadronierte die Maklerin über »notwendige Instandsetzungsmaßnahmen« und die »Familientauglichkeit des Hauses«, aber ich hörte ihr seit einer Weile schon nicht mehr zu. Bis ich merkte, dass sie mir eine Frage stellte.

»Glauben Sie, es könnte Ihren Freunden gefallen?«

»Wie bitte?«

Sie wiederholte ihre Frage.

»Um ehrlich zu sein, ich weiß es nicht. Wäre es möglich, eine weitere Runde zu machen?«

Ich wollte Zeit gewinnen und mich noch ein bisschen länger im Haus aufhalten, um seine Atmosphäre in mich aufzusaugen. In Anbetracht des Umstands, dass ein Teil des Mobiliars noch vorhanden war, konnte es sein, dass die Puzzleteilchen, die mir fehlten, um Alban de Willecots Geschichte zusammenzusetzen, sich hier irgendwo befanden, in Kommoden oder Schubladen versteckt. Womöglich waren sogar Anatoles Briefe in meiner Reichweite, ohne dass ich davon wusste, hinter einer geheimen Falltür oder in einem unsichtbaren Wandschrank. Aber abgesehen davon, dass dieser Gedanke an den Haaren herbeigezogen war, war mit der geschwätzigen Maklerin, die keinen Schritt von meiner Seite wich, ein Herumschnüffeln ohnehin unmöglich. Ich bemerkte, dass sie unauffällig auf die Uhr sah.

»Wissen Sie, es wäre schön, wenn ich für meine Freunde Fotos machen könnte«, sagte ich. »Außerdem würde ich gern den Park besichtigen.«

Noch ein Blick auf die Uhr. Ich versuchte es anders:

»Falls Sie in Eile sind, könnten Sie mir doch für ein paar Stunden die Schlüssel überlassen. Und ich bringe sie Ihnen am späten Nachmittag vorbei, wenn ich durch Bourg-en-Bresse fahre.«

Beim Lügen werde ich normalerweise rot und kriege keine drei Worte zusammen. Aber mein Wunsch, das Haus weiter zu erkunden, war so groß, dass er mir die nötige Dreistigkeit verlieh. Ich merkte, dass die Maklerin zögerte.

»Eigentlich bin ich nicht berechtigt …«

»Sie können meinen Ausweis haben.«

Sie wog das Für und Wider ab.

»Okay. Aber wir machen um achtzehn Uhr Schluss.«

Ich begleitete sie noch bis zu ihrem Wagen, und sie nutzte die Gelegenheit, um einen letzten Kommentar über »die Wertigkeit der Grünräume« loszulassen und die Möglichkeit, einen Pool und Tennisplätze anzulegen. Als das Motorengeräusch leiser wurde, ging ich wieder hinein. Diesmal war ich allein, in trauter Zweisamkeit mit dem Haus in Othiermont.

Um drei Uhr nachmittags war ich zerschlagen, gerädert und verdreckt. Ich war treppauf, treppab gelaufen, hatte haufenweise Fotos und Skizzen gemacht und versucht, die Bestimmung sämtlicher Räume zu rekonstruieren. Nach eingehender Untersuchung der Wände war ich zu dem Ergebnis gekommen, dass nur der rechte Flügel des Gebäudes vom Brand betroffen gewesen war, was aber ausgereicht hatte, um die Erinnerungen der Familie auszulöschen. Ich hatte modrige Partituren und schimmlige Wandbehänge angefasst, vergessenes Spielzeug und einzelne Bände der Bibliothèque Verte gefunden, deren Impressum verriet, dass bis Ende der siebziger Jahre noch eines oder mehrere Kinder hier gewohnt hatten. Ich hatte mich bis auf den Dachboden vorgewagt, dessen wacklige Latten stellenweise morsch waren, weil es hineingeregnet hatte. Dort oben öffnete ich auf gut Glück ein paar übereinandergestapelte Koffer. In einem entdeckte ich zu meiner Überraschung eine Art Tupfenmull aus weißlichem Konfetti – das war alles, was die Mäuse von einer Sammlung Tagebücher übrig gelassen hatten. Die anderen enthielten verschiedene Gegenstände, einige erstaunlich gut erhalten, andere halb zerfallen, manchmal bis zur Unkenntlichkeit: Kinderspielzeug, Weinbauwerkzeuge mit mir unbekannter Funktion, mottenzerfressene Kleidungsstücke, noch eingeschlagen in brüchiges Seidenpapier, Sturmlampen, kaputte Kaffeemühlen, leere Schränkchen mit ausgehängten Türen und Spiegel ohne Belag.

Das Einzige, das meine Aufmerksamkeit auf sich zog, war eine lederbezogene Schachtel. Trotz eines dunklen Fleckenrings war sie relativ gut erhalten. Auf der Innenseite des Deckels eine rostgesprenkelte vergoldete Plakette mit einer Inschrift, die ich inzwischen gut kannte: »Optiker Favard & Fils, 9, rue Blanche, Paris«. Darin ein Fotoapparat der Marke Kodak, ein altes Balgengerät, ein Satz Objektive, staubige Fläschchen mit schwärzlichem Bodensatz, Lederriemen und ein einmal gefalteter Reklamezettel: *Die Kodak des Soldaten. Illustrieren Sie Ihre persönlichen Eindrücke vom Großen Krieg: mit Ihrer Vest Pocket Kodak Autographic.*

Ich war mir absolut sicher, Alban de Willecots Fotoapparat in Händen zu halten, das Westentaschenmodell, das er unbedingt hatte haben wollen und das die Armee wohl mit dem Rest seines Marschgepäcks an seine Schwester zurückgeschickt hatte, wobei diese redliche Sorgfalt in merkwürdigem Gegensatz zu der geringen Aufmerksamkeit stand, die der Leutnant zu Lebzeiten genoss. Ich wagte die Schachtel kaum zu berühren. Erst nach ein paar langen Minuten konnte ich mich dazu aufraffen, den Apparat mit religiöser Andacht aus seinem Ledersarg zu heben. Es war eine aufregende Vorstellung, dass meine Hände die Kamera an derselben Stelle berührten wie damals die von Alban de Willecot. Dass sein glänzendes Auge durch dieses Objektiv geblickt hatte. Und dass dieser Apparat ihn durch den Krieg begleitet und das heitere Album *Szenen aus dem Muschkotenleben* ebenso aufgenommen hatte wie die düsteren Schreckensbilder des *dirty book*. Ich hatte mich dem Leutnant noch nie so nah gefühlt; hätte ich die Schlüssel nicht abgeben müssen, wäre ich vermutlich stundenlang so verharrt, kniend in die Erinnerung an einen Menschen versunken, der mir über den Tod hinaus zu einem engen Freund geworden war.

Bevor ich die Box wieder schloss, inspizierte ich sie, weil ich hoffte, irgendetwas zu entdecken, einen Beweis, eine intakte Filmspule, eine handschriftliche Notiz. Aber leider fand ich nicht eine einzige Zeile oder Fotografie, auch nicht beim sorgfältigen Abtasten des Leders und des Futters, dessen Falten mir unter den Fingern zerfielen. Nur eine herausgerissene Zeitungsseite, die die Vorderseite des Apparats schützen sollte, lieferte mit einem Bericht über den Tod von Guynemer, dem »Ass der Asse«, im Jahr 1917 einen zeitlichen Anhaltspunkt. Die Kamera war also vor Ende des Krieges hier deponiert worden, ohne dass Blanche versucht hätte, sie selbst zu benutzen oder Massis zu übergeben. War das für sie die letzte Reliquie ihres Bruders? Oder hasste sie dieses Emblem seiner Rückkehr zur Frontnachrichtentruppe so sehr, dass sie es in den hintersten Winkel des Dachbodens verbannte, weil sie nicht begreifen konnte, warum ihr Bruder sich auf diese Weise dem Tod in die Arme warf. Jedenfalls hielt ich damit einen weiteren Beweis dafür in Händen, dass ein Teil des Hauses von dem Brand verschont geblieben war und ich vielleicht nicht jede Hoffnung fahren lassen musste, Massis' Briefe doch noch zu finden. Aber angesichts der herrschenden Baufälligkeit war ich zu der Überzeugung gekommen, dass das nicht der Ort dafür sei.

Denn je länger ich mich mit all dem abgab, was um mich herum war, desto augenscheinlicher wurde, dass es sich bloß um Trödel handelte – manches stammte noch aus den dreißiger Jahren wie die *Semaine-de-Suzette*-Heftchen, die vielleicht der jugendlichen Alix als Lesestoff gedient hatten, manches, wie die Campingausrüstung, war jüngeren Datums. Und wer hatte mit den Bleisoldaten gespielt, die inzwischen von einem weißlichen Film überzogen waren? Alban? Alexandre? Schon lange vor Alix' Tod war das Haus der Erbenlosigkeit anheimgefallen, und vielleicht hatte auch der Verfall schon zu Blanches Lebzeiten eingesetzt.

Ich schaute auf die Uhr: Die Zeit war wie im Fluge vergangen. Ich zwang mich, die Erforschung des Dachbodens abzubrechen und mich schleunigst in die erste Etage zu begeben. Die Schubladen und Schränke der Bibliothek erwiesen sich als ebenso enttäuschend wie die Koffer: Sie enthielten alte Lieferantenrechnungen, Hotelprospekte und Streichholzschachteln von Restaurants – solche minutiösen, aber überflüssigen Sammlungen, die ihren Wert in dem Moment verlieren, da ihre abwesenden Besitzer ihnen keinen Sinn mehr geben. Je mehr ich herumsuchte, stöberte und blätterte, desto klarer wurde mir, dass alles von Wert woanders hin- und untergebracht worden war, sei es in der Rue Pierre-Ier-de-Serbie oder in Jaligny. Hier war nur noch das Gespenst eines Gutshofs übrig, ein Ort, der mit der Trauer um die Seinen schon lange abgeschlossen hatte und nur noch ein Relikt war, Symbol einer Lebensart, die der Krieg in eine überholte Vergangenheit verwiesen hatte.

Das Foto von der Freitreppe fiel mir wieder ein. Erst hier ist mir seine Kehrseite bewusst geworden: die Tragödien nämlich, von denen die de Willecots und ihnen Nahestehende in immer kürzeren Abständen getroffen wurden. 1921, drei Jahre nach Kriegsende, waren vier von sechs Personen auf dem Bild tot, keine davon über vierzig. Auch Diane, die junge Nachbarin, die auf keinem Foto zu sehen war, würde nicht mehr vorbeikommen, um sich Blanche anzuvertrauen oder sich deren Stute Dounia für einen Ritt durch den Wald zu leihen. Das Gut war ein Grab, und ich konnte jetzt besser verstehen, warum Alix' Mutter es zwanzig Jahre später, als die Deutschen kamen, ohne Bedauern aufgeben konnte. Der Hauskauf in Jaligny – Jean-Raphaël hatte von einem Erwerb in den zwanziger Jahren gesprochen – war keine Grille einer Gutsbesitzerin gewesen, die sich einen kleinen, charmanten, aber verzichtbaren Landsitz gönnt, um zweimal jährlich eine Thermalkur zu machen. Im Gegenteil, es war ein Rettungsanker, ein Weg, den vom Tod gezeichneten Mauern zu entfliehen.

Als der Krieg vorbei war, hatte Blanche hier weitergelebt wie ich in Paris: da, ohne anwesend zu sein. Aber sie war immer öfter von diesem Ort geflohen, diesem Sammelbecken zu vieler Tränen, zu langen Wartens und zu tiefen Kummers, an einen anderen, den sie zu dessen unbelastetem Abbild verwandelt hatte. Und dieses Häuschen am Ende eines von Bäumen gesäumten Weges, das unberührt von Trauer und Krieg an einem friedlichen Fluss lag, erlaubte ihr zwar kein Vergessen, aber doch eine Art Ruhe in der Erinnerung zu finden. Das Gleiche, was ich dort fast hundert Jahre später suchte, aus Gründen, die sich von den ihren eigentlich kaum unterschieden.

115

Die winzige Hand hat sich gelöst. Reglos liegt sie auf dem Laken. Sie ist noch heiß, obwohl in ihr kein Blut mehr pulst.

Blanche sitzt neben dem Bett. Ein letztes Mal streichelt sie die Stirn des Kindes, dessen Gesicht von so vielen Zuckungen und Krämpfen entstellt worden war, bis es sich endlich entspannte. Doktor Méluzien ist bei ihr, erschöpft von den gehäuften Nachtwachen der letzten zehn Tage. Der halbe Kanton ist krank, aber er ist die ganze Nacht an Sophies Bett geblieben, obwohl er feststellen musste, dass nichts von all seinen Mitteln und Therapien etwas dagegen ausrichten konnte, dass dieses junge Leben entfloh. Diese Grippenpest, denkt er, tötet noch schneller als der Krieg.

In diesem Moment fühlt Blanche nichts, noch nichts. Bilder überlagern sich in ihrem Kopf. Sie sieht Sophie hinter ihrem Windhund Saturn herlaufen, sie sieht sie im Observatorium auf Albans Schultern sitzen. Sie sieht das Gesicht ihres Bruders vor sich und seinen leeren Blick später, als er aus der Gefangenschaft heimkam; sie sieht, wie Maximilien am Vorabend der allgemeinen Mobilmachung im Schlafzimmer seine Uniform anzieht. Sie sieht die Postkarten wieder, aber auch die verstörenden Bilder, die Massis ihr einmal heimlich gezeigt hat und die ihr noch tagelang nachgingen. Sie sieht Diane Nicolaï lächeln, dann ihren nackten Fuß und Spuren von Blutergüssen, als die Männer ihren Leichnam in der eisigen Kälte aus dem steifgefrorenen Laken befreien. Das ungläubige Gesicht ihrer Mutter Henriette, ihr stummer Aufschrei und wie sie plötzlich in sich zusammensackt. Und schließlich sieht sie sich selbst mit ihnen, an jenem sonnigen Tag auf der Freitreppe, als Anatole sie alle mindestens eine Viertelstunde lang stillstehen ließ, damit seine Fotografie gelang.

Ihren eigenen Tod hatte sie nie gefürchtet, aber jeder Trauerfall, den sie erlitt, riss einen Teil von ihr mit sich. Diesmal geht es an ihre Substanz, es ist Fleisch von ihrem Fleische, das ihr gerade amputiert wurde. Sie liebkost noch einmal Sophies Gesicht, auf dem ein Schweißfilm erkaltet. Der Tod ist nicht die romantische Sache, von der manche Bücher und sogar Anatoles Gedichte raunen. Er ist nichts anderes als das hier, dieses brutale Nichtmehrsein, das Nichts. Der Pastor von Catallaÿ, der in einer Ecke des Raumes steht, bewegt still die Lippen. Blanche weigert sich zu beten. Sie hat den tiefsten Punkt des Schmerzes berührt, jenseits dessen alle Existenz aufhört, und spürt mit weit offenen Augen seiner bleichen, konturlosen Sprache nach.

116

Nachdem ich das Haus verlassen hatte, hielt ich an der Brasserie von Othiermont, um meine vom Staub schwarzen Hände zu waschen und meine gereizte Kehle mit Mineralwasser zu spülen. Am Tresen saß Xavier, der geschwätzige Rentner, mit dem ich mich bei meinem letzten Besuch unterhalten hatte, und winkte mir. Er hatte die Pariserin mit ihrer Leidenschaft für die Geschichten der de Willecots nicht vergessen und fragte, welch guter Wind mich wieder hierhergeführt habe. Ich erzählte, dass ich gerade in Les Fougères gewesen war.

»Das muss in einem traurigen Zustand sein nach der langen Zeit.«

Ich fragte ihn, ob er etwas über den Brand wisse, der das Gutshaus verwüstet habe. Das genaue Datum kenne er nicht, antwortete er, aber er habe mit Bestimmtheit gehört, dass sein Vater diese Tragödie etwa in der Zeit der Stavisky-Affäre verortet habe. Die Brandursache sei nie ganz geklärt worden. Manche hätten »die Roten« verdächtigt, Feuer im Schloss gelegt zu haben.

»Es war Brandstiftung?«

»Es hat ohne ersichtlichen Grund in den Stallungen zu brennen begonnen. Madame de Barges hat in der Nacht all ihre Pferde verloren. Die Jährlinge vom Besitzer des Stevens-Hauses sind auch dabei draufgegangen. Mein Vater hat erzählt, dass die Gräfin außer sich war vor Zorn. Sie hat geschworen, den Schuldigen persönlich abzuknallen, falls sie ihn jemals erwischt.«

Ich fragte Xavier, ob es über die Geschichte von Othiermont irgendein Buch oder Schriftstück gebe. Ja, ein Gelehrter aus der Gegend, ein Freund vom ihm, habe eine Arbeit über die Weinbauern des Bugey verfasst. Ich notierte mir den Titel auf der Rückseite meiner Rechnung; dann brauchte ich noch gut zehn Minuten, um von dem redseligen Rentner loszukommen. Schließlich verabschiedete ich mich mit der Begründung, dass ich einen Termin hätte, was ja nicht ganz gelogen war. Die Maklerin der Immobilienagentur von Bourg-en-Bresse, die mir die Schlüssel anvertraut hatte, wirkte erleichtert, als sie mich kommen sah. Ich bedankte mich und versprach, mich wieder zu melden, falls meine amerikanischen Freunde bei den Fotos vom Haus ein – um ihre eigenen Worte wiederaufzugreifen – gutes Feeling hätten.

Ich fand das von Xavier empfohlene Buch in den Regalen der Bücherei von Bourg-en-Bresse, nur wenige Minuten bevor sie zumachte. Es war ein schöner Bildband, erschienen bei einem Lyoner Verlag; ich blätterte darin, als ich allein in dem Hotel zu Abend aß, in dem ich mich für eine Nacht eingemietet hatte, weil ich nicht gleich wieder nach Jaligny zurückfahren wollte. Der Speisesaal war fast leer, außer mir saßen da nur ein verirrtes holländisches Ehepaar, zwei ältere Frauen, die aussahen wie Schwestern, und ein Mann in einer Ecke, der auch allein aß. Entgegen meiner Erwartung erwies sich die Lektüre als amüsant: Der Lokalhistoriker berichtete in wohlgesetzten Worten von den Familien, die die Geschichte der Region geprägt hatten. Den de Barges und den de Willecots widmete er mehrere Seiten, Alban – »gefallen für Frankreich« – leider nur wenige Zeilen. Er hob hervor, wie das Weingut der de Willecots zum führenden in der Region aufstieg und seine Blütezeit erlebte, nachdem es teilweise von den Verwüstungen durch die Reblaus verschont geblieben war, erwähnte die finanziellen Höhen und Tiefen nach dem Krieg, die Preisgabe der Ernte 1940 und schließlich – nach dem Tod der »tatkräftigen Besitzerin«, wie er sie nannte – den Verkauf des Weinbergs an einen benachbarten Landwirt 1946. Nur das Haus verblieb im Besitz der Familie. Die Ländereien wurden seit 1978, nachdem Mehltau und Hagel in Folge große Schäden angerichtet hatten, nicht mehr zum Weinbau genutzt und in landwirtschaftliche Nutzflächen und Baugrundstücke aufgeteilt.

Auf einmal bemerkte ich, dass der Mann in der Ecke mich anstarrte, wahrscheinlich schon seit einer ganzen Weile. Ich ignorierte sein angedeutetes Lächeln und vertiefte mich wieder in meine Lektüre. Ein paar Minuten später ging der Mann zur Toilette und streifte im Vorbeigehen absichtlich meinen Tisch. Ich zuckte zusammen.

»Sieht spannend aus, was Sie da lesen.«

»Ist es auch«, murmelte ich, ohne ihn anzusehen. Er blieb noch ein paar Sekunden an meinem Tisch stehen und entfernte sich schließlich wie unwillig. Während des ganzen restlichen Essens spürte ich seinen Blick auf mir lasten. Das war mir so unangenehm, dass ich beschloss, auf ein Dessert zu verzichten, um schnell auf mein Zimmer zu kommen. Nachdem ich den Schlüssel zweimal umgedreht hatte, setzte ich mich aufs Bett. Es kommt nicht oft vor, dass ich belästigt werde, nichts an meinem alltäglichen Auftreten lädt dazu ein. Aber es ist jedes Mal dasselbe Gefühl von Empörung und Unbehagen, habe ich doch nichts getan, um die Aufmerksamkeit auf mich zu ziehen.

Auf einmal fühlte ich die ganze Last meines Singledaseins, das mich solchen Situationen aussetzte – als Frau allein in einem Provinzhotel beim Abendessen –, über mich hereinbrechen. Ich hätte gern mit Samuel gesprochen und unseren kleinen Streit beigelegt, der mir in dem Moment lächerlich vorkam, also wählte ich in einem Anfall von Mut seine Nummer. Anrufbeantworter. Ich nahm mein Tablet zur Hand. An diesem Abend brauchte ich die Gewissheit, dass er mich liebte. Zu meiner großen Überraschung antwortete Samuel fast sofort auf meine Nachricht. Was er schrieb, war weder kalt noch herzlich, sondern ganz neutral. Seine Gefühle stünden außer Frage, aber er brauche noch Zeit, »um nachzudenken«. Worüber, war mir nicht klar. Aber ich würde meine eigenen Gefühle für mich behalten, mich mit diesen dürren Worten begnügen und versuchen, sie als Zeichen dafür zu nehmen, dass immerhin noch ein Kontakt existierte.

An welch unsichere Hoffnung man sich manchmal klammert, wenn man liebt.

Mariette verstand nichts von der Liebe. Die Mutter schärfte ihr ständig ein, sich vor den Männern in Acht zu nehmen, und murmelte irgendwas über den Vater, der beizeiten den Abgang gemacht hatte: die Lunge. Ja, der Vater hatte die Hände schnell überall, schnaufend, den heißen Atem zu nah an ihrem Nacken. Da waren ihr die Strafen mit dem Ledergürtel noch lieber.

Sie hatte wirklich Glück gehabt. Mit dreizehn dank der Empfehlung ihrer Cousine in den Bugey vermittelt zu werden. Geh, mein Kind, hatte die Mutter gesagt, dort hast du's besser. Gute Familie, katholisch, kein Sohn. Außer dem Kutscher, der ab und zu versuchte, sie in den Hintern zu zwicken, wollte dort keiner im Keller oder hinter einer Tür mit ihr die Schweinereien anstellen, die Scham und Schande über ein Mädchen bringen.

Trotz der anstrengenden Arbeit hatte Mariette das junge Fräulein liebgewonnen. Die war keine so hochnäsige Pute wie ihre Schwester Rose. Sie stellte ihr viele Fragen zu ihrer Kindheit, dem toten Vater und dem Bruder im Krieg. Abends brachte sie ihr das Lesen bei, dafür musste Mariette die Worte großer Dichter entziffern, schöne Verse von Victor Hugo und de Lamartine und so komische Sachen von einem gewissen Massis, die für sie ein Buch mit sieben Siegeln waren, aber für das Fräulein eine Offenbarung.

Als es hieß, das Fräulein sollte den Herrn Ducreux heiraten, gab es einen Aufstand. Dabei hatte Monsieur es doch auf alle möglichen Weisen versucht, auf die sanfte Tour, die strenge Tour, die Mitleidstour und mit Strafen. Aber das Fräulein sträubte sich, schimpfend und fluchend wie ein Junge. Sie wollte den Soldaten heiraten, einen armen Kerl, der monatelang verschollen war und halb verrückt aus dem Krieg heimkehrte.

Und dann, ohne dass jemand verstand, warum, gab das Fräulein Diane plötzlich nach.

Mariette flocht ihr Blumen ins üppige Haar und steckte dann den Brautkranz am Knoten unter dem Schleier fest. Das Fräulein war totenblass; bevor es zur Kirche ging, legte Mariette ihr eine Eiswasserkompresse auf die Augen, um die Tränen vom Vorabend unsichtbar zu machen. Wie die junge Braut mit langsamem Schritt und gebeugtem Nacken die Treppe hinabstieg, musste Mariette an die Nochère denken, als man sie zur Schlachtbank führte. Sie schämte sich ihres Gedankens – dass sie das junge Fräulein mit einer Kuh verglich! –, aber es war nicht zu übersehen, dass in der Art, wie sie gingen, die gleiche Resignation lag.

Als das Dienstmädchen am nächsten Morgen das Zimmer betrat, erschrak es vor dem Gestank, einer Mischung aus Organischem, Verdorbenem und Rost. Wie der Duft des Sumpfvogels, den die Männer sonntags oft von der Jagd heimbrachten. Es roch fast nach Mord.

»Mademoiselle Diane?«

Das Fräulein rührte sich nicht. Ihr Gatte hingegen war früh aufgestanden, klingelte, gestiefelt und fertig angekleidet, nach dem alten Albert und verlangte, dass man ihm den Stallknecht kommen lasse, seine englischen Zigarren bringe und seine Lieblingsstute von Les Fougères hole – er benahm sich schon wie der Herr im Haus. Mariette stellte das Tablett mit der silbernen Teekanne, zwei Butterbroten und einem Kuchen mit kandierten Früchten auf einen mit Intarsien verzierten Tisch – ja, das Leben war seit der Verlobung besser geworden.

Das Fräulein – oder müsste sie nun Madame Ducreux zu ihr sagen? – lag immer noch reglos unter den Laken. Ein Schrecken durchfuhr Mariette. Sie wusste, dass man die Herrschaft nie ohne deren Erlaubnis berühren durfte. Ein Sakrileg sei das, hatte ihr die Cousine immer wieder gesagt, ein Sakrileg. Aber wenn Dianes Herz nun bei dieser Sache gebrochen war, wie die Klatschweiber manchmal erzählten, wenn die Frauen im Waschhaus unter sich waren? Mariette rief noch einmal. Schweigen war die Antwort. Also hielt sie den Atem an und hob eine Ecke des Lakens.

»Mademoiselle Diane!«

Der Luftzug ließ Diane zusammenzucken. Langsam öffnete sie die Augen. Ihr Körper war eine einzige Wunde, ihre Muskeln hatten sich vor Qual verkrampft. Als sie bemerkte, dass Mariette sich über sie beugte, wurde sie von einem unwiderstehlichen Drang befallen, sich in deren Armen auszuweinen. Stattdessen bat sie: »Helfen Sie mir!«

Sie wollte sich im Bett aufsetzen. Aber ihr Unterleib brannte so heftig vor Schmerz und Schmach, dass ihr übel wurde. Die Bilder, die in ihrem Kopf explodierten, ließen sie fast ersticken. Eine Seite tat ihr so weh, dass ihr klarwurde, dass ihre Rippen gebrochen waren.

Um sich aufzurichten, musste sie den Hals ihrer Zofe umklammern. Trotz ihrer so unterschiedlichen Lebensumstände erkannten die beiden Frauen in diesem Augenblick schaudernd die Gewalt der Männer, die seit Anbeginn der Welt straflos gegen die Frauen wütet. Als Diane sich erheben wollte, fühlte sie, wie sich ein schwarzer Nebel hinter ihren Augen sammelte. Dann wurde sie ohnmächtig.

Als ihr ein feuchtes Tuch zur Kühlung auf jene Stelle des Körpers gelegt wurde, an der er vor Schmerz brannte, kam sie wieder zu sich. Sie dachte an Alban. An Dominique. Und seine Hände. Die ihrer Zofe waren sehr taktvoll und bemüht, nicht mit ihrer Haut in Berührung zu kommen. Später dachte Mariette, die ihrer Herrin das befleckte Nachthemd auszog und nach und nach ihrer rotmarmorierten Haut, der Daumenabdrücke auf den Schlüsselbeinen und der blau anlaufenden Male auf den Schenkeln gewahr wurde, dass diese ganzen Drapagen und Spitzen nur an das Brautkleid genäht worden waren, um vom Blut des Verbrechens getränkt zu werden. Die Hände des Gatten. Die Hände des Vaters. Die Hände des Kutschers. Immer wieder die alte Geschichte. Zitternd betupfte das Mädchen die Prellungen, streichelte ihrer jungen Herrin das Haar und murmelte ihr unaufhörlich ins Ohr, wie man Kinder wiegt, die sich die Knie aufgeschlagen haben:

»Nicht bewegen, Mademoiselle Diane. Das wird alles wieder gut.«

118

Gestern habe ich Alix' Grab besucht. Der Grabstein weiß und nackt. Keine Gedenkplakette, keine Blumen, nur ihr Name unter dem ihres Mannes und dem ihrer Tochter. Ich beseitigte Blätter und Pflanzenreste, die der Winter darauf abgelagert hatte, und setzte mich auf den Rand. Ich sah die alte Dame wieder vor mir, ihre mit den Jahren fleckig gewordenen Hände, das Fayence-Blau ihrer Augen, die denen ihrer Mutter glichen. Ich hätte ihr gern die Geschichten von Alban, Diane und Massis erzählt, wie ich sie rekonstruiert hatte. Wahrscheinlich hätte sie das gar nicht so schockiert, war sie doch während des Krieges einem verheirateten Mann nach London hinterhergereist und hatte ihn schließlich geheiratet. Ich hätte ihr gern gesagt, dass ich meinen Auftrag, nach den Spuren ihres Vorfahren zu suchen, erfüllt habe, dass ich in das geschenkte Haus eingezogen bin und mich wieder dem Leben geöffnet habe. Ich hätte mich gern bei ihr bedankt.

Meine Hand lag auf dem warmen Stein.

Ich würde Janes Rosen nicht vergessen.

Vom Friedhof nahm ich den langen Weg bis an die Besbre und dann an der Schlossruine entlang nach Hause. Seit ich hier bin, lasse ich mich von den Wegen hier bald ums Dorf, bald durch den Wald führen, Löwelinchen immer auf meinen Fersen. Ich überquere Wiesen, umrunde Baumgruppen, nehme Hohlwege, manchmal ohne einem lebendigen Wesen zu begegnen, außer den blondfelligen Charolais-Rindern, die im Gras liegen.

Mein ganzer Körper verlangt nach Bewegung. Abends, als ich hier ankam, habe ich noch einmal mit Samuel telefoniert. Aber es bedeutete mir nichts mehr. Genau wie bei unserem letzten Gespräch gab er sich weder feindselig noch herzlich. Auf seinen übertriebenen Eifersuchtsanfall ging er gar nicht ein. Auch nicht, als ich ihm sagte, wie sehr mich seine Härte verletzt hat. Er brauche das Vertrauen zu mir, wiederholte er, die Sicherheit, dass ich ihn nicht betrüge. Und dass ich ihn »nie wieder in eine derartige Situation« bringen dürfe. Wieder einmal war ich wie vor den Kopf gestoßen. Was denn für eine Situation? Zehn Jahre lang haben wir nie die rote Linie überschritten, der Vize-Konsul und ich, warum sollten wir heute damit anfangen? Ich könnte demnächst nach Lissabon fliegen, schlug ich vor, Samuel wollte das nicht, versicherte mir aber, dass er nicht böse auf mich sei.

Ich versuche, mich in ihn hineinzuversetzen. Wäre ich auch eifersüchtig, wenn er mir eines Abends sagen würde, er sei in Porto mit einer alten Freundin ausgegangen? Vielleicht … aber bestimmt nicht so. Da ist etwas anderes, eine mir unbekannte Gegebenheit, die meinen Freund dazu bringt, in jeder Begegnung, jeder Unklarheit das Vorspiel zu einem Verrat zu sehen. Hat er ein eifersüchtiges Temperament? Oder muss man die Erklärung in der Beziehung zu seiner ertrunkenen Frau suchen? Vielleicht ist er ihretwegen so misstrauisch geworden. Vielleicht hat ihr Tod ihn so verschlossen, so unberechenbar gemacht und ihm diese paranoide Lesart der Geschehnisse eingebläut. In zwei Wochen kommt Violeta nach Paris, dann kann ich sie danach fragen. Dass das heikel wird, ist mir klar. Aber ich brauche dringend Antworten.

Wenn ich nicht durch die Gegend wandere, arbeite ich. Seit Nicolas Netter mir meinen Vertrag gemailt hat, treibt mich ein Gefühl der Dringlichkeit an, und ich schreibe das Buch in einem Rhythmus, dessen Schnelligkeit mich selbst überrascht. Und wenn Löwelinchen nicht wäre, die mich zur Ordnung ruft und ihr Futter einfordert, würde ich selbst oft zu essen vergessen. So lange verbringe ich nun schon meine Zeit mit Alban und Massis, Blanche und Diane, dass ich manchmal das Gefühl habe, durch sie meine eigene Geschichte zu erzählen, ohne darüber nachdenken zu müssen. In Moulins habe ich mir einen Drucker gekauft, den ich in der Bibliothek aufgestellt habe. Tagtäglich sehe ich die redigierten Seiten herauskommen und staple sie mit großer Befriedigung auf einer Schreibtischecke. Letztes Jahr um diese Zeit konnte ich kaum zwei Gedanken aneinanderreihen, jetzt bin ich dabei, ein Buch zu schreiben.

Wenn es darum geht, Zufälle zu inszenieren, lässt sich das Leben meist nicht lumpen. Am späten Vormittag riss mich ein Anruf meiner Freundin Caroline aus meiner Arbeit. An sie hatte ich gedacht, als ich der Maklerin in Bourg-en-Bresse meine Lügenmärchen auftischte. Caroline und ich kennen einander seit zwanzig Jahren. Damals war sie gerade frisch gelandet, eine etwas verwirrte Amerikanerin in Paris. Wir studierten zusammen, und ich verbrachte Stunden in ihrem Zimmer in der Cité universitaire internationale. Wir haben viel gelacht in ihren drei französischen Jahren, auch viel gefeiert. Heute lebt sie in New York und hat ihre Tätigkeit als Übersetzerin nach und nach aufgegeben, um sich um ihre drei Kinder zu kümmern. Mit ihrem Mann Steven, einem auf der anderen Seite des Atlantiks sehr angesehenen Maler, kommt sie jedes Frühjahr für sechs Wochen wieder nach Frankreich. Beide leben von mysteriösen Einkünften, die irgendwie mit einer Erbschaft von Steven zusammenhängen. Wir treffen uns normalerweise in ihrer Wohnung in der Rue du Bac, nur letztes Jahr habe ich eine ganze Reihe von Vorwänden erfunden, um unser alljährliches Wiedersehen zu vermeiden.

Caroline … das war das Leben von früher, die Erinnerung an die zwei Wochen Urlaub zu Weihnachten, die ich mit dir in ihrem Landhaus bei Vermont verbrachte. Der letzte Winter vor der Diagnose, den ich als unbeschwerten Moment im Schnee des amerikanischen Winters im Gedächtnis behalten habe. Wir waren mit dem Zug bis Montreal gefahren, nur um eine Landschaft zu bewundern, die man als einen einzigen weißen Schwindel beschreiben könnte: Stellenweise hatten wir den Eindruck, zwischen Eiswänden zu segeln. An dem besagten Vormittag eröffnete ich mein Gespräch mit Caroline mit der Behauptung, ich hätte ein Haus im Bugey für sie gekauft.

»What!«

Was für eine Freude, ihre warme, vom Rauchen raue Stimme zu hören, ihr Lachen, das wie ein Sack Nüsse klang, und diesen amerikanischen Akzent, den sie nie ganz ablegen konnte. Wie jedes Jahr war ich die Erste, die sie nach ihrer Ankunft in Frankreich anrief. Wir plauderten eine Weile, und sie nahm mir das Versprechen ab, sie zu besuchen, sobald ich wieder in Paris war. Diesmal würde ich mich nicht davor drücken; im Gegenteil, der Gedanke, sie wiederzusehen, freute mich aufrichtig.

Die paar Tage, die mir in Jaligny noch blieben, bemühte ich mich, aus meiner Klausur auszubrechen. Ich bin so besessen von der Erzählung über »meine« Toten, an der ich gerade arbeite, dass sie mich, wenn ich nicht aufpasse, von allem Übrigen abhält. Einmal hatte ich die Terrassons und Marie-Hélène zum Abendessen eingeladen. Es war so mild, dass wir bei weit geöffneten Wohnzimmerfenstern speisten. Meine junge Nachbarin, die zu der Gelegenheit eines von Janes Kleidern trug, war entspannter als bei ihrem ersten Besuch. Ihre Kinder spielten im Garten bis zum Gehtnichtmehr, während Mary-Blanche friedlich in ihrer Tragetasche schlief. Wir sprachen über das Schicksal der Häuser und was ich mit diesem hier plante. Ich erzählte von meinem Besuch in Othiermont, der verfallenen Schönheit des leerstehenden Landguts und wie sich Jaligny als kleinere Ausgabe dieses Anwesens im Departement Ain herausgestellt habe. Durch die Besichtigung des Originals hatte ein Wunsch, den ich schon seit längerem hegte, Gestalt angenommen: einen Teil des Gartens wiederherzustellen und aus der Verwilderung zu holen, der er über die Jahre anheimgefallen war.

»Schöne Idee, aber das wird dich eine Stange Geld kosten«, sagte J.R. »Dort ist doch seit Ewigkeiten nichts mehr gemacht worden.«

»Weißt du, warum Alix den Garten aufgegeben hat?«

»Nach dem Tod von Blanche haben sie damit aufgehört, alles in Schuss zu halten«, sagte Marie-Hélène. »Zu teuer. Mein Großvater hat sich nur noch um einen kleinen Teil des Gartens rund um die Gewächshäuser gekümmert. Jane hat dort gern gemalt. Nach ihrem Tod hat die Gräfin alles verwahrlosen lassen. Mein Vater ist nur noch für das bisschen Garten vor dem Haus gekommen.«

»Könntest du mich zu den Gewächshäusern bringen?«

»Bei Tag findest du auch allein hin: Du gehst den Weg entlang, biegst nach der Eiche links ab, dann siehst du auch schon die kleinen Bögen. Also was noch davon übrig ist. Und pass auf, wo du hintrittst!«

Bevor ich wegfuhr, nutzte ich einen dieser sonnigen Tage, an denen man sich fast wie im Juni fühlt, um das Vorhaben umzusetzen. Marie-Hélènes Beschreibung stimmte genau; ich war überrascht, dass dieser Wald, in dem ich im Februar schon gefürchtet hatte, zu erfrieren oder von Wölfen zerrissen zu werden, bei Tageslicht nur ein einsames kleines Wäldchen war. Vom Gewächshaus war quasi nichts mehr übrig: nur ein paar im Laub versunkene rostige Eisenbögen, auf die sich Brombeeren und wilde Maulbeerbäume stützten. Dem Pavillon mit dem kaputten Dach, der mich an Albans verfallenes Observatorium erinnerte, ging es kaum besser. Dahinter befand sich ein freier Platz, eine Art Terrasse, die einst anscheinend von Rosen umsäumt war, von denen einige noch existierten und zu riesigen Büschen herangewachsen waren; ein Stück weiter, von Unkraut überwuchert, ein paar schwarze Steinplatten, die früher einen Weg begrenzt hatten. An solchen kaum wahrnehmbaren Spuren am Boden orientierte ich mich, um die Bereiche auszumachen, die zu ihrer Zeit von Menschenhand bearbeitet worden waren, und schnitt mir mit der Heckenschere in der Hand einen Weg durch die Brombeerranken.

Plötzlich leuchtete etwas auf, das meinen Blick fesselte. Auf der linken Seite. Flüchtig, als wäre ein Sonnenstrahl auf eine Glas- oder Emailscherbe gefallen. Ich ging einen Schritt zurück. Wieder tauchte das Licht auf. Es kam von ein paar Steinen unterschiedlicher Formen, die hochkant in einer Reihe standen – jedenfalls bevor sie von Wurzeln angehoben worden waren, die Anarchie in ihre Ordnung säten. Jeder dieser Steine trug ein Fayencemedaillon wie ein Miniaturgrabstein. Nachdem ich ein paar Äste weggeschnitten hatte, drang ich bis zum ersten durch. Mit der flachen Hand wischte ich das halb von Moos überwachsene Fayenceoval frei. Ein Name und zwei Jahreszahlen: »Potinouche, 1962–1971«. Die anderen folgten dem gleichen Schema, reichten aber immer weiter zurück bis »Arion, ?–1937«.

Hier hatten Blanche und Alix ihren Tierfriedhof angelegt. Auf einmal überwältigte mich, ohne dass ich verstand, warum, großer Kummer. Tränen liefen mir über die Wangen, und ich konnte nichts dagegen tun. Es war ein Weinen ohne Grund, ohne Zeugen, ohne Gegenstand. Gewaltig, wild, befreiend.

119

Frontabschnitt V., 5. April 1916

Mein lieber Anatole,

Du fragst, was es Neues gibt, aber ich habe keine Worte mehr. Dantes Hölle ist nichts gegen das, was ich hier tagtäglich sehe.

Gestern stand ich plötzlich direkt vor einem Feind. Du weißt schon, das sind diese wilden Monster mit den spitzen Zähnen, die wir wie Tiere abschlachten sollen. Das Monster war kaum zwanzig Jahre alt und zitterte am ganzen Leib. An dem Tag habe ich mir kein Kriegskreuz verdient, das kannst Du mir glauben. Und nichts liegt mir ferner, als mich dafür zu schämen.

Schön, dass Dir unsere Landschaftsfotos gefallen. Du bekommst noch mehr davon. Aber Du wirst auch verstehen, dass es zurzeit schwierig ist, welche zu machen.

Bete für mich, wenn Du magst.

In unverbrüchlichster Freundschaft
Willecot

Wieder zurück in Paris, löste ich mein Versprechen ein und meldete mich bei Caroline: Ich würde sie Ende der Woche besuchen. Anschließend stiefelte ich schnurstracks ins Institut, wo ich tausend Dinge zu erledigen hatte: mit der Medizinischen Fakultät telefonieren, einen Termin mit dem Bibliothekar vereinbaren, eine erste Auswahl aus Albans Fotos treffen und meinen Vortrag für das Kolloquium in Lausanne vorbereiten.

Das Schreiben meines Buchs über Willecot hatte mich dermaßen in Beschlag genommen, dass ich kaum in meine E-Mails geschaut hatte. Unter den zweiundsechzig in meinem Posteingang war eine von Tobias Städler, dem Direktor der ehemaligen Eidgenössischen Militärbibliothek in Bern, an den mich Professorin Alazarine verwiesen hatte. Er habe das Massis-Archiv durchgesehen, schrieb er, aber wenn man dem von ihm erstellten Inventar Vertrauen schenken wolle, enthalte es keine an diesen Willecot gerichteten Briefe, genauso wenig wie Briefe dieses Mannes an den Dichter; dafür habe er ein Schreiben von Blanche de Barges gefunden, das er gescannt und an die Mail angehängt habe. Außerdem wolle er bei dieser Gelegenheit meine Aufmerksamkeit auf das zweijährige Forschungsstipendium zur Bewertung des Büchi-Nachlasses lenken, das die Bibliothek in Kürze ausschreiben wolle. Büchi, ein Schweizer Fotograf, der Anfang des vorigen Jahrhunderts im Valais, in England und auf den Kanalinseln unterwegs war und an die elftausend Platten hinterlassen hatte, war mir ein Begriff. Die Ansichtskarten, die um 1920 in Zürich davon gezogen wurden, waren in mehreren europäischen Ländern ein großer Erfolg. Ich könnte ja nach Sylvie Decasters Kolloquium einen Abstecher nach Bern machen, um mit ihm darüber zu sprechen, schlug Städler vor.

Dieser Vorschlag hätte mich wunschlos glücklich machen müssen, aber er kam zu einem problematischen Zeitpunkt. Nicht dass Büchis Werk mich nicht interessierte, im Gegenteil; die Erforschung solcher Bestände historischer Landschaftsbilder aus aller Herren Länder gefällt mir oder gefiel mir jedenfalls mehr als alles andere, vor allem wenn sie das Werk eines so brillanten Ästheten sind. Aber nun hatte ich mich gerade Nicolas Netter gegenüber verpflichtet, eine illustrierte Biographie de Willecots abzuliefern, und ich kann jetzt auch nicht auf den Garten und auf Löwelinchen verzichten. Vor allem aber schreckt mich die Aussicht, mich gerade in dem Moment, in dem Samuel darüber nachdenkt, in meine Nähe zu ziehen, von ihm zu entfernen. Würde er an seinem Vorhaben, nach Frankreich zu kommen, festhalten, wenn ich dann für zwei Jahre sechshundert Kilometer weit weg wäre?

Ich hätte Städler sofort absagen sollen. Aber was mich eigentlich davon abhielt, war die Hoffnung, einen Zugang zu dem Schatz von Massis' Notizen zu bekommen. Womöglich hätte ich ja dort in Bern eine Chance, zwischen den Heften und Skizzen des Dichters die verborgene Wahrheit zu entdecken, die ich seit Monaten verzweifelt ans Licht zu bringen versuchte? Die ganze Nacht wälzte ich mich im Bett herum. Paris, Genf, Massis, Samuel. Um vier Uhr früh stand ich auf und schrieb nach Porto, um mit Samuel über mein Dilemma zu sprechen. Ich bat ihn, mich anzurufen. Aber er tat es nicht, weder an diesem noch am nächsten Tag. Und als das Telefon im Institut klingelte, war Städler am anderen Ende der Leitung. Ich möge ihm seine Hartnäckigkeit verzeihen, er wolle nur nachfragen, ob ich seine Nachricht erhalten habe, und mich noch einmal persönlich einladen, nach Bern zu kommen, um über das Stipendium zu sprechen.

Daraufhin klopfte ich bei Eric und fragte ihn nach seiner Meinung. Seine Stellungnahme war eindeutig: unbedingt annehmen! In zwei Jahren werde am Institut eine feste Stelle frei, und zwei Jahre Auslandserfahrung würden sich in meinem Lebenslauf hervorragend machen. In seiner pragmatischen Art wollte er sich gleich erkundigen, ob sich das Stipendium zum Hundertjährigen nicht vielleicht abkürzen ließe; außerdem ist mein Chef der Ansicht, dass ich mein Buchprojekt auch neben allem anderen gut zu Ende bringen könnte.

Dieses Gespräch, so rational, effizient und wohlwollend es auch war, erweckte in mir dennoch das unangenehme Gefühl, dass sich mein Schicksal gerade ohne mein Zutun entschied. Keiner von allen hat, glaube ich, wirklich verstanden, was es für ein Verlust war, dich zu verlieren, noch welche Lust ich auf ein ganz anderes Leben hatte, das ich nach den zwei Trauerjahren inzwischen führe.

Um neun Uhr abends hielt ich es nicht mehr aus und rief selbst bei Samuel an. Er antwortete zunächst auf Portugiesisch. Dann sagte er mit müder Stimme: »Entschuldige, ich bin nicht dazu gekommen, dich anzurufen.«

Es folgte eine wirre Geschichte über gefälschte Vernehmungsprotokolle. Ich hörte genervt zu. Die Verirrungen der portugiesischen Justiz waren an diesem Abend wirklich nicht mein Hauptproblem.

»Hast du meine Nachricht gelesen, Samuel? Was meinst du dazu?«

Schweigen. Dann: »Das ist ein gutes Angebot.«

Zuerst hielt ich das für eine Nettigkeit, weil er mir keinen Druck machen wollte. Dann legte ich ausführlich sämtliche Pros und Kontras dar und schloss mit der Aussage, dass ich es für keine gute Idee hielte, mich zu bewerben.

Wieder schwieg er.

»Ich halte das für eine übereilte Entscheidung«, sagte er schließlich. »Wenn es eine gute Stelle ist, die sie dir anbieten, warum nicht?«

»Aber … was ist mit deinem Plan, nach Paris zu kommen?«

»Lass dich davon nicht abhalten! Ich kann meine Bewerbung noch zurückziehen. Und das endgültige Vorstellungsgespräch ist ohnehin erst im Juni.«

Lass dich davon nicht abhalten … In seiner Stimme war kein Gefühl zu erkennen, als er das sagte. Ich dagegen spürte, wie mein Herz in meiner Brust ein paar Etagen nach unten fiel.

»Und was ist mit uns? Meinst du, wir können über die Entfernung weitermachen?«

»Es gibt den TGV, ich könnte von Paris mit dem Zug in die Schweiz fahren. Oder von Porto aus fliegen. Außerdem gibt es E-Mail und Videochat … mach dir darüber keine Gedanken.«

Als ich auflegte, war ich verzweifelt. Ich hatte Samuel angerufen, weil ich gehofft hatte, dass er versuchen würde, mich vom Weggehen abzuhalten. Stattdessen hatte er mich zwar nicht direkt dazu ermutigt, aber auch nichts getan, um es mir auszureden. Ich sollte erst später dahinterkommen, dass seine größte Angst war, mit Vorwürfen über die Konsequenzen einer Entscheidung konfrontiert zu werden, er wollte nicht der Grund für mein Bleiben sein, eigentlich wollte er für nichts der Grund sein. Weil es für ihn unerträglich geworden war, in einer Beziehung Verantwortung zu übernehmen. Aber das wusste ich an diesem Abend noch nicht und hielt sein Verhalten für Gleichgültigkeit, was unserer Beziehung den Todesstoß versetzte. In der Folge habe ich viel darüber nachgedacht, welche Wendung das alles noch hätte nehmen können, wenn er in diesem Augenblick bereit gewesen wäre, sich seiner dunklen Seite zu stellen und auf uns zu vertrauen.

121

Ich schaute auf die Uhr: achtzehn Uhr fünfundvierzig. Ich würde zu spät zu Caroline kommen. Nach einem langen Tag am Institut packte ich meine Sachen zusammen und machte mich eilends auf den Weg in die Rue du Bac. Das Wiedersehen mit meiner alten Freundin war eine unermessliche Freude, noch größer als sonst. Zwei Jahre hatten wir einander nicht getroffen, aber wie jedes Mal ließ sich das Gespräch so leicht wieder aufnehmen, als hätten wir uns erst gestern getrennt. Caroline war hinreißend, von einer Schönheit, die durch das Alter bestärkt wird. Das war das Ergebnis einer seltenen Mischung aus mütterlicher Gelassenheit und persönlicher Entfaltung. Allerdings hat das Leben in ihrer Jugend einen hohen Tribut von ihr gefordert: Der Vater starb an einem Herzinfarkt, als sie dreizehn war, ihr älterer Bruder zwei Jahre später an Leukämie. Ich glaube, dass ihre Fröhlichkeit großteils als Reaktion auf diese Tragödien entstanden ist, weil sie aus diesem frühen Schmerz sehr schnell die Konsequenz gezogen hat, vom Leben nur das Beste zu behalten.

Und das Leben revanchierte sich, indem es ihr einen so liebenswerten Ehemann schenkte, der auch ihren drei Kindern ein großartiger Vater war. Diesmal waren die beiden Großen in New York geblieben; nur ihre Tochter Eleanor, so linkisch und mürrisch, wie man in ihrem Alter eben ist, war ihnen nach Paris hinterhergeschlurft. Sie kam mit beleidigter Miene, um mich zu umarmen, und verkroch sich gleich wieder mit dem Handy in ihrem Zimmer.

»Pffft«, sagte Caroline, »sie schreibt sich den ganzen Tag mit ihren Freundinnen.«

»Das ist so in ihrem Alter«, bemerkte Steven.

Er goss uns Whisky ein, wir plauderten über dies und jenes und erzählten in lockerer Folge von den wichtigsten Ereignissen der letzten vierundzwanzig Monate. Die beiden hatten ziemlich viel Zeit in Vermont verbracht, Steven bereitete eine Ausstellung vor, und Caroline überlegte, wieder mit dem Übersetzen anzufangen. *Um wieder in die Gänge zu kommen*, wie sie sagte, habe sie kürzlich einen Vertrag mit einem kleinen Verlag in Philadelphia abgeschlossen. Ihren *boys* gehe es gut, Nicholas stehe kurz vor seiner Aufnahme an die Uni. Ich musste an den kleinen Jungen in Strampelhose denken, als den ich ihn kennengelernt hatte, und fragte mich, wo all die Jahre geblieben waren. Über dich haben wir nicht gesprochen, aber in den Erinnerungen an den letzten Winter in East Lyndon warst du dennoch präsent. Während Steven ein paar Telefonate machte, gingen Caroline und ich in die Küche, um das Abendessen vorzubereiten. Das ist ein Ritual zwischen uns, noch aus den Zeiten der Cité universitaire: beichten auf Französisch beim Gemüseschälen.

»Dir scheint es jetzt besserzugehen«, sagte meine Freundin.

»Ja, es wird langsam.«

»Wir haben uns ein bisschen Sorgen gemacht.«

»Ich weiß. Tut mir leid.«

Caroline legte ihr Messer hin und drückte mir einen Kuss ins Haar. Auch dafür liebe ich sie, für diese unmittelbaren, plötzlichen Gefühlsausbrüche, die für Angloamerikaner ziemlich ungewöhnlich sind.

»Bist du noch Single?«

»Nein. Naja, nicht immer.«

Caroline lachte.

»Was ist denn das für eine Antwort! Hast du einen verheirateten Mann als Liebhaber?«

»Nein, aber …«

»Jetzt erzähl mal!«

Das tat ich, wenn auch in einer abgemilderten Version. Dabei musste ich mir mit einem Hauch Bitterkeit eingestehen, dass ich Hemmungen hatte, Samuel als meinen Partner zu präsentieren. Ich kenne mich: Wenn ich Angst vor dem Scheitern habe, spiele ich die Dinge herunter. Und in diesem Fall hatte ich richtig Angst. Also schilderte ich das Ganze lieber mit einer künstlichen Beiläufigkeit, wie eine zufällige Begegnung, deren Ausgang noch nicht ganz klar ist. Aber Caroline, die gerade Karotten schälte, ließ sich nicht täuschen.

»Bedeutet dir dieser Mann etwas?«

»Ich glaube, ja.«

»Ja, ein kleines bisschen, oder ja, viel?«

Ich seufzte, bevor ich antwortete.

»Ja, viel.«

»Und jetzt? Eigentlich müsstest du in Freudengeheul ausbrechen, oder?«

Caroline betrachtete mich forschend und richtete schließlich den Gemüseschäler auf mich wie einen anklagenden Zeigefinger.

»Du verheimlichst mir etwas. Ich kenne dich. Also, *spuck's aus!*«

Caroline hatte schon immer ein Faible für idiomatische Wendungen gehabt. Ich leistete keinen Widerstand mehr und erzählte ihr alles bis zu unserem letzten Telefonat.

»Er wirkt irgendwie unklar, dein Samuel.«

»Das stimmt, er ist kompliziert.«

»Meldet er sich bei dir, wenn er nicht da ist?«

»Kaum.«

»Hat er sich für seinen Eifersuchtsanfall entschuldigt?«

»Nein.«

»Und er ermutigt dich, in die Schweiz zu gehen?«

»Jedenfalls hat er mich nicht gerade angefleht zu bleiben.«

Entschlossen beförderte Caroline die Karottenscheiben vom Schneidbrett in die Pfanne und sagte dann nachdenklich: »*You should get rid of him.*«

Der Satz war ihr einfach herausgerutscht. Sofort schlug sie sich die Hand vor den Mund und schaute mich entschuldigend an.

»Sorry, vergiss, was ich gesagt habe, das war dumm von mir. Ist schließlich dein Bier! Und ich kenne ja deinen Samuel nicht einmal.«

Ich spürte, dass ihr das peinlich war. Sie entschuldigte sich noch einmal und wechselte dann schnell das Thema. *Du solltest ihn loswerden.*

Natürlich hatte der Satz mich erschreckt. Aber ich konnte ihn ihr auch nicht verübeln. Das war einfach eine intuitive Reaktion auf die Art und Weise, wie ich die Situation geschildert hatte; und ich war nicht optimistisch, wirklich nicht. Außerdem hätte ich lügen müssen, um zu bestreiten, dass diese Einschätzung sich mit dem Ergebnis mancher nächtlichen Grübeleien deckte, wenn ich mit einem Angstanfall aus dem Schlaf hochschreckte. Ich kenne Carolines Theorie: Sie denkt, dass Menschen sich nicht ändern und die Bösen nicht über Nacht zu Guten werden. Aber es gelang mir nicht, die beiden Gesichter Samuels zur Übereinstimmung zu bringen, und noch weniger, ihn der ersten Kategorie zuzuordnen.

122

14. Mai 1916

Teuerster Anatole,

wie Du ja weißt, kenne ich Diane Nicolaï fast vom Tage ihrer Geburt
an. Sie ist dabei, zur Frau heranzureifen, und von ihrer profunden Intelligenz konntest Du Dir ja bereits ebenso einen Eindruck verschaffen wie ich.

Heute erreichte mich ein Brief, in dem sie mir schreibt, dass ihr
Vater vor dem Ruin steht. Und dass sie ihn im Verdacht hat, sie mit
einem gewissen Etienne Ducreux verheiraten zu wollen. Wer ist dieser Mann? Glaubst Du, dass er es ernst meint?

Seit Gallouët mir das Leben gerettet hat, habe ich viel über mich
nachgedacht. Um mich voll und ganz der Astronomie widmen zu
können, hatte ich die Entscheidung, eine Familie zu gründen, immer
weiter hinausgeschoben. Aber weder habe ich die bahnbrechende Entdeckung gemacht, die meinen Ambitionen gerecht geworden wäre,
noch habe ich meine Abhandlung fertiggestellt. Deshalb möchte ich
um Dianes Hand anhalten.

Ich empfinde viel für sie, vielleicht weil der Krieg in uns armen
Muschkoten alle Gefühle verstärkt, so dass meine inzwischen über
eine schlichte Freundschaft hinausgehen. Ich glaube nicht, dass dies
auf Gegenseitigkeit beruht. Aber wenn ich heimkehren sollte (was
wenig wahrscheinlich ist), wird Diane in mir einen Verbündeten
finden, der bereit ist, sie ohne Gegenleistung zu unterstützen. Und
wenn ich sterben sollte, was beinahe sicher ist, wird sie als Witwe eine
Kriegsrente bekommen; auf diese Weise hätte sie eine Verbindung
vermieden, die sie offenbar abstoßend findet, und wäre zukünftig frei.

Sag mir bitte ganz ehrlich, Anatole, wenn Du diese Idee für verrückt hältst. Ich fürchte, dass Diane das Joch einer arrangierten Ehe nicht ertragen würde. Und egoistisch betrachtet würde es meinem Leben, das zurzeit nicht viel wert ist, einen Sinn verleihen, wenn ich etwas für sie tun könnte. Aber natürlich will ich sie keinesfalls brüskieren oder kränken in diesen Zeiten, wo niemand mehr so genau weiß, was richtig ist.

Mit meinen inniglichsten Gedanken
Dein Freund Willecot

Violetas baldiges Kommen veranlasste mich, das Dekanat der Pariser Medizinischen Fakultät aufzusuchen. In der Rekonstruktion der Geschichte von Alban, Diane und Massis war ich in großen Schritten vorangekommen, meine ersten Nachforschungen über die verschollene Großmutter meiner portugiesischen Freundin, Tamara Zilberg, waren dagegen, wie ich zugeben muss, in einem totalen Misserfolg versandet. Meine letzte Hoffnung war ein Brief, den ich an den Verein der Deportierten und Widerstandskämpfer Lyons geschrieben hatte, aber das war ein weiterer Fehlschlag. Dort war keine einzige Tamara bekannt, genauso wenig wie die Namen Zilberg und Lipchitz, nicht einmal Ducreux. Trotzdem schickten sie mir eine Liste der Mitglieder von Jour-Franc zu. Ich fand die Namen Bloch, Hollot, Hippolyte, Ravel, Saint-Hélier, Santeuil, Sonnal, Thuret … aber mit Ausnahme von Hippolyte sagte mir kein einziger etwas. Die Person, die mir geantwortet hatte, hatte noch angemerkt, dass die wahre Identität einiger Mitglieder des Résistance-Netzes sehr unsicher sei; man müsse die Hypothese in Betracht ziehen, dass manche, insbesondere diejenigen, die aus Paris gekommen waren, unter einem angenommenen Namen starben. Zu diesem Schluss kam auch der Historiker Jean-Noël Ozanam, dessen Buch über die Résistance von Lyon ich gelesen hatte. Ob er vielleicht mehr wüsste? Ohne recht daran zu glauben, hatte ich mir auf der Website seiner Universität seine E-Mail-Adresse herausgesucht und ihm eine Nachricht geschickt: die übliche Litanei der Namen, gefolgt von der immergleichen Frage, ob er einen davon kenne.

Ich kreide es mir ein wenig an, Violeta bei ihrer Suche nicht mehr unterstützt zu haben, weil ich von meiner eigenen völlig eingenommen war. Aus diesem Grund führe ich, die so ungern telefoniert, seit Tagen einen ganzen Reigen von Telefonaten, erst mit einer mürrischen

Sekretärin, dann mit einem Dekan, der keine Minute Zeit für mich hatte. Als Gegenleistung für das Signieren diverser Bescheinigungen erhielt ich die Erlaubnis, die Immatrikulationsverzeichnisse der Fakultät einzusehen, zumindest die zwischen 1935 und 1950, die durch einen glücklichen Zufall nicht vernichtet worden waren. Dass Tamara Zilberg in Paris Medizin studiert hat, ist in der Tat einer der raren verlässlichen Hinweise auf Violetas Großmutter.

Im Sekretariat lagen große, in graues Leinen gebundene Hefte, extra für mich aus dem Keller geholt, wo sie unter einer dicken Staubschicht vor sich hingemodert hatten. Die Sekretärin, eine beleibte Frau, nickte mir zu und räumte mir an einer Ecke ihres winzig kleinen Schreibtischs einen Platz frei. Ich war ihr im Weg, und das ließ sie mich auch spüren. Es roch nach Druckertinte und Reinigungsmittel; aus Platzmangel musste ich den jeweiligen Band auf den Knien balancieren, während ich gleichzeitig in mein Notizbuch schrieb – eine unbequeme Position, von der ich bald einen Krampf bekam. Die Seiten waren mit Namenslisten in mehr oder minder sauberer Schreibschrift gefüllt, da und dort durchgestrichene Anfangsbuchstaben, wo die zu hastig geführte Sergent-Major-Feder auf einer Unebenheit des Papiers ausgeglitten war. Es waren so viele, dass einem schwindlig wurde, wenn man sie schnell überflog. Und hinter jedem Einzelnen – der Gedanke ließ sich nicht abweisen – schlummerte ein Schicksal.

Doch zunächst war ich dem von Tamara Zilberg auf der Spur. Und zum ersten Mal war es keine vergebliche Liebesmüh: Ich fand heraus, dass sie sich 1935 an der Medizinischen Fakultät eingeschrieben hatte. 1936, zum Abschluss ihres ersten Studienjahrs, war sie die Zweitbeste ihres Jahrgangs. Logisch, dass sie sich für das zweite Jahr einschrieb, während Paul Lipchitz, der in derselben Liste auftauchte, das erste Jahr wiederholte. Ab dem Studienjahr 1937 firmiert Tamara unter »Lipchitz, geb. Zilberg« auf der Liste; sie und ihr Mann setzten mit einem Jahr Abstand ihr Studium fort bis zum Jahr 1939, in dem trotz Krieg noch immer beide Namen verzeichnet sind. Doch auch wenn Paul im Oktober 1939 noch dazu kam, sich für Medizin einzuschreiben, steht neben seinem Namen mit violetter Tinte der Vermerk: »Zum Militärdienst eingezogen«; bei den Prüfungen im Juli wird er als »Nicht erschienen« geführt, und im Oktober 1940 fehlt er auf der Liste der Studenten. Tamara dagegen hatte 1939 alle Prüfungen bestanden und sich 1940 erneut eingeschrieben, tauchte aber 1941, als sie ihre Doktorarbeit verteidigen sollte, nicht mehr auf. Ich ging in den sonnigen Hof hinaus, in dem ein paar Studenten herumschlenderten und Sandwiches aßen. Ich rief Violeta an, die sofort abnahm. Ihre Stimme klang beschwingt.

»Elisabeth, geht's dir gut?«

»Sehr gut. Ich will dich nicht lange stören, ich brauchte nur eine Auskunft: Wann ist deine Mutter geboren? An welchem Datum genau?«

»Am 4. August 1938. Hast du etwas herausgefunden?«

»Ich ruf dich wieder an, sobald ich es weiß.«

Ich setzte mich auf eine Bank und rechnete nach. Tamara hatte ihr Kind ein paar Wochen nach den Prüfungen im Sommersemester 1938 bekommen. Danach war es bestimmt schwierig für sie, die Ausbildung fortzusetzen, vor allem seitdem ihr Mann eingezogen worden war. Trotzdem hielt sie durch, und zwar drei Jahre lang. Und brach schließlich knapp vor dem Abschluss ihr Studium ab. Musste sie da schon vor der Verfolgung fliehen? Ich ging ins Sekretariat zurück und arbeitete mich weiter durch die Eintragungen bis 1945. Aber in den folgenden Jahren, in denen auch die Cohens, Goldbergs, Lévys und Lindenbaums aus den Listen verschwanden, fand ich nicht die geringste Spur von Paul oder Tamara. Die, die mit Glück den Razzien entgangen waren, hatten sich wahrscheinlich unter falschem Namen eingeschrieben, wenn sie nicht überhaupt am Sinn des Studiums zweifelten, da ihnen per Gesetz die Ausübung des Berufs verwehrt wurde.

Ich fing noch einmal von vorn an und überprüfte, aufmerksamer als vorher, die Listen der Ersteinschreibungen während der Zeit, als Tamara die Fakultät besuchte. In der Hoffnung, einen Hinweis, einen Namen zu finden, den ich mit der Widerstandsgruppe Jour-Franc verknüpfen könnte, ging ich bis in die dreißiger Jahre zurück. Ich wusste nicht genau, wonach ich suchte, aber ich konnte mich nicht entschließen, dieses Register aus der Hand zu legen, weil es bis dato das einzige Dokument war, das eine Spur der Verschwundenen enthielt.

Plötzlich stieß ich inmitten vollgekritzelter Seiten auf einen Namen, den ich an dieser Stelle nicht vermutet hätte.

Victor Ducreux.

Im September 1937 hatte sich Dianes Sohn mit neunzehn Jahren als Erstsemester eingeschrieben. 1939 war er noch an der Uni und wiederholte ein Jahr. Anders als Paul schien er nicht eingezogen worden zu sein: Erst nach 1941 verschwand er aus den Listen, obwohl er zu den Prüfungen im Frühjahr zugelassen war. Victor. Das war also die Verbindung, nach der Violetas Mutter Suzanne so verzweifelt gesucht und deretwegen sie den Kontakt zu Alix aufgenommen hatte.

Während die Sekretärin lautstark seufzte und sich vermutlich fragte, wann ich endlich verschwände, legte ich mit einem leisen Triumphgefühl beide Handflächen auf das große Heft. Diesmal hatte ich die Gewissheit, einen Anfang gefunden zu haben. Die Begegnung Tamaras und Victors bei dem Konzert in Dinard, von der eine alte Postkarte Zeugnis ablegte, war kein isoliertes Ereignis gewesen. Sie war Victor lebhaft genug in Erinnerung geblieben, dass er Tamara nach Paris schrieb; und ein paar Jahre später belegten die beiden jungen Leute wie zufällig denselben Studiengang an derselben Uni. War es ein Flirt oder etwas Ernsteres? Oder wurde, da Tamara ja verheiratet war, aus diesen Gefühlen Freundschaft?

Jedenfalls war nicht mehr daran zu rütteln, dass es eine Verbindung zwischen diesen drei Menschen gab, geben musste, die einander ständig über den Weg gelaufen sein mussten: in der Bibliothek, auf Abschlussbällen, in Cafés oder bei dem beeindruckenden Zeremoniell der von den Professoren im Hörsaal durchgeführten Autopsien – ein Spektakel, das stets Anlass zu Medizinerscherzen bot.

Und es ist nicht auszuschließen, dass sie noch anderes teilten, als die Zeiten unsicherer wurden, dass sie einander halfen oder gemeinsam in den Untergrund gingen. Schließlich war Etiennes Sohn reich und sein Vater mächtig. Die Lipchitz hatten Victor gekannt, und Victor hatte die Lipchitz gekannt. Die Spur des einen könnte Violeta vielleicht dabei helfen, die Geschichte der beiden anderen wiederzufinden.

Da stand sie, im Hof der Universität. Er teilte die Gruppe von Studenten, die um sie herumstanden, und ging auf sie zu. Sie machte große Augen: »Nein, das gibt's doch nicht!« Als sie sich von ihrer Überraschung erholt hatte, begrüßte sie ihn und stellte ihn den beiden Jungen an ihrer Seite vor: Victor, Paul, Louis. Sie gaben einander die Hand. Der Himmel war bedeckt, aber der Oktober noch mild von der Wärme des Altweibersommers. Er merkte, dass er in seinem perfekt geschnittenen Anzug schwitzte. Er verfügte über einen ansehnlichen Kredit beim Schneider und einige andere Privilegien, seit er wieder ins Glied zurückgetreten war.

Sie trug ein Kleid aus grünem Vichy-Karo, den obersten Kragenknopf hatte sie offen gelassen. Nur mit Mühe konnten die Haarnadeln ihre noch immer so üppige Mähne zu einem Knoten bändigen. Mit der ihr eigenen Selbstsicherheit, eine Zigarette in der Hand und ein paar von einem Riemen zusammengehaltene Bücher unterm Arm, war sie überall, wo sie ging und stand, eine strahlende Erscheinung, fast gegen ihren Willen. Er konnte sich an ihrem Anblick regelrecht betrinken, und das tat er auch. Er fand sie weiblicher als bei ihrer letzten Begegnung. Immer noch geschmeidig wie eine Liane, aber dünner, fast mager. Er hätte gern zu ihr gesagt: »Iss!« Und sie in noble Konditoreien mitgenommen und verwöhnt, wie seine Tante Rosie es heimlich mit ihm gemacht hatte, als er noch klein war.

Tante Rosie ... Sie war die Einzige, der sein Geschick am Herzen lag, als er nach Cedar Mansions abgeschoben wurde. Sich satt zu essen war dort die Ausnahme. Er erinnerte sich an die karge Kost, widerlich, und den schändlichen Preis für einen Rest kaltes Ragout oder einen Keks. An schmutzig-dunkle Knie und verschluckte Tränen. Alles hat seinen Preis, hatte sein Vater gesagt, und in Rochester bezahlte

man für alles hundertfach. Aber er lernte, die Zähne zusammenzu-
beißen und Schläge einzustecken, Schläge und noch einmal Schläge.
Bis er anfing zurückzuschlagen. Und stark wurde.

Nachts trübten manchmal Bilder von Flammen und Rauch seinen
Schlaf. Die Erinnerung an die panisch wiehernden Pferde und den
böigen Wind, der sich aus einer plötzlichen Laune heraus erhob, die
Hausmauern emporzüngelte und sich an die Fenstersimse krallte wie
ein ausgehungertes Tier. Der Schrecken angesichts dieses entsetzlichen, phantastischen Schauspiels, das seiner Kontrolle entglitten war.

Etiennes Schweigen und sein Blick danach, als er den Schürhaken
weglegte und die Bestrafung seines Sohnes mit Fußtritten fortsetzte,
bis dieser nur noch ein zuckendes Wrack war. An diesem Tag dachte
der Junge, dass der Vater ihn totschlagen würde. Und wäre seine Tante
nicht in die Bibliothek gekommen, hätte Etienne ihn vielleicht wirklich umgebracht.

So bestieg er am Ende ein Schiff nach England, die Haut noch
schwarz von Blutergüssen und die Seele voller Tränen. Als er zwei
Jahre später den Ärmelkanal in die Gegenrichtung überquerte, war er
nicht mehr der zornige, in seinem tiefsten Wesen verschreckte Junge,
sondern ein Mann, der keine Zeit zu verlieren hatte und sich ein Leben aufbauen wollte.

Einer der beiden Jungen, die bei Tamara standen (Paul? Louis?), bot
ihm eine Zigarette an. Der verstohlene Blick auf seine Hand, als er
die Streichhölzer aus der Tasche zog, entging ihm nicht. Egal! Er sah
Tamara lachen und mit ihren Freunden scherzen. Sah, als sie flüchtig
über den Unterarm des Größeren strich, dass sie am linken Ringfinger
einen Ehering trug. Auch egal! Er war jetzt stark. Es würde schon
gehen. Lächeln und sprechen. Immer lächeln. Sich durchlavieren.
Antworten geben. Welche Kurse? Welche Professoren? Und dieses
Gymnasium in England?

Und sich in einer Phantasie von ihrer Haut verlieren, die so hell
war, dass man an manchen Stellen das Blut pulsieren sah. Sie roch
noch immer genauso: Zitronenmelisse und Karamell und darunter der

süße Geruch ihres Leibes. Das war der Duft des Begehrens, das er seit ihrem ersten Abend für sie empfand. Dieser wischte in einem einzigen Augenblick die ganzen letzten zwei Jahre aus, und das lange vergessene Gefühl der Freude stieg in ihm auf. Hitze im Kopf, im Bauch, im Herzen. Fülle und Hunger. Er würde mit allem neu anfangen, er hatte die Zeit und die Mittel dazu. Irgendwann würde sie ihn so ansehen, wie sie gerade den großen Dunkelhaarigen ansah. »In der Ungeduld der Steine gärt die Hoffnung auf Wiedergeburt.« Das hatte er in einem der Bücher gelesen, die Blanche ihm geliehen hatte.

Violeta ist in Paris. Ich finde es seltsam, sie hier zu sehen, so sehr ist sie für mich mit Lissabon verknüpft, mit dem Süden, dessen üppige Farben sie mit solcher Eleganz trägt. Ich habe sie mit dem Auto vom Flughafen abgeholt, und wir haben die ganze Fahrt über geplaudert. Hinter ihrer üblichen Lebensfreude spürte ich eine gewisse Unruhe in Hinblick auf ihre Pläne hier. Ich brachte sie erst zu ihrem Hotel, anschließend aßen wir bei mir zu Abend – sie war zu erschöpft, um sich dem Stimmengewirr in einem Restaurant auszusetzen. Ich schämte mich fast, sie in meiner, verglichen mit ihrem prächtigen Haus in der Rua Bartolomeu de Gusmão, spartanischen Wohnung zu empfangen. Aber Violeta tat, als ob sie die karge Einrichtung gar nicht bemerkte. Am nächsten Morgen nahm ich sie mit ins Institut, um ihr den Wille- cot-Nachlass zu zeigen. Neugierig betrachtete sie die Postkarten.

»Samuel sagte mir schon, dass es einen berührt, aber ich hatte nicht gewusst, wie stark.«

Wir aßen in meinem Stammbistro zu Mittag und spazierten dann an die Seine. Violeta machte große Augen und schoss ein Foto nach dem anderen. Wie sie mir gestand, war sie seit über zehn Jahren nicht mehr in Paris gewesen.

»Falls mein Bruder die Stelle bekommt, hänge ich bestimmt ständig bei euch herum!«

Ein Schatten glitt über mein Gesicht. Samuel und ich schreiben einander zwar wieder Mails, aber er weigert sich beständig, ein Datum für seinen nächsten Besuch festzulegen. Angeblich wartet er auf Weisungen des UNHCR. Dass ich in dieser Phase nicht weiß, wann ich ihn wiedersehen werde, stürzt mich in eine diffuse Angst, nah am Leiden. Will er nach unserem Streit Distanz herstellen? Oder, schlimmer, hat er beschlossen, Schluss zu machen, und wagt es nur nicht, mir das zu sagen? Ich finde es schwer zu begreifen, dass er mich so schmoren lässt, es sei denn, er lässt mich immer noch für meinen Abend mit dem Vize-Konsul büßen, was ich vermute. Violeta ist die Veränderung in meinem Ausdruck nicht entgangen.

»Habe ich etwas Falsches gesagt?«

»Nein, gar nicht.«

Wie standen auf dem Pont-Neuf, stützten uns auf die Brüstung, betrachteten die Insel und Nôtre-Dame. Ich war nicht sicher, ob ich Violeta von meinen Zwistigkeiten mit ihrem Bruder erzählen sollte. Aber vielleicht war es genau der richtige Zeitpunkt.

»Ich finde Samuel im Moment etwas … unentspannt.«

»Er hat mehrere Fälle nacheinander verloren. Angesichts der Umstände war es unvermeidlich, aber er erträgt es nicht zu verlieren. Und dann, weißt du, ist Porto für ihn nur eine Notlösung. Es wäre großartig, wenn er zum UNHCR gehen könnte.«

»Gerät er öfter in Rage, wenn er, wie du sagst, Probleme bei der Arbeit hat?«

»Gab es Streit?«

Ich musste erst eine Weile darüber nachdenken, bevor ich antwortete, weil ich nicht genau wusste, wie ich das, was passiert war, nennen sollte.

»Sagen wir … einen Zusammenstoß. Eigentlich glaube ich, dass dein Bruder sauer auf mich ist.«

Violeta zündete sich eine Zigarette an und hielt mir auch eine hin, aber ich lehnte ab. Und dachte bei mir: Sie raucht zu viel. Dann nahm sie das Gespräch wieder auf.

»Verstehe«, sagte sie. »Es kommt schon vor, dass er Stimmungsschwankungen hat. Und ich muss gestehen, er kann dann sehr – wie sagt man das auf Französisch? – schroff sein. Willst du mir sagen, was ihn so aufgeregt hat?«

»Ich war mit einem Freund etwas trinken, deshalb wurde er wütend.«

Violeta schüttelte seufzend den Kopf, sagte aber nichts weiter dazu.

Sie hängte sich bei mir ein, und wir setzten unseren Spaziergang fort. Auf der anderen Seite des Pont-Neuf sagte sie:

»Versuch, dir nicht so viel daraus zu machen. Das geht vorbei.«

Dann trennten wir uns, ich ging wieder ins Institut zurück und überließ sie ihren Beschäftigungen. Ich war mit dem Vortrag, den ich auf dem Kolloquium in Lausanne halten sollte, ziemlich in Verzug. Und immer noch unsicher, wie ich auf Tobias Städlers Vorschlag reagieren sollte.

Im Büro angekommen, vertiefte ich mich in das aktuelle Kapitel über de Willecot. Ich war gerade bei der Zeit, als er nach Othiermont zurückgekehrt war und seine Melancholie unstillbar zu sein schien, obwohl er weit weg von der Front war. Ich muss gestehen, dass mir Albans Beharren, sich in den Kugelhagel zu begeben, immer unbegreiflicher wird, je weiter ich vorankomme. Die Fotobrigade galt als weit weniger gefährdet als die Bataillone an der Front; wer sich dahin versetzen lassen wollte, wurde verdächtigt, sich drücken zu wollen. Wie hatte Alban es angestellt, dass er ein paar Tage nach seinem Eintreffen dort bereits tot war? Und vor allem: Warum ging er überhaupt zurück, wo doch, wenn ich Blanches Brief glauben wollte, den Städler mir in Kopie geschickt hatte, seine Entlassung durchaus im Bereich des Möglichen lag? Mir scheint das Foto, das Gerstenberg gefunden hat, der Schlüssel zum Verständnis dieser Entscheidung zu sein, aber bisher ist das nur eine vage Vermutung; die Historiker des Heeresdokumentationsdienst haben sich trotz ihres Versprechens, sich zu beeilen, noch nicht bei mir gemeldet.

So habe ich ständig das ungute Gefühl, dass es in dieser Geschichte einen blinden Fleck gibt, irgendetwas, das ich sehen müsste, aber nicht sehe. Und je mehr ich danach suche, desto mehr verliere ich den Blick fürs Ganze. Dennoch hat mir das vergangene Jahr bewiesen, dass die Geschichte sich im Schaum der Tage und den alltäglichen Krümeln des Lebens ebenso abbildet wie auf den marmornen Stelen der Denkmäler für die Gefallenen. Ich vertraue auf das geschriebene Wort, die Fotografien und meine Hartnäckigkeit, um dieses Mosaik der Erinnerung zusammenzusetzen, bis jedes Fragment seinen Platz gefunden hat und eine Eingebung aufflammt wie Magnesiumpulver, das man einst anzündete, bevor man auf den Auslöser drückte, um einen Blitz zu erzeugen, eine Intuition, die Sinn in diese Sammlung von Briefen und Bildern brächte. Alix hatte sie vor dem Untergang gerettet, und ich hätte um nichts in der Welt zugelassen, dass diese Botschaften tote Buchstaben blieben.

Ja, diese Suche ist inzwischen für mich lebenswichtig, ich kann damit nicht mehr aufhören. Und auch den jungen Mann, der mir zu einem fernen Bruder wurde, nicht in seinen vorprogrammierten Tod gehen lassen, ohne den Versuch zu unternehmen, ihn wenigstens ein Stück weit zu begleiten. Ich muss herausfinden, was Alban de Willecot so verzweifeln ließ, was ihn so schmerzte, dass er nur noch den Wunsch hatte, Schluss zu machen. Ich will diesen Weg mit ihm gehen, ihn verstehen und seinen Schmerz nachempfinden. Ich habe nichts als diese Rolle, und sie ist lächerlich. Aber es ist meine, und ich überlasse sie niemandem sonst.

126

Othiermont, 10. Dezember 1916

Lieber Massis,

mein Bruder hat mir von seinem Vorhaben erzählt, zurück an die Front zu gehen. Ich weiß, dass seine Versetzung zur Fotobrigade Ihnen zu verdanken ist.

Selbstverständlich bin ich in größter Sorge. Ich kann nicht verstehen, was ihn dazu treibt, sich so einer Gefahr auszusetzen.

Verzeihen Sie mir, wenn ich so unvermittelt mit der Tür ins Haus falle, aber könnten Sie nicht Ihre Beziehungen zum Ministerium spielen lassen, damit er ein für alle Mal ausgemustert wird? Oder wenigstens in ein Büro im Hinterland versetzt? Zwei Jahre im Feuer, Monate in Gefangenschaft, eine schwere Verletzung mit nervösen Nachwirkungen sind genug – damit könnte das Vaterland sich doch wirklich zufriedengeben, scheint mir.

Mir ist bekannt, dass Sie sich bemüht haben, ihn dazu zu bewegen, von einer Rückkehr an die Front Abstand zu nehmen. Aber ich bitte Sie, Anatole, versuchen Sie es trotzdem weiter! Sie sind meine letzte Hoffnung, um Alban von diesem Irrsinn abzubringen. Mir ist es nicht gelungen.

In aufrichtigster Freundschaft

Blanche de Barges

Die Stimme der jungen Frau, die uns in der Gedenkstätte empfing, war sanft. Das war die Geschichte dieser Stätte nicht. Als Violeta vor dem Tresen der Dokumentationsstelle stand, merkte ich, wie ihr Französisch, das sonst so perfekt war, bei einigen Wörtern zu holpern begann, als würden die widersprüchlichen Gefühle, die sie seit ihrer Ankunft hatte, sogar ihr Verhältnis zur Sprache erschüttern. Die Dokumentarin erklärte Violeta, die Akte Lipchitz sei in Hinblick auf ihren Besuch herausgelegt worden; über Tamara Zilberg selbst sei nichts zu finden gewesen. Man wisse nur, dass ihre Mutter und ihre Tante, Denise und Sonja, während der Razzia vom Vel' d'Hiv' verhaftet wurden, und nehme an, dass sie in Bergen-Belsen umkamen. Tamaras Vater sei im Ersten Weltkrieg bei Éparges gefallen. Verblüfft begriff ich, dass er ein Zeitgenosse Alban de Willecots war und ihm an der Front begegnet sein könnte.

»Gibt es Überlebende dieser Linie?«, fragte Violeta.

»Cousins zweiten Grades. Wenn Sie es wünschen, kann ich eine Verbindung zu ihnen herstellen.«

Beim Ausfüllen des Besucherzettels zitterte meiner Freundin die Hand. Sie verstaute ihre Tasche in einem hölzernen Garderobenfach, dann gingen wir wieder in den Archivraum zurück. Die Akte Lipchitz lag auf einem langen Holztisch. Ein Zentimeter vergilbte Blätter und Kopien in einer türkisfarbenen Plastikhülle – fast nichts also; oder ein ganzes Leben. Violeta knetete das Zigarettenpäckchen in ihrer Tasche. Ich merkte, dass sie den Moment des Öffnens der Akte hinauszögerte.

»Geht's?«, fragte ich.

Der Blick aus ihren dunkelblauen Augen irrte quer durch den Raum und fiel schließlich durch eine Glasfront auf die Wand gegenüber. Ich konnte nur ahnen, wie heftig für sie dieser Moment der Konfrontation mit ihrer Geschichte war. Einer Geschichte, die ihre Mutter verfolgt und sie selbst hervorgebracht hatte. Endlich setzte sie sich hin. Sie wirkte so einsam. Ich legte meine Hände auf ihre Schultern.

»Ich lass dich jetzt allein.«

Draußen war es mild. Ich setzte mich auf die Terrasse eines Cafés. Im Licht des Frühlings, das mein Gesicht überflutete, dachte ich an die Lebenden und an die Toten. Und dass man sich manchmal zwischen ihnen entscheiden muss. Ich hatte eine Tageszeitung gekauft und blätterte darin, ohne etwas zu lesen. In Gedanken war ich auf der anderen Seite der Straße bei Violeta.

Als ich zwei Stunden später ins Archiv zurückkam, saß sie wie erstarrt da, vertieft in ihre Lektüre, den Kopf in die Hände gestützt. Im Näherkommen sah ich das Päckchen Taschentücher. Sie versuchte zu lächeln, als sie mich sah, aber an ihrem Gesicht war abzulesen, wie aufgewühlt sie war. Ich setzte mich neben sie, und sie zeigte mir die Kopien maschinengeschriebener Blätter von der Feldgendarmerie Paris. Violeta konnte kein Deutsch lesen, ich schon. Also übersetzte ich, so gut es ging, die geschraubte, pedantische Prosa der Verhaftungsprotokolle, unterschrieben und gegengezeichnet von einem Stabsfeldwebel mit unleserlichem Namen.

Paul Lipchitz wurde das erste Mal am 14. Mai 1941 in Paris verhaftet und über die Gare d'Austerlitz ins Lager Pithiviers gebracht. Er floh im August 1941. Sieben Monate später wurde er aufgrund einer Denunziation zum zweiten Mal verhaftet, wieder in Paris. Der »Student und Jud Lipchitz« wurde angeklagt, eine falsche Identität angenommen zu haben, um seine jüdische Abstammung zu vertuschen. Diesmal kam er direkt nach Drancy. Am 22. Juli 1942 wurde er mit dem Konvoi Nr. 9 nach Auschwitz gebracht. Dort starb er im Februar 1943 an Typhus.

Zu diesem Zeitpunkt waren sein Vater und seine Mutter, die zwei Monate vor ihm deportiert worden waren, bereits tot. Von der ganzen Familie kam nur ein Bruder des Vaters, Mordechaï, genannt Maurice, lebend zurück; er ließ sich nach dem Krieg in Israel nieder. Seine Tochter hatte der Akte ein paar Erinnerungsstücke beigefügt: insbesondere den Judenstern ihres Vaters, ein bräunliches Stück Stoff, auf dem in schnörkeligen Buchstaben das Wort »Juif« stand. Er war mit der Zeit steif geworden, wirkte aber noch siebzig Jahre danach wie eine Aggression, wenn man ihn ansah.

Außerdem enthielt die Akte den Brief einer gewissen Sarah Weiler, einer Cousine von Paul, die in die Staaten emigriert war, und einen gefälschten Ausweis auf den Namen Pierre Simon, wohnhaft in Paris, Rue Vavin Nummer 4, der bei der zweiten Verhaftung beschlagnahmt worden war.

»Ich kenne diese Adresse«, sagte Violeta.

»Komisch, mir sagt sie auch etwas. Weißt du, wer dort gewohnt hat?«

»Das weiß ich nicht mehr. Aber ich habe sie in den Papieren meines Großonkels gesehen, da bin ich mir sicher.«

Ein letztes Konvolut von Dokumenten war der Gedenkstätte vor zwei Jahren übergeben worden. Die verstorbene Mutter des Gebers war Concierge in der Rue Linné 13 gewesen, wo Paul Lipchitz bis 1941 gewohnt hatte. Ein Familienbuch, Auszeichnungen, ein Schwimmdiplom von 1936; Immatrikulationsbescheinigungen der Medizinischen Fakultät, Mietquittungen. Ein Krankenstandsbericht, datiert Oktober 1940, aus dem Krankenhaus von Châteauroux – eine Folge seiner Verletzungen während des Sitzkriegs? Der Brief des Sohns der Concierge, der der Akte beilag, berichtete von deren erfolglosen Versuchen, die Habseligkeiten von Paul Lipchitz am Ende des Krieges zurückzugeben. Aber niemand, weder seine Frau noch ein anderes Mitglied seiner Familie, war jemals wieder zurückgekommen.

Auf den von Sarah Weiler stammenden Fotografien sah man einen jungen Mann mit breiter Stirn, leicht gekrümmter Nase und dunklen Augen, das feine Haar sehr kurz geschnitten. Mit seinen hohen Wangenknochen und mandelförmigen Augen hatte der Junge den Charme eines semitischen Prinzen. Ein anderes Foto zeigte ihn mit einer Frau auf dem Land: Sie war so groß wie er, trug ein bedrucktes Kleid und

Schuhe mit Keilabsätzen. Sie lächelte, die Augen zusammengekniffen, in die Sonne, die die Masse ihres krausen Haars aufleuchten ließ und ihr sommersprossiges Gesicht mit Licht umflorte; er, dünn und blass, frisch rasiert, trug Hemd und Bundfaltenhosen. Zwei ohne übertriebenen Aufwand gutgekleidete junge Menschen. Ich bemerkte, dass keiner von beiden einen Ehering trug.

Ein drittes Foto zeigte ein Baby. Es dauerte eine Weile, bis mir einfiel, an wen mich diese Augen erinnerten: an Judith, Violetas ältere Schwester, deren Bild ich einmal, als ich in Lissabon war, in einem Familienalbum lange betrachtet hatte. Das Mädchen trug lockiges Haar und lag im Arm eines Mannes, der neben Paul und einem älteren Paar stand.

»Mein Onkel Ari«, sagte Violeta nur. »Das Baby ist meine Mutter. Und ich nehme an, das neben ihm sind meine Urgroßeltern mütterlicherseits. Es ist das erste Mal, dass ich ihr Gesicht sehe.«

Auf diesen drei Abzügen war alles zusammengefasst, was man dem Mädchen auf dem Foto geraubt hatte: ihre Angehörigen, das Land, in dem es hätte aufwachsen sollen, und eine friedliche Kindheit mit Sonntagen auf dem Lande.

Blieb noch ein Brief, mit Bleistift auf gräulichem Papier geschrieben. Er gehörte zu den Dokumenten, die wegzuwerfen Georges Pouchet, der Sohn der Concierge, nicht über sich gebracht hatte, als er die Wohnung seiner verstorbenen Mutter räumte.

Liebste,

ich weiß nicht, wann und wo Dich dieser Brief erreichen wird. Ich bin in einem Zug, der heute Abend nach Deutschland oder Polen fährt. Angeblich geht es um Zwangsarbeit. Ich weiß nicht, ob ich wieder heimkehren werde, aber ich verspreche Dir, mein Möglichstes dafür zu tun. Für den Fall, dass es nicht gelingen sollte, will ich Dir noch sagen, wie sehr ich Dich liebe. Warte nicht auf mich, sondern geh so schnell wie möglich zu A. und S., vertrau unserem Freund. Wenn ich

nicht heimkehre, vergiss nicht, dass das Leben auf Dich wartet und
dass es siegen muss, was auch geschieht. Sei glücklich, meine Tam,
schau nach vorn, für uns, für unser Kind. Ich liebe Dich, Liebste, ich
küsse Dich tausendmal und trage Dich stets bei mir, gib unserer klei-
nen Suzon einen Kuss von mir und sag ihr, wenn sie groß ist, dass ihr
Vater sie von ganzem Herzen geliebt hätte.
  P.

Ich hatte von solchen Briefen gehört, die Deportierte auf die Gleise
warfen oder durch Zäune Passanten zusteckten, in der kühnen –
manchmal auch erfüllten – Hoffnung, dass sie ihren Adressaten erreichten. Aber es war etwas völlig anderes, dieses armselige graue
Papier mit den hastig auf einem Knie oder dem Rücken eines Kameraden hingekritzelten Zeilen in Händen zu halten: den überstürzten Abschied eines Mannes von der Frau, die er liebte. Kein Vergleich mit der
bis zuletzt makellosen Schrift und der Resignation Alban de Willecots,
der in den Tod ging wie zu einem lange verabredeten Rendezvous und
es als Ehrensache ansah, pünktlich zu erscheinen. Paul dagegen wollte
weiterleben, seine Frau und seine Tochter lieben. In seinem tiefsten
Unglück nutzte er die wenige Zeit, die ihm blieb, um ihnen Worte zu
hinterlassen, die ihnen helfen könnten, allem Kommenden ins Auge
zu sehen. Ob der Brief sie noch erreicht hatte? Ich fürchte, nein.
  Nun spürte ich Tränen in mir aufsteigen, und in die Trauer um all
dies zerstörte Leben mischte sich ein ungeheurer Zorn über die Offiziere und Regierungsbeamten, die jede Spur ihres mörderischen Un-
ternehmens pedantisch aufbewahrt hatten. Erfüllte es sie mit Stolz,
tagtäglich mit großer Akribie dem hässlichen Geschäft der Verhaftungen nachzukommen, Listen mit Namen und Kennziffern zu erstellen und Akten anzulegen? War ihnen eigentlich bewusst, dass sie
Menschen verfolgten, weil deren Name anders klang, weil sie in einer
bestimmten Stadt geboren waren, weil sie ein Stück Stoff zu hoch oder
zu tief angebracht hatten?

Ich fragte mich, wie Vernunft und Mitgefühl so vollkommen ausgelöscht werden konnten und woher dieser eiskalte, borniert Stil kam, der aus heutiger Sicht wie unmittelbar vom Wahnsinn diktiert erscheint. Im Verhältnis dazu wirkte Willecot, der seinem Zweifel und seiner Unfähigkeit zu töten Ausdruck verliehen hatte, auf mich wie ein strahlender Held; er hatte zwar auch sein Leben gelassen, aber wenigstens darum gekämpft, sich seine Menschlichkeit im Innersten unversehrt zu bewahren.

Als wir im strahlenden Sonnenschein, der die Straßen des Vierten Arrondissements in grelles Licht tauchte, die Gedenkstätte verließen, überflog Violeta die Mauer der Namen. Unter all diesen Namen, schwindelerregenden zehntausenden Namen, suchte sie nach den Lipchitz und Zilbergs, ihrer Familie. Als sie sie gefunden hatte, presste sie ihre Handflächen an den von der Maisonne gewärmten Stein. Das war alles, was ihr von ihnen blieb, die letzte Spur, dass Pawel, Helena, Magda, Paul, Sonja und Denise lebendige Wesen waren, bevor sie zu Fällen fürs Protokoll wurden.

Lange stand sie so da.

Sie brauchte Zeit, um sie kennenzulernen, und hatte ihnen noch so viel zu sagen.

128

Den Rest des Nachmittags verbrachten wir damit, durch Paris an der Seine entlangzuspazieren. Zeit, um mit den plötzlich wiederaufgetauchten Schatten fertig zu werden, die uns mit ihren kurzen Geschichten voller Gewalt überfallen hatten. Die sonst so gesprächige Violeta sagte kaum etwas. Ich ahnte, dass eine ganze Vergangenheit, ein Leben in ihr bisher unbeschriebenes Gedächtnis einbrach. Sie musste erst Platz schaffen für diese jungen Toten, die kaum das Alter ihrer Kinder erreicht hatten, für ihr Gesicht, ihre Existenz, die auf einmal mit ihrer eigenen zusammentraf. Und wahrscheinlich dachte sie auch an ihre Mutter Suzanne, die so kurz davor gewesen war, diese Wahrheit zu erfahren, sie aber nie kennenlernte.

Nach dem Abendessen, bei dem sie fast nichts gegessen hatte, zündete sich meine Freundin eine Zigarette an, kniff in der Rauchwolke die Augen zusammen und fragte:

»Warum tust du das alles für mich, Elisabeth?«

»Es ist meine Arbeit«, antwortete ich.

Sie lächelte. Ein trauriges Lächeln.

»Das sagst du immer. Aber es ist nicht deine Arbeit, den Spuren meiner Großmutter nachzugehen. Oder denen eines Soldaten, von dem noch nie jemand etwas gehört hat. Abgesehen von meiner sehr alten, sehr bösen Tante natürlich.«

Ich war erschöpft, ausgelaugt von diesen Gefühlen, die mich auf Umwegen erreichten und die nicht meine waren. Ich drückte die Fingerspitzen auf meine Augenlider.

»Sagen wir, es beschäftigt mich. Ich brauchte etwas, um mich zu beschäftigen.«

»Wegen des Unglücks, das du erlebt hast?«

»Ja.«

531

»Du sprichst nie über deinen Mann. Was hat er denn beruflich gemacht?«

»Er war Professor für Römische Geschichte.«

»Du hast mir nie gesagt, woran er gestorben ist«, bemerkte Violeta ganz sanft, als ob sie spürte, dass diese Sache, die ich tief vergraben und vor die ich einen blickdichten Vorhang gezogen hatte, in meinem Innersten in aller Stille weiterbrannte. Ich ließ mir Zeit mit der Antwort.

»An den Folgen eines Hirntumors«, sagte ich schließlich.

Meine Freundin drückte ihre Zigarette aus, setzte sich neben mich und legte den Arm um meine Schultern.

»Willst du darüber reden?«

Ich weiß nicht, was los war und warum ich ausgerechnet in dem Moment nachgab, in dem ich den Eindruck hatte, mich so weit erholt zu haben, dass ich meine Trauer allmählich in den Griff bekam. Aber Ströme von Leid, die ich in mir trug, traten über die Ufer wie beim Anblick des Tierfriedhofs.

Ich erzählte Violeta alles. Ein unzusammenhängender Bericht, unterbrochen von Tränen und Zeitsprüngen, von der tödlichen Diagnose zum Tumor, der nicht operabel war, aber langsam genug, um dich mir zu entfremden und der Demenz Zeit zum Wachsen zu lassen; vom Alltag, der bald durch und durch bestimmt war von Arztterminen, Computertomographien, dem ganzen Reigen von Physiotherapeuten und Krankenschwestern, Morphium und Erbrechen. Von den Momenten, in denen wir nur noch zwei Menschen am Rand des Selbsthasses waren, schwankend zwischen Wut und Panik vor dem Schlimmsten, das erst noch kommen würde, unfähig, es, uns zu ertragen.

Ich erzählte von jenen Nächten, in denen du um vier Uhr früh aufwachtest und ein Taxi riefst, Lohnabrechnungen suchtest, auf gut Glück irgendeine Nummer wähltest, von jenen Tagen, an denen du mich bei einem Namen nanntest, der nicht meiner war, diesem unerbittlichen Versinken in der Umnachtung, von Liliane, die dreimal die Woche bei uns aufschlug und allen, die es hören wollten, immer wieder versicherte, dass ich nicht für dich sorgen könne. Ich erzählte von den letzten gemeinsamen Tagen und den letzten gewechselten Worten, die sich tausendfach an meiner Schädeldecke brachen: Du sagtest mit einer Klarheit, die ich seit Wochen nicht mehr an dir kannte, dass du mich nicht mehr sehen wolltest. Von dem Dornenkranz, der sich um mein Herz schlang. Und deinem erzwungenen Weggang nach Nizza, verfügt von deinem Sohn, der sich zu deinem Vormund hatte ernennen lassen und nun über dein Schicksal bestimmte.

Elf Monate bist du dort unten geblieben, bis du erloschen warst, während dir Tag um Tag mehr von dem abhandenkam, was dich mit dem Leben verbunden hatte, die Tür versperrt von deiner Exfrau, die deine Freunde nur noch gelegentlich zu dir vorließ, bis sie an deiner Stelle, weil du ja auch deine Sprache verloren hattest, verkündete, dass du niemanden mehr sehen wolltest. Die Tränen in deinen Augen, als ich ein letztes Mal in dein Zimmer durfte, sagten mir aber, dass du mich wiedererkannt hattest. Und manchmal wachte ich nachts auf, weil ich deine Hand nach meiner greifen spürte.

Von deinem Tod erfuhr ich erst eine Woche danach, aus *Le Monde*. Liliane und ihr Sohn wollten deine Freunde nicht auf deiner Beerdigung sehen und hatten den Ort geheim gehalten. Wir wussten auch nicht, ob sie deinen Letzten Willen beachtet hatten; ich war mir fast sicher, dass nein. Die dich gekannt hatten, waren halb verrückt vor Wut. Ich nicht. Ich hatte nicht mehr die Kraft, die despotische, verbitterte Exgattin zu verachten, die nur noch Einfluss auf ein Gespenst hatte. Ich hatte gar keine Kraft mehr.

Ich versuchte auch, Violeta das Grauen der Zeit danach zu erklären, als alles um mich herum zerfiel, das ganze Jahr nach der Nachricht von deinem Tod, in dem ich mich absolut nicht davon überzeugen konnte, dass du *wirklich* tot warst. Beim Aufwachen dachte ich weiterhin darüber nach, was wir den Tag über machen würden. Bis zu jener Dezembernacht, als mich der unerträgliche Gedanke durchfuhr, dass du *nicht mehr da warst*, dass du körperlos warst, dass du auf der Erde keine Spuren mehr hinterließest, wo du sie doch mit so viel Entschiedenheit und Humor bewohnt hattest.

Deine Exfrau blieb bis zum Schluss bei ihrer Haltung. Zwei Jahre nach deinem Tod wusste ich immer noch nicht, ob sie dich begraben oder eingeäschert hatten, wo deine Asche war, dein Grab. Ich hatte keinen Ort des Gedenkens.

Während ich mit Violeta sprach, überlegte ich, ob meine Klagen in ihren Augen unangemessen waren, wo sie doch erst am Nachmittag vom weit tragischeren Schicksal ihrer Verwandten – heillos aufgelöst im Himmel über Deutschland und Polen – erfahren hatte; aber zugleich wurde mir klar, dass wir in derselben Art Kummer vereint waren.

Violeta ließ mich ausweinen. Meine Traurigkeit habe sie bei meiner Ankunft in Lissabon an die der verunglückten Kinder erinnert, die manchmal zu ihr ins Krankenhaus kamen.

»Deshalb habe ich dich gebeten zu bleiben. Ich konnte ja nicht vorhersehen, was dann passierte.«

Daraufhin weinte ich noch bitterlicher. Bei Samuel war ja wirklich nichts vorhersehbar. Wie hatte ich mir vorgeworfen, dass ich mich von der Erinnerung an dich löste und mir einen anderen wünschte, der in mir den Platz deines Körpers einnähme, und das alles nur, um mir eine andere Art Abwesenheit einzuhandeln, unter der ich fast noch mehr litt, weil sie unberechenbar war und mich Tag für Tag durch ebendiese Unberechenbarkeit zerstörte.

»Hast du das alles meinem Bruder erzählt?«

»Nein.«

»Warum sprichst du nicht mit ihm?«

Ich schüttelte den Kopf.

»Weil er, kaum dass er da ist, schon wieder verschwindet. Einmal habe ich den Eindruck, er hängt an mir, dann flieht er vor mir, ohne dass ich verstehe, warum. Ich frage mich langsam, ob er mich wirklich liebt.«

»Er liebt dich«, sagte Violeta. »Ich kenne ihn, und ich kann dir versichern, dass er dich liebt.«

»Warum spielt er dann dieses Spiel?«

»Ich weiß es nicht. Früher war er nicht so. Die Trauer hat ihn auch verändert.«

»Was ist passiert?«

Violeta strich mir eine Haarsträhne aus der Stirn. Sie seufzte.

»Samuels Frau ist durch einen Unfall gestorben. Sie ist ertrunken.«

»Gibt es einen Bezug zu diesen Gefängnisgeschichten, von denen Sibylle geredet hat?«

»Mein Bruder hat absolut nichts verbrochen. Er hatte sogar ein Alibi. Die Polizei hat nur nicht lockergelassen, weil er Anwalt ist, das ist alles.«

Violeta strich mir zärtlich über die feuchten Wangen, um mir die Tränen abzuwischen. Ich schloss die Augen und dachte, dass ich für solche Momente meine Mutter gern ein wenig länger gekannt hätte; vielleicht hätte ich dann nicht Trost mit Liebe verwechselt und von einem Mann die Fürsorge erwartet, die er sich selbst nicht geben kann.

129

Frontabschnitt V., 25. Mai 1916

Mein lieber Anatole,

statt Urlaub (schon wieder gestrichen) haben sie uns drei zusätzliche Ruhetage bewilligt. Die 177er sind müde und mitgenommen, und als Vidalies uns heute früh zur Holzhackerfron schicken wollte, hat sich die gesamte Truppe verweigert. Soll doch dieser Trottel zum Teufel gehen! Schweren Herzens nahmen Gallouët, Picot und ich die Szenen aus dem Muschkotenleben wieder auf. Wir denken an unseren guten Kameraden Lagache, seine Seele ruhe in Gott.

Was Du über Jeannes Gesundheitszustand schreibst, betrübt mich sehr. Ob ihre Neurasthenie mit den Folgen dieser schwierigen Geburt zusammenhängt? Frag doch Blanche, ob sie sie diesen Sommer nicht für ein paar Wochen mit Céleste nach Othiermont einladen möchte, bis sie wieder gesund ist. Ihre Gesellschaft wird meiner Schwester und unserer kleinen Sophie außerordentlich guttun.

Mit dem Porträt von Frédéric und Eugénie hast Du mir eine ungeheure Freude gemacht. Wie groß Deine Kinder geworden sind! Richte bitte meiner Patentochter aus, dass ihr Patenonkel an der Front sie ganz innig umarmt.

Ich wäre Dir sehr dankbar, wenn Du mir neue Filme schickst, sobald Du kannst. Zwei habe ich ruiniert, weil ich sie in den Schmutz fallen ließ. Und um nichts in der Welt möchte ich die Gelegenheit verpassen, Dir das heldenhafte Leben unserer Truppe bei der Verteidigung der edlen Sache zu zeigen.

In Dankbarkeit und Zuneigung
Alban

Violaine White, die ehemalige Widerstandskämpferin, die zur Zeit des Jour-Franc Tagebuch geführt hatte, hatte uns in ihre Wohnung in der Rue du Faubourg Saint-Martin eingeladen. Am Tag nach unserem Besuch in der Gedenkstätte gingen wir dorthin. Die alte Dame wohnte im Gebäude einer ehemaligen Korsettfabrik, an dessen Giebel noch das mit goldenen Buchstaben bemalte Firmenschild hing. Sie öffnete uns selbst, und ich muss sagen, dass sie nicht meiner Vorstellung einer Neunzigjährigen entsprach: Das Alter hatte sie zwar gebeugt, aber sie ging ohne Stock, ihr Blick war lebhaft, und ihre Stimme hatte sich die Frische des jungen Mädchens bewahrt, das sie einmal war. Sie bat uns herein, bot uns Tee an (abgelehnt) oder Kaffee (angenommen) und fragte mich, ob ich so nett wäre, das Tablett mit den Tassen ins Wohnzimmer zu tragen. Auf Einladung von Violaine nahm Violeta in einem Sessel ihr gegenüber Platz.

»Philippe Février sagte mir am Telefon, Sie suchen jemanden, den ich vielleicht kannte. Um wen geht es?«

»Um meine Großmutter, Tamara Zilberg.«

»Bitte sprechen Sie lauter, ich werde ein wenig schwerhörig.«

Violeta wiederholte den Namen und nannte auch den von Lipchitz.

»Es tut mir leid, aber diese Namen sagen mir rein gar nichts.«

»Und Victor Ducreux?«, fügte ich hinzu.

»Auch nicht.«

Dann zog Violeta das aus der Akte der Gedenkstätte kopierte Foto aus ihrer Tasche und zeigte es Violaine.

»Das ist sie.«

Violaine setzte eine dicke Hornbrille auf.

Lange betrachtete sie das Foto und legte es dann auf das Tablett.

»Thérèse, Thérèse Santeuil. Sehen Sie, ich habe mir gleich gedacht, dass das nicht ihr richtiger Name war. Ist das in ihrem Arm ihre Tochter?«

»Ja. Das ist meine Mutter Suzanne.«

»Ihre Mutter war Thérèses Tochter? Wann ist dieses Kind denn geboren?«

»1938.«

Violaine zog die Augenbrauen hoch.

»Soll das heißen, dass ihre kleine Tochter überlebt hat?«

»Warum? Dachten Sie, dass sie gestorben ist?«

»Das hat Thérèse oder Tamara mir gesagt.«

Violeta war sprachlos und musste den Schock erst verdauen. Die Geschichte war offenbar komplizierter, als wir gedacht hatten. Wir mussten wohl noch einmal von vorn anfangen.

»Woher kannten Sie Thérèse Santeuil, Madame White?«, fragte ich Violaine.

»Meine Brüder hatten 1942 in Lyon ein kleines Widerstandsnetz namens Jour-Franc gegründet. Thérèse war in dem Sommer aus Paris gekommen. Ich weiß nicht, was sie vorher gemacht hat. Mein Bruder lernte sie an der Uni kennen und brauchte nicht lange, um herauszukriegen, wo ihre Sympathien lagen. Sie hat sehr schnell von sich aus zu verstehen gegeben, dass sie helfen wollte.«

»Was hat sie gemacht?«

»Dasselbe wie ich: Flugblätter transportiert, falsche Papiere weitergegeben, Artikel für unser Bulletin geschrieben. Ab und zu sind wir uns über den Weg gelaufen. Sie konnte sehr gut schreiben, kühn und bissig. Ich erinnere mich, dass sie Pétain und Laval nie anders genannt hat als den Trottel und den Heuchler.«

»Und wovon lebte sie?«

»Das weiß ich nicht. Wir vermieden es, über uns zu reden, das hielten wir strikt getrennt. Sie war an der Uni eingeschrieben, in Geschichte, aber nur zur Tarnung. Wie die beiden anderen Jungen aus Paris.«

»Wer?«

»Die beiden Jungen, die später nachkamen. Den ersten nannten wir ›Ravel‹, weil er manchmal auf dem verstimmten Klavier im Studentenwohnheim spielte. Der andere, Jérôme, hieß bei uns ›der Anwalt‹, ich weiß nicht, wieso. Vielleicht weil er so gern recht hatte … Er machte Thérèse schöne Augen, aber sie stand ›Ravel‹ nahe.«

»Hatte sie etwas mit ihm?«, fragte Violeta.

»Das weiß ich nicht. Aber, wie gesagt, Thérèse war verschwiegen.«

»Kennen Sie die Familiennamen der Jungen?«, fragte ich.

»François Sirier und Jérôme Hollot. Aber die waren ganz sicher falsch. Ravel kam aus einer reichen Familie, vielleicht war er adelig. Er sprach Englisch wie ein Engländer. Aber Stammbaum war damals nicht besonders wichtig. Er war mutig und voller Temperament. In der Hinsicht ähnelten sich Thérèse und er übrigens ein bisschen. Ravel ging im Sommer 42 in den Maquis und übernahm dort sofort Verantwortung.«

»Und der andere?«

»Jérôme? Er ist in Lyon geblieben. Er hatte offenbar einmal Tuberkulose und daher eine empfindliche Lunge. Ich mochte ihn nicht besonders, muss ich gestehen.«

Violaine machte eine Pause und trank einen Schluck Wasser. Unser Besuch hatte bestimmt viele Erinnerungen in ihr aufgerührt. Violeta sagte nichts; ihr sonst so leuchtendes Gesicht verdunkelte sich. Da nahm das Gespenst der Großmutter, die für Violetas Mutter zur bohrenden Frage geworden war, durch den Bericht einer Kameradin aus dem Widerstand auf einmal Gestalt an. Und zugleich wurde deutlich, dass die Entscheidung für den Kampf quasi alles Vorausgegangene ausgelöscht hatte und es in dieser Zeit für Tamara weder Tochter, Mann noch Familie gab.

Violaine White stellte ihre Tasse ab und seufzte leise. Sie sah Violeta an.

»Wissen Sie, ich habe Ihre Großmutter nicht gut gekannt, aber sie war eine schöne Frau. Irgendwie … anders.«

»Hat sie mit Ihnen über ihre Familie gesprochen?«

»Sehr wenig. Es war damals keine Zeit für Vertraulichkeiten. Ich erinnere mich nur an ein Mal, als wir nach Bron fuhren. Da erzählte mir Thérèse, sie suche nach ihrer Mutter und ihrem Mann. So erfuhr ich, dass sie einen hatte.«

»Wusste sie, wo er war?«

»Das weiß ich nicht. Sie wich bewusst aus. Ravel sagte mir einmal, da, wo er sei, habe sie wenig Chancen, ihn wiederzusehen, aber das wollte sie sich nicht eingestehen.«

»Paul war ab April 1942 in Drancy interniert. Er wurde nach Auschwitz gebracht«, sagte Violeta.

»Ist er von dort wiedergekommen?«

»Leider nein.«

»Natürlich, Thérèse muss gewusst haben, dass er dort war.«

»Und ihre Tochter?«, fragte Violeta. »Hat sie Ihnen etwas über ihre Tochter erzählt?«

Violaine dachte kurz nach.

»An einem Abend haben wir unser Bulletin eingepackt. Wir sprachen über unsere Pläne nach dem Krieg. Ich fragte sie, ob sie Kinder haben wollte. Sie sagte darauf nur: ›Ich hatte ein Kind.‹ Genau so, in der Vergangenheit.«

»Haben Sie nicht nachgefragt?«

»Das hätte ich nicht gewagt. Ich kann mich noch an ihren Blick erinnern … Ravel erzählte mir, was geschehen war, ich musste schwören, sie nie darauf anzusprechen. Thérèse habe ihre Tochter zu Anfang des Krieges in Sicherheit bringen wollen. Da begriff ich erst, dass sie Jüdin war.«

Stille trat ein.

»Ravel zufolge waren ihre Tochter und ihr Bruder tot. Sie hatten ein Schiff in die Staaten genommen, aber ein Brand brach aus, und das Schiff musste umkehren. Der Onkel und die Kleine erstickten in einem Dritte-Klasse-Abteil. Thérèse hat sich sicher furchtbare Vorwürfe gemacht, sie allein losgeschickt zu haben.«

»Warum, denken Sie, ist sie nicht mit ihnen gegangen?«

»Ich weiß es nicht.«

Violeta schwieg.

»Und wie hat sie von ihrem Tod erfahren?«

»Über den ›Anwalt‹, glaube ich. Er kannte irgendwen im Ministerium.«

Ich war verwirrt. Hatte dieser Jérôme womöglich Ari Zilberg und Suzanne Ducreux mit zwei anderen Unglücklichen verwechselt? War er selbst falsch informiert worden? 1942 jedenfalls lebten Ari und Suzanne gesund und heil in Portugal. Und Ari versuchte alles, um mit seiner Schwester über heimlich verschickte Nachrichten Kontakt aufzunehmen; das hatte er seiner Nichte und auch Violeta oft genug erzählt. Warum also dieses Schweigen Tamaras? Unvorstellbar, dass sie aus Lyon wegging, ohne eine Adresse zu hinterlassen, und damit die letzte Chance aufs Spiel setzte, ihre Familie wiederzufinden.

»Wenn ich richtig verstehe«, nahm Violaine den Faden wieder auf, »hat die Geschichte mit dem Schiffbruch nicht gestimmt.«

»Nein, sie hat nicht gestimmt.«

Die alte Dame legte ihre fleckige Hand auf die Violetas und drückte sie ein paar Sekunden.

»Mein liebes Kind, das ist schrecklich. Sich vorzustellen, dass Thérèse mit diesem Kummer gelebt hat, während ihre kleine Tochter am Leben war. Was ist aus ihr geworden?«

Violeta erzählte ihr, wie sie in Portugal angekommen waren und sich niedergelassen hatten, von Aris und Suzannes vergeblicher Suche. Und schließlich von Maurice Hippolytes Brief rund fünfzig Jahre später.

»Der liebe Maurice«, sagte Violaine, »jetzt ist er tot. Ein guter Kamerad. Ein bisschen naiv, aber so nett mit uns Mädchen. Ich bin wohl die letzte Überlebende unseres Kreises.«

Erst in dem Moment wurde mir bewusst, dass Violaine White eine sehr alte Frau war und ihr angesichts des nahenden Todes jeder Tag unwahrscheinlicher als der vorhergehende erscheinen musste.

»Und Tam … Thérèse«, fragte ich, »blieb sie bis zum Ende des Krieges bei Ihnen?«

Violaine seufzte.

»Ja und nein. Sie machte noch andere Sachen parallel.«

»Was für Sachen?«

»Das ist schwer zu erklären.«

Ihr Vorbehalt war spürbar. So sanft wie möglich fragte Violeta nach: »Würden Sie so nett sein und es uns sagen? Es ist äußerst wichtig für mich.«

»Ich glaube, sie fing an, Umgang mit deutschen Offizieren in Lyon zu pflegen.«

Ich sah, wie meine Freundin erstarrte.

»Sie sollten das nicht missverstehen«, sagte Violaine. »Mein Bruder André hatte deshalb mit ihr Streit, aber ich glaube, sie wollte nur diejenigen aus ihrer Familie wiederfinden, die verhaftet worden waren. Dafür waren ihr alle Mittel recht. Es war ihr gelungen, zwei Leutnants aufzutreiben, die behaupteten, gegen Hitler zu sein. Tatsächlich haben sie uns, dem Netz, geholfen, uns Namen von gefangenen Kameraden zugesteckt, Daten von geplanten Verhaftungen, Passierscheine … bis einer von ihnen denunziert und inhaftiert wurde. In den darauf folgenden Tagen war Thérèse sicher, dass sie auch verhaftet würde, aber nichts geschah. Wir schlossen daraus, dass Frankwalt nicht geredet hatte.«

Violaine machte eine Pause, ihr Gesicht verdunkelte sich.

»Danach wurde es richtig schlimm.«

»Ist etwas passiert?«, fragte Violeta leise.

Die alte Dame sah meine Freundin an. Ihr Blick war von Kummer verschleiert.

»Ja, es ist etwas passiert.«

132

Violaine Whites Stimme klang tieftraurig. Als ob ihr jedes Wort schwerfiele.

»Eines Morgens sollte ich Thérèse an der Uni treffen wegen einer Lieferung unseres Hefts. Sie kam nicht. Dafür fielen mir zwei schwarz gekleidete Männer auf, die auf dem Campus herumstanden. So wie die aussahen, war das Polizei oder Gestapo. Ich begriff, dass sie unseretwegen da waren.« Violeta erblasste. Violaine fuhr fort:»Ich tat so, als ob ich in einen Hörsaal wollte, ging durch die Hintertür wieder hinaus und rannte zu der Schwester meines Verbindungsmanns, eines Lateindozenten. Sie sagte mir, dass ihr Bruder Jean-Louis in der Nacht mit fünf anderen unserer Kameraden im Studentenwohnheim verhaftet worden war. Thérèse und Jérôme nahmen an der Razzia teil. Ich begriff, dass wir denunziert worden waren und ich besser nicht nach Hause gehen sollte.«

Violaine trank einen Schluck Kaffee. Er musste längst kalt sein, aber sie schien es nicht zu bemerken.

»Ich rief von einem Café aus zu Hause an. Meine Schwester Marie-Louise sagte mir, dass unsere deutschen Cousins am Vorabend vorbeigekommen seien und nach Elise gefragt hätten. Die Gestapo kannte meinen Decknamen, meine Tarnung war verbrannt. Ich musste Ravel und die anderen informieren. Aber ich traute mich nicht, zur Uni zurückzugehen, um mein Fahrrad zu holen, und ich hatte keinen Sou in der Tasche. Also fuhr ich schwarz mit der Tram zu einem Freund an der Place des Terreaux. Ohne Diskussion schluckte er die Geschichte von einem Streit mit meinen Eltern, weil ich außer Haus übernachtet hätte. Faktisch schlief ich schon seit längerem immer woanders. Ich musste einen Weg finden, in den Maquis zu gelangen. Ich malte mir meine Situation aus: eine Zwanzigjährige ohne Kommunikationsmöglichkeiten, die einen Gutteil ihrer Kameraden in einer Nacht verloren hatte, selbst knapp der Verhaftung entgangen war und nun unter tausend Gefahren zu retten versuchte, was noch zu retten war. Und weil ein Unglück selten allein kommt, fing es auch noch an zu schneien. Selbst mit meinem Fahrrad wäre ich nie bis zur Vallée d'Azergues gekommen. Den ganzen folgenden Tag versuchte ich, unseren Funker zu erreichen, der wusste, wie man Ravel kontaktieren konnte. Aber er ging nicht ran. Ich musste bis zum nächsten Tag warten, bis ein Weinhändler, den ich kannte, mit seinem Kesselwagen dorthin fuhr. Wenn wir in eine Kontrolle geraten wären, hätten wir gesagt, dass ich seine Cousine bin. Ohne Plan und Anweisungen versuchte ich eben, so gut wie möglich zu improvisieren.«

Es gibt eine Art von Kaltblütigkeit, die nicht jedem gegeben ist, eine besondere Intelligenz im Angesicht der Gefahr. Ganz offensichtlich gehörte Violaine zu denen, die sie besaßen.

»Als ich endlich dort war, ging ich zu dem Bauernhof, wo ich immer haltmachte, wenn ich Botschaften für den Maquis überbrachte. Ich klopfte an die Tür, aber niemand öffnete. Also dachte ich, dass die Besitzer wohl auch von den Deutschen verhaftet worden waren. Ich hatte nur meine Kleider von vor zwei Tagen am Leib, einen Wollrock und einen dünnen Pulli unter meinem Regenmantel. Und ich hatte seit vierundzwanzig Stunden nichts gegessen. Mit klappernden Zähnen stand ich auf dem Hof. Schließlich verkroch ich mich in der Scheune, um mich bei den Tieren aufzuwärmen. Dort fand mich der Bauer Henri gegen fünf Uhr nachmittags. Er kam gerade vom Maquis zurück. Er ließ mich ins Haus und gab mir eine Schüssel heiße Suppe, Brot und Käse. Er und seine Frau erzählten, dass die Deutschen am Vorabend zu ihnen hochgekommen waren und »aufgeräumt« hatten. Ravel und drei weitere waren tot, auf der Stelle erschossen. Die anderen, darunter meine beiden Brüder, hatten glücklicherweise fliehen können.«

Violaine hörte auf, den Keks zu martern und ihn mechanisch zu zerkrümeln.

»Von ihm erfuhr ich auch, dass Frédéric, ein Kamerad, unter den Erschossenen war.«

Die Jahre waren vergangen, aber ihr Leid war immer noch da, fast greifbar. Violaine hatte an jenem Tag den Jungen verloren, den sie liebte. Violeta wartete eine Weile, dann fragte sie: »Wissen Sie, was aus den verhafteten Studenten geworden ist?«

Violaine seufzte tief.

»Vier unserer Kameraden, die das Bulletin verfassten, wurden erschossen, nachdem man sie gefoltert hatte. Auch Andrés Onkel, der Drucker. Über Jérôme, den »Anwalt«, wussten wir nichts Genaues; jemand erzählte, dass er tot sei. Jedenfalls war er nicht mit den anderen erschossen worden.«

»Und Thérèse?«, fragte Violeta.

»Sie wurde verhört und einen Tag später der französischen Miliz übergeben. Niemand hat sie je wieder gesehen.«

»Was meinen Sie, hätte sie überleben können?«

»Madame Ducreux, ich will Ihnen nicht weh tun …«

»Ich will die Wahrheit wissen«, unterbrach Violeta.

»Die Wahrheit kenne ich nicht. Ich habe nur gehört, dass der Bruder eines Kameraden, der zur gleichen Zeit eingesperrt war, Thérèse im Raum nebenan stundenlang schreien hörte. Die Gestapo von Lyon war eine der schlimmsten, und die Miliz war nicht besser. Eigentlich hatte ich all die Jahre gehofft, Thérèse wäre gestorben. Und zwar möglichst schnell.«

133

Als er den Raum betrat, schlug ihm der Geruch entgegen. Eine Mischung aus Angst und Gewalt. Tamara saß mit angebundenen Händen und geschlossenen Augen auf einem Stuhl. Die Haare zerrauft, die Wangen von Schlägen geschwollen. Aber ihre Kleidung war intakt, was bewies, dass Lémieux sich an ihre Abmachung gehalten hatte. Für den Preis bekäme die Miliz ihre Kiste englische Zigaretten. Er schloss sorgfältig die Tür hinter sich. Die Gefangene fuhr hoch, öffnete die Augen und kauerte sich auf ihrem Stuhl zusammen – binnen weniger Stunden hatte sie die Sprache der Angst gelernt. Ein Teil seiner selbst schämte sich kurz. Der andere nicht. Er ging auf die junge Frau zu, die ihn verdattert ansah, und hob ihr Kinn mit dem Zeigefinger an. Sie schauderte bei der Berührung, aber er tat, als hätte er es nicht bemerkt.

»Soll ich dich losmachen?«, fragte er, die Stimme unendlich sanft.

Sie brauchte mehrere Sekunden, bis sie nickte. Sie hatte so geschrien, dass ihre Stimmbänder nicht mehr zu gebrauchen waren.

Mit seinem Messer durchschnitt er ihre Fesseln, bemüht, die Schneide möglichst nah an ihrer Haut entlangzuführen. Es bereitete ihm eine irre Lust, sie so zu sehen, jedes Mal erbebend, wenn das kalte Metall ihr Handgelenk berührte. Er stand über ihr und atmete ihren säuerlich nach Schweiß riechenden animalischen Geruch ein, berauschte sich daran wie an der Verheißung der kommenden Stunden. Im Hotel würde er sie als Erstes baden, um die Spuren der anderen Männer auszulöschen. Im warmen Dampf würde er neben ihr stehen und den Körper betrachten, den sie ihm so lange verweigert hatte.

Tamara unterdrückte eine Grimasse des Schmerzes, als er die letzte Fessel durchtrennte. In einem Reflex massierte sie sich die Handgelenke. Er betrachtete ihre langen, schmalen Hände, die schwer zu

547

öffnen waren. Ja, sie hatten sie ziemlich zugerichtet. Aber die Angst musste sein. Angst vor den Fäusten, die immer und immer wieder auf ihre Knochen donnern würden, Angst vor den Fingern, die an ihren Brustwarzen zerren würden, und vor den Schwänzen, die ihren Bauch durchwühlen und sie von innen zerreißen würden. Sie sollte bereit sein, alles zu akzeptieren, um dem zu entgehen.

»Fragst du mich nicht, was ich hier mache?«

Sie sagte nichts. Während sie sich mühsam erhob, blickte sie ihn weiter misstrauisch an. Wie er sie losgemacht hatte und dass er überhaupt hier war … sie fing an zu verstehen. Er nahm ein Päckchen Zigaretten aus seiner Tasche und zündete sich eine an. Als das Ende der Zigarette in der Flamme des Feuerzeugs aufglühte, sah er, wie Tamaras Pupillen sich vor Entsetzen weiteten.

»Ich bin gekommen, um dich zu holen.«

Sie schwieg und massierte sich weiter die Handgelenke, deren Haut sich nach und nach schwärzlich färbte. Sie ließ die Glut nicht aus den Augen; als er ihr die Zigarette zwischen die Lippen schieben wollte, damit sie einmal ziehen könnte, zuckte sie zurück. Er nahm ihr die Zigarette gleich wieder weg, rauchte sie zu Ende und trat den Stummel mit dem Absatz aus, bevor er sich vor Tamara aufbaute. Mit einem Finger zeichnete er das Oval ihres Gesichts nach. Dann kippte er sie ohne Vorwarnung rücklings auf den Tisch und hielt sie mit beiden Händen an den Hüften fest.

Obwohl ihr Körper nur noch eine schmerzende Masse war, begann Tamara, sich stumm zu wehren, als die Lippen des Mannes ihren Hals hinunterwanderten. Sie spürte seinen widerlichen Speichel auf ihre Haut tropfen. Er hatte jetzt eine Hand unter ihr Seidenkleid geschoben und wollte ihr zwischen die Beine greifen.

»Komm her.«

Er zog die Hand wieder zurück, um seinen Gürtel zu öffnen. Scheiß auf Hotel und Badewanne, er konnte nicht mehr warten. Er hielt sie an den Haaren fest und bog ihren Kopf so weit nach hinten, als wollte er ihr den Hals brechen.

»Wenn du dich rührst, erwürg ich dich«, zischte er.

Sie wehrte sich, aber ihr fehlte die Kraft.

Mit einer schnellen Bewegung zerriss er ihren Slip. Doch kurz bevor er in sie eindrang – eine Vorstellung, die ihn während all dieser Jahre zur Raserei getrieben hatte –, ließ ihn ein furchtbarer Schmerz zwischen den Beinen aufschreien: Tamara hatte ihre letzten Kräfte gesammelt und ihm ihr Knie hineingerammt. Er holte aus, um sie mit der Faust ins Gesicht zu schlagen, rutschte aber, behindert von der Hose um seine Knöchel, auf dem schmierigen Boden aus und fluchte wie ein Kutscher.

Tamara schaffte es nicht, die Tür zu erreichen. Ein Milizionär war eingetreten und drehte ihr die Arme auf den Rücken; wütend, dass er in dieser Stellung überrascht wurde, knöpfte sich Victor eilig die Hose zu. Er fühlte eine rasende Wut in sich aufsteigen, eine uralte Wut, die er nur zu gut kannte. Seit Jahren konnte er wegen der kleinen Schlampe nachts nicht schlafen. Sie machte ihn wahnsinnig. Das ging so weit, dass er die Huren, zu denen er ging, um sich zu erleichtern, danach aussuchte, ob sie ihr ähnlich sahen, zumindest ein bisschen; anschließend ohrfeigte er sie brutal, um sie für das zu bestrafen, was sie ihm verweigerten.

Seit zwei Jahren hatte er alles für sie getan. Er hatte ihr geholfen. Hatte ihr Geld gegeben, Papiere besorgt. Hatte sie hierhergebracht. Ja, auch angelogen. Trotz der Demütigung konnte er sich nicht entschließen, jetzt, da er wirklich Macht über sie hatte, von ihr abzulassen, noch nicht. Er näherte sich Tamaras Gesicht bis auf wenige Zentimeter.

»Ich geb dir eine letzte Chance.«

Tamara, die Arme noch immer auf den Rücken gedreht, sah ihn wortlos an. Er packte sie bei den Haaren und riss mit aller Kraft daran, so dass er ihr fast das Genick brach.

»Du bittest mich auf Knien um Vergebung. Und ich hol dich hier raus. Du hast zehn Sekunden.«

Sie würde einwilligen. Was sollte sie sonst tun? Er wusste schon, *wie sie für das, was sie eben getan hatte, bezahlen müsste. Hinknien würde bei weitem nicht reichen. Er kam mit seinem Gesicht ganz nah an ihres und murmelte:* »Deine letzte Chance, Tamara.«

Ohne sofort zu begreifen, was geschah, sah er den Anflug eines Lächelns auf ihren geschwollenen Lippen. Einen Augenblick lang glaubte er, alles ließe sich noch ungeschehen machen, und durch eine Kontraktion der Zeit könnten sie füreinander werden, was sie schon immer hätten sein sollen seit jenem ersten Abend, als sie die letzte Note von Der Tod und das Mädchen *im Konzertpavillon von Dinard verklingen hörten, während der erotische Salzgeruch in Schwällen vom Meer heranwehte und er sich mit jeder Minute mehr in diese rothaarige junge Frau verliebte, deren unglaubliche Augen ihn jedes Mal durchbohrten, wenn sie ihn ansah, nicht ahnend, welche Verheerungen sie damit anrichtete. Tagelang hatte ihr Blick ihn verfolgt, zum ersten Mal in seinem Leben hatte er dieses Gefühl der Enge in der Brust, wie ein Ertrinkender, als er auf den Restaurantterrassen und im Foyer des Grandhotels wie besessen nach ihr suchte, bis er sie mit ihrer Mutter auf dem Marktplatz traf. Ja, einen Augenblick dachte er, dass noch nichts verloren war.*

Da spürte er die lauwarme Spucke über seine Wange laufen.

Langsam.

Er hielt ihrem Blick stand. Sie musste nichts mehr sagen, er hatte verstanden, dass es zwecklos war, dass sie bis zum Ende dem anderen gehören würde. Das war so unabwendbar wie die Strömungen des Meeres und die Bahnen der Planeten. Dieser große, dürre Jude, den er dorthin geschickt hatte, von wo es keine Wiederkehr gab, war der einzige Mann, den sie liebte und immer lieben würde.

Tamara zitterte nicht mehr. Sie war im Aufbruch, schon sehr weit weg von ihnen. Unterwegs zu ihrer Mutter, zu Paul, zu Suzanne, zu Ari, ins Nichts, das ihnen gemeinsam sein würde. Sie wusste, die Männer in Schwarz würden sie schlagen, immer und immer wieder, sie zu Tode vergewaltigen. Aber sie stand da, unbeugsam, ein einsamer Komet, an dem sein Begehren abprallte.

Auf einmal erschien sie ihm noch einmal würdevoller, trotz der Wundmale auf ihren Wangen, mit ihrem zerrissenen Slip und dem besudelten Kleid in diesem siffigen Raum, so viel größer als er. Zum ersten Mal war er des Bösen, das er anderen antat, müde.

»Du hast es so gewollt. Lémieux, sie gehört dir.«

134

Zwei Tage nachdem sie wieder in Lissabon war, schrieb mir Violeta eine Mail. Sie bedankte sich, dass ich mit ihr zum Mémorial gegangen war. Sie sei froh, mit Violaine White gesprochen zu haben, auch wenn die Erkenntnisse, die ihr die ehemalige Widerstandskämpferin vermittelt habe, für sie schmerzlich gewesen seien. Sie würde sich nun leichter an die Geschichte ihrer Großeltern erinnern können, so tragisch sie auch war, da Tamara sich nun stärker *verkörpert* habe – das war das Wort, das sie gebrauchte. Ich hatte gespürt, wie sehr sie die paar Tage in Frankreich mitgenommen hatten. In der Abflughalle sagte sie nur einen einzigen Satz: »Ich glaube, diesmal schaffe ich es, mit dem Rauchen aufzuhören.« Dann ging sie, ohne sich umzudrehen, zur Sicherheitskontrolle.

Zum Schluss schrieb meine portugiesische Freundin, sie bedaure zwei Dinge: dass ihre Mutter aufgewachsen sei, ohne die Wahrheit zu erfahren, und dass niemand wisse, wo Tamara begraben sei – es sei ja illusorisch zu glauben, sie hätte ihre Verhaftung überlebt.

Ich schloss das Mailbox-Fenster und klickte auf den Ordner mit meinem aktuellen Buch. Es wurde Zeit, dass ich mich wieder an die Arbeit machte und zu meinen Toten zurückkehrte, zu Alban mit seinen Briefen, zu Diane mit ihrem Tagebuch und meinem Projekt, sie dem Vergessen zu entreißen. Die Geschichte der Zilbergs und Lipchitz war keine, die ich hätte erzählen können: Nicht, dass sie mich nicht berührte, aber sie ging mit einer Erinnerung und einem Schmerz einher, beides viel zu intim, um es zu teilen. Ich konnte nachempfinden, würde sie jedoch nie ganz begreifen.

Aber es gab noch dieses letzte Bedauern in Violetas Mail, und das verstand ich sehr wohl. *Ich hätte gern gewusst, wo meine Großmutter begraben ist.* Während mir die Worte den ganzen Vormittag durch den Kopf gingen, klickte ich mich zerstreut durch Alban de Willecots Bilder auf meinem Monitor. Hatte ich wirklich alles getan, was ich konnte, alle Hebel in Bewegung gesetzt, um uns auf eine Fährte zu setzen? Diese Frage ließ mich nicht los. Nachdem ich ein, zwei Stunden damit verbracht hatte, Sätze aufzuschreiben und sie gleich darauf wieder zu löschen, fiel mir Jean-Noël Ozanam wieder ein, der Autor des Buches über den Widerstand in Lyon. Er hatte nie auf meine Nachricht geantwortet. Wusste aber offensichtlich nicht, dass Thérèse Santeuil Tamara war: Wenn ich mit dieser neuen Information zu ihm käme, wäre er vielleicht bereit, mit mir zu sprechen.

Auf der Website der Universität von Bordeaux brauchte ich nur zwei Klicks, um seine Kontaktdaten herauszufinden. Aber unter seiner Telefonnummer antwortete niemand. Ich schickte eine zweite Nachricht an seine E-Mail-Adresse, dass ich Informationen über Jour-Franc hätte, und gab ihm meine Handynummer. Um ehrlich zu sein, hatte ich keine Hoffnung, dass der Historiker, der sicher wie all seine Kollegen überarbeitet war, mich zurückrufen würde. Und doch klingelte mein Telefon noch am selben Tag um fünf Uhr nachmittags.

»Jean-Noël Ozanam hier, Sie hatten versucht, mich zu erreichen?«

Ich sagte ihm, wer ich war, und erklärte in groben Zügen den Grund meines Anrufs. Ich merkte an der gekünstelten Ausdrucksweise des Wissenschaftlers, dass er sich bedeckt halten wollte. Als ihm aber klargeworden war, dass wir nicht dasselbe Feld beackerten, wurde er offener. Ich erzählte ihm von meinem Treffen mit Violaine White und enthüllte ihm die wahre Identität von Thérèse Santeuil. Wie vermutet, wusste er davon nichts. Aber der Name Tamara rief ebenso wenig Assoziationen in ihm hervor wie der Name Lipchitz. Außerdem teilte ich ihm eine meiner Hypothesen mit, die ich schon Violeta dargelegt hatte: Mir erschien es sehr wahrscheinlich, dass es sich bei dem Mann mit dem Decknamen Ravel um Victor Ducreux handelte.

»Warten Sie, warten Sie«, warf Ozanam, plötzlich ganz aufgeregt, ein. »Bis jetzt ist es noch niemandem gelungen, Ravel zu identifizieren. Was macht Sie so sicher?«

Das Bündel von Annahmen, die sich um Victor gruppierten, ließ meines Erachtens dem Zweifel immer weniger Raum: die belegten Verbindungen zwischen ihm und Tamara, ihre gleichzeitige Immatrikulation an der Medizinischen Fakultät. Und vor allem die Adresse, Rue Vavin 4, an die, wie Violeta festgestellt hatte, Ari seiner in Frankreich zurückgebliebenen Schwester geschrieben hatte. Dort wohnte aber auch Victor Ducreux, wie ein Blick in die Notizen, die ich mir bei meinem Besuch in der Medizinischen Fakultät gemacht hatte, mir bestätigen konnte. Deshalb hatte ich in der Gedenkstätte ein Gefühl von Déjà-vu beim Anblick von Paul Lipchitz' gefälschtem Ausweis gehabt, in dem dieselbe Adresse als Wohnort angegeben war. Ich schloss daraus, dass Victor seinen Kameraden dort beherbergt oder ihn zumindest dabei unterstützt hatte, diese falschen Papiere zu bekommen. Fügte man noch sein perfektes Englisch (ein Überbleibsel der zwei Jahre Cedar Mansions?) hinzu und die Beteiligung am Widerstand an der Seite von Blanche in Othiermont, nicht weit entfernt von Lyon, wo »Ravel« sich in der Folge dem Maquis anschloss, ergab sich ein vollständiges Bild – bis hin zu dem Kriegsnamen, den Victor sich zugelegt hatte und der uns zu dem Musiker zurückführte, der er war.

»Sicher, sicher«, sagte Ozanam.

Er ging zwar weiterhin methodisch vorsichtig vor, aber seine Neugier war geweckt.

»Haben Sie eine andere Hypothese über seine Identität?«, fragte ich.

»Wir stochern etwas im Nebel, was diese Gruppe angeht. Niemand außer ihnen selbst wusste, wer die drei Studenten aus Paris waren. Und keiner von ihnen hat den Namen einer Person hinterlassen, die im Falle eines Unglücks kontaktiert werden sollte.«

»Das ist doch merkwürdig, oder?«

»Das kommt darauf an. Jede Information, die man jemandem gab, hätte schließlich den Deutschen zu Ohren kommen können.«

»Wegen der Verräter?«

»Oder wegen der Folter. Die Gestapo von Lyon war besonders begabt darin, jeden zum Reden zu bringen.«

Ungefähr das Gleiche hatte mir auch Violaine White erzählt.

»Nach der Razzia und dem Angriff im November 43 kamen die Familien, um die Leichen der Widerstandskämpfer zu identifizieren. Aber niemand hat die von Ravel für sich reklamiert. Eine Zeitlang dachte ich, dass es sich bei ihm vielleicht um einen gewissen Louis Saint-Hélier handelte, den Enkel einer amerikanischen Jüdin, der 1937 nach Paris ging. Seine beiden Eltern sind in Dachau gestorben. Aber ich habe keinen Beweis dafür gefunden.«

»Und Thérèse Santeuil und Jérôme Hollot? Sie gehörten nicht zum Untergrund?«

In Ozanams Stimme mischte sich jetzt ein herablassender Ton.

»Haben Sie meinen Artikel über das Massengrab von Feyzin nicht gelesen?«

»Äh … nein, tut mir leid.«

»Nun, darin konnte ich zeigen, was übrigens ziemlich aufwendig war, dass die beiden Leichen, die 1943 mitten im Wald in der Nähe des Forts de Feyzin gefunden wurden, Mitglieder des Jour-Franc waren.«

»Wer hat sie gefunden?«

»Wilderer. Die Leichen waren eilig verscharrt worden.«

»Kommt das auch in Ihrem Buch vor?«

»Ich habe das ein Jahr nach Erscheinen entdeckt. Und der Verlag lehnte trotz des großen Erfolges eine Neuauflage ab. Kurzum …«

Ich wechselte lieber das Thema: »Wie konnten Sie sicher sein, dass die Toten Mitglieder des Jour-Franc waren?«

»Stellen Sie sich vor, ich habe sämtliche Lokalzeitungen gesichtet, die zwischen 1941 und 1944 im Umkreis von Lyon erschienen sind. Eine Titanenarbeit.«

Der schulmeisterliche Ton des jungen Wissenschaftlers und seine Anstrengungen, sich mir als Spürnase zu präsentieren, gingen mir allmählich auf die Nerven. Ich gab mir Mühe, meine Ungeduld zu zügeln.

»Als ich bis Ende 43 gekommen war, dachte ich mir, das ist doch verlorene Liebesmüh, aber dann bin ich auf einen Artikel in *L'Écho de*

Corbas gestoßen. Da ging es um den Fund zweier Leichen im Wald, im Dezember. Dank der Kälte waren sie halbwegs gut konserviert.«

»Und?«

»Und dann musste ich nur noch nachrechnen. Sechs Mitglieder des Jour-Franc waren verhaftet worden, aber nur vier Leichen wurden den Familien übergeben. Von denen, die mir Violaine White genannt hatte, blieben nur Thérèse Santeuil und Jérôme Hollot, die spurlos verschwunden waren. Und meine tiefgehenden Nachforschungen gaben mir schließlich recht. Einer der Toten von Feyzin wurde dank einem Siegelring, den die Gendarmen bei ihm gefunden hatten, 1945 von seiner Schwester identifiziert. Jérôme Hollot hieß in Wirklichkeit Léon Samazheuil und kam aus Poissy. Das Einzige, was seine Schwester sicher wusste, war, dass er in der Gegend von Lyon in den Untergrund gegangen war. Er war durch einen Schuss in den Nacken getötet worden. Dafür gab es nichts über die Frau. Im Polizeiprotokoll stand, dass sie nackt war und ohne besondere Kennzeichen außer ihren roten Haaren.«

»Und die Todesursache?«

»Laut polizeilichem Protokoll ist sie totgeprügelt worden. Wenn sie in diesem Zustand liegen gelassen wurde, könnte sie auch erfroren sein.«

Ich schluckte.

»Warum hat man sie in den Wald gebracht, um sie zu töten?«

»Keine Ahnung. Anscheinend hat die Gestapo diese Gefangenen der Miliz übergeben.«

»Wissen Sie, was mit den Leichen passiert ist?«

Meine Frage schien ihn zu überraschen. Er dachte ja, dass ich eher an Ravels Schicksal interessiert war.

»Samazheuil wurde exhumiert und seine sterblichen Überreste der Familie übergeben. Thérèse liegt noch auf dem Friedhof von Corbas. Niemand hat auf ihren Leichnam Anspruch erhoben. Komisch, dass Sie mich darauf ansprechen.«

»Warum?«

»Weil sie nicht im Massengrab liegt.«

»Eine Sonderbehandlung, weil sie Widerstandskämpferin war?«

»1943? Sie scherzen! Nein, nein, sie hat ihr eigenes Grab, das vorschriftsmäßig erworben wurde. Aber ich konnte nicht herausfinden, wer die Konzession finanziert hat. Das Register ist bei der Befreiung im Rathaus verbrannt.«

Ich fragte den Historiker, ob er mir per Mail eine Kopie seines Artikels schicken könne. Er wirkte geschmeichelt. Anschließend bombardierte er mich mit Fragen, und ich sagte ihm, was ich über Tamara und Paul wusste und auch über Victor Ducreux. Ein leises Klappern wies darauf hin, dass er sich alles auf seinem Computer notierte.

»Hören Sie«, sagt er schließlich, »ich werde mich eingehend mit dem Fall Ducreux beschäftigen. Mal sehen, ob ich eine Verbindung zu Ravel finde.«

»Glauben Sie, dass ich mich irre?«

»Eine Annahme ist kein Beweis. Würden Sie mir auch gleich mitteilen, wenn Sie auf etwas Neues stoßen? Eine Hand wäscht ja die andere, wie man so sagt.«

135

Die viel zu frühe Hitze erstickt Paris; trotz des offenen Fensters auf den Park von Bercy kann ich nicht schlafen. Ich müsste mich aufraffen aufzustehen, mir ein Buch nehmen oder mich abkühlen. Ich könnte meine Schlaflosigkeit auch nutzen, um das Buch über die Zensur der Fotografie in Kriegszeiten zu lesen, das ich in der Bibliothek gefunden habe, oder ein, zwei Absätze über Willecot zu schreiben. Stattdessen bleibe ich liegen und betrachte die Schatten an der Decke. Ich bilanziere, was wir sicher über Tamara wissen, was wir vermuten und was wir erfinden müssen. Ich würde Violeta gern sagen können: »Dort liegt deine Großmutter«, als könnte das meinen Kummer tilgen, weil ich nicht weiß, wo ich um dich weinen soll. Ozanam hat mir die entsprechenden Hinweise geliefert, aber ich möchte sicher sein; auch wenn seine Pedanterie mich nervt, weiß ich doch, dass er recht hat, wenn er mir rät, misstrauisch zu sein, genauso wie Françoise Alazarine recht damit hat, Dianes Worte in Zweifel zu ziehen. Hinweise sind keine Beweise, vor allem, wenn die Zeugen, die ihre Version der Geschichte erzählen könnten, nicht mehr leben.

Was Tamara angeht, gibt es auf der Ebene der Gewissheiten erst einmal die Tatsache, dass ihr Mann Paul zum Zeitpunkt seiner Entlassung verletzt wurde und mehrere Monate im Krankenhaus von Châteauroux verbrachte. Ich wusste auch, dass Tamara sich im Juni 1940 trotz des Sousa-Mendes-Visums, das Ari für sie besorgen konnte, im letzten Moment weigerte, ihrem Bruder zu folgen. Ich versuchte, mir ihr Dilemma vorzustellen. Sie weiß zu diesem Zeitpunkt nicht, wo sich ihr Mann befindet; wenn sie nach Portugal geht, läuft sie Gefahr, ihn im Chaos des Exodus endgültig zu verlieren. Ihre Tochter weiß sie bei ihrem Bruder in Sicherheit. Jedenfalls hat Ari versprochen, gleich zu schreiben, wenn sie angekommen sind, und sie trägt das Foto der beiden ständig bei sich wie eine Wegzehrung. Also zögert sie nicht länger. Sie überwindet sich und umarmt Suzanne, ohne zu wissen, dass es das letzte Mal ist. Sie werden nachkommen, sobald sie Paul gefunden hat, und gemeinsam nach England oder Amerika gehen, sagt sie sich. Das ist eine Frage von Tagen, höchstens Wochen.

Violaine White meinte, verstanden zu haben, dass das Ehepaar sich wiedergefunden hatte, und Ari hatte das auch zu Suzanne gesagt. Aber von diesem Wiedersehen wusste niemand Genaueres. Warum blieben Tamara und ihr Mann fast ein Jahr in Paris, statt sich auf den Weg nach Portugal zu machen? Fanden sie als mittellose Studenten keinen Schleuser, um sich in die freie Zone zu retten? Oder litt Paul zu sehr an den Folgen seiner Verletzungen, um diese Reise anzutreten? Diese Fragen würden wohl für immer unbeantwortet bleiben. Auf jeden Fall wartete Ari die ganze Zeit auf die beiden. Und nach dem, was Violeta rekonstruieren konnte, gelang es den Geschwistern bis Anfang 1941, den Kontakt zu halten. Danach gab es nichts mehr, auf das wir uns stützen konnten, keinen Hinweis und kein Dokument.

Vor lauter Verzweiflung hatte ich einen deiner früheren Kollegen angerufen, einen Spezialisten für Neuere Geschichte. Er wunderte sich offensichtlich, von mir zu hören, ließ mich aber meine Geschichte erzählen. Wahrscheinlich, meinte er, besaß der in Łódź geborene Paul Lipchitz nicht die französische Staatsbürgerschaft und bekam einen der »grünen Briefe«, mit denen Dannecker im Mai 1941 alle ausländischen Juden vorladen ließ.

War Paul der Vorladung gefolgt? Hatte er mit Tamara das Für und Wider diskutiert? Waren sie in Streit darüber geraten, was riskanter war: dem grünen Brief, bei dem man noch nicht wusste, welche Bedrohung von ihm ausging, zu gehorchen oder nicht? Ohne dass ich das irgendwie belegen konnte, nahm ich an, dass Tamara misstrauisch war und keiner der offiziellen Erklärungen Glauben schenkte, so verdächtig und zweideutig kam ihr diese Sprache vor, in denen von »Israeliten« die Rede war, als würde man sich mit dem Wort *Jude* den Mund schmutzig machen. Dagegen hatte Paul womöglich gehofft, wenn er aufs Kommissariat ginge, könnte er seine Situation und die seiner Familie ein für alle Mal regeln. Hatte Pétain nicht versprochen, dass keiner sich an den Veteranen vergreifen dürfe? Paul wäre nicht der erste Emigrantensohn gewesen, der dem Land, das seine Eltern aufgenommen hatte, trotz allem weiterhin Vertrauen schenkte …

Doch statt der erhofften Rettung wurde Paul das Los zuteil, dass er sich mit tausend anderen auf einem Bahnsteig der Gare d'Austerlitz drängte, um mit dem Zug ins Loiret gebracht zu werden. Auch da bleibt mir nur die Phantasie: Ich stelle mir Tamara vor, die wie Hunderte anderer Ehefrauen in dem festen Lederkoffer, den sie noch von ihrer Hochzeitsreise hatte, warme Socken, Hemden, Pullover, Zigaretten, Aspirin und Tabak, alles, was an persönlichen Sachen hineinging, anschleppte, und obendrauf hatte sie vielleicht noch, bevor sie den Deckel schloss, nach einem letzten Zögern das Anatomiehandbuch von Professor Zeitgeber gelegt, der in dem Jahr den Kurs abhielt, *man weiß ja nie.*

Danach gibt es nur noch unzusammenhängende Bruchstücke. Paul wurde am 20. April 1942 in Drancy interniert. Ins Jahr davor fiel wohl seine Flucht aus Pithiviers und sein Wechsel in die Druckerei, wo er sich »Pierre Simon« nannte und in der Rue Vavin bei Victor wohnte. Er befand sich in einer ausweglosen Lage, untergetaucht, bis ihn jemand denunzierte. Und am 22. Juni 1942, zwei Monate nach seiner zweiten Verhaftung, wurde er gezwungen, einen Konvoi nach Auschwitz zu besteigen.

Ich bin fest davon überzeugt, dass Tamara nicht denselben Fehler machte wie ihr Mann und sich weigerte, im Juni 1942 das Stigma der Schande auf ihre Jacke zu nähen, das sie zu einer wandelnden Zielscheibe gemacht hätte. Hatte sie mit ihrer Flucht aus der Hauptstadt noch bis zur Razzia vom Vel' d'Hiv' gewartet? Die Familie Ducreux hatte Fabriken in Lyon; Othiermont mit dem Résistance-Netz, für das Blanche arbeitete, lag in der Nähe. Es ist sehr wahrscheinlich, dass Victor ihr geraten hat, dorthin zu fliehen; vielleicht hat er sogar dafür bezahlt. Ein paar Monate danach reiste er mit dem anderen, »Jérôme«, hinterher und übernahm unter dem Namen Ravel das Kommando bei den Partisanen.

Erst ab da kann ich die Folge der Ereignisse an den ziemlich lückenhaften Bericht von Violaine White anschließen. Aus einem Grund, den ich mir nicht erklären kann, erhielt Tamara in Lyon keine Nachrichten mehr von ihrem Bruder aus Portugal. Und erwartete sie auch nicht mehr, weil ihr Kamerad aus dem Widerstandsnetz ihr fälschlicherweise mitgeteilt hatte, ihr Bruder und ihre Tochter seien bei einem Schiffbruch verschollen. Hatte sie da den Boden unter den Füßen verloren? Mit fünfundzwanzig Jahren hatte sie erleben müssen, wie ihre Mutter, ihre Tante und ihr Ehemann deportiert wurden, und hielt ihre Tochter und ihren Bruder für tot. Das könnte erklären, warum sie sich so leichtsinnig in Gefahr brachte. »Wie jemand, der nicht mehr viel zu verlieren hat«, sagte Violaine White. Was, wenn ich mich nicht täuschte, auch der Fall war.

136

Notgedrungen habe ich meine Arbeit über Alban de Willecot wieder aufgenommen: Die Konferenz in Lausanne rückt näher, und mein Vortrag ist noch nicht fertig. Doch obwohl er wie ein unüberwindbarer Berg vor mir stand, brauchte ich zu meiner großen Überraschung nur vier Tage, um damit fertig zu werden, Titel: »Der ironische Krieg Alban de Willecots – Fotografie und Parodie«. Die Schwierigkeit bestand vor allem darin, aus der Vielzahl von Bildern, über die ich verfügte, diejenigen auszuwählen, die ich zeigen wollte. Der rote Faden dagegen war leicht zu finden: Ich musste nur die Abzüge aussuchen, die Alban als Fotokarten drucken lassen und großzügig an Blanche und Diane versandt hatte. Alle oder fast alle pflegten die Kunst der Fälschung: Soldaten, die Kriegsszenen nachstellten, manche spielten die deutschen Angreifer und hielten ostentativ ihre Gewehre verkehrt; falsche Verletzte auf behelfsmäßigen Tragen, die dem Fotografen ein von Gesundheit strotzendes Lächeln zuwarfen; Soldaten unterschiedlichster Dienstgrade, die mit einer ganzen Sammlung von Maskottchen posierten; ich zählte eine Gans, zwei Katzen, einen Igel und sogar einen Frischling. In einer mit der Vest Pocket aufgenommenen Serie hat Willecot einen Hund porträtiert mit dem Kriegskreuz um den Hals. Ich wusste, dass man gelegentlich mutige, zu Feuerwerkern beförderte Hunde auszeichnete, nachdem man sie als Vorhut auf die Minenfelder geschickt hatte. Aber ich vermutete hinter diesem Bild Albans wie hinter vielen anderen eine weitaus subversivere Absicht.

Ich blieb an einem von den Fotos hängen, die mich am meisten irritiert hatten: Vor einem Haus, dessen Fassade von einer Granate zerstört war, gingen in einer Hochzeitsparodie zwei Männer Arm in Arm wie Eheleute, die aus der Kirche kommen. Der größere in Uniform, der andere hatte ein Kleid übergezogen, das sie wahrscheinlich in dem Haus gefunden hatten, und trug einen dazu passenden Hut mit kleinem Schleier. Unter dem Spitzenkleid schauten der Schaft der Schnürstiefel hervor und der Ansatz der Wickelgamaschen; der Schleier bildete einen grotesken Gegensatz zum Schnauzbart. Aus heutiger Sicht zeugt dieses zweideutige Foto, das von übersteigertem Begehren und Frustration spricht, vielleicht sogar von einer unterschwelligen homosexuellen Spannung, die in solchen frauenlosen Milieus kaum zu vermeiden ist, unglaublich; trotzdem war es durch die Zensur gekommen.

Ich wollte in meinem Vortrag bei dem Bild vom Tee in den Ruinen verweilen, um die besondere Rolle dieser Fotos im Rahmen eines von der Zensur überwachten Briefwechsels zu unterstreichen: Wenn sie unter der Maske eines manchmal peinlichen Humors so überdeutlich ihre Künstlichkeit ausstellten, dann sollten sie meiner Meinung nach unterschwellig darauf hindeuten, dass die tägliche Wirklichkeit der Soldaten in diametralem Widerspruch zu dem stand, was hier zu sehen war. Zum Abschluss wollte ich die Existenz des *dirty book* enthüllen und mehrere Beispiele daraus präsentieren. Ich suchte ein paar von den weniger grauenhaften Bildern, aber sie waren alle so. Für mich war das die Kehrseite der gestellten Posen, ihre negative Wahrheit: Meiner Ansicht nach hatte Alban die einen benutzt, um die Umsetzung der anderen zu verbergen.

Ich ahnte, dass mein Vortrag in unserem fotografischen Mikrokosmos Furore machen würde. Und ich wusste auch, dass ich mit Gesuchen, Fragen und Einladungen überhäuft werden würde, sobald die Existenz des Nachlasses bekannt wäre. Aber meine Entscheidung, das *dirty book* zu zeigen, wurde nicht von der Lust an der wissenschaftlichen Sensation getragen. Sondern seit Alix und später auch Jacques sich entschlossen hatten, mir ihre heikelsten Erinnerungen anzuvertrauen, habe ich es mir zur Pflicht gemacht, die Mission von Massis und Willecot weiterzuführen: das andere Gesicht des Krieges zu enthüllen. Das würde die Welt nicht davon abhalten, weitere zu führen – um sich davon zu überzeugen, musste man nur die Nachrichten einschalten –, aber wenigstens hatten solche Zeugnisse die Macht, den Hebel des Zweifels bei der Gewaltverherrlichung anzusetzen.

In dieser Woche arbeitete ich pausenlos, kam früh ins Institut und blieb fast jeden Abend, bis es zumachte. Mich mit Leib und Seele in die Arbeit zu stürzen, ist mein Gegenmittel zu Samuels Schweigen. Ich kann nicht sagen, dass es zwischen uns schlecht läuft. Aber ich kann auch nicht sagen, dass es gut läuft. Wir haben uns seit fast einem Monat nicht gesehen, und er hat in dieser ganzen Zeit nicht einmal ansatzweise den Wunsch geäußert, wieder nach Paris zu kommen, genauso wie er meine wiederholten Vorschläge abgeblockt hat, ihn in Lissabon zu besuchen. Er will lieber seine Berufung durch den UNHCR abwarten, behauptet er. Auch wenn unser Mailwechsel wieder zärtlicher geworden ist, fürchte ich, dass der Streit und der darauf folgende Kälteeinbruch unsere Beziehung kaum merklich verändert haben. Die Liebe, ist mir öfter aufgefallen, ähnelt einer Grünpflanze: Den Schock nächtlicher Fröste oder die Trockenheit während einer Hitzeperiode kann sie überstehen, aber wenn die tägliche Pflege ausbleibt, geht sie langsam ein, ohne dass man es merkt.

Du hast deine Zeit und Aufmerksamkeit immer großzügig verschenkt. Und wenn einer von uns wegmusste, zähltest du die Tage der Trennung mit schlecht verhehlter Ungeduld. Auch wenn ich natürlich weiß, dass alle Vergleiche hinken, erschien mir Samuel, der Besuche und Nachrichten sorgsam dosierte, im Gegensatz zu dir geizig in seinen Gefühlsbekundungen. Als ob er nicht zulassen wollte, dass sich irgendeine Art Regelmäßigkeit einstellte, als ob er die kleinste Spur von Sicherheit in unserem Austausch tilgen wollte, als ob jeder Versuch, uns in die Zeit einzuschreiben, eine Bedrohung darstellte. Meine wenigen Anspielungen auf seine merkwürdige Art zu kommunizieren wischte er einfach vom Tisch. »Keine Vorwürfe«, sagte er mit einem rätselhaften Lächeln zu mir. In diesem Stadium hätte ich schwer sagen können, ob ihm bewusst war, wie sehr er mich quälte.

Aber kaum war er da, war er so zuvorkommend, sanft und zärtlich, dass ich nicht mehr verstehen konnte, wie ich je an ihm hatte zweifeln können.

Da ich aus Fehlern lerne, habe ich mich dieses Mal gehütet, ihm zu erzählen, dass ich mit dem Vize-Konsul mittagessen war. Der überlegt immer noch, nach Japan zu gehen. Die Vorstellung, dass mein alter Freund so weit weg von mir ist, erschüttert mich. Aber ich werde mich wohl an den Gedanken gewöhnen müssen. Augenzwinkernd fragte er nach, wie meine Liebschaft lief. Ich war um eine Antwort ziemlich verlegen.

»Ähm ... sagen wir, so la la.«

»Er macht dich doch nicht unglücklich, dein *Portuguese man*, will ich hoffen?«

Er warf mir einen Blick zu, ernst diesmal und fragend. Ich verneinte die Frage zum zweiten Mal. Und fragte mich, wie lange ich mir das noch schönreden konnte.

137

3. Juni 1916

Mein lieber Anatole,

Ich möchte Dich um einen sehr großen Gefallen bitten. Ich habe Dir ja schon von unserem Kommandeur Vidalies erzählt. Der Trottel ist noch gefährlicher, als ich dachte; er schafft es tatsächlich, seit zwei Tagen übernächtigte Soldaten mitten in der Nacht zu wecken und loszuschicken, um Gräben zu schaufeln. Gallouët und zwei andere haben sich vorgestern geweigert, seinen Befehlen nachzukommen, und um ein Haar wäre es zu einem Eklat gekommen. Vidalies hat damit gedroht, meinem Adjutanten die Erlaubnis zum Fotografieren zu entziehen.

Ich habe Gallouët geraten, seine Versetzung zur Fotobrigade zu beantragen. Es wird mir schwerfallen, mich von diesem guten Kameraden zu trennen, der längst zu einem echten Freund geworden ist. Aber Vidalies ist heimtückisch und hat einen schrecklichen Ruf. Ich bin mir gewiss, dass er den Streit suchen wird.

Nun möchte ich Dich bitten, dass Du im Namen des Heliographischen Zirkels für Antoines Versetzung eintrittst. Sag ihnen, was für ein hervorragender Fotograf er ist. Nach achtzehn Monaten an der Front und drei ehrenvollen Erwähnungen kann keiner behaupten, dass er sich bloß drücken will. Und ich werde ihm von Blanche die beste Kamera besorgen lassen. Das ist das mindeste, was ich für diesen Mann tun kann, der mir das Leben gerettet hat.

In innigster Freundschaft

Alban

138

Einen Tag vor seinem Bewerbungsgespräch beim UNHCR kam Samuel nach Paris. Nach der langen Trennung hätte ich eigentlich glücklich sein müssen, ihn wiederzusehen, aber es fiel mir schwer: Da war so ein Zögern in mir, das störende Gefühl, ihn nicht ganz wiederzuerkennen. Als ich ihn umarmte, empfand ich nichts und musste an einen Satz denken, den ich einmal in einer Erzählung gelesen hatte, einen absurden, schrecklichen Satz: »Ich habe so lange auf Sie gewartet, dass ich immer noch warte.« Während all dieser Wochen hatte er sich zurückgezogen und mich auf subtile Weise von sich ferngehalten. Nun fiel es mir schwer, diesen Graben zu überwinden. Und Samuel kostete es einige Anstrengung, sich wieder in der Wohnung zurechtzufinden, so fand ich ihn einmal zögernd zwischen Schlaf- und Badezimmertür vor.

Ich kann nicht leugnen, dass es nachts zu Zärtlichkeiten und sogar Leidenschaft kam. Aber diese irritierende Distanz zwischen uns ist nie mehr ganz verflogen – das Gefühl, Samuel ebenbürtig zu sein und offen mit ihm sprechen zu können, ist weg. Ich ertappe mich dabei, dass ich aufpasse, was ich sage, und vermeide, bestimmte Namen zu erwähnen, besonders den des Vize-Konsuls.

Als Samuel gegangen war, beschloss ich, zu Hause zu arbeiten. Ich wollte da sein, wenn er von seinem Gespräch wiederkam. Allein an der Art, wie er am frühen Nachmittag mit meinem Schlüssel die Tür öffnete – schon das berührte mich, es war wie die Verheißung eines gemeinsamen Lebens –, konnte ich erkennen, dass alles gutgegangen war. Zwei Kandidaten seien noch im Rennen, aber die Personaler hätten Wert darauf gelegt, dass er zum Mittagessen blieb, und so sei er mit dem Eindruck gegangen, dass er sehr gute Chancen hätte. Nun müsse er bis Ende Juni auf die endgültige Antwort warten.

567

Diese Neuigkeit, die er mir schon auf der Türschwelle verkündete, hätte mich mit Freude erfüllen müssen, und in gewissem Sinne tat sie das auch. Gleichzeitig flüsterte eine leise Stimme in meinem Inneren, dass wir vielleicht einen Fehler begingen und Samuel das auch so sah, aber keiner von uns den Mut besaß, es dem anderen zu gestehen. Er fragte nicht nach meiner Entscheidung für oder gegen Bern, ich musste ihn erst wieder an Städlers Vorschlag erinnern. Aber da ihm nicht mehr dazu einfiel als beim letzten Mal, war ich mir sicher, dass er die Sache definitiv vergessen hatte. Sein Talent, vieles entspannt zu sehen – Caroline hätte sicher von Gleichgültigkeit gesprochen –, verblüfft mich nach wie vor.

Abends schleppte ich ihn ins Konzert. Ich hatte ihm nicht gesagt, wohin wir gehen würden, und mit der Überraschung gewartet, bis wir vor der Salle Gaveau standen. Es war das erste Mal seit deinem Tod, dass ich wieder Musik hörte; ich brauchte diese Gelegenheit, um den Mut für diesen Schritt zu finden. Vielleicht hatte ich die Karten aber auch deshalb gekauft, weil ich mich vor einem Abend mit ihm allein fürchtete. Aus einem Grund, den ich nur schwer zu fassen kriegte, schmerzte mich die Erinnerung an die Eifersuchtsszene, die letzten Endes nur ein dummes Missverständnis war. Ich war von der fixen Idee besessen, dass ein falsches Wort genügte, um einen neuerlichen Ausbruch zu provozieren.

Ich kann gar nicht sagen, wie sehr die wiederentdeckte Musik, in diesem Fall Mendelssohns Streichquartette, mich aufwühlte. In dem Moment, als die Bögen die Saiten berührten, vergaß ich alles. Ich war hingerissen von der Macht der Instrumente, wie die vier Stimmen sich verbanden, lösten, sich entzweiten und wieder zusammenfanden. Dieser fiebrige Dialog glühte durch Samuels Hand, die meine nicht losließ, nur noch mehr. Mit äußerster Konzentration fixierte die Bratschistin die Partitur, und ich dachte, dass in dieser Stunde Menschen mit Maschinengewehren schossen, vergewaltigten, Brände stifteten und kämpften, während andere mit absoluter Hingabe und hohem Anspruch musizierten, dass selbst die Zeit gebannt war.

Wir gingen zu Fuß nach Hause. Samuel hatte offenbar meine Gefühle gespürt und hakte sich bei mir ein – wieder so eine Geste, die mich an unsere verliebten Dezember-Spaziergänge erinnerte. Die Wärme seiner Haut, die ich durch seine Lederjacke spürte, ließ mich glauben, dass das, was unser Leben verkomplizierte, immer noch weggewischt, vergessen werden konnte; dass uns beide eine gemeinsame Zukunft erwartete.

An diesem verlängerten Wochenende – Sonntagabend flog Samuel wieder zurück –, das wir fast zur Gänze im Bett verbrachten, gingen wir sanft, fast vorsichtig miteinander um. Ich erzählte Samuel vom Fortschritt meiner Nachforschungen, von Jacques Gerstenberg und dem Erschießungsfoto, das ich ihm sogar zeigte. Von meiner wachsenden Gewissheit, dass Alban mehr oder weniger Selbstmord begangen hatte. Dann sprachen wir über Violeta, nach der ich mich erkundigt hatte.

»Es geht ihr gut. Aber der Ausflug nach Paris hat sie ein wenig – wie sagt ihr? – durcheinandergebracht.«

»Das ist nicht verwunderlich. Es war hart in der Gedenkstätte.«

»Das hat sie mir auch gesagt.«

Samuel schien überhaupt nicht berührt zu sein, nicht einmal interessiert. Mir war von Anfang an aufgefallen, dass er unsere Nachforschungen bezüglich Tamara mit einem gewissen Gleichmut verfolgte, als ob ihn die Sache gar nicht beträfe. In gewisser Weise wollte er immer lieber hören, was ich über Willecot und Diane zu erzählen hatte.

»Und was denkst du darüber?«, fragte ich ihn.

»Über das, was meine Schwester herausgefunden hat?«

»Ja …«

»Was soll ich denn darüber denken? Schreckliche Geschichte …«

»Willst du denn nicht wissen, was mit deiner Großmutter passiert ist?«

»Sie ist im Krieg verschollen, unsere Mutter ist dadurch zur Waise geworden, und das hat ihr das Leben vermasselt. Was bringt es mir, mehr darüber zu erfahren?«

»Ich habe den Eindruck, dass es für deine Schwester nicht so ist.«

Stille trat ein. Mir wurde klar, dass wir gefährliches Terrain betraten. Aber ich konnte ihn nicht nicht danach fragen.

»Es muss dir doch etwas bedeuten, der Enkel deportierter Juden zu sein. Deine Mutter hat fast alles verloren …«

»Erstens bin ich kein Jude. Unsere Mutter hat uns katholisch taufen lassen. Und nein, die Einzelheiten des Dramas zu erfahren ändert für mich nichts. Oder besser, wenn du meine Meinung hören willst, es *darf* nichts daran ändern. Meine Schwester klammert sich daran, als ob man die Geschichte umschreiben könnte. Aber wenn Leute tot sind, sind sie tot. Überflüssig, weiter nachzuforschen.«

Die Erklärung war endgültig. Aber ich war mir sicher, dass Samuels dumpfe Gereiztheit diesmal nicht gegen mich gerichtet war. Dieses Gespräch hatte er bestimmt schon oft mit seiner Schwester geführt, auch wenn keiner von beiden es mir gegenüber je erwähnt hatte. Vorsichtig bemerkte ich: »Dann muss dir mein Beruf ja ziemlich merkwürdig erscheinen …«

»Dein Beruf ist völlig okay. Aber was mich interessiert, ist das, was nach uns kommt, nicht das, was vorher war. Ich will für die künftigen Möglichkeiten der Menschen kämpfen. Die Vergangenheit wiegt ohnehin schwer genug, findest du nicht?« Er unterbrach sich und fuhr mit sanfterer Stimme fort, nachdem er mich auf den Hals geküsst hatte. »Das wissen wir beide doch am besten, oder?«

Es war das erste Mal, dass er, wenn auch verklausuliert, darauf anspielte, wie schwer unser beider Leben gewesen war. Und trotz der ernsten Wendung, die unsere Diskussion genommen hatte, trösteten mich seine Worte. Bis jetzt hatte er sich so verhalten, als wären wir geschichtslose Wesen. Seine Ehe war für mich ein schwarzes Loch, und er hat auch nie nach meiner Ehe mit dir gefragt. Nun war ja nach meiner Überzeugung unsere jeweilige Trauer der entscheidende Grund unserer Begegnung gewesen. Und ich würde diesem Mann gern eines Tages von dir erzählen können, wie ich es Violeta gegenüber getan hatte, von dir, von unserem Leben, von deinem Tod. Im Gegenzug wünsche ich mir, dass er mir sagt, wer Mariana war, seine Frau, und warum die Umstände ihres Todes ihn auf ein Polizeikommissariat geführt haben. Das ist keine krankhafte Neugier. Ich möchte nur verstehen, was diesen Mann, in den ich verliebt bin, so verletzt hat, was ihn zu dieser Verteidigungshaltung zwingt. Nachdem ich seine seltsamen, immer zur Unzeit auftretenden Reaktionen mehrmals durchgekaut habe, bin ich zu der Auffassung gelangt, dass sein Schweigen, die Verdächtigungen und Missverständnisse, die unsere Beziehung prägen, erst verschwinden, wenn ich die Wahrheit kenne.

In diesem Moment hätte ich ihm die Frage stellen können, stellen müssen. Aber die Vorstellung lähmte mich, kurz vor seinem Abflug einen neuen Streit vom Zaun zu brechen. Ich wollte danach nicht wieder Trübsal blasen müssen, weil er in seiner Wut verstummte wie nach der Geschichte mit dem Vize-Konsul. Aber ich hatte unrecht: Angst ist eine schlechte Ratgeberin. Da wir trotz der uns geschenkten Chance eines Neuanfangs unseren Gespenstern die Oberhand ließen, konnte sich das Gift in unseren Adern aufstauen.

Ein grauer, hässlicher Raum. Die Armlehnen des Metallstuhls bei-
derseits zerkratzt. Von Handschellen? Ein Mann und eine Frau saßen
ihm gegenüber: er klein, schwarzhaarig, mit buschigen Brauen über
engstehenden Augen; sie eher groß, kaum geschminkt, mit braunem
Haaransatz unter der Färbung, die Fingernägel farblos lackiert, das
bemerkte er, als sie auf den Knopf des Diktiergeräts drückte.

»24. Juli 2009, elf Uhr. Wiederaufnahme des Verhörs.«

Sie hatten ihm ein Glas Wasser und ein Sandwich angeboten und
ihn dann eine halbe Stunde in Ruhe gelassen. Inzwischen war er
bereits sechzehn Stunden in Untersuchungshaft, seit sie ihn unter
den entsetzten Blicken von Violeta, Serafina und Henrique in der
Rua Bartolomeu de Gusmão verhaftet hatten. Er trug Polohemd und
Leinenhose. Er fror in diesem feuchten, fensterlosen Raum. Aber er
durfte sich nichts anmerken lassen, kein Zittern, keinen Durst, dass
er gern eine rauchen würde oder auf die Toilette musste. Bloß keine
Schwäche zeigen!

Der Mann ergriff als Erster das Wort. Er fing noch einmal ganz
von vorn an, und Samuel antwortete unermüdlich. Ja, er sei die ganze
Nacht spazieren gewesen. Ja, allein. Und nein, das könne niemand
bezeugen. Das hatte er seit gestern mindestens dreißigmal wiederholt.
Sein Magen hob sich, als wäre er seekrank. Bis zum Erbrechen, das
war nicht nur eine Metapher. Und schon wieder eine Salve von Fra-
gen. Über seinen Tagesablauf. Das Auto. Wirklich niemand. Und der
Brief. Der Brief vor allem.

Sie fragten, er antwortete. Wie bei einer Tischtennispartie, die ewig
dauern würde. Er dachte nicht nach, antwortete reflexartig. Er war
nicht zum ersten Mal auf einem Polizeirevier, aber normalerweise saß
er auf der anderen Seite.

Er hatte einen Kollegen anrufen lassen, einen ehemaligen Studienkollegen. Zwar erwartete er sich nichts davon, aber den Beistand eines Anwalts abzulehnen hätte ihn noch verdächtiger gemacht. Tomás hatte ihm zugeraunt: »Jetzt sag's ihnen, verflucht. Wenn du's ihnen nicht sagst, kann ich nichts für dich tun.«

Sie hatten ja keine Beweise, und das alles war nur eine Frage der Zeit. Er musste bloß die nächsten acht Stunden durchstehen. Das Bild der strahlenden Mariana in der Sonne von Estoril, das Meeresrauschen, der salzige Geruch. Nein, niemand hatte ihn gesehen. Ja, er sei die ganze Nacht spazieren gegangen. Nein, was die Persönlichkeit seiner Frau anbelangte, habe er zu dem Brief nichts zu sagen.

140

Ich erkannte den Hauptbahnhof nicht wieder. Dabei war ich regelmäßig in Brüssel gewesen, als ich einmal den Nachlass eines belgischen Adligen inventarisierte: Er hieß Van Schallaert, ein exzentrischer Sport- und Luftfahrtfanatiker, der von der Fotografie so begeistert war, dass er eine eigene Ansichtskartenfabrik gründete, um seine Glanzleistungen zu verewigen. Das Unternehmen hatte das Familienvermögen aufgezehrt, geblieben war eine hübsche Sammlung von Bildern. Ich mochte es, ein- oder zweimal im Monat hierherzukommen und in diesen unglaublichen Alben zu blättern, Zeugnissen einer wilden Lebenslust zwischen Dandytum und dem Flirt mit der Gefahr. Anfangs hast du mich dorthin begleitet, dann wurde es dir zu langweilig. Du bliebst zu Hause, um deine eigenen Artikel zu schreiben, und ich brachte dir – ein festes Ritual – eine Schachtel belgische Pralinen als Wiedergutmachung für meine Abwesenheit mit.

Françoise Alazarine hatte mich zwei Tage nach Samuels Abreise darauf hingewiesen, dass der Brief wieder auf dem Markt war. Er sei auf der Internetseite von Fraenkel aufgetaucht, dem belgischen Händler, der mit Joyce Bennington Geschäfte gemacht hatte, der Name »de Willecot« hätte sofort ihre Aufmerksamkeit geweckt. Immerhin kann man sagen, dass Madame Alazarine nicht nachtragend ist: Violeta wollte nämlich nicht, dass sie Dianes Tagebuch liest, jedenfalls nicht jetzt. Und ich habe mich nicht besonders bemüht, meine portugiesische Freundin zur Erlaubnis zu überreden. Mir ist bewusst, wie schäbig dieses Verhalten ist, aber die fixe Idee, Verrat zu begehen, lässt mich nicht los und drängt mich von Woche zu Woche mehr, mich zurückzuhalten, wenn es um Diane und Massis geht.

Professorin Alazarine hatte mir trotzdem geschrieben, ich hatte meinen Chef um die Genehmigung einer Dienstreise gebeten, und er hatte mir die Vollmacht erteilt, im Namen des Instituts ein Kaufangebot zu machen. Ich erhoffte mir nicht viel davon, nahm aber den Vorschlag dankbar an.

Der Zug fuhr pünktlich im Zentralbahnhof ein. Ich war zu früh für meinen Termin, also verzichtete ich wegen des Staus auf ein Taxi und machte mich zu Fuß auf den Weg zu Jean-Didier Fraenkel.

Ich erinnerte mich an das Viertel – aber vielleicht bildete ich es mir bloß ein –, weil in der Nähe der Sohn Van Schallaerts, des Sportfans, gewohnt hatte. Ich freute mich über die Gelegenheit, durch diesen Teil der Stadt zu spazieren, fernab des deprimierenden EU-Büroviertels mit seiner Hektik und den ganz neuen Gebäuden. Die alte flämische Architektur mit ihren dicken Ziegelmauern und soliden Häusern, die durch ihre Freundlichkeit die Rauheit des nordeuropäischen Klimas wettmachen, habe ich dagegen schon immer gemocht. Ich näherte mich der Grand-Place, wo manche Wohnhäuser bürgerliche Ruhe ausstrahlten statt der barocken Üppigkeit, wie in Lissabon üblich. Ich bewunderte die Fassaden, die Erker, die Fenster samtverkleideter Salons – geschützte Räume, die die darin lebenden Menschen vor den Unbilden der kalten Jahreszeiten zu bewahren schienen.

Fraenkels Geschäftsräume befanden sich am Boulevard Maurice-Lemonnier. Er hatte den Sitz seiner Vorgänger Mory & Van de Velde erhalten, aber den Laden nach der Übernahme gründlich entstaubt: Hinter einer schimmernden Front betrat man ein Büro in schwarzem Lack mit gesicherten Glasvitrinen und ebenfalls schwarzen Lederfauteuils. Ich hatte einen gesetzten Herrn erwartet, getreu dem Bild des alten Mory, der in seinen Papieren versank, und war ziemlich überrascht, als mich ein großer, schlanker Dreißigjähriger mit messerscharfem Profil in Jeans und schwarzem Kaschmirpullover empfing.

»Madame Bathori, nehme ich an? Fraenkel.«

Er hatte einen starken Brüsseler Akzent und einen festen Händedruck. Wie jemand, der keine Zeit zu verlieren hat, bat er mich, Platz zu nehmen. Ich zählte all meine Titel und Qualifikationen auf und wies insbesondere darauf hin, dass ich die Testamentsvollstreckerin von Alix de Chalendar sei, die Vertreterin des IMPS und – was auf dem besten Wege war, sich zu bewahrheiten – *die* Expertin für die Korrespondenz zwischen Massis und de Willecot. Als ich auch noch erwähnte, dass ich zurzeit ein Buch über den Leutnant verfasste, und dabei den Namen meines künftigen Verlegers fallenließ, wirkte mein Gesprächspartner ziemlich beeindruckt.

»Sie möchten also diesen Brief erwerben«, sagte er dann.

»Ja, den und andere, sofern Sie noch welche haben.«

»Nein, im Moment ist das der einzige. Aber ist Ihr Institut nicht auf Fotografie spezialisiert?«

»In diesem speziellen Fall würden wir eine Ausnahme machen, um den Nachlass zu vervollständigen.«

»Ich verstehe. Wollen Sie das Schriftstück prüfen?«

Er griff nach einem Ordner, drehte ihn zu mir hin und öffnete vor meinen Augen eine eingeheftete Mappe. Der Brief lag zwischen zwei Pergaminblättern. Ich las ihn zweimal langsam durch und versuchte, mir jedes Wort, jede Zeile einzuprägen. Kein Zweifel, es war Albans Handschrift. Seine Handschrift und sein Stil. Abgesehen von dem Absatz am Anfang, der die Zensur täuschen sollte, war fast das ganze Blatt gebräunt, ein Zeichen dafür, dass es erst durch eine Flamme lesbar gemacht worden war.

»Und?«

»Es ist echt, ganz ohne Zweifel.«

»Wollen Sie kein weiteres Gutachten einholen?«

»Mein eigenes reicht mir.«

Nun war es an der Zeit, zur Sache zu kommen.

»Wie viel wollen Sie dafür, Herr Fraenkel?«

»Es wäre mir lieber, Sie machen mir ein Angebot.«

Ein schlechtes Zeichen. Wenn Bennington schon hier gewesen war, hätten wir wenig Chancen. Wenn sie dagegen noch nicht Bescheid wusste … Ich schrieb einen Betrag auf einen Zettel, den der Antiquar glattstrich.

»Nicht schlecht. Aber ich habe noch einen anderen Interessenten. Und der bietet mehr.«

»Wie viel?«

Die Summe, die Fraenkel nannte, ließ mir nur wenig Spielraum für ein Gegenangebot. Aber ich spürte, dass die Lust am Feilschen, die ich für erloschen gehalten hatte, wieder in mir erwachte. Ich warf einen neuen Betrag ins Spiel. Fraenkel runzelte die Stirn.

»Ich muss den anderen Interessenten kontaktieren.«

Ich beschloss, mit offenen Karten zu spielen.

»Herr Fraenkel, wenn es Joyce Bennington ist ...«

»Ich kann Ihnen den Namen nicht sagen.«

»Nicht nötig, ich weiß, dass sie es ist. Sie müssen wissen, dass ihre Universität die Mittel hat, immer weiter zu bieten, und dass sie es auch tun wird.«

Der Antiquar deutete ein Lächeln an.

»Das halte ich für sehr erfreulich.«

»Nur dass wir nicht mitbieten werden.«

Ich gab ihm einen kurzen Abriss unserer miserablen Beziehungen zu der genannten Wissenschaftlerin sowie der Justizguerilla, die uns so teuer zu stehen gekommen war. Sein Gesicht ließ keine Regung erkennen.

»Ich kann Sie ja verstehen. Aber ich bin ein Makler, kein Philanthrop. Wenn ich an Sie verkaufe, verliere ich Geld. Sind Sie bereit, noch ein bisschen höher zu gehen?«

Der Betrag, den er diesmal vorschlug, überstieg unser Budget bei weitem. Der Mann war gierig. Ich überdachte schnell alle Optionen. Sollte ich den Brief selbst erwerben, von dem Geld, das Alix mir hinterlassen hatte? Es war schon ein ganz schönes Sümmchen, weit mehr, als ich üblicherweise ausgab. Aber vor allem würde ich die Auktion genauso wenig gewinnen wie das Institut, denn ich ahnte schon, dass der Makler, wenn er erst einmal Blut geleckt hatte, nicht auf halbem Wege aufgeben würde. Sobald ich ihm den Rücken zudrehte, würde er in den USA anrufen. Ich musste also einen Weg finden, um das Dokument auf der Stelle mitzunehmen, etwas in die Waagschale werfen, das nichts mit Geld zu tun hatte, aber die Entscheidung zu meinen Gunsten beeinflussen könnte. Ich griff nach meinem Telefon und bat Fraenkel, mir einen Moment zu geben. Er wies auf die Tür zu einem kleinen Büro am anderen Ende des Raumes.

»Nur zu.«

Ich schloss die Tür hinter mir. Glücklicherweise nahm Nicolas Netter gleich ab.

»Ist der Brief das wert?«, fragte er mich.

»O ja!«

Ich erläuterte ihm meinen Plan.

»Dann los!«

Als ich wieder Fraenkel gegenüber Platz nahm, war sein Gesicht noch genauso ausdruckslos. Aber er war ganz Ohr.

»In der Danksagung wird Ihr Name genannt. Und es gibt eine ganzseitige Anzeige in der *Revue des études épistolaires*, sechs Monate lang. Der Verlagsleiter ist einverstanden.«

Ich machte eine bedeutungsvolle Pause, um meine Worte wirken zu lassen.

»Und vor allem werden wir nur Gutes über Sie sagen, sehr viel Gutes. Mein Verleger verfügt über ein großes Renommee. Eric Chavassieux genauso. Was man von Madame Bennington nicht unbedingt behaupten kann. An Ihrer Stelle würde ich versuchen, es ein bisschen unterm Tisch zu halten, dass Sie mit ihr Geschäfte machen. Ihr Ruf ist … unterirdisch. Aber in dieser Hinsicht können Sie auf meine Diskretion zählen.«

Fraenkel zögerte eine Weile und trommelte mit zwei Fingern gegen seine Lippen. Er war klug genug, um zu wissen, dass das, was wir vorschlugen, auf lange Sicht die bessere Investition war statt des reinen Profits, den er aus dem Brief eines unbekannten Frontsoldaten schlagen könnte.

Er nannte seine letzte Forderung. Immer noch zu teuer, aber Netter hatte versprochen, die Differenz zu begleichen.

»So kommen wir ins Geschäft.«

Anschließend dauerte es noch eine Stunde, bis Fraenkel telefonisch und per Mail sämtliche Einzelheiten der Transaktion ausgehandelt hatte. Während wir auf die Bestätigungsmails von Eric und Netter warteten, wurde der Makler ein wenig zugänglicher. Ich saß ihm immer noch gegenüber, und als er mir eine winzige Tasse Kaffee aus seiner Espressomaschine reichte, fragte ich:

»Es ist ja nicht das erste Mal, dass Sie Briefe von Alban de Willecot anbieten. Gibt es denn noch weitere?«

»Ich weiß es nicht. Der Verkäufer kontaktiert mich von Zeit zu Zeit.«

»Wollen Sie mir immer noch nicht sagen, um wen es sich handelt?«

»Ich habe ihm Anonymität zugesichert.«

»Er hat Ihnen nicht gesagt, wo er die Briefe herhat?«

»Nein.«

»Wissen Sie, ob sich Briefe von Massis in seinem Besitz befinden?«

Begehrlichkeit flackerte flüchtig in Fraenkels Blick auf.

»Nein. Könnte er welche haben?«

»Die Briefe, die der Dichter an seinen Freund, den Leutnant, geschickt hat, sind alle verschwunden. Sie könnten aber noch irgendwo sein. Es ist jedenfalls seltsam, dass immer noch Briefe von Willecot herumschwirren.«

»Warum?«

»Die Comtesse de Barges hat sich jahrelang darum bemüht, die Briefe ihres Bruders wiederzubekommen. Und Massis' Nachkommen haben sich bereit erklärt, ihr alle in ihrem Besitz befindlichen zu übergeben. Sie hätten als Einzige welche für sich behalten können. Aber ich sehe keinen Grund, warum sie sich nach so langer Zeit von ihnen trennen sollten. Wirklich keinen.«

141

Kaum hatte ich Fraenkels Geschäft verlassen, rief ich Eric und Nicolas Netter an. Ich war so aufgeregt wie ein Kind, das ein unerwartetes Geburtstagsgeschenk bekommt. Tatsächlich hatte ich, als ich nach Brüssel fuhr, nicht für möglich gehalten, in der Lage zu sein, den Einsatz der Viper zu überbieten. Dass sie diesen Brief so bald nicht zu Gesicht bekommen würde, bereitete mir eine diebische Freude, in die sich Erleichterung mischte. Ich hatte mit Fraenkel ausgemacht, am nächsten Tag wiederzukommen, sobald die Bestätigung von der Bank da war, um den Autographen abzuholen. Das zwang mich, meine Pläne zu ändern, da ich eigentlich noch am Abend nach Paris zurückfahren wollte.

Ich hatte erst vor, mir ein Zimmer am Botanischen Garten zu nehmen, wo ich früher immer gern Fotos gemacht hatte; aber während ich am Bahnhofsschalter anstand, um mein Ticket umzutauschen, kam mir eine andere Idee: Auf dem Bildschirm mit den abfahrenden Zügen hatte ich gesehen, dass Brügge nur eine Zugstunde von Brüssel entfernt war. Ich könnte auch dort übernachten! Eine knappe Stunde später fuhr ich mit dem Regionalzug durch Flandern, eine Gegend, bei deren Anblick ich automatisch die Chansons von Jacques Brel im Kopf habe. Je mehr wir uns der Küste näherten, desto vertrauter schob sich das flache Land in seiner Weite dem Meer entgegen. Und Brügge, das ein bisschen weiter ins Innere hineingepflanzt war, enttäuschte die Erinnerung nicht, die ich davon behalten hatte.

Genau wie früher schmiegte es sich bürgerlich sanft an seine Kanäle und Beginenhöfe mit ihrem altmodischen Charme. Flanierend erkannte ich die Fassade eines Hotels wieder, in dem ich viele Jahre zuvor mit dir übernachtet hatte. Nichts an seiner überladenen Fassade hatte sich verändert. Ich stieß die Tür auf und nahm das einzig freie Zimmer, das es noch gab. Dann spazierte ich durch die Stadt, bis es dämmerte, und aß allein in einem Restaurant, wo mich diesmal niemand belästigte. In Gedanken spielte ich mein Treffen mit Fraenkel noch einmal durch, nachdem ich den Brief gelesen hatte. Ich hatte mich so bemüht, meine Gefühle angesichts des traurigen Inhalts hinunterzuschlucken, dass sich der Kummer wie ein böser Husten in meiner Kehle eingenistet hatte. Schon beim Gedanken daran stellte sich das Gefühl wieder ein.

Zugleich erfüllte mich das Bewusstsein, die Partie gewonnen zu haben, mit Stolz. Ich hätte mich so gefreut, wenn Samuel da gewesen wäre, an meiner Seite, um den Triumph mit mir zu feiern. Wir hätten sahnigen Waaterzooi gelöffelt und wären Hand in Hand durch das Geflecht der Straßen und Kanäle geschlendert. Ich träumte davon, mit ihm zu schlafen, in meinem gelben Zimmer im Hotel Salvator. Neben meinem Teller, der angenehm nach Meer und Gewürzen roch, verfasste ich eine Nachricht, in der ich Samuel von meinem Tag erzählte. Auch wenn es ein Eingeständnis der Schwäche sein mochte, schrieb ich ihm, wie sehr er mir fehlte. Ein paar Minuten später leuchtete das blaue Rechteck meines Displays auf: »Du fehlst mir auch. Bis ganz bald. Kuss.«

Diese wenigen Worte genügten, um mir den Abend zu erhellen. Dass meine Brust sich zusammenzog, nur weil sein Name auf dem Display stand, sagte mir, dass ich ihn liebte – und dass ich aufhören sollte, Angst davor zu haben. Auch wenn er nicht genauer gesagt hatte, wo und wann, wollte ich glauben, dass er meinte, was er sagte, und wir uns wirklich bald wiedersehen würden. Als ich dem Komplizenblick der Kellnerin begegnete, wurde mir bewusst, dass ich, obwohl allein mit meinem Telefon, still vor mich hinlächelte.

Am nächsten Morgen verließ ich das Hotel, nachdem ich einen Kaffee in mich hineingeschüttet hatte, und erkundete die Stadt. Spontan nahm ich ein Taxi nach Ostende, das nur zwanzig Minuten entfernt war. Ich wollte unbedingt das Meer sehen. Im Gegensatz zum Vorabend war es sehr frisch, eine Nebeldecke verhüllte die Küste. Der Wind drang durch meine Lederjacke, während am Himmel nach und nach Wolken aufzogen. Da war sie, mächtig und schroff, die graue

Schönheit der Nordsee. Ich ließ mich von Böen herumschubsen und ging fast eine Stunde am Strand entlang. Außer einem Paar in der Ferne und einem Mann, der seinen Hund ausführte, war ich allein. Ich beobachtete die Wellen, ihre metallische Farbe, das Tier, das hinter dem Stock herjagte, den sein Herrchen warf. Plötzlich vermischten sich die Zeitebenen; in einem seltsamen Verdopplungseffekt legte sich über diese Szene die Erinnerung an eine frühere. Es war ein anderes Meer, die Ostsee, ein anderer Strand, ein anderer Hund. Aber der gleiche Wind und Wolken von derselben melancholischen Dichte.

Damals hatte ich dich seit fast zehn Monaten nicht mehr gesehen. Unter dem Vorwand, dass du niemanden mehr erkennen könntest und es dich zu sehr anstrengen würde, hielt Liliane alle von dir fern. An einem Wochenende musste ich zu einer Konferenz nach Hamburg; nachdem ich meinen Vortrag gehalten hatte, war es mir unerträglich, dort zu bleiben, unter all den anderen. Ich floh mit dem Zug nach Lübeck. Die vage Erinnerung, dass Thomas Mann dort geboren war, diente mir als Vorwand für diese Pilgerfahrt. Ich besichtigte das Haus seiner Großmutter in der Mengstraße, wo der Schriftsteller seinen ersten Roman angesiedelt hatte. An den Wänden standen die Namen der Protagonisten dieser Familiensaga, die ich als Studentin gelesen hatte: Thomas, Gotthold, Clara, Tony, Gerda. Ich stellte mir einen blutjungen Autor vor, der mit seinem ersten Roman ringt und sich einen Spaß daraus macht, das eine oder andere Familienmitglied zu porträtieren und ihm einen bestimmten Zug, einen Sprachtick oder ein Kleidungsdetail zuzuordnen, Beutestücke, die er wie ein Dieb von jedem Essen, jedem Tee mitnimmt und auf sein Zimmer trägt.

Aber der wahre Grund für meine Flucht nach Lübeck damals war, dass ich nach den vielen Zerreißproben, die immer zahlreicher wurden, je näher meine Reise nach Deutschland rückte, vier Tage vorher einen Anruf erhalten hatte. Von einer ziemlich entfernten Bekannten, einer Freundin von Freunden. Als ihr Name zu später Stunde auf meinem Display erschien, wusste ich, worüber sie mit mir sprechen wollte.

Über dich, dem es schlechter und schlechter ging.

Du hättest nur noch drei Wochen.

Aus unterschiedlichen Gründen hatte niemand von denen, die es wussten, gewagt, mir das zu sagen. Schon gar nicht Liliane. Sie selbst hatte es mehr oder weniger durch Zufall erfahren, weil ihre Schwester in dem Krankenhaus arbeitete, in das man dich eingeliefert hatte.

Ich weiß nicht, warum diese Person mich anrief, obwohl sie von meinem miserablen Verhältnis zu deiner Exfrau wusste. Ich glaube, sie hatte einfach nur Mitleid mit mir.

In diesem Moment begannen all meine inneren Kompasse zu rotieren. Ich wusste nicht, ob Liliane und dein Sohn, die mir die Tür versperrt hatten, mir gestatten würden, dich zu sehen. Aber vor allem wusste ich nicht, ob ich den Mut dazu hätte. Die Vorstellung, dich dort unten in Nizza sterben zu lassen, ohne dass wir noch einmal miteinander geredet hatten, in einer Einsamkeit, die du dir nicht ausgesucht hattest, war unerträglich. Aber ich wusste auch, dass nun endgültig Nacht um dich herrschte, dass ich dich sprachlos, reglos und ohne Erinnerung an uns vorfinden würde und dass ich mit diesem Bild für den Rest meiner Tage leben müsste.

An diesem Punkt meiner Verzweiflung fürchtete ich am meisten, die Erinnerung an dich zu verlieren, an unser letztes Zusammensein in der Zeit, da die Krankheit dich noch nicht im Griff hatte. Ich hatte Albträume.

Also zog ich meine Buddenbrook-Pilgerreise in Lübeck bis zum Schluss durch. Ich nahm sogar den Zug nach Travemünde, in das Seebad, wo Tony immer so gerne gewesen war. An dem ungeheuren Ostseestrand ging der schäbige Novembertag zu Ende, der in der Dämmerung von ergreifender, trostloser Schönheit war. Nur ich war dort und ein Mann mit seinem Labrador, der hinter einem Stück Holz herjagte. Aber er war so weit weg, dass ich nur seine Silhouette am Meeresufer sah.

Niemand wusste, dass ich dort war. Ich hätte mich verlaufen und nie mehr zurückkommen können. Ich hätte sterben können, an der

Bereitschaft dazu mangelte es mir nicht. Ich hatte das Gefühl, am Ende der Welt, am Ende meiner Geschichte angekommen zu sein, die wir miteinander geteilt hatten und die uns nun abhandenkam. Dreihundert Tage ohne dich und ein Schmerz, der irgendwann keinen Namen mehr hatte, keinen Sinn, keine Farbe.

Und dort, in der Einsamkeit und verregneten Milde dieses deutschen Herbstes, wurde mir klar, dass ich zu dir fahren würde.

142

Verdun, den 15. Juli 1916

Mein lieber Anatole,

wenn Du diesen Brief erhältst, bin ich vielleicht nicht mehr auf dieser Welt. In ein paar Stunden werden wir stürmen, und ich bin nicht sicher, ob ich danach noch lebe.

Bevor ich meinen Abgang mache, möchte ich Dir sagen, dass mir das Schicksal kaum eine größere Gunst erweisen konnte, als Dich kennenzulernen. Deine Dichtkunst hat meine Seele erleuchtet, und Du warst für mich mehr als ein Freund: Du warst mein Bruder. Mit Dir an meiner Seite konnte ich davon träumen, selbst zum Dichter zu werden, zum Sternenpoeten.

Der Krieg hat alles ausgelöscht. Der dreckige Krieg, der uns zu wilden Tieren herabgewürdigt hat. Nein, wir sind schlimmer als die Tiere. Wir wissen nicht einmal mehr, wen wir töten und warum und wozu das alles gut sein soll.

Ich habe einen guten Mann verraten, der nun durch meine Schuld tot ist. Ich trage zu viele Geheimnisse und zu viel Schande mit mir herum. Wenn ich heute an der Front falle, sag Diane, dass sie mir nicht nachtrauern soll und dass sie gut daran getan hat, dieses verrückte Vorhaben fallenzulassen. Und Du musst auch nicht traurig sein. In ein paar Tagen wirst Du persönlich zu Deinen Händen einen Film erhalten mit allen benötigten Informationen über den Tag und die Uhrzeit, zu der die Fotos entstanden sind. Ich vertraue darauf, dass Du den bestmöglichen Gebrauch davon machen wirst.

Pass gut auf Deine Kinder auf und sag ihnen, dass ich sie ewig in meinem Herzen tragen werde. Es macht mich unendlich traurig, sie nicht aufwachsen zu sehen. Meinem Patenkind Eugénie sag, dass ich vom Himmel auf sie herunterschauen werde, und wenn sie einen Stern zu ihr hin blinken sieht, dann ist das ihr Pate, der ihr von dort oben winkt. Mach das, was Du machen wirst, für sie, für Deine beiden und für den Frieden.

Ohne Deine Briefe, Dein Projekt, ohne die Hoffnung, die Du mir gabst, hätte ich schon lange den Verstand verloren.

Du warst mein Gewissen, als ich meines verloren hatte. Möge Gott Dich beschützen, Anatole, Er schütze Euch alle.

Ich drücke Dich an meine Brust.
Dein Dir bis in alle Ewigkeit treu ergebener Alban

143

Erst Mitte Juni bekam ich einen neuen Termin bei Georges Alphandéry, dem Abteilungsleiter für Geschichte und nationales Erbe des Heeresdokumentationsdienstes. Im Konferenzraum, in den er mich brachte, erwarteten uns Ada Sarkissian, die Frau mit den karottenroten Haaren, und eine andere Dokumentarin, deren Namen ich nicht verstand. Ihre Augen hatten eine seltsame Farbe, irgendwo zwischen stehendem Gewässer und Schiefer. Und ein Militär in Uniform, Anfang vierzig, der mir als Colonel Rozen vorgestellt wurde. Alphandéry schob das Foto in meine Richtung.

»Danke, dass Sie es uns überlassen haben. Colonel Rozen zeigt Ihnen gleich den Brief.«

Es war kein handschriftliches Dokument, wie ich gedacht hatte, sondern ein auf geripptem Papier gedruckter Text. Die Qualität war so bemerkenswert, dass er kaum ein paar Jahrzehnte alt zu sein schien. Die Nachricht umfasste nur ein paar Zeilen.

Paris, den 24. Juli 1916

Sehr geehrter Herr Chefredakteur,

ich möchte Ihnen diese Fotografie zur Kenntnis bringen, die vor ein paar Tagen in der Meuse entstanden ist. Es handelt sich um französische Soldaten, die vor den Augen anderer Franzosen füsiliert wurden, um ein Exempel zu statuieren. Ihr einziges Unrecht bestand darin, dass sie Deckung suchten, als ihnen infolge eines aberwitzigen Befehls ihres Kommandeurs die Munition ausgegangen war.

Der Urheber dieses Bildes gilt zum jetzigen Zeitpunkt als verschollen, doch finden sich mehrere Männer seines Bataillons bereit, die Tatsachen zu bezeugen.

Nicht genug damit, dass sie die Leiden dieser langen Kriegsjahre auf sich nehmen mussten, sollen die französischen Soldaten jetzt nicht nur gegen die Deutschen kämpfen, sondern sich auch gegenseitig umbringen.

Das Ziel der summarischen Gerichtsbarkeit ist eine Lüge. Um diesen Verbrechen ein Ende zu setzen, gibt es kein anderes Mittel als die Öffentlichkeit. Deshalb appelliere ich an Ihr Pflichtgefühl, diese Aufnahme zu verbreiten.

Falls Sie Genaueres über diese Männer wissen und mich eventuell treffen wollen, hinterlegen Sie bitte Ihre Antwort postlagernd am Odéon unter dem Namen »Sées«.

Mit vorzüglicher Hochachtung
Sées

»Wir haben keinen Hinweis auf diesen Sées«, sagte Rozen.

Ich schon.

Nun wusste ich mit Sicherheit, dass Massis diesen Brief verschickt hatte, nachdem ihn Willecot gebeten hatte, die Presse über diese Angelegenheit zu informieren. Sein Pseudonym – der Name seiner Geburtsstadt – hatte es mir soeben bestätigt. Er ließ sich allerdings auf ein gewagtes Spiel ein: Nicht nur, dass er sich damit selbst der Gefahr einer Anklage wegen Geheimnisverrats aussetzte; als Großschwiegersohn von Louis Limoges, der eines Tages, wie es hieß, dessen Sitz in der Akademie übernehmen sollte, hätte er sich mit Schmach bedeckt, indem er diese Anschuldigungen unterzeichnete, zumal er wegen seiner Behinderung leicht in den Verdacht geraten konnte, ein Drückeberger zu sein. Schlimmer: Sein Posten bei der Prüfstelle hätte ihm den Vorwurf des doppelten Spiels einbringen können, was ihn teuer zu stehen gekommen wäre. Aus all diesen Gründen vermutete ich, dass der Dichter über genügend handwerkliches Wissen aus seiner Zeit als Faktor verfügte, um den anonymen Brief zu setzen und auf einer Druckerpresse zu drucken (vielleicht mit seinem alten Freund

Ermogène als Komplizen?). Nach diesem Vertuschungsmanöver hätte einer schon sehr schlau sein müssen, um ihn dahinter zu vermuten.

»Ist das auf dem Foto eine exemplarische Füsilierung?«, wollte ich wissen.

»Allerdings. Bis jetzt dachten wir, dass es zwei Verurteilte waren, die im Juni 1916 in Fleury-devant-Douaumont hingerichtet wurden. Dank Ihnen wissen wir, dass sie zu dritt waren. Das Datum des Briefes lässt zwei Fälle in Frage kommen.«

Colonel Rozen nannte eine Reihe von Namen und Orten, die mir nichts sagten.

»Der zweite Fall betrifft drei Soldaten des 177. Infanterieregiments.«

Das war das Regiment, in das Willecot nach der Auflösung seines ersten eingezogen worden war.

»Die drei wurden am 15. Juli 1916 hingerichtet: Hyacinthe Picot, Auguste Metzger und Antoine Gallouët.«

Als dieser Name fiel, machte mein Herz einen Sprung.

»Weswegen wurden sie angeklagt?«

»Die ersten beiden wegen Feigheit vor dem Feind, der dritte wegen Fahnenflucht und Spionage.«

Anlässlich des hundertjährigen Jubiläums wurden die Fälle der Füsilierten, an denen ein Exempel statuiert worden war und deren kollektive Rehabilitierung von mehreren Verbänden gefordert wurde, einer neuerlichen Betrachtung unterzogen. Manche dieser Urteile jedoch, sagte Rozen, beträfen Verstöße gegen das Gemeinrecht, weshalb sie vom Militär nicht aufgehoben werden könnten. Seine Aufgabe sei es, eine Namensliste aller Soldaten zu erstellen und die Beweise in den Akten der Anklage zu überprüfen. Diese sollten dann im Rahmen des Möglichen der Öffentlichkeit zugänglich gemacht werden. Einiges stand bereits online; über eventuelle Rehabilitierungen würde der Generalstab von Fall zu Fall entscheiden.

»Ist die Akte Gallouët zugänglich?«

»Nein, das ist eine von denen, die noch zu bearbeiten sind. Ziemlich komplex. Wissen Sie, um wen es da geht?«

»Gallouët war Adjutant eines Leutnants namens Alban de Willecot. Und dessen Freund. Können Sie mir mehr zu den Gründen seiner Verurteilung sagen?«

»Normalerweise geben wir in diesem Stadium keine Informationen an Zivilisten weiter, die nicht zur Familie gehören.«

Pause.

»Aber da Sie das Foto beigebracht haben, können wir eine Ausnahme machen.«

Im Grunde hatte Rozen weniger von einem Militär als von einem skrupelhaften Beamten, der Wert darauf legte, das Verfahren mit Anstand zu erledigen. Er fasste für mich den Prozessbericht zusammen, wie er sich für ihn darstellte: Den drei Männern wurde vorgeworfen, sich in einen Laufgraben geflüchtet zu haben, nachdem sie den Befehl erhalten hatten, auf Erkundung zu gehen, als der Bombenhagel am stärksten war – ein Befehl, der im Graben Bestürzung ausgelöst hatte. Sobald sie zwanzig Meter zurückgelegt hatten, gerieten sie ins Kreuzfeuer der deutschen Artillerie und der französischen, die nicht weit genug schoss. Deutsche Granaten gingen in regelmäßigen Abständen nieder und wühlten um sie herum die Erde auf.

Picot, der am Oberschenkel verletzt war, kroch weiter und ließ sich seitlich in einen Laufgraben fallen; er winkte seinen Kameraden, zu ihm zu kommen und das Ende des Trommelfeuers abzuwarten. Nach einer Stunde hörte der Beschuss auf, aber der von den Granaten verwüstete Graben war nur noch eine Erinnerung; die drei Infanteristen waren isoliert, ohne Deckung und Munition. Sie robbten also zurück zu den französischen Linien, wo sie von ihren Kameraden bejubelt wurden. Keiner hatte geglaubt, sie lebendig wiederzusehen.

Zur allgemeinen Überraschung stellte General Vidalies sie unverzüglich vor ein Militärgericht. Seinen Angaben zufolge hatten sich die drei Männer schuldig gemacht, weil sie vor dem Feind zurückgewichen waren. Der Prozess sollte schon am nächsten Tag stattfinden, so dass sie nicht genug Zeit hatten, ihre Verteidigung vorzubereiten. Metzger, im zivilen Leben Arbeiter und Gewerkschafter, sagte, die Erkundung sei ein Vorwand gewesen, um sie sinnlos in Gefahr zu bringen. Seiner Meinung nach wollte Vidalies sie vorsätzlich in den Tod schicken. In der Anklage war von »mangelndem Kampfwillen« des Bataillons die Rede und von häufigem Ungehorsam gegenüber den Befehlen, Metzger und Gallouët wurden als »Rädelsführer« beschrieben. Der Fall des bretonischen Adjutanten war besonders heikel. Er hatte vier Monate zuvor mehrere ehrenvolle Erwähnungen und das Kriegskreuz erhalten, weil er seinem Leutnant das Leben gerettet hatte. Er war von mehreren Vorgesetzten ausdrücklich für seinen Mut gelobt worden. Alban de Willecot wollte unbedingt als Zeuge für ihn aussagen. Wäre die Anklage wegen Spionage nicht gewesen, hätte Gallouët vielleicht sogar eine Chance gehabt davonzukommen.

»Warum wurde er eigentlich wegen Spionage angeklagt?«

»Weil er einen Fotoapparat bei sich hatte.«

»Ja und? Er hatte doch die Genehmigung dafür, oder?«

»Nicht mehr. Sie war ihm eine Woche zuvor entzogen worden. Dass er die Kamera trotzdem behielt, verstieß gegen die Vorschriften.«

Der Oberst blätterte eine Seite weiter, überflog den Inhalt des Blatts und las vor: »Auf die ihm gestellte Frage, ob er Adjutant Gallouët den Befehl erteilt habe, während dieser Mission einen Fotoapparat mit sich zu führen, um Aufnahmen in den verbotenen Zonen zu machen, antwortete Lieutenant de Willecot mit ›Nein‹.«

Die drei Männer wurden mit drei zu zwei Stimmen zum Tode verurteilt und am darauffolgenden Morgen in Anwesenheit des vollzähligen Regiments exekutiert. Die Familien forderten jahrelang vergeblich ihre Rehabilitierung; Gérald Lecouvreur, der Enkel von Antoine Gallouët, bestand darauf, den Fall neu aufzurollen.

»Waren sie Ihrer Meinung nach schuldig?«, fragte ich Rozen.

»Schwer zu sagen. Der Fall ist nicht sehr klar, es steht Aussage gegen Aussage.«

»Und das Urteil?«

»Es war schon eine sehr harte Strafe, es sei denn, der Spionagevorwurf traf zu.«

»Gallouët war kein Spion!«

Jetzt war es an mir, die Karten auf den Tisch zu legen. Ich erzählte alles, was ich Albans Briefen entnommen hatte, und ließ nichts aus: von der Abneigung der Truppe Vidalies gegenüber und der miserablen Meinung, die seine Männer von ihm hatten; von den Vorfällen, die Willecot beschrieb, von seiner Sorge um den Freund und seinen Versuchen, den Antrag auf dessen Versetzung zur Fotobrigade zu beschleunigen, um Schlimmeres zu verhindern. Dann schilderte ich, wie die beiden Männer seit Kriegsbeginn der Fotografie gehuldigt hatten, wie ihre Technikmanie zu einer Dokumentationsleidenschaft geworden war und schließlich zur letzten Zuflucht einer Revolte; ich skizzierte das Projekt *Szenen aus dem Muschkotenleben* und erwähnte ihren häufig geäußerten Wunsch, einen Sturmangriff auf Film festzuhalten, zunächst aus Lust an den Möglichkeiten der Fotografie, dann aus dem Willen heraus, die absurden Bedingungen so realistisch wie möglich abzubilden, unter denen sie kämpften. Willecot, Gallouët und die anderen, erläuterte ich, wollten die primitive, selbstmörderische Borniertheit einer Kriegführung entlarven, die darin bestand, an den Verteidigungslinien die Bataillone aufeinanderzuhetzen, wo sie, egal ob französisch oder deutsch, genauso unerbittlich brachen wie die Flut an den Deichen.

»Dann hat Ihrer Meinung nach Willecot das Foto gemacht?«, fragte Rozen.

»Davon bin ich überzeugt.«

»Und wie? Ein solches Foto konnte er ja nicht vor Ort entwickeln.«

»Er hatte ein Arrangement mit einem Freund, dem er die belichteten Filme überbringen ließ.«

»Wer war das?«

»Anatole Massis. Der ›Sées‹ dieses Briefes.«

Alle vier sahen mich unter hochgezogenen Augenbrauen an.

»Der Schriftsteller Massis?«

»Ja. De Willecot und er hatten ein gemeinsames Projekt.«

Ich zog das blaue Album, das ich von Gerstenberg bekommen hatte, aus der Tasche und schob es zu ihnen hinüber. Rozen schlug es auf und blätterte darin, die drei anderen drängten sich um ihn und schauten ihm fasziniert über die Schulter. Ich erinnere mich an die Stille im Raum, an die glänzenden Augen der schwarzhaarigen jungen Frau, die mit jedem Bild blasser wurde. Obwohl alle, die sich hier um das *dirty book* versammelt hatten, Experten eines Militärarchivs waren und weitaus abgehärteter als ich, machte die unvorstellbare Summe der Gewalt, zu der sich die Bilder addierten, auch sie sprachlos. Als der Oberst es wieder zugeklappt hatte, saßen wir alle schweigend da. Und ich weiß nicht genau, ob in Pierre Rozens Blick nicht auch Traurigkeit lag. Ich brach als Erste das Schweigen.

»Wo sind die drei Männer begraben worden?«

»Das ist im Protokoll nicht vermerkt. Aber wir können Ihnen die Adressen verschiedener Verbände geben. Manche kümmern sich um die Nachverfolgung dieser Fälle.«

»Werden Sie diese Soldaten rehabilitieren?«

»Das hängt nicht von mir ab«, sagte Rozen. »Aber es ist nicht ausgeschlossen, dass diese Akte nun in einem neuen Licht erscheint. Würden Sie mir dabei helfen?«

»Es wäre mir eine Freude.«

144

Es hatte keinen Prozess gegeben. Sofern man diese Farce einer Verhandlung ohne Anwalt und ohne Möglichkeit einer Berufung, die das in einem beschlagnahmten Klassenzimmer, wo es nach Kreide und kaltem Tabak roch, eilig zusammengetrommelte Gericht geliefert hatte, überhaupt hätte Prozess nennen können. Die Anwesenden, mit hohem Kragen und in steifer Haltung, mieden den Blickkontakt mit den Soldaten in Uniform. Sie hatten über ihr Schicksal bestimmt, bevor diese vorgeführt worden waren.

Als sie hinausgingen, sahen sie die Kameraden. Aschfahl, aneinandergedrängt. Einer von ihnen schrie in ihre Richtung: »Keine Angst, die kommen nicht damit durch, die Schweine!« Bis zum Schluss klammerten sich seine beiden Gefährten im Unglück an diese Hoffnung. Sie glaubten daran, dass in Frankreich Gerechtigkeit herrsche. Und dass in ihrem Land keine Unschuldigen umgebracht würden. Er war sich da nicht mehr so sicher. Mord gehörte seit 1914 dazu, zur »Ausmerzung des Feindes«. Der einzige Unterschied war, dass sie nicht von den Kugeln der Deutschen fallen würden. Sondern erschossen von Franzosen.

Am Vorabend hatte man ihnen Tinte und Papier gebracht. Er hatte seiner Frau und seinen Kindern geschrieben. Aber nicht, um sich zu entschuldigen. Wofür auch? Er wiederholte nur immer wieder, dass er unschuldig sei. Unschuldig. Und dass sie nie daran zweifeln dürften, egal was man ihnen erzählte – und man würde ihnen alles Mögliche erzählen. Denn zur Lüge müsse auch noch die Schande kommen.

Im Morgengrauen wurden sie abgeholt. Picot weinte. Metzger stürzte sich auf einen Soldaten, der sich ihm näherte, und versuchte, ihm sein Gewehr zu entreißen. Drei Männer und ein brutaler Kolbenhieb waren nötig, um ihn in Schach zu halten. Metzger würde in den Tod gehen, wie er gelebt hatte, rebellisch, mit Blut im Gesicht. Er selbst, der Letzte der drei, ging einfach mit. Ohne Einverständnis, aber auch ohne Protest. Im Blick des Soldaten, der ihn bewachte, sah er Scham.

Ein blasser Morgen erhob sich über den verschlossenen Mienen von Wärtern und Gefangenen, kreidebleiche Gesichter, die Augen dunkle Höhlen, wandten sich dem auf sie wartenden Tod zu, der hier nach einem absurden, peinlich genauen Protokoll seine Karten neu mischte. Im selben Moment schlug dieser Tod ein paar Kilometer weiter unterschiedslos zu, in einem irrsinnigen, barbarischen Gemetzel, aber wenigstens fielen die Menschen dort nicht einem abstoßenden Kalkül zum Opfer, in dem nur Exempel und Symbole zählten.

Als sie nach einer holprigen Fahrt vom Lastwagen stiegen, führte man sie auf ein Feld. Ein paar Bäume standen noch, aber kein Vogel sang. Dabei war Sommer. Er versuchte ein letztes Mal, an Saint-Servan und den Strand von Sillon zu denken, den er nie wiedersehen würde. Die Brandung und den Duft des Meeres, wenn er als Kind mit seinem Vater fischen ging. Das Scheuern der Netze auf seinen vom Salz aufgeschürften Händen. Dort hatte er sterben wollen, auf seinem Boot, im Sturm. Nicht gefesselt und gedemütigt, während seine Degradierung verlesen wurde. Im Gegensatz zu seinen beiden Kameraden hatte er es abgelehnt, sich die Augen verbinden zu lassen. »Bist du sicher?«, hatte ihn der Soldat gefragt. Und er hatte genickt. Er hielt sich aufrecht und spürte das harte, frische Holz in seinem Rücken. Eine übernatürliche Angst wühlte in seinen Eingeweiden und schien jedes Molekül seines Körpers zu durchdringen, die Angst war viel größer als bei seiner Feuertaufe, ja, sie ging sogar über die Idee der Angst hinaus. Gleichzeitig verharrte ein Teil von ihm in einer sprachlosen Ruhe, als ob seine Seele bereits den Körper verlassen würde. Als er vor seinen Kameraden an den Pfosten gebunden wurde, begriff er in einem Anflug von diamantscharfer, grausamer Hellsicht, dass die Menschen ihn verlassen hatten.

Dem konnte er nur noch ins Auge sehen. Seine Blicke wie Klingen mit jenen kreuzen, die sich bereitmachten, zu seinen Mördern zu werden. Von fern erkannte er die Gesichter der Kameraden, der Freunde, mit denen er Belote gespielt, sich einen Feldbecher kalten Kaffees geteilt, Angriff und Entmutigung erlebt hatte. Alle waren sie mitgenommen. Einer würde sich wenige Minuten später auf die Stiefel eines Offiziers erbrechen, der den Affront schweigend ertragen musste, denn kann man einen Soldaten dafür bestrafen, dass er sich einen Teil seiner Menschlichkeit bewahrt hat?

Er suchte nach dem Gesicht seines Leutnants, sah ihn nicht, seufzte. Ein Körnchen Hoffnung inmitten der Katastrophe. Dass sie sich daran erinnern würden, es getan zu haben: auf einen der Ihren zu schießen. Dass sich dieses Bild für immer ins Gedächtnis aller einprägen würde, dass es sie verfolgte bis in ihre Albträume. Und vielleicht erkannten sie dann aufgrund ihrer nächtlichen Qualen, dass sie an diesem Morgen die Grenze überschritten hatten, die den Krieg vom Verbrechen scheidet.

145

Wenn sie sich über mich ärgerte oder ich ihr nicht gehorchen wollte, rutschte meiner Patin immer heraus:»Du bist genau wie deine Mutter!« Aus ihrem Munde war das kein Kompliment. Aber ich nahm es als solches. Und wenn sie mich um sieben Uhr früh an der Gare Montparnasse in der Flut verschlafener Reisender gesehen hätte, hätte sie bestimmt dasselbe gedacht. Massen von Koffern und voluminösen Rucksäcken signalisierten die Nähe der großen Ferien. Ich hatte nur eine bescheidene Tasche mit meinem Tablet, Kopien von Albans Briefen und dem sorgfältig verpackten *dirty book* bei mir. So ausgerüstet, machte ich mich auf den Weg nach Loudéac in Côtes-d'Armor. Wo ich Gérald Lecouvreur treffen würde, den Enkel von Antoine Gallouët.

Seine Adresse hatte ich von einem der Verbände, die mir Pierre Rozen genannt hatte. Ich hatte ihm geschrieben, dann mit ihm telefoniert. Kaum hatte ich den Namen de Willecot ausgesprochen, rief mein Gesprächspartner aus:»Lieutenant de Willecot vom 177. Infanterieregiment?«

»Ja, genau der.«

Nie hätte ich gedacht, dass mein Anruf eine so begeisterte Reaktion hervorrufen würde. Da wusste ich noch nicht, dass Gérald Lecouvreur den Tod seines Großvaters noch lange nicht zu den Akten gelegt hatte. Er fragte gleich, ob wir uns treffen könnten, und entschuldigte sich, dass sein Alter und seine Gesundheit ihm nicht erlaubten, selbst nach Paris zu kommen; aber wenn ich freundlicherweise mit dem Zug nach Saint-Brieuc fahren wollte, würde er seinen Schwiegersohn schicken, mich am Bahnhof abzuholen.

Deshalb stieg ich an diesem Morgen so früh in den TGV. Als ich mit einem Becher Kaffee in der Hand auf meinem Platz saß, ließ ich noch einmal alle Reisen und gefahrenen Kilometer seit Beginn dieser

Recherche, die mich über Frankreichs Landstraßen und weit darüber hinaus geführt hatte, Revue passieren: Jaligny, Othiermont, Lissabon, Madrid, dann Genf, Bern, Brüssel bis zu dieser Verabredung in der Bretagne. Meine Hoffnung, der Sesshaftigkeit näherzukommen, indem ich mich bei Alix einquartierte, war eine Illusion – mein alter Hang zum Nomadisieren hatte mich wieder eingeholt. Aber vielleicht sollte ich einfach aufhören, das als eine Kunst der Flucht anzusehen. Sondern eher als ein inneres Streben, auch als Reichtum, den ich Irène verdanke. Als Kind war ich fasziniert von den Konzertprogrammen meiner Mutter, wo unter ihrem Foto in Balkenlettern Städtenamen wie Rom, Prag oder Tokio prangten. Die selten geschriebenen, noch seltener verschickten Ansichtskarten, die sie uns von ihren Tourneen mitbrachte, sammelte ich in einer Schuhschachtel. Das war mein kostbarster Schatz.

Merkwürdig, dass uns jemand auch nach fünfunddreißig Jahren noch so fehlen kann. Aber bei Irène ist das der Fall. Ich denke oft an meine Mutter. Jetzt, da Roberto tot ist und in Rom an ihrer Seite ruht, frage ich mich, ob ich weiterhin Jahr für Jahr an ihr Grab pilgern soll wie früher zusammen mit dem italienischen Dirigenten. Meinen Vater besuche ich seltsamerweise weniger oft, seit er in Fontainebleau liegt. Wir mochten einander, so viel ist sicher. Aber ich habe ihn offenbar zu sehr an seine Frau erinnert, als dass unsere Beziehung einfach gewesen wäre. Er erlebte meine Freundschaft mit Balducci als Verrat und wollte nie begreifen, dass mein Bruder und ich unter Irènes Abwesenheit genauso litten wie er. Er war mit über fünfundvierzig Jahren Vater geworden und gehörte einer Generation an, für die Kinder undankbare kleine Wesen waren, denen materieller Komfort und eine gute Erziehung zu ihrem Glück reichen mussten.

Er hatte immer behauptet, Irène habe uns nicht gewollt und uns nach der Scheidung in Fontainebleau abgestellt wie Gepäckstücke in der Aufbewahrung – das waren seine Worte; und einer der Gründe, weshalb die Patin ihre Schwägerin schmähte. Durch Roberto habe ich schließlich erfahren, dass Irène in Wirklichkeit das Sorgerecht haben wollte, aber mein Vater die Hunde auf sie losgelassen hatte. Künstlerin, Reisende, Ehebrecherin – der Richter warf ihr diese drei Worte buchstäblich ins Gesicht, um sie zu demütigen. Sie hat uns nie davon erzählt. Arme Irène, vielleicht war sie im Grunde gar nicht diese flatterhafte, egoistische Mutter, als die man sie uns stets geschildert hatte?

Vom TGV in den Schlaf gewiegt, wachte ich erst in Rennes wieder auf. Wie vereinbart, erwartete mich Lecouvreurs Schwiegersohn vor dem Bahnhof von Saint-Brieuc in einem verdreckten Geländewagen. Er sagte nicht viel während der halbstündigen Fahrt, außer dass sein Schwiegervater sich freuen würde, mich zu sehen.

Und wirklich erwartete er mich mit einer fast fiebrigen Ungeduld. Er empfing mich im Esszimmer, wo auf einem Zierdeckchen eine Kanne Kaffee, zwei Tassen und Butterkekse von Saint-Michel standen. Die Einrichtung mit Seestücken an den Wänden, Zimmerpflanzen, einer hölzernen Anrichte und einer Standuhr auf dem Kamin, umrahmt von einem Schwarm Kinderfotos, manche alt, andere erst kürzlich aufgenommen, glich Tausenden anderen.

»Sie haben ja eine beeindruckende Familie«, sagte ich.

»Drei Söhne, eine Tochter und fünf Enkel. Der sechste ist unterwegs. Deshalb ist meine Frau in Morlaix.«

Wir setzten uns. Am Ende des Tischs lagen drei dicke Ordner.

»Ich habe mich sehr über Ihren Anruf gefreut!«

Seine Hände zitterten, als er mir die Zuckerdose reichte. Das Alter? Die Gefühle? Mein Besuch bewegte ihn anscheinend sehr. Ich ließ etwas Zeit verstreichen, dann begann er zu sprechen.

»Seit Jahren habe ich auf diesen Anruf gewartet. Ich wollte immer schon wissen, was mit meinem Großvater passiert ist.«

»Hatten Sie Zweifel an der offiziellen Version?«

»Meine Großmutter hat nie geglaubt, dass ihr Mann ein Spion war. Nach zwei Jahren an der Front, stellen Sie sich das vor! Die Armee hat nie auf ihre Fragen geantwortet. Trotzdem hat sie immer wieder nachgehakt und Briefe um Briefe geschickt. Aber sie sind nie davon abgewichen: Spionage und Fahnenflucht.«

Seine Stimme vibrierte genauso wie die Violetas, als sie mir zum ersten Mal von Tamara erzählte: Man hörte darin die schmerzhafte Erinnerung an unerledigte Angelegenheiten.

»Hunderte haben sie erschossen, arme Kerle wie meinen Großvater. Manche hatten sich bestimmt auch schlecht aufgeführt, aber andere überhaupt nicht. Diese Männer haben Gerechtigkeit verdient.«

Ich wandte meinen Blick auffordernd zu den Ordnern.

»Sie haben bestimmt schon alle erdenklichen Schritte unternommen, nehme ich an.«

»Ja … meine Großmutter hat alles aufgehoben: die Briefe ihres Mannes, die Fotos. Und auch die Aussagen der Frontsoldaten, die sie nach dem Krieg besuchen kamen. Sie haben ihr bestätigt, dass mein Großvater und seine zwei Kameraden einem Widerling zum Opfer gefallen sind.«

»General Vidalies?«

»Genau. Woher wissen Sie das?«

»Willecot sagte das auch.«

»Willecot … Mein Großvater hat seinen Lieutenant verehrt. Rückhaltlos bewundert. Wissen Sie, dass er, der kleine bretonische Fischer, ihm das Fotografieren beigebracht hat?«

»Das weiß ich, ja.«

Wieder verstummten wir. Was ich sagen würde, war von großer Bedeutung für den Enkel von Antoine Gallouët, und ich wusste noch nicht so genau, wie ich es formulieren sollte.

»Monsieur«, sagte ich schließlich leise, »ich habe mit der Armee nichts zu tun, ich bin nicht einmal Militärhistorikerin. Ich habe nicht die Macht, diese Akte zu ändern. Alles, was ich tun kann, ist, Ihnen zu zeigen, was ich gefunden habe.«

»Das wäre schon viel. Seit Jahren trete ich mit meinen Anfragen auf der Stelle. Die Armee lehnt eine Rehabilitierung mangels neuer Erkenntnisse ab. Und ich würde sie meinen Enkelkindern so gern zum Geschenk machen.«

Ich griff in meine Tasche, legte die Dokumente auf den Tisch, lang-

sam, wie man die Teile eines Puzzles verteilt. Und dabei erzählte ich
Stück für Stück die ganze Geschichte von den ersten Briefen bis zum
letzten Foto, über die Rettung Willecots durch Antoine, die *Szenen aus
dem Muschkotenleben* und das *dirty book* bis zu dem Prozess mit der
fatalen Zeugenaussage, von der Lecouvreur nichts wusste. Schließlich
teilte ich ihm mit Bedacht meine Überzeugung mit: dass Willecot unter der Last seiner Schuldgefühle Selbstmord begangen habe.

Der alte Mann sagte nichts, aber ich bemerkte, dass seine Augen
zweimal feucht wurden. Er fragte mich, ob er das Foto von der Exekution sehen könne. Ich zog es aus seiner Hülle und schob es mit größt-
möglicher Diskretion zu ihm hin. Er starrte lange darauf, ohne eine
Miene zu verziehen. Dann fuhr er mit der Hand über die schwarzen
Flecke, in denen die zusammengebrochenen Körper zu erahnen waren.
Dann schloss er die Augen.

»Was Sie da sagen, ist schrecklich. Schlimmer, als ich es mir vorgestellt habe.«

Er kannte die andere Seite der Geschichte aus den Briefen seines
Großvaters, die seit zwei Generationen andächtig aufbewahrt wurden.
Sie füllten den ersten Ordner. Antoine Gallouët war 1881 geboren
und Fischer geworden wie sein Vater. Nach der allgemeinen Mobilmachung wurde er erst in Saint-Malo kaserniert; in dem Maße, wie
sich die Reihen der Truppen durch das gewaltige Feuer der Deutschen
im Osten lichteten, war er von Abkommandierung zu Abkommandierung immer weiter nach vorn gerückt: Ardennen, Champagne,
schließlich Verdun, die vorderste Front. Er beklagte sich nicht. Dieser
Mann, der von Kindesbeinen an gelernt hatte, mit der Gefahr umzugehen, diente stolz seinem Land. Er verachtete die Drückeberger,
die Etappenschweine, die mit dem Heimatschuss. Er hielt es für seine
Pflicht, zu kämpfen, seine Heimat zu verteidigen, den Küstenstrich,
der seine Familie seit Generationen ernährte – für die Zukunft seiner
Söhne, die zwei und fünf Jahre alt waren, als er in den Krieg zog.

Den Leutnant, dessen Adjutant er wurde, mochte er von Anfang an.
Bald waren sie einander in einer dieser unverhofften Freundschaften

über alle Klassen- und Rangunterschiede hinweg verbunden, die der Krieg möglich machte. Der Seemann beschützte den Sternenforscher, lehrte ihn die Grammatik des Unvorhersehbaren und der Gefahr und die Strategien des Überlebens. Dieser wiederum teilte alles mit jenem, sein Hab und Gut und seine Ideen. Mit dem Talent des Pädagogen, von dem Dianes Briefe eine Vorstellung geben, eröffnete er Gallouët eine Welt, die ihm bis dahin vollkommen unbekannt war: die Welt der Poesie, der Astronomie und der Mathematik. »Wer hätte gedacht«, schrieb Antoine an seine Frau Marthe, »dass ich einmal solche Sachen lerne! Und noch dazu im Schützengraben!« Gallouët war intelligent, ein heller Kopf, der sich zu helfen wusste – damit hätte er schon zehnmal befördert werden können. Aber er hatte immer abgelehnt, weil er sich nicht von seinem Leutnant trennen mochte.

Die Monate gingen ins Land, und irgendwann begann schließlich auch er zu zweifeln. Sein Glaube an Frankreich und die Notwendigkeit, das Vaterland zu verteidigen, waren davon nicht betroffen. Aber er konnte nicht verstehen, warum man bewusst ganze Bataillone hinmetzeln ließ, weil man Strategien verfolgte, die zum Scheitern führen mussten. »Sehen die in uns denn was anderes als Schlachtvieh?«, schrieb er an Marthe Ende 1915. Ab da kamen seine Briefe immer unregelmäßiger – die Zensur. Abhängig von der Heftigkeit der Angriffe, dem Grad der Kälte und dem Ausmaß der Verluste unter den Kameraden hatte seine Moral Höhen und Tiefen. Willecot schenkte seinem Adjutanten eine Vest Pocket, um ihn wiederaufzurichten; er kaufte für sie beide Filme, Platten und Chemikalien, ohne zu rechnen. Gallouët erwähnte voller Bewunderung die »außergewöhnlichen Abzüge«, die der »Pariser Freund« seines Leutnants anfertigte, und versprach Marthe und den Kindern, in seinem nächsten Urlaub Porträtaufnahmen von ihnen zu machen.

Seit dem Dienstantritt von Kommandeur Vidalies kam es immer wieder zu Reibereien und Schikanen. Der Neue war von anderem Schlag als sein Vorgänger Saintenoy, und seine unerbittliche Strenge trug Gallouët bald den ersten Ärger ein. Bitter und empört schrieb er: »Ein Tadel wegen einer vergessenen Patronentasche, wo ich schon dreimal eine ehrenvolle Erwähnung bekommen habe, das muss man sich mal vorstellen!« In den letzten, den härtesten Monaten fotografierten die beiden Freunde viel. Als Vidalies davon sprach, Gallouët den Urlaub zu streichen, schrieb dieser einen wütenden Brief nach Hause, in dem mehrere Stellen geschwärzt wurden. Aus Vorsicht hatte er seiner Familie gegenüber nichts von ihrem *dirty book*-Projekt verlauten lassen. Er musste wissen, dass die Briefe kontrolliert wurden. Trotzdem betonte er immer wieder, wie stolz er darauf sei, »durch seine Arbeit« dazu beizutragen, »die Zukunft zu bauen«.

»Wie hat er fotografieren gelernt?«, fragte ich.

»Ein Onkel mütterlicherseits, der in Brest Apotheker war, hat es ihm gezeigt.«

Am Tag vor seiner Hinrichtung schrieb Gallouët an seine Frau. Die Arme war schon Witwe, als ihr der Brief zugestellt wurde. Denn Vidalies hatte sich geweigert, das Gnadengesuch weiterzuleiten, mit dem die Verurteilten die Hoffnung verknüpften, dass ihr Todesurteil in Zwangsarbeit umgewandelt würde. Er ließ die drei Männer weniger als vierundzwanzig Stunden nach der Urteilsverkündung exekutieren. Man hätte meinen können, dass der Soldat Metzger recht hatte mit seiner Vermutung, man wolle sich ihrer um jeden Preis entledigen.

Nach der Hinrichtung erhielt Marthe einen zweiten Brief von Lieutenant de Willecot. Acht Seiten lang. Als ich ihn las, fuhr ich mit dem Finger die nun schon so vertraute Handschrift nach. Der Brief datierte vom 17. Juli, zwei Tage nach der Erschießung und einen Tag vor dem Angriff, den der Infanterist Commailles erwähnte – bei dem Alban ins Feuer ging. Aus diesem Brief sprach weit mehr als Trauer und Mitgefühl, aus ihm sprachen so finsterer Gram und schreckliche Gewissensbisse, dass er für den, der die Wahrheit kannte, ein halbes Geständnis war. Er schloss mit den Worten, dass die Richter sich geirrt hätten und Marthe in alle Ewigkeit stolz sein könne auf ihren Antoine, der mit seinem Pflichtgefühl und seinem Mut ein beispielhafter Soldat und Waffenbruder gewesen sei.

Warum gestand Alban in diesem Moment nicht die ganze Wahrheit und machte reinen Tisch? Warum verschwieg er das *dirty book*? Wollte er auch die Zensur umgehen? War es die Angst, Massis zu kompromittieren, der Wunsch, ihr gemeinsames Projekt zu retten? Oder erdrückte ihn einfach die Scham über seine Aussage, weil er sich geweigert hatte, seinen Teil der Verantwortung auf sich zu nehmen?

Gérald Lecouvreur blätterte weiter die Seiten des Ordners für mich durch. Manchmal strich er einen von den Briefen glatt, diese kleinformatigen grauen Blätter, deren Anblick mir inzwischen so vertraut war. Von manchen kannte er den Inhalt auswendig. Mich berührte diese Schülerschrift, in der Fehler selten waren und fast immer nachträglich korrigiert – vielleicht mit Hilfe des Lehrers Lagache? Durch die Streichungen schien wie ein Wasserzeichen das ganze Leben dieses Jungen durch, der sich den Hosenboden mehr auf dem Kutter durchgewetzt hatte als auf einer Schulbank und der das andere Gesicht der Welt, das schlimmere, in den Schützengräben der tiefsten Meuse erleben musste, wo er vor dem deutschen Feuer in Deckung ging.

Der zweite Ordner enthielt sämtliche Briefe von Marthe Gallouët an die Behörden, die stets ablehnend beschieden wurden, in einer mal trockenen, mal verschmockten amtlichen Prosa, die jahraus, jahrein standhaft das Handeln des schuldigen Hauptmanns deckte, indem sie die Bleihaube eines gewichtigen juristischen Jargons über seine rhetorischen Ausflüchte stülpte.

Im dritten Ordner waren die Fotografien.

Manche zeigten ähnliche Ansichten wie die Willecots. Andere waren etwas vollkommen Neues. Bild für Bild sah ich zum zweiten Mal den Film ablaufen, den die Briefe skizziert hatten, und es war ein anderer als der, den Alban für Diane, Blanche und Massis produziert hatte. Zunächst trug Gallouët zu jenem Genre bei, auf das die Ikonologie von 1914 so versessen war: Suppe, Krankenstation, »Läusejagd« (schon wieder!). Er fing kleine Momente ein: einen Bärtigen, der mit einem aufgeschlagenen Buch im Schoß auf einem Baumstamm saß (»Lagache unterrichtet«), das derbe Gesicht eines Jugendlichen mit Sattelnase und vorstehenden Augen (»Der kleine Richard«), Soldaten im Kreis auf Brettern hockend beim Kartoffelschälen (»Küchendienst«). Das folgende Foto gab mir einen Stich ins Herz; ich brauchte weder Legende noch Kommentar, um diese lange Silhouette mit dem glatten, schmalen Gesicht und den kurzgeschorenen Haaren zu identifizieren. Und die hellen Augen hinter einer runden Brille, die ich noch nie gesehen hatte und die Alban de Willecot ungemein verletzlich aussehen ließ.

Irgendwann zeigte mir Lecouvreur das Ganzkörperbild eines jungen Mannes von mittlerer Statur, energische Miene, am Kopf festgewachsener Stahlhelm, gepflegter Schnauzbart. Ein leichtes Lächeln zog seine Mundwinkel nach oben. Der entschiedene Ausdruck im glatten Gesicht verriet nichts außer Stolz, der Freude zu posieren und dem Wunsch »gut dazustehen«, als hätte der Apparat das magische Vermögen, das ganze Drumherum des Krieges auf Distanz zu halten; der Abzug hatte es rückwirkend mit diesem Hauch von Ernst und Melancholie umflort. Ich erkannte die Hand von Massis an seiner Art, die Schatten zu verlängern, um dem Bild die Tiefe zu verleihen, die es einem so nahe brachte.

»Mein Großvater Antoine«, verkündete er.

Das war also eines der Porträts, die Alban gemacht hatte, um die Moral der Truppe zu heben. Es hatte seiner Bestimmung Genüge getan und war schließlich bis Loudéac gelangt, wo es jahrelang in seinem Rahmen auf dem Kamin stand und in den Augen der beiden Kinder den Vater verkörperte, den sie nie wiedersehen sollten.

Wir schlossen das Album. Genau wie in den Sendungen Albans an Diane und Massis zeigte kein einziges von Gallouëts »offiziellen« Fotos eine schreckliche oder blutige Szene – auch er behielt diese ausschließlich dem *dirty book* vor. Aber selbst in dem leichteren Teil war seine Handschrift eine ganz andere als die von Willecot: Seine klaren, nervösen Bilder, die fast wie Reportagefotos wirkten, zeugten von einer besessenen Neugier und dem Streben, das Alltagsleben im Rhythmus des Handelns aufzuzeichnen. Gallouët arbeitete viel mit Nahaufnahmen und auch Großaufnahmen; im Gegensatz zu Alban war er von Anfang an mitten im Krieg. Und er zeigte ihn ganz aus der Nähe, oft an der Grenze dessen, was die Zensur erlaubte: die Barackenlager, die dampfenden Kessel der »Gulaschkanone«, die Arbeit an den Schützengräben, die Unterstände von innen und die den Deutschen abgenommenen Gasflaschen. Er drückte fast immer im richtigen Moment ab, um den Augenblick einzufangen: Er hatte den fotografischen Kompass im Auge.

Trotz der miserablen Arbeits- und Entwicklungsbedingungen, über die sich Willecot mehrfach bei Massis beklagte, war die Technik des Adjutanten immer besser geworden. Seine letzten Bilder waren von einer überlegenen Qualität, an die kaum ein Pariser Studiofotograf herangekommen wäre. Der Mann hatte Talent, eine außergewöhnliche Begabung, deren er sich womöglich gar nicht bewusst war. Der Krieg hatte sie zum Erblühen gebracht wie manche Blumen, deren strahlende Farben den Misthaufen als Nahrung brauchen. Ich wusste nun, dass die ergreifendsten Bilder im *dirty book* von Gallouët waren; und wenn diese Sammlung einmal veröffentlicht werden sollte, würde sein Name – verdientermaßen – an prominenter Stelle auf dem Einband stehen.

»Die haben das gewusst, nicht wahr, dass mein Großvater nichts verbrochen hat?«, fragte Lecouvreur, als er das Album schloss.

»Er wollte gewisse Ungerechtigkeiten anprangern. Das war für sie ein Verbrechen.«

Nun war ich an der Reihe, Lecouvreur das *dirty book* zu zeigen. Ich hatte mich noch nicht daran gewöhnt, es aufzuschlagen, wahrscheinlich würde ich mich auch nie daran gewöhnen. Der Enkel blätterte langsam die Seiten um. Manchmal hielt er inne, um einen Auszug aus den Briefen zu lesen. Auch er schien wie vor den Kopf geschlagen.

»Das wollte er machen?«

»Ja. Massis hätte es bei seinen Vorträgen für den Frieden gezeigt.«

Die Uhr schlug zwei. Wir hatten gar nicht gemerkt, wie die Zeit vergangen war. Gérald unterbrach seine Tätigkeit und lud mich auf ein frugales Mittagessen ein: Sardinen, gekochte Kartoffeln, danach ein paar Nüsse und ein Stück Käse. Aufgewärmter Kaffee aus einem Duralex-Glas. Seine gemessene Art, mit dem Essen zu hantieren, hatte etwas Bäuerliches, was mich an meinen Großvater väterlicherseits erinnerte. Lecouvreur war auch Fischer gewesen wie sein Großvater, bevor die Industrialisierung des Metiers ihn zwang, sich eine Anstellung auf dem Festland zu suchen, in einer Konservenfabrik. Auch er hatte wohl nicht lange die Schule besucht. Dennoch sprach er in gewählten Worten und mit großer Klarheit. Vermutlich hatte er viel Zeit damit verbracht, Bücher zu lesen, um die Sache seines Großvaters besser vertreten zu können. Ich fragte ihn, wann sein Interesse für die Vergangenheit seiner Familie erwacht sei.

»Das hat in meiner Jugend angefangen.«

»So früh?«

»Ich wusste, dass es da etwas gab, was man mir nicht gesagt hatte. In der Schule mochte ich es, wenn vom Ersten Weltkrieg die Rede war.«

Erst als er erwachsen war, habe ihm seine Mutter die ganze Geschichte erzählt.

»Warum so spät?«

»Ach, die Schande, wissen Sie … Meine Mutter war damals noch nicht einmal vier, aber sie hat auch drunter gelitten. Keine militärischen Ehren, keine Pension … das ganze Dorf wusste Bescheid. Meine Großmutter musste aus Saint-Servan nach Binic umziehen. Sie hat ihre zwei Kinder allein großgezogen, als Arbeiterin in der Konservenfabrik, und ist mit einundfünfzig gestorben.«

»Wussten Sie von den Schritten, die sie unternommen hat?«

»Natürlich. Aber für mich war das wie der irdene gegen den eisernen Topf. Einmal habe ich in der Schule eine Frage zu den Erschießungen von Franzosen gestellt. Daraufhin hat der Lehrer mich bestraft. Das hatte es nie gegeben, das gab es einfach nicht.«

»Warum haben Sie die Fackel wiederaufgenommen?«

»Algerien, Madame«, antwortete er mit einem schmalen, freudlosen Lächeln. »Dreißig Monate Militärdienst. Was unfähige Vorgesetzte anbelangt, habe ich dort unten auch ein paar schöne Beispiele erlebt … Und dann noch der Krieg, natürlich … Heute bin ich Freidenker. Und kämpfe für den Frieden.«

Gérald fegte mit der Hand ein paar Brösel vom Tisch.

»Glauben Sie, dass Sie mit Ihren Beweisen bei denen etwas erreichen?«

Ein Hoffnungsschimmer blitzte in seinen Augen auf. Ich wollte ihn weder belügen noch enttäuschen.

»Da bin ich mir nicht sicher. Aber der zuständige Offizier scheint mir ganz in Ordnung zu sein. Er heißt Rozen. Ich denke, dass er nichts im Unklaren lassen wird.«

»Gut so. In einem Monat fahre ich nach D. Dort wird es eine Zeremonie zur Erinnerung an die drei Füsilierten geben. Der Verein hat herausgefunden, auf welchem Friedhof sie begraben sind. Jetzt soll eine Gedenktafel aufgestellt werden.«

Die Uhr schlug halb vier. Der Schwiegersohn würde mich bald abholen kommen und zum Bahnhof bringen. Gérald und ich betrachteten das *dirty book*, das neben dem Ordner mit den Behördenbriefen lag. Vorder- und Rückseite der Wahrheit, auf Messers Schneide dank eines verbotenen Fotos. Lecouvreur hielt mir einen weiteren Brief hin.

»Ich glaube, das sollten Sie noch lesen, bevor Sie fahren.«

Dieser letzte Brief war noch stärker mitgenommen als alle anderen: Die Knickstellen waren schon durchscheinend vom hundertfachen Auf- und Zusammenfalten. Gallouët hatte ihn in der Nacht vor seiner Erschießung an seine »liebe Marthe« geschrieben. Er widersprach allen Anschuldigungen, die gegen ihn erhoben wurden; »Lumpen« hätten den Prozess geführt, »Dreckskerle« das Urteil verhängt, Vidalies sei ein Mörder. Bevor er von Marthe und seinen Söhnen Abschied nahm, fügte er noch die folgenden Zeilen hinzu: »Ich hatte gehofft, dass der Prozess und die Aussage von Lieutenant de Willecot für mich sprechen, wenn schon die Armee nichts wissen wollte von meinen Heldentaten. Aber mein Schicksal war bereits weit vor diesem Mummenschanz besiegelt. Ich bedaure nichts und sterbe als Patriot, stolz, meinem Land zu dienen, auch wenn es mich verraten hat.«

Kein Wort gegen Alban, obwohl er es doch war, der ihn in das Abenteuer mit dem Fotoalbum hineingezogen und auf die entscheidende Frage mit »Nein« geantwortet hatte. In diesem Augenblick wusste ich nicht, was ich von Alban halten sollte. Wo verlief die Linie, die Feigheit von Ehrlichkeit trennte? Ich hatte in ihm bisher vor allem den Sensiblen, den Guten und Sympathischen gesehen; für Gérald, nehme ich an, war er ein Verräter und Totengräber seines Großvaters. Und ich wollte mich mit meinem Buch zur Anwältin dieses Verräters machen.

Vorsichtig faltete ich den Brief wieder zusammen. Ich hatte für meinen Gastgeber Kopien aller Briefe mitgebracht, in denen Antoine erwähnt wurde, und legte das Bündel nun auf den Tisch.

»Lieutenant de Willecot hat Ihren Großvater nicht bis zum Schluss

609

unterstützt, aber ich glaube, dass er ihn aufrichtig geliebt hat. Und er hat ihn trotz allem … zu schützen versucht.«

Gérald drehte schweigsam sein leeres Kaffeeglas in der Hand. Dann blickte er mich an.

»Mit zwanzig hätte ich gedacht, der Lieutenant war Abschaum. Heute weiß ich, dass es nichts geändert hätte, wenn er auf die Frage mit Ja geantwortet hätte. Er wäre nur selbst auch noch erschossen worden.«

»Er hat es sich nie verziehen.«

»Das ist ehrenhaft von ihm. Und nach dem, was Sie mir erzählt haben, hat er teuer dafür bezahlt.«

Motorengeräusche erklangen vor dem Haus. Ich steckte das *dirty book* in die Tasche.

»Ich danke Ihnen, dass Sie gekommen sind«, sagte Gérald. »Das war wichtig für mich … Sie müssen es aber auch in Ihr Buch schreiben: dass mein Großvater nicht das Schwein war, als das sie ihn hingestellt haben.«

»Das mache ich.«

Nach kurzem Schweigen sagte er noch einen Satz, der mich lange begleiten sollte: »Seien Sie nicht zu streng mit dem Lieutenant. Wenn der Fall wiederaufgerollt wird, dann ja letztendlich dank ihm. Wie können wir uns anmaßen, den Mut dieser Männer zu beurteilen?«

An der Tür drückte er mir lange die Hand. Und sagte dann mit traurigem Blick: »Sie haben getan, was sie konnten.«

147

Ich sitze vor meinem Zettelkasten. Die blaue Serie, die de Willecot betrifft, habe ich herausgenommen. Wenn ich die farbigen Kärtchen vor mich hinlege, kommt mir das Bild eines Tarotspiels mit all seinen Figuren, Schatten und Symbolen in den Sinn; ein Spiel, das ich nun völlig neu mischen muss. Ich habe mich von Anfang an getäuscht. Weil es so hübsch und auch bequem war, habe ich eine Liebesgeschichte mit tastendem Beginn, Höhepunkt und traurig-romantischem Ausgang konstruiert; ich wollte daran glauben, dass ihn der Verrat von Freund und Geliebter in den Tod getrieben hatte. Und obwohl Dianes Tagebuch und Albans Briefe an Massis mir genug Hinweise darauf gaben, dass ich genauso auf dem Holzweg war wie Joyce Bennington, hatte ich mich darauf versteift, weil ich an dem Szenario hing, das die Eleganz einer klassischen Tragödie hatte: Erschüttert vom Zusammentreffen des Krieges mit seinem Schiffbruch in der Liebe, beging Lieutenant de Willecot, ungeachtet der Tatsache, dass Massis für ihn erreicht hatte, woran er bei Gallouët gescheitert war, nämlich eine Versetzung zur Fotobrigade, Selbstmord, indem er wieder an die Front ging.

Nun weiß ich, warum er nicht mit der Waffe in der Hand gefallen ist, sondern mit seiner Kodak. Warum er, der nicht mehr töten wollte, sein Leben für ein letztes Foto geopfert hat. Es ist eine Ironie des Schicksals, dass sein letzter, beredtester Film, uns unbekannt bleiben wird. Der Kommandeur der Nachrichtentruppe wird sicher geflucht haben über diese Rekruten, die Helden spielen wollten, obwohl von ihnen nichts anderes erwartet wurde, als Befehle auszuführen. War es denn möglich, dass dieser Alban de Willecot, über den er nur Lobeshymnen gehört hatte, unbedingt eine Kugel in den Kopf abbekommen wollte? Ich stelle mir vor, wie der General zu dem Leichnam hinrobbt, gezwungenermaßen, weil die Boches inzwischen so viel an Boden gewonnen haben, dass er nicht mehr die Sanitäter kommen lassen kann, und die Hand nach der Kamera ausstreckt, um sie dann Zentimeter für Zentimeter an sich heranzuziehen, während um ihn herum die Kugeln durch die Luft pfeifen. Nachdem er die Vest Pocket gerettet und den Film herausgenommen hat, wird er ihn im Wohnwagen entwickelt und widerwillig die Genauigkeit und den Realismus der Bilder bewundert haben, die grausame Schönheit der verrenkten Körper, die sich als hellere Flecken von der gesättigten Erde abheben. Anschließend wird er sie geordnet und beschriftet haben; vielleicht hat er, von späten Skrupeln erfasst, de Willecot auf den Laufzettel geschrieben, der jedes Bild begleitet; vielleicht hat er aber auch die Gelegenheit genutzt, diesen Namen durch seinen zu ersetzen. Aber das ist ja ohnehin egal, weil er weiß, dass dieses Archiv dank der militärischen Geheimhaltungspflicht auf Jahrzehnte hinaus zum Schweigen verdammt sein wird. Und wer außer einem Geisteskranken würde solche Bilder überhaupt sehen wollen? Hundert Jahre später versprach mir die Dokumentarin mit den grünen Augen, dass sie versuchen würde, das Unmögliche möglich zu machen und die Negative, die Alban während seines kurzen Aufenthalts in der Fotobrigade entwickelt hatte, wiederzufinden. Aber es besteht kaum eine Chance, sie aufzuspüren.

Nein, Alban ist nicht aus Liebe gestorben, auch nicht aus Melancholie. Nicht der Verrat durch Massis und Diane hat seine Seele zerfressen. Sondern sein eigener. Denn er hatte Gallouët hineingezogen in dieses Fotoprojekt, *Szenen aus dem Muschkotenleben*, das sich Woche für Woche zu einer immer ungeheuerlicheren Anklage der französischen Armee auswuchs; er hatte es nicht geschafft, den Freund vor Vidalies' heimtückischer Rache in Sicherheit zu bringen; und er hatte schließlich in seiner Zeugenaussage behauptet, nichts damit zu tun zu haben. Lecouvreur hatte recht, die Entscheidung war schrecklich einfach: Sie lautete, sich zu entsolidarisieren oder selbst vor dem Erschießungspeloton zu enden. Alban hatte die erste Möglichkeit gewählt. Und das auf der Stelle bereut.

Sein Verschwinden während des deutschen Angriffs zwei Tage nach der Hinrichtung, dieser aus einem verrückten Mut erfolgte Akt, den der Soldat Commailles meldete, war im Grunde der erste Versuch, seinem Leben ein Ende zu setzen. Und kein Brief von Diane, auch wenn er rechtzeitig gekommen wäre, hätte ihn davon abhalten können. Die anschließende Gefangenschaft, die Flucht, seine geringe Bereitschaft, sich zu entlasten, nachdem er aufgegriffen worden war, obwohl er damit ein großes Risiko einging, alles deutete auf einen intensiven Flirt mit dem Tod hin. Seine Heiratspläne aufzugeben hatte nicht, wie ich gedacht hatte, mit verletztem Stolz, Eifersucht oder Enttäuschung zu tun. Sondern damit, dass Alban, wie Diane ihrem Tagebuch anvertraute, ihr seinen »befleckten« Namen ersparen wollte. Inzwischen wusste ich ja, was er ihr in dieser legendären Aussprache im Dezember enthüllt hatte, nämlich seine Überzeugung, dass es schändlich von ihm wäre, sie in seine kompromittierte Zukunft mitzunehmen. Weil er ein Verräter war und kaum noch Möglichkeiten der Wiedergutmachung sah.

Ich glaube, dass er schon da, im Wald von Ythiers, beschlossen hatte zu sterben. Massis würde die Aufgabe übernehmen müssen, den Skandal loszutreten, auch wenn die Erinnerung an ihn, Alban, von da an für immer beschmutzt sein würde. Aber weil er ein guter Mensch war, wollte er Diane, Blanche und seinen geliebten Freund nicht mit der Gewalttat eines Suizids traumatisieren. Deshalb entschied er sich für eine Rückkehr an die Front, die weniger eindeutig war und den Eindruck erwecken konnte, dass er seinen Tod dem Schicksal anheimgegeben hatte. Und er wollte dort in den Tod gehen, wo das Leben für ihn geendet hatte: mitten in diesem dreckigen, unverwüstlichen, endlosen Krieg.

148

Frontabschnitt Verdun, 12. Juli 1916
Mein lieber Anatole,

*trotz Deiner Fürsprache ist Antoines Antrag abgelehnt worden. Das
ist eine sehr schlechte Nachricht. Er ist davon nur mäßig enttäuscht,
weil wir dann wenigstens zusammenbleiben, wie er sagt; er hat mich
beauftragt, Dir seinen aufrichtigsten Dank für Deine Hilfe auszurichten. Ich mache mir große Sorgen. Neulich sind wir im Gespräch
draufgekommen, dass er und ich die einzigen Überlebenden des
367. Infanterieregiments sind. Dabei ist mir so herausgerutscht, dass
es wohl ein Wunder wäre, wenn wir das Ende des Krieges erleben
würden. Vorher hatten wir einen Feind: den Deutschen. Jetzt haben
wir zwei: ihn und den eigenen Generalstab, der uns Tag für Tag dem
Untergang näherbringt.*
*Ich habe meinen Brief an Diane gerade dem Feldpostverbindungs-
offizier übergeben. Alea jacta est, wie es heißt.*

Ich umarme Dich.
Dein Willecot

149

Das Licht erinnert mich an das bei Alix' Beerdigung, als die Hitze den Duft der Blumen explodieren ließ. Dieser Moment erscheint mir sehr nah und zugleich ganz fern. Ich habe mein Versprechen eingelöst und bin nach Jaligny gefahren, um einen Arm voller Rosen aus dem Garten auf das Grab der Chalendars zu legen. Dabei dachte ich an Jane, diese Unbekannte. Und zum ersten Mal wagte ich es, die weißen Betttücher zu lüften, die ihre Bilder im ehemaligen Esszimmer bedecken. Ich fand darunter das Porträt eines Knaben, der im Gras eingeschlafen war, und das einer Frau, deren Züge an Blanche erinnerten, aber blasser und hagerer waren – wahrscheinlich ein Selbstporträt. Andere Bilder, manche davon noch unvollendet, zeigten Ansichten der Besbre. Auf dem letzten erkannte ich den Knaben vom ersten wieder, der hier im Pagenkostüm posierte. Alexandre … Nichts Gewaltsames war in diesen pastellfarbenen Bildern, aber dennoch strahlten die Gesichter eine undefinierbare Mischung aus Zärtlichkeit und Melancholie aus. Ich beschloss, den im Gras schlummernden Jungen in meinem Zimmer aufzuhängen; ich mag das milde Licht, das auf seinen Wangen und den schlafsatten Lippen liegt.

Wie Jane habe ich nun meine Zelte neben den ehemaligen Gewächshäusern aufgeschlagen. Ich sitze auf ihrem Klapphocker, der noch voller Farbflecken ist. Hier stelle ich den Computer auf einen Baumstumpf und schreibe jeden Morgen um die fünfzehn Seiten an meiner Willecot-Biographie. Wenn ich dann zu müde bin, um noch ein Wort hinzuzufügen, sammle ich meine Sachen ein und setze meine Forschungen im Wald fort, den ich allmählich ganz gut kenne. Jeden Tag schneide ich mit der Gartenschere ein paar Meter des Hauptwegs von Brombeerranken frei. Stück für Stück geht es voran. Auch mit dem Buch.

Schon acht Kapitel geschrieben und ein begeisterter Nicolas Netter, der jetzt davon spricht, die Veröffentlichung der Biographie an die der Briefe zu koppeln. Wenn ich schnell genug bin, könnten beide gleichzeitig erscheinen – im prestigeträchtigen perlgrauen Einband seines Verlages.

Wie versprochen, lieferte ich Pierre Rozen Kopien der gesamten Korrespondenz und verwies vor allem auf jene Stellen, in denen angedeutet wird, dass Antoine Gallouët und seine beiden Kameraden einer Strafmaßnahme des General Vidalies zum Opfer gefallen sind. Außerdem berichtete ich von meinem Gespräch mit Gérald Lecouvreur. Daraufhin vereinbarte der Colonel ein Treffen mit ihm, um in Gallouëts Briefe Einblick zu nehmen. Jetzt frage ich mich, ob es nicht vielleicht klug wäre, auch einen Teil des *dirty book* zu veröffentlichen mit diesen unglaublichen Auszügen aus Soldatenbriefen, die Massis vor der Zensur gerettet hat. Ein heikles Unterfangen, das auf Kritik und Vorbehalte stoßen wird, es vielleicht auch erfordert, Hindernisse vonseiten der Militärführung aus dem Weg zu räumen. Ich habe Alphandéry nach seiner Meinung gefragt, und er hat mir notfalls seine Unterstützung für derartige Schritte zugesichert.

Anders als noch vor einem Jahr, als ich mich in einem seelischen Ausnahmezustand befand und Eric mich quasi dazu zwingen musste, meine Arbeit wieder aufzunehmen, machen mir diese verlegerischen Aufgaben keine Angst. Im Gegenteil, es erschiene mir sogar moralisch verwerflich, sie abzulehnen. Ich habe den vielleicht anmaßenden, aber aufrichtigen Wunsch, das pazifistische Werk fortzuführen, das Massis und Willecot mit vereinten Kräften begonnen haben. Es wäre nur gerecht, wenn all das Leid, das die beiden erfahren mussten, das Gefühl der Empörung, das sie bedrückte, und ihr größter Wunsch, davon Zeugnis abzulegen, nicht umsonst gewesen sind.

Ich habe noch andere Entschlüsse gefasst, zum Beispiel den, in diesem Sommer den Teil des Parks zwischen Gewächshaus und Tierfriedhof wieder herrichten zu lassen. Während des Schreibens ist mir klargeworden, warum Jane so gern dort malte: weil es ein abgelegener

Ort ist, beschattet von Eschen und Nussbäumen, zu dem der Lärm der Zivilisation nicht durchdringt. Ich möchte den Duft des Waldes um mich herum spüren, seinen unermesslichen, uralten Frieden. Marie-Hélène hat ihren Vater, der bei Alix Gärtner war wie sein Vater Félix vor ihm, gebeten, zu kommen und diese Tätigkeit für mich wieder aufzunehmen. Nach zahllosen Diskussionen sind wir übereingekommen, das Gewächshaus ein paar Meter zu versetzen und die alte Terrasse zu sanieren. Wir wollen dort eine Laube errichten. Vielleicht wird Mary-Blanche dort einmal die roten und gelben Blüten der Begonien und Flanellsträucher aufgehen sehen. Und für die Jäger wird das ein guter Grund sein, nicht mehr zu wildern.

Nach meiner Rückkehr aus Lausanne werde ich endlich das Gartenhäuschen in Angriff nehmen. Neulich abends mussten wir dort einbrechen, als Marie-Hélène und ihre Kinder zum Abendessen da waren – eine inzwischen gut eingeführte Gewohnheit, immer wenn ich wiederkomme. Beim Aperitif stellte Flora fest, dass Louis verschwunden war. Natürlich erinnerte ich mich an das erste Mal und machte mir keine großen Sorgen. Doch der Junge tauchte nicht wieder auf, auch nachdem wir eine Viertelstunde in allen Ecken des Gartens nach ihm gerufen hatten. Marie-Hélène und Flora suchten draußen systematisch, während ich mir im Haus der Reihe nach alle Zimmer vornahm. Das Kind war nirgends. Auch der Schuppen, in den wir, um ganz sicherzugehen, einen Blick geworfen hatten, war leer.

Unsere einzige Vermutung war, dass der Junge sich trotz unserer Verbote in den Wald vorgewagt hatte. Marie-Hélène, bemüht, nicht in Panik zu verfallen, rief ihren Vater an. Wenn jemand das Grundstück bis in den letzten Winkel kannte, dann er. Zehn Minuten später war Marcel Loris da und ging direkt in den Wald, während wir ein zweites Mal das Erdgeschoss durchkämmten. Wir öffneten jede Tür, jeden Schrank, ich stieg sogar in den Keller hinunter, fand dort aber nur das herumstreunende Löwelinchen und Spinnweben voller Fliegen. Als wir wieder heraustraten, war Marie-Hélène leichenblass, und Flora gab keinen Mucks mehr von sich. Wir wollten eben noch einmal das

Gelände absuchen, als wir Louis' leise Stimme hörten. Es klang ganz nah, aber er war nirgends zu sehen.

»Mama, Mama!«

»Wo bist du denn?«, schrie seine Mutter.

»Da, da!«

Ein Knarzen, Weinen. Vergeblich versuchten wir, die Geräusche zu lokalisieren; fünf Minuten später drehten wir uns immer noch im Kreis, während der Junge stiller wurde. Ab und zu hörten wir ihn noch weinen, dann nichts mehr. Als Marie-Hélènes Vater aus dem Wald kam, begriff er sofort: »Im Schuppen.«

Er rannte los und wir hinterher. Das war unbegreiflich: Als wir vor kaum einer Viertelstunde nachgeschaut hatten, war Louis nicht im Schuppen gewesen. Aber jetzt sahen wir ihn durch das schmierige Fenster vergeblich an der Türklinke rütteln. Er schluchzte. Er solle von der Tür weggehen, riefen wir, aber sosehr sein Großvater sich auch bemühte, die Tür einzutreten, es half nichts. Schließlich griff Marcel Loris beherzt nach einem Stein und befahl Louis, sich in eine Ecke der Hütte zu kauern.

»Leg schön den Kopf auf die Arme und bleib, wo du bist.«

Die Fensterscheibe zersprang klirrend und gab ein Loch frei, groß genug, um hindurchzugreifen und am Fensterriegel zu drehen, der quietschend aufschnappte. Doch keiner von uns war so gelenkig, dass er sich durch das winzige Fenster hätte zwängen können. Schließlich befahl Marie-Hélène ihrem Sohn, auf eine alte Kiste zu klettern, dann packte sie ihn am Hosenboden und hob ihn heraus, vorsichtig, um keine Scherben zu streifen. Das Kind war total verstört, es starrte vor Dreck, und auf seinen Wangen klebte ein Gemisch aus Staub und Tränen.

»Wie bist du da nur reingekommen?«, fragte seine Mutter, die kurz davorstand, selbst in Tränen auszubrechen, allerdings vor Erleichterung.

Es dauerte gut zehn Minuten, während wir Louis im Badezimmer das Gesicht wuschen, bis er bereit war, es uns zu sagen. Von Schluchzern unterbrochen, gestand er, in den Keller gegangen zu sein. Ich erinnerte mich, die Tür nicht abgeschlossen zu haben, als ich den Wein geholt hatte.

»Ich wollte mit Löwelinchen spielen. Sie hat sich versteckt.«

»Und dann?«

Louis klappte zu wie eine Auster. Ich glaube, er hatte Angst, dass ich ihm böse war. Seine Mutter streichelte seinen Kopf.

»Es ist nicht schlimm, dass du in den Keller gegangen bist, Louis. Sag uns nur, wie du es geschafft hast, von dort in die Hütte zu kommen.«

»Na, durch das Loch.«

Verblüfft blickten wir einander an. Und plötzlich begriff ich. Die schmale Tür in der Wand, die ich bemerkt hatte, als ich zum ersten Mal unten war. Führte sie womöglich zum Schuppen? Geschichten von unterirdischen Gängen kamen mir in den Sinn, die Abel erzählt hatte. Von englischen Fliegern, die vom Haus aus fliehen konnten. Nein, das waren nicht bloß Phantasien von Kindern, die sich nach Abenteuern sehnten.

»Dann stimmt es also«, warf Marie-Hélènes Vater von der Tür aus ein.

»Was stimmt?«

»Was man mir, als ich klein war, vom Hüttengeist erzählt hat.«

»Das war kein Geist«, sagte ich nachdenklich. »Er hieß, glaube ich, Victor Ducreux.«

150

»Legen Sie das hin!«, sagte eine Stimme hinter ihm.

Mit einem Lächeln auf den Lippen drehte er sich um. In der Bibliothek stand Blanche und zielte mit dem Jagdgewehr auf ihn.

»Ich habe gesagt, Sie sollen das hinlegen!«

Er legte das Bündel Briefe zurück, das er in der Hand hielt. Das Lächeln hing immer noch in seinem Gesicht, aber er spürte, wie sich die Mundwinkel verkrampften. Wer hätte gedacht, dass diese molligen Hände so gut mit einer Waffe umgehen konnten?

»Blanche ...«

»Ihr ›Blanche‹ können Sie sich schenken. Ich weiß genau, was Sie hier treiben.«

Er versuchte, versöhnlich dreinzuschauen.

»Das ist ein Missverständnis, ich ...«

»Behalten Sie Ihre Lügen für sich!«, fuhr sie ihn an. »Was haben Sie gestern Abend im Wald gemacht?«

»Klar, wenn Sie den ganzen Klatsch aus dem Dorf ernst nehmen ...«

»Meine Freunde berichten mir nur, wenn sie sich ganz sicher sind.«

»Ihre Freunde irren sich. Ich muss meine Tarnung schützen und ...«

»Erzählen Sie das jemand anderem! Sie arbeiten doch nur für sich selbst. Ich habe auch Informanten in London, stellen Sie sich vor! Und deren Version weicht ein wenig von der Ihrigen ab.«

Er machte einen Schritt auf sie zu. Auch eine bewaffnete Frau ist normalerweise leicht zu beeindrucken. Es überraschte ihn, dass Blanche nicht nur nicht zurückwich, sondern die Waffe noch ein wenig entschlossener auf seine Brust richtete. Er konnte in ihrem Blick lesen, dass sie keinerlei Skrupel hatte abzudrücken.

»Aus Respekt vor meinem Bruder habe ich Ihnen geholfen. Und

jetzt verschwinden Sie, bevor ich schieße. Das ist alles, was ein Lump wie Sie verdient.«

Nun rann ihm der Schweiß den Nacken hinunter. Er war klug genug, um zu begreifen, dass er diese Partie nicht gewinnen würde. Als er die Hände hob, um seine Kapitulation zu signalisieren, spürte er die Briefe, die er in seine Brusttasche gesteckt hatte, wie einen verletzlichen Schutzschild zwischen dem Stoff und der Haut. Wenn sie abdrückte, ginge die Kugel mitten hindurch, dachte er mit jener seltsamen Hellsicht, die einem die Angst eingibt.

»Verstanden, ich gehe.«

Sie folgte ihm mit den Augen und einer Drehung ihres Körpers, den Gewehrlauf weiter auf ihn gerichtet. Er erinnerte sich an Geschichten, die sein Großvater von den Jagdpartien in Othiermont erzählt hatte: Mit ihrem nervösen Finger, aber Nerven aus Stahl habe sie den anwesenden Männern zu deren großem Missvergnügen mehr als einmal die Beute weggeschnappt, nach der ihnen gelüstete.

»Sie täuschen sich in mir, Blanche.«

»Das bezweifle ich. Wenn ich Sie noch einmal dabei erwische, dass Sie hier in der Gegend rumstreunen, erschieße ich Sie.«

»Aus welchem Grund?«

»Ach, wissen Sie … es sind unruhige Zeiten, unsere Polizisten haben genug damit zu tun, die zu hetzen, die Sie ihnen ausliefern. Und so ein Jagdunfall ist schnell passiert. Ihr Vater würde mir da sicher recht geben, nicht wahr?«

151

Trotz der liebenswürdigen Sylvie Decaster, der Kollegin, die mich eingeladen hatte, war die Konferenz in Lausanne eine Prüfung für mich. Donnerstagabend war ich in der Schweiz angekommen, müde von der Reise, die durch Verzögerungen in der Gegend um Lyon länger gedauert hatte. Ich schleppte ein unangenehmes Seelenloch mit mir herum: Samuel fehlte mir, und ich wusste immer noch nicht, wann ich ihn wiedersehen würde. Aber vor allem war es mir schwergefallen, mich von meinem Buch über Alban de Willecot loszureißen; die Vorstellung, drei Tage nicht arbeiten zu können, frustrierte mich enorm. Ich fand darin ein lange vergessenes Gefühl wieder: den rücksichtslosen Drang zu schreiben, der einen aller Pflichten und Alltäglichkeiten enthebt und alles, was nicht mit dem Schreiben zu tun hat, in eine lästige Bürde verwandelt.

In Lausanne erkannte ich mehrere Kollegen wieder, denen ich bereits früher begegnet war; wie es Usus ist, drehten sich die Gespräche um das akademische Leben, Stipendien, Projekte, Lehrstühle und laufende Forschungsvorhaben, wobei jeder die eigenen Erfolge und Misserfolge an denen der anderen misst. Solcher Smalltalk hat mich schon immer gelangweilt – heute hasse ich ihn. Ich dachte, dass es mir schwerfallen würde, meine Lehrtätigkeit nächstes Jahr wieder aufzunehmen. Und auch wenn mein Entschluss halbwegs feststand, fragte ich mich einmal mehr, ob der Berner Vorschlag nicht meine letzte Chance gewesen wäre, dem zu entkommen.

Die Gastgeberin war so aufmerksam, uns außerhalb der Stadt unterzubringen, in einer Umgebung, die die Zwangsklausur des Kolloquiums teilweise wettmachte. Der Tagungsort, ein zum Konferenzzentrum umgewandelter früherer Landsitz, hatte etwas von Othiermont, war aber schicker, eingebettet in einen wie auf dem Reißbrett entworfenen Park, gleich neben einem Golfplatz. Auf meinen Spaziergängen entdeckte ich ein altes Rosarium, das der doppelten Bedrohung durch Demolierung und Renovierung entkommen war und seinen früheren Charme bewahrt hatte. Dort fand ich abends Zuflucht, weit weg von gelehrten Gesprächen und ermüdenden Auseinandersetzungen. An einem schmiedeeisernen Tischchen berichtete ich Samuel schriftlich von meinen Tagen im Schloss: vom Essensritual im Speisesaal, den monomanischen Doktoranden, die sich gleich nach dem Aufstehen auf ihr Steckenpferd schwangen und mich um acht Uhr morgens schon mit der Geschichte der Bildpostkarte behelligten, sich über den Markt der Stellen und Stipendien ausließen und, nicht zu vergessen, das Ganze noch mit Verführungsmanövern nicht ausschließlich intellektueller Natur krönten. Zu wissen, dass ich dieses kleine Spektakel Sam jeden Abend auf möglichst unterhaltsame Art und Weise erzählen müsste, trug dazu bei, mir die Last der Tage zu erleichtern.

Als ich an jenem Abend mein Tablet abschaltete, dachte ich auf einmal an Alban. Auch er hatte Massis von seinen Tagen Bericht erstattet. Aber nicht aus einem komfortablen Schweizer Schloss, umgeben von friedlichen Historikern und grünen Rasenflächen, sondern aus dem Schützengraben, nur wenige hundert Meter vom deutschen Feuer entfernt. Jede Stunde seines Alltags stand unter dem Eindruck des Grauens. Vielleicht habe ich in diesem Augenblick besser verstanden, wie sehr die Briefe an Massis und Diane sowie seine *Szenen aus dem Muschkotenleben* für ihn Ventil und Rettung waren. Und vielleicht hat das ständige Bemühen um diese Korrespondenz Alban seine größte Leistung ermöglicht: trotz sinkender Moral zwei Jahre Krieg zu überleben, ganz zu schweigen von seinem wachsenden Gefühl, dass das, was er als Soldat gezwungen war zu tun, eine Schande war.

Wie ich erwartet hatte, rief mein Vortrag zwiespältige Reaktionen hervor. Vor der Reise hatte ich mir meinen Text noch einmal durchgelesen und dabei zunächst dasselbe Gefühl gehabt wie in Madrid, nämlich, dass es irgendwie schamlos sei, Albans Privatleben breitzutreten; aber dieses Gefühl wurde hinweggefegt durch die Existenz des *dirty book*, durch diese Bilder, die meiner Unternehmung eine ganz andere Bedeutung verliehen. Mehrere Kollegen, allesamt erfahrene Historiker, wandten ihren Blick ab, als die letzten Bilder auf der Leinwand erschienen, obwohl ich schon die am wenigsten schrecklichen ausgewählt hatte. Selbst diejenigen, die immer nur ihre Mails checkten oder hinten im Saal miteinander tuschelten, wurden ganz still.

Es folgte eine lebhafte Diskussion. Manche fanden, dass ich die politische Tragweite dieser Bilder überinterpretierte, andere, dass ich sie bagatellisierte; einige konnten ihre Verachtung für mein ursprüngliches Fachgebiet, die Ansichtskarte, und ihre Überzeugung, dass sie aus diesem Album, wenn sie es nur in die Finger bekämen, weit mehr machen würden als ich, kaum verhehlen. Alle waren sich aber darin einig, dass ich möglichst bald eine kritische Ausgabe veröffentlichen sollte.

Beim Abendessen setzte sich Isabelle Lahouati neben mich, eine Spezialistin für Propaganda während des Ersten Weltkriegs. Ich habe sie bisher erst zweimal getroffen, schätze aber ihre Gesellschaft. Sie ist brillant und diskret, eine Mischung, die in unseren kleinen Kreisen nicht oft zu finden ist. Sie beglückwünschte mich zu meinem Vortrag (und ich wusste, dass sie es ehrlich meinte), ich sie zu ihrem, und wir diskutierten über die Anfänge pazifistischer Initiativen während des Ersten Weltkriegs. Die jeweiligen Regierungen betrachteten sie als eine Pest, deren Anstifter mitleidlos verfolgt werden müssten. Wer die Berechtigung bewaffneter Konflikte in Frage stellte oder gar die Möglichkeit eines Sieges, brachte sich in ernsthafte Schwierigkeiten – ich erinnerte mich an Dianes Tagebucheintrag über die Sorgen, die sich Madame Cheremetieva machte, weil ihr Sohn Sacha pazifistische Pamphlete verteilte.

Ich brachte meine Kollegin auf das Kapitel der exemplarischen Hinrichtungen, ein Thema, mit dem sie sich sehr gut auskannte. Mehrere hundert Männer seien auf diese Weise zu Tode gekommen, erklärte sie, von Gerichten verurteilt, die kaum die Mindestanforderungen erfüllten: Durch verkürzte Vorführungsfristen wurde die Verteidigung sabotiert, Rechtsmittel waren verboten, die Exekutionen wurden unmittelbar danach ausgeführt – ein ganzer Apparat juristischer Winkelzüge wurde da in Gang gesetzt, um die Gerechtigkeit auszuhebeln, in dem fanatischen Bestreben, den geringsten Widerstand im Keim zu ersticken. Die Folge davon war, dass die Armee Verstöße gegen das Allgemeinrecht und Konflikte mit der Obrigkeit, Einschlafen während der Wache und Fahnenflucht, willentliche Verstümmelung und Spionage, Befehlsverweigerung und die Plünderung von Häusern mit derselben Strenge ahndete.

Von Isabelle Lahouati erfuhr ich, wie sehr der Generalstab sich in das aussichtslose Unterfangen verbohrt hatte, das Ausmaß dieser Exekutionen im Hinterland herunterzuspielen und gleichzeitig unter den Soldaten möglichst publik zu machen. Unter dem Druck der öffentlichen Meinung befasste sich im April 1916 das Parlament mit dieser Frage und versuchte, die aus dem Ruder gelaufene Militärjustiz wieder zur Räson zu rufen. Damit war dann – zumindest teilweise – Schluss mit schludrigen Verfahren und summarischen Exekutionen.

Gallouët und seine beiden Kameraden wurden im Juli 1916 hingerichtet. General Vidalies musste also besonders hartnäckig auf eine Verurteilung hingearbeitet haben. Aber Krieg war eben auch das: Mut, flankiert von abgrundtiefer Niedertracht, die noch verschärft wurde durch eine Machtkonzentration in den Händen von Menschen, die in normalen Zeiten nie darüber hätten verfügen dürfen.

Als ich dem erstickenden Mikrokosmos des Kolloquiums einen halben Tag vor Abschluss der Vorträge entfloh, hatte ich das Gefühl, endlich wieder atmen zu können. Mein Termin mit Tobias Städler, dem Konservator der ehemaligen Eidgenössischen Militärbibliothek in Bern, hatte mir den Vorwand geliefert, mich früher zu verabschieden. Ich nahm den längsten Weg in die Bundesstadt, die träge Straße am Genfer See entlang. Das Nachmittagslicht prallte auf das Wasser, in dem ein paar Badende prusteten. Ein idyllischer Rahmen; und wieder fragte ich mich, ob ich bezüglich des Stipendiums, das mir quasi auf dem Silbertablett serviert worden war, die richtige Entscheidung getroffen hatte.

Städler bereitete mir einen freundlichen Empfang. Falls er darüber verärgert gewesen sein sollte, dass ich eine Kandidatur abgelehnt hatte, zeigte er sich jedenfalls als guter Verlierer: Im Lauf der Zeit seien Stellen für Historiker so rar geworden, meinte er, dass er für den Büchi-Nachlass bestimmt schnell jemand anderen finden könnte. Er zeigte mir ein paar Exemplare aus diesem Fundus, der gar nicht uninteressant war, Fotos von Villen auf Guernsey und Schweizer Landschaften, wie man sie nicht mehr sieht, etwa eine triumphale Jungfrau mit ihrem von ewigem Schnee umwölkten Haupt. Gemessen an den Bildpostkarten aus dem Krieg, die meinem Leben seit mehr als einem Jahr den Takt vorgaben, wirkten diese friedlichen, eleganten Bilder, die jahrzehntelang zwischen Familien und Freunden in Sommerferien- oder Wintersportorten hin und her geschickt wurden, fast künstlich vor Frieden und Ausgeglichenheit.

Ich hatte Städler am Telefon gefragt, ob er etwas dagegen hätte, wenn ich die vorbereitenden Notizen für *Leiberglühen* einsähe. Was ich darin zu finden hoffte? Einen Namen, ein Initial, eine übersehene Bemerkung, die beweisen könnte, dass Massis diesen Band doch für Diane geschrieben hatte. Aber in dem Bündel, das der Bibliothekar mir bringen ließ, war nichts dergleichen, nur ein Dutzend mit Notizen vollgekritzelter Seiten auf dem Briefpapier der Postprüfstelle, verfasst in derselben eleganten, fast kalligraphischen Handschrift, die ich schon bei Françoise Alazarine gesehen hatte. Der einzige Schluss, den ich aus der Durchsicht ziehen konnte, war, dass Massis seine Sonette fast ohne Streichungen niedergeschrieben hatte, was ihre Schönheit nur umso heller erstrahlen ließ.

Die Ränder dagegen waren voll komplizierter Anmerkungen und mehr oder weniger kabbalistischer Zeichen. Von Städler erfuhr ich, dass der Dichter die Angewohnheit hatte, die Blätter als alltäglichen Notizblock beziehungsweise Kalender zu benutzen. Ich hatte Kopien der Skizzenblätter aus Jacques Gerstenbergs Umschlag mitgebracht, in die der Dichter das Foto der Hinrichtungsszene zum Schutz eingeschlagen hatte. Da sie auf demselben Papier geschrieben waren, stammten sie offensichtlich aus derselben Serie. Doch waren die Zeilen unregelmäßiger und auch die Ränder beschrieben. Mein Schweizer Kollege, mit den Eigenheiten von Massis' Schrift vertrauter als ich, konnte einiges davon entziffern: Telefonnummern mit Pariser Vorwahl, fragmentarische Datumsangaben, Verabredungen. Auf dem dritten Blatt angekommen, runzelte er die Stirn.

»Sieh mal an ...«

Er zeigte auf die rechte obere Ecke des Blatts. Dort stand: »S.M.-D., Taverne du Panthéon, 17 Uhr«.

»Das sind die Initialen von Siméon Malard-Dangy«, erklärte Städler.

»Wer ist das?«

»Ein Maler. Ein Freund von Massis.«

Der Bibliothekar wirkte verblüfft.

»Was wundert Sie daran?«, fragte ich.

»Malard-Dangy fiel im Januar 1915 an der Front. Dabei dachte man immer, dass Massis erst später, gegen Ende 1915, den Zyklus *Leiberglühen* zu schreiben begann.«

Daran hatte ich auch geglaubt. Denn im Januar 1915 hatten Massis und Diane sich gerade erst kennengelernt. Und wenn ich dem Tagebuch trauen konnte, verliebten sie sich erst im Herbst.

»Vielleicht hat er diese Blätter später wiederverwendet ...«

»Nein. Sehen Sie doch, wie die Notizen den Text umgeben: Sie kamen *nach* den Gedichten.«

Städler war offenbar fasziniert. Er sah auf und sagte: »Dieses Blatt stellt den ganzen Entstehungsprozess des Gedichtbandes in Frage.«

Um die Literaturgeschichte machte ich mir im Moment allerdings weniger Sorgen. Ich dachte vielmehr darüber nach, welche Auswirkungen diese Entdeckung auf meine Lesart des Briefwechsels zwischen Massis und de Willecot hätte. Falls Städler richtiglag und der Dichter *Leiberglühen* tatsächlich schon vor seiner Affäre mit Diane begonnen hatte, warf uns das wieder einmal auf die Bennington-Hypothese zurück, die mir aber immer noch genauso sonderbar vorkam. Während der gesamten Fahrt zurück nach Jaligny drehte und wendete ich die Frage in meinem Kopf: War der Band heimlich einer oder einem anderen gewidmet, diesem Malard-Dangy zum Beispiel? Oder, noch unwahrscheinlicher, einer anderen Frau als Diane? Wenn er nicht einfach in Gedanken an Jeanne verfasst worden war, die schöne, stille Ehefrau. Wieder dieser ärgerliche Eindruck, dass sich das Puzzle jedes Mal, wenn ich glaubte, das passende Teil in der Hand zu haben, verschob und die neuen Elemente den Anschein von Ordnung zerstörten, den das Gesamtbild anzunehmen begonnen hatte, und dass der Endpunkt erst ein Anfangspunkt war.

Eine Stunde nach meiner Rückkehr, als ich Löwelinchen gefüttert und das Haus gelüftet hatte, fuhr ich wieder los, zum Bahnhof von Moulins. Ich hatte Emmanuelle eingeladen, das Wochenende in meiner *Datscha* zu verbringen, wie sie das Häuschen nannte, und sie hatte erfreut zugesagt. Es war spät, aber noch hell, als wir in Jaligny ankamen, und die von einem Regenschauer gewaschene Luft füllte sich schon wieder mit dem Duft von Blauregen und Geißblatt. Ich stellte zu meiner Freude fest, dass Emmanuelle gut aussah. Anscheinend hatte sie seit ihrer Rückkehr aus Vietnam die Trauer über ihre Fehlgeburt überwunden. Rainer ist wieder auf den Straßen des Mittleren Ostens unterwegs. Die beiden haben eine merkwürdige Beziehung, aber nichts scheint diese erschüttern zu können. Ich beneide sie um das Vertrauen, das sie trotz aller Wechselfälle des Schicksals unerschütterlich verbindet.

Nach einem leichten Abendessen gingen wir früh schlafen, und gleich am nächsten Morgen machte ich eine Führung über das Gut. Als ich meiner Freundin das Haus und den Garten zeigte, verspürte ich denselben absurden Besitzerstolz wie damals gegenüber dem Vize-Konsul. Wir gingen bis zum Wald, wo ich ihr die Stelle zeigte, die ich neu anlegen lassen wollte. Bei jedem Aufenthalt hier wird mir ein bisschen mehr bewusst, wie sehr ich inzwischen an diesem Haus hänge. Vielleicht zu sehr, um es für eine Stelle in der Schweiz aufzugeben – um nur diesen einen Verzicht zu erwähnen.

Am Nachmittag kamen Marie-Hélène und die Kinder, die sich von den Aufregungen des letzten Besuchs erholt hatten, zum Kaffee. Wir machten in der Küche Crêpes, während Löwelinchen, die Gefräßige, um unsere Beine strich, ständig auf irgendein Häppchen lauernd. Meine beste Freundin mit der Nachbarin plaudern zu sehen, markierte für mich die Naht zwischen zwei Leben, die sich bis dahin nicht berührt hatten – ein seltsames, aber schönes Gefühl. Die kleine Familie Loris blieb auch zum Abendessen, das wir draußen einnahmen, um die zur Sommersonnenwende hin immer längeren Tage auszunutzen; ein ruhiger Abend, klar und leicht, an dem ich meine Zukunftssorgen vergaß.

Am nächsten Tag nahm ich Emmanuelle auf meinen Sonntagsspaziergang am Ufer der Besbre mit. Wir trafen Jean-Raphaël und Minh Ha, die Mary-Blanche im Kinderwagen vor sich herschoben; das kleine Mädchen schlief mit geballten Fäustchen. Allmählich verliert es sein rundliches Babygesicht, und die Gesichtszüge treten stärker hervor – im Moment ähnelt es sehr seiner Mutter, was ein bezauberndes Aussehen verheißt. Wir plauderten eine Weile mit dem jungen Paar, bevor wir unseren Weg fortsetzten.

»Die sind aber nett«, sagte Emmanuelle, als sie etwas weiter weg waren. »Das ist schon ein kleines Paradies, das deine Alix dir da hinterlassen hat.«

Da Spaziergänge am Wasser zu vertraulichen Gesprächen einladen, erzählte mir Emmanuelle von den Adoptionsplänen, die seit ein paar Wochen in ihrem und Rainers Kopf reiften. Die Fehlgeburt war der Auslöser gewesen. Ja, warum nicht? Sie kannten sich seit elf Jahren, liebten einander und würden es bestimmt verstehen, dem Kind eine ordentliche Portion Lebensfreude mitzugeben. Dann fragte meine Freundin, wie es mir mit Samuel gehe. Ich hatte ihr von seinem Eifersuchtsanfall erzählt, die Einzelheiten aber weitgehend weggelassen. Nun konnte ich endlich offen über meine Zweifel sprechen und das beunruhigende Gefühl der Fremdheit in manchen Momenten. Manchmal fehlt er mir, wie damals in Brügge oder in Lausanne; dann wieder befällt mich hinterrücks Gleichgültigkeit, und ich bin mir nicht mehr sicher, ob ich ihn wiedersehen will. Fast drei Wochen sind seit seinem letzten Besuch vergangen, und wir haben noch keinen Termin ausgemacht für unser nächstes Treffen – seine fehlende Ungeduld verstört mich zutiefst.

Manchmal frage ich mich, ob sein Vorhaben, nach Paris zu ziehen, nicht halbherzig ist. Tatsächlich weiß ich in diesem Stadium nicht mehr, ob ich mir wünschen soll, dass er die Stelle beim UNHCR kriegt, oder nicht. Auch wenn ich mir noch so oft sage, dass wir, wenn er erst einmal da ist und wir von der Angst vor Trennungen und Missverständnissen befreit sind, schon unseren Rhythmus finden werden, schaffe ich es nicht, meine Zweifel zu zerstreuen.

»Kurz, die große Ratlosigkeit«, fasste Emmanuelle zusammen.

In ihrer pragmatischen Art forderte sie mich auf, Geduld zu haben, und riet mir, bis zu unserem nächsten Wiedersehen abzuwarten, um mit ihm zu reden. Im Gegensatz zu mir hat sie eine lange Erfahrung mit Fernbeziehungen. Ihre Anwesenheit und unsere Gespräche in diesen zweieinhalb Tagen haben mich beruhigt. Sonntagabend brachte ich sie zum Bahnhof, pünktlich zum letzten Zug. Ich dagegen war glücklich, noch ein paar Tage in Jaligny bleiben zu können und nicht noch am selben Abend in die Hauptstadt zurückzumüssen.

Als ich heimkam, schaltete ich mein Telefon ein, das ich auf dem Küchentisch liegen gelassen hatte. Auf dem Display erschien das blaue Rechteck einer Nachricht. Als ob er in meinen Gedanken gelesen hätte und entschlossen wäre, mich Lügen zu strafen, schrieb er: »Du fehlst mir, muss dich bald wiedersehen. Sanfte Küsse. Sam.«

153

Chartres, 12. November 1916

Mein lieber Anatole,

danke für Deinen Brief, der vorgestern kam. Zu meiner Verwunderung haben sie mich vor drei Tagen aus der Strafabteilung des Krankenhauses entlassen. Seitdem habe ich wieder das Recht auf Briefe und Zeitungen.

Abgesehen von meinem ständigen Kopfweh ist meine Gesundheit zufriedenstellend. Eine Krankenschwester wird mir Sprechunterricht geben, um mich wieder ans Reden zu gewöhnen. Und der Major hat mir eine Elektrotherapie zur Behandlung meiner nervösen Störungen vorgeschlagen. Anscheinend werden damit bei Kopfverletzungen gute Ergebnisse erzielt, wenn keine Splitter im Schläfenbein stecken. Auch von einer Entlassung wegen Dienstunfähigkeit ist die Rede. Bis dahin werden sie mir einen Genesungsurlaub bewilligen.

Sobald sich etwas Neues ergibt, gebe ich Dir gleich Nachricht.

Dein Willecot

154

Samuel hat die Stelle nicht bekommen. Das hat er mir um elf Uhr abends per Mail mitgeteilt. Meine erste Reaktion war eine Enttäuschung, die sich so brutal anfühlte wie ein Faustschlag in den Unterleib. Die zweite war weniger deutlich, eine Mischung aus Zorn und Erbitterung ihm, aber hauptsächlich mir selbst gegenüber, weil ich trotz allem angefangen hatte, daran zu glauben, und Bern abgesagt hatte, um in seiner Nähe zu bleiben. Aber am stärksten war die Entmutigung. Die Zukunft unserer Beziehung erschien mir im besten Falle ungewiss, wenn nicht bedroht.

Als ich die Nachricht las, hatte ich gerade den Schlusspunkt unter das elfte Kapitel meiner Willecot-Biographie gesetzt. Noch ganz im Hochgefühl meiner Arbeit, konnte ich die Konsequenzen dieser Neuigkeit nicht gleich übersehen. Vielmehr versuchte ich an Samuels Worten seine Gefühle abzulesen; im Grunde hoffte ich wohl, ein Bekenntnis seiner Enttäuschung zu finden, die meiner entsprach. Aber einmal mehr erwies sich mein Freund als vollkommen undurchdringlich. Kein Grund zur Traurigkeit, schrieb er, er würde es einfach anderswo versuchen und sich bei Pariser Kanzleien bewerben. Das alles sei nur eine Frage der Geduld. Mit einem Mal kam mir mein Traum, dass ein Mann, den ich zufällig auf einer Portugal-Reise kennengelernt hatte, für mich alles stehen- und liegenlassen würde, zutiefst lächerlich vor.

Einen Moment lang überlegte ich, ihn anzurufen, legte aber das Telefon gleich wieder weg. Ich wusste, dass ich unfähig wäre, meine Traurigkeit zu unterdrücken oder meine Bitterkeit zu überspielen.

Erst am nächsten Morgen wurde mir die Sackgasse, in der wir uns befanden, wirklich klar. Mein schwerer nächtlicher Schlaf kündigte eine Migräne an. Ich streichelte Löwelinchen, trank meinen Kaffee draußen, ging dann bis zu dem alten Gewächshaus und bedauerte, dass das nächste Schwimmbad zwanzig Autominuten entfernt war. In dem Moment hätte es mir gutgetan, ins Wasser zu springen, um meinen Frust abzulassen. Ich fragte mich, wie die Zukunft aussehen sollte. Wie lange wir die Distanz noch aushalten würden angesichts von Samuels immer häufigeren Sendepausen, wenn er nicht da war.

Aber es lag nicht nur an ihm. Je mehr Zeit verging, desto unfähiger war ich, mit ihm zu reden. Und das war nicht bloß Gefühlssache. Dass ich weder Fragen noch Forderungen an ihn stellte und sein schwankendes Verhalten mit einer Resignation hinnahm, die mich bei jedem anderen schockiert hätte, lag an meiner Angst vor seiner Vergangenheit. Ich hätte ihn gern danach gefragt, fürchtete mich aber vor seinen Antworten. Nach meiner festen Überzeugung barg die Episode seiner Verhaftung ein dunkles Geheimnis, dessen Aufdeckung, falls sie jemals stattfinden sollte, uns auf nicht wiedergutzumachende Weise verletzen könnte.

Es war heiß. In Gedanken trat ich mechanisch gegen die Steine auf meinem Weg und betrachtete die Kühe im morgenfeuchten Gras. Ich hatte nicht die geringste Lust, den ganzen Tag wiederkäuend herumzuliegen wie sie, ich brauchte Bewegung, um meine finsteren Gedanken zu verscheuchen. Ich beschloss, den Schuppen in Angriff zu nehmen: das Schloss abzumontieren, die Tür zu öffnen, die Scherben des eingeschlagenen Fensters zu beseitigen, den ganzen alten Kram wegzuwerfen, mit dem er vollgestopft war. Dann könnten wir, wenn wir mit den Arbeiten im Garten anfingen, Dünger und Geräte dort lagern.

Wieder zurück, machte ich mich ans Werk. Aber trotz meiner Energie, die von meiner Wut beträchtlich angeheizt wurde, gelang es mir nicht, das Schloss aufzubrechen, das stabiler war, als es aussah. Marcel Loris arbeitete auf der anderen Seite des Waldes – ich konnte das Kreischen der Motorsäge hören. Ich bat ihn um Hilfe, die er mir gern gewährte. Aber obwohl er kräftiger war als ich, schaffte er es auch nicht.

»Tut mir leid, ich glaube, ich brauche dazu ein Brecheisen.«

»Nur zu.«

Es kostete zehn Minuten hartnäckigen Kampfes und ein zersplittertes Brett, bis das Schloss überwunden war. Als der Mechanismus endlich nachgab und die Tür knirschend aufging, entdeckten wir, warum sie so großen Widerstand geleistet hatte: Die Schrauben, mit denen das Schloss von innen befestigt war, saßen in einer Metallverkleidung, die wie eine Panzerung wirkte. Eine – wie wir beide gleichzeitig bemerkten – erstaunliche Sicherheitsvorkehrung für zwei alte Fahrradreifen und ein paar Gartengeräte. Aber vielleicht hatte der Raum ja zu seiner Zeit ganz etwas anderes beherbergt.

Die Sonnenstrahlen umgaben uns mit einer Aureole goldschimmernden Staubs. Obwohl frische Luft durch das Fenster eindrang, das wir eingeschlagen hatten, um Louis zu befreien, herrschte drinnen die Atmosphäre von Räumen, die seit Ewigkeiten nicht mehr betreten worden waren. Ausscheidungen von Nagern sprenkelten den Boden, alle Gegenstände hatten dieselbe Farbe – oder eher Nichtfarbe – und waren bedeckt von einer gleichförmigen Schmutzschicht. Fasste man irgendetwas an, wirbelte eine Staubfahne hoch. In den Dielen das gähnende Loch einer offenen Falltür, durch das der Junge vor ein paar Tagen hereingeschlüpft war. An den Wänden lehnten Phantome von Dingen wie eine vom Rost zerfressene Hacke, ein verbeulter Proviantbehälter aus Blech, zerbrochene Angelruten, Jutesäcke und zerfetzte Regenplanen. Von Gießkannen bis zu alten Holzkisten alles unnütz – sämtliche Gegenstände in diesem Raum waren toter als tot, veraltet und grau in grau verhüllt.

»Es ist das erste Mal seit fünfzig Jahren, dass ich einen Fuß hier reinsetze«, sagte Marcel Loris. »Das alles wirkt so … klein.«

Er sah sich verwundert um, wie man mit den Augen des Erwachsenen die Verstecke von einst ermisst, in denen man sich als Kind herumgetrieben hat. Tatsächlich war der Raum winzig, um die fünfzehn Quadratmeter, die dem Gesetz der maximalen Ausnutzung gehorchten: kein Winkel, kein Regal, die nicht brechend voll gewesen wären mit mehr oder weniger erkennbarem alten Zeug.

Nach ein paar Minuten entschuldigte sich Marie-Hélènes Vater. Er habe noch im Nachbardorf Thionne zu tun. Ich blieb allein in der

Kammer zurück und zog Gartenhandschuhe an, um wahllos nach Dingen zu greifen: hier Bretter, da Säcke mit wertlosem Plunder, dort Kisten, die Wein mit verblichenen Etiketten bargen, darunter mehrere versiegelte Château-Willecot-Flaschen, Jahrgang 1937 – wahrscheinlich nur noch scheußlicher Essig. Wenn ich den Staub wegpustete, der sämtliche Gegenstände überzog, sah ich in den alten Zeitungen Werbung für längst vergessene Marken: Pastador, Forvils Brillantine, die Wecker von Jaz… Ich nahm ein Buch aus einem Regal, die Seiten gewellt vor Feuchtigkeit, der Einband teilweise abgerissen: *Handbuch der Anat…*, von Dr. Oswald Zeitgeber. Ich dachte wieder an Victor, den Medizinstudenten. Ob er hier gelernt hatte? Jedenfalls gab es jetzt kaum noch Zweifel daran, dass er mindestens einen Sommer in Jaligny verbracht und Blanche bei ihren Aktivitäten im Widerstand zur Seite gestanden hatte. Welchem anderen Victor D., welchem anderen vorgeblichen Neffen hätten die mit diesem Namen gekennzeichneten Romane denn gehören sollen, die ich im Ankleidezimmer im ersten Stock gefunden hatte?

Nie würde ich erfahren, ob Victor Ducreux *tatsächlich* die Frucht von Dianes verbotener Liebe war, gezeugt bei ihrem letzten Treffen mit Alban im Wald von Ythiers, noch, warum er hier gelandet war, statt in Paris seinem Medizinstudium nachzugehen. Krieg, Besatzung oder Ideologie – in jener Zeit mangelte es nicht an Gründen, Menschen von dem abzubringen, was ihre eigentliche Bestimmung war. Nur eines war sicher: Was auch immer für eine Verbindung zwischen Victor und Blanche bestanden hatte, ob freundschaftlich, konspirativ oder familiär, sie war eng genug, um ihn ins Allier zu locken und zum Gehilfen ihrer illegalen Aktivitäten zu machen.

Neugierig streckte ich die Hand zu den hinter dem Anatomie-Lehrbuch gestapelten Bänden aus. Als ich das Brett berührte, auf dem sie lagen, brach das wurmstichige Regal zusammen und riss im Fallen die unteren Bretter mit, woraufhin alles, was darauf verstaut war, zu Boden fiel. Ich konnte nur noch zurückweichen, als das Ganze scheppernd und in wildem Durcheinander herunterpurzelte. Ein halbverrotteter Sack platzte mit einem Knall, und Kies ergoss sich in Strömen über den Boden. Dichter Staub nahm den ganzen Raum ein und ließ mir keine Luft mehr zum Atmen. Von einem Hustenanfall überwältigt, musste ich hinaus an die frische Luft.

Es dauerte ein paar Minuten, bis die Sicht wieder klar war. Wobei … klar ist vielleicht übertrieben: Aus dem wirren Haufen standen nur ein paar Teile von zerbrochenem Porzellan heraus, die Ecke eines Radiola-Detektor-Apparats, ein Paar alte Lederschuhe und Reste von Angelmaterial. Mit dem Stiel einer Hacke rührte ich in diesem Plunder, bis ich ein rechteckiges Paket ausgrub. Die Fäden, die es zusammenhielten, hatten sich aufgelöst, aber die Teerleinwand, in die es eingewickelt war, hatte die ursprüngliche Faltung behalten. Ich zog an einer Ecke, um es auszupacken, aber der mit der Zeit ausgetrocknete Stoff zerbröselte mir unter den Fingern. Außerdem störten mich die Handschuhe, also legte ich das Ding mit dem Vorsatz, es mir später anzusehen, in eine Ecke.

Der Rest war nur belangloser Mist. Das einzig Interessante, das ich noch fand, war eine rostige Luger-Pistole, dasselbe Modell wie in Alix' Schreibtischschublade. Eine Kriegsbeute, die sie den Deutschen weggenommen hatten? Der Schuppen hatte während der Besatzung als Versteck gedient, und Gott weiß, wem er allen Schutz geboten hatte. Nun konnte ich nur noch einen Altwarenhändler kommen lassen, um alles wegzuschaffen und den Raum seiner ursprünglichen Bestimmung zurückzugeben.

Wieder im Haus, ging ich unter die Dusche. Die Expedition in den angebauten Schuppen hatte mich in einen Staubbeutel auf zwei Beinen verwandelt. Unter dem heißen Wasser holte mich die Grübelei über Samuels Ablehnung durch den UNHCR wieder ein. Und über unsere komplizierten Zukunftsperspektiven oder das, was noch davon übrig war. Als ich aus dem Badezimmer kam, brach die seit dem Vorabend schwelende Migräne aus. Ohne zu zögern, nahm ich eine Tablette, die mich bis in den Nachmittag hinein außer Gefecht setzte. Manchmal ist chemisches Vergessen so gut wie jedes andere.

Ich tauchte gerade wieder auf, als das Telefon klingelte. Eine Frau, die sich nicht vorstellte, fragte, ob sie mit Maître Ducreux sprechen könne. Ich versuchte nicht einmal, meine Überraschung zu verbergen.

»Er ist in Portugal. Und wer sind Sie?«

»Alicia Truong vom Flüchtlingskommissariat der Vereinten Nationen.«

»Von wem haben Sie diese Nummer?«

»Monsieur Ducreux hat uns mitgeteilt, dass wir ihn in Frankreich über Sie erreichen könnten.«

»Gibt es ein Problem?«

»Wir müssten mit Monsieur Ducreux sprechen. Sein Mobiltelefon ist ausgeschaltet.«

Das wunderte mich nun nicht besonders. Aber ich fand es seltsam, dass das UNHCR mich anrief, um mir das mitzuteilen.

»Kann ich ihm etwas ausrichten?«

»Sagen Sie ihm, dass er dringend Monsieur Katz zurückrufen soll.«

»Warum, ist die Stelle wieder frei?«

Die Frau am anderen Ende der Leitung verstummte kurz.

»Wir haben Maître Ducreux eingeladen, weil die Stelle vakant war. Er hatte bis gestern Zeit, uns zu antworten.«

»Aber die Wahl ist nicht auf ihn gefallen, oder?«

Wieder schwieg sie. Ich merkte, wie sie aus dem Konzept kam.

»Sagen Sie ihm nur, dass er uns unter allen Umständen anrufen soll.«

Ich legte auf. Am Vorabend hatte Samuel mir versichert, dass die Antwort des UNHCR negativ ausgefallen war. Wenn ich das, was diese Alicia Truong gesagt hatte, richtig interpretierte, hatte er gelogen.

Das würde einiges erklären, angefangen bei dem Phlegma, mit dem er mir die Nachricht verkündet hatte. Und auch seine Entscheidung, das per Mail zu tun, verstand ich nun besser – das unterband jegliche Diskussion darüber. Nun rief ich ihn auf dem Handy an, aber wie üblich antwortete nur seine Mailbox. Ich wusste, dass es unnötig war, eine Nachricht zu hinterlassen; das hatte bestimmt schon das UN-HCR getan. Nun blieb mir nur, ihn stündlich anzurufen, so lange, bis er drang. Ich sah die Zeiger auf der Uhr kreisen, neunzehn Uhr, zwanzig Uhr, zweiundzwanzig Uhr. Nach und nach trat Wut an die Stelle meiner Verzweiflung. Um ein Uhr morgens hatte er immer noch nicht zurückgerufen. Entweder war ihm etwas passiert, oder er weigerte sich, mit mir zu sprechen. Der Zorn in mir war ebenso groß wie meine Panik.

Erst am nächsten Morgen bekam ich Samuel ans Telefon, nachdem ich die ganze Nacht lang das Telefonat mit Alicia Truong immer wieder durchgekaut hatte. Samuels teigige Stimme klang übernächtigt und nach Alkohol. Ich war so mit den Nerven fertig, dass ich schonungslos zum Angriff überging: »Samuel, ich habe gestern einen Anruf vom UNHCR bekommen, du sollst wegen der Stelle zurückrufen! Wollten sie dich doch nehmen?«

Nach einem längeren Schweigen sagte er schließlich: »Nein.«

»Samuel, bitte, kläre meine Zweifel auf: Haben sie dir abgesagt oder du ihnen?«

Samuel setzte zu wirren Ausführungen an über den Rückzug des ersten Kandidaten, der von einem hohen Tier im juristischen Dienst protegiert worden sei, aber wiederum seinerseits …

»Hör bitte auf«, unterbrach ich ihn. »Sie hätten dich genommen, aber du hast abgelehnt, war es so?«

Es folgte ein neuer Schwall an den Haaren herbeigezogener Erklärungen, noch abenteuerlicher als der erste. Ich verstand nicht, warum er sich so in seine Ausflüchte verrannte.

»Samuel, zum letzten Mal, hör auf. Wenn du Angst hattest zuzusagen, hättest du doch mit mir darüber reden können.«

»Ich habe nicht mit dir geredet, weil es nichts zu sagen gab. Erst dachte ich, ich habe die Stelle, und dann habe ich sie doch nicht bekommen. Und du zweifle nicht immer an dem, was ich sage. Das ist unerträglich.«

Da war er wieder, der harte, böse Samuel des morgendlichen Eifersuchtsanfalls: ein Anwalt, der bereit war, Schlag auf Schlag alles zurückzuzahlen. Er hätte niemals abgelehnt, ohne mit mir darüber zu sprechen, es habe eben einfach Kommunikationsprobleme gegeben, er könne schließlich nichts dafür, wenn jemand das Bewerbungsverfahren abgekürzt habe … und dann sei es zu spät gewesen, als …

Ich hörte ihm zu und wusste nicht, was ich denken sollte.

»Aber warum hast du mir das alles nicht erzählt?«

»Die Angelegenheit war entschieden, wozu weiter darauf herumreiten?«

»Und warum hat diese Alicia Truong dann mich angerufen?«

»Sie wusste eben auch nicht Bescheid. Ich sage dir, das war ein … wie heißt das noch? Ein Ausrutscher.«

Es war acht Uhr morgens, und ich fühlte mich bereits erschöpft. Tief in mir der Wille, mich Samuels Argumentation zu ergeben, obwohl ich nicht daran glaubte. Nach einer halben Stunde Diskussion hatte ich mich fast überzeugt, dass das Bewerbungsverfahren tatsächlich gescheitert war und Samuel nichts für diese Kette von Fehlern konnte.

Ich legte als Erste auf und ging hinaus, innerlich vollkommen aufgewühlt. Unfähig zu lesen oder zu arbeiten. Da mir nichts Besseres einfiel, um die widersprüchlichen Gefühle zu exorzieren, die von mir Besitz ergriffen hatten, ging ich in den Wald, lichtete aus, schnitt Brombeerranken zurück und entwurzelte junge Büsche, bis ich nicht mehr konnte. Als ich aufgab, war meine Mittagszeit weit überschritten, und sämtliche Muskeln schmerzten; leider nicht genug, um mich den Rest vergessen zu lassen. Zurück im Haus, rief ich Emmanuelle an, aber sie war gerade im Aufbruch. Sie fragte, ob alles in Ordnung sei, und ich antwortete automatisch mit Ja. Ich hatte das Gefühl, zwei Jahre zurückzufallen, als ich diese Komödie spielen musste, obwohl sich alles auflöste. Schließlich erreichte ich Caroline. Ohne nachzudenken, lud ich die ganze Geschichte bei ihr ab. Es war mir peinlich, dass ich Samuels Worte anzweifelte. Aber ich konnte unter all das, was passiert war, nicht einfach einen Strich ziehen. Es waren inzwischen zu viele Risse im Gewebe des Vertrauens.

»Willst du meine Meinung hören?«, fragte Caroline.

»Ja. Sei ehrlich, ich werde auch nicht beleidigt sein.«

»Nun, ich denke, dein Samuel ist ein … wie sagt man … Wackelkandidat. Wenn du mit ihm zusammenbleibst, wirst du leiden. Ich an deiner Stelle würde meine Beine in die Hand nehmen.«

An diesem Abend saß ich lange auf der steinernen Bank und rauchte ein ganzes Päckchen Zigaretten. Wer hatte unrecht und wer recht? War ich jetzt paranoid, dass ich überall Lügen vermutete, wo gar keine waren? Oder hatte ich mich festgefahren in einem Abenteuer ohne Zukunft und stellte mich blind, weil ich nicht zugeben wollte, dass das Wiederaufflammen unserer Liebe nur eine Illusion gewesen war und Samuel mich fallenlassen würde, sobald das erste Feuer erloschen wäre? Ich dankte dem Himmel, dass ich mich gerade in Jaligny befand, wo wenigstens die Katze und das Haus beruhigend auf mich einwirkten. Beide waren mein Schutzschild vor den scharfen Ecken und Kanten des Lebens geworden.

Und zum ersten Mal kam mir der Gedanke, dass ich an jenem Septembertag, an dem ich das Flugzeug nach Portugal bestieg, kein glückliches Händchen gehabt hatte. Ja, zum ersten Mal bereute ich, Samuel Ducreux über den Weg gelaufen zu sein.

156

Othiermont, 25. November 1916

Mein lieber Anatole,

ich habe Dir lange nicht mehr geschrieben. Ich wollte zwar, aber zwischen dem, was ich will, und dem, was ich kann, klafft ein Abgrund.

Blanche hat mir Dein Eingreifen in allen Einzelheiten geschildert. Du hast mir aus Taktgefühl nichts davon gesagt, aber ich weiß jetzt, dass ich Dir mein Leben verdanke. Die, die mich aufgegriffen haben, wollten mich auf der Stelle erschießen, die einen als Deserteur, die anderen als Spion. Erschießen ist ja ein hochgeschätztes Verb in den Reihen unserer tapferen Armee.

Hier hat sich eigentlich nichts geändert. Trotzdem erkenne ich das Gut kaum wieder. Sophie ist ganz schön gewachsen und spielt mit Bleisoldaten gegen die »Boches«. Wenn sie gewinnt, glaubt sie, kommt ihr Papa schneller nach Hause. Die Verheerungen des Krieges reichen bis in die Kindheit meiner Nichte.

Einstweilen bin ich meiner Schwester, der ich bei nichts zur Hand gehen kann, eine jämmerliche Stütze. Die Wahrheit ist, dass ich eine Last für sie bin. Meine Migräneanfälle sind entsetzlich, ich komme nur dank der Morphiumtabletten von Doktor Méluzien ein wenig zur Ruhe. Aber keine Droge wird mich von dem Gefühl heilen können, dass der Krieg noch da ist, in mir … Also bleibe ich hier sitzen, außerstande, eine Rechenaufgabe zu lösen oder mich etwa gar ins Observatorium zu begeben.

Ein paarmal habe ich Diane wiedergesehen; ihre Eltern wollen sie mit einem Parvenü aus Lyon verheiraten. Ich würde ihr so gern helfen, aber ich habe keine Kraft mehr. Wenn sie wüsste, mein Gott, wenn sie wüsste!

Verzeih mir, Anatole, dass ich Dir diesen traurigen Bericht auf-
bürde. Ich würde mir so sehr wünschen, dass alles anders wäre. Aber
man kann ja die Zeit nicht zurückdrehen, nicht wahr?
Ich hoffe, dass Du bei guter Gesundheit bist und Jeanne wieder zu
Kräften kommt. Bestelle ihr meine Grüße und küsse Deine Kinder
von mir. Céleste muss ja jetzt auch schon ziemlich groß sein.

Dein Freund
Alban

157

Die Tage, die auf Samuels Anruf folgten, waren beißend wie Teergeruch. Ich war unfähig zu arbeiten, zu schreiben, mit meinem Buch über Alban de Willecot weiterzukommen. Wieder verbrachte ich manchen Nachmittag schlafend, erstickt von einem Gefühl der Einsamkeit, das umso heftiger wiederkehrte, als ich es in den letzten Monaten hatte verjagen können. Die Vorstellung, nach Paris zurückzufahren, in die Wohnung, die so voller Erinnerungen an Samuel war, erschreckte mich. Ich wusste buchstäblich nichts mit mir anzufangen. Also wandte ich mich der einzigen Beschäftigung zu, die mich von meinen finsteren Gedanken ablenken konnte: der Gartenarbeit. In den letzten Tagen habe ich Marcel Loris begleitet, der dabei ist, den Park wieder in seinen ursprünglichen Zustand zu versetzen, und mache so lange weiter mit Auslichten und Stutzen, bis ich ein wenig innere Ruhe gefunden habe. Aber die Wahrheit ist, dass ich leide, und diesmal richtig.

Gestern kam der Altwarenhändler mit seinem Transporter. In weniger als zwei Stunden hatte er den Schuppen leer geräumt. Nur das in dunklen Stoff gewickelte Päckchen, dessen Inhalt ich mir vorgenommen hatte zu untersuchen, lag noch in einer Ecke. Als der Mann danach greifen wollte, fuhr ich dazwischen: »Nein, das behalte ich.«

Ich nahm den schwarzen Quader, der erstaunlich schwer war, ganz vorsichtig auf und stellte ihn im Eingang ab. Löwelinchen, die ihn interessiert beschnüffelt hatte, machte es sich gleich darauf bequem, um ein Schläfchen zu halten, das einen guten Teil des Nachmittags in Anspruch nahm, und ich hatte nicht das Herz, sie zu verscheuchen. Erst am Abend, nachdem ich die Rosen und die restlichen Beete gegossen hatte, fiel mir das Paket wieder ein. Ich legte es auf die steinerne Bank vor dem Haus; nacheinander nahm ich die Leinenschichten mit einer Zackenschere in Angriff, wobei jedes Mal eine Staubwolke aufstob.

Insgesamt waren es acht Lagen. Der Inhalt, woraus auch immer er bestand, war darin eingerollt wie eine Wurst in ein Tuch. Diesmal war meine Neugierde geweckt: Wenn man ein unbedeutendes Objekt verstecken will, gibt man sich nicht solche Mühe. Ich dachte sofort an Blanches Aktivitäten, an Untergrund und illegale Manöver in Othiermont: Vielleicht hatte Alix' Mutter hier Dokumente für ihr Widerstandsnetz hinterlegt, Pläne oder geographische Hinweise. Vielleicht sogar Geld; die Konsistenz des Gegenstandes, den ich in meinen Händen hielt, erwies sich, je weiter ich ihn aus seinen Leinenhüllen schälte, als eher biegsam. Wenn ich so darüber nachdachte, war dieser alte Geräteschuppen ein äußerst raffiniertes Versteck. Wer käme schon auf die Idee, hier herumzuwühlen zwischen dreckigem Werkzeug und offen herumstehenden Jutesäcken? Den im Stoff hängengebliebenen Steinsplittern nach zu urteilen, war das Paket in dem geplatzten Kiessack verborgen gewesen. Unter der letzten Schicht stieß ich auf eine dickere Ummantelung, von der ich später erfahren sollte, dass es sich um ein Bleiblatt handelte. Ich musste die Gartenschere holen, um es zu zerschneiden, und damit trennte ich auch die letzte Lage auf, die aus weicher, gräulicher Baumwolle bestand und unter den vielen Hüllen vollkommen trocken geblieben war.

Als ich endlich damit fertig war, das Bleiblatt abzuschälen, traf es mich wie ein Schlag vor die Brust. Ich brauchte ein paar Sekunden, um zu begreifen, dass das, was ich sah, wirklich war.

Vier säuberlich geschichtete Stapel von Briefen.

Alle an Lieutenant Alban de Willecot adressiert. In der rundlichen Hellenistenhandschrift, die ich nicht ohne Grund so gut kannte.

Mit zitternden Händen legte ich das Päckchen ab. Ich hätte am liebsten geweint.

Da waren sie, Massis' Briefe, nach denen ich die Suche schon fast aufgegeben hatte. Jahrzehntelang hatten sie hier zwischen landwirtschaftlichem Gerät, Weinkisten, Ramsch und Angelmaterial geschlummert. Blanche hatte sie vor allem beschützt, den Plünderungen, den Deutschen, den Tieren und der Zeit. Als kluge Frau hatte sie während der Besatzung alles von Wert aus Othiermont hierher verlagert; und nach der Invasion der freien Zone hatte sie das, was sie für besonders gefährdet hielt, in Sicherheit gebracht: die Briefe des berühmten Dichters an ihren Bruder. Aber statt sich ein möglichst kompliziertes Versteck auszudenken, hatte sie das Prinzip des entwendeten Briefs angewandt und das Bündel quasi offen in einen Sack Kies gelegt.

Die Strategie war so gewieft, dass auch nach ihrem tödlichen Unfall am Ende des Krieges niemand darauf gekommen war, hier zu suchen. Zwanzig Jahre lang hatte Félix Loris, der Großvater von Marie-Hélène, in diesem Schuppen seine Gartenscheren, Dünger und Rattengift gelagert, ohne zu bemerken, dass einer der wertvollsten Schätze der französischen Literaturgeschichte zum Greifen nah war. Und ein paar Meter weiter wohnte Alix, die nicht einmal ahnte, dass diese Briefe existierten. Und als der alte Gärtner in Rente und der Schlüssel verlorenging, wurde der Anbau dem allmählichen Verfall überlassen. Hätte nicht ein kleiner Junge unbedingt ein neugieriges Kätzchen streicheln wollen, wäre ich vielleicht selbst nie auf die Idee gekommen, mich bis hierhin vorzuwagen.

Noch konnte ich nicht alle Konsequenzen meiner Entdeckung übersehen, außer dass sie wohl noch weit größere Beachtung finden würde als das *dirty book*. Aber ich empfand weder Stolz noch Triumph, weil ich mir sehr bewusst war, nichts dafür getan zu haben, absolut nichts, außer zwei Menschen, nämlich Alix de Chalendar und Jacques Gerstenberg, über den Weg gelaufen zu sein, die, bevor sie starben, dafür Sorge getragen hatten, dass der schwache Abdruck, den die Ihren in der Welt hinterlassen hatten, sich nicht gänzlich verlor. Der Rest, die Emotion, die Erschütterung, der Stolz und die Verantwortung, würde später kommen. Im Augenblick verspürte ich nur eine tiefe Befriedigung bei dem Gedanken, dass es mir gelungen war, die verstreuten Hinterlassenschaften dreier Personen – eines Dichters, eines Astronomen und einer jungen Mathematikerin – zusammenzubringen, wie man Liebende wieder vereint, die allzu lange getrennt waren.

158

In der folgenden Nacht war ich fieberhaft damit beschäftigt, die Briefe
zu zählen und einige davon auch zu öffnen, wobei ich das Gefühl
hatte, heilige Reliquien zu entfalten. Ich wusste nicht mehr, wo anfangen, wen benachrichtigen. Violeta? Eric? Städler? Françoise Alazarine? Um vier Uhr morgens schlief ich schließlich in Alix' Lesesessel ein. Das Telefon weckte mich. Es war zehn Uhr, taghell, und die
Katze döste, den Kopf zwischen den Pfoten, auf einem Stoß Briefe. Ich
brauchte ein paar Sekunden, um mich an die Ereignisse des Vortags
zu erinnern. Als mir alles wieder einfiel, wurde ich von Staunen überwältigt.

Hastig verscheuchte ich Löwelinchen, die ihr Missfallen äußerte,
so plötzlich aus dem Schlaf gerissen zu werden. Dann sah ich auf das
Telefon: Es war nicht Samuel, sondern eine unbekannte Nummer, die
mit 05 anfing. Darum würde ich mich später kümmern. Ich ging in
die Küche, gab der Katze Futter und setzte Kaffee auf. Aber ich nahm
mir kaum Zeit, zu duschen und meinen Espresso zu trinken, bevor ich
mich wieder in die Briefe versenkte. Gegen elf Uhr klingelte das Telefon erneut, aber für mich existierte nichts mehr außer diesen Briefen.
Als sich dieselbe Nummer um eins wieder meldete, begriff ich, dass
ich keine Ruhe haben würde, wenn ich nicht abhob. Es war Jean-Noël
Ozanam, der Historiker aus Bordeaux, der so hartnäckig darauf bestand, mit mir zu sprechen.

»Recherchieren Sie immer noch über Victor Ducreux?«

Mit ihm hatte ich nun überhaupt nicht gerechnet, und das war
meinem Ton wohl anzumerken. Er hätte natürlich fragen können, ob
er mich störe, und vorschlagen, zu einem anderen Zeitpunkt wieder
anzurufen, aber das tat er natürlich nicht. Im Gegenteil, er schien fest
entschlossen zu sein, um jeden Preis mit mir zu sprechen.

»Ich bin da gerade auf etwas gestoßen, was Sie bestimmt interessiert. Könnten wir per Skype weitersprechen?«

Irgendwann werde ich lernen müssen, Nein zu sagen, vor allem zu Nervensägen. Aber so weit bin ich noch nicht. Also unterdrückte ich ein Seufzen, ging hinauf in Alix' Büro und tippte auf dem Computer herum, um das Programm zu starten, das ich nur selten benutzte. Keine Minute später erschien auf dem Bildschirm Ozanams Gesicht: Anfang dreißig, Brille, akkurat gestutzter Bart und kurze Haare. Wir hatten Frühsommer, aber er trug weißes Hemd und Sakko, was ihm den Anschein eines Oxford-Veteranen gab. Die Regale hinter ihm waren vollgestopft mit Akten und Büchern. Ich ordnete ihn auf der Stelle der Kategorie »ehrgeiziger Jungdozent« zu.

»Schauen Sie, ich zeige es Ihnen: ein Artikel aus *La Gerbe*, April 1941.«

Die Kopie des Zeitungsausschnitts, den er vor die Kamera hielt, war an manchen Stellen etwas verschwommen.

»Könnten Sie ihn mir vorlesen?«

Sind nicht gewisse bestochene Israeliten im Solde Moskaus schuld daran, dass sich der Bolschewismus in unserer Nation immer weiter ausbreitet? Wir wollen dieses Krebsgeschwür nicht, diese entarteten fremdländischen Ideologien. Deshalb glauben wir, die patriotische Jugend Frankreichs, dass es unsere Pflicht ist, Monsieur Doriot zu unterstützen und an seiner Seite das heimtückische Treiben jener zu bekämpfen, die versuchen, die französische Rasse zu schwä…«

»Stopp, ich habe schon begriffen, worum es geht. Von wem ist dieses Meisterwerk?«

»Von einem gewissen V. Ducreux. Ein Journalist hat Redebeiträge auf einer Veranstaltung Doriots in Lyon gesammelt. Ich wäre aber gar nicht darauf aufmerksam geworden, wenn ich nicht auch noch das hier gefunden hätte.«

Er schwenkte ein zweites Dokument. Eine handgeschriebene Mitgliederliste. Und zwar, um genau zu sein, von der *Parti populaire français* aus dem Jahr 1940. Ozanam zeigte auf einen Namen in dieser Liste und hielt sie näher an die Kamera. Diesmal konnte ich es klar erkennen: »V. Ducreux, Paris, VIᵉ Arrondissement«.

Ich fiel aus allen Wolken. Victor war doch in der Résistance! Die PPF dagegen war eine zweifelhafte Allianz aus Antibolschewisten und rechten Gewerkschaftern, eine dieser von faschistischen Kräften geprägten Parteien, die unter der Besatzung die Stunde ihres Ruhms erlebten. Diese hatte der Kollaboration so erfolgreich den Weg geebnet, dass sie zu einer ihrer tragenden Säulen wurde.

»Ausgeschlossen«, sagte ich. »Das kann er nicht sein.«

Ich konnte mir einfach nicht vorstellen, dass der Sohn Dianes und vielleicht auch Albans mit dieser sumpfig miefenden Ideologie sympathisierte.

»Und warum nicht?«

»Victor Ducreux war ein Widerstandskämpfer, er ist sogar in den Maquis gegangen!«

»Wenn er Ravel ist. Aber das wissen wir nicht.«

»Außerdem war er eng befreundet mit einem jungen jüdischen Ehepaar.«

Ich erzählte dem Historiker, wie verliebt Victor in Tamara war, dass er zur gleichen Zeit wie sie nach Lyon gekommen war und von der Adresse, die wir in der Akte der Gedenkstätte gefunden hatten.

»Hm … Hat sein Verhältnis mit Tamara lange gedauert?«

»Ich weiß nicht einmal, ob es das überhaupt gab. Aber Victor hat ihr und ihrem Mann während des Krieges geholfen. Und sie bei sich aufgenommen.«

»Er wäre nicht der Erste, der sich in diesem Punkt widersprüchlich verhalten hat. Es gab solche Kehrtwendungen, besonders nach der Vel'-d'Hiv'-Razzia.«

Das alles überforderte mich. Und im Moment war meine einzige Sorge, wieder zu Massis' Briefen zurückzukehren. Mit leiser Gereiztheit fasste ich zusammen: »Sie behaupten also, Ducreux wäre der PPF beigetreten und hätte antisemitische Artikel verfasst, während er gleichzeitig seinen jüdischen Freunden half? Ist das nicht ein bisschen weit hergeholt? Dieser Ducreux da kann auch einfach denselben Namen haben; der ist nicht so selten.«

»Oder wir kommen wieder zu unserem Ausgangspunkt zurück: Ihr Victor ist nicht Ravel.«

»Monsieur Ozanam, ich muss jetzt Schluss machen …«

»Warten Sie, ich bin noch nicht fertig. Ich habe die Namen recherchiert, die Sie genannt haben, Lipchitz und Zilberg. Sie meinten doch, dass Paul Lipchitz denunziert wurde, oder?

»Ja.«

»Nun, stellen Sie sich vor, ich habe mir seit ein paar Jahren ein kleines Netzwerk mit sehr aktiven Partnern aufgebaut. Das war keine leichte Angelegenheit: die Archive der Départements, der Polizeipräfekturen, des Militärs …«

Das Gerede meines jungen Kollegen ging mir auf die Nerven. Ich erstickte fast an dem Bedürfnis, ihm zu sagen, dass er zum Punkt kommen solle.

»Ja und?«

»Sehen Sie, was ich gefunden habe!«, sagte er und schwenkte triumphierend ein neues Blatt.

Er führte das Papier ganz nah an den Bildschirm, so nah, dass ich es ohne Probleme lesen konnte. Es war eine ganz banale, hässliche Denunziation, des Inhalts, dass der Jude Paul Lipchitz unter dem Namen Pierre Simon in der Druckerei Viollet am Boulevard Auguste-Blanqui 8 zu finden sei, wo er jeden Tag von acht bis achtzehn Uhr arbeite. Das Schreiben war nicht unterzeichnet.

Aber manche Handschriften sind so charakteristisch, dass sie jede Unterschrift der Welt aufwiegen. Und diese mit den krampfigen, kantigen Buchstaben und den harpunenartigen Oberlängen hätte ich unter Tausenden wiedererkannt. Ich hatte sie auf zwei Postkarten gesehen: eine aus Dinard, die andere aus dem Internat von Cedar Mansions. Es war die Handschrift von Victor Ducreux.

159

Nachts fuhr ich in aller Eile von Jaligny nach Paris. Die letzten achtundvierzig Stunden waren eine Mischung aus Euphorie und Katastrophe gewesen. Violeta hatte angerufen: Sibylle liege im Sterben, diesmal wirklich, und sie habe verlangt, »die Französin« zu sehen. Ich müsse mich beeilen. Aber bevor ich nach Lissabon flog, wollte ich unbedingt noch einmal mit Violaine White sprechen. Auf mein Drängen hin hatte sie sich einverstanden erklärt, mich an einem Sonntagmorgen zu empfangen.

Die alte Dame wirkte müder als bei unserem letzten Treffen. Sie erkundigte sich nach meiner portugiesischen Freundin.

»Es hat ihr sehr gut getan, mit Ihnen zu sprechen«, sagte ich.

»Es freut mich, wenn die Erinnerungen einer alten Frau, die schon mit einem Fuß im Grab steht, zu etwas nutze waren. Ich habe noch lange über alles nachgedacht, was Ihre Freundin erzählt hat. Über das Mädchen, das ohne seine Mutter aufwachsen musste. Unser Kamerad Jérôme hätte sich besser informieren sollen, bevor er Thérèse eine so fürchterliche Nachricht verkündete.«

Ich erzählte ihr von den weiteren Nachforschungen und fasste zusammen, was wir von Tamaras und Pauls Lebensweg rekonstruieren konnten, bis hin zu dem Denunziationsbrief, der Paul nach Drancy gebracht hatte.

»Widerwärtig«, sagte Violaine. »Aber leider kam so etwas gar nicht selten vor. Das weiß ich nur zu gut.«

Ich erinnerte mich an etwas, das sie bei unserem vorigen Treffen gesagt hatte: dass sie überzeugt davon war, ihr Résistance-Netz sei verraten worden. Ich hatte Angst, ihr zu sagen, was ich wusste.

»Wissen Sie, wer Jour-Franc verraten hat?«

»Nein. Ein paar überlebende Kameraden haben versucht, es herauszufinden. Maurice zum Beispiel. Aber ich nicht. Ich war zu der Zeit im Sanatorium.«

»Tuberkulose?«

»Nein, Depression. Wie viele andere nach dem Krieg. Also wurden wir in die Berge geschickt, um auf andere Ideen zu kommen.«

»Und danach? Wollten Sie es nicht wissen?«

»Danach ging ich nach Deutschland, als Sekretärin der Besatzungstruppen. Ich konnte es kaum fassen, in welchem Zustand dieses Land war … Greise und Schwangere haben dort auf den Straßen gebettelt … Das hat mir den Kopf zurechtgerückt. Ich würde nicht für den Rest meines Lebens Leute hassen, die ohnehin am Boden lagen. In Berlin lernte ich Captain White kennen, einen amerikanischen Offizier. Ein Jahr später ging ich mit ihm nach Washington. Ich musste einen Schlussstrich unter all das ziehen.«

Violaine blickte mich an und machte eine wegwerfende Geste. Anscheinend hatte sie meine Ungeduld bemerkt.

»Aber ich vergeude Ihre Zeit mit meinem Geschwätz. Sie sagten am Telefon, dass Sie mich etwas Dringendes fragen wollten?«

»Also, es könnte sein, dass wir Ravel identifiziert haben, aber es gibt da ein … Problem.«

Violaine zog die Augenbrauen hoch.

»Ravel identifiziert? Maurice und ich haben das nie geschafft … und soweit ich weiß, hat auch niemand seinen Leichnam abgeholt.«

»Der Name Victor Ducreux sagt Ihnen wirklich nichts, Madame White?«

»Nein, überhaupt nichts. Wer ist das?«

»Ein junger Mann, den Tam… Thérèse seit den dreißiger Jahren kannte. Sie waren Kommilitonen an der Medizinischen Fakultät von Paris. Ich denke, dass er ihr geholfen hat, nach Lyon zu gehen, und dass er ihr dorthin gefolgt ist.«

»Kann sein. Die Hälfte der Pariser in der freien Zone hatte falsche Namen.«

Ich erzählte Violaine die Geschichte von Etiennes Sohn und griff dafür auf dieselbe Argumentation zurück wie gegenüber Ozanam. Anschließend präsentierte ich ihr die ganze Folge übereinstimmender Hinweise bis hin zu meiner Gewissheit, dass er Ravel war.

»Aber warum sagten Sie, es gebe ein Problem?«

»Nun ja ... ich denke auch, dass Ravel es war, der ... na ja ... sagen wir, es sind möglicherweise Spuren seiner Tätigkeit für die PPF aufgetaucht.«

»Für die PPF? Was reden Sie da?«

Violaine war zornig, das sah ich an ihren Augen.

»Es tut mir leid.«

Sie hob die Hand.

»Moment. Ein Medizinstudent, der Englisch sprach ... Nach diesen Kriterien hätten viele Ravel sein können, nicht nur dieser Ducreux.«

Die alte Dame sah mir direkt in die Augen.

»Bei allem Respekt für Ihre Wissenschaft sage ich Ihnen jetzt etwas, das nicht in Ihren Büchern steht: Mut kann man nicht heucheln, Aufopferung kann man nicht spielen. Ravel war weder ein Betrüger noch ein Verräter.«

Ich machte mir Vorwürfe, Violaine gekränkt zu haben. Ich beschmutzte einen ganzen Abschnitt der Vergangenheit einer sehr alten Frau, indem ich Schande über einen Mann brachte, den sie unendlich bewundert hatte.

»Ich könnte Ihnen hundert Anekdoten über ihn erzählen«, fuhr Violaine fort. »Dem Bösen gegenüber war er hart und mutig, begab sich ständig in Gefahr. Er beklagte sich nie über irgendetwas, weder Kälte noch Müdigkeit. Er behandelte alle Menschen gleich und hätte für die Mitglieder seiner Gruppe sein Leben gegeben. Was er im Übrigen am Ende auch tat. Mit Ihren aus der Luft gegriffenen Unterstellungen werden Sie mich nicht überzeugen können.«

»Ich weiß, dass es ...«

Nun hielt die alte Dame mit ihrer Wut nicht länger hinter dem Berg.

»Nein, Sie wissen nichts! Wenn ich Sie richtig verstehe, wollen Sie behaupten, dass Ravel sein eigenes Netz hat auffliegen lassen? Das ist absurd.«

»Möglich, dass ich mich täusche, Madame White. Aber haben Sie nie gedacht, dass es innerhalb des Widerstands ... sagen wir ... Doppelagenten gegeben haben könnte?«

Violaine schwieg ein paar Sekunden. Ich hörte sie angestrengt atmen.

»Sie wollen alles wissen? Sehr gut. Ich habe auch Enthüllungen zu machen. Aber wenn ich es Ihnen sage, müssen Sie mir versprechen, dass Sie Ihrer portugiesischen Freundin nichts davon erzählen.«

»Das ist schwierig, weil sie ...«

»Ihr Wort!«

Ihr Ton ließ keine Widerrede zu.

»Ich verspreche es.«

»Die Kameraden dachten, dass es Thérèse war, die geredet hat.«

»Was?«

»Wegen ihrer Überstellung an die Miliz. Weil sie Kontakt zu deutschen Offizieren hatte. Manche glaubten, dass sie sich auf einen Handel eingelassen hatte: unsere ganze Gruppe auszuliefern, um ihr Leben zu retten.«

»Haben Sie das auch geglaubt?«

»Keine Sekunde lang. Ich sagte Ihnen ja, Thérèse hatte ihr Liebstes verloren. Warum sollte sie die anderen für ihr Überleben opfern? Das kann ich mir nicht vorstellen. Und selbst wenn sie den Standort des Maquis verraten hätte, wäre ich die Letzte, die ihr das vorwerfen würde. Was hätte ich getan, wenn die mich zusammengeschlagen hätten und versucht, mir die Nägel auszureißen? Und wer sagt denn, dass keiner von den anderen geredet hat, der Anwalt, Jérôme, André oder Philippe? Oder der Funker, der unsere Botschaften gesendet hat? Es hätte jeder sein können.«

Sie machte eine Pause.

»Manche wollten nach dem Krieg Nachforschungen anstellen, aber ich wollte das nicht. Keine Rache bringt uns die Toten wieder.«

Sie warf mir einen sorgenvollen Blick zu.

»Was Sie da tun, ist schändlich: Sie ziehen die Erinnerung an diese Menschen ohne Beweis in den Dreck.«

Nach kurzem Zögern nahm ich die Kopie des Artikels aus *La Gerbe* heraus und reichte sie Violaine. Auf einem Foto vom Ende einer Versammlung in Lyon stand ein »V. Ducreux« als Zweiter von rechts neben Doriot in einer Gruppe von sechs Männern, in der er etwas unterging. Man sah nur, dass er relativ groß und dünn war. Aber die schwache Aufnahme war so dunkel und durch die Reproduktion zusätzlich verschlechtert, dass das Gesicht schwarz wirkte. Nach ausführlicher Betrachtung legte Violaine das Blatt auf den Tisch.

»Ich erkenne ihn nicht wieder. Ravel war kleiner. Und ziemlich kräftig. Er hatte einen Bart und helle Haare. Und eine kleine Narbe über der Augenbraue, wenn ich mich recht erinnere. Ihr Victor Ducreux, hatte der nicht irgendein besonderes Merkmal?«

»Nein. Ich weiß nur, dass er sich in seiner Jugend an der Hand verletzt hatte. Seine Finger waren verkrüppelt.«

Violaines Gesichtsausdruck veränderte sich.

»Als ob er sie nicht abbiegen könnte?«

Ich sah die alte Dame an und nickte. In dem Moment hätte ich gern die Szene zurückgespult, wäre ich doch nie hergekommen und hätte Violaine mit ihren Erinnerungen in Ruhe gelassen. Sie ließ den Kopf gegen die Rücklehne ihres Sessels sacken und seufzte lange. Dann legte sie die Hand an ihre Stirn.

»Mein Gott … Zeige- und Mittelfinger, um genau zu sein. Wir haben ihn immer auf den Arm genommen und gesagt, er wird bei einem Angriff nicht abdrücken können.«

»Ravel konnte nicht schießen?«

Violaine klammerte sich an die Armlehne ihres Sessels und sah mich an. Plötzlich entspannte sich ihr Gesicht.

»Aber es war nicht Ravel, der dieses Problem hatte, Madame Bathori. Sondern Jérôme, der andere Junge, der mit ihm gekommen war. Der, den wir den Anwalt nannten.«

Die Luft in Sibylles Zimmer war stickig, obwohl das Fenster zum Patio geöffnet war. Das lag an der Hitze, aber auch an dem massiven schwarzen Mobiliar, das sie aus Frankreich nach Lissabon mitgebracht hatte. Die alte Frau lag mit geschlossenen Augen im Bett, den Rücken von mehreren Kissen gestützt. Ihre dürren Beine waren unter dem Laken kaum auszumachen. Eine Krankenschwester im Kittel saß am Fenster und las in einer Zeitschrift; der starke Geruch nach Menthol und Medikamenten, vermischt mit einem leichten Uringestank, schien ihr nichts auszumachen. Als ich näher kam, öffneten sich Sibylles Augen zu einem leeren Blick.

»Ist es die Französin?«

Ich machte einen Schritt Richtung Bett und setzte mich neben sie. Offensichtlich hatte Violeta nicht übertrieben, als sie mich zur Eile antrieb. Wären da nicht ein sporadisches Blinzeln gewesen und der Atem, der das Laken auf Brusthöhe kaum merklich hob und senkte, hätte man ihre Tante für tot halten können. Der ausgezehrte Körper erinnerte an eine Mumie. Dennoch schaffte es diese in Bosheit einbalsamierte Greisin selbst noch als Sterbende, mir Angst einzuflößen. Die Krankenschwester fragte mich mit einer stummen Geste, ob sie lieber den Raum verlassen solle. Ich schüttelte den Kopf.

»Sie wollten mich sehen?«, fragte ich überdeutlich in Sibylles Richtung.

Sekunden verstrichen, bevor die trockenen Lippen sich voneinander lösten.

»Dianes Tagebuch … haben Sie … es lesen können? Was … sagt sie?«

Ihr Atem reichte kaum aus, um die Worte zu formen. Sie stand an der Schwelle des Todes und hatte mich aus Frankreich kommen lassen, um über Dianes Tagebuch zu sprechen? Um welches Geheimnis wusste sie, und was erwartete sie eigentlich von mir? So wie die Dinge lagen, würde nichts, was ich sagte, aus diesem Zimmer nach draußen dringen. Also fasste ich den Inhalt des Tagebuchs zusammen, ließ auch die letzte Begegnung mit Alban de Willecot nicht aus. Während der ganzen Zeit erfüllte Sibylles röchelnder Atem den Raum. Als ich verstummte, folgte eine lange Stille, so dass ich schon dachte, sie wäre eingeschlafen. Dann kroch die dünne Stimme erneut über ihre Lippen.

»Alban hätte Rosie heiraten sollen.«

Ich war verblüfft, diese Namen hier zu hören, so weit weg von den Orten und Zeiten, in die sie gehörten, plötzlich lebendig geworden in einem Lissabonner Zimmer. Ich hatte geglaubt, dass es auf der Welt niemanden gab, der sich noch an sie erinnern konnte. Und fand heraus, dass Sibylle, die letzte Überlebende ihrer Generation, eine ganze Menge wusste, was sie mir allerdings von Anfang an verheimlicht hatte.

»War das so vorgesehen?«

»Sie wäre die Richtige gewesen. Rosie … liebte Alban, schon … immer. Sie hätte sich … um ihn gekümmert … nach seiner Verletzung. Aber er, der Idiot, hat sich … in Diane … verliebt. Eine Schwatzliese, die sich … als Blaustrumpf gab. Ihretwegen … ist er … gestorben.«

»Warum?«

»Sie hat ihn abgewiesen … und er ist zurück … an die Front.«

Ja, Sibylle wusste einiges, aber nicht alles. Ich erinnerte mich an gewisse Seiten des Tagebuchs, wo sich die Jüngere schonungslos über die Bemühungen ihrer großen Schwester lustig machte, Alban zu gefallen. Von wem hatte Sibylle das erfahren? Oder hatte sie mit den Jahren alles durcheinandergebracht und ein paar Details dazuerfunden?

»Woher wissen Sie das? Sie waren doch damals noch gar nicht auf der Welt …«

»Rosie hat es mir erzählt«, hauchte Sibylle.

Schon wieder eine Überraschung. Diese Möglichkeit hatte ich nie in Betracht gezogen.

»Sie kannten Ihre Tante?«

»Sie lebte in einem Flügel des Hauses … Sie und ihre Eltern waren … Nutznießer … nach der Hochzeit. Der Krieg hat die Familie … ruiniert, das hieß …, keine Mitgift … für Rosie.«

»Sie hasste ihre Schwester, richtig?«

»Ja«, krächzte Sibylle. »Tante Rosie … hat Vater … alles erzählt …, aber dann … hat sie sich … schuldig gefühlt.«

»Weshalb?«

Ein Lachen verzerrte das Gesicht der blinden Alten.

»Das interessiert Sie, was … immer die Nase in die … Geschichten der anderen stecken?«

»Ich möchte verstehen.«

»Dann holen Sie … mich hier raus. Ich will … Othiermont wiedersehen.«

Ich war verdutzt. Begann der Verstand der Alten abzudriften?

»Sie sind sehr müde, Madame Ducreux.«

»Erzählen Sie das … den andern«, stöhnte Sibylle. »Mir reicht's … mit den ganzen … Metöken. Die Jüdin … tut Sachen … in mein Essen. Der dürfen Sie … nichts erzählen.«

Jetzt phantasierte sie wirklich. Oder sie nutzte ihre letzten Augenblicke, um Theater zu spielen in dem armseligen Versuch, sich als Opfer ihrer Nichte zu inszenieren, die sie selbst so gern piesackte. Ich wiederholte meine Frage.

»Sagen Sie mir, weshalb fühlte Ihre Tante Rosie sich schuldig?«

»Wegen der Hochzeit … weil Diane das nicht wollte … Aber nach dem, was Rosie erzählt hat …«

»Was hat sie denn erzählt?«, fragte ich sehr sanft.

»Was sie … im Wald … gesehen hat.«

»Diane und Anatole Massis?«

Die alte Frau lachte hämisch.

»Der Dichter … hat niemanden interessiert. Der war … kein Problem.«

Ich erinnerte mich an Dianes Worte in ihrem Tagebuch, diese letzte Begegnung in der Hütte, bevor Alban an die Front zurückging: *Einem*

Mann, der wieder in den Krieg zieht, kann man den Trost nicht verwehren. Hatte Rosie etwa Diane und Alban in einer kompromittierenden Situation überrascht? Hatte sie damit gedroht, es dem Vater oder Ducreux zu erzählen? Das wäre natürlich skandalös gewesen, aber doch nicht schlimm genug, »um eine Familie zu zerstören«, wie Diane fürchtete. Ganz im Gegenteil, dieser Ausrutscher hätte ihr wahrscheinlich dabei geholfen, der Verheiratung zu entgehen, sofern ihr aufbrausender Verlobter davon erfahren hätte. Der war bestimmt nicht der Mann, der das, was er begehrte, zu teilen bereit war.

»Wen denn? Alban?«

»Alban war ... ein Mann von Welt, kein Schürzenjäger.«

Jetzt war ich völlig verwirrt.

»Wen denn dann?«

Die Alte wurde von einem krampfhaften Lachen geschüttelt und schloss die Augen. Sie blieb still. Nein, sie wusste nicht mehr als ich, bastelte sich aber aus unwahrscheinlichen Erinnerungen falsche Geheimnisse zusammen, um mich festzuhalten. Und was war das schon wert, dieser Tratsch und Klatsch aus zweiter Hand, den eine verbitterte Schwester vor siebzig Jahren erzählt hatte? Ich versuchte, geräuschlos aufzustehen.

»Bleiben Sie!«

Die Lider hatten sich wieder zu ihrem leeren Blick geöffnet.

»Rosie hat ihn zurückkommen sehen ... aus dem Wald ..., an dem Tag ... an dem ihre Schwester ... starb. Ganz allein.«

»Wen hat sie zurückkommen sehen?«

»Vater.«

»Ihren Vater? Etienne Ducreux?«

Zur Bestätigung schloss sie die Augen.

»Und weiter?«

»Diane ist im Wald gestorben ... mitten im Winter. Rosie hat sich erinnert, wie sie ... im Morgengrauen ... den Leichnam brachten. Das hat sie ... immer wieder gesagt: ›Vier Männer zu Pferd ... mit Fackeln ... jeder hielt eine Ecke des Tuchs‹.«

Ich dachte an die Schlussfolgerungen von Doktor Méluzien.

»Das steht aber nicht auf dem Totenschein.«

Sibylle lachte hämisch.

»Was … glauben Sie denn? Vater hat … den Arzt bezahlt. Und die Dienstboten. Der hat alle bezahlt … die ganzen Jahre.«

»Aber warum?«

»Damit sie den Mund halten.«

Ihre Stimme klang plötzlich verändert, kläglich.

»Vater mag es nicht, wenn man ihm nicht gehorcht.«

Diesmal war ich mir sicher, dass das kein Theater war: Ihr Geist, der sie allmählich verließ, führte sie anscheinend zurück zu sehr alten Kindheitserinnerungen. Ich versuchte, das Gespräch wieder auf Diane zu bringen.

»Warum hat Ihr Vater den Arzt bestochen?«

»Rosie hat gesagt, dass Blanche … einen Verdacht hatte.«

»Weshalb?«

»Wegen der Stute. Sie ist … allein zurückgekommen, mit … einer Wunde an der Flanke. Und Vater hat … die Männer … nach Osten geschickt … Richtung Viermont …, um nach Diane zu suchen …«

»Ja und?«

»Ja und … Verstehen Sie denn nicht?«, keuchte Sibylle und umklammerte mit aller Kraft meine Hand. »Sie lag … tot … auf der Lichtung von Percheux. Auf der anderen Seite … im Westen.«

Ihr erschöpftes Gesicht verzerrte sich zu einer Fratze wilder, kindlicher Angst.

»Vater war böse. Böse, böse …«

Schweigen.

»Victor ist auch … böse geworden. Vater hat ihm … die Hand kaputtgemacht … zwei Finger gebrochen … Schluss mit Klavier. Victor heulte vor Wut … in seinem Zimmer. Aber er … hat sich gerächt. Und Feuer in den Pferdeställen gelegt.«

Neuerliches Schweigen. Ihre Hand krampfte sich wieder um meine, ekelhaft, diese pergamentene Haut zu spüren.

»Bringen Sie mich ... nach Othiermont!«

Sie schloss die Augen, so dass ich schon dachte, sie wäre eingeschlafen. Vorsichtig befreite ich meine Hand und wartete ein paar Minuten, bevor ich von ihrem Bett wegtrat. Für einen Augenblick blitzte Mitleid mit der Sterbenden in mir auf, die dabei war, ins ewige Dunkel hinüberzugehen, aber sich mit ihren versiegenden Kräften noch an den Rändern des Lebens festkrallte. Als ich leise die Zimmertür öffnete, hörte ich ihre Stimme hinter mir: »Alle Männer in der Familie ... sind Mörder. Sie haben das Böse ... in den Genen. Der Sohn der Jüdin genauso. Er hat seine Frau umgebracht. Und bald ... sind Sie dran.«

161

Sie lag im Schnee und bewegte sich nicht mehr. Die weißen Flecken von Gesicht und Händen stachen vom dunklen der Jacke ab. Das Pferd hatte gescheut, als der Schuss knallte, war durchgegangen, und die Reiterin war im vollen Galopp gegen einen Ast geprallt. Sie war bewusstlos, stürzte aber nicht gleich zu Boden. Ihr Fuß hing im Steigbügel fest, der steife Stiefel hatte sich in dem metallenen Bogen verhakt.

Er hatte immer weiter geschossen, und die Stute war immer panischer geworden. Von weitem hatte er den jungen Körper gesehen, der mit einem Bein am Geschirr festhing und im Rhythmus des rasenden Laufs immer wieder auf dem Boden aufschlug, der Schädel prallte gegen die Wurzeln, die wie riesige Schlangen aus dem Waldboden krochen und sich durch die Schneedecke bohrten. Auf einer Lichtung blieb die schäumende Stute endlich stehen. Ihre Flanken dampften, das Fell war nassgeschwitzt, die Augen traten hervor, schwerer Speichel klebte an ihrem Maul. Der Stiefel baumelte, seiner Besitzerin ledig, leer im Bügel.

Diese lag ein paar Meter weiter am Boden. Der Mann betrachtete das rote Blut, das von der Nase zu den Ohren floss, die Blässe des Gesichts, das Schwarz der Kleidung. Und den verrenkten Alabasterfuß, kältegepudert, im Schnee. Ein barockes Gemälde, ein winterliches Stillleben, das ihn hätte berühren können, hätte er mit Malerei etwas anzufangen gewusst. So aber dachte er nur, dass das Pferd, dessen Flanke eine Schürfwunde von seinem ersten Schuss trug, ihn wohl kaum verraten würde.

In dem Moment stieg ein Ton in der eisigen Luft auf, der zuerst unmöglich zu identifizieren war. Ein merkwürdiges, übernatürliches Geräusch. Erst in dem Moment, als er schaudernd sah, wie die Lider der

Totgeglaubten sich Millimeter um Millimeter hoben, begriff er, woher es kam. Diane blickte ihm in die Augen. Aus ihrem Mund kam dieses tierische, anhaltende Stöhnen, in dem aller Schmerz der Welt kondensiert war. Wie jenes, das in ihrer Hochzeitsnacht das ganze Zimmer erfüllt hatte, und jenes, das diese nicht enden wollende Geburt begleitete, bevor Doktor Méluzien sie schließlich mit der Geburtszange von Victor befreite. Der Mann hätte sich am liebsten die Ohren zugehalten. Und diesen Anfall brennender Wut vergessen, der ihm die Kehle zuschnürte, als er das hässliche Bild erblickte, auf dem seine Frau wie die erstbeste dahergelaufene Hure nackt für einen anderen Mann posierte. Hatte die Schlampe womöglich nur deshalb eingewilligt, ihn zu heiraten, um ihrem Bastard einen Namen zu verschaffen?

Er blieb wie festgenagelt auf der Stelle stehen, erfüllt von einer Mischung aus Schrecken und Faszination. Der Anstand hätte verlangt, dass er vom Pferd stieg, um wenigstens seinen Mantel über den gänzlich zerschmetterten Körper zu legen. Oder der Sterbenden die Hand zu halten, bis der letzte Hauch von Leben auf ihren Lippen erlosch. Stattdessen blieb er im Sattel sitzen, die Füße in den Steigbügeln, und starrte sie an. Etwas wie heiße Lava begann schwarz und zornig in ihm zu brodeln. Ein Wort stieg in ihm auf, wie fast jeden Sonntag, wenn es ihm gelungen war, mit der Hundemeute ein Rehkitz oder einen Fuchs zu stellen oder, seltener, wenn in einem Zimmer an einer dunklen Straße in Lyon eine von seiner Gerte rotgepeitschte Kruppe endlich vor ihm aufging wie eine köstliche, obszöne Blüte; mit demselben Allmachtsgefühl, demselben faszinierten Zucken aus Lust und Schrecken im Bauch, zum Höhepunkt getrieben durch die Macht seines Hasses, der endlich ein Ventil gefunden hatte, sah Etienne Ducreux, wie sich der brechende Blick der zu Tode Gejagten in seinem verhakte, und dachte dabei: »Halali!«

162

Wir saßen im Wohnzimmer, und Violeta hörte mir zu, während ich meine Überlegungen vor ihr ausbreitete, ohne mich zu unterbrechen. Ich sagte ihr alles.

Dass ich von Anfang an die Probleme verkehrt herum angepackt habe, als hätte ich die Geschichte anhand der Negative rekonstruiert, statt die Abzüge zu studieren. Dass ich mich in Willecot getäuscht habe. In Diane. Und auch in Victor. Victor, der Sensible, der seine Mutter verloren hatte. Victor, der Pianist, von seinem Vater misshandelt. Victor, der verliebte Student, der seine Enttäuschung nobel überwand, um seiner großen Liebe in den Wirren des Krieges zur Seite zu stehen. Und schließlich Victor, der Widerstandskämpfer, der in den Maquis ging und dort, von deutschen Kugeln durchsiebt, als Märtyrer starb.

Ich hatte seine andere Seite nicht gesehen, die ich inzwischen für die wichtigere hielt: Victor, der Verräter. Man musste nur die Geschichte Punkt für Punkt durchgehen und diese neue Lesart darauf anwenden. Dann fügten sich Dokumente und Chronologie unweigerlich ineinander, und eine andere Wahrheit tauchte auf, die das genaue Gegenteil zu dem von mir entworfenen idealisierten Bild eines jungen Mannes war. Dabei lag alles da, vor unseren Augen, fast von Anfang an. Seit jenem Tag, an dem Victor Ducreux Tamara Zilberg bei einem Konzert in Dinard getroffen und ihr diese Karte geschrieben hatte. Er war damals siebzehn, ein Alter, in dem einem jede neue Gefühlsaufwallung ewig vorkommt. Es hätte bei einem Strohfeuer bleiben können, bleiben müssen, einer jugendlichen Verliebtheit, auf die man ein paar Jahre später voll Rührung und Nostalgie zurückblickt.

Aber es kam ganz anders. Das Feuer erlosch nicht. Tamaras Bild wurde für diesen Jungen, der ohne Mutter, ohne jegliche weibliche

Gesellschaft groß geworden war und die Härte des englischen Internats erleben musste, zu einer Obsession. Er war ganz und gar entflammt, ein Zurück war unmöglich. Er schrieb ihr, versuchte sie wiederzusehen; vielleicht zog er auch nur deshalb nach Paris. Ob sie sich dort miteinander anfreundeten, ob es ihm gelang, sie zu verführen, obwohl sie eine verheiratete Frau war? Das würde ich nie erfahren. Aber dass Victor mehrere Jahre nach seinem Abitur in Paris ein Medizinstudium aufnahm, konnte kein Zufall sein. Im besten Fall war es für ihn eine Chance, Tamara näherzukommen, im schlimmsten ein ausgefeilter Plan, um sie an seine Seite zu zwingen. Aber Tamara gab nicht nach, deshalb mischte sich allmählich Groll in Victors Liebe und der Wunsch nach Rache in seine krankhafte Leidenschaft, die nicht erlöschen wollte. Der Krieg bot ihm schließlich die Gelegenheit, die Karten neu zu mischen.

Und dabei erwies sich der Sohn von Etienne Ducreux als ziemlich schlau. Machiavellistisch geradezu. Als das Ehepaar Lipchitz 1940 in Bedrängnis geriet, bot er ihnen scheinbar seine Hilfe an. Er stellte Paul seine Adresse zur Verfügung, nahm ihn vielleicht sogar bei sich auf, und brachte Tamara dazu, nach dessen Verhaftung nach Lyon zu gehen. Unter dem Vorwand, dass die Hauptstadt für sie zu einer tödlichen Falle geworden sei, verschaffte er sich die traumhafte Gelegenheit, Spuren zu verwischen. Ich wollte von Anfang an glauben, dass er alles tat, um das junge Paar zu schützen, ohne zu begreifen, dass er dazu prädestiniert war, sie zu verraten.

Der Dreh- und Angelpunkt war die Adresse: Rue Vavin 4, im VI. Arrondissement, die Tamara als letzte Zuflucht ihrer Hoffnungen ansah, obwohl sie doch deren Grab war. Die Nachrichten, die Ari Zilberg weiterhin, wenn auch nur unter großen Mühen, nach Frankreich durchbrachte, strandeten dort, in Victors Händen. Und der hatte offenbar auch Tamara überredet, die Briefe, die sie trotz aller Einschränkungen an ihren Bruder in Portugal zu schicken versuchte, ihm anzuvertrauen. Sein System hielt über Monate und verhinderte die Kommunikation zwischen Bruder und Schwester. Aber der kleinste Fehler, irgendein

Hinweis durch einen unerwarteten Boten oder einen anderen Kanal, und Tamara wäre ihm auf die Schliche gekommen. Also fabrizierte er diese widerwärtige Geschichte mit dem Schiff, dem Tod und dem falschen Zeugen. Wenn Tamara erst einmal in Lyon wäre, irgendwo tief im Maquis, dann hätte Ari keine Chance mehr, seine Schwester wiederzufinden, dachte er, damit wäre das Risiko der Aufdeckung quasi gleich null, zumindest für die Dauer des Krieges.

Und Tamara, die gelernt hatte, niemandem zu vertrauen, misstraute ihm nicht, dem alten Freund aus Vorkriegstagen, als er ihr die entsetzliche Nachricht überbrachte. Wer weiß, ob sich in Victors perverses Vergnügen, ihr Leid zuzufügen, nicht die leise Hoffnung mischte, sie doch noch zu kriegen. Glaubte er wirklich, dass sie nun, nachdem Paul deportiert worden war und das Kind sich sozusagen in Luft aufgelöst hatte, ihm in die Arme fallen und zu guter Letzt auch zufallen würde? Wer weiß, ob Tamara es nicht nur dieser verzweifelten Hoffnung Victors verdankte, dass er sie nicht längst denunziert hatte.

Nachdem er einsehen musste, dass sie nichts von ihm wollte, gab er seinen Dämonen nach und lieferte der Gestapo die Adresse des Studentenwohnheims – umsonst oder gegen Geld. Es hieß zwar, er wäre auch verhaftet und gefoltert worden, aber es gab keinen Beweis dafür, dass man ihn mit den anderen zusammen erschossen hatte. Nur ein Gerücht, das Violaine White zu Ohren gekommen war. Tatsächlich war Samazheuils Leichnam, den die Gendarmen neben dem von Tamara fanden, Victors große Chance: So konnte er alle glauben machen, dass auch er durch die Kugeln der Miliz gefallen war, und verschwinden. Niemand kannte seinen wahren Namen. Victor, Jérôme, Léon – welchen Unterschied machte das, wenn der Körper erst sechs Fuß unter der Erde war? Er hatte es verstanden, dank einem Batzen Geld und einer kleinen Erpressung über seine Milizionärsfreunde das Gerücht von seinem Tod in die Welt zu setzen, und musste dann nur noch warten, bis die Zeit ihr Übriges tat.

Nun hatte ich auch die Gewissheit, dass er es war, den Abel Terrasson im Schuppen mit einer Waffe in der Hand auftauchen sah. Geahnt hatte ich es schon lange, aber die Entdeckung eines Handbuchs der Anatomie war die endgültige Bestätigung. Ob sich Victor Blanche gegenüber als unehelicher Sohn des toten Alban ausgegeben hatte? Vielleicht war er ja wirklich der Überzeugung, die Frucht von dessen Abenteuer zu sein. Ich stellte mir vor, wie die Comtesse de Barges ihren Widerwillen überwand und der zwielichtigen Gestalt Asyl gewährte, die angeblich im Widerstand war, aber gleichzeitig mit den Redakteuren von *La Gerbe* und den Schwarzmarktbaronen mauschelte. Sie wusste nicht, dass er es war, der vor ein paar Jahren die Stallungen in Othiermont, wo Etiennes Pferde standen, in Brand gesteckt hatte, um sich an seinem Vater für die Verletzung zu rächen, die seine Hoffnungen auf ein Leben als Musiker zunichtemachte. Den Schlüssel für dieses Rätsel hatte mir Sibylle zugleich mit dem Grund für Victors Behinderung geliefert. Was war schon das Leben ein paar sündhaft teurer Fohlen gegen eine zerschlagene Karriere? Dem Jugendlichen muss diese Wiedergutmachung recht kläglich erschienen sein.

Warum er zunächst in Jaligny gestrandet war, wusste ich nicht. Vielleicht war er wirklich im Widerstand tätig. Ich hatte ihn allerdings eher im Verdacht, dass er sich in diesem abgelegenen Dorf versteckte, um hier ungestört seinen Geschäften nachzugehen: Die einen bezahlte er, mit den anderen organisierte er den Schwarzmarkt, wo er von jeder Ladung seinen Anteil nahm und den Maquis mit Proviant versorgte, um Informationen zu sammeln, die er anschließend an die Miliz verkaufte. Abel Terrasson hatte erzählt, er sei von einem Tag auf den anderen nicht mehr gesehen worden. Blanche hatte ihn wohl davongejagt. Und es war nicht auszuschließen, dass er zum Abschied ein paar von Albans Briefen hatte mitgehen lassen – die nun, von einer geheimnisvollen Quelle ins Spiel gebracht, auf dem internationalen Markt herumgeisterten.

Das alles hätte natürlich reine Spekulation, wilde Spekulation meinerseits bleiben können, wenn es den Brief nicht gegeben hätte.

Aber es gab diesen Brief. Diese mit sicherer Hand geschriebene Denunziation, adressiert an den Polizeipräfekten von Paris, die Ozanam in den Katakomben irgendeines Amtes gefunden und mir schnellstens als Scan zugeschickt hatte.

Diese verschnörkelte Handschrift war nicht zu verkennen und verriet mehr als jedes Geständnis.

Als ich die Toten von Corbas erwähnte, war Violeta blass geworden, als wäre das Blut ganz aus ihrem Gesicht gewichen. Sie hatte sich einen Zigarillo angezündet und ihn zwischen den Fingern verglühen lassen. Um ein Haar wäre die Asche auf den Teppich gefallen, aber sie blieb regungslos sitzen. Nach einem langen Schweigen sagte sie schließlich: »Du meinst also, irgendein Medizinstudent hat meiner Großmutter eingeredet, dass ihre ganze Familie tot ist, und das Ganze wegen eines missratenen kleinen Flirts?«

»Das war kein kleiner Flirt, Violeta. Wenn es stimmt, was deine Tante sagt, war Victor ziemlich gestört. Er war der Prügelknabe seines Vaters und hat seine Jugend in einer Besserungsanstalt verbracht. Unter anderen Umständen hätten sich die Dinge anders entwickelt. Aber es war Krieg, und er hat davon profitiert.«

Meine Freundin blickte distanziert.

»Und zum Schluss hat dann also eine Hälfte meiner Familie die andere denunziert, das meinst du doch, oder?«

So gesehen, war die Ironie des Schicksals das pure Grauen. Und doch hatte Violetas Mutter Suzanne ausgerechnet auf der Suche nach einer Spur von Victor Ducreux, der die einzige Verbindung zu ihren vermissten Eltern darstellte, in Dinard ihren späteren Mann kennengelernt. Ich erinnerte mich wieder daran, wie Samuel von ihrer anfänglichen Enttäuschung erzählte, als sie auf Victors Halbbruder stieß, der in der Villa eine Woche Ferien machte und nichts oder fast nichts von dem Mann wusste, den sie dort anzutreffen gehofft hatte. Suzanne Lipchitz und Basile Ducreux hatten bis zuletzt keine Ahnung davon gehabt, auf welch schrecklichem Geheimnis ihre Begegnung beruhte.

»Tolle Geschichte!«, sagte Violeta und griff nach einem Aschenbecher. »Aber es wäre nicht das erste Mal, dass du falschliegst. Und auch nicht das letzte … Hast du noch weitere solcher Neuigkeiten in petto, die du mir mitteilen möchtest?«

Sie klang bitter, fast sarkastisch. Aber wie hätte sie angesichts einer so ungeheuerlichen Wahrheit auch der Versuchung widerstehen sollen, deren Überbringerin anzuklagen? Ich begnügte mich damit, auf die Kopie des Briefes zu zeigen, die noch immer zwischen uns auf dem Couchtisch lag. Zum zweiten Mal innerhalb von zwei Tagen fühlte ich mich schmutzig. Im Rückblick schämte ich mich für meine Naivität und Selbstgefälligkeit – wie stolz ich war, meiner Freundin dabei zu helfen, die Spuren ihrer Geschichte wiederzufinden. Und dann deckte ich Dinge auf, die ihr keine Erleichterung brachten, sondern im Gegenteil die ganze Vergangenheit einer Familie der Herrschaft von Niedertracht, Gemeinheit und schäbiger Rache unterwarf. Es stand nicht in meiner Macht, den Ekel angesichts dieser Wahrheit, die ich exhumiert hatte und die mich nichts anging, aus der Welt zu schaffen.

Der Tag, an dem ich diesen Brief in die *Rua Bartolomeu de Gusmão* geschickt hatte, stand am Anfang einer für uns alle sehr merkwürdigen Reise. Und ich fürchte, dass dieser Kreuzweg für mich noch nicht zu Ende ist.

163

Samuel erbleichte, als ich in Porto vor der Tür stand. Er fasste mich nicht an und gab mir keinen Wink einzutreten. Blass und peinlich berührt stand er da. Mir wurde klar, dass es diesmal anders sein würde als sonst. Nach einer gefühlt endlosen Zeit zog er mich wortlos am Arm nach draußen. Nichts Liebevolles, nichts Feindseliges war darin, ich spürte nur das Zittern seiner Hand auf meiner Haut. Er ließ mich in sein Auto einsteigen und fuhr schweigend bis ans Meer. Auf dem Parkplatz blieb er noch eine Weile sitzen und hielt sich am Lenkrad fest, als könnte uns das, was uns bevorstand, erspart bleiben, wenn wir das Auto nicht verließen. Schließlich stiegen wir aus und bewegten uns immer noch schweigend Richtung Strand. Lange gingen wir so dahin, betrachteten die rastlose Bewegung der Wellen, wie sie brachen und bei ihrem Rückzug den von Wasser gesättigten Sand in Falten legten. Und endlich taten wir, was wir von Anfang an hätten tun sollen: reden.

Ich lud die ganze Fuhre Leid, die sich seit Monaten in mir angesammelt hatte, auf einmal vor Samuel ab. Ich ließ nichts aus: die Last seines Schweigens, das grausame Wechselbad der Gefühle, wenn auf Leidenschaft wochenlange Distanz folgte, seine Gleichgültigkeit allem gegenüber, was mir widerfuhr, meine sich häufenden Zweifel, seine Lügen und Volten, meinen Ärger über sein letztes Ausweichmanöver in Sachen UNHCR. Egal, wenn es wie eine Anklage klang. Schließlich gestand ich ihm auch noch dies: wie ich seit unserem nächtlichen Streit über seine krankhafte Eifersucht dachte, nachdem ich im Internet auf das Foto von ihm gestoßen war, das ihn beim Einsteigen in ein Polizeiauto zeigte. Ich fragte ihn, wie seine Frau gestorben sei und warum er aufs Kommissariat musste.

Das im abnehmenden Licht immer blassere Gesicht meines Geliebten erinnerte mich an das seiner Schwester am Abend zuvor. Leidende

Seelen. Samuel deutete auf eine Stelle, an der der Sand noch warm von der Tagessonne war. Er setzte sich neben mich, wobei er achtgab, mich nicht zu berühren. Dann begann er mit einer mir unbekannten Stimme zu sprechen: getrieben, schwankend, abgehackt, sein portugiesischer Akzent behinderte seine sonst so gepflegte Aussprache des Französischen. Als hätten sich Schleusen geöffnet, als würde ein Zuviel an aufgestautem fauligen Wasser abfließen.

»Meine Frau Mariana ... Wir haben jung geheiratet, zu jung wahrscheinlich. Wir haben uns an der Uni kennengelernt. Sie war hinreißend, vielseitig begabt, lustig – ich konnte mein Glück kaum fassen. Aber sie hatte ... sagen wir ... Probleme. Nach ihrer ersten Fehlgeburt begann sie zu trinken. Dann folgte eine weitere. Und dann noch eine. Irgendeine Missbildung der Gebärmutter ... Es hat ihr zugesetzt, dass sie keine Kinder bekommen konnte. Sie hat immer mehr getrunken, es wurde so schlimm, dass sie aufhören musste zu arbeiten. Sie wurde depressiv und aggressiv. Jeden zweiten Abend war sie in Tränen aufgelöst, wenn ich nach Hause kam. Ständig wollte sie mit mir schlafen, um wieder schwanger zu werden, sie bedrängte mich regelrecht. Aber ich konnte sie nicht mehr anfassen. Mich ekelte vor ihr. Irgendwann hasste sie mich, als ob ich an all dem schuld gewesen wäre. Und vielleicht hatte sie in gewissem Sinn ja auch recht.«

Samuel verstummte. Das Rauschen der Wellen stieg zu uns herauf, der Abend verschluckte allmählich den Himmel, das erstickende Marineblau mit violetten Schlieren.

»Zu der Zeit eröffnete ich eine Zweigstelle der Kanzlei in Porto, um vor ihr zu fliehen. Mariana machte mehrere Entziehungskuren. Nach den ersten beiden hatte ich noch Hoffnung. Dann nicht mehr.«

Samuel ließ eine Handvoll Sand durch seine Finger rieseln.

»Am Ende traf sie sich mit anderen Männern. Sie sagte, wenn sie von einem schwanger würde, müsste ich das Kind anerkennen. Irgendwann begann ich sie zu hassen. Da hätte ich sie verlassen müssen. Aber mir fehlte der Mut.«

Er schloss für ein paar Sekunden die Augen.

»An dem Abend, an dem sie starb, hatten wir wieder einmal Streit. Sie hatte eine weitere Kur gemacht und mir geschworen, dass nun wirklich Schluss wäre mit Alkohol und anderen Männern. Als ich aus Porto zurückkam, stank sie nach Whisky. Sie hatte nicht einmal eine Woche durchgehalten.«

Noch eine Handvoll Sand.

»In dem Moment wurde mir klar, dass mein Leben mit ihr ein Gefängnis war, ohne jede Hoffnung zu entkommen. Ich warf ihr schreckliche Dinge an den Kopf. Wirklich abscheuliche Sachen, wie man sie eben sagt, wenn man nicht mehr kann. Das tut mir heute noch leid. Dann bin ich gegangen und habe die Nacht woanders verbracht. Bei meiner Geliebten. Weil ich auch irgendwann angefangen hatte, sie zu betrügen.«

Schweigen stand zwischen uns.

»Jetzt denkst du sicher, dass ich ein Arschloch bin.«

»Nein.«

Auch ich nahm eine Handvoll Sand. Er war erstaunlich schwer.

»Wusste Mariana Bescheid?«

»Sie ahnte es. Aber in dem Stadium war es mir egal, ob sie davon wusste. Mehr als das: Ich wollte sie genauso verletzen wie sie mich. Und sie tat, was sie immer tat, wenn wir Streit hatten: Sie drohte mit Selbstmord. Als ich an diesem Abend aus dem Haus ging, habe ich zu ihr gesagt …«

Seine Stimme entgleiste. Er legte die Fingerspitzen auf seine geschlossenen Lider und schluckte mühsam.

»… dass sie mir damit einen Gefallen täte.«

Er unterbrach sich wieder. Die Meeresbrise umhüllte uns, drang durch unsere Baumwollpullover, aber er schien es nicht zu bemerken. Nach einer Weile sprach er weiter.

»Als ich nach Hause kam, war die Polizei da. Man hatte Marianas Leiche am frühen Morgen am Strand von Estoril gefunden. Sie hatte mehr als zwei Promille Alkohol im Blut.«

»Selbstmord?«

»Das wird man nie herausfinden. Sie war wie besessen davon, nachts, wenn sie betrunken war, ins Auto zu steigen und ans Meer zu fahren. Normalerweise konnte ich sie aufhalten. Oder ich konfiszierte die Autoschlüssel. Aber nicht an diesem Abend.«

»Und dann?«

»Sie hat einen Brief hinterlassen.«

»Was stand darin?«

»Dass ich versucht hätte, sie umzubringen, und dass ich es bestimmt wieder versuchen würde.«

Samuel verstummte erneut. Unser Gespräch riss Wunden auf, die offensichtlich nur mühsam verheilt waren.

»Und was ist dann passiert?«

»Sie haben mich verdächtigt – logisch: die trinkende Ehefrau, mein Verhältnis, ihr Vorwurf … Die Polizei war sicher, dass Mariana viel zu betrunken war, um bis nach Estoril zu kommen. Als Jacinta davon erfuhr, meine Geliebte, wollte sie zu meinen Gunsten aussagen. Aber sie war auch verheiratet, mit einem Soldaten, der damals in Angola stationiert war … Ich wollte sie nicht kompromittieren. Und bat sie, nichts zu sagen. So kam ich schließlich in Untersuchungshaft.«

»Und da hast du dann die Wahrheit gesagt.«

»Nein, das war Jacinta. Als sie erfuhr, dass sie mich mitgenommen hatten, kam sie trotzdem, um auszusagen. Sie ertrug den Gedanken nicht, dass ich ins Gefängnis musste.«

»Und dann?«

»Dann haben sie mich laufenlassen. Nur hat der ermittelnde Beamte der Presse meinen Namen gesteckt … kleine Rache der Polizei an einem Anwalt. Ich habe drei Viertel meiner Klienten verloren, daher die Pflichtvertretung für Staatenlose. Aber am schlimmsten war es für Jacinta. Sie wurde nachts von irgendwelchen Wahnsinnigen angerufen, die sie als Mörderin und Schlampe beschimpften … Und kaum war ihr Mann aus Angola zurück, hat er die Scheidung eingereicht. Irgendwann hat sie Portugal verlassen und ist nach Italien gegangen. Sie hatte keine Wahl. Ich habe auch sie verloren.«

Samuel fuhr sich mit der Hand übers Gesicht.

»Wenn ich an diesem Abend zu Hause geblieben wäre, wäre meine Frau noch am Leben und nichts von alldem passiert.«

Wir schwiegen eine Weile.

»Früher oder später hätte deine Frau sich doch umgebracht. Sie war ja schon auf dem besten Wege mit ihrem Trinken.«

»Das hat mir Violeta auch zigmal versichert. Aber es fällt mir schwer zu glauben, dass ich nichts dafür kann.«

»Und deshalb läufst du vor mir davon …«

»Ich laufe nicht davon. Mariana wurde wegen mir vor Kummer verrückt und ist daran gestorben. Jacintas Leben habe ich auch zerstört. Es ist besser, wenn du dich nicht an mich bindest. Du nicht und auch sonst niemand.«

Sein Blick verlor sich in der Nacht.

»Ich habe dir nichts zu bieten als Gespenster, Elisabeth. Mit mir wirst du nie glücklich werden.«

»Wozu dann der Versuch?«

Ich hörte, wie Bitterkeit meine Stimme färbte.

»Weil ich mich in dich verliebt habe. Weil du aus Paris kamst und von alldem nichts wusstest. Nach der ersten Nacht in Lissabon hatte ich die Hoffnung, ich könnte ganz neu anfangen. Aber es hat nicht gereicht. Es wird niemals reichen.«

Er atmete schwer.

»Es macht mich krank, wenn ich mir vorstelle, dass du dich mit anderen Männern triffst. Ich habe kein Vertrauen mehr. Ich werde auch dich zerstören. Es ist besser, wir lassen es.«

Mir wurde kurz schwindlig, als ob in einem Flugzeug hoch über den Wolken eine Klappe unter meinen Füßen aufginge, und ich keinen Fallschirm hätte. Ich hatte diesen Mann lieben wollen, ich hatte diese kompakte Distanz, die mich von den Lebenden trennte, überwunden, um auf ihn zuzugehen, ich hatte mich an ihn gebunden, so gut ich konnte. Dafür hatte ich dich von meinem Körper, meinem Gedächtnis lösen müssen. Und jetzt wurde dieser unter solchen Mühen geschaffene Platz, den dieser Mann für sich beansprucht hatte, von ihm einfach geräumt.

Ich sah in den Himmel, ins Dunkel, das träge mit seinen Sternen blinkte, und dachte, dass sie zu dem Zeitpunkt, an dem ihr Licht uns erreichte, längst tot waren. Ob ich der Einsamkeit, wenn sie wieder von mir Besitz ergreifen würde, trotzen könnte? Ich betete darum, dass mein Herz beim nächsten Schlag seinen Dienst verweigerte, ich betete darum, vom Erdboden zu verschwinden wie Diane, wie Tamara, wie Alban, mich irgendwo in der Welt aufzulösen, um nie wieder zu leiden.

Aber solche Geschenke bekommt man nicht von der Welt.

Samuel drehte sich zu mir um und legte mir die Hand in den Nacken – eine zärtliche Berührung, nach der sich mein ganzer Körper sehnte. Dann umarmte er mich und drückte mich so fest an sich, dass mir die Luft wegblieb. Ich spürte seine warme Haut, seine Lippen, die nach meinen suchten. Ich wusste, dass es das letzte Mal war, und nahm seinen Atem, seine Tränen, seine Angst, unser beider Verzweiflung in mir auf, und ich fragte mich, wer dieser Mann war, dessen Rätsel ich hatte lüften wollen. Den Sinn der Worte, die er dann zu mir sagte, habe ich erst viel später verstanden, lange nachdem ich gegangen war.

»Ich hätte mir so sehr gewünscht, wieder lieben zu können.«

164

Nicht mehr verstehen, was geschieht, was die anderen um einen herum sagen. Sich an die einfachsten Dinge nicht mehr erinnern, essen, schlafen, reden. Leiden.

Die Gegenwart ein schwankender, unsicherer Boden.

Verwirrung der Tage, Qual der Nächte.

Jeder Anhaltspunkt hinweggefegt. Eine Woche blieb ich zu Hause in Jaligny, wie in einer Schockstarre. Jede noch so kleine Aufgabe oder Verrichtung überforderte mich. Nur Löwelinchens Gegenwart tat mir gut.

Samuel hatte einen Abgrund in mir aufgerissen, und ich wusste nicht, wie ich ihn stopfen sollte.

Ich war völlig erschöpft.

Eines Abends, ich gebe es zu, betrachtete ich die Schachteln mit den Schmerztabletten, die ich gegen die Migräne nahm. Sie waren stark, und ich hatte viele davon.

Lust, Schluss zu machen.

Ich musste an das denken, was Emmanuelle nach ihrer Fehlgeburt gesagt hatte. Über den Kummer, der einen zerfrisst, und das noch zu lebende Leben. Ich musste an Alban denken, an Diane, an Massis. Nicht als ferne Gestalten, sondern greifbare Personen. Menschen voller Leidenschaft, Hoffnung und Leid, verglüht an ihren inneren Qualen.

Sie sprachen mit mir.

Und alles, was ich im dunklen Wald meines Kummers noch tun konnte, war, Massis' Briefe zu lesen.

Briefe von einem Dichter, Mann, Gatten.

Einem Dichter, der seine Worte an der Gewalt scheitern sah und seine Schöpfung, während er den Glauben in sie verlor, paradoxerweise in ihrem schönsten Feuer lodern ließ.

Einem Mann im Hinterland, der sich ständig fragte, was er noch für seinen Freund tun könnte.

Einem Gatten, der nicht verstand, warum seine Frau sich so verändert hatte.

Warum sie so verbitterte und sich bis in die Neurasthenie in sich selbst zurückzog, warum die Geburt einer Tochter, die sie hätte beglücken sollen, sie in hoffnungslose Betrübnis stürzte.

Warum sie sich mit solcher Leidenschaft dem Griechischen widmete, um es bald angewidert aufzugeben.

Warum sie in seiner Abwesenheit das Atelier nutzte, um Abzüge von Fotos zu machen, die er nie zu Gesicht bekam und die auch in seinen Archiven nirgends zu finden waren.

Was hatte er herausgefunden?

Erst als mein Blick auf den Rücken des Romans *Dominique* von Fromentin fiel, begann ich allmählich zu erahnen, was für uns alle unsichtbar geblieben war. Soweit ich mich erinnerte, erzählt dieses Buch, das Jeanne Massis Diane geschenkt hatte – und dem diese den Namen für ihre aufblühende Liebe entlieh –, von der Leidenschaft eines jungen Mannes für eine verheiratete Frau.

Eine verheiratete Frau.

Ohne Hast nahm ich Dianes Tagebuch zur Hand. Und sofort sprang mir ins Auge, was mich von Anfang an irritiert hatte: Kein einziges Mal nannte sie Massis bei seinem wahren Namen. Nahm man den Text genauer unter die Lupe, wurde auch klar, dass sie alle Flexionen und Pronomina vermied, die einen Hinweis auf »Dominiques« Identität hätten geben können. Ein codierter Code sozusagen, die höchste Sicherheitsstufe. Weil sie sich vor einem Skandal schützen wollte, der viel größer gewesen wäre, als ich es mir zunächst vorgestellt hatte.

Es war nicht so, dass Diane immer dann erblasste, wenn der Dichter in Othiermont den Raum betrat oder plötzlich vor ihr stand, nein.

Sondern immer dann, wenn *das Ehepaar* da war, Jeanne und er. Ihre heimlichen Rendezvous fanden stets unter der Woche statt, wenn Massis eigentlich im Ministerium arbeitete.

Sibylle hatte recht, der Dichter interessierte keinen.

Es ging um Jeanne.

Um Louis Limoges' Enkelin, Anatole Massis' Frau, die sich an der Seite ihres Mannes das Fotografieren beigebracht und im Zuge ihrer humanistischen Bildung durch ihren Großvater auch Griechisch gelernt hatte.

Ein Schatten, der still durch diese Geschichte geschwebt war und dessen Anwesenheit niemand erraten hatte. Aber es war Jeanne, die vom Fieber der verbotenen Leidenschaft befallen wurde. Und vielleicht auch getötet, ebenso wie von der Spanischen Grippe, ein paar Monate nachdem sie von Dianes Tod erfahren hatte.

Ich kann Sie verstehen, Jeanne de Royère.

Waren Sie sich auch der Erleichterung gewiss, als Sie spürten, wie die ersten Schauder von Ihrem Körper Besitz ergriffen?

Fühlten Sie sich leicht, als am Ende Ihrer Tränenreise der Tod Sie in die Arme nahm, nachdem Sie auf die verzichtet hatten, die Sie liebten?

Am siebten Tag ging ich auf den Tierfriedhof. Und zählte die Gräber.

Vierzehn.

Ich sah zum Himmel, aber er war stumm.

Ich dachte an dich, an dich, den ich so sehr geliebt hatte.

An alles, was wir gemeinsam erlebt hatten, und alles, was mir noch ohne dich zu erleben blieb.

Mir wurde klar, dass ich, nachdem ich deinen Tod überlebt hatte, auch die Trennung von Samuel Ducreux überleben würde.

Ich müsste nur die Erinnerungen vertreiben.

Die Spuren seiner Gegenwart in mir bekämpfen, bis sie verschwinden.

Es würde eine Opferung sein, eine Übung im Überleben, etwas Vorübergehendes.

Irgendwann werden die Überreste dieser Liebe mich nicht mehr zerreißen. Sie werden so bedeutungslos und ihres Zwecks beraubt sein wie die Ruinen des Observatoriums in Othiermont.

Bis dahin würde ich noch ein paar Aufgaben erledigen müssen.

Nicht solche »Erinnerungsaufgaben«, wie wir sie in der Schule aufbekommen, denn sich zu erinnern geht nicht auf Befehl.

Sondern Aufgaben anderer Art, die aus Zuneigung und Treue erwachsen. Zum Beispiel, den Schatten, die von der Geschichte zum Schweigen gebracht wurden, wieder Leben einzuhauchen, den Stoff ihres Seins, den hinreißenden, vergänglichen Pulsschlag ihrer Existenz spürbar zu machen.

Nun habe ich das innere Auge Albans geerbt.

Ich klappe die verquollene Holzschachtel auf und streichle im Halbdunkel von Alix' Zimmer, das zu meinem geworden ist, die zart schimmernde Vest Pocket, die Kamera, die ich in Othiermont gestohlen habe, und ich bereue es nicht.

Weil das hier mein Leben ist, mehr denn je. Das Beobachten, Verstehen, In-Worte-Fassen dessen, was Menschen sahen, die so viele Jahre vor uns das Licht der Welt erblickten, bevor ihre Lider sich im stummen Niewieder verschlossen.

Die Schar ihrer Schatten zähmen.

Und ihnen standhalten.

165

Er verschafft sich einen Moment der Ruhe, während Jeanne mit den Kindern im Jardin du Luxembourg spazieren geht, indem er den Hausangestellten strengste Anweisung gibt, ihn nicht zu stören. Ohnehin würden sie sich nicht trauen, das Studio zu betreten, aus Angst vor den ganzen Chemikalien und Mysterien, die sie für Teufelswerk halten. Er bereitet die ammoniakhaltigen Bäder vor, die Abtropfroste, die Klammern, das am Vortag bei Favard gekaufte Papier. Dann macht er es um sich herum ganz finster, schafft ein hermetisches Dunkel, um nicht durch eine Unvorsichtigkeit den Film zu verderben. Trotz seiner Ungeduld zwingt er sich, langsam und methodisch vorzugehen, unterdrückt den Drang, die einzelnen Schritte, die ihm endlos erscheinen, abzukürzen, bevor er den Vorhang zurückzieht.

Die Zeit, die bis zum Erscheinen des Bildes verstreicht, dauert nur ein paar Sekunden, hat aber die Macht der Ewigkeit. Dunkle und hellere Flecken, Schichten, Schatten, Konturen. Er ist wie hypnotisiert und muss sich zwingen, den Abzug aus dem Fixierbad zu nehmen und zu wässern.

In diesem Augenblick muss er an die Geburt Frédérics denken und wie das Kind in den Armen der Hebamme den Kopf ihm zuwandte und er zum ersten Mal das Gesicht seines Sohnes sah und ihn zum ersten Mal schreien hörte. Die Fotografie ist nichts anderes als eine Geschichte von Geburt und Tod, sie ist die Kalzinierung des verrückten Wunsches, alles abzubilden. Er macht sich Vorwürfe, das Heilige so mit dem Gottlosen zu vermengen, das Reine mit dem Obszönen, das Tote mit dem Lebendigen. Aber gegen die gleißende Sprache der Bilder und das, was sie in uns aufrührt, kommt man einfach nicht an.

Der Entwicklungsprozess ist abgeschlossen, der Abzug zeigt jetzt die endgültigen Konturen. Der Dichter kann seinen Blick nicht mehr davon lösen, sein Herz schlägt wie wild. Langsam versteht er, auf welcher Seite er steht und was er aus dieser Geschichte machen wird, die er in der Chemie des Lichts zu schreiben beginnt.

166

Am 13. Juli fanden wir uns auf dem Friedhof von D. ein. Beinah ein Jahrestag. Nach dem Gewitter, das den Staub des zu trockenen Sommeranfangs fortgespült und glänzende große Pfützen hinterlassen hatte, war die Sonne wieder herausgekommen. Der Bürgermeister trug seine Trikoloreschärpe. Neben ihm der Vorsitzende des örtlichen Veteranenverbands mit seinen militärischen Auszeichnungen am Sakko. Pierre Rozen war auch da, in Zivil. Er trat auf mich zu, um mir die Hand zu schütteln.

Gérald Lecouvreur, sichtlich bewegt, war in Begleitung seiner Frau, seiner Kinder und zwei seiner Enkelkinder gekommen. Mich hatte man wegen meines »maßgeblichen Beitrags zur Aufklärung der Geschichte der Soldaten« eingeladen. Um die zwanzig Dorfbewohner bildeten das Ende den Zuges. In der Mehrzahl ältere Leute. Aber es gab auch zwei um die vierzig, ein Paar in den Dreißigern mit seinem kleinen Sohn, und sogar ein verschüchtert wirkender Jugendlicher beobachtete die Szene.

Der Bürgermeister, der mit starkem ostfranzösischen Einschlag sprach, bat Gérald Lecouvreur, den Enkel von Antoine Gallouët, die Gedenktafel zu enthüllen. Der hatte darauf gedrungen, unter die Namen der drei Männer die Inschrift »Zum Exempel erschossen« zu setzen. Anschließend hielt der Bürgermeister eine schlichte, treffende Rede, in der er dem Mut der erstklassigen Infanteristen Hyacinthe Picot und Auguste Metzger Achtung zollte, genauso wie dem des Adjutanten Antoine Gallouët, den die französische Armee der Fahnenflucht bezichtigt habe. Er freue sich, anlässlich dieser bescheidenen Zeremonie den drei Soldaten einen Teil der entzogenen Ehre zurückerstatten zu können. Drei weiße Gräber mit einem Kreuz.

Ich hatte einen Armvoll Rosen aus Jaligny mitgebracht. Sie stammten von demselben Rosenstock wie die, mit denen ich ein paar Wochen vorher das Grab von Alix und Jane de Chalendar geschmückt hatte. Ich legte sie unter die Tafel. Dann sammelten wir uns im Angedenken vor den drei Namen, die zum ersten Mal in aller Öffentlichkeit zu lesen waren: Hyacinthe Picot war mit zweiundzwanzig Jahren gestorben, Auguste Metzger mit siebenundzwanzig, Antoine Gallouët mit dreiunddreißig. Wie viel Zeit war ihnen vergönnt, das Leben kennenzulernen, was hatte ihr Herz zum Pochen und ihre Augen zum Glänzen gebracht?

Ob Alban de Willecot, der die Dichtkunst liebte und an die Brüderlichkeit glaubte, die Augen offen hielt, als die Kugeln in deren Körper eindrangen und sein Finger auf den Auslöser der Vest Pocket drückte? Welchen Teil seiner Seele hatte er in jenem Augenblick verloren, da er den drei Männern, die ihre Zähne zusammenbissen, die Fäuste ballten und innerlich weinten, so fern und doch so nah war? Ob er auch wieder an die Front zurückgekehrt wäre, wenn er sich nach dem makabren Ritual nicht hätte unter die anderen mischen und unter den Blicken von Général de Wiart wortlos am Leichnam seines Adjutanten vorbeidefilieren müssen, der ihn erst vor ein paar Monaten gerettet hatte, mit bloßen Händen freigeschaufelt, während die deutschen Kugeln nur Zentimeter an seinem Helm vorbeipfiffen?

Hundert Jahre. Hundert Jahre hat es gebraucht, bis diese Namen nicht länger von den Schichten der Schande verdeckt, im Getuschel der Abstellkammern untergegangen und in unsichtbaren Tränen ertränkt waren. Hundert Jahre, bis sich die Erkenntnis durchgesetzt hatte, dass es kein Verbrechen ist, vor einer Granate in einem Graben Zuflucht zu suchen. Und hundert Jahre, bis endlich eingeräumt wurde, dass ein Krieg auch eine Summe menschlicher Irrtümer sein kann, wenn hochmütige und von schematischen Strategien verblendete Generäle, für die Regimenter nur Schachfiguren sind, die sie so leicht aufs Spiel setzen oder opfern, wie sie die Nadeln auf einer Generalstabskarte versetzen, Geschichte schreiben.

Man hatte die Bauern, Fischer, Grundschullehrer ihrer Scholle, ihrem Meer, ihrer Familie entrissen, sie mit Pferden und Säbeln ausgestattet, in anachronistische Farben gekleidet, flüchtig im Krieg unterwiesen, mit Flinten und Hacken behängt und gegen Maschinengewehre und Kanonenrohre ins Feld geschickt. *Was kann unser Mut gegen Maschinengewehre und Granaten ausrichten, die drei Viertel des Regiments dahingerafft haben, bevor wir zehn Meter aus dem Graben gekommen sind?* Vielleicht lesen jene, die am Friedhof von D. vorbeischauen, die Inschrift auf dieser Tafel, vielleicht fragen Kinder ihre Eltern, was für ein Exempel denn an ihnen statuiert worden sei, dass sie erschossen wurden.

Und während ich die Gräber von Hyacinthe Picot, Auguste Metzger und Antoine Gallouët betrachtete, dachte ich, dass der Ausdruck »in Frieden ruhen«, sofern er uns überhaupt etwas zu sagen hat, hier mehr als anderswo seine wahre Bedeutung erhielt.

167

Mit den Briefen fing alles an, und mit den Briefen wird alles enden. Davon ist Anatole Massis überzeugt, dessen Hände zittern, als er seinen Brief versiegelt, weil er so viele Befürchtungen und Hoffnungen in diese Geste setzt. Er steht jetzt auf der anderen Seite, bei der Armee der Schatten, seit der Krieg ihm seinen Beinahe-Bruder geraubt hat, seit Jeanne mit dunkel umrandeten Augen sich weigert, das Bett zu verlassen, und sich abwendet, wenn die Amme ihr Céleste bringt; seit er selbst von der Idee besessen ist, eine Wahrheit zu verkünden, für die er acht Stunden am Tag den Totengräber spielt. Die Sprache der Poesie, an die er mehr glaubte als an Gott, ist nur noch eine schmerzhafte Kontraktion, ein Destillat der Bitterkeit; in das Feuer, aus dem die grüne Quelle des Worts entsprang, mischten sich schwärzliche Anwandlungen, Galle und Skeptizismus.

Alban de Willecot fiel an der Front, und die französische Armee verzierte sein Kriegskreuz posthum mit einem Kreuz aus vergoldetem Silber. Aber Massis weiß genau, dass es eigentlich nicht die deutschen Kugeln waren, die seinen Freund getötet haben, sondern die Verzweiflung. Obwohl es ihm um den Preis von tausenderlei Machenschaften und Machtspielchen gelungen war, den Freund in letzter Sekunde zur Fotobrigade versetzen zu lassen, hatte er damit nur für ein zivilisiertes, akzeptableres Erscheinungsbild seines Selbstmords gesorgt, dessen unverzeihlichen Grund er selbst nur zu gut kennt, denn er hält gerade den Beweis dafür in Händen. Dem Dichter ist durchaus bewusst, was er riskiert, als er den Brief fertig macht, aber er wird von einem Satz geleitet, einem der letzten, die er mit Alban gewechselt hat: Sie müssen es erfahren. Théodore Ermogène räumte den Setzkasten wieder ein. Er hatte mit seinem alten Kameraden den Text aus Bleilettern gesetzt und in die Druckform eingespannt. Jetzt steht er nachdenklich neben ihm. An der Stelle des rechten Unterschenkels hat er ein Holzbein.

Rose Nicolaï friert, obwohl das Feuer im Kamin brennt. Seit über einer Woche liegt ihre Schwester jetzt unter einer Grabplatte auf dem Friedhof von Othiermont; nie wieder wird jemand »Röse ist böse« durchs Treppenhaus brüllen oder mit den Stiefeln durchs Vorzimmer klappern, als wäre jede neue Morgenröte das Zeichen, aufzubrechen und die Welt zu erobern. Die Mutter, von Schmerz überwältigt, spricht kaum mehr ein Wort mit ihrer älteren Tochter; der Vater schließt sich den ganzen Tag in seinem Arbeitszimmer im obersten Stockwerk ein und hüllt sich genauso in Schweigen. Er ist seine Gläubiger losgeworden, aber hat seine Jüngste verloren. Das Einzige, was in diesem Geisterhaus noch am Leben zu sein scheint, ist dieses Baby, das nicht aufhört zu wimmern und die dunkle Gewissheit vom Tod seiner Mutter in die Welt hinausschreit. Sie werden es wohl bald weggeben müssen zu einer Amme, denn alle fürchten wortlos, dass es den Hass seines Vaters zu spüren bekommt, dessen Gram durch seine Wut verdoppelt wird, die Frau verloren zu haben, die er zu besitzen meinte.

Blanche hat Henriette Nicolaï die Briefe bringen lassen, die Diane an Alban geschrieben hatte, wirre, spontanen Eingebungen folgende Botschaften voller Gleichungen und Zukunftsprojekte, getragen von einer seltsamen Mischung aus Leichtsinn und Mitgefühl, zärtlicher Freundschaft und rebellischer Auflehnung gegen ihre Rolle als Frau, ihr Schicksal, ihre Familie. Rosie hat sie alle gelesen, sie nahm sie vom Servierwagen, auf dem sie gestapelt waren, und las sie alle, so wie sie auch alle Briefe Albans las, die sie in Dianes Zimmer fand.

Sie weiß selbst nicht, was sie darin zu finden hoffte: Liebesbekundungen, Schwüre, zärtliche Ergüsse? Aber mit jedem entfalteten Blatt begreift sie besser, wenn auch viel zu spät, wie tief Albans Verzweiflung war und wie wenig Diane dazu tat, ihn zu verführen. Sie sieht ein, dass sie, Rosie, unter keinen Umständen jemals Madame de Willecot geworden wäre. Ihre Schwester und Alban verband eine Leidenschaft für ein Universum, in dem man sein Bestes dafür gibt, abstrakte, unbeständige Objekte zu beobachten, und sich abmüht, eine Zahl herauszubekommen, auch wenn man sich dabei völlig verausgabt. Wie man sich einen Platz in der Gesellschaft erobert, seinen Rang darin angemessen bekleidet und seine Pflichten erfüllt, interessierte sie nicht, diese eher merkwürdigen denn egoistischen Wesen, die nicht in der Lage waren, sich den Gesetzen der Gesellschaft, der ehelichen Verbindungen und der Fortpflanzung zu beugen, und die ein unerklärliches Glück darin zu finden schienen, sich die Rätsel vorzunehmen, die sie faszinierten.

Und auf einmal fragt sich Rose Nicolaï, vielleicht zum einzigen Mal in ihrem Leben, ob all das, was sie seit ihrer Kindheit zu wünschen gelernt hat, all das, was ihr in den vergangenen Jahren im Pensionat Flatters eingeschärft wurde, wirklich der einzige Weg ist; ob es nicht womöglich andere Arten der Erfüllung gibt, als in Seidenkleidern auf Bällen zu warten, bis man von einem Mann zum Tanzen aufgefordert wird, bis dahin auf der Stelle zu treten wie ein Tier, bis einem ein Viehhändler den Hals tätschelt. Zu diesem Zeitpunkt weiß sie noch nicht, wem sie am meisten zürnt – vielleicht sich selbst. Inzwischen würde sie gern die Lügen, die Heimlichkeiten und ihre Petzereien rückgängig machen und die ganze Geschichte neu schreiben. Sie würde am liebsten die Zeit zurückdrehen und den Brief, in dem Diane Ja zu Alban sagt, sein Ziel erreichen lassen, trotz dem, was sie danach im Wald gesehen hat. Aber es ist zu spät.

Also vollzieht Rose die letzte Intrige, die ihr noch bleibt: Sie wirft die zwölf Päckchen Briefe ins Feuer und sieht bis zum Schluss zu, wie sie verbrennen, als würde das Verschwinden der Spuren ihr etwas von der Last nehmen, die sie trägt; dann geht sie nach oben und schaukelt den kleinen Jungen, dieses winzige Wesen in seiner riesigen Verzweiflung, sie ist ja die Einzige, die noch bereit ist, ihm ein klein wenig Aufmerksamkeit zu schenken.

Briefe sind mörderisch. Schärfer als eine Klinge. Dessen ist sich Victor Ducreux bewusst, als er an diesem 21. März 1942 gegen neun Uhr morgens das Schreiben beendet, das er später zur Post bringen wird. Es ist an die Polizeipräfektur von Paris gerichtet, und ab diesem Moment kann man nicht mehr viel auf die Zukunft von Paul Lipchitz alias Pierre Simon geben, der bald aus der Druckerei, in der er arbeitet, abgeholt werden wird. Der Brief ist nicht unterschrieben. Keine Sekunde lang kommt Victor auf die Idee, dass die Geschichte diese Spur bewahren könnte und er eines Tages als Urheber jener Denunziation identifiziert werden wird, die der Gestapo einen Studenten zum Fraß vorwirft, dem es bereits einmal gelungen ist, den Zähnen der Falle zu entkommen. Dabei hat Victor ja gar nichts gegen Paul, jedenfalls viel weniger als gegen manche seiner Glaubensgenossen, diese Israeliten, die, wie so treffend in La Gerbe steht, dank ihrer Heimtücke viel zu Frankreichs Niederlage beigetragen haben.

Der einzige Fehler von Lipchitz war eigentlich, dass er Victor auf seinem Weg zu Tamara in die Quere kam. Später, wenn er wieder einmal von einem seiner dubiosen Ausflüge nach Paris, wo er in zwielichtigen Lokalen isst und alles verkauft, was man in diesen Mangeljahren verkaufen kann, in die Rue Vavin zurückkommt, wird er die Briefe verbrennen, die immer noch hartnäckig über irgendwelche Kanäle aus Portugal eintrudeln. Die ersten, in denen Ari Zilberg seine Schwester anfleht, ihm zu schreiben, und ihr immer wieder versichert, dass er nicht ohne sie in die Neue Welt aufbrechen will, sondern auf sie wartet, wird er noch lesen. Die folgenden nicht mehr, sondern sich damit begnügen, den an den Umschlägen züngelnden Flammen zuzusehen. Dann wird er die Asche in dem kleinen Waschbecken auf dem Flur des obersten Stockwerks in Wasser auflösen, gleich neben dem Dienstmädchenzimmer, das er damals Paul geborgt hat, wofür ihm dieser naive Dummkopf auch noch dankbar war.

Briefe sind ein Schatz. Das denkt Blanche de Barges, als sie am 16. November 1942 das Päckchen verschließt, das sie gleich in einem Sack Kies vergraben wird. Den will sie für alle Augen sichtbar in einer Ecke des Geräteschuppens stehen lassen, weil die Boches bestimmt erst das ganze Haus auf den Kopf stellen, bevor sie auf die Idee kommen, dort zu suchen. In dem Päckchen befinden sich die Briefe des Dichters

Anatole Massis, die dieser über zwei Jahre lang an seinen Herzens-
bruder in den Schützengräben des Ersten Weltkriegs geschrieben
hat. Aber nicht wegen ihres bibliophilen Werts, der, wie sie weiß, schon
jetzt enorm ist, sondern weil sie ihre historische Bedeutung erahnt.
Allerdings würde ein einzelner deutscher Offizier, nicht ganz so blöd
wie die anderen, ausreichen, und die Briefe würden unwiderruflich
auf der anderen Rheinseite landen, wo diese Barbaren Gott weiß was
mit ihnen anstellen würden.

Blanche hätte die Briefe ihres Bruders zu denen von Anatole legen
können, ja, sollen. Aber in dem Moment, da diese in ihrem kleinen
Sarg aus Teerpappe lagen, konnte sie sich nicht mehr dazu durchrin-
gen. Das wäre ihr vorgekommen, als ob Alban ein zweites Mal gestorben wäre. Sie will sie lieber bei sich behalten, mitsamt seinen Fotos
und den Postkarten, die er ihr und Sophie von der Front geschickt
hat. Von Zeit zu Zeit schlägt sie die Alben auf und verharrt dann bei
den Bildern von vor dem Krieg, als sie noch alle zusammen glücklich waren. Ihr Lieblingsbild ist das, was Massis auf der Veranda von
Othiermont aufgenommen hat. Nachdenklich streicht sie mit dem
Finger über das Gesicht ihrer Tochter Sophie und das von Alban,
ihrem jüngeren Bruder, den sie quasi aufgezogen hat – und zu sehr
geliebt wahrscheinlich. Wie sensibel er war, wie schwärmerisch, besessen von seinen Träumen von fernen Planeten und astronomischen
Berechnungen; er beobachtete lieber die Sterne, als in der Armee Karriere zu machen oder sich um den Ertrag der Weinberge zu kümmern.
Als die Zeit gekommen war, ging er wie die anderen und mit den anderen an die Front und versuchte nie, sich zu drücken. Aber es war ihr
nicht gelungen, seinen Charakter so weit zu stählen, dass er den Krieg
überlebte. Sie hatte es nicht geschafft, ihren Bruder auf der Seite des
Lebens zu halten, als ihn in diesem schicksalhaften Januar 1917 ein
unerklärlicher Wahnsinn dazu zwang, an die Front zurückzukehren.

Briefe sind Geld – oder, besser gesagt, Geldquellen. Das denkt
Jean-Didier Fraenkel, als die neue Mail in seinem Posteingang auf-
ploppt, unterzeichnet mit einem Namen, den er mit immer größerer

*Freude auf seinem Bildschirm auftauchen sieht. In Kürze werden zwei
neue Briefe Alban de Willecots zum Verkauf stehen – die letzten, wie
Viviano Zorgen versichert. Es ist jetzt anderthalb Jahre her, dass der
belgische Antiquar von dem Argentinier kontaktiert wurde, der nichts
von seiner Identität preisgeben wollte; eine Internetrecherche hat nur
ergeben, dass dieser Mann – wenn er es denn ist – an einer Schule in
Buenos Aires Sprachen unterrichtet. Fraenkel hat nicht die geringste
Vorstellung, auf welchen Wegen die Briefe eines Frontsoldaten im
Ersten Weltkrieg, die ihn per Spedition aus dem fernen Südamerika
erreichen, dorthin gelangt sind. Diebstahl? Erbschaft? Das weiß auch
Viviano Zorgen nicht, der nur nach dem Tod seines Vaters das Haus
seiner Eltern geräumt hat.*

*Dabei stieß er auf diese Umschläge und erkannte den Namen des
Empfängers, Anatole Massis, eines französischen Autors, von dem er
an der Uni ein paar Gedichte gelesen hatte. Er konnte sich kaum mehr
daran erinnern, nur wie erstaunt er war, als er erfuhr, dass der Urheber dieser so hermetischen Zeilen zu den berühmtesten Dichtern des
Landes zählte. Zorgen kann sich ungefähr vorstellen, wie die Briefe
auf den Dachboden seines Vaters gelangt sind, aber das ist für ihn
erst einmal nicht die drängendste Frage. Außerdem, wen interessiert
es schon, ob sein Onkel Guillermo sie sich widerrechtlich angeeignet
hat oder nicht, durch einen der kleinen Diebstähle in jener Zeit, da er
als Jugendlicher für »O francês« gearbeitet hat, den Franzosen.*

*Viviano erinnert sich noch daran, dass dieser Mann mit dem
Panamahut, der sich Floriano Silva nennen ließ, furchtbar hochnäsig
war; er war mit viel schmutzigem Geld in den Taschen seines hellen Anzugs gekommen und hatte ein Vermögen in den Kupferminen
gemacht. Dort ließ er ganze Familien, einschließlich der Kinder, für
sich schuften, die kaum etwas zu essen bekamen und in schrecklichen
Baracken wohnten, wo Krätze und Läuse ihnen die Haut zerfraßen
unter Wellblechdächern, die in der Sonne glühten. 1975 kam der
Franzose durch einen Bergrutsch ums Leben, als er gerade seine Mine
inspizierte. Zu diesem Ergebnis jedenfalls kam die Polizei, nachdem*

sein Leichnam geborgen worden war. Allerdings hatte ihn der Balken, der seine Wirbelsäule zertrümmert hatte, nicht gleich getötet: An seinen blutigen Fingern konnte man sehen, dass er sich bei dem Versuch, sich zu befreien, fast die Nägel ausgerissen hatte.

Vielleicht wurde Floriano Silva, der früher anders geheißen hatte, in den letzten Augenblicken seines Lebens das Ausmaß des Leidens bewusst, das er vor langer Zeit einer jungen Frau zugefügt hatte, vielleicht wünschte er sich da zum letzten Mal, dass die Geschichte eine andere Wendung genommen hätte und sein Jugendtraum in Erfüllung gegangen wäre, dass seine Hände nie etwas anderes getan hätten, als die Tastatur eines Klaviers zu streicheln und ein paar Jahre später den Körper Tamara Zilbergs. Stattdessen hatten sie mit Hilfe von Schaufel, Gewehr und Peitsche Menschen verletzt, unterworfen, bedroht und erpresst. Dort, in diesem neuen Leben, das er sich geschmiedet hatte, hatte er es sich zur Pflicht gemacht, hart und brutal zu sein; um seine Arbeiter kleinzuhalten, brach er ihnen die Knochen im Leib und behielt ihren Lohn ein. Das war der Preis für einen Platz an der Sonne, und den wollte er haben.

Keiner von den Kumpeln, die ihn so sehr hassten, dass einige ausspuckten, als sein Leichnam gehoben wurde, keine von den Prostituierten und Frauen für eine Nacht, die er in Wort und Tat erniedrigte, und keiner von den Mächtigen, die mit diesem ausgekochten Betrüger Geschäfte machten und ihn für seine Neigung zu krummen Dingern, die er auf der Grundlage von Schmeicheleien und Drohungen drehte, ebenso verabscheuten wie heimlich bewunderten, nein, keiner von ihnen hätte geahnt, dass »O francês« Jahr für Jahr ein Grab auf dem Friedhof von Corbas mit Blumen bepflanzen ließ.

Eine gefährliche Gefühlsduselei. Aber als Lémieux ihm berichtet hatte, dass die Frau auf einen Schlag zusammengesackt sei und tot war, noch bevor sie wieder auf ihren Körper einprügeln konnten, als er endlich begriffen hatte, wohin ihn sein Wahn, sie zu bestrafen, getrieben hatte, brauchte Victor die Gewissheit, einen Ort in Raum und Zeit zu haben, wo er an sie denken konnte. Er hatte es nie vermocht, sich ihren Leichnam vorzustellen, die leeren Augenhöhlen, die Gebeine. Er, der sie ihren Henkern ausgeliefert hatte, konnte sie sich nur lebendig denken. Über Jahre hinweg sah er sie immer wieder – in den Silhouetten der Passantinnen auf der Straße, in den Fotos von Schauspielerinnen oder in den Gesichtern Unbekannter, die ihm Hotelspiegel oder Zugfenster zuwarfen. Sah das rote Haar, die Haut wie Milch und Honig, und wenn er in schlaflosen Nächten an ihren Körper dachte, trieb ihm die Erinnerung immer noch das alte Brennen in die Augen.

Das war kein Schmerz mehr – das Pulsieren des Begehrens war schon seit langem in ihm abgetötet –, nur noch das Gespenst einer Besessenheit, einer ewig bohrenden Obsession, gegen die, da war er sich sicher, nicht einmal der Tod etwas ausrichten konnte. Und zu seiner eigenen Verblüffung war es ihr Name, der ihm auf die Lippen trat, als er spürte, wie das Leben aus ihm wich, ein Name wie ein Gebet, wie eine Einsamkeit.

168

Samuel, der nie geschrieben hat, schreibt mir auf einmal. Anfangs bat er mich nur um Verzeihung. Dann fing er an zu erklären. Er habe nachgedacht. Vielleicht habe er sich ja getäuscht. Er wolle uns eine zweite Chance geben. Letzten Monat fragte er, ob wir uns wiedersehen könnten. Ich ließ all seine Nachrichten unbeantwortet. Irgendwann habe ich sie gelöscht: Es ist nicht genug Raum in mir für die lebendigen Schatten zweier Abwesender. Und ich will diesem verliebten, aber zerrissenen Mann nicht die Macht einräumen, mit jeder neuen Kehrtwendung etwas in mir zu zerbrechen. Also bewahre ich ihn, an einem sehr geschätzten und geheimen Ort, aber so weit weg wie möglich, damit er keine Chance hat, mich noch mehr zu verletzen.

Du hast mich auf merkwürdige Art und Weise verlassen, aber wenigstens hast du mir im Sterben noch etwas beigebracht: dass Liebe, die man ohne aufzurechnen schenkt und empfängt, die Kraft verleiht, alles durchzustehen. Ich bin nicht mehr böse auf dich, dass du dich so verflüchtigt hast, und auch nicht mehr auf mich, dass ich dich dieser Hexe überlassen habe. Und nachdem ich nun über ein Jahr lang so viele junge Gespenster zu ihrem jeweiligen Friedhof begleitet habe, werde ich eines Tages, das weiß ich, auch die Kraft finden, in Gedanken von dir Abschied zu nehmen.

Violeta hat zweimal angerufen. Ganz irritiert von der Wendung, die unser letztes Gespräch genommen hatte. Wir waren in Lissabon sehr frostig auseinandergegangen. Allmählich habe sie sich aber, so erzählte sie mir, mit dem Lauf der Ereignisse abgefunden: *Ironie des Schicksals*, meinte sie. Sibylle ist zwei Tage nach meiner Abreise gestorben. Von den Missetaten ihres Vaters und ihres Halbbruders hat sie nie erfahren. Hoffentlich ist mit ihr nun die schlechte Linie der Ducreux erloschen, der Zweig, aus dem so viele böse, gierige und grausame Menschen hervorgegangen sind. Wenn man dafür nicht ganz banal die Umstände zur Verantwortung zieht, die sie dazu machten.

Violeta wünscht sich, dass unsere Freundschaft meine Trennung von ihrem Bruder überdauert; ich glaube, sie hofft auch, dass wir uns irgendwann wieder versöhnen. Ich würde ihr gern sagen, dass es mir auch so geht, aber dafür ist es noch zu früh. Ich brauche Zeit, um Lissabon zu vergessen, unsere nächtliche Betrachtung des Tejo, das bunte Fenster und das Zimmer, das Haus, das mich mit seinen Mauern umfing, und Samuels Hände auf meiner Haut in dieser Nacht, in der ich mich wieder lebendig fühlte. Violeta, die Zwillinge und ihre Söhne werden im Herbst nach Corbas reisen. Violeta wollte von mir wissen, ob wir uns bei der Gelegenheit treffen. Ich möchte ihr lieber nichts versprechen.

In ein, zwei Wochen übergebe ich das Manuskript meines Buchs über Alban de Willecot an Nicolas Netter, den Verleger, auf den Samuel absurderweise eifersüchtig war. Einen Titel habe ich auch schon: *Tee in den Ruinen – Lebenslinien eines Dichter-Astronomen während des Ersten Weltkrieges.* Ich hoffe, ich habe ein treues Bild von Alban gezeichnet, der sich in den Wirren des Krieges verheddert hat, aber dennoch bewundernswert war in seinen Zweifeln, seiner Hellsicht, seiner Verzweiflung. Ich habe mich dafür entschieden, Gallouëts Hinrichtung und die Geschichte des Fotos zu erzählen, ohne zu beschönigen, dass Willecots Rückkehr an die Front alle Anzeichen eines Selbstmords aufwies. Ich glaube nicht, die Erinnerung an sie zu beschädigen, indem ich die Wahrheit sage: Waren der Leutnant und sein Adjutant denn nicht genauso Opfer dieser wahnsinnigen Kriegsmaschinerie wie Millionen andere? Beide bezahlten auf ihre Weise mit dem Leben für ihre Weigerung, sich deren verrückte Logik zu eigen zu machen.

Jetzt, da die Gemüter sich allmählich beruhigen und die lange vertuschten Episoden die Aufmerksamkeit von Historikern auf sich ziehen, hoffe ich, dass Antoine Gallouët, der nichts Schlimmeres getan hat, als die Fotografie zu lieben und vor einer Granate in Deckung zu gehen, und seine zwei Kameraden offiziell rehabilitiert werden. Ich weiß, dass Pierre Rozen daran arbeitet, und ich vertraue ihm.

Im September endet mein Stipendium zum Jubiläumsjahr. Aber ich gehe nicht an die Universität zurück, jedenfalls nicht sofort. Ich muss nur Massis' Briefe verkaufen, um mich für Jahre von allen Geldsorgen zu befreien … Jean-Raphaël hat mich vorgewarnt, dass Arapoff bestimmt versuchen wird, einen Teil der Summe abzukriegen, indem er verlangt, das Erbe neu aufzuteilen; andererseits ist der Enkel aber so von Gläubigern umlagert, dass er kaum Chancen hat, das Geld je zu Gesicht zu bekommen. Ich habe lange mit Eric, mit Hélène Hivert und auch mit Nicolas Netter darüber geredet, was mit den Briefen des Dichters geschehen soll. Das Archiv des Instituts ist nicht der beste Platz für eine so bedeutende Korrespondenz. Aber genau wie Alix möchte ich auch nicht, dass diese Dokumente nach Princeton oder Harvard entschwinden. Die beste Lösung wäre, sie an Bern zu verkaufen, um den dortigen Massis-Nachlass zu vervollständigen. Mit einem Teil des Geldes habe ich vor, eine Stiftung unter der Leitung des Instituts zu gründen, die Stipendien für Kriegsfotografie und Friedensforschung vergibt.

Als ich Tobias Städler am Telefon von meinem Fund berichtete, hörte ich die Zweifel in seiner Stimme. Der Bibliothekar traute anscheinend seinen Ohren nicht. Trotzdem unterbrach er seinen Urlaub in Florenz und kam nach Paris.

Wir gingen gemeinsam ins Archiv hinunter, und ich konnte auf seinem Gesicht die gleichen Gefühle beobachten wie die, die sich auf meinem abgezeichnet haben mussten, als ich zum ersten Mal Albans Briefe und Fotos in Händen hielt. Obwohl er sich bemühte, keine Miene zu verziehen, war er offenbar tief bewegt. Bewegt und besorgt. Auch wenn er es nicht aussprach, fürchtete er doch, von der Französischen Nationalbibliothek oder Benningtons Universität ausgestochen zu werden. Diesbezüglich, beruhigte ich ihn, habe er nichts zu befürchten. Wir müssten uns nur im Herbst noch einmal treffen wegen der Anmerkungen, der Inventarisierung und Klassifizierung, bevor alles in die Schweiz gebracht würde. Ich erinnerte mich an mein Treffen mit Alix de Chalendar vor anderthalb Jahren in der Rue Pierre-Ier-de-Serbie und hatte das beruhigende Gefühl, dass ein Kreis sich schloss.

Bevor ich die Briefe wieder in den Tresor zurücklegte, scannte ich sie ein. Und jedes Mal, wenn der Strahl das Blatt abtastete und das Bild sich Zentimeter für Zentimeter materialisierte, erschien es mir wie ein Wunder. Da, vor meinen Augen, erstanden die Briefe wieder auf, die zu finden wir nicht mehr gehofft hatten. Zweihundertsiebenundzwanzig, um genau zu sein, und ich habe sie alle gelesen. Sie sind hinreißend, ergreifend, erhellend: Schritt für Schritt lässt sich in ihnen verfolgen, wie sich die Handschrift eines der größten Schriftsteller des vorigen Jahrhunderts entwickelt hat. Aber vor allem spürt man die unvergängliche Macht der Freundschaft, die ewige Kraft einer Verbundenheit zweier Wesen, auch – und vor allem – wenn das Leben sie an die Grenzen der Verzweiflung führt. Ihren eigentlichen Krieg, den Krieg gegen den Krieg, haben Alban und Anatole gemeinsam geführt, auch wenn der eine an der Front war und der andere nicht, solidarisch bis zum Schluss.

Ein paar Tage nachdem ich mit der Digitalisierung fertig war, fuhr ich mit dem Auto nach Yvelines. Ein sanfter Regen begleitete mich während der ganzen Fahrt. Françoise Alazarine konnte jetzt ohne Krücken gehen. Wir tranken Kaffee in ihrem Wintergarten, den der heiße, feuchte Sommer in einen halbtropischen Dschungel verwandelt hatte. Sie dachte, ich sei gekommen, um ihr von meinem Besuch bei Fraenkel zu erzählen; auf das, was folgte, war sie nicht gefasst. Als ich den Stapel Kopien neben der schlafenden Illa ablegte und sie erkannte, was das war, blitzte Freude in ihren schwarzen Augen auf. Das war das mindeste, was ich für sie tun konnte. Als ich mich verabschiedete, hielt sie meine Hände lange in den ihren. Ich hoffe, dass das Leben uns die Gelegenheit gibt, uns einmal wiederzusehen.

Bis gestern hatte ich noch keinen richtigen Plan für die kommenden Wochen. Ich hatte überlegt, eine Auslandsreise zu machen, nach Irland zu fahren oder nach Prag, bevor ich mit der Renovierung des

Gewächshauses beginne. Aber dann fand ich in Jaligny in dem kleinen grünen Briefkasten mit der abgeblätterten Farbe eine Postkarte des Vize-Konsuls mit dem Puy de Dôme darauf. Mein Freund hatte sich endlich entschlossen, einen Richter aufzusuchen. Dieser hatte Yans Mutter verpflichtet, ihren gemeinsamen Sohn jeden Sommer einen Monat nach Frankreich zu schicken, und im Zuge dessen erfuhr der Vater, dass sie nächsten Dezember nach Frankreich zurückkehren wollte und plante, mit ihrem Sohn nach Lyon zu ziehen. Deshalb, schreibt er, habe er die Stelle in Japan abgesagt und eine Dozentur am Institut für Geographie in Clermont-Ferrand angenommen.

Ob er von Zeit zu Zeit bei mir übernachten könne, falls ich noch weitere Tagebücher mit Geheimcodes experimentierender junger Mädchen zu entziffern habe? Wahrscheinlich hätte er mir, meint er, diese Frage schon vor zehn Jahren stellen sollen, als wir uns in dem Kongresszentrum getroffen und vor dem Abendessen wie wild über Scarlatti diskutiert hatten. Ich lächelte, als ich das las. Es machte mir Angst, aber ich glaube, dass ein Teil von mir schon lange darauf gewartet hat.

Ich hatte nichts dagegen.

* * *

Es ist fünf Uhr, und der Mann sitzt in einem vollgestopften Büro, in dem es nach Tinte, Moder und Kreide riecht. Der Stoff seiner Uniform ist zu dünn, um ihn vor der Kälte zu schützen, die in ihn eindringt.

Man muss dazusagen, dass er sich kaum bewegt. Den ganzen Tag lang muss er still am Schreibtisch sitzen und Briefe lesen, die nicht für ihn gedacht sind, bestimmte Wörter streichen und ganze Passagen wegkratzen. Manchmal – aber immer seltener, wenn man ehrlich ist – befindet er, dass der Brief den Empfänger nicht erreichen sollte, weil er zu kompromittierend ist, und wirft ihn in eine spezielle, mit einem Kreuz gekennzeichnete Pappschachtel. Gelegentlich lässt er aber auch verstohlen ein, zwei Briefe in die lederne Aktentasche zu seinen Füßen

gleiten. Er weiß, dass er sich damit in große Gefahr begibt. Aber die
Angst ist nicht groß genug, um ihn davon abzuhalten.

Seine tägliche Arbeit als Zensor, an die er sich einfach nicht gewöhnen kann, hat aus seiner Seele in wenigen Monaten eine Art offenen
Gully gemacht, in den Tag für Tag ein barbarischer Sturzbach mit
dem ganzen Müll des Krieges strömt: rötlich schimmernde Momentaufnahmen von Blut und Feuer, zerfetzten Eingeweiden, gaszerfres-
senen Lungen; Verwünschungen dummer Generäle, Sehnsucht nach
Fahnenflucht, bitterer Hohn und Liebesklagen; letzte Schreie, einem
abwesenden Gott nach der Einsicht, dass es zu spät ist, ins Gesicht geschleudert. Von dieser ganzen vor Leid und Empörung schäumenden
Gischt, die im unerbittlichen Rhythmus der Gezeiten anbrandet, darf
das Hinterland, egal was passiert, nichts erfahren.

Auch wenn diese Briefe in regelmäßigen Intervallen abgeholt werden und auf den Mann abends zu Hause seine Frau und seine lachen-
den Kinder warten, hallen doch allnächtlich in seinem Kopf die von
Tränen, Schrecken und Wahnsinn getränkten Worte wider. In seinen
Fieberträumen sieht er bewaffnete Soldaten mit erdigen Mänteln, trie-
fenden Wickelgamaschen und eiternden Geschwüren in sein Zimmer
stürmen. Ihm ist, als trüge er wie ein Mistkäfer das ganze Universum menschlichen Elends auf dem Rücken, das ihn jedes Mal, wenn er
einen neuen Umschlag öffnet, endgültig zu zerschmettern droht.

In solchen Momenten klammert er sich an seine Erinnerung an das
Meer, als er es zum ersten Mal gesehen hat, in Italien, auf der Hochzeitsreise mit Jeanne; jedes noch so kleine Aufblitzen von Lust, von
Freude, das Lachen von Frédéric und Eugénie – alles dient ihm dazu,
die Legionen von Leichen, die sich in seiner Seele einzunisten drohen, zu vertreiben. Aber es reicht nicht, nicht mehr. Und statt den
Umschlag zu öffnen, hält er lange und immer länger den Brieföffner
in der Hand, dessen Klinge lange nicht so scharf und spitz ist wie die
Worte, die ihn sogleich durchbohrt haben werden.

Wenn er es gar nicht mehr aushält, schiebt er die Schere, die Stempel und die dickflüssige Tinte von sich weg und zieht ein halbbeschrie-

benes Blatt, ein Formular mit dem Briefkopf der Prüfstelle unter der Schreibunterlage hervor.

Und schreibt.

Er schreibt, ohne zu zögern und mit einer solchen Verve, dass das von der Feder gefurchte Papier fast reißt, er schreibt, als hinge sein Leben davon ab. Vierzehn Zeilen und nicht einmal hundert Wörter, das ist seine letzte Zuflucht, ein schwacher Schutzwall vor den Schatten, den flehenden Bitten und Gebeten, den sinnlosen Denunziationen, die sich vor ihm stapeln, die Rettung vor all diesen Worten, die er allabendlich in seinem Innern verschließen muss, und sein einziges Ventil ist ein blaues Heft.

Weil er Angst hat, der Dichter, selbst angesteckt zu werden vom ewigen Rumoren des Krieges, weil ihn dieses Leid zerreißt, was er jedoch nicht eingestehen kann, weil er selbst nicht an der Front ist, deshalb pflanzt sich der Wunsch nach Frieden in seine Seele ein, unabweisbar, durchdringt ihn wie eine Klinge, besetzt und quält ihn schlimmer als Drogen oder Hunger.

Inbrünstig und obsessiv sehnt er die Versöhnung herbei, sie soll das Gemetzel beenden, das nun schon seit zwei Jahren wütet; leidenschaftlich träumt er von dem Moment, in dem sie den endlosen Klagegesang der Getrennten, zerbrochenen Herzen und Kriegerwitwen endlich zum Schweigen bringen wird. Er stellt sie sich als große Nährende vor mit einem von Güte schimmernden Leib, auf den man die Lippen legen könnte wie auf die Haut einer geliebten Frau; er schweift in Gedanken über die weiche Oberfläche, schmiegsam wie eine Welle, und schon stellt er sich vor, hineinzugleiten wie in diesen klaren Fluss, in dem er als Kind so gern geschwommen ist, die Orne. Mit ihrer Milch möchte er die geschundenen Körper und geprüften Seelen salben, Schmutz und Lügen abwaschen, sich an ihrer Brust vor Gewalt und Schrecken bergen, endlich ausruhen, an ihre Seite geschmiegt, auch wenn er nichts anderes mehr hat als Worte, um die Utopie zu beschwören und ein paar Augenblicke lang zu verkörpern, bevor sich das Trugbild auflöst und platzt wie eine Seifenblase.

Dann kann er nichts anderes tun, als wieder von vorn zu beginnen, ein neues Blatt, noch einmal vierzehn Zeilen und nicht einmal hundert Wörter.

Und für diese Fata Morgana, diese Hoffnung, diese Utopie, die in diesen vier Wänden zur Welt kam, wo das Echo des Epizentrums der Hölle endlos widerhallt, schreibt Anatole Massis, statt sinnlosen Befehlen zu gehorchen oder zu einem Gott zu beten, an den er nicht mehr glaubt, die hundertachtzehn Sonette von *Leiberglühen*.

Das Reich deiner Nacktheit, Ruhm und Äther bar
Ich tauche hinein und ersticke darin – erhabene Lüfte
Und zage Träne, stolze Essenz, Alkohol, rauschhaft klar,
Honig deines Perlmutthautglanzes für vollendete Düfte.

Dein Mund, Bernstein und Granat, flüstert mir zu, in dir
Vermählten sich Schatten und Wogen, Brunnen und Fließen,
Dein Fortsein lässt verdursten, verzweifeln, teilt dort und hier
Deine Atemzüge sind es, die mich jäh König sein ließen.

Deiner Sonne so nah, meinem langsamen Verglühen
Spült es mich an des Mittags Ufer, wo die Kindheit ganz
In deinen Efeuhänden schlummert. Ich bin der treue

Dienstbote deines Gebets; dessen sämtliche Mühen
Deiner Anhimmelung gelten. O Tanz
Aus glühendem Fleisch, unsterblich aufs Neue.

Quellenangaben & Bibliographie

Der Text der auf den Seiten 180–181 zitierten Streitschrift vom 24. April 1916 stammt aus: Maurice Rajsfus, *La Censure militaire et policière, 1914–1918*, Paris, Le Cherche-Midi, 1999, S. 157.

Die Bemerkung »*Das (das Versprechen des Sieges über die Deutschen) sagt sich leicht, wenn andere ihre Knochen hinhalten!*« *(S. 380)* ist von einem Brief des Soldaten Jean Dron inspiriert (»C'est facile avec la peau des autres, de dire nous les aurons«, 12. September 1915), in: Jean-Pierre Guéno, Jérôme Pecnard, *Paroles de poilus. Lettres de la Grande Guerre*, Édition intégrale, Paris, Tallandier, 2013.

Das Zitat »Ich habe so sehr auf Sie gewartet, dass ich immer noch auf Sie warte« (»Je vous ai tant attendu que je vous attends encore«) entstammt dem Buch von Anne Brochet, *Trajet d'une amoureuse éconduite*, Seuil, 2005.

Die Schilderung eines Fotos von Alban de Willecot, der an Diane schreibt, und mehrere einzelne Szenen beruhen auf Anregungen aus Alexis Jenni, Alexandre Lafon und Michel Blustein, *Jour de guerre. Reliefs de 1914–1918*, Éditions du Toucan, Paris, 2014.

Weitere fotografische und dokumentarische Quellen

Général André Bach, *Fusillés pour l'exemple. 1914–1915*, Paris, Tallandier, 2013.

Joëlle Beurier, *14–18 insolite, Albums-photos de soldats au repos*, Ministère de la Défense / Nouveau Monde Éditions, Paris, 2014.

Michel Brunet und Dominique Hennequin, *Adieu la vie, adieu l'amour*, DVD, Nomades TV / France Télévisions, 2012.

Denise Domenach-Lallich, *Une jeune fille libre [1939–1944]*, Paris, Les Arènes, 2005 (Durchgesehene Neuauflage).

Ernst Friedrich, *Krieg dem Kriege! [1924]*, Berlin, Christoph Links Verlag, 2015.

Jean-Noël Jeanneney, *Jours de guerre 1914–1918. Les trésors photographiques du journal. Excelsior*, Paris, Les Arènes / Roger Viollet.

Franck und Michèle Jouve, *La Vraie Histoire des femmes de 14–18*, Paris, Chronique Éditions, 2013.

Anne Lepoittevin, *Le Silence aveugle. La censure photographique pendant la Grande Guerre*, Mémoire de maîtrise, betreut von Annette Becker, Université de Paris-X Nanterre, 2003.

Yonathan Levy, *Das Kind*, DVD, Blima Productions, 2010.

Léon Pézard, *Lettres à son fils André,* unveröffentlicht (Transkription von Philippe Lejeune).

Jean-Paul Viart, *Chroniques de la Première Guerre mondiale,* Paris, Larousse, »Les documents de l'histoire«, 2013.

Peter Walther, *La Grande Guerre en couleurs,* Köln, Taschen, 2014.

Écrire sa guerre: 1914–1918. Lectures du fonds APA, Les Cahiers de l'APA, Ambérieu-en-Bugey, Mai 2014, Nr. 59.

In memoriam

Der Name der Figur Tamara Zilberg (deren Handlungen und Charakter völlig frei erfunden sind) ist eine Hommage an Tamara Isserlis, eine Pariser Medizinstudentin. Ein paar Tage vor der Verteidigung ihrer Doktorarbeit wurde Tamara am 8. Juni 1942 in der Metro verhaftet, weil sie zum Zeichen des Protests ein Band mit den Farben der Trikolore über dem gelben Stern trug. Sie wurde interniert und bald danach deportiert und starb am 12. November 1942 in Auschwitz an den Folgen einer Typhuserkrankung. Ihre Mutter erhielt erst 1945 die Nachricht von ihrem Tod, aus dem Mund einer Mitgefangenen Tamaras.

Ich erfuhr von der Existenz Tamara Isserlis' durch das Tagebuch von Berthe Auroy[1], einer der Familie nahestehenden Grundschullehrerin, die das Trauma ihres Verschwindens mit ihnen zusammen erlebt hatte. Dann begegnete ich ihr wieder im Tagebuch von Hélène Berr[2], wo deren Verlobter Jean Morawiecki, der mit Tamara befreundet war, versucht, etwas über ihren Verbleib herauszufinden. Und schließlich fand ich sie in *Dora Bruder*[3] von Patrick Modiano wieder; wie Dora war Tamara für kurze Zeit im Gefängnis von Tourelles.

Das Auftauchen derselben jungen Frau, die ansonsten unbekannt ist, in drei Texten, deren Autoren einander nie begegnet sind, war zutiefst erschütternd. Es zeigt die Vergänglichkeit und die unendliche Kraft des Gedächtnisses, wenn die Fäden der Erinnerung nach so langer Zeit zusammenlaufen. Heute steht der Name Tamara Isserlis an der Wand der Shoah-Gedenkstätte in Paris; der Kopie ihres Ausweises ist zu entnehmen, dass sie vierundzwanzig Jahre alt war, dass ihr zweiter Vorname Denise lautete und dass sie in der Rue Buzenal 10 in Saint-Cloud wohnte.

Auf dem Foto ist eine elegante junge Frau zu sehen, die reifer wirkt, als sie ist, fast wie eine »Dame«; zu der Zeit hatte sie ihr Studium fast beendet und wäre bald Ärztin geworden. Auf einem anderen Bild, einem Dreiviertelporträt, das ein paar Jahre früher im Fotostudio entstanden ist, hat sie ein Eichhörnchengesicht mit feinen Zügen, strahlenden Augen und einem breiten Lächeln. Sie sieht dem Leben vertrauensvoll entgegen und scheint bereit, ihm vieles zu geben.

Wie viele für immer verlorene Namen kommen auf den einen, an den wir uns erinnern, weil Tamara Isserlis dem Vergessen entrissen wurde? Dieses Buch ist aus dem Bedürfnis heraus entstanden, die Geschichten der Verschwundenen nachzuzeichnen, die vom Krieg, der Zeit, dem Schweigen verschluckt worden sind. Aus dem Wunsch zu erzählen, was aus ihren Spuren wurde, die die Lebenden bereichern, aber auch verzehren können.

Nancy, 23. November 2015

---

1 Berthe Auroy, *Jours de guerre. Ma vie sous l'Occupation*, Paris, Bayard, 2008.
2 Hélène Berr, *Journal*, Paris, Tallandier, 2008.
3 Patrick Modiano, *Dora Bruder*, Paris, Gallimard, 1999.

Hélène Gestern dankt ganz herzlich

Anne Lepoittevin (Université de Bourgogne), Maître Caroline Roulin (Paris) und Karen Taïeb (Mémorial de la Shoah) für ihre dokumentarische Hilfe.

Philippe Lejeune für den Zugang zu unveröffentlichten Dokumenten, insbesondere Fotografien von André Pézard und die »Fotoerlaubnis« (nebst vielen anderen Dingen).

Jacques und Catherine Bor, Eva Buchi, Francine Gentilhomme, Marie Chaix-Mathews, Paulette Perec, Jenny Rigaud, Françoise Tenant, Michel und Jacqueline Tissier sowie Catherine Viollet (†) für ihre Freundschaft und dass sie für mich da waren.

Anne-Marie, in deren tiefer Schuld ich stehe, für ihren ansteckenden Glauben an das Schreiben und dem gesamten Team der Éditions Arléa für ihr Vertrauen und ihr Feingefühl.

Illa, Lallie und Mimi, die bereit waren, in ihrer eigenen Rolle aufzutreten, sende ich meine freundlichsten Gedanken.

Und mein besonderer Dank geht an Serge T. und Evelyne B., teure Freunde und wohlwollende Gefährten auf dieser langen Reise.

Gewidmet ist dieses Buch dem Abwesenden.